D0993351

NATALIE CHARLES

Le voile de l'ombre

BLACK *ROSE*

éditions H **HARLEQUIN**

Collection : BLACK ROSE

Titre original : THE SEVEN-DAY TARGET

Traduction française de CHRISTINE BOYER

HARLEQUIN®
est une marque déposée par le Groupe Harlequin
BLACK ROSE®
est une marque déposée par Harlequin S.A.

Photos de couverture
Paysage : © GRAPHICOBSESSION/GLOWIMAGES/ROYALTY FREE
Femme : © STEPHEN CARROL/ARCANGEL IMAGES
Réalisation graphique couverture : T. SAUVAGE

© 2012, Allison McKeen. © 2013, Harlequin S.A.
83-85, boulevard Vincent-Auriol, 75646 PARIS CEDEX 13.
Service Lectrices — Tél. : 01 45 82 47 47
www.harlequin.fr
ISBN 978-2-2802-8089-1 — ISSN 1950-2753

1

Nick Foster s'installait au volant de sa voiture pour retourner à Pittsburgh quand il s'aperçut qu'il avait reçu un message sur la boîte vocale de son téléphone portable. Dom avait tenté de le joindre.

« Salut, Nick. J'ai appris que tu étais à Arbor Falls pour quelques jours. J'ai un cadavre sur les bras dont j'aimerais te parler. Pourrais-tu passer à mon bureau ? »

Nick comprit qu'il ne pourrait pas prendre la route sur-le-champ comme il l'avait prévu.

Comme il s'engageait sur le parking du poste de police, il vit de gros nuages noirs qui s'amoncelaient à l'horizon. Il n'allait sans doute pas tarder à pleuvoir. L'orage qui menaçait promettait d'être violent, mais Nick se moquait de rouler sous le déluge. Le temps était en harmonie avec son humeur. Les trois jours qu'il venait de passer dans sa ville natale avaient été bien sombres. La pluie ne ferait que compléter le tableau.

Tout en se dirigeant vers le commissariat, il remarqua une fois de plus à quel point le bâtiment en brique rouge semblait incongru dans le quartier. Il faisait tache au milieu des immeubles en pierre de taille.

Lorsqu'il vivait ici, il n'avait eu qu'un rêve : s'en aller. Il avait passé des années à planifier son départ. Il s'était toujours senti à l'étroit dans cette petite bourgade de province, à l'écart du reste du monde. Il n'avait jamais trouvé le moindre charme au centre-ville et avait toujours déploré son manque d'animation.

A ses yeux, la vallée, avec ses routes sinueuses et ses pinèdes, n'offrait pas beaucoup d'intérêt non plus.

Fuir l'existence morne et ennuyeuse qu'il avait connue à Arbor Falls avait été son but et il ne regrettait pas d'avoir quitté cette ville. Au contraire, il se félicitait tous les jours d'être parti. Depuis longtemps, il avait tourné la page, mis une croix sur cette époque. Puisque Dom le lui demandait, il pouvait faire l'effort de prolonger son séjour d'une heure ou deux mais il avait hâte de s'en aller.

Il poussa la porte vitrée du commissariat et gagna le premier étage, saluant au passage ses anciens collègues. Rien n'avait changé. Les mêmes fissures ornaient les murs défraîchis, les mêmes visages blêmes étaient penchés sur les mêmes tables en métal gris. Une fois de plus, il remercia in petto le destin de l'avoir entraîné loin d'Arbor Falls. S'il y était resté, il serait tombé dans la même léthargie.

Il remonta à grands pas le couloir jusqu'au bureau de Domingo Vasquez. La porte en était ouverte.

Dès qu'il l'aperçut, Dom se leva.

— Nick ! s'exclama-t-il avec chaleur. Cela fait plaisir de te revoir, vieux. Tout se passe bien pour toi au FBI ?

Nick lui serra la main en souriant.

— Ne va pas imaginer que les membres du FBI travaillent dans de meilleures conditions que les flics. Là-bas comme ici, tout le monde boit un café infect et l'administration y est encore plus tatillonne que dans la police. Et de ton côté, quoi de neuf ?

— J'ai pris du galon, répondit Dom en lui montrant son insigne. Je suis passé sergent.

— Félicitations, sergent !

Lorsque Nick travaillait au commissariat d'Arbor Falls, Dom avait été son coéquipier pendant plus de quatre ans. Peu ambitieux, Dom n'avait jamais aspiré à gravir les échelons de la hiérarchie. Mais il s'était révélé un excellent inspecteur de police et ses supérieurs lui avaient accordé les promotions qu'il n'avait pas demandées. Ce n'était que justice.

Dom poussa un soupir.

— Merci. Cela dit, je ne t'ai pas prié de passer au bureau

pour me faire mousser. J'ai besoin de ton avis sur une affaire. J'aimerais te montrer quelque chose. Viens avec moi.

Nick le suivit à l'étage du dessus. Depuis son départ, les murs avaient été repeints mais ils ne semblaient pas plus pimpants. Au contraire, ce rafraîchissement ne faisait que souligner l'aspect désuet des lieux.

Se retrouver dans ce commissariat raviva les souvenirs de Nick. Il avait parcouru un nombre incalculable de fois ces couloirs, s'imaginant faire carrière ailleurs. Traquer les automobilistes en excès de vitesse ou les voleurs de sacs à main et passer ses samedis soir à ramasser des adolescents ivres morts pour les mettre en cellule de dégrisement ne l'avait jamais amusé. Il avait toujours eu la conviction qu'il avait mieux à faire. Il rêvait de se consacrer à des activités plus palpitantes.

Lorsqu'il avait enfin pu quitter la ville, il avait relégué dans un coin de sa mémoire toutes ces journées passées au poste de police et il s'efforçait depuis lors de les oublier. Bien sûr, il lui était arrivé à plusieurs reprises de revenir à Arbor Falls — pour des vacances, pour fêter les anniversaires de sa mère ou pour assister aux mariages d'amis proches — mais il s'était arrangé pour limiter au minimum ces visites. Les années passées dans ce trou perdu appartenaient au passé et c'était très bien ainsi.

Ce week-end, pourtant, il était revenu pour les obsèques d'un homme qui l'avait méprisé tout au long de sa vie. Il avait bien connu le juge Andrews pour l'avoir fréquenté pendant près de vingt ans. Il avait gardé à la mémoire sa toux caractéristique aussi bien que son haleine fétide. Assis au fond de l'église, dissimulé derrière un pilier, il avait regardé le cercueil de chêne en regrettant de n'avoir jamais réussi à oublier les cruelles paroles que le juge lui lançait autrefois, chaque fois qu'il en avait l'occasion. Pendant vingt ans, Nick avait été amoureux de sa fille et le juge avait tout fait pour les séparer.

« Ma Libby n'est pas pour vous, mon garçon, lui assénait-il à tout propos. Elle ira loin, elle est promise à un grand avenir où vous n'aurez pas votre place. Ne vous faites aucune illusion à son sujet. »

Mais Nick s'en était fait, des illusions. Après avoir longtemps courtisé Libby, il était sorti avec elle pendant des années et lui avait finalement demandé sa main. Lorsqu'elle avait accepté, il s'était cru l'homme le plus heureux de la terre. Mais six mois plus tard, elle avait brutalement rompu leurs fiançailles.

« Je ne veux pas t'épouser. Je ne t'aime pas », lui avait-elle dit d'une voix tranchante.

Elle savait être dure. Avec un père comme le sien, elle avait été formée à bonne école.

Leur rupture remontait à trois ans. Lors des funérailles du juge, Nick avait regardé en catimini la jeune femme serrée dans les bras de sa sœur, toutes deux ravagées par le chagrin. Pendant l'office, il s'était demandé pourquoi il était venu. S'il avait espéré pouvoir ainsi pardonner à cet homme qui lui avait fait tant de mal, il avait fait le déplacement pour rien. A la fin de la messe, il était sorti discrètement de l'église sans présenter ses condoléances à la famille. Libby certainement n'avait aucune envie de le revoir et lui non plus.

Dom entra dans la salle de conférences et alluma la lumière.

— Un meurtre a eu lieu, la nuit dernière. Nous avons découvert le cadavre il y a quelques heures à peine. Comme je sais que tu travailles sur les crimes violents au FBI, j'aimerais ton avis.

— Au téléphone, tu m'as dit que tu pensais avoir affaire à un tueur en série.

— En réalité, pour le moment, il n'y a qu'une victime.

— Mais ?

Dom écarta une pile de dossiers sur la table.

— Il s'agit d'une jeune prostituée qui semble avoir été étranglée. Jusqu'ici, rien de très original, n'est-ce pas ? Ce genre de meurtres devient malheureusement trop fréquent.

Tendu, Nick ouvrit le dossier et parcourut des yeux les horribles photos de la scène de crime. Depuis le temps qu'il travaillait sur les meurtres et assassinats, il avait appris à se blinder mais, de temps à autre, il lui arrivait encore d'être révulsé par une affaire.

Il fronça les sourcils.

— Une prostituée, tu crois ? Elle est pourtant vêtue d'un tailleur.

— Apparemment, son assassin l'a habillée ainsi après l'avoir tuée. Il l'a aussi affublée d'une perruque. La fille était blonde.

Le cœur de Nick s'accéléra dans sa poitrine.

— Un fétichiste, peut-être. En tout cas, le FBI n'a aucune raison de s'intéresser à cette histoire.

L'ombre qui passa dans les yeux de Dom l'inquiéta.

— Je ne pensais pas faire appel au FBI, répliqua son ami. Mais à toi.

Il posa deux pochettes en plastique sur la table et poursuivit :

— Nous avons trouvé cette lettre près du cadavre. Le meurtrier explique qu'il se manifestera chaque jour pendant six jours avant de tuer quelqu'un d'autre, le septième. Et pour couronner le tout, il a poussé le vice jusqu'à nous laisser le premier signe annonciateur. Accroche-toi, il s'agit d'une photo de ta copine.

Le cœur de Nick cessa de battre à la vue du cliché. Libby Andrews. L'objectif l'avait surprise alors qu'elle descendait les marches du palais de justice, vêtue d'un tailleur bleu marine. Ses cheveux bruns étaient tirés en arrière et elle portait des lunettes à monture noire. Il ne l'avait pas vue chaussée de lunettes depuis trois ans. En fait, il ne l'avait pas revue, elle, depuis des années. Dans cette tenue stricte, elle paraissait à la fois sexy en diable et terriblement froide.

— Libby n'est pas ma copine, grommela-t-il. Elle ne l'est plus depuis longtemps. Cette photo semble avoir été découpée dans un journal.

— Elle figurait, en effet, en première page du quotidien local du 10 avril dernier. Libby sortait du procès de Brislin. Tu sais, ce sénateur condamné pour corruption. Libby était le procureur.

Bien sûr, Nick en avait entendu parler. Même s'il habitait désormais à Pittsburgh, il avait gardé des contacts avec Arbor Falls et, de toute façon, il aurait fallu vivre en ermite pour ne pas être au courant de cette histoire. Brislin avait longtemps été une star au Sénat et semblait promis à un grand avenir. Quand Libby l'avait épinglé, l'affaire avait fait scandale.

Il repoussa les pochettes en plastique.

— Je ne comprends pas ce que tu attends de moi. C'est ton enquête. Mène-la.

Le visage de Dom s'assombrit davantage.

— Six jours, Nick. Cela ne nous laisse pas beaucoup de temps.

— Et que veux-tu que j'y fasse ? Je vis à cinq heures de route, j'ai d'autres responsabilités. Libby a-t-elle été prévenue ?

— Pas encore. J'ai envoyé quelqu'un, ce matin, mais elle n'était pas chez elle. Elle a dû passer la nuit ailleurs. Elle ne répond pas non plus au téléphone. Je pensais me rendre au palais de justice cet après-midi pour lui en parler en personne.

— Bon sang, Dom ! Tu ne lui as encore rien dit ?

Libby était en danger de mort et elle ne le savait même pas !

— Elle n'était pas chez elle, je te dis. Nous n'avons découvert le cadavre que ce matin. Nous faisons de notre mieux, mais…

— Qu'as-tu prévu pour assurer sa sécurité ?

— Une voiture de patrouille stationne déjà devant sa maison.

— Cela ne suffit pas.

— Nick, je t'assure que nous ne pouvons pas…

— Cela ne suffit pas, Dom, répéta Nick en se levant. Mais que veux-tu que je fasse ? Elle me déteste.

D'ailleurs, il travaillait sur un important dossier au FBI. Il était sur le point de démanteler un réseau de trafiquants de drogues. Ses supérieurs n'apprécieraient pas qu'il les laisse tomber en plein milieu d'une enquête pour prendre quelques jours de congés.

Dom croisa les bras et s'efforça de garder un air neutre.

— Tu es quelqu'un de bien. Je suis sûr que tu feras ce qu'il convient de faire.

Nick serra les mâchoires.

— Je lui parlerai moi-même.

Dom hocha la tête.

— J'étais certain que tu voudrais t'en charger. Il vaut mieux qu'elle l'apprenne par quelqu'un en qui elle a confiance.

— Oui, ce serait mieux, grommela Nick en enfilant son blouson. Malheureusement, elle l'apprendra par moi.

Libby avait déjà fait trois fois le tour du quartier, désespérant de trouver un endroit pour se garer, quand elle remarqua un homme au coin de Marbury Street, devant une place de parking libre. Elle se figea en reconnaissant son parapluie noir — qu'il avait depuis toujours — et son blouson — qu'elle lui avait offert pour son anniversaire.

Nick.

Son visage était impénétrable. Ce n'est que lorsqu'il remonta sur le trottoir qu'elle comprit qu'il lui avait gardé une place de stationnement. Un geste attentionné, et pourtant son expression était loin d'être chaleureuse. Il serrait les mâchoires. Elle manœuvra avec un soin inhabituel.

Elle se sentait nerveuse. Depuis qu'elle avait donné son accord pour le rencontrer, au téléphone, elle était dans tous ses états. Après avoir coupé le moteur, elle fit mine de chercher quelque chose dans son sac pour se donner le temps de se calmer. Levant les yeux, elle vit Nick s'approcher, son parapluie à la main. Avec une profonde inspiration, elle s'apprêta à sortir de l'habitacle.

Il lui ouvrit la portière.

— Fais attention à cette flaque, murmura-t-il.

— Merci.

Il posa la main sur son dos et l'entraîna plus loin.

— Nous pourrions aller prendre un café, proposa-t-il.

— Je n'ai pas beaucoup de temps…

Le regard de Nick s'assombrit et elle regretta aussitôt ses paroles. Puisqu'elle avait accepté de le voir, elle se devait au moins d'être correcte.

— Mais d'accord. J'ai le temps pour un café.

— Parfait.

Mais il ne sourit pas.

Le vent était glacé et Libby resserra les pans de son manteau autour d'elle. Nick lui tint galamment la porte du Coffee On Main.

Elle avait travaillé ses examens du barreau dans cette brasserie, s'abreuvant de cafés pour rester éveillée. Six ans plus tôt, elle appelait tous les serveurs par leurs prénoms mais elle n'y était pas revenue depuis cette époque. L'endroit n'avait pas beaucoup changé. Les murs étaient toujours peints de rouge et ornés d'affiches de spectacles et de concerts à venir.

Nick retira son blouson ruisselant de pluie et en sortit son portefeuille.

— Un cappuccino très sucré ?

— Je ne bois plus de café. Je prendrai un thé.

Elle s'assit, les bras croisés, feignant l'indifférence. Mais Nick resta debout, les mains dans les poches. Elle faillit lui demander d'un ton brusque ce qu'il attendait mais elle se l'interdit à temps.

— Tu veux de l'argent pour les consommations, comprit-elle.

— Il ne s'agit pas d'un rendez-vous amoureux…

— Non, en effet.

« Clairement pas », pensa-t-elle en tirant un billet de son sac.

— Tiens, garde la monnaie.

— Je n'ai pas besoin de ta charité, rétorqua-t-il.

— Alors laisse-la au garçon comme pourboire.

Il s'éloigna vers le comptoir. Il s'adressa aimablement au barman mais il semblait raide, sur ses gardes, comme s'il se sentait menacé.

Comme il se tournait vers elle pour lui jeter un regard glacé, elle frissonna. Elle s'était souvent demandé si Nick lui en voulait toujours de la façon dont elle avait rompu. Manifestement, oui.

Libby tira sur sa jupe. S'il avait envie d'être en colère, qu'il le soit. Lorsqu'ils sortaient ensemble, elle ne lui avait jamais été infidèle. Elle ne l'avait jamais exclu de ses projets quand elle fréquentait l'université puis l'école de droit, ou imaginait sa future carrière. Lui, en revanche, avait intégré le FBI sans lui demander son avis avant de la prier de le suivre à Pittsburgh, de s'éloigner de sa famille, de vendre sa maison, de démissionner du poste qu'elle avait eu tant de mal à décrocher. Encore maintenant, elle en éprouvait un réel ressentiment.

Nick avait toujours considéré qu'il était prioritaire.

Il avait un but et avait mis tout en œuvre pour l'obtenir, sans se soucier des autres. Même si, à l'époque, elle avait accepté de renoncer à tout pour le suivre à Pittsburg, il l'aurait quittée, tôt ou tard, en comprenant qu'elle l'empêcherait de fonder une famille. Elle en était certaine.

Une pointe de culpabilité la tortura lorsqu'elle songea qu'elle lui avait caché son plus grand secret. Au départ, elle avait eu l'intention de lui en parler, vraiment. Mais elle en avait été incapable. Il lui avait paru plus simple de lui dire qu'elle ne l'aimait pas. Peut-être était-ce vrai, d'ailleurs.

Elle commença à se mordiller l'ongle du pouce mais s'interrompit. Ces derniers temps, elle s'efforçait de se débarrasser peu à peu de ses mauvaises habitudes. Elle avait ainsi décidé de cesser de boire du café et d'arrêter de se ronger les ongles.

Ces dernières années avaient été difficiles mais elle était déterminée à s'améliorer. Revoir Nick était une sorte de thérapie. Il s'agissait d'une épreuve qui lui permettrait de s'endurcir et, une fois qu'il partirait, elle se sentirait mieux.

Elle redressa les épaules et l'observa à la dérobée. Il n'avait pas changé. Certes, ses cheveux châtains étaient un peu plus longs que dans ses souvenirs et un peu ébouriffés. Il ne s'était sans doute pas rasé, ce matin. Il lui parut plus musclé qu'autrefois, comme s'il faisait beaucoup de sport. S'était-elle attendue à le voir brisé, perdu sans elle ? Qu'il ait l'air ravagé, hanté ? Au contraire, il ne lui avait jamais semblé plus assuré, et elle en éprouva un curieux pincement au cœur.

Nick revint et s'assit en face d'elle.

— Tu as l'air en forme.

— Toi aussi.

Son regard avait gardé son intensité d'autrefois mais elle y décela aussi une certaine tristesse. Elle s'éclaircit la gorge.

— Tu voulais me parler…

Quand il l'avait appelée au bureau, il lui avait paru nerveux et, d'emblée, il lui avait reproché d'avoir éteint son téléphone portable.

« Et si quelqu'un a absolument besoin de te joindre, Libby ? »

Elle avait hésité à lui raccrocher au nez, mais avait été si étonnée qu'il lui téléphone après trois ans de silence qu'elle s'était contentée de demander avec curiosité :

« Que veux-tu, Nick ? »

Il avait poussé un gros soupir.

« Te dire quelque chose. Pourrions-nous nous retrouver quelque part ? Aujourd'hui ? »

Elle avait des audiences au tribunal toute la matinée, mais elle avait accepté de le rejoindre dans l'après-midi sur la rue principale. Libby avait cru qu'ils feraient une rapide balade dans le quartier. Elle n'avait aucune envie de discuter avec lui. Malheureusement, à cause de la pluie, ils avaient été contraints de s'installer dans un café et elle se sentait mal à l'aise.

— Je suis contente de te voir, reprit-elle. J'ai moi aussi à te parler.

— Vraiment ? Tu piques ma curiosité, Libby.

— Ce n'est pas grand-chose mais…

Elle serra dans sa poche l'écrin qui abritait la bague de fiançailles qu'il lui avait donnée autrefois. Après leur rupture, elle lui avait demandé ce qu'elle devait en faire. Il avait répondu par SMS : « Garde-la. »

Qu'imaginait-il ? Qu'elle la mettrait au clou ? Il savait qu'elle jetterait cette bague au fond d'un tiroir, pour ne plus la voir et pour oublier tout ce qu'elle avait représenté. De plus, le diamant avait dû lui coûter une fortune.

Elle avait eu l'intention de la lui renvoyer, mais finalement elle y avait renoncé.

Au moment de lui tendre la petite boîte, elle manqua de courage et préféra répéter.

— Tu as l'air en forme.

— Oui, je le suis. J'ai été navré d'apprendre le décès de ton père. C'était quelqu'un de bien.

— Merci, répondit-elle, soulagée de parler d'autre chose.

Pourtant, elle le savait, Nick mentait. Il avait détesté son père, et réciproquement, mais ce n'était pas le moment d'y faire allusion.

— J'ai entendu dire qu'il avait été emporté par un cancer du pancréas foudroyant, continua-t-il.

— En effet, il est mort deux mois après avoir appris qu'il était malade. Il a été enterré vendredi, ajouta-t-elle.

Elle s'interdit de lui poser la question qui lui brûlait les lèvres. Pourquoi Nick ne s'était-il pas rendu aux obsèques de son père ? Bien sûr, il n'aurait eu aucune raison d'y assister. Pourtant, elle avait été triste qu'il n'y soit pas venu. Ils avaient longtemps été fiancés, Nick avait très bien connu son père et il aurait pu faire le déplacement. Cela dit, Nick avait toujours été égoïste.

Elle se mordit la lèvre pour ne pas exprimer à voix haute

ses reproches. Elle devait se montrer aimable. En vérité, ces derniers temps, elle ne supportait plus le vide laissé par ceux qu'elle avait aimés. Son père, par exemple. Sans doute, un jour, accepterait-elle qu'il ne soit plus là, mais depuis sa mort elle ne cessait d'avoir envie de lui téléphoner.

Nick fixa la table.

— Tu lui vouais une admiration sans bornes. Tu as fait ton droit pour lui faire plaisir.

Elle hocha la tête.

— Et pourtant, il ne m'a jamais vue au tribunal. Longtemps, il était trop occupé de son côté pour en avoir la possibilité et, ensuite, il est tombé malade. Je sais que c'est un détail mais...

— Ce n'est pas un détail.

Nick croisa les mains, manifestement mal à l'aise.

Lui aussi avait longtemps fait partie de sa vie, été quelqu'un qu'elle avait aimé... ou, en tout cas, qu'elle avait cru aimer. Comme il tournait la tête vers la baie vitrée, elle admira son profil. Il avait le nez légèrement busqué depuis qu'au lycée un garçon lui avait envoyé son poing à la figure. Nick avait riposté et son agresseur avait fini avec deux yeux au beurre noir. Ils s'étaient battus à propos d'une fille. Beaucoup d'entre elles lui tournaient autour, à l'époque, mais s'il lui arrivait d'en embrasser certaines, ces histoires ne signifiaient rien pour lui.

Quand Nick reporta son attention sur elle, il se rendit compte qu'elle l'observait. Elle fut frappée par l'intensité de son regard. Par chance, le serveur vint alors leur apporter leur commande. Libby entoura sa tasse de ses mains pour les réchauffer. Un poids pesait sur sa poitrine. Elle se demandait si elle devait lui rendre la bague maintenant ou attendre un peu.

— Pourquoi voulais-tu me voir ? le questionna-t-elle.

« Chaque chose en son temps », se dit-elle. La bague attendrait.

Nick se raidit. Il était mal assis sur cette chaise branlante. Il n'avait pas la place d'étendre ses longues jambes. Et surtout, la présence de Libby en face de lui le déstabilisait.

Libby appartenait depuis longtemps au passé, il avait tourné la page et se moquait bien de ce qu'elle était devenue. Mais à présent, il revoyait son visage lorsqu'elle lui avait annoncé qu'elle rompait leurs fiançailles, qu'elle ne l'aimait pas. Elle avait employé des mots terriblement durs et elle avait fait exploser l'univers de Nick.

Elle était sans doute bonne actrice, parce qu'il avait toujours été persuadé qu'elle l'aimait. Les gens qui ne s'aiment pas n'éprouvent pas ce qu'il ressentait quand ils faisaient l'amour. Et ils ne cessaient pas de s'aimer du jour au lendemain. Et pourtant, il avait, lui, cessé d'aimer Libby du jour au lendemain en prenant conscience qu'il avait connu cette fille pendant plus vingt ans sans avoir jamais su qui elle était en réalité.

Cela dit, il ne lui voulait aucun mal. Avoir à lui apprendre qu'elle était la cible d'un malade ou peut-être d'un tueur en série lui fendait le cœur.

Il se frotta le visage.

— Je ne sais pas très bien par où commencer…

Il avait toujours détesté s'adresser aux victimes et Libby ne l'aidait pas beaucoup. Quand il l'avait vue sortir de sa voiture, il en avait eu le souffle coupé. Elle lui avait toujours paru ravissante avec ses longs cheveux noirs tombant sur sa peau aussi parfaite qu'un tapis de neige. Comme elle le fixait de ses yeux bleus avec une inquiétude croissante, il se rendit compte qu'il avait espéré que le temps et la distance atténueraient l'effet qu'elle avait toujours eu sur lui. Mais en vain.

Libby était plus belle que jamais.

— Tu me rends nerveuse, Nick. Que se passe-t-il ?

Il prit une profonde inspiration.

— J'ai vu Dom Vasquez, ce matin. Un meurtre a eu lieu la nuit dernière.

Elle porta les mains à sa gorge.

— S'agit-il de quelqu'un que je connais ?

— Non, non, je suis désolé. La victime était une jeune femme de Peterborough. Rita quelque chose. Elle avait un casier judiciaire. Elle a été plusieurs fois condamnée pour prostitution et détention de drogues.

— J'en suis navrée pour elle, mais… je ne comprends pas.

A la manière dont tu as abordé le sujet, je pensais que tu voulais me parler de quelque chose de grave me concernant, et je …

— C'est le cas. Simplement, je ne sais pas comment le formuler… Je crois que tu es en danger.

Elle blêmit.

— Que veux-tu dire ?

— Le type qui a tué cette femme a laissé une lettre de menaces près du cadavre, assurant qu'il allait bientôt réitérer son acte, tuer quelqu'un d'autre. Et avec cette missive, il a mis une photo de toi.

Libby resta un instant pétrifiée. Puis elle murmura :

— Que disait cette lettre exactement ?

— Je t'en ai apporté une photocopie, dit-il en la sortant de sa poche pour la lui tendre. Apparemment, il veut se venger d'une injustice, mais il ne précise pas laquelle.

Il remarqua que ses mains tremblaient tandis qu'elle lisait le feuillet.

— Qu'est-ce que cela signifie ? Six indices, un par jour pendant six jours ? Que veut-il dire ?

— Nous n'en savons rien. Dom essaie de tirer cette histoire au clair. Il en fait une priorité.

Il lui prit la main, un geste qu'il espérait réconfortant mais qui se révéla surtout gênant. Les doigts de Libby étaient glacés. Elle se libéra de son emprise, plia calmement la feuille et la lui rendit.

— Je ne veux plus jamais voir ce torchon.

Un silence pesant tomba entre eux. Libby porta le regard sur la rue par la baie vitrée. Un instant, il craignit qu'elle ne soit sous le choc de ce qu'il venait de lui apprendre, mais quand elle but une gorgée de son thé, il se rendit compte qu'elle s'efforçait simplement de réprimer ses émotions. Elle était passée maître en la matière.

— Dom a demandé à ce qu'une voiture de patrouille surveille en permanence ta maison, reprit-il. Je ne veux pas que tu restes seule.

Elle repoussa ses cheveux en arrière.

— Où le tueur a-t-il trouvé cette photo de moi ?

— Il l'a visiblement découpée dans le journal de la semaine dernière.

— Cette horrible photo qui me montrait avec mes lunettes ? J'avais perdu un de mes verres de contact pendant ma plaidoirie…

— Arrête, Libby. L'affaire est grave.

— Un malade remarque le portrait d'une femme dans le quotidien local et il s'en sert pour attirer l'attention. Quelle importance cela a-t-il ?

— Nous devons envisager toutes les hypothèses, y compris celle qu'il ne plaisante pas. Tu le sais.

Elle regarda de nouveau la rue.

— Je regrette que tu m'en aies parlé.

Il continuait à la dévisager comme s'il guettait une réaction de sa part. Que croyait-il ? Qu'elle allait faire une crise d'hystérie ?

Elle était procureur. Son travail consistait à appliquer la loi et il lui arrivait souvent de mettre des gens en prison, parfois pour longtemps. Elle se moquait de ruiner des carrières politiques, de créer des problèmes dans les familles. L'important pour elle était de punir ceux qui s'étaient rendus coupables de crimes. Mais elle n'était pas idiote. Elle savait qu'au cours de sa carrière elle s'était fait beaucoup d'ennemis.

— J'ai déjà reçu des menaces, reprit-elle. Certaines émanant de détenus, d'autres de leurs proches. Je les remets à la police et je ne m'en soucie plus. Je ne suis pas surprise d'être la cible de nouveaux courriers malfaisants. Comme tu l'ignores sans doute, j'ai travaillé dernièrement sur une affaire d'envergure.

— Tu as fais condamner le sénateur Brislin, j'en ai entendu parler. Il s'apprêtait à se présenter pour un second mandat.

— Il restera à l'ombre pour un moment. Il a eu tort de profiter de son influence pour se faire offrir des séjours à l'étranger et des week-ends au soleil. Je suis sûre que ce sénateur a beaucoup d'amis qui me détestent, à présent. L'un d'eux veut sans doute me faire peur.

— As-tu compris ce que je viens de te dire ? Vasquez a trouvé cette lettre sur un cadavre ! Il ne s'agit pas de paroles en l'air.

— Et que suggères-tu, Nick ? Que j'aille me cacher quelque

part ? Que je vive dans la peur ? Tu prétends que je suis en danger. Que veux-tu dire exactement ?

— Je veux que tu sois très prudente. Et j'aimerais assurer personnellement ta sécurité.

— En jouant les gardes du corps ? répliqua-t-elle en croisant les bras. En quoi serait-ce utile ? Je travaille dans un endroit public, entourée par des policiers.

— Mais tu vis seule…

— Et alors ?

— La situation ne m'enchante pas plus que toi mais les policiers du palais de justice ne peuvent pas t'escorter jour et nuit.

Elle se pencha en avant.

— Tu crois vraiment que je cours un danger ?

— Absolument. Et je préfère veiller sur toi.

— Pourquoi ? Pourquoi rester avec moi alors qu'une voiture de patrouille est garée devant ma maison et que des policiers montent en permanence la garde au palais de justice ?

— Parce que mon métier consiste à protéger les gens et que tu as besoin d'être protégée.

Elle détourna la tête et se remit à mordiller ses ongles.

— Cela ne me semble pas une bonne idée. J'ai quelqu'un dans ma vie et je n'ai pas envie de créer… de malentendus.

Etait-ce son imagination ou elle vit Nick se raidir ?

— Il n'y a aucun malentendu possible. Je ne savais pas que tu avais un petit ami. Vit-il avec toi ? Je ne veux pas être indiscret mais dans ce cas…

— David n'est pas mon petit ami. Il nous arrive de sortir ensemble. Nous ne vivons pas ensemble et il est à Zurich, cette semaine.

Elle guetta des signes de soulagement chez Nick avant de se reprocher sa réaction. Pourquoi se souciait-elle qu'il soit rassuré d'apprendre qu'elle ne fréquentait personne ? Tous deux avaient tourné la page. Et pourtant, il parut en effet se détendre.

— Tu es donc seule, conclut-il. Et je ne veux pas que tu le sois. Je vais rester avec toi.

Libby se mit à réfléchir à toute vitesse. En vérité, elle ne pensait pas courir le moindre danger. Le tueur ne l'avait pas menacée directement et elle ne voyait pas en quoi la présence de Nick changerait la donne.

Trois ans plus tôt, elle lui avait rendu sa liberté. Par la suite, elle avait réussi à se reconstruire et elle était sortie de cette épreuve plus forte qu'auparavant. Elle était fière de sa carrière, fière de ce qu'elle était devenue. Elle n'avait aucune envie de faire revenir Nick dans son univers. Se retrouver avec lui semblait compliqué.

D'un autre côté, peut-être avait-il raison, peut-être était-elle vraiment en danger.

Comme elle enfonçait les mains dans ses poches, elle sentit sous ses doigts l'écrin. « Rends-le-lui. »

Mais Nick planta les yeux dans les siens.

— Alors, qu'en penses-tu ?

— Je pense que je suis attendue au tribunal et que je dois y aller.

Puis elle posa l'écrin sur la table, s'efforçant d'ignorer la colère et la tristesse qui envahirent aussitôt le regard de Nick.

— Ceci t'appartient.

— Je t'ai dit depuis longtemps que je n'en voulais pas.

— Moi non plus, répliqua-t-elle en s'emparant de son sac.

— Après l'avoir gardée des années, tu me rends cette bague maintenant ? Tu avais attendu le bon moment, tout calculé pour me faire le plus de mal possible ?

Elle déglutit avec peine.

— Je m'en vais. Merci pour le thé.

— Tu l'as payé.

— Alors merci pour rien.

Elle se hâta vers la sortie. Dehors, il ne pleuvait presque plus.

Elle prit une profonde inspiration, s'efforçant de mettre de l'ordre dans ses idées. Il était ridicule de penser qu'elle était dans le collimateur d'un malade.

Sans se retourner, elle ouvrit la portière de sa voiture et s'installa au volant. Mais au moment où elle démarrait, elle vit Nick sur le trottoir, les mains dans les poches.

Elle avait sans doute réussi à le convaincre de retourner à Pittsburgh sans se soucier d'elle.

De nouveau, son cœur se brisait.

2

Libby s'immobilisa sur le seuil de son bureau et observa la pièce. Tout y était à sa place et aucun paquet suspect ne trônait sur sa table de travail, constata-t-elle avec soulagement.

Se rendant compte qu'elle tremblait de tous ses membres, elle s'obligea à recouvrer son sang-froid. Nick dramatisait, voilà tout. Son père disait toujours de Nick qu'il était impulsif et avait tendance à s'affoler pour rien au lieu de prendre le temps d'analyser la situation. A l'époque, elle lui en avait voulu de porter un tel jugement sur son fiancé mais, au fond, il n'avait pas tort. D'ailleurs, à propos de Nick, il avait souvent eu raison.

Avec le recul, elle comprenait pourquoi leur relation avait été condamnée dès le départ. Avec un père juge et estimé par toute la profession, elle avait bénéficié de la meilleure éducation, avait côtoyé des hommes et des femmes influents. Enfant, elle avait été scolarisée dans les meilleurs établissements et son père lui avait appris les bonnes manières. Nick n'avait pas eu cette chance et le juge Andrews n'avait jamais raté une occasion de le souligner.

« As-tu remarqué à quel point Nick se tient mal à table ? » lui avait-il glissé un jour. « Il ne sait même pas se servir correctement de ses couverts. »

Par la suite, elle avait montré à Nick comment découper sa viande avec distinction et elle avait été contente de voir l'expression de son père quand il s'était aperçu que Nick maniait à présent sa fourchette et son couteau avec brio. Mais plus tard, il avait cruellement ricané parce que Nick avait rempli d'eau son verre à vin.

« Vous ne venez pas du même monde, avait-il lancé un jour. Il est normal que Nick se sente mal à l'aise dans le tien. »

Leurs différences ne se limitaient pas aux règles de savoir-vivre. Lorsqu'ils étaient étudiants, Libby pouvait passer un très bon week-end toute seule chez elle à lire tandis que Nick avait besoin de sortir jouer au rugby avec ses camarades. Il débordait d'énergie, excellait dans la plupart des sports et il détestait les études alors qu'elle aurait pu déclamer des vers pendant vingt-quatre heures. Leurs sentiments mutuels les avaient réunis et emmenés loin, elle devait le reconnaître, mais tôt ou tard leurs chemins se seraient inéluctablement séparés.

Elle retira son manteau, l'accrocha au perroquet de bois. Apprendre qu'un tueur en série avait laissé une photo d'elle sur les lieux d'un crime lui avait donné la chair de poule, elle ne pouvait le nier. Mais elle avait lu la lettre, et celle-ci ne contenait pas de menaces directes à son encontre. Elle allait faire attention, voilà tout. Peut-être s'installerait-elle quelque temps chez sa sœur. Cassie était célibataire mais venait d'avoir un bébé. Libby avait passé la nuit dernière chez elle et peut-être lui proposerait-elle de revenir. Cassie serait contente d'avoir de l'aide.

Mais si Nick avait raison et que quelqu'un cherchait vraiment à lui nuire ? Elle ne voulait pas faire courir le moindre risque à sa sœur et à son neveu en vivant avec eux. En proie à un début de migraine, elle refusa de s'appesantir plus longtemps sur ces questions. Au besoin, elle dormirait dans son bureau.

Avec un gros soupir, elle s'installa dans son fauteuil, devant une pile de dossiers, et s'empara du premier. « L'Etat contre Bailey ». Michael Bailey était accusé de meurtre et si elle ne voulait pas que l'affaire soit classée sans suite, il lui fallait mettre au point une stratégie pour l'audience de recevabilité. En effet, l'enquête avait été mal menée et des éléments à charge risquaient de ne pas être pris en compte. S'ils ne pouvaient être présentés à un tribunal, il y avait fort à parier qu'il n'y aurait pas de procès. Elle avait donc du travail.

Comme elle ouvrait la chemise cartonnée, quelqu'un frappa à la porte.

— Etes-vous très occupée, Libby ?

Greg LaFrance était procureur en chef. Il tentait toujours de trouver quelqu'un pour se charger des affaires urgentes ou des comparutions immédiates. Il était si pénible que certains collègues avaient avoué à Libby qu'ils se cachaient sous leur bureau en reconnaissant son pas dans les couloirs. Si elle n'avait pas été distraite, sans doute aurait-elle eu la même réaction.

Elle lui sourit.

— Désolée mais je suis attendue au tribunal à 15 heures.

— Dommage. Je vais avoir du mal à dénicher un procureur aussi maniaque et tatillon que vous.

Greg souriait mais ce commentaire déplut à Libby. Elle serra les mâchoires.

— Que voulez-vous dire exactement ? Pourquoi me traitez-vous de maniaque et de tatillonne ?

Le pauvre Greg eut l'air de vouloir disparaître sous terre. Ils ne se connaissaient pas très bien. Leurs échanges se limitaient à des plaisanteries et des considérations politiques. Ils n'avaient jamais déjeuné ensemble ni même pris un verre à la cafétéria du Palais. La plupart du temps, Libby était trop occupée pour bavarder. Mais là, elle tenait à savoir pourquoi il la voyait ainsi.

— C'était une façon de parler, cela ne voulait rien dire, Libby, balbutia-t-il. Je suis désolé. Je n'aurais pas dû faire cette réflexion.

— Les gens pensent-ils donc que je n'ai aucun sens de l'humour ? Que je suis incapable de plaisanter ? Est-ce pour cette raison qu'ils m'ont affublée de ces qualificatifs ?

— Bien sûr que non ! assura-t-il. Personnellement, je m'amuse toujours en votre compagnie. En tout cas, j'en avais l'habitude. Cela dit, ces temps-ci, vous semblez préoccupée. On le serait à moins.

Elle se mordilla les lèvres tout en réfléchissant.

— Le dites-vous parce que je refuse toujours les invitations émanant de mes collègues ? Vous savez que je déteste les mondanités, Greg. Bavarder des heures sur des sujets futiles me semble une perte de temps.

Elle se rendit compte qu'elle le suppliait de la comprendre et elle se demanda pourquoi elle accordait tant d'importance à l'opinion que les autres avaient d'elle. Elle était un procureur réputé. Le reste ne comptait pas, si ?

— Vous consacrez votre vie à votre métier, Libby. Ce n'est pas un reproche. Nous vous admirons tous.

Il passa un doigt sous le col de sa chemise. Visiblement, elle le mettait mal à l'aise.

— J'aime que vous interveniez au tribunal parce que vous n'avez pas peur d'attaquer, vous n'hésitez pas à pousser les accusés dans leurs retranchements, poursuivit-il. Avec votre regard implacable, rien ne vous échappe. Vous voyez tout, alors que nous passons souvent à côté d'éléments importants.

Il détourna la tête et Libby sentit un poids tomber sur sa poitrine. Elle passait ses nerfs sur Greg et il ne le méritait pas.

— Je suis désolée, Greg. J'ai eu une journée difficile.

— A cause de votre père ? demanda-t-il avec inquiétude. Vous savez, j'ai longtemps travaillé avec lui. C'était un bon juge. Impartial, intelligent. J'ai moi-même perdu mon père, alors je comprends très bien ce que vous éprouvez.

— Merci, Greg. Je suis navrée pour votre père. Quand est-il mort ?

Curieux, songea-t-elle, elle ne se souvenait pas de ce décès.

— Il y a trois ans, en janvier.

Elle comprit pourquoi elle n'en avait gardé aucun souvenir. A l'époque, un médecin venait de lui apprendre une terrible vérité qui avait fait voler sa vie en éclats : elle ne pourrait jamais avoir d'enfants. Le traitement contre le cancer qui lui avait été administré des années plus tôt était la cause de cette stérilité.

Cette nouvelle l'avait ravagée. Elle avait toujours rêvé de devenir mère, elle s'était toujours imaginée entourée d'une ribambelle d'enfants qu'elle aurait élevés avec chaleur, avec tendresse. Lorsqu'elle avait compris qu'elle ne connaîtrait jamais ce bonheur, elle avait sangloté des nuits entières. Personne ne l'appellerait « maman ». Elle s'était demandé pourquoi le destin s'acharnait ainsi sur elle. Très jeune, elle s'était battue contre la maladie, et maintenant, comme si cela ne suffisait pas, elle apprenait qu'elle ne pourrait jamais donner la vie.

Quelle faute avait-elle donc commise pour mériter une telle punition ?

A l'époque, Nick était en déplacement à Quantico. A son

retour, elle ne lui avait rien dit. Au départ, elle pensait lui en parler, attendant le bon moment pour lui annoncer qu'elle ne pourrait jamais porter la progéniture dont il avait toujours eu envie. Mais plus le temps passait, plus son secret devenait inextricable. Elle avait compris que cette stérilité condamnait leur relation. La perspective d'être rejetée pour cette raison lui était tellement insupportable qu'elle avait eu alors l'idée de ne pas lui en souffler mot et de prendre l'initiative de la rupture. D'être à l'origine de son propre cœur brisé la réconfortait, quelque part.

Pendant cette période, elle avait cru avoir été assez adulte pour ne pas faire porter ses problèmes personnels aux autres, elle s'était félicitée in petto d'assumer son destin. Mais la réflexion de Greg lui faisait prendre conscience que, focalisée sur ses propres souffrances, elle n'avait pas vu celles de son entourage.

— Le temps a passé si vite, dit-elle, gênée.

Elle n'avait même pas envoyé à Greg un petit mot ou des fleurs, elle n'avait jamais pris de ses nouvelles. Elle avait fait preuve d'un tel égoïsme qu'elle se demandait comment il supportait encore sa compagnie.

Il lui sourit.

— C'est vrai… En tout cas, si un jour vous avez envie de vous confier, de parler, n'hésitez pas à venir me trouver.

— Merci, Greg.

Avec un regard triste, il quitta la pièce et Libby plongea la tête dans ses mains. Elle se rendait compte qu'elle s'était comportée comme un monstre avec Greg et elle se promit de se montrer plus gentille avec lui, désormais. Peut-être l'inviterait-elle prochainement à déjeuner.

L'estomac noué, elle consulta sa montre. Elle avait une audience dans moins de deux heures, une audience qui s'annonçait difficile. Contrairement à Greg, la juge Hayward n'avait jamais porté son père dans son cœur et Libby avait souvent le sentiment qu'elle lui faisait payer un crime que le juge Andrews avait commis, longtemps auparavant. Mais peut-être se faisait-elle des idées. Après tout, il était naturel qu'un procureur et un juge aient des opinions divergentes.

Elle rouvrait son dossier quand elle entendit une employée s'exclamer dans le couloir :

— Nick ! Quelle surprise ! Cela faisait un bail !

Libby se pétrifia. Non, par pitié, non !

Cette femme devait saluer un autre Nick. Libby ne pouvait imaginer Nick Foster, qui avait travaillé en étroite collaboration avec les procureurs lorsqu'il était inspecteur de police à Arbor Falls, la poursuivre jusqu'à son bureau.

Mais quand il répondit, elle reconnut sa voix.

— Bonjour, Sheila. Comment allez-vous ? Je venais faire une visite surprise à Libby.

Affolée, celle-ci fut tentée un instant de se cacher sous son bureau mais elle se ressaisit et le regarda entrer dans la pièce.

— Laisse-moi deviner, dit-elle froidement. Tu es passé me dire au revoir avant de repartir pour Pittsburgh ?

— Tu n'as jamais été forte en devinettes. Tiens, tu n'as pas de chaise pour tes visiteurs ?

— L'Etat nous les a confisquées dans le cadre des économies budgétaires. Une grande vente publique a été organisée.

— Menteuse, dit-il en allant en chercher une dans la pièce voisine. Que se passe-t-il, Libby ? Tu ne veux pas de visiteurs ?

— Je n'ai pas de temps à leur consacrer, répliqua-t-elle en le regardant s'asseoir en face d'elle.

Il l'avait suivie jusqu'à son bureau, s'assurant que personne ne la filait. Comme toujours, des policiers montaient la garde devant le palais de justice et avaient tenté de lui en interdire l'accès, mais Nick leur avait montré son badge du FBI et leur avait parlé des menaces dont Libby faisait l'objet.

— Si vous remarquez quelque chose de suspect, appelez-moi ou prévenez le sergent Dom Vasquez.

L'ensemble du bâtiment était sécurisé. Nick l'avait parcouru pour une brève inspection. Les gens allaient et venaient, tous semblaient très occupés. Rien ne lui avait paru inhabituel ou inquiétant mais il ne pouvait se défaire d'un mauvais pressentiment.

Libby était en danger. Autrefois, elle l'avait brutalement quitté, lui avait dit qu'elle ne l'aimait pas. Et la manière dont elle lui avait rendu sa bague, tout à l'heure, l'avait rempli de colère.

Elle lui avait prouvé que leurs fiançailles n'avaient jamais rien représenté pour elle et sans doute lui avait-elle été infidèle, à l'époque. En tout cas, il s'était souvent posé la question. Mais imaginer Libby avec un autre lui donnait des envies de meurtres alors il préférait ne pas s'attarder sur cette éventualité. Sur tous les autres plans, Libby s'était toujours montrée irréprochable. Elle respectait les limitations de vitesse, était loyale, honnête. Non, en fait, elle ne l'avait sans doute jamais trompé. Ce n'était pas du tout son genre.

Il serra les poings. Elle l'avait plaqué trois ans plus tôt, et pourtant, la simple pensée que quelqu'un lui veuille du mal le rendait fou.

Cela dit, il n'éprouvait plus aucune attirance pour elle. Certainement pas. Comme tous les hommes depuis l'âge des cavernes, il acceptait mal qu'elle ne soit plus à lui. Voilà pourquoi il avait demandé quelques jours de congés au FBI afin de pouvoir veiller sur elle. Ses supérieurs n'avaient pas été contents mais il en faisait une question d'honneur, d'éthique.

Il sortit de sa poche son BlackBerry pour consulter ses messages. Il attendait à tout moment une mutation prévue depuis des semaines. Si tout se passait bien, il espérait être nommé à Washington. Il aurait la réponse très bientôt.

Remettant l'appareil à sa place, il considéra sa chaise qui semblait en piteux état.

— Tu devrais la changer.

— L'Etat n'a plus les moyens d'investir dans le matériel de bureau. Nous avons déjà du mal à obtenir de l'encre pour la photocopieuse. J'imagine qu'ils rafistoleront le pied cassé avec du Scotch.

Il la regarda s'absorber dans son dossier. Elle avait toujours été studieuse, sérieuse, intelligente comme son père, mais autrefois, elle savait aussi se détendre, se montrer spontanée. Nick n'aurait jamais voulu sortir avec une femme fermée comme une huître.

« Voulu sortir » ? De qui se moquait-il ? En vérité, il était tombé raide amoureux d'elle au premier regard.

Elle semblait totalement concentrée par sa lecture. Perdue

dans ses pensées, elle se mordillait les lèvres. Il avait toujours trouvé ce geste adorable.

— Je me demande comment tu arrives à rester aussi immobile quand tu travailles, dit-il. Pour ma part, au bout de cinq minutes sans bouger, j'ai des fourmis dans les jambes.

— Ne te crois pas obligé de rester, rétorqua-t-elle sans lever les yeux. Personne ne t'attend-il à Pittsburgh ? Personne ne compte sur toi pour démanteler un cartel de drogues ou quelque chose ?

— Je les ai tous démantelés avant de partir. Et comme je te l'ai dit tout à l'heure, je ne veux pas que tu sois seule.

— Et je t'ai répondu qu'il n'y a pas lieu de s'inquiéter à propos de menaces qui n'en sont pas. Si ça te fait plaisir, j'irai m'installer chez Cassie, pour être en sécurité. Elle vient d'avoir un bébé et sera contente que je lui donne un coup de main.

Il leva un sourcil étonné.

— J'ignorais que Cassie s'était…

— Elle n'est pas mariée. Elle élève seule son fils et voilà pourquoi elle aime bien que je passe.

D'un regard, elle le dissuada de l'interroger davantage sur la situation de sa sœur.

— Comment s'appelle-t-il ?

— Qui ?

— Le bébé.

— Samuel, répondit-elle en souriant. Samuel James, comme mon grand-père.

— Je sais.

Il regarda ses longues mains. Un jour, il était passé la voir à son bureau, en début de soirée, peu après leurs fiançailles. Elle avait fermé la porte et l'avait embrassé. Puis, coquine, elle l'avait caressé avant d'ouvrir son pantalon pour prendre son sexe en érection. Libby, toujours si élégante et réservée, si sérieuse et bien élevée, l'avait installé d'autorité dans le fauteuil pour s'asseoir à califourchon sur ses genoux avec un sourire complice. Et elle avait…

Il se leva et se posta à la fenêtre. Il n'était pas question de laisser son esprit s'aventurer dans cette direction.

Comme si elle lisait dans ses pensées, Libby se raidit de nouveau.

— Peut-être devrais-tu m'attendre dans le couloir ? J'ai beaucoup de travail.

Il hocha la tête et prit la porte. De toute façon, il avait besoin de se dégourdir les jambes, et prendre l'air lui ferait du bien.

L'inspecteur de police Frank Hawkins se tenait dans le couloir près de la salle d'audience, les bras croisés, et il considéra Libby d'un air méprisant.

— Vous êtes en retard. Etes-vous un nouveau procureur ? ajouta-t-il en se tournant vers Nick.

— Non, un ami de Libby.

« Une ombre attachée à mes pas, plutôt », songea Libby avec irritation.

Mais elle n'allait pas discuter sémantique avec Hawkins. Elle ne l'appréciait pas et avait souvent eu à lui reprocher ses pratiques policières douteuses. A croire qu'il détestait les lois, même s'il était théoriquement chargé de les faire respecter.

— Je ne suis pas en retard mais un peu en avance, répliqua-t-elle. Je me préparais pour l'audience.

Hawkins l'attrapa brutalement par le bras.

— Attendez, ne devions-nous pas en discuter d'abord ?

Libby regarda sa main sur son bras et rétorqua avec fermeté :

— Inspecteur Hawkins, je vous serais reconnaissante de ne pas me toucher.

— Répondez à ma question.

Nick s'approcha et fusilla Hawkins du regard.

— Lâchez-la.

Hawkins fronça les sourcils mais obtempéra.

— Merci, dit Libby. Peux-tu nous laisser seuls un instant, Nick ? ajouta-t-elle.

Il hésita.

— D'accord mais je reste à proximité et je vous surveillerai, ajouta-t-il à l'attention de Hawkins.

Lorsque Nick se fut éloigné, elle se tourna vers le policier.

— De quoi voulez-vous discuter ?

— Ne faut-il pas revoir ensemble mon témoignage ?

— Pour quoi faire ? Je vous ai interrogé la semaine dernière. Au cours de l'audience, je vous poserai une série de questions et j'attends de vous la vérité.

Il passa nerveusement un doigt sous son col. Il semblait très mal à l'aise.

— Je pensais que nous allions tout mettre au point avant de comparaître devant la juge.

— Vous avez déjà témoigné dans le passé, Hawkins. Je ne comprends pas pourquoi vous… Attendez ! Vous ne me demandez pas de cautionner des mensonges, j'espère ?

— Bien sûr que non.

— Alors de quelle mise au point parlez-vous ?

— J'essaie seulement de vous aider à garder un tueur et un mari violent en prison, Andrews.

Libby se mit à rire. Il ne manquait pas de souffle.

— Au contraire, vous me compliquez la tâche. Vous avez fait preuve de tant de zèle que je crains que la juge refuse de prendre en considération un élément à charge crucial pour un éventuel procès et qu'elle ne classe l'affaire. Ce serait une catastrophe, non ?

Il rougit.

— Laissez-moi une chance de m'expliquer.

— Très bien. Vous voulez être certain que j'ai bien enregistré votre déposition ? Résumons-la. Suite à l'appel d'un voisin, vous vous êtes rendu chez l'accusé pour mettre fin à une dispute conjugale. Puis, sans raison évidente et surtout sans mandat, vous avez effectué une fouille en règle de la maison. Vous avez alors découvert une arme à feu au fond d'un placard et il se trouve que les analyses balistiques ont prouvé que cette arme était liée à un meurtre non élucidé.

— J'ai donc permis d'avancer sur une enquête passée qui n'avait jamais abouti.

— Vous n'avez pas respecté la loi. Vous n'aviez pas le droit de fouiller cette maison, et si l'avocat de la défense demande à ce que l'histoire de l'arme soit retirée du dossier, l'affaire sera classée par votre faute.

Hawkins avait les yeux du serpent sur le point d'attaquer mais elle poursuivit :

— Ne comprenez-vous pas ? A cause de vous, un meurtrier va s'en tirer sans être inquiété. Si vous aviez respecté la loi, nous n'en serions pas là. Alors, si vous espérez que je vais couvrir ce… gâchis, vous vous trompez lourdement. Maintenant, il faut y aller. Inutile de contrarier la juge en arrivant en retard.

Redressant les épaules, Libby s'écarta. Hawkins était un imbécile qui s'estimait au-dessus des lois et adorait jouer les justiciers au mépris du droit. La juge Hayward avait longtemps exercé comme avocat de la défense et elle se méfiait des policiers. L'audience promettait d'être houleuse. Libby se doutait qu'elle aurait du mal à l'emporter.

Nick entra avec eux dans la salle d'audience. Il n'y avait pas grand monde. Seuls quelques avocats attendaient de plaider sur d'autres affaires. Certains bavardaient entre eux. Nick prit place au dernier rang. De là où il se trouvait, il pouvait surveiller ce qui se passait et se tenait prêt à intervenir en cas de besoin.

Il reporta son attention sur Libby. Il ne l'avait encore jamais vue plaider. Il sentit chez elle un certain embarras. A sa façon de bouger, de feuilleter le dossier devant elle, il devina que leur conversation au café l'avait plus troublée qu'elle ne l'avait laissé paraître. Cela dit, la plupart des gens seraient troublés que leur photo ait été laissée près d'un cadavre par le meurtrier.

Derrière elle, l'inspecteur Hawkins consultait sa montre comme s'il avait mieux à faire. Nick avait côtoyé de mauvais flics dans le passé et il était certain que celui-ci ne valait pas mieux qu'eux.

Quand la juge arriva, Nick ne tarda pas à comprendre qu'il s'agissait d'une audience de recevabilité. L'avocat de la défense demandait à ce que soit retiré du dossier un élément à charge découvert au cours d'une perquisition illégale. En effet, si un inspecteur de police n'avait pas reçu un mandat de perquisition en bonne et due forme, tout ce qu'il découvrait au cours de cette fouille était entaché de suspicion. Et si des éléments à charge importants étaient exclus du dossier, tout le procès risquait d'être remis en cause.

— J'aimerais appeler l'inspecteur Frank Hawkins, dit Libby.

Elle attendit qu'il soit à la barre et ait juré de dire la vérité pour le prier de se présenter.

Elle paraissait nerveuse.

Le témoignage semblait simple. Alerté par un coup de fil du voisinage, Hawkins s'était rendu chez un couple pour une dispute conjugale. Il s'était aperçu que l'épouse avait un œil au beurre noir. Visiblement, elle avait été rouée de coups. Et son mari ne semblait pas dans un état normal mais sous l'emprise de drogues.

— Avez-vous vu des drogues en évidence ? demanda Libby.

— Non.

— Avez-vous vu des armes en évidence ?

— Le mari avait frappé sa femme avec une lampe.

— Mais vous n'avez remarqué ni armes à feu ni couteaux ?

— Non. Mais elle m'a dit qu'il détenait un pistolet.

Surprise par cette déclaration, Libby s'interrompit un instant.

— Par « elle », vous voulez dire la victime, je suppose ? L'épouse de l'accusé ?

— Exactement. Elle m'a dit qu'il avait un pistolet caché dans le placard et qu'il était chargé. J'ai donc vérifié et découvert l'arme en question.

— Elle se trouvait là en évidence ?

— Oui, répondit Hawkins en croisant les bras.

— Un moment, Votre Honneur, dit Libby en consultant ses dossiers.

Elle examina une enveloppe avant de la mettre de côté. Nick fronça les sourcils en la voyant changer de couleur. Elle semblait secouée. Finalement, elle se tourna vers la juge.

— Puis-je m'entretenir en privé avec vous et l'avocat de la défense, Votre Honneur ?

— Requête accordée.

Libby s'approcha pour discuter en aparté avec eux deux. Nick n'entendit pas leur conciliabule mais quand chacun revint à sa place, la juge s'éclaircit la gorge.

— Le témoin a changé de version, annonça-t-elle. J'en conclus qu'il a voulu ainsi justifier la découverte du pistolet alors qu'il n'avait pas reçu de mandat l'autorisant à fouiller la maison. Je déclare la présence de l'arme irrecevable et exige que toute allusion à ce pistolet soit retirée du dossier.

— Salope ! s'exclama Hawkins en se tournant vers Libby. Vous m'avez balancé ! Vous me le paierez.

Nick se mit sur pieds, prêt à intervenir, mais des policiers en tenue se jetaient déjà sur Hawkins. La juge frappa la table de son marteau.

— Le comportement de cet homme est inqualifiable. Qu'il soit immédiatement exclu de la salle.

Mais Hawkins continuait de vociférer.

— Tout est de votre faute, Andrews ! Vous avez tout fichu en l'air ! J'espère que vous serez la prochaine victime du meurtrier !

Nick se dirigea vers Libby. Elle tremblait de tous ses membres. Des policiers entraînèrent Hawkins, qui hurlait toujours, à l'extérieur de la salle. Quand le silence fut revenu, la juge ordonna une suspension de séance d'un quart d'heure.

Lorsqu'elle quitta la salle, Nick se pencha vers Libby.

— Ça va ?

— Non.

Il se rendit compte qu'elle était livide et claquait des dents.

— Tu n'as rien à te reprocher. Tu es procureur. Tu avais le devoir moral de dire la vérité et de mettre au courant la juge des manigances de Hawkins.

Elle battit des paupières.

— Pardon ? Oui, je sais. Je me moque bien de Hawkins. Ce n'est pas lui qui me rend malade mais ça, dit-elle en désignant l'enveloppe qu'elle avait posée sur la table. Nick, elle se trouvait dans mon dossier mais ce n'est pas moi qui l'y ai mise.

Il sentit son cœur s'accélérer dans sa poitrine et enfila des gants en latex.

— L'as-tu ouverte ?

Elle secoua la tête.

— Je viens de la voir. Mais elle m'est adressée.

Nick s'empara de la missive qui n'était pas fermée et l'entrouvrit. Il fronça les sourcils.

— Elle contient une photo.

— Mon Dieu !

Tournant le dos à la salle, Nick tira le cliché de l'enveloppe. Sa vision était brouillée mais très vite il recouvra son sang-froid.

— Que représente-t-elle ? demanda Libby.

— Il s'agit d'un portrait de la victime assassinée hier soir, dit-il. Et il est écrit que tu seras la suivante…

3

Libby s'obligea à regarder le portrait de la pauvre femme. Le meurtrier s'était arrangé pour que les marques de ses doigts sur sa gorge soient bien visibles. Sur le dos du cliché, il avait griffonné à l'encre rouge « Vous serait la suivante », suivi du chiffre « 2 ». La phrase comprenait une faute d'orthographe.

— Oui, c'est bien la victime d'hier soir, dit Vasquez en examinant la photo d'un air sombre. Où disiez-vous avoir trouvé cette missive ?

— Dans mes dossiers, répondit Libby.

Il faisait chaud dans le bureau de Vasquez mais elle frissonnait.

— Ce qui signifie que le suspect a accès à ton bureau, remarqua Nick. Des caméras surveillent les alentours et l'intérieur du palais de justice.

— Nous examinerons les images enregistrées, annonça Vasquez avant de reporter son attention sur le cliché, protégé par une pochette plastique. Il s'agit d'une photographie numérique. Nous allons analyser l'encre et nous efforcer de déterminer la marque et le modèle de l'imprimante. Si nous y parvenons, ces éléments pourraient nous aider à localiser un suspect.

— Les analyses graphologiques ne donneront rien, grommela Nick. Il a écrit en lettres d'imprimerie et s'est servi d'un feutre. Que penses-tu du chiffre 2 ?

— Il fait sans doute référence aux six signes annonciateurs du prochain meurtre évoqués dans la première lettre de l'assassin. Il veut sans doute que nous comprenions que c'est le deuxième signe.

En proie à un début de migraine, Libby se massa les tempes.

— Six jours, répéta-t-elle, au bord de la nausée.

— Nous l'aurons, assura Nick en la prenant par les épaules. Je veillerai sur toi. Je t'ai dit que je ne partirai pas. Je ne t'abandonnerai pas.

Une lueur déterminée brillait dans son regard. Quelques heures plus tôt, elle espérait de tout son cœur que Nick allait renoncer à son projet et rentrer chez lui, pensa Libby. Mais à présent, elle se sentait intensément soulagée qu'il soit animé par le désir de la protéger. Elle n'était pas seule dans ce cauchemar, il serait à ses côtés.

— Merci, répondit-elle dans un murmure.

— Le premier signe était la photo découverte près de la victime, le second est celle-ci, reprit Vasquez en croisant les bras. Quel sens faut-il donner à ces éléments, à ton avis ?

— Le meurtrier joue avec nos nerfs avec un certain sadisme. Les tueurs en série aiment torturer psychologiquement leurs victimes. Que pouvons-nous en tirer ? D'abord, il est évident qu'il nous surveille de près et qu'il rôde dans les parages. Il se délecte sans doute de voir Libby sous l'emprise de la peur. L'effroi qu'il provoque lui donne un sentiment de puissance. Si l'affaire fait la une des journaux, il sera encore plus content.

— Nous ne lui ferons pas ce plaisir, grommela Vasquez. J'ai transmis à mes hommes des ordres stricts. Je tiens à tenir les médias à distance.

Libby se tourna vers Nick.

— En tout cas, tu es persuadé qu'il s'agit d'un tueur en série, non ?

— C'est très probable, oui.

— Nous consultons nos archives pour voir si des crimes récents ont des points communs avec celui-ci, dit Vasquez. Certains détails bizarres me font penser à des fantasmes.

— Me tuer serait donc son fantasme ?

Elle considéra la perruque brune, le tailleur de la victime.

— Je n'ai pas été choisie par hasard. Il s'attaque à moi pour une raison.

— Nous n'en savons rien, Libby, répliqua Nick avec calme. Il s'agit peut-être d'un hasard, mais peut-être te reproche-t-il la condamnation de Brislin.

— Ou de quelqu'un d'autre. Avez-vous des ennemis ? demanda Dom.

Elle en avait d'innombrables, mais elle refusait de le reconnaître.

— Sans doute. L'inspecteur Hawkins vient de me menacer ou, en tout cas, d'espérer que je serai la prochaine victime d'un homme déjà accusé de meurtre.

Nick la regarda en face.

— Aux yeux de la loi, il s'agit en effet de menaces.

— Elles émaneraient donc de Hawkins ? intervint Dom. Entre nous, je ne suis pas étonné. Ce type a des problèmes. Il est en train de divorcer, l'affaire est conflictuelle, le couple se déchire pour obtenir la garde des enfants. Cela dit, j'ai du mal à l'imaginer en meurtrier, mais nous vérifierons.

— Il ne devrait pas être trop difficile de l'interroger, dit Nick. Il se trouve actuellement dans la cellule du palais de justice.

En proie à une nouvelle nausée, Libby se souvint alors de quelque chose.

— Ce dossier a longtemps été dans mon bureau, mais je l'avais rapporté chez moi pour le relire, il y a quelques jours.

Le malade avait-il réussi à s'introduire chez elle ? Que sa propre maison, son sanctuaire, son havre de repos ait pu recevoir la visite d'un tueur la plongeait dans un profond désarroi.

Un silence tomba dans la pièce et, quand elle rouvrit les yeux, Nick et Dom la dévisageaient avec inquiétude.

— Qui a les clés de chez vous ? demanda Dom.

— Ma sœur. Personne d'autre.

— Avez-vous remarqué quelque chose d'inhabituel chez vous ?

— Non, rien. J'aurais appelé la police, sinon.

— As-tu laissé une fenêtre ouverte, oublié de fermer ta porte à clé ? demanda Nick.

— Non, bien sûr que non. Je suis procureur. Je vois chaque jour ce dont certaines personnes sont capables. J'ai fait installer un système d'alarme il y a des mois. Et, oui, il est en état de marche et, oui, je le branche toujours en partant.

Elle nageait en plein cauchemar, se dit Libby. Il y a quelques heures encore, son seul problème était la perspective de revoir

Nick. A présent, elle se demandait combien de temps il lui restait à vivre. Comment en était-elle arrivée là ?

Elle sentit la main de Nick caresser son dos, une main trop chaude, des caresses trop tendres. Mais elle le laissa faire.

— Nous ignorons s'il est entré chez toi, dit-il avec douceur. Il a pu pénétrer dans ton bureau ou dans ta voiture.

Elle hocha la tête. Elle pouvait concevoir qu'un intrus ait fouillé dans ses dossiers au Palais, mais l'imaginer violer sa maison lui était insupportable. Elle prit sa tête dans ses mains.

— Et maintenant, que faisons-nous ?

— Nous allons chercher des empreintes sur cette photo, dit Dom. Par ailleurs, l'autopsie de la morte aura lieu demain. Croyez-moi, je prends cette histoire au sérieux. En attendant, vous devriez vous installer dans un endroit sûr.

— Cela signifie-t-il que je ne peux pas retourner chez moi ?

— Nous y passerons pour te permettre de prendre des affaires, mais il vaut mieux que tu vives ailleurs quelque temps, répondit Nick.

— Tu crois qu'il me suit ? Penses-tu qu'il sait que j'ai passé la nuit dernière chez Cassie ? Son fils et elle sont-ils en sécurité ?

L'idée d'avoir mis sans le savoir sa sœur et son neveu en danger la rendait malade.

— Ils le seront, assura Nick. Dom, peut-être serait-il préférable d'envoyer quelqu'un jeter un œil sur Cassie et le bébé. Elle vit seule avec le petit.

— Bien sûr.

Libby secoua la tête.

— Mieux vaut qu'ils ne restent pas chez elle.

— Nous les installerons, eux aussi, dans un endroit sûr. Je vais réfléchir à une solution avec Dom. L'important est de garder ton sang-froid.

— Facile à dire ! Personne n'a laissé des portraits de femmes assassinées dans tes dossiers !

— Libby, je sais que la situation est très difficile pour toi et que tu aimes tout contrôler. Je voulais simplement dire qu'il fallait que tu te maîtrises et que tu nous laisses nous occuper du reste. Me fais-tu confiance ?

Elle se tourna vers lui. Autrefois, il lui reprochait souvent d'être excessive, d'avoir besoin, par exemple, de compter les calories qu'elle consommait, de planifier chaque instant de sa journée. C'est vrai, elle détestait être surprise. S'organiser était la clé de la réussite et elle estimait que Nick aurait eu beaucoup à gagner en mettant un peu d'ordre dans sa propre vie.

Pensait-il vraiment qu'elle allait accepter de gaieté de cœur de le laisser gérer son existence alors qu'elle se sentait si déboussolée ?

— Je ne suis pas une victime. Je veux bien te faire confiance si tu me traites en égale, en partenaire.

Après un instant de réflexion, il hocha la tête.

— D'accord.

Ils quittèrent bientôt le poste de police pour gagner le parking. En s'installant dans la voiture de Nick, Libby considéra avec dégoût le siège passager, recouvert d'emballages de hamburgers vides et de serviettes en papier usagées. C'était un miracle que des rongeurs n'aient pas encore élu domicile dans l'habitacle.

— Il serait peut-être temps de récupérer ma voiture au palais de justice, non ? demanda-t-elle.

Elle préférait rouler à bord de son propre véhicule qui était, lui, d'une parfaite propreté.

Il déblaya grossièrement le bazar pour lui permettre de prendre place.

— Le parking du Palais est surveillé par des caméras, elle ne risque rien là-bas.

— Je n'en suis pas si sûre. Ce type ne recule manifestement devant rien.

Il poussa un soupir.

— De toute façon, il n'est pas question que tu circules avec ta voiture. Le tueur la connaît alors qu'il ne connaît sans doute pas la mienne. Ne prenons pas de risques inutiles.

Il n'avait pas tort, se dit-elle en attachant sa ceinture.

L'odeur de Nick flottait dans l'habitacle, une odeur de savon et d'après-rasage. Envahie par un regain de nostalgie, elle se remémora l'époque où il était tout pour elle et où elle était tout pour lui.

Elle frissonna et il alluma le chauffage.

Quand il se gara devant chez elle quelques minutes plus tard, Libby ouvrit sa portière mais il l'arrêta.

— Attends, je vais d'abord jeter un coup d'œil.

Elle le regarda inspecter les ouvertures pour s'assurer qu'elles n'avaient pas été forcées puis disparaître à l'arrière.

Il revint quelques instants plus tard.

— Tout va bien.

Tout en se dirigeant vers la maison de Libby, Nick sentit son estomac se nouer. Combien de fois avait-il gravi les marches du perron autrefois, quand il sortait avec elle ?

Elle déverrouilla la porte.

— Entre, dit-elle, apparemment mal à l'aise.

Nick retint son souffle. Elle lui rappelait soudain la douce jeune fille vulnérable qu'elle avait été, dont il était tombé éperdument amoureux. Il n'avait jamais oublié la première fois qu'il l'avait vue, dans la rue. Elle se rendait au collège, ses livres sous le bras, tout en bavardant avec une amie. Elle portait les cheveux courts. Il s'était demandé pourquoi il ne l'avait jamais croisée auparavant mais il avait appris par la suite qu'elle avait eu un cancer l'année précédente et avait dû interrompre sa scolarité pendant plusieurs mois. Elle n'avait jamais voulu parler de sa maladie et il avait respecté son silence, devinant que le sujet lui était pénible.

A l'époque, sa sœur Cassie n'avait que dix ans mais n'hésitait pas, elle, à évoquer la maladie de Libby.

« Libby était chauve. Perdre ses cheveux l'avait anéantie et depuis qu'ils ont repoussé, elle les porte longs. »

Son épaisse chevelure lui tombait effectivement depuis lors jusqu'aux épaules et était magnifique.

Revenir dans cette maison raviva une myriade de souvenirs. Il l'avait aidée à repeindre les murs, à poser un plancher à l'étage. Le jour où elle y avait emménagé, ils avaient partagé une pizza par terre, dans le salon. Il avait cru oublier ces épisodes le jour où il avait quitté la ville. Il n'avait jamais imaginé qu'il franchirait de nouveau le seuil de cette demeure.

Il tenta de penser à autre chose. Il n'avait pas choisi de protéger Libby. Mais il ne pouvait se résoudre à laisser une femme qu'il avait aimée affronter seule une situation aussi terrifiante. Il comprenait sa peur. Il portait toujours les marques des coups de son propre père. Sa mère aussi avait été battue comme plâtre. Il se souvenait de son père rentrant en titubant après sa tournée des bars, cherchant la bagarre. Il lui arrivait encore certaines nuits de se remémorer son paternel envoyant valser sa mère contre le mur ou le frappant, lui, à grands coups de ceinture. Et puis un soir Nick s'était révolté et s'était défendu. Il l'avait massacré avant de le jeter dehors, lui promettant de lui faire subir pire encore s'il revenait. Son père ne s'y était jamais risqué.

Entrer dans la police n'avait pas été un simple choix de carrière mais une vocation. Il avait voulu protéger les femmes et les enfants victimes de mauvais traitements. A présent, Libby était devenue, elle aussi, une victime, mais quand il aurait coincé le fumier qui la menaçait, il s'en irait et ne penserait plus jamais à elle. Cette certitude le réconforta.

Il promena les yeux autour de lui. La maison était magnifique, les meubles bien cirés, des fleurs ornaient la table basse. Il s'apprêtait à lui dire à quel point il trouvait ses tulipes belles quand il songea que David les lui avait sans doute offertes.

— Pardonne-moi, dit-elle. Tout est en désordre.

— Pas du tout.

— Où allons-nous, alors ? A l'hôtel ?

— Je pensais plutôt t'installer chez moi.

— A Pittsburgh ?

— Je voulais dire chez mes parents. Ma mère et mon beau-père sont partis en voyage en Floride et ne reviendront pas avant fin mai.

— Comment va-t-elle ? Et ton beau-père ?

— Très bien. Et mon père a renoncé à l'alcool.

— Tant mieux. Bon, je vais chercher des affaires.

— Je t'accompagne.

— Non, c'est inutile et j'ai des choses personnelles à emporter.

— Je resterai à la porte, je ne regarderai pas.

— Pour l'amour de Dieu !

Elle fut interrompue par la sonnette de l'entrée.

Cassie. Libby avait complètement oublié qu'elle avait invité sa sœur à dîner. Nick alla regarder par la fenêtre, la main sur son arme, avant de l'autoriser d'un signe à ouvrir. Se croyait-il dans un téléfilm ? se dit-elle, réprimant un soupir exaspéré.

Cassie, échevelée, entra, portant Sam qui hurlait comme un perdu.

— Il me rend folle, dit-elle. Il braille ainsi depuis une heure. Je n'en peux… Mon Dieu, Nick !

Lui sautant au cou, elle l'embrassa avec chaleur. Libby avait presque oublié à quel point ils étaient proches, autrefois. Cassie le considérait comme un grand frère.

— Content de te revoir, Cassie. Et voilà Sam, alors ? Félicitations.

— Merci, dit-elle en tendant son fils à sa sœur. Je suis un peu dépassée, je manque de sommeil. Il n'est pas simple de vivre avec un nourrisson. Je ne sais pas ce que je ferais sans Libby.

Cette dernière se mit à bercer l'enfant, lui tapotant le dos dans l'espoir de le calmer.

— Il a l'air d'avoir grossi depuis hier.

Sam était né avec deux mois d'avance et, trop petit, il avait dû passer quelques semaines en couveuse.

Comme Cassie bavardait avec Nick, Libby en profita pour s'éloigner avec son neveu, s'enivrant de son odeur de bébé, heureuse de voir sa petite main s'accrocher à son doigt. Elle adorait cet enfant.

Son cœur se serra. Comment aurait-elle pu imaginer que sa sœur tomberait enceinte sans l'avoir cherché, alors qu'elle qui avait toujours rêvé d'être mère ne le serait jamais à cause d'une chimiothérapie ? Mais si elle avait jalousé la chance de Cassie pendant sa grossesse, elle avait oublié sa rancœur à la naissance de Sam. Dès qu'elle l'avait vu, si petit, si vulnérable dans son berceau, elle l'avait aimé.

Dans ses bras, le bébé se calmait.

— Il avait besoin de faire un rot. Maintenant il se sent mieux.

— Oh ! merci, dit Cassie en soupirant. Peut-être va-t-il accepter de dormir un peu.

Libby s'approcha de sa sœur.

— Je ne peux pas préparer à dîner, Cass. Je dois quitter la maison. Peux-tu monter avec moi pendant que je fais ma valise ? Je vais t'expliquer.

— Que se passe-t-il ? Nick, cela t'ennuierait-il de veiller un instant sur Sam ?

Il hocha la tête et s'accroupit près du couffin, regardant le bébé s'endormir. En proie à une sourde tristesse, Libby contempla la scène, se remémorant à quel point Nick voulait des enfants. Quand il caressa furtivement la tête du petit, elle eut la certitude qu'il serait un père formidable. Le cœur serré, elle espéra qu'il le serait, un jour.

Quand Libby eut fini son récit, Cassie prit un air effaré.

— Ce n'est pas possible, Libby. On se croirait dans un mauvais film.

— Malheureusement, c'est la réalité. Je ne veux pas t'inquiéter mais il vaut mieux que Sam et toi restiez loin de moi, ces temps-ci, et que vous partiez de chez toi pour vous installer dans un endroit sûr.

— Comment pourrais-je ne pas m'inquiéter ? Et tu crois que ce type connaît mon adresse ?

— Je n'en sais rien mais inutile de tenter le diable. Il me suit peut-être depuis un bon moment.

Depuis toujours, Libby avait la capacité d'oublier ses problèmes pour venir en aide aux autres. Sa sœur n'avait que deux ans de moins qu'elle mais elle la considérait comme beaucoup plus jeune.

— Ne dramatise pas, Cassie, dit-elle en lui enlaçant les épaules. Mon métier fait de moi une cible facile. Ce matin encore, un inspecteur de police m'a menacée parce que j'ai informé la juge qu'il avait produit un faux témoignage. La police enquête et le coupable devrait vite être démasqué.

— Et Nick veille sur toi. Cela me rassure.

— Oui, répondit Libby d'un ton neutre en se levant pour attraper un sac de voyage.

Elle ouvrit son placard et sortit des vêtements. A la vue de sa robe de mariée, qu'elle avait gardée toutes ces années, son cœur se serra.

Elle s'empara de ses tailleurs.

Mais sa sœur poursuivait :

— Je n'en reviens pas que Nick ait accepté de te protéger après la façon dont tu l'as traité.

— Cassandre…

— Te rends-tu compte ? Il a demandé un congé à ses supérieurs pour rester près de toi. Sais-tu ce que je donnerais pour avoir quelqu'un comme lui, d'aussi dévoué à ma cause ?

Cassie n'avait jamais parlé à Libby du père de Sam et cette dernière n'avait pas posé de questions. Mais un jour Cassie avait laissé entendre que cet homme l'avait laissée tomber. Libby enviait sa cadette d'être mère mais elle était triste pour elle que le père de l'enfant ait déserté la scène.

— Parle moins fort. Bien sûr, je suis très reconnaissante à Nick et j'espère que, quand toute cette histoire sera finie, nous continuerons à nous voir amicalement. Il fait ce que tout policier digne de ce nom ferait.

— Tu l'as traité comme un moins que rien.

— Cassie !

— Tu l'as largué pour mener à bien ta carrière. Il a dû lui falloir beaucoup de courage pour te revoir en sachant que tu pouvais encore lui faire tant de mal. Et le connaissant, je suis sûre qu'il n'a même pas hésité.

Une sourde douleur s'empara de Libby. Elle avait raconté à sa sœur qu'elle avait rompu parce que Nick voulait la faire renoncer à sa carrière. Elle n'avait pas voulu de la pitié de Cassie et avait décidé de lui cacher la vérité. Elle avait préféré ne pas lui dire que Nick serait plus heureux sans elle, qu'elle lui donnait ainsi une chance d'épouser une femme qui pourrait le rendre père.

Elle tourna le dos à sa sœur.

— Nick m'avait quittée. Il est parti parce que sa carrière

était prioritaire. De toute façon, cela n'a plus d'importance. Il ne m'aime plus et je ne l'aime plus. Nous avons tourné la page.

— Je ne suis peut-être pas juste mais j'ai été triste quand vous avez rompu. Vous sembliez si heureux ensemble ! Il te rendait meilleure et inversement.

— Je ne veux plus en parler.

— Bon. Cela t'ennuie si je m'octroie une petite sieste pendant que tu fais ton sac ?

Et sans attendre sa réponse, Cassie s'allongea sur le lit. Epuisée, elle s'endormit aussitôt.

4

Cassie frissonna en sortant Sam de la voiture pour se hâter vers la petite maison où elle vivait depuis deux ans. A cette heure tardive, le quartier était désert. Elle déverrouilla la porte d'une main tremblante. Elle ne mesurait que maintenant la gravité de la situation. Quelqu'un cherchait à tuer sa sœur, et elle-même pourrait être une cible.

Elle s'enferma à double tour, regrettant de ne pas avoir installé un système d'alarme comme son père lui avait mille fois conseillé de le faire. Il s'était toujours inquiété pour ses filles, surtout depuis la mort de sa femme. En réalité, il se faisait essentiellement du souci pour elle, songea Cassie, Libby se montrait plus responsable, plus prudente. Plus d'une fois, Cassie avait reproché à son père de la considérer comme une écervelée mais, ce soir, elle se rendait compte qu'il avait eu de bonnes raisons de s'angoisser pour elle.

Heureusement, il avait connu son petit-fils avant de mourir. Lorsqu'il avait accouru à la clinique, il avait pris tendrement le bébé dans ses bras sans chercher à dissimuler sa joie, sa fierté. Au départ, elle avait craint qu'il ne la sermonne, qu'il lui rappelle qu'un garçon avait besoin d'un père pour devenir un homme, mais il s'était abstenu de tout commentaire de ce genre. Au moment où sa vie prenait un tournant majeur, elle aurait mal supporté qu'il lui reproche d'être une fille-mère. Pour ne pas déclencher de réaction négative, elle ne lui avait pas dit qu'elle avait caché sa grossesse au géniteur de Sam. D'une certaine façon, en gardant pour lui ses critiques, son père lui avait fait un dernier cadeau.

Elle consulta sa montre. Sam dormait depuis une heure et ne réclamerait pas de biberon avant deux autres, ce qui lui donnait un peu de temps pour empaqueter ses affaires et partir Dieu sait où. Rationnellement, elle savait qu'elle n'avait pas de temps à perdre, qu'il lui fallait plier bagage au plus vite. Mais soudain, elle avait peur de monter à l'étage pour faire ses valises. La maison lui semblait bizarrement silencieuse et elle hésitait presque à allumer la lumière. Et si quelqu'un s'était introduit chez elle en son absence ? Et si le tueur l'attendait dans sa chambre ?

Une voiture de patrouille s'arrêta devant chez elle, et bientôt un homme en sortit et grimpa les marches du perron pour actionner la sonnette.

— Bonsoir, madame, dit-il quand elle entrebâilla la porte. Je suis le sergent Domingo Vasquez, inspecteur de police à Arbor Falls. Je suis venu vous escorter en lieu sûr.

Il lui tendit son insigne. Il était en uniforme, armé, et elle espéra qu'il faisait vraiment partie de la police. Mais aurait-elle été capable de repérer un faux insigne ?

A moitié rassurée, elle lui ouvrit.

— Mon fils dort. Faites attention à ne pas le réveiller, s'il vous plaît.

Quand il entra, elle remarqua qu'il était grand, musclé et large d'épaules.

— Empaquetez vite quelques affaires, dit-il d'un ton autoritaire. Vous devez quitter cette maison immédiatement.

Elle se raidit. Pour qui se prenait-il ?

— Ecoutez, vous êtes peut-être le chef au commissariat mais je suis encore ici chez moi et je décide de ma vie. De plus, je vous rappelle que j'ai un enfant. Je ne peux pas plier bagage en vitesse.

— Je n'ai pas de temps à perdre. Je vous rends service mais n'en abusez pas.

Comme il posait les mains sur les hanches, elle put contempler ses cheveux bruns, sa peau dorée. D'accord, il était très séduisant mais il ne manquait pas de toupet.

— Je n'en ai pas l'intention, monsieur, mais je viens d'accoucher, je manque cruellement de sommeil, je suis à cran et il vaut mieux ne pas m'énerver davantage. Faire mes valises prendra le temps qu'il faudra, point barre, conclut-elle avec colère.

Voir ses yeux pétiller d'amusement ne fit rien pour la calmer.

— Laissez tomber le « monsieur ». Appelez-moi Dom.

Et il ajouta les mots magiques qu'elle n'attendait pas et qui lui ravirent aussitôt le cœur :

— Dites-moi comment je peux vous aider.

Il s'exprimait avec calme, autorité et gentillesse et, inexplicablement, Cassie se sentit fondre. Déstabilisée, elle en resta sans voix, se contentant de le regarder fixement.

Il s'avança.

— Si vous voulez, je peux m'occuper du bébé, poursuivit-il. Ou vous donner un coup de main pour réunir vos affaires. Dites-moi simplement comment me rendre utile.

Il la dévisageait de ses grands yeux sombres, et le cœur de Cassie s'accéléra dans sa poitrine. Il était vraiment charmant. De plus, elle avait toujours eu un faible pour les uniformes.

Elle prit une profonde inspiration.

— Puis-je vous demander un service ?

— Bien sûr.

— Auriez-vous la gentillesse d'allumer toutes les lampes de la maison ? Je viens de rentrer, je n'ai pas de système d'alarme et…

— Je m'en charge, dit-il en souriant.

Pendant qu'il effectuait le tour de la maisonnée, elle attendit en bas.

Très vite, il revint en annonçant :

— Toutes les pièces sont à présent bien éclairées, *señorita*.

— Vous avez ouvert les placards, je l'ai entendu, dit-elle en rougissant de honte. Je suis désolée. Ils sont mal rangés, remplis de poussière et de toiles d'araignée. Je…

— Ne vous inquiétez pas. Je voulais seulement m'assurer qu'il n'y avait personne à l'intérieur. Je n'ai rien vu du reste. J'ai regardé aussi sous le lit.

Elle se mordilla les lèvres. Cela lui apprendrait à ranger à l'avenir. De toute façon, à quoi bon s'inquiéter de ce qu'il pensait d'elle ? Certes, il était très séduisant, mais il allait la conduire quelque part avant de retourner d'où il venait, et elle ne le reverrait jamais.

— Merci.

Il hésita.

— Voulez-vous monter faire vos valises ? Je vous attends ici ou je vous accompagne, comme vous préférez.

— Si cela vous va, restez en bas et surveillez Sam. J'en ai pour un instant.

Il hocha la tête et elle grimpa à l'étage à la hâte. A présent, elle n'était plus pressée de le voir partir. Elle avait l'impression de flotter sur un petit nuage. Elle n'avait pas l'habitude de recevoir la visite d'hommes si charmants et si attentionnés.

Elle ouvrit un sac de voyage, y jeta des vêtements, entendant presque son père lui reprocher son manque de soin. Puis elle s'empara des affaires du bébé qu'elle empila du mieux possible dans une valise. Se souvenant qu'un nourrisson se salissait beaucoup, elle emporta toutes les couches qu'elle avait en réserve et tous ses pyjamas. Finalement, quand elle redescendit, elle était chargée de deux gros sacs et d'une grande valise.

Dom leva un sourcil étonné.

— S'agit-il d'un déménagement ?

— Je ne sais pas combien de temps je vais m'absenter et je suis avec un bébé qu'il faut changer plusieurs fois par jour.

— Ce n'était pas une critique, assura-t-il avec un sourire qui lui réchauffa le cœur. Bon, je vais mettre le tout dans votre voiture.

Avec un sourire reconnaissant, elle battit des paupières.

— Merci infiniment.

Elle profita de son absence pour se recoiffer et retoucher son maquillage. Sa mère, qui avait été une fervente féministe, lui aurait reproché son attitude. Tant pis.

Personne ne pouvait l'accuser de ne pas être une femme forte et indépendante. Elle élevait seule un enfant et, jusqu'ici, elle ne s'en sortait pas si mal, même si les nuits trop courtes l'épuisaient. Mais elle avait tendance à se laisser aller, à traîner, vêtue d'un vieux jean et d'un pull usé et elle ne se donnait plus la peine de se maquiller. Peut-être retrouverait-elle le goût de se pomponner en retournant travailler — elle était réceptionniste dans un cabinet d'audit.

Elle en doutait.

Dom revint et il désigna le couffin avec un sourire.

— Je suppose que vous l'emmenez avec vous ?

Elle éclata de rire.

— Oui, il fait partie du voyage.

Et soudain, elle eut de nouveau envie d'être belle.

Nick posa les valises de Libby dans le vestibule de la maison de ses parents. Il y avait passé le week-end mais une odeur de renfermé flottait encore dans l'air.

— Fais comme chez toi. Je vais préparer quelque chose pour le dîner. Tu aimes toujours les macaronis au fromage, j'espère.

Il restait là, les bras ballants, se sentant raide et engoncé.

— Pourquoi suis-je si formel ? ajouta-t-il en riant. J'ai l'impression de parler comme un maître d'hôtel.

— Je peux t'appeler James, si tu veux. Mais ne t'inquiète pas pour moi. Je n'ai pas faim du tout.

Il n'avait pas l'intention de la supplier d'avaler quelque chose ni de se casser la tête pour confectionner un bon petit repas. Lorsqu'ils sortaient ensemble, il avait toujours eu du mal à supporter sa façon de se nourrir. Un jour, elle faisait le compte des calories qu'elle avait absorbées, le lendemain, elle n'avalait que des légumes, le surlendemain que de la viande. Elle avait essayé tous les régimes, y compris les plus farfelus. Il ne comprenait rien à ses lubies alimentaires.

Elle posa la valise sur le lit avant de s'immobiliser.

— Es-tu sûr que nous sommes en sécurité ici ? La fenêtre donne sur le toit. Il serait facile à quelqu'un d'entrer par là, non ?

Nick était souvent sorti et rentré par là, autrefois, pour ne pas que ses parents soient au courant de ses allées et venues nocturnes.

— Il y a un système d'alarme dans la maison et, de toute façon, le tueur ne sait pas que tu es ici. Personne ne nous suivait, je m'en suis assuré. Préfères-tu t'installer dans une autre chambre ? ajouta-t-il après un moment.

Elle hésita mais secoua la tête et continua à sortir ses affaires. Elle les pliait avec soin avant de les ranger en piles impeccables dans le placard. Son côté maniaque ne s'était pas arrangé avec les années, pensa-t-il.

Elle sourit en exhibant soudain un T-shirt blanc orné d'un dessin humoristique.

— Tu me l'avais offert lors d'un week-end en Floride quand nous étions étudiants. Tu t'en souviens ?

Nick ne put s'empêcher de sourire. Il se souvenait comme elle avait éclaté de rire quand elle l'avait vu, la première fois, et surtout du baiser passionné qui s'en était suivi. Il avait gardé à la mémoire la saveur sucrée de sa bouche.

Pourtant, peu de temps après cet épisode, quelque chose avait changé. La fille qui riait de si bon cœur pour un T-shirt avait paru s'enfermer peu à peu dans une tour d'ivoire où elle se cachait du monde. Son humeur s'était assombrie, elle était devenue grave, sérieuse. A l'époque, il suivait une formation à Quantico et il avait du mal à dater avec certitude le moment où elle avait changé. De son côté, il se sentait alors plus heureux que jamais. Il était fiancé à la fille qu'il aimait depuis l'âge de douze ans, il se préparait à une carrière passionnante. Mais soudain elle avait semblé prendre des distances, cesser de l'aimer. Elle avait commencé à le négliger pour se consacrer exclusivement à ses études puis à son métier.

— Je m'en souviens. C'était le plus beau T-shirt que tu aies porté, reconnais-le.

Elle éclata de rire et reprit sa tâche. Il remarqua sa maigreur, ses joues creuses. Sans doute travaillait-elle trop et se nourrissait-elle mal. Il devait lui préparer quelque chose, la forcer à dîner, se dit-il. Après tout, elle était son invitée.

— Je suis sûr que je vais trouver quelque chose de comestible dans la cuisine, dit-il. Que prends-tu pour tes repas, ces temps-ci ?

— Ce qu'il y a.

Il compta jusqu'à dix et tenta une autre approche.

— Et si je commandais une pizza ?

— Avec une salade peut-être.

— Ça marche. Je vais les commander, mais si tu as besoin de moi, n'hésite pas. Je suis en bas.

— Je pense pouvoir me débrouiller toute seule, mais merci.

Sa voix tremblait. Elle lui jeta un regard hanté, et soudain elle s'écroula sur le lit, la tête entre ses mains. Quand elle se mit à sangloter, il serra les mâchoires, ne sachant pas s'il devait s'approcher d'elle ou la laisser seule.

Mal à l'aise, il se balança d'un pied sur l'autre, hésitant sur la conduite à tenir, et il finit par poser la main sur sa tête. Il avait presque oublié la douceur de ses cheveux.

— Libby, dit-il. Personne ne te fera de mal. Pas tant que je veillerai sur toi.

Il mourait d'envie de la prendre dans ses bras, de l'étreindre avec force, de sécher ses larmes avec des baisers. L'intensité de ce désir l'inquiéta et, avec effort, il se rappela qu'ils n'étaient plus amoureux. Avec raideur, il s'assit près d'elle et passa les doigts dans son épaisse chevelure. Le geste était maladroit et sans doute inutile mais il était incapable de rester les bras ballants, à regarder une femme pleurer.

Elle sanglota un long moment avant de planter les yeux dans les siens.

— Tu dois me détester, dit-elle enfin.

Avait-il éprouvé un jour de la haine envers elle ? Non. De la colère, de la déception, du chagrin, oui. Parce qu'il avait été fou amoureux d'elle. Mais jamais il n'avait nourri de haine à son égard. Comment aurait-il pu détester quelqu'un qu'il avait tant aimé ?

— Je ne te déteste pas.

— Mais à une époque tu m'as détestée.

Il avait l'impression qu'elle l'espérait presque.

— Cela te ferait-il plaisir de le croire, Libby ? Te sentirais-tu mieux si je t'avais haïe ? Je sais que la situation est un peu gênante pour toi. Et pour moi aussi. Peut-être serait-il plus simple que tu penses que je n'en ai rien à faire de toi. J'ai envie de t'aider mais je me sens toujours stupide devant quelqu'un qui pleure.

Lorsqu'ils sortaient ensemble, il savait comment la consoler. Mais maintenant tout était différent.

— Pourquoi veux-tu m'aider ? Après tout le mal que je t'ai fait…

— Je protège les gens, c'est mon métier. Voilà tout. Et puis, tu sais, j'ai oublié tout ce que tu m'avais dit.

C'était un mensonge. Il y avait repensé des millions de fois en trois ans, et parfois les mots durs qu'elle lui avait jetés au visage remontaient à la surface quand il ne s'y attendait pas, pour lui rappeler qu'il avait été amoureux, qu'il s'était cru aimé, heureux, mais que tout cela n'avait été qu'une sinistre plaisanterie.

Elle parut un peu perdue, comme si elle ne savait pas quoi penser.

— Alors nous pouvons recommencer, mais comme amis.

— Oui, voilà. Comme des amis. Si tu as besoin de moi, je suis en bas, répéta-t-il en prenant la porte, regrettant de ne pas mieux savoir mentir.

Quand Nick quitta la chambre, Libby s'allongea un instant sur le lit. Elle se rappelait chaque mot qu'elle avait prononcé le soir où elle avait rompu leurs fiançailles, et lui… il les avait oubliés. Il avait tourné la page, comme il le lui avait dit. Elle était soulagée d'apprendre qu'il ne la détestait pas, finalement.

Elle caressa le T-shirt. Le soir où il le lui avait offert, elle l'avait mis et s'était frottée contre Nick pour imprégner le tissu de son odeur et avoir l'impression qu'il serait encore avec elle quand elle retournerait chez elle. A l'époque, elle ne supportait pas d'être loin de lui.

Elle se souvint avoir montré le T-shirt à son père. Au lieu de sourire à la vue du dessin humoristique, il avait froncé les sourcils et lui avait conseillé de cesser de perdre son temps avec des gens qui n'en valaient pas la peine.

Elle se leva et inspira profondément dans l'espoir de calmer les tensions dont elle était la proie. Elle avait enfin rendu sa bague à Nick, et peut-être leurs relations allaient-elles désormais s'apaiser. Peut-être allait-elle réussir, elle aussi, à tourner la page.

S'emparant de son téléphone portable, elle appela sa sœur. Elle fronça les sourcils en comprenant que Cassie n'était pas seule.

— Qui est avec toi ?

— Le sergent Vasquez. Il va m'accompagner avec Sam jusqu'à un hôtel.

— D'accord. Je ne veux pas te retarder, mais en cas de besoin sache que tu peux me joindre sur mon portable.

— D'accord. Toi aussi.

Libby s'interrompit pour refouler les larmes qui brûlaient ses paupières. Sa vie n'avait plus aucun sens. Elle en était réduite à se cacher dans la maison des parents de son ancien fiancé et Cassie était forcée de s'installer à l'hôtel.

— Cassie, je suis désolée.

— Tu n'as rien à te reprocher, Libby. Tu fais preuve de prudence, voilà tout.

Un poids sur la poitrine, elle hocha la tête.

— Embrasse Sam pour moi et dors bien.

Puis elle raccrocha.

Elle considéra la chambre, tapissée de petites fleurs. Elle trouvait ce décor un peu trop « girly » et regrettait la simplicité de la sienne.

Quand elle descendit dans la cuisine, Nick pianotait sur son BlackBerry. Il était si préoccupé qu'il ne leva pas les yeux quand elle entra.

Tant mieux s'il ne voulait pas parler, parce qu'elle n'avait rien à lui dire. La gentillesse dont il faisait preuve à son égard n'était pas simple à accepter. Il lui avait assuré qu'il se comporterait de la même façon avec n'importe qui, mais elle en doutait. Il avait quand même demandé un congé pour veiller sur elle. Il devait avoir une raison cachée pour agir ainsi.

Il leva le nez et elle en profita.

— Tu dois être fatigué. Tu as fait beaucoup de route aujourd'hui.

Il secoua la tête avant de se pencher de nouveau sur son BlackBerry.

— Je suis arrivé jeudi soir à Arbor Falls et je pensais repartir ce soir.

— Oh… Avais-tu des gens à voir dans le coin ?

Elle ne cherchait qu'à faire la conversation mais il eut soudain l'air d'un animal traqué.

— Oui, répondit-il sèchement avant de détourner le regard. Des amis.

Elle n'en crut pas un mot. Elle le connaissait si bien, l'avait si longtemps fréquenté qu'elle sentit qu'il mentait. Ou plutôt, non. Qu'il culpabilisait…

Bien sûr, se dit-elle. Il se trouvait à Arbor Falls vendredi mais il n'avait pas assisté aux obsèques de son père. Il aurait pu s'y rendre. Après tout, il avait dîné des dizaines de fois avec le vieil homme et, même s'ils n'étaient pas souvent d'accord, il aurait dû venir à son enterrement. Pour être sincère, elle avait trouvé offensante son absence.

Mais après tout, peut-être avait-il ses raisons et, de toute façon, cela n'avait plus d'importance maintenant. Il avait pris un congé pour veiller sur elle. Elle n'allait pas, en plus, le critiquer pour ne pas avoir respecté l'étiquette.

— Papa a été enterré vendredi, dit-elle. Je ne te reproche pas de ne pas être venu à la messe. Je sais que vos relations n'ont jamais été simples. Je ne t'en veux pas, alors inutile de culpabiliser à ce sujet.

Il avait posé son BlackBerry et était adossé au mur. Son T-shirt mettait en valeur ses biceps. Il s'était beaucoup musclé depuis leur rupture. Elle se demanda s'il avait voulu ainsi impressionner une femme, surprise d'en éprouver une pointe de jalousie.

— Ton père ne m'a jamais aimé. Il ne cessait de m'écarter quand nous sortions ensemble, de m'humilier, de m'interroger sur différentes matières pour prouver que j'étais stupide. Je pensais que tu avais vu clair dans son jeu. A l'époque, son comportement me rendait furieux. J'imaginais que t'épouser serait la meilleure façon de lui clouer le bec, de gagner. Mais ces dernières années, j'ai passé beaucoup de temps à réfléchir à son comportement, à essayer de me mettre à sa place. Ton père avait de grandes ambitions pour toi. Il t'admirait tant qu'il estimait qu'aucun homme ne t'arrivait à la cheville.

— Nick…, dit-elle, la gorge serrée.

Il fixait ses pieds comme s'il était perdu dans ses pensées.

— Mais je sais ce qu'il représentait pour toi, à quel point il comptait pour toi… et voilà pourquoi j'ai assisté à ses funérailles.

Elle le regarda avec stupéfaction.

— Vraiment ?

— Je m'étais assis au fond de l'église. Pour que tu ne me voies pas.

Elle n'en revenait pas. Et dire qu'elle avait failli lui reprocher de…

— Je ne savais pas, balbutia-t-elle. Merci. Cela me touche beaucoup.

Il évita son regard.

— J'ai souvent essayé de le comprendre, de comprendre pourquoi il ne voulait pas de moi comme gendre. Peut-être que, lorsque j'aurai des enfants, je comprendrai mieux son attitude.

Ils dînèrent dans la petite salle à manger, échangeant des banalités et des plaisanteries comme ils l'auraient fait avec n'importe quelle vague connaissance. Libby prit des nouvelles de sa famille, et lui de la sienne.

— Sam est adorable, dit-il. Il a tes cheveux noirs et tes yeux bleus.

Elle sourit.

— Tous les bébés ont les yeux bleus, Nick.

— Vraiment ? En tout cas, j'ai vu des photos de toi bébé. Tu étais très mignonne.

— Merci.

— Et il n'y a donc pas de papa dans le paysage ? Je pense que si cela m'arrivait, même accidentellement, j'assumerais. Je voudrais faire partie de la vie de l'enfant.

— Il ne s'agit pas d'un accident. Mais d'une vraie surprise. Cassie est tombée enceinte sans l'avoir cherché après une nuit sans lendemain. Elle était catastrophée en apprenant sa grossesse.

— J'imagine. Je serais complètement perdu, à sa place. Je n'y connais rien en bébé. Alors que toi, ajouta-t-il en souriant, tu sais visiblement t'occuper d'un nourrisson.

Le cœur de Libby s'accéléra. Etait-il en train de lui dire qu'elle était dotée d'instincts maternels ? Elle n'avait pas envie d'avoir cette discussion et surtout pas avec Nick.

— Bon, la journée a été dure, dit-elle. Je vais monter me coucher.

— T'ai-je énervée ?

Il ne pouvait deviner qu'elle ne pourrait jamais avoir d'enfants et elle avait tort d'être en colère. Mais elle n'avait pas envie d'aborder un sujet aussi douloureux pour elle.

— Non, pas du tout. Je suis simplement fatiguée, ne le prends pas pour toi. Et je te remercie de tout ce que tu as fait pour moi aujourd'hui.

Elle fit la vaisselle, consciente du regard de Nick posé sur elle, et quitta la pièce après lui avoir souhaité une bonne nuit.

Nick n'éprouvait aucune frustration à se retrouver seul. Absolument aucune. Peut-être était-il un peu surpris de la façon dont Libby avait mis fin à la conversation mais il n'avait pas préparé un vrai dîner, n'avait pas prévu de passer la soirée à discuter avec elle. Si ?

Quelque chose assombrissait ses pensées sans qu'il sache bien quoi. Il avait pris la décision de demander un congé à ses supérieurs pour rester une semaine de plus à Arbor Falls parce qu'il aurait été le dernier des salauds d'abandonner Libby dans ce contexte. Mais il n'avait aucune envie de la revoir. Il le faisait par devoir, uniquement par devoir.

Comme il quittait la cuisine, les mains dans les poches, il sentit le petit écrin qu'elle lui avait rendu. Il l'ouvrit et contempla la bague un instant. Il avait été si fier de lui offrir ce solitaire et tout ce qu'il représentait ! Le mariage, un foyer, des enfants, un chien peut-être. Un avenir commun. Il referma la boîte et la remit dans sa poche. Trois ans avaient passé. Après tant d'années à ses côtés, elle lui avait déclaré qu'elle ne l'aimait pas et, tout à l'heure, elle lui avait froidement rendu cette bague. Et lui, comme un imbécile, chamboulait sa vie pour pouvoir demeurer près d'elle et la protéger.

Il était toujours amoureux d'elle, comprit-il avec effroi.

Un frisson le parcourut en s'imaginant prendre sa bouche, passer les doigts dans ses cheveux, caresser ses seins, la voir sous l'emprise de la passion comme autrefois. Il avait été surpris à l'époque de découvrir que derrière un visage calme, des manières élégantes, Libby cachait une personnalité passionnée. Elle était un volcan. Plus d'une fois, elle l'avait embrassé sagement sur la joue quand il partait au travail pour l'accueillir avec un sourire coquin à son retour. Son corps réagit aussitôt à ces souvenirs. Il la désirait toujours.

Ce qui ne signifiait pas qu'*elle* le désirait. Dans quelques jours, il retournerait à Pittsburg et elle reprendrait le cours normal de son existence. Sans lui. Plus tôt il le comprendrait, mieux cela vaudrait.

Son BlackBerry retentit. Une fois qu'il eut décroché, Dom lui expliqua qu'il avait conduit Cassie et le bébé dans un hôtel situé dans une autre ville.

— Merci, vieux. Libby sera soulagée de l'apprendre.

— Les deux sœurs sont proches, non ?

— Très. Surtout depuis la mort de leur mère.

Libby n'avait que seize ans quand sa mère avait été renversée par un chauffard alors qu'elle sortait de l'hôpital où elle travaillait comme infirmière.

— Par ailleurs, une voiture banalisée est garée devant chez toi avec l'inspecteur McAdams à l'intérieur.

— Je le vois, dit-il en écartant les rideaux. Merci.

— Il restera là jusqu'au matin. Enfin, nous avons identifié la victime. Dans la rue elle se faisait appeler Rita mais son véritable nom était Mary Parker. Apparemment, elle a longtemps travaillé comme rapporteur judiciaire. Mais elle menait d'autres activités, la nuit. Et les analyses sanguines ont détecté une consommation régulière d'amphétamines.

Nick serra plus fort l'appareil dans sa main.

— Elle était rapporteur judiciaire ? Intéressant. Où travaillait-elle ?

— Tu es assis ? Jusqu'au moment où elle s'est fait licenciée pour s'être fait arrêter en possession de drogues, elle travaillait à Arbor Falls. En étroite collaboration avec le juge Andrews.

— Le père de Libby. Nous pensions que la première victime avait été choisie au hasard et que la véritable cible était Libby. Mais peut-être avons-nous fait fausse route. Une employée du palais de justice proche du juge Andrews, et maintenant sa fille…

— Oui, ce malade a manifestement des comptes à régler avec le vieux juge, et malheureusement ce dernier ne va pas pouvoir nous dire qui il a énervé.

5

Libby dormit mal cette nuit-là. Elle ne cessa de se tourner et de se retourner dans son lit, tentant de chasser les sombres pensées qui la hantaient. A l'aube, elle comprit qu'elle ne trouverait plus le sommeil et décida de se lever.

Elle gagna la salle de bains carrelée de rose et elle considéra un moment, dans le miroir mural le reflet de son visage blafard, les cernes mauves qui soulignaient ses yeux. Avec un soupir, elle se glissa sous le jet de la douche, espérant que l'eau emporterait au loin les événements de la veille. La photographie découverte dans ses dossiers, les horribles mots de Hawkins à l'audience, sa sœur et son neveu contraints de vivre à l'hôtel, Nick la complimentant sur ses instincts maternels… Elle avait envie d'effacer ces images, ces mots, de sa mémoire, d'oublier ce cauchemar et de sortir de la cabine de douche régénérée, prête à prendre un nouveau départ.

Elle s'enroulait dans une serviette-éponge quand Nick frappa à la porte.

— J'ai préparé du café, dit-il. Il n'y a malheureusement pas de thé dans la maison.

— C'est parfait, merci.

Il était gentil de s'être souvenu qu'elle s'efforçait de réduire sa consommation de caféine. De toute façon, elle se sentait si nerveuse qu'un bol de café n'y changerait rien.

Elle n'avait pas de comparution au tribunal prévue ce jour-là, aussi s'habilla-t-elle d'une simple robe à fleurs à manches courtes et décida-t-elle de laisser ses cheveux flotter sur ses épaules. Quand elle sortit de la salle de bains, une bonne odeur de pancakes lui chatouilla les narines.

Pieds nus, vêtu d'un short et d'un T-shirt, Nick s'activait aux fourneaux, lui tournant le dos.

Comme elle entrait, il lui sourit.

— Le café est prêt.

Avec reconnaissance, Libby se servit un grand bol et savoura le breuvage brûlant, espérant qu'il l'aiderait à chasser ses idées noires.

— Il est vraiment délicieux, murmura-t-elle.

— Je suis très exigeant en matière de café, répondit-il. Je l'aime bien fort. J'espère que ton régime ne t'interdit pas les pancakes, ajouta-t-il. Il n'y avait pas grand-chose dans le frigo et j'ai dû me débrouiller avec les moyens du bord.

Elle remarqua que, tout en lui parlant, il promenait les yeux sur elle d'un air approbateur. Elle ne comprit pas pourquoi mais elle en éprouva un certain plaisir.

— Je te l'ai dit, je ne suis pas de régime particulier. J'essaie seulement de vivre sainement, de me nourrir correctement, de cesser de me ronger les ongles, de limiter ma consommation de café…

Un mois plus tôt, elle avait décidé qu'il était temps pour elle de s'améliorer. Elle avait méthodiquement dressé la liste de ce qu'elle n'aimait pas chez elle. Un tiers des éléments concernait ses mauvaises habitudes, comme le fait de se ronger les ongles ou d'abuser de caféine. Un autre tiers était lié à ses troubles compulsifs — son besoin de classer les livres de sa bibliothèque par ordre alphabétique ou de remettre systématiquement un bibelot à sa place initiale, par exemple. Le dernier tiers, qui promettait d'être le plus difficile à changer, avait trait à son aversion pour les mondanités et à son incapacité à parler de tout et de rien. Elle espérait ainsi réussir à être moins angoissée, moins coincée, moins tatillonne.

Nick hocha la tête.

— Tant que tu ne modifies pas fondamentalement ta person-nalité, tout va bien, répondit-il.

Elle ouvrit de grands yeux étonnés.

— Ta réflexion me surprend. Quand nous avons rompu, tu

m'avais dit que j'avais des côtés pénibles et que tu avais toujours trouvé difficile de vivre avec moi.

Il se tendit.

— Je ne me souviens pas avoir dit ça.

— Tu me trouvais guindée, tu m'avais dit que tu avais toujours eu du mal à m'aimer. Et maintenant, je m'efforce de… changer. Alors tu devrais t'en féliciter, être content que je suive tes conseils et que j'essaie de m'améliorer. Je ne te reproche pas, je ne te reproche plus, tes critiques d'autrefois. Mais j'ai l'intention de tomber amoureuse, un jour, et je voudrais évidemment que quelqu'un m'aime. Alors, pour me donner toutes les chances d'y arriver, il m'a semblé indispensable de progresser. N'es-tu pas d'accord ?

Il la regarda en face, la spatule à la main.

— C'était moche de ma part de te dire ça.

Elle ne s'attendait pas à cette réponse.

— Ce jour-là, nous nous étions dit beaucoup de choses moches.

Il parut y réfléchir avant de reporter son attention sur la poêle.

Libby l'observa à la dérobée. La veille, dans la brasserie, il lui avait paru l'incarnation de la virilité. Dur, solide, prêt à dégainer à tout moment. Là, avec ses cheveux ébouriffés et ses pieds nus, il avait un côté si juvénile, presque enfantin, qu'elle avait envie de courir l'embrasser dans le cou.

Il se retourna et lui sourit.

— C'est prêt.

A la fin de leur petit déjeuner, Libby se chargea de la vaisselle.

— Vas-tu me conduire au palais de justice, ce matin ?

Il fronça les sourcils.

— Tu comptes aller travailler ?

— Bien sûr. Que pourrais-je faire d'autre ?

— Mais c'est impossible ! J'essaie de te protéger.

— Rien ne t'interdit de m'accompagner au bureau. Ecoute, je ne vais pas commencer à vivre dans la peur.

Mais, tout en le disant, la terrible réalité s'imposa à elle. Quelqu'un voulait sa mort. Elle aurait du mal à se comporter comme si de rien n'était.

Le visage de Nick se rembrunit.

— Tu as intérêt à faire profil bas. Moins tu attireras l'attention sur toi, mieux ça vaudra.

— Très bien. J'irai travailler au Palais mais ne parlerai à personne.

— Non, je préfère que tu restes dans un environnement que je maîtrise. Comme ici. Le type qui te menace ne sait même pas où tu te trouves, et moins tu sortiras de cette maison, moins il aura de chances de le découvrir. Il a l'intention d'envoyer six signes annonciateurs pendant six jours avant de frapper le septième. Nous ignorons où il va laisser le prochain signe, ni ce que celui-ci impliquera. De plus, nous ne pouvons exclure l'hypothèse qu'il tente de te tuer plus tôt. Cet individu est manifestement dérangé.

Elle frissonna.

— Mais peut-être ne cherchera-t-il pas à m'approcher aujourd'hui. Il a laissé le premier message sur le cadavre de sa première victime. Je ne me trouvais même pas sur les lieux du crime.

Elle se sentait en prison. Les arguments de Nick étaient fondés et elle savait qu'il ne cherchait qu'à l'aider, mais la perspective de rester terrée dans cette maison la rendait folle.

— Nick, tu ne peux pas m'enfermer ici toute la journée. Même si le tueur me voit au Palais, que pourrait-il m'arriver ? Il ne va pas tenter de m'étrangler dans un endroit où de nombreux policiers montent la garde. D'ailleurs, tu seras également là pour me protéger, non ?

— Je ne vois pas l'intérêt de t'exposer sans nécessité. Ecoute, je vais y réfléchir. Pour commencer, je monte prendre une douche rapide. En attendant, reste ici et n'ouvre à personne, d'accord ?

— Bien sûr.

Elle parcourut des yeux la petite bibliothèque et s'empara d'un livre sur les oiseaux. S'installant dans un fauteuil, elle fit mine de le feuilleter mais elle regardait du coin de l'œil Nick qui quittait la pièce. Sa démarche altière, ses jambes musclées et ses larges épaules. Le cœur battant, elle se replongea dans sa lecture.

Quand un quart d'heure plus tard il redescendit, il lui lança :

— J'ai réfléchi. Je préfère ne pas te laisser sortir. Ce serait trop risqué. Nous ne savons pas où ce type laissera son troisième signe et je ne veux pas lui faciliter la tâche. Il faut l'empêcher de mener à bien ses petits jeux malsains.

Elle poussa un soupir exaspéré.

— Tu ne peux pas me faire ça. Je pensais que je serais libre d'aller et venir tant que tu restais avec moi !

— Comment as-tu pu comprendre une chose pareille ? Tu n'imaginais pas continuer à vivre comme d'habitude, comme si de rien n'était, Libby ? Tu as reçu des menaces de mort ! Ce n'est pas rien.

Furieuse, elle croisa les bras et rétorqua d'un ton froid :

— Je refuse de vivre enfermée. Conduis-moi au Palais ou j'irai à pied.

Elle se doutait qu'il ne la laisserait pas circuler seule dans les rues, même si elle était prête à mettre sa menace à exécution.

Les poings serrés, il se posta à la fenêtre, évitant son regard. L'inspecteur de police McAdams était toujours garé devant la maison.

— Je vais parler au policier qui a monté la garde toute la nuit, pour lui demander s'il n'a rien remarqué d'anormal. Je reviens.

Il sortit sous les premiers rayons matinaux. McAdams était assis au volant. En approchant de la voiture, Nick se rendit compte que sa tête reposait sur la portière.

Il fronça les sourcils.

L'inspecteur de police s'était assoupi ! se dit-il, furieux, se préparant à lui passer un savon. Comment aurait-il pu s'apercevoir de quoi que ce soit s'il avait dormi au lieu de surveiller les alentours ? Quel manque de professionnalisme !

Mais soudain il se figea à la vue du sang sur la vitre de la voiture.

Pétrifié, il resta un instant au milieu de la rue, refusant d'imaginer que le pire des scénarios s'était produit. Mais quand il s'avança, il sentit son ventre se nouer.

L'inspecteur McAdams le regardait, les yeux fixes. Il avait été exécuté d'une balle en pleine tête. Un travail de professionnel.

Avec un juron, Nick sortit son téléphone portable et appela Vasquez.

— Dom, c'est Nick. Viens tout de suite. McAdams s'est fait descendre cette nuit dans la voiture de patrouille.

— Bon sang !

— Comment le salopard nous a-t-il retrouvés ? Personne ne nous a suivis, je m'en étais assuré.

— Comment le saurais-je ? Je n'en avais parlé à personne.

— Il sait, Dom. Il sait où nous sommes et il a abattu un de tes hommes.

Il se détourna — la vue du cadavre de McAdams lui était insupportable — et poursuivit :

— Il aurait pu tenter de nous tuer, cette nuit, reprit-il d'une voix blanche.

— Mais il ne l'a pas fait, répondit Dom. J'arrive.

Nick serra les poings.

— Oui, je t'attends.

Il coupa la communication et se tourna vers la maison. Libby se tenait près du seuil, les yeux écarquillés. Il se rendit compte qu'elle pleurait.

— Fais tes valises et téléphone au Palais pour te faire porter pâle.

Cette fois, elle ne discuta pas.

La rue fut bloquée à la circulation, et toute la zone entourant la scène du crime sécurisée d'un cordon jaune. Les policiers s'efforçaient de maintenir à distance les badauds du voisinage.

Depuis qu'il connaissait Dom, Nick ne l'avait jamais vu si sombre. Ils se tenaient côte à côte, un peu plus loin, dans un silence assourdissant.

— Il y a une taupe dans ton équipe, quelqu'un de ton service a renseigné le tueur, c'est évident, dit Nick. Même si tu n'en avais parlé à personne, il y a eu une fuite, quelqu'un a compris où nous nous étions réfugiés, Libby et moi. Il est possible que McAdams ait raconté à la mauvaise personne qu'il était chargé de veiller sur nous sans se douter qu'il signait ainsi son arrêt de mort. Mais je pencherais plutôt sur ma première hypothèse. Quelqu'un de ton équipe a informé l'assassin.

Dom serra les mâchoires et secoua la tête.

— Je ne peux pas le croire.

— Moi si, rétorqua Nick.

Le tueur avait retrouvé Libby. S'il découvrait l'origine de la fuite, la personne responsable passerait un sale quart d'heure, songea Nick.

— A partir de maintenant, personne ne doit savoir où nous sommes. Personne, absolument personne, Dom. C'est bien compris ?

— Personne. Tu as ma parole.

Dom regardait les policiers qui s'activaient. Il avait un œil mauvais que Nick ne lui avait jamais vu.

Libby était assise sur les marches du perron. Il n'avait pas eu besoin de lui demander de rester à portée de voix. Elle l'avait fait toute seule. Sa valise était près d'elle. Elle avait appelé Cassie. Le bébé et sa sœur allaient bien, Dieu merci.

— Personne ne sait où est descendue Cassie, n'est-ce pas ? reprit Nick.

— Je suis le seul à le savoir et je n'ai jamais eu l'intention de partager cette information avec quiconque. De quoi s'agit-il ? ajouta-t-il en voyant un de ses hommes approcher, chargé d'une pochette plastique.

— C'est une lettre que nous avons trouvée près du corps, répondit le policier en la lui tendant. Ecrite avec du sang. Le fumier !

— « Seven tons hatred », lut-il à voix haute. Qu'est-ce que cela signifie ?

— Sept tonnes de haine, traduisit Nick.

— Oui, mais quel sens donner à ces mots ? Y comprends-tu quelque chose ?

— Le tueur avait promis de se donner sept jours pour accomplir un nouveau meurtre. Peut-être est-ce un indice. Je vais interroger Libby. Toute l'affaire semble liée à son père, à quelque chose que le vieux juge avait fait. Elle saura peut-être.

Il s'approcha d'elle. Elle serrait les pans de son manteau contre elle.

— Le tueur a laissé un mot. Le troisième signe.

— Et ? balbutia-t-elle d'une voix étranglée.

— Il a écrit « Seven tons hatred », c'est-à-dire « Sept tonnes de haine ». Cela te dit-il quelque chose ?

Elle blêmit mais secoua la tête.

— Non, absolument rien.

Il s'assit à côté d'elle. Sa peur était palpable et il se maudit d'être incapable de la rassurer. Il se sentait impuissant. Il lui avait juré de la protéger mais il avait sous-estimé le monstre à qui ils avaient affaire. Il lui enlaça les épaules, ne sachant pas quoi faire d'autre.

— Je ne t'en ai pas encore parlé mais il semble que la première victime n'ait pas été choisie au hasard par le tueur. Jusqu'à l'année dernière, elle était sténographe judiciaire et travaillait en étroite collaboration avec ton père. Le fait que quelqu'un ait tué cette femme si proche de celui-ci et te menace à présent n'est certainement pas une coïncidence.

Elle parut se tasser, comme accablée par ce qu'il venait de lui révéler.

— Penses-tu que quelqu'un en veut à mon père pour quelque chose ? Qu'il s'agirait d'une revanche ?

— Peut-être, oui.

Ses lèvres se mirent à trembler.

— Mais pourquoi maintenant ? Papa est mort… Cela n'a aucun sens.

— Nous sommes encore dans le brouillard. L'enquête ne fait que commencer mais nous allons y travailler. Dom et ses hommes sont mobilisés. Moi aussi. Nous essayons de comprendre.

Elle prit son visage entre ses mains.

— Nick, je n'ai pas la moindre idée de ce que quelqu'un pourrait reprocher à mon père, répéta-t-elle. Cela pourrait être n'importe quoi. Il était juge, il faisait de la politique et… il se montrait dur, parfois. Implacable. Tu es bien placé pour le savoir. Comment ce fumier nous a-t-il trouvés ?

— Le tueur a été renseigné, c'est certain. Il y a sans doute une taupe chez les flics. Nous allons partir, nous installer ailleurs sans dire à quiconque où nous nous rendons. C'est bien compris ? Pas même à Cassie, pas même à Dom. C'est important.

Elle hocha la tête.

— D'accord.

Il se pencha pour murmurer à son oreille :

— Personne ne te fera de mal, Libby. Pas avec moi pour veiller sur toi.

Il lui caressait le bras. Il mourait d'envie de la prendre sur ses genoux, de la serrer contre lui, de l'empêcher de trembler, de lui faire oublier sa peur et de l'emporter loin de ce cauchemar.

Mais il se souvint qu'il ne devait pas la toucher, qu'il ne devait plus la désirer. Elle voulait qu'il la protège. Pas qu'il la caresse. Elle n'avait plus de sentiments pour lui, elle le lui avait bien fait comprendre. Il devait respecter son choix.

Il retira son bras.

A sa grande surprise, elle se blottit plus étroitement contre lui.

— J'ai si peur, Nick.

D'instinct, il l'enlaça, l'étreignant avec force. Leur passé se mélangeait soudain au présent. Ils étaient Nick et Libby s'accrochant l'un à l'autre pour tenir la dure réalité à distance.

6

Lorsqu'ils quittèrent la maison et prirent place dans la voiture de Nick, les techniciens de la police scientifique s'activaient encore sur la scène du crime. Avant de s'installer au volant, Nick s'assura avec soin qu'aucun dispositif d'espionnage n'avait été dissimulé dans son véhicule. Il ouvrit le coffre, fouilla l'habitacle, allant jusqu'à examiner le châssis. Une fois son inspection terminée, il démarra et s'éloigna d'Arbor Falls, veillant à faire de multiples détours pour vérifier qu'ils n'étaient pas suivis.

Ils se rendirent d'abord à l'hôtel où étaient installés Cassie et son fils. Ils allaient bien, Dieu merci. Libby en profita pour prévenir sa sœur que les menaces dont elle faisait l'objet étaient sans doute liées à leur père et que Cassie était peut-être, elle aussi, dans le collimateur du tueur. Elle l'exhorta à se montrer d'une extrême prudence pour ne pas devenir à son tour une cible. Puis ils louèrent une voiture auprès d'un concessionnaire et ils roulèrent jusqu'à Great Springs pour prendre une suite dans une vieille auberge de campagne, récemment restaurée et transformée en Bed & Breakfast.

Libby monta sa valise à l'étage, refusant l'aide de Nick.

— J'ai toujours rêvé de séjourner ici, dit-elle. Non seulement l'endroit a beaucoup de cachet, mais j'ai entendu dire que les gérants organisent des balades équestres et des randonnées en pleine nature.

— Il n'est pas question de sortir, lui rappela-t-il. Nous resterons à l'intérieur. En revanche, tu auras tout le loisir de lire, de tricoter...

Elle le fusilla du regard.

— Je sais, j'essayais simplement de faire la conversation.

Elle était bien consciente qu'ils n'étaient pas là pour profiter des charmes de la campagne environnante mais pour se cacher. Cependant, elle espérait qu'ils ne seraient pas obligés non plus de parler exclusivement de l'affaire.

Lorsqu'ils avaient quitté la scène du crime, le médecin légiste avait procédé à un examen préliminaire du cadavre. Le tueur avait ouvert la portière passager du véhicule et tiré à bout portant sur McAdams. L'heure de la mort avait été estimée aux alentours de minuit. L'homme avait utilisé un silencieux. Le simple fait de songer qu'un meurtre avait été commis si près d'elle pendant son sommeil avait glacé Libby. Elle avait été soulagée de quitter Arbor Falls.

Le crime avait aussi profondément affecté Nick. Il lui semblait plus sombre, plus tendu.

Désormais, il ne s'éloignerait plus d'elle d'une semelle. Pour sa part, elle avait cessé de ressasser leur passé, qui ne comptait plus, comme de s'interroger sur l'avenir, de plus en plus incertain. Seul le présent avait de l'importance, tout comme la nécessité de survivre.

Il réserva leur suite sous un faux nom, régla en liquide. Elle faillit lui demander s'il n'en faisait pas un peu trop mais elle se ressaisit. Il se montrait prudent et il le fallait. Quand elle découvrit la suite, elle en resta bouche bée. Lumineuses, joliment décorées, les trois pièces étaient magnifiques. Un lit à baldaquin trônait dans la chambre, un canapé équipait le bureau.

— C'est superbe !

— Je prendrai le canapé, dit-il. Je te laisse le lit.

Il avait donc l'intention de dormir seul. Tout en le regardant porter sa valise dans la chambre, elle se demanda pourquoi elle éprouvait soudain le sentiment d'être rejetée. Il était temps de revenir sur terre. Nick se montrait protecteur comme il le serait avec une vieille amie mais il n'ambitionnait pas de retomber dans ses bras. Certainement pas. Elle se sentait vulnérable, elle avait besoin d'être réconfortée, voilà pourquoi elle s'était bêtement imaginé qu'ils passeraient la nuit ensemble. Mais il n'en était pas question et cela valait mieux, évidemment.

Il était vêtu d'un jean qui lui allait particulièrement bien, remarqua-t-elle en le regardant s'installer et défaire son sac comme si elle n'était pas là.

Il était si séduisant que rester enfermée avec lui ne pouvait que les plonger dans une situation trouble, se dit-elle.

Mais non, il n'y avait aucun risque parce que tous deux avaient tourné la page. Leur relation amoureuse n'avait pas marché et Libby n'avait pas la moindre envie de retenter l'aventure pour se retrouver une nouvelle fois avec un cœur brisé. Certes, pourquoi le nier, Nick lui manquait parfois. Il avait toujours su anticiper ses désirs, ses besoins. Par exemple, ce matin, il avait mis le cap sur Great Springs mais il avait spontanément fait un petit détour pour passer rendre visite à Cassie. Elle ne lui avait pas demandé de le faire, mais serrer sa sœur et son neveu dans ses bras l'avait réconfortée. Nick lui avait ainsi permis de s'extraire un moment de ce cauchemar.

En se remémorant l'amant qu'il avait été, elle se sentit rougir. Patient et attentif, sauf lorsqu'il semblait submergé par un désir irrépressible, il avait su l'initier au plaisir et lui faire toucher le septième ciel chaque fois qu'ils se retrouvaient sous une couette.

Levant le nez, il surprit son regard posé sur lui. Il ne détourna pas la tête et elle devina qu'il y pensait, lui aussi.

Elle le désirait toujours mais il n'était pas question de céder à ces pulsions. Ils vivaient à des centaines de kilomètres l'un de l'autre, travaillaient souvent le week-end. Il lui avait dit qu'il la trouvait difficile à aimer. Et surtout, il voulait des enfants, plus que tout. Et elle ne pourrait jamais le rendre père.

Ils finiraient par se faire du mal.

Sans un mot, elle retourna dans sa chambre et ferma la porte.

Comme elle s'emparait de son téléphone portable, elle se rendit compte que David avait tenté de la joindre de Zurich. Songer à lui la mit mal à l'aise. Elle le connaissait depuis toujours. Son père, Jeb Sinclair, l'ancien maire d'Arbor Falls, avait soutenu le sien quand ce dernier menait campagne pour être élu juge. Ils jouaient souvent ensemble, enfants, mais par la suite David avait été plusieurs années pensionnaire et ils s'étaient perdus de vue. Elle l'avait recroisé par hasard, peu de temps après l'annonce de la maladie de son père, dans les rues d'Arbor Falls, et tous deux étaient sortis dîner plusieurs fois depuis lors. David aimait discuter des heures autour d'un bon repas ou d'un verre de vin. Elle lui avait confié ses inquiétudes à propos de la santé de son père et il l'avait écoutée avec attention, soutenue moralement.

Elle composa son numéro.

— David ? C'est Libby.

— Bonjour, Libby. Cela me fait plaisir de d'entendre. M'appelles-tu avec ton nouvel appareil ? Je t'entends à la perfection.

Peu avant son départ pour la Suisse, David lui avait offert un téléphone portable. Toujours à la pointe du progrès, il aimait les gadgets et il avait été horrifié de voir qu'elle possédait un modèle de téléphone antique qui ne connaissait même pas la fonction SMS. Avocat d'affaires, il voyageait beaucoup et lui avait expliqué qu'il ne pourrait travailler dans de bonnes conditions sans un téléphone à la hauteur.

— J'espère que je ne te dérange pas, reprit-elle. As-tu réussi à vendre beaucoup d'avions ?

Il se mit à rire.

— Je suis encore en pleine négociation. Le contrat porte sur des millions de dollars et, avant de le conclure, il risque de se passer plusieurs jours. Je suis heureux que tu me passes un coup de fil, ajouta-t-il après un moment.

Elle aurait dû s'en réjouir mais la culpabilité lui nouait le ventre.

— Je ne suis pas chez moi, actuellement. J'ai dû m'absenter pour quelque temps, alors, si tu as besoin de me joindre, fais-le sur le portable.

— Tout va bien ? demanda-t-il avec inquiétude.

— Oui, oui. Mais j'ai beaucoup de travail et je donne un coup de main à Cassie la nuit, avec le bébé. Ne t'inquiète pas.

— D'accord, répondit-il en riant. Tu m'as fait peur.

Ils bavardèrent un moment puis David s'excusa. Il devait dîner avec un client et il lui fallait se préparer.

— Je rentre vendredi, ajouta-t-il. Peut-être pourrions-nous dîner ensemble samedi.

Elle se raidit. David était un charmant garçon, tout le contraire de Nick. Très à l'aise en société, d'une éducation parfaite, il parlait trois langues et sa culture était impressionnante. Il adorait faire la cuisine. De plus, leurs pères avaient été de bons amis. Par ailleurs, ils étaient tous deux de formation juridique. Lorsqu'ils discutaient d'un dossier, ils se comprenaient à demi mots. Et enfin, David était toujours d'un flegme olympien. Il pourrait certainement l'aider à prendre la vie avec plus de calme.

Oui, vraiment, ils étaient faits l'un pour l'autre.

Quand elle était en sa compagnie, songea Libby, elle comprenait mieux pourquoi son père n'avait jamais aimé Nick et elle n'était alors plus très loin de partager son avis. Nick détestait parler avec elle de subtilités juridiques ou de stratégies pénales, il s'endormait au concert, et surtout il la poussait à des sentiments extrêmes. Avec lui, tout n'était que passion, exubérance et désir ardent. Elle aspirait à davantage de sérénité. Ce qu'elle trouverait avec David.

Et tant pis si celui-ci était souvent pédant.

Et rasoir comme la pluie.

— Je ne sais pas encore où je serai samedi. On se rappelle ?

Quand ils raccrochèrent, elle s'étendit sur le lit. Sur le papier, David était l'homme qu'il lui fallait, sa moitié. De plus, il ne voulait pas d'enfants, préférant passer sa vie à voyager aux quatre coins du monde. Il avait le bras long et pourrait l'aider un jour à devenir juge, comme son père. David incarnait l'avenir, pas Nick.

Mais en prendre conscience la déprima.

« Seven tons hatred », écrivit Nick sur un bloc de papier. Avec ces mots, le tueur avait voulu faire passer un message, communiquer ainsi ses intentions. Il s'agissait sans doute d'une devinette. En tout cas, cette phrase avait forcément un sens. Et pourquoi l'avait-il rédigée en anglais ? Le tueur avait eu une bonne raison pour utiliser la langue de Shakespeare. Mais laquelle ?

« Sept tonnes » de haine faisaient-elles allusion aux « sept jours » qui devaient séparer le meurtre de Rita et celui de Libby ? Il y avait sans doute un lien, mais lequel exactement ?

Nick se gratta la tête. Libby s'était enfermée dans sa chambre et il ne pouvait solliciter son aide. Il appela donc Dom.

— Que signifie « Sept tonnes de haine », à ton avis ? Le tueur nous donne-t-il une piste avec ces mots ?

— Je n'en ai aucune idée, vieux. Pour tout te dire, je n'ai même pas encore le temps d'y réfléchir. Je suis resté un bon moment sur la scène du crime, et puis il m'a fallu aller trouver la veuve.

La veuve. Quelle horreur !

— Je suis désolé, Dom.

— McAdams était un très bon inspecteur de police. Mes hommes sont tous en colère. Quand on s'en prend à l'un des leurs...

Nick le savait. Tous les policiers de la ville étaient à présent déterminés à coincer le tueur.

— J'imagine que cette histoire vous donne un surcroît de travail.

— Tant que nous n'aurons pas arrêté ce fumier, nous consacrerons tous nos efforts à cette affaire. Je ne sais pas ce que le tueur a voulu dire avec ces mots, reprit-il avec amertume. Il n'y avait pas d'empreintes sur les clichés de Libby, il n'a laissé aucun indice sur les victimes. Les enregistrements des caméras de surveillance du palais de justice n'ont rien donné. Il est prudent. Pour le moment, nous n'aboutissons à rien.

— Tôt ou tard, il commettra fatalement une erreur et nous le coincerons.

Nick se frotta les yeux, refusant de penser qu'il leur restait peu de temps pour démasquer ce fumier.

— Je l'espère et nous faisons le maximum, je te le garantis. En attendant, veille bien sur Libby.

Ils raccrochèrent et Nick se replongea dans l'énigme. Il n'avait jamais été très doué pour les charades et les devinettes. Après un moment, il se leva pour ouvrir la fenêtre. Il avait besoin d'air frais. Comme il passait devant la bibliothèque, il s'aperçut qu'elle contenait des boîtes de jeux de société, y compris un Scrabble. Il prit les lettres qui permettaient d'écrire « Sept tonnes de haine » et frappa à la porte de Libby.

— Tu dors ?

Quand elle lui ouvrit, l'air contrarié, il lui exposa son idée.

— « Sept tonnes de haine » signifie forcément quelque

chose. J'aimerais chercher des anagrammes à cette phrase. Veux-tu m'aider ?

Elle se détendit aussitôt, comme ravie à l'idée de relever ce défi intellectuel. Elle posa les carrés de bois sur le lit et se concentra.

— Ces lettres permettent de former le mot « déshonnêtetés », dit-elle après un moment. Puisque tu dis que mon père est lié à cette histoire, quelqu'un lui reproche peut-être de ne pas avoir été honnête. Mais il reste quatre lettres dont je ne sais quoi faire.

Elle se mordillait les lèvres. Il la trouvait sexy comme jamais.

— Sinon, il est également possible de former les mots « spontanéité » ou « anesthésie » mais là encore, toutes les lettres ne sont pas utilisées. Non, ce n'est sûrement pas ça. Je dis n'importe quoi.

— Pas du tout ! Ne te censure pas. C'est un casse-tête mais, avec un peu de chance, nous aboutirons à quelque chose. Et c'est souvent en lançant des idées tous azimuts qu'on trouve la solution.

Elle se remit à réfléchir. Elle était si concentrée qu'il aurait pu s'écrouler par terre sans qu'elle s'en aperçoive. Nick était fasciné par la façon dont ses longs doigts fins s'emparaient des lettres, les disposaient, recommençaient.

— Il est possible aussi de former « espionnâtes ». Cela a-t-il un sens ?

Non… mais son érection n'en avait pas non plus, se dit Nick.

— Continuons de réfléchir, lança-t-il.

Il détourna les yeux d'elle. Une jolie femme allongée sur un lit… Quel homme y resterait insensible ?

Ils tentèrent de trouver différentes combinaisons mais ne parvinrent à aucun résultat probant. Trop de lettres restaient inutilisées.

Libby se redressa.

— Peut-être perdons-nous notre temps à tenter de décrypter ce message.

— Il a certainement une signification. Mais il nous faut découvrir laquelle.

Elle repoussa ses cheveux en arrière.

— J'en reviens toujours aux mêmes mots. Albert Einstein définissait la folie comme la conviction de parvenir à un résultat différent en se comportant toujours de la même manière. Je suis donc en train de perdre la raison.

— A nous deux, je suis sûr que nous pouvons y arriver, répondit-il, confiant.

— Attends ! Le tueur a rédigé son texte en anglais et ce n'est certainement pas un hasard. Peut-être voulait-il nous prouver qu'il est cultivé, éduqué. Mais peut-être faut-il chercher des anagrammes en anglais.

— Bien sûr ! Tu as raison ! Comment n'y ai-je pas pensé tout de suite ? Où ai-je mis la boîte du Scrabble ? Je vais sortir les lettres utilisées pour écrire « Seven tons hatred » et nous allons chercher les combinaisons possibles dans la langue de Shakespeare.

De nouveau, elle étala les petits carrés de bois et se mit à tenter de composer des mots en anglais.

— Regarde ! On peut former le mot « vendetta », qui signifie « vengeance ». Pas mal, non ? Et avec les lettres qui restent, il est possible d'écrire « her son », « son fils ». S'agirait-il de la vengeance d'un fils ? Ou d'une mère ? Mais il y a un *s* qui ne sert à rien.

— Peut-être faut-il mettre le mot « son » au pluriel. « Her sons ». Alors, tout collerait. Mais quel sens aurait cette phrase ? Je n'en vois aucun.

Elle intervertit les lettres pour chercher d'autres combinaisons.

— A mon avis, il faut garder le « vendetta ». Les autres lettres de la phrase permettent d'écrire « res nosh ». « Nosh » se traduit par « bouffe » et « res » est un mot latin qui signifie « chose »... Mais non, cela ne veut rien dire. Ce n'est certainement pas ça.

Pendant un long moment, elle essaya d'autres arrangements.

— J'en ai assez ! s'exclama-t-elle. Mon cerveau sature. Je crois que j'ai besoin d'une pause.

— D'accord, je vais continuer à chercher de mon côté. Nous finirons par trouver l'anagramme correcte, par résoudre cette énigme, j'en suis certain.

— Tu sembles bien confiant. Nous ne connaissons pas ce type. Qui te dit qu'il ne joue pas simplement avec nous ?

Alors qu'il s'apprêtait à quitter la pièce, Nick s'immobilisa et se tourna vers elle. Il ne s'était pas posé cette question, mais, en effet, il était certain que ce message avait un sens caché qui pouvait être décrypté.

— Je ne suis sûr de rien, reconnut-il. Mais s'il joue avec nous, il ne trouverait pas drôle que nous abandonnions si vite.

— Tu crois donc qu'il aimerait que nous trouvions le sens caché de cette phrase ?

— J'en suis convaincu. Sinon, pourquoi aurait-il laissé ces mots ? Je suis persuadé qu'il cherche à nous mettre sur une piste, qu'il veut que nous comprenions le pourquoi de ces meurtres.

Elle se redressa.

— Dans ces conditions, continuons à chercher. Il n'est pas question que ce malade ait le dessus.

Il sourit.

— Bien dit. Remettons-nous au travail.

Quand quelqu'un frappa à la porte de sa chambre d'hôtel, Cassie sentit un frisson la parcourir. Sam dans les bras, elle s'approcha pour regarder par l'œilleton. En découvrant Dom, un autre frisson la traversa mais de nature radicalement différente.

— Dom ?

— Bonsoir, Cassie. J'ai pensé que vous aviez peut-être faim et qu'avec un bébé il ne vous serait pas simple de sortir vous restaurer. Alors je vous ai apporté à dîner, ajouta-t-il en brandissant un sac en papier.

Elle reconnut l'emballage d'un traiteur chinois. En effet, elle était affamée. Dans la journée, elle avait brièvement quitté sa chambre pour s'acheter des confiseries au distributeur automatique installé au bout du couloir mais elle n'avait pas osé s'aventurer plus loin. Libby lui avait tellement répété qu'elle devait rester terrée qu'elle avait préféré ne pas sortir de l'hôtel.

Mais se remémorer les recommandations de sa sœur raviva ses inquiétudes. Elle était censée se cacher et elle ne connaissait pratiquement pas ce Dom Vasquez.

— Pardonnez-moi de vous poser la question mais… comment puis-je être certaine que vous n'êtes pas venu pour me tuer ?

Elle le vit tressaillir.

— Eh bien, d'une part, je suis chargé de l'enquête. Et puis, je me disais que vous aviez peut-être envie de compagnie après avoir passé la journée avec un bébé.

Elle hésitait toujours à lui ouvrir. Elle ne pensait pas qu'il était un tueur, mais un autre meurtre avait été commis et Libby lui avait recommandé de ne faire confiance à personne. Sa sœur pensait que quelqu'un de la police avait renseigné l'assassin.

L'angoisse lui noua le ventre. Et si Dom se servait de ses charmes virils pour dissimuler une personnalité de psychopathe ? Devait-elle courir le risque de le faire entrer ?

— Je suis désolée, dit-elle. Mais je préfère ne pas ouvrir.

Un long silence tomba. Mais il finit par hocher la tête.

— Je comprends. Voulez-vous que je laisse le sac dans le couloir ?

— Oui, d'accord. Et merci infiniment de m'avoir apporté à dîner.

— Si je comprends bien, vous ne me faites pas confiance, mais vous acceptez le repas d'un assassin potentiel ?

Il avait raison. Les plats étaient peut-être empoisonnés.

— Euh…

— Bon, très bien. Alors je vous dépose le sac devant votre porte et je m'en vais. Bonne soirée, Cassie.

Comme il approchait de l'ascenseur, elle s'écria.

— Attendez !

Elle ouvrit la porte, Sam dans les bras. Quand Dom revint sur ses pas, elle se noya dans ses grands yeux bruns. Puis elle se souvint brutalement qu'elle était en pyjama, que ses cheveux étaient en désordre, noués en un vague chignon fixé avec un crayon de l'hôtel.

— Je dois vous donner l'image d'une folle.

— Pas du tout. Vous êtes charmante et votre tenue est parfaite pour un repas chinois.

Il parlait sérieusement et elle sentit son cœur s'accélérer dans sa poitrine.

— Nous pourrions dîner dans le hall de l'hôtel, suggéra-t-elle.

Il y a des gens, du passage. Ce serait un peu comme sortir dîner, ajouta-t-elle en lui décochant un grand sourire.

Il souleva le sac et lui désigna d'un geste l'ascenseur.

— Parfait. Après vous.

Ils descendirent dans le hall et s'installèrent autour d'une petite table basse dans un coin.

— Je n'ai rien pris d'extraordinaire, dit-il. Quelques nems, des ailes de poulet, du riz cantonais… Et, bien sûr, des gâteaux chinois. Ils contiennent des petits messages, vous savez. Et ils portent bonheur, paraît-il.

Sam s'agitait dans ses bras et elle lui tapota le dos.

— Commencez pendant que je le calme un peu.

Dom posa des assiettes et des couverts en plastique avant de tendre les mains vers elle.

— Les dames d'abord. Pensez-vous que votre fils accepterait de venir avec moi ?

Elle le dévisagea, interloquée. Cet homme, si grand, si fort, voulait tenir son bébé ?

Elle lui confia Sam, s'attendant à ce que celui-ci se mette aussitôt à hurler. Mais Dom lui caressa le dos tout en marchant et le petit ne broncha pas.

— Vous êtes très gentil, dit-elle.

Il se mit à sillonner le hall pendant qu'elle ouvrait les barquettes, l'eau à la bouche. Il avait apporté de quoi nourrir un régiment mais elle avait si faim qu'elle aurait pu tout dévorer. Ne voulant pas l'affoler avec son appétit de femme allaitante, elle veilla à ne pas se servir trop largement. Les clients de l'hôtel qui allaient et venaient leur jetaient des regards étonnés, voire réprobateurs. Mais elle s'en moquait.

Elle savoura son repas, appréciant de pouvoir se restaurer tranquillement sans avoir à se soucier du bébé pendant un moment. Depuis la naissance de son fils, elle n'avait jamais pu le faire, sauf quand Libby passait lui donner un coup de main. De plus, elle était émerveillée de voir que Dom semblait très à l'aise avec le petit. Il le berçait, lui parlait à l'oreille et Sam avait l'air très content dans ses bras.

— Il est temps de me dire la vérité, sergent Vasquez. Combien d'enfants avez-vous ?

— Aucun, répondit-il en riant, manifestement heureux du compliment. Mais j'ai trois nièces et deux neveux qui sont tous très jeunes. Merci de me laisser le porter, ajouta-t-il en dévorant Sam des yeux. J'en avais besoin.

Elle le regarda sourire à son fils.

— La journée a été dure ?

Son visage viril s'assombrit.

— Très.

Il n'en dit pas plus et elle n'insista pas. Quand elle eut fini de dîner, Sam s'était endormi dans les bras de Dom. Elle le lui prit des mains pour lui permettre de se restaurer à son tour. Ils parlèrent de leurs métiers, de son père et de la folie des dernières vingt-quatre heures.

Lorsqu'il termina son repas, Cassie reprit la parole.

— Je suis désolée d'avoir pensé que vous vouliez me tuer, tout à l'heure.

— Vous aviez raison de vous méfier. Ne faites confiance à personne, pas même à moi, ajouta-t-il avec un sourire.

Sa peau semblait plus dorée sous la lumière tamisée du hall. Elle s'imagina soudain passer les doigts dans ses cheveux noirs. Dom était vraiment un homme très séduisant, et le nombre de ses conquêtes était certainement impressionnant. Mais Cassie avait eu trop souvent le cœur brisé pour être tentée de faire partie de son tableau de chasse. Elle regarda son fils endormi. Libby trouvait qu'il avait le sourire de leur père. Elle avait raison et Cassie mesura soudain à quel point le vieil homme lui manquait.

Dom sortit deux bouteilles d'eau du sac et les posa devant elle. Elle ne savait pas pourquoi il se montrait si gentil, ce qu'il attendait d'elle. Elle avait connu plusieurs hommes qui s'étaient mépris sur elle. Ils avaient tendance à prendre ses sourires pour des invites. Elle se demanda si Dom la considérait comme une fille facile, avec qui il pourrait passer un peu de bon temps. Elle se sentit honteuse. Malgré sa réputation, elle n'avait pas eu beaucoup d'amants. Et où ces aventures sans lendemain l'avaient-elles menée ?

Elever seule un bébé la terrifiait. Elle avait si peur de ne pas être à la hauteur de ses nouvelles responsabilités ! A une autre époque, elle aurait proposé à Dom de monter dans sa chambre ou tous deux seraient sortis danser. Leurs relations auraient duré quelques heures ou la vie entière, quelle importance ? Mais maintenant, tout était important et, quand ils auraient fini de se restaurer, elle remercierait Dom et irait coucher Sam.

Mais Dom se leva le premier.

— Je dois retourner au commissariat. J'ai sans doute passé trop de temps en votre compagnie mais je tenais à m'assurer que vous étiez en sécurité. Avez-vous besoin d'aide pour regagner votre chambre ?

— Merci, je vais me débrouiller.

Avait-il vraiment parcouru ces kilomètres, acheté ces plats et tenu le bébé uniquement pour veiller sur elle ? songea-t-elle, le cœur serré.

Il semblait gêné et la dévisageait sans rien dire, comme s'il ne savait pas comment prendre congé.

— Merci beaucoup pour le dîner, dit-elle avec chaleur.

— Prenez soin de vous et du bébé.

Avec un dernier geste de la main, il sortit de l'hôtel.

Cassie attendit qu'il lui adresse un signe qui lui aurait permis de connaître ses pensées mais il regagna sa voiture sans se retourner.

— Je n'y arrive pas !

Libby jeta les lettres de bois avec un gémissement frustré. Elle était fatiguée, elle avait mal à la tête et elle commençait à avoir faim.

— J'ai besoin de me changer les idées, ajouta-t-elle.

Depuis un moment, Nick arpentait la chambre comme un lion en cage, et lui aussi avait envie de s'aérer.

— Il est près de 20 heures. Pourquoi ne pas aller dîner maintenant ?

— Nous sommes dans un Bed & Breakfast, ils ne doivent rien servir d'autre que des petits déjeuners.

— En effet. Alors sortons.

En le voyant jeter un pull sur ses épaules, elle resta bouche bée.

— Tu veux vraiment aller dîner à l'extérieur ? Mais tu disais que…

— Nous sommes à des dizaines de kilomètres d'Arbor Falls et nous n'avons rien mangé depuis ce matin. J'ai envie de t'inviter au restaurant, dans un endroit discret où nous nous sentirons comme des gens normaux pendant quelques heures. Me fais-tu confiance ? ajouta-t-il en plantant les yeux dans les siens.

— Bien sûr. Je te confierais ma vie.

— Alors sache que je ne ferais jamais rien qui puisse te nuire et qu'au moindre signe de danger nous partirons. Mais nous avons besoin de nous nourrir. Allons-y, ajouta-t-il en lui tendant la main pour l'aider à se lever.

L'intensité de son regard la fit frissonner. Nick avait changé depuis trois ans. Il avait toujours été séduisant mais maintenant il avait l'air plus mûr, plus responsable. Il avait pris de l'assurance.

Quand il posa la main dans son dos pour l'entraîner au-dehors, elle sentit dans ce geste un côté protecteur mais surtout possessif. En prendre conscience la troubla.

Tout l'après-midi, ils avaient travaillé sur les mots sibyllins laissés par le tueur sur la scène de crime. Ils avaient cherché toutes les combinaisons possibles mais n'avaient pas trouvé d'anagramme parlante. Nick l'avait épatée par sa détermination à toute épreuve. Elle découvrait des nouvelles facettes de sa personnalité. Le Nick qu'elle avait connu autrefois se montrait souvent têtu et impulsif. Il conduisait vite, prenait des risques et semblait incapable de tenir en place. Il s'était engagé au FBI parce qu'être inspecteur de police dans une petite ville de province comme Arbor Falls ne représentait pas un défi suffisant à ses yeux. Il s'ennuyait dans les bureaux à s'occuper de paperasserie et d'affaires mineures. A présent, il avait réussi à canaliser son énergie pour la focaliser sur ses objectifs.

Oui, en trois ans, il avait changé.

Ils se rendirent dans le centre-ville et marchèrent quelques instants jusqu'à un pub irlandais, le Regan. La lumière était tamisée, l'ambiance feutrée et les tables si écartées les unes des autres qu'ils pourraient discuter tranquillement.

Nick commanda un steak-frites et une bière, Libby une salade et de l'eau minérale.

— Rien qu'une salade ? lança-t-il avec un clin d'œil moqueur.

— J'adore les salades et, vu ce que contient celle-ci, elle est sans doute plus nourrissante que ton plat.

— Je suis surpris que tu n'aies pas demandé l'assaisonnement à part… Autrefois, tu l'aurais bien précisé à la serveuse. Tu ne cesses de m'étonner, Libby.

Elle rougit. Se retrouver avec lui la replongeait plusieurs années en arrière, quand leurs vies n'étaient pas compliquées. A plusieurs reprises, elle se surprit à oublier les circonstances qui les avaient réunis. Mais chaque fois, la réalité revenait s'imposer comme une douche froide. La mort de son père, un tueur en série. Nick ne l'avait pas invitée à dîner en souvenir du bon vieux temps. Il était armé, il la protégeait d'un fou.

— Nick, commença-t-elle. A ton avis, qu'a fait mon père ?

Je devrais certainement savoir pourquoi quelqu'un cherche à se venger de lui mais, sincèrement, je ne vois pas du tout ce qu'il a pu faire pour provoquer tant de haine. Ni pourquoi le tueur frappe maintenant, après sa mort.

— C'est toute la question, non ? Pour être sincère, c'est une des raisons pour lesquelles je voulais t'emmener dîner dehors. Je pensais qu'il serait peut-être utile d'être en terrain neutre pour en parler. Peut-être s'agit-il d'une vengeance mais je ne suis pas certain qu'elle vise ton père. Il ne faut pas écarter cette hypothèse, bien sûr, mais le fait que ces meurtres aient eu lieu après sa mort tend à prouver que l'affaire est plutôt liée à toi. Qui voudrait te faire du mal ? As-tu des ennemis ? J'ai besoin que tu me donnes des noms.

Comme si elle avait une liste noire dans son sac !

— Je ne suis pas Nixon !

— Je suis sérieux, Lib. Nous devons aborder la question. Commençons par toi, par tes ennemis éventuels. Qui pourrait vouloir te nuire ?

— Je ne compte plus les gens que j'ai contribué à mettre en prison.

Elle espérait ainsi lui faire comprendre qu'ils perdraient leur temps mais il hocha la tête.

— Très bien, allons-y. Quelles sont les affaires les plus importantes dont tu t'es occupée ?

Catastrophée, elle le vit s'apprêter à noter les noms sur la nappe en papier. Elle croyait pouvoir se détendre et elle se retrouvait au tribunal ! Nick n'allait quand même pas se mettre à jouer les Grands Inquisiteurs !

Elle répondit pourtant, s'efforçant de lui dissimuler son malaise.

— Ma plus grosse affaire actuelle concerne le sénateur Brislin. Il n'a pas encore été condamné mais il risque cinq ans de prison pour corruption. Je suis sûre qu'il me déteste. Mais je ne pense pas qu'il soit derrière les menaces dont je fais l'objet. Il ne connaît personne dans le crime organisé. Il a profité pendant des années de son influence pour obtenir des avantages indus, pour s'enrichir, mais nos enquêtes n'ont rien révélé d'autre.

— Brislin est donc possible, mais peu probable, dit-il en notant son nom sur la nappe. Qui d'autre ?

— L'inspecteur de police Hawkins a déclaré publiquement qu'il espérait que quelqu'un me tuerait, lui rappela-t-elle en frissonnant.

Elle n'avait jamais entendu des mots d'une telle violence proférés à son encontre, encore moins émanant d'un policier.

— Mais Hawkins était ami avec McAdams, remarqua Nick. De plus, il a un bon alibi pour le soir du premier meurtre.

La colère submergea Libby.

— Il a dû être remis en liberté, à présent. Dom le fait-il au moins surveiller ?

— Il a été suspendu à cause de son comportement agressif à l'audience d'hier. Dom ne le pense pas coupable, mais oui, il le tient à l'œil.

— Hawkins est un sale type et un menteur. Hier, j'ai vraiment eu l'impression qu'il comptait sur ma complicité, qu'il imaginait que je commettrais un parjure pour lui. Il a très mauvaise réputation au Palais. Il n'a que trop tendance à jouer les Rambo au mépris des lois, ajouta-t-elle d'une voix vibrante de fureur. A cause de lui, un meurtrier va se retrouver en liberté. Hier, quand il a menti à la barre, j'avais vraiment envie de l'étrangler !

Nick la dévisagea d'un air effaré.

— Je ne t'avais jamais vue aussi en colère.

Elle détourna les yeux, regrettant de ne pouvoir disparaître dans un trou de souris.

— Désolée, je dois apprendre à maîtriser mes émotions, dit-elle. C'est un peu comme avec mon régime alimentaire. J'ai intérêt à éviter les excès, mais parfois…

— Non, répondit-il en posant la main sur la sienne. Tu es une femme passionnée, et c'est très bien ainsi. Ne change pas, promets-le-moi.

Sa main était chaude, rugueuse. Elle l'imagina soudain sur sa peau nue et se sentit rougir. Elle se libéra de son emprise.

— Pour mon père, montrer ses émotions était un signe de faiblesse. Pour lui, la passion n'avait pas sa place dans un tribunal. La justice devait être rendue de façon détachée.

Nick se tut un long moment, comme pour peser sa réponse.
— Et tu l'as cru ?

Nick n'était pas surpris par l'opinion du vieil homme. Le juge Andrews avait été un homme rigide et froid. Il n'était pas étonnant qu'il ait voulu étouffer la passion qui animait Libby. Elle avait une nature ardente. Si différente de son père. Etait-ce l'idéal qu'elle cherchait à atteindre ? Un détachement émotionnel ? Il se souvint de la façon glaciale avec laquelle elle lui avait signifié son congé. « Je ne t'aime pas, Nick. » Il s'était souvent demandé si le juge n'avait pas orchestré cette rupture. Les paroles de Libby lui avaient semblé si peu conformes à sa personnalité qu'il avait eu l'impression qu'elle récitait un texte écrit par quelqu'un d'autre. Maintenant, il comprenait qu'elle lui avait brisé le cœur pour correspondre à l'idéal que son père lui avait inculqué. Elle lui avait asséné brutalement la vérité, sans passion, froidement.

Il se rendit compte qu'il avait déclenché un regain de colère chez elle en laissant entendre que son père avait eu une conception erronée de la justice. Il voyait une flamme de fureur briller dans ses yeux.

— Bien sûr que je l'ai cru ! Mon père était un juge remarquable, très respecté, et il a longtemps été un procureur légendaire, conclut-elle.

— Comment rendre justice sans tenir compte des êtres humains impliqués dans les affaires présentées à un tribunal, Libby ? Nous avons besoin de procureurs, d'avocats et de juges dotés de cœur, animés de compassion. Sinon, pourquoi ne pas demander à un programme informatique d'administrer la justice ?

Il savait qu'elle partageait son avis. Il devinait le conflit intérieur dont elle était la proie. Elle se consacrait corps et âme à son métier mais elle voulait se montrer loyale avec celui qui l'avait élevée.

— La justice est aveugle, poursuivit-elle. Il faut s'en tenir aux faits, rien qu'aux faits.

Il fut tenté de protester, de lui rappeler qu'il ne fallait jamais oublier qu'ils jugeaient des hommes, des femmes, avec leurs limites, leurs défauts, leurs difficultés. Mais il s'interrompit. Au fond, il se moquait de ce qu'elle faisait au sein d'un tribunal. Il se souciait bien davantage de ce qu'elle avait fait trois ans plus tôt, quand elle avait rompu leurs fiançailles. S'était-elle inquiétée de lui lorsqu'elle lui avait annoncé qu'elle ne le suivrait pas à Pittsburgh ? Après toutes ces années passées ensemble, après tous les rêves d'avenir qu'ils avaient partagés, s'était-elle demandé pourquoi il avait eu besoin de quitter Arbor Falls, pourquoi il étouffait dans cette ville ? Ou n'avait-elle pensé qu'à elle et à sa carrière ?

Un frisson glacé parcourut soudain l'échine de Nick. Et lui, s'était-il demandé si Libby avait envie de rester à Arbor Falls lorsqu'il avait accepté un poste au FBI ? Il ne s'en souvenait pas, ce qui n'était pas bon signe. Il ne se rappelait pas avoir abordé le sujet avec elle, ni avoir cherché le moyen de leur permettre à tous deux de poursuivre leurs carrières. Pour lui, à l'époque, il n'y avait pas lieu d'en discuter. Libby devait le suivre à Pittsburgh. Il estimait qu'il pouvait disposer d'elle, qu'elle lui appartenait. Sa gorge se serra. Il s'était comporté en machiste.

Mal à l'aise, il se raidit.

— Changeons de sujet, d'accord ? Parlons maintenant de ton père. Pourquoi quelqu'un lui en voudrait-il au point de tuer ?

Elle soupira, et sans doute pensaient-ils la même chose. Le juge Andrews s'était mis beaucoup de gens à dos au cours de sa carrière.

— Comme la sténographe judiciaire a été assassinée, je pense que sa mort est liée à une décision qu'il avait prise lors d'un procès.

— Hypothèse très probable, oui.

Leurs plats arrivèrent et Nick se jeta dessus. Il mourait de faim. Pendant le repas, Libby lui résuma les principales affaires dont son père s'était occupé et il nota des noms.

— Mais je n'ai jamais eu le sentiment que papa avait des ennuis ou se sentait menacé, ajouta-t-elle.

— S'il avait reçu des menaces, crois-tu qu'il t'en aurait parlé ?

Elle s'immobilisa.

— Oui, j'en suis certaine. Nous étions très proches.

Nick le savait mais il était également convaincu que le juge aurait sans doute préféré épargner sa fille en se taisant sur un tel sujet. Libby se confiait à son père, mais l'inverse n'était pas vrai.

— Il a mis beaucoup de gens en colère au cours de sa carrière mais tu n'as jamais eu le sentiment que quiconque puisse être furieux au point de chercher à se venger.

— Pourquoi aurait-on voulu lui nuire ? La plupart de ses ennemis sont en prison ou en liberté conditionnelle. De plus, quel sens aurait une vengeance, maintenant qu'il est mort ? Je pense que nous passons à côté de quelque chose qui devrait nous crever les yeux.

Ils finirent leur repas et Nick régla l'addition. Ils auraient aimé se balader dans le coin mais cela aurait été risqué. Ils retournèrent à l'auberge et Nick s'assura que personne ne les suivait.

En entrant dans la chambre, Libby s'aperçut que le personnel de l'hôtel avait laissé des chocolats sur sa table de chevet et sourit.

Elle était charmante quand elle souriait, songea Nick. Quand elle lui tendit la boîte, il se rendit compte qu'il avait envie de davantage qu'un chocolat.

Il ferma les rideaux et la regarda se préparer pour la nuit. Elle semblait à l'aise, détendue.

En revanche, lui se sentait de plus en plus nerveux. Il avait envie de la toucher, de la caresser. Ils ne savaient pas de quoi serait fait le lendemain, ce que l'avenir leur réservait. Il la désirait maintenant. Il s'avança.

Comme elle s'emparait de sa trousse de toilette, Libby croisa le regard de Nick. La lueur qui brillait dans ses yeux était éloquente. Il avait envie de la seule chose qu'elle ne pouvait supporter.

— Qu'y a-t-il ? demanda-t-elle, s'efforçant de paraître décontractée, même si ses mains tremblaient.

— Tu le sais très bien, Libby. Le désir qu'il y a toujours eu entre nous est là.

— C'est ridicule ! Tout est fini entre nous, depuis longtemps.

Il s'approcha encore mais elle recula jusqu'au moment où elle se heurta au mur. Elle sentait son souffle sur sa peau, sa chaleur animale, et un long frisson la parcourut.

— Je n'éprouve plus rien pour toi, Nick.

Il émit un petit rire.

— Alors, cela ne te fait plus rien que je te touche ? dit-il en lui effleurant le bras.

— Non, balbutia-t-elle, rien du tout.

Sa peau la brûlait.

— C'est drôle. J'ai l'impression, moi, que tu y réagis.

— Tu te trompes.

Il se pencha vers elle et quand il plongea la tête dans son cou pour picorer sa gorge de petits baisers brûlants, elle ne put s'empêcher de s'arquer.

— Rien du tout ? En es-tu sûre ?

Elle tremblait de tous ses membres.

— Rien, répéta-t-elle faiblement.

— C'est curieux. Je jurerais le contraire.

Il glissa une cuisse entre ses jambes et passa la main sous sa jupe.

Elle ne put retenir un gémissement et il sourit.

— Et là, poursuivit-il. Tu ne ressens toujours rien ?

Elle était trop essoufflée pour parler, mais sans attendre sa réponse il se mit à la caresser.

Oh…

Incapable de s'en empêcher, elle souleva le T-shirt de Nick pour promener les mains sur son ventre musclé. Lorsqu'il poussa un cri étranglé, elle mesura le pouvoir qu'elle avait sur lui.

Les yeux rivés sur son visage, Nick continuait à la caresser.

— Tu sens comme ton corps m'appelle ?

Elle l'attira soudain à elle pour l'embrasser avec passion. Ils restèrent soudés l'un à l'autre un long et délicieux moment.

Puis Nick se redressa, remit sa jupe en place et s'écarta.

— Comment peux-tu prétendre que tu n'éprouves rien pour moi ?

— Espèce de salaud ! cria-t-elle avant de s'enfuir dans la salle de bains.

Elle s'effondra sur le carrelage, s'efforçant de se calmer. Elle n'en revenait pas de ce qui venait de se passer. Il l'avait approchée, caressée, et elle l'avait laissé faire, elle lui avait rendu ses baisers, ses caresses. Pis, elle avait aimé qu'il la touche. A quoi bon le nier ? Mais maintenant, comment pourrait-elle le regarder en face ?

Elle prit un bain brûlant. Les fragrances de l'eau de Cologne de Nick flottaient dans la pièce et elle ferma les yeux, s'imaginant avec lui.

Elle avait le sentiment qu'elle n'en avait pas eu assez. Pourtant, elle n'avait rien demandé. Ils avaient partagé des relations intimes, autrefois, et peut-être restait-il un fond d'attirance, mais il avait profité de sa faiblesse.

Tout en se savonnant, elle comprit qu'elle avait commis une erreur. Il n'était pas possible qu'ils ressortent ensemble. Ils ne recommenceraient plus, se jura-t-elle. Elle ne le laisserait plus poser la main sur elle. Qu'ils étaient tombés facilement dans les bras l'un de l'autre ! Bien sûr, elle n'était pas dans son état normal. Elle craignait de mourir, sa vie était bouleversée, elle avait perdu son sang-froid. Il n'aurait pas dû en profiter.

Tandis qu'elle se rinçait, elle repensa à la lettre découverte sur le cadavre du policier. « Seven tons hatred », « Sept tonnes de haine. » Ils avaient cherché des centaines d'anagrammes. En vain. Elle se remémora le portrait de la première victime et, très vite, la colère s'empara d'elle. Ils coinceraient le salaud qui avait étranglé cette malheureuse.

Son cœur cessa soudain de battre. *Etranglé*. La plus grande affaire dont son père s'était chargé lorsqu'il était procureur avait été celle de l'Etrangleur d'Arbor Falls, comme les journaux l'avaient désigné à l'époque.

Elle sortit de la baignoire, se sécha vigoureusement avant d'enfiler un peignoir.

L'Etrangleur d'Arbor Falls. L'affaire remontait à une trentaine d'années. Si ses souvenirs étaient bons, le type avait terrorisé la ville plus de dix ans avant d'être finalement arrêté.

Quand elle ouvrit la porte de la salle de bains, elle se sentait tout excitée. Nick était assis sur le lit, et son regard se teinta d'inquiétude en la voyant apparaître.

— Libby, je suis désolé. Je…

— Les lettres du Scrabble. Où sont-elles ?

Il fronça les sourcils et se leva pour prendre la boîte du jeu sur le bureau.

Le souffle court, elle arrangea les petits carrés.

— C'est l'anagramme du nom d'un dossier. Regarde ! Comme il s'agissait d'une affaire criminelle, le procès mettait face à face l'accusé et l'Etat. En anglais, cela donne donc « State v… »

Elle se redressa d'un air triomphant.

— Voilà !

Nick sourit.

— « State v. Henderson », l'Etat contre Henderson. Cela colle !

— Cette affaire a été la plus importante que mon père a traitée quand il était procureur. Elle lui a permis de devenir juge, par la suite. Elle a fait la une des journaux pendant des mois. L'Etrangleur d'Arbor Falls !

Il sourit avec fierté avant de l'embrasser.

— Tu as réussi, Lib. L'Etrangleur d'Arbor Falls. Bravo !

— Tu sais ce que nous devons faire, maintenant, non ?

Il hocha la tête.

— Des recherches. Beaucoup, beaucoup de recherches.

8

Ils restèrent debout une bonne partie de la nuit, à discuter de l'affaire de l'Etrangleur d'Arbor Falls avant de s'endormir enfin, épuisés, vers 3 heures du matin. Mais ils se réveillèrent tôt. Libby appela le palais de justice pour demander où se trouvaient les dossiers de Henderson.

— Ils sont archivés à Stillborough, dit-elle en raccrochant. A une heure de route.

Pendant que Libby se préparait, Nick passa un coup de fil à Dom pour le tenir au courant de leur découverte puis ils se mirent en route.

— Will Henderson fait désormais partie de la mythologie locale, dit Libby en repensant aux sites internet macabres consacrés à l'Etrangleur qu'ils avaient consultés pendant la nuit. Il traquait les femmes avant de les tuer. Et lui aussi laissait des messages à ses futures victimes, des signes annonciateurs de ses crimes. Il jouait au chat et à la souris avec elles. En tout cas, Will Henderson s'est pendu dans sa cellule, peu après sa condamnation. Alors, pourquoi quelqu'un le copierait-il, à présent ? Cela n'a aucun sens.

— Il pourrait s'agir d'un membre de sa famille ou de quelqu'un qui est sensible au folklore que cette histoire avait généré à l'époque. Mais, entre nous, j'ai le sentiment qu'il ne s'agit pas simplement d'une imitation. Je sens que le tueur a des comptes personnels à régler.

— Je partage ton avis… Personne ne nous suit ? Et que t'a dit Dom ? Il n'a pas découvert d'autres signes laissés par le tueur, j'espère ?

— La nuit a été calme. Ta maison n'a pas été visitée, celle de mes parents non plus. Tous les policiers de la ville sont sur les dents maintenant. L'un des leurs a été assassiné et ils mettent tout en œuvre pour retrouver le meurtrier.

Tout en sirotant un café — elle en buvait de nouveau beaucoup trop, mais elle s'en moquait —, Libby hocha la tête sans parvenir à chasser son angoisse. Quatre jours s'étaient écoulés depuis le meurtre de la première victime, ce qui signifiait qu'un autre signe serait déposé à leur attention dans la journée. Quel serait-il ? Le tueur était déjà allé très loin.

Nick s'éclaircit la gorge.

— Loin de moi l'envie de colporter des ragots mais j'ai appris que mon copain Dom avait dîné avec ta petite sœur, hier soir.

— Vraiment ? s'exclama Libby, horrifiée. Elle est donc sortie de l'hôtel ?

— Non, non, rassure-toi. A ce que j'ai compris, il lui avait acheté des plats chinois, et comme Cassie ne lui faisait qu'à moitié confiance, ils les ont mangés dans le hall de l'hôtel. Je crois qu'elle craignait qu'il ne soit le tueur, ajouta-t-il en riant.

Un frisson la parcourut.

— Il l'est peut-être…

Il secoua la tête.

— Libby, Dom n'est pas…

— Nous n'en avons aucune certitude. Mis à part McAdams, il était le seul à savoir que nous passions la nuit chez tes parents. Nous devons nous méfier de tout le monde. Cassie et Sam devraient peut-être aller s'installer ailleurs, juste au cas où…

— Dom a été mon coéquipier pendant des années, protesta Nick. Il est inspecteur de police. Ce n'est pas lui.

— Alors pourquoi est-il retourné à l'hôtel où séjourne Cassie ? C'est bizarre, non ?

Il se mit à rire.

— Peut-être lui plaît-elle. Les gens amoureux se comportent souvent de façon étrange.

— Je ne veux pas qu'il s'approche de ma sœur, répliqua-t-elle en sortant son téléphone portable pour appeler cette dernière. Cassie, Dom est-il revenu te voir hier soir ? lui lança-t-elle tout de go.

— Bonjour à toi aussi, répliqua froidement sa cadette. Bien dormi ?

Libby leva les yeux au ciel.

— Réponds-moi.

— Oui, Dom est repassé hier soir. Il m'avait acheté à dîner.

— Pourquoi s'est-il soucié de te nourrir ?

— Je n'en sais rien. Pose-lui la question.

— C'est louche et je te conseille de changer d'hôtel. Sans le dire à Dom.

— Tu n'y penses pas ! protesta Cassie d'un ton qui rappela à Libby leurs années de conflits. Il travaille dans la police, Lib. Il n'est pas un tueur en série !

— Ne trouves-tu pas bizarre qu'il ait fait tant de kilomètres juste pour t'apporter à dîner ?

Cassie se tut un moment avant de répliquer :

— Pourquoi trouves-tu bizarre qu'un homme fasse quelque chose de sympa pour moi ?

Le ventre de Libby se noua.

— Tu comprends ce que je veux dire…

— Je lui plais peut-être. Est-ce si étrange ? Peut-être a-t-il deviné qu'il ne serait pas simple pour moi de sortir me restaurer à cause de Sam. Cela ne fait pas de lui un tueur en série.

— En tout cas, le moment me semble mal choisi pour relancer ta vie amoureuse. Installe-toi ailleurs et n'en parle à personne.

— Tu te comportes avec moi comme le faisait papa.

— Il faut bien que quelqu'un te mette du plomb dans le crâne !

Le ton s'envenimant, elles raccrochèrent rapidement.

— Elle est impossible ! s'exclama Libby.

Nick ne répondit rien mais elle s'en moquait. Cassie était sa sœur et elle se devait de la protéger, que cela lui plaise ou non.

Le centre d'archives se trouvait en périphérie de Stillborough, en rase campagne. Nick connaissait l'endroit pour y être venu à plusieurs reprises dans le cadre de ses enquêtes au FBI pour prendre des renseignements sur des trafiquants de drogues. Il aurait pu s'y rendre les yeux fermés.

Ils firent de nombreux détours pour s'assurer qu'ils n'étaient pas suivis. Nick était conscient que quitter l'auberge les exposait mais le dossier de Henderson pouvait les aider à percer le mystère. La police piétinant, ne rien faire était sans doute plus dangereux encore.

Il se gara devant l'entrée, coupa le moteur et se tourna vers Libby.

— Prête ?

Elle se contenta de hocher la tête. Elle était visiblement contrariée qu'il ait pris la défense de Dom. Elle ouvrit la portière et s'éloigna sans lui faire l'aumône d'un sourire.

Sa démarche féline troublait Nick plus qu'il ne l'aurait fallu. La veille, quand elle s'était enfermée dans la salle de bains, il avait attendu qu'elle en sorte pour lui présenter ses excuses. Il ne regrettait pas de l'avoir caressée, embrassée. Certainement pas. Mais il était conscient qu'il l'avait bouleversée, ce qui n'avait jamais été son intention. En tout cas, elle n'avait pas voulu revenir sur le sujet. La situation n'était décidément pas simple et il se reprocha de l'avoir compliquée au moment où les choses semblaient s'arranger entre eux.

Sortant de la voiture, il lui emboîta le pas.

Ils entrèrent dans l'entrepôt. L'endroit avait été sommairement aménagé. De hautes étagères métalliques chargées de boîtes et d'épaisses chemises cartonnées tapissaient les murs.

Ils s'approchèrent de l'accueil.

— Bonjour, je suis Libby Andrews, procureur à Arbor Falls. Je vous ai téléphoné tout à l'heure.

— Oui, je m'appelle John Lankosky. Vous travaillez pour le FBI, non ? ajouta-t-il en se tournant vers Nick.

— Pas aujourd'hui.

— En tout cas, j'ai retrouvé les archives concernant le procès Henderson. Elles sont arrivées il y a une quinzaine de jours, dans une dizaine de cartons. Vous pouvez les examiner ici jusqu'à l'heure de la fermeture mais il vous est interdit de les emporter.

— Mais comment aurons-nous le temps de consulter tant de documents ? protesta-t-elle.

— De toute façon, nous avons peu de temps devant nous, répliqua Nick.

L'homme les conduisit jusqu'à une petite salle dans laquelle il avait entreposé les boîtes.

— Voilà, vous pouvez vous installer ici. Les portes se referment automatiquement. Pensez à les bloquer si vous ne voulez pas restés enfermés à l'intérieur.

— D'accord, merci, dit Libby en s'approchant des cartons pour lire les étiquettes.

Nick avait brièvement inspecté le bâtiment, pour s'assurer que rien ni personne de bizarre ne s'y trouvait. Quelques employés faisaient l'inventaire de grosses boîtes dans une salle. Rien ne semblait inhabituel mais le silence qui régnait était un peu oppressant.

Quand ils se retrouvèrent seuls, il se tourna vers Libby.

— Par où devons-nous commencer, à ton avis ?

— Je laisse à l'agent du FBI le soin d'en décider, répondit-elle en riant. J'ai l'impression de chercher une aiguille dans une meule de foin, ajouta-t-elle avec un soupir.

Ils parcoururent l'index qui énumérait le contenu des cartons.

— Papa était très méticuleux, remarqua-t-elle. Tout est bien rangé, étiqueté, référencé.

— Il me fait penser à quelqu'un que je connais…

— Les employés ne se sont pas cassé la tête, tout est empilé n'importe comment. Le carton numéro cinq contient des renseignements sur les témoins, dit-elle en l'ouvrant. Quelle horreur ! Regarde ! Des souris ont fait leur nid dedans et il sent le moisi !

Nick s'approcha pour constater les dégâts. Mais lui humait surtout le parfum de Libby. Il s'était toujours enivré de ses fragrances, un subtil mélange de jasmin, de lilas et d'autre chose. Il se souvint des nuits où elle partageait son lit. Il aimait alors enfouir son visage dans ses cheveux pour les respirer.

Il retira ce qui avait appartenu aux souris et étala le reste sur la table. Fasciné, il regarda Libby ouvrir les dossiers, se plonger dans leur lecture et s'y absorber totalement. Lorsqu'elle était motivée, rien ne l'arrêtait.

Il se balança d'un pied sur l'autre.

— Libby, commença-t-il. A propos d'hier soir…

Sans lever la tête, elle l'interrompit d'un geste.

— Oublie cet épisode.

Impossible. D'ailleurs, il n'en avait aucune envie.

— Nous étions sur les nerfs et nous avons fait une erreur, poursuivit-elle. Le mieux est de faire comme s'il ne s'était rien passé. N'est-ce pas d'ailleurs ce que tu t'apprêtais à dire ?

Non, il s'apprêtait à dire qu'il avait pensé chaque mot qu'il avait prononcé et ne regrettait rien. Il s'apprêtait à dire qu'elle le rendait toujours fou de désir et qu'il en perdait le sommeil. Mais il se tut. Manifestement, elle ne partageait pas ce désir.

Plus le temps passait, plus Libby sentait sa gorge se serrer. Nerveusement, elle s'humecta les lèvres, feuilletant les documents étalés devant elle. Le tueur allait-il surgir dans la salle pour leur livrer un autre signe ? Elle ne parvenait plus à lire. Les mots dansaient devant ses yeux.

Chaque minute la rapprochait du septième jour et elle n'avait que quelques heures pour consulter une dizaine de cartons remplis d'archives dans l'espoir de trouver quelque chose qui leur permettrait de démasquer celui qui voulait sa peau. Mission impossible. Elle était déjà noyée par l'ampleur de la tâche. Les dossiers contenaient des centaines de pages manuscrites ou dactylographiées, des notes que son père avait rédigées pour préparer le procès.

La plupart de ces écrits concernaient les déclarations des témoins et, soudain, elle s'exclama :

— Voilà qui est intéressant ! Je suis en train de lire le compte rendu de l'interrogatoire que papa a mené avec un inspecteur de police. Apparemment, en plus des meurtres, Henderson volait les sacs de vieilles dames. Certaines l'ont reconnu lorsqu'il a été arrêté.

— Ne trouves-tu pas bizarre qu'un type passe sans transition de vols à l'arraché à des jeux psychologiques élaborés ?

— Que veux-tu dire ?

— D'après mon expérience, les tueurs ont un *modus operandi* et s'y tiennent. Ils changent rarement leur façon d'opérer.

— Bien sûr, mais les criminels évoluent. J'en ai vu beaucoup qui commençaient leur « carrière » avec des agressions verbales, puis évoluaient vers la violence conjugale avant de finir par des meurtres.

— Oui, mais alors il n'y avait pas vraiment de changement de mode opératoire. Je parlerais plutôt d'une escalade de la violence. Les crimes changeaient de degré, pas de nature. Là, il semble que nous avons affaire à un changement radical. Si Will Henderson a bien commis ces crimes, il était donc passé du stade de voleur de sacs à main à celui de tueur en série. Et pas n'importe lequel. Il se comportait comme un fou qui torturait mentalement ses victimes avant de les tuer. Au départ, il se rendait coupable de délits opportunistes mais, au fil du temps, il est devenu un assassin de sang-froid, intelligent et calculateur. C'est atypique. Depuis que je travaille au FBI, j'ai déjà eu affaire à des tueurs en série, et quelque chose me semble… bizarre.

Elle haussa les épaules.

— Peut-être n'était-ce pas lui qui volait ces vieilles dames. Il n'a jamais été jugé pour ces vols à l'arraché. Il en est innocent jusqu'à preuve du contraire. A quoi penses-tu ? ajouta-t-elle en remarquant son visage sombre.

Il parut hésiter avant de répondre.

— Et si ton père avait fait emprisonner le mauvais cheval ? Henderson était peut-être un voleur mais pas un tueur. Cela expliquerait pourquoi quelqu'un cherche à se venger.

Le visage de Libby s'enflamma.

— Es-tu en train d'insinuer que mon père aurait sciemment traîné en justice un innocent ? Et l'aurait lourdement condamné ?

— Pas sciemment, Libby, je n'ai jamais prétendu une chose pareille. Mais j'essaie d'explorer toutes les possibilités. A l'époque, la police d'Arbor Falls était certainement sous pression pour retrouver l'Etrangleur à tout prix. Peut-être des erreurs ont-elles été commises. Peut-être l'enquête piétinait-elle et, d'une façon ou d'une autre, Henderson en a-t-il fait les frais.

Etait-ce possible ? se demanda-t-elle. Son père avait-il fait une erreur judiciaire ?

— Mon père était un homme honorable, répondit-elle d'une voix tremblante. Tes propos relèvent de spéculations sans aucun fondement et frisent la diffamation. Tu n'as aucune preuve pour appuyer ta théorie.

La porte de la salle claqua soudain dans leurs dos et ils sursautèrent.

— Il doit y avoir des courants d'air, dit Nick.

Il se leva pour rouvrir le battant. Il tenta en vain d'actionner la poignée.

— C'est étrange, dit-il.

Libby, qui tentait de recouvrer son calme, leva le nez.

— Qu'est-ce qui est étrange ?

— La porte est coincée.

— Veux-tu dire que nous sommes enfermés ici ?

— Non, je suis sûr que quelqu'un va venir nous aider à sortir de là, répondit-il en se mettant à tambouriner sur la porte de fer.

Libby sortit de son sac son téléphone portable.

— J'ai le numéro de John. Je vais l'appeler. Oh ! zut. Il n'y a pas de réseau ici.

— Le mien non plus ne capte pas.

La respiration de Libby devint haletante.

— Qu'allons-nous devenir ? gémit-elle.

— Calme-toi et assieds-toi. Je m'en occupe.

Oppressée, elle dégrafa le haut de son corsage.

« Respire, s'ordonna-t-elle. Tout va bien. »

Mais elle remarqua alors des volutes de fumée s'échappant d'un des cartons.

— Nick, balbutia-t-elle, la gorge serrée.

A présent, il tambourinait à la porte de toutes ses forces. Il ne l'entendait pas. La fumée continuait à se répandre dans la petite pièce.

— Nick, répéta-t-elle d'une voix blanche.

Il criait pour appeler à l'aide. Il finit pourtant par se retourner et par suivre son regard. Il changea de couleur.

— Libby.

— Au feu ! hurla-t-elle en sautant sur ses pieds.

Elle vint l'aider à frapper la porte de ses poings.

— Au secours ! Aidez-nous !

Nick se précipita vers la boîte en feu et la jeta à terre. Les flammes dévoraient déjà le carton. Il tenta de les éteindre en les piétinant mais n'y parvint pas.

— Pourquoi l'alarme-incendie ne se déclenche-t-elle pas ? s'écria Libby, qui avait à présent du mal à respirer.

Non, elle ne voulait pas mourir ainsi !

Elle promena les yeux autour d'elle et finit par repérer le détecteur de fumée au plafond.

— Nick, il faut enclencher l'alarme.

— Je vais te hisser jusqu'à l'appareil. Essaie de l'allumer manuellement.

La pièce était emplie de fumée et Libby eut du mal à chercher le bouton. Ses yeux la brûlaient.

— Je ne sens rien, dit-elle.

— Cherche encore, dit-il avant d'être secoué par une quinte de toux.

Mais soudain, le détecteur se décrocha. Libby poussa un cri catastrophé.

— Je l'ai cassé ! Qu'allons-nous faire ?

— La pièce est équipée d'extincteurs automatiques. Lorsque la chaleur atteint une certaine température, un système d'arrosage se déclenche pour inonder un éventuel incendie. Je vais le mettre en route.

Il s'empara d'un feuillet en feu et l'approcha du boîtier. Pendant un long moment, rien ne se produisit.

— Il me marche pas, gémit Libby.

Plié en deux par une quinte de toux, Nick ne répondit pas. Mais une sirène se fit soudain entendre, et quelques instants plus tard de l'eau tomba du plafond.

Nick rampa vers Libby, assise contre la porte.

— Ça va ? demanda-t-il en prenant son visage entre ses mains.

Elle hocha la tête, incapable d'articuler un son. Plusieurs jets arrosaient la pièce, à présent.

— Nous sommes sauvés, dit-il en l'enlaçant contre lui.

Les bras de Nick étaient rassurants et Libby s'efforça de se calmer.

Ils étaient assis par terre en frissonnant quand la porte s'ouvrit et quelqu'un apparut. C'était John.

— Que se passe-t-il ? dit-il en toussant.

Nick entraîna Libby au-dehors. Ils prirent de profondes inspirations, cherchant leur souffle.

Puis Nick attrapa John par le col et le plaqua d'un geste rageur contre le mur.

— Nick, cria-t-elle. Arrête !

— Expliquez-moi ce qui s'est passé ! hurla Nick.

John leva les mains dans un geste d'impuissance.

— Je n'en sais rien.

— Qui a fermé la porte ?

— Arrête, Nick. Je t'en prie.

Il finit par lâcher le pauvre homme qui s'écarta d'un air apeuré.

— J'ai entendu le signal d'alarme et je suis venu voir ce qui se passait. Les pompiers arrivent. Et la police aussi, bien sûr. Je les ai prévenus.

— Quelqu'un a fait claquer la porte et nous a enfermés là-dedans, expliqua Libby.

— Je vous jure que je n'y suis pour rien. J'imagine que quelqu'un a trafiqué la porte. Mais je ne sais rien, je ne comprends pas.

Des sirènes se firent entendre et, bientôt, l'entrepôt fut envahi par les pompiers.

— Ça va, Lib ? demanda Nick.

— Oui, dit-elle en s'écartant.

Elle ne savait pas ce qui s'était passé dans cette pièce, pourquoi elle avait eu soudain envie de rester dans les bras de Nick pour l'éternité.

Un contrecoup de l'adrénaline, se dit-elle. Rien d'autre. Lorsque leurs vies étaient menacées, les gens se rapprochaient d'instinct les uns des autres.

L'un des pompiers ressortit de l'entrepôt, le détecteur de fumée à la main.

— Je voulais vous dire… cet appareil est un faux.

Le cœur de Libby cessa de battre.

— Comment ça, un faux ?

— Apparemment, quelqu'un a posé un faux détecteur. Voyez vous-même, il est vide.

Nick poussa un juron.

— La police cherchera d'éventuelles empreintes.

Le pompier se gratta la tête.

— Une porte fermée, un incendie, un faux détecteur de fumée… Je ne voudrais pas vous inquiéter mais… j'ai l'impression qu'il s'agit d'un acte délibéré. Vous devriez en parler à la police.

Il repartit vers l'entrepôt.

Nick enfila des gants en latex et en tendit à Libby.

Ils examinèrent l'appareil. Et soudain, Libby poussa un cri. Il y avait un petit papier enroulé à l'intérieur.

Nick s'en empara et le déroula. En voyant son visage s'empourprer, elle balbutia.

— Qu'est-il écrit ?

Elle se pencha pour lire derrière son épaule. Il n'y avait qu'un chiffre grossièrement tracé : 3.

— Le quatrième signe…, murmura-t-elle.

Les yeux de Nick étincelaient de colère.

Le tueur avait retrouvé leurs traces.

9

— Nous sommes tombés dans un piège ! cria Nick en frappant le capot du poing. Je savais que suivre cette piste pouvait nous mettre en danger mais j'avais pris des précautions. J'étais armé, j'avais inspecté les lieux en arrivant…

— Je ne comprends pas comment le tueur a pu deviner que nous allions nous rendre ici. Le palais de justice conserve la plupart de ses archives à Ridgefield. Certaines ont été transférées ici, mais comment aurait-il pu le savoir ? Le dossier Henderson ne s'y trouve que depuis deux semaines et je ne l'ai moi-même appris que ce matin. Peu de gens sont d'ailleurs au courant de ce genre de choses.

— Le tueur travaille peut-être au Palais.

Cette conclusion était évidente, mais l'entendre prononcée à voix haute raviva la terreur de Libby. Un de ses collègues ou employés souhaitait donc sa mort ? Elle se remémora Greg qui lui avait fait comprendre qu'elle avait la réputation d'être tatillonne. Mais imaginer quelqu'un cherchant à la tuer pour un tel motif était absurde. Elle dressa mentalement la liste de ses collègues et des raisons éventuelles pour lesquelles ils pourraient lui en vouloir.

Mais très vite, elle comprit qu'elle faisait fausse route.

— Non, cela ne colle pas. L'affaire est trop ancienne. Les personnes qui y avaient travaillé au palais de justice sont toutes en retraite ou mortes, à présent.

Elle refusait de tomber dans la paranoïa.

A côté d'elle, Nick regardait les inspecteurs de police interroger les employés de l'entrepôt. Ils avaient découvert un dispositif permettant de déclencher un incendie à distance. Les caméras de surveillance avaient été peinturlurées pour devenir aveugles. Aucun des manutentionnaires qui avaient manipulé les cartons n'avait remarqué que l'un d'eux avait été visité.

— Ce dispositif a peut-être été mis là il y a des semaines, des mois, dit Nick. Nous ignorons depuis combien de temps le tueur prépare son coup.

— Mais le papier découvert dans le détecteur de fumée, le message du tueur ? Il a forcément été déposé là il y a peu puisque les dossiers ne sont archivés ici que depuis quinze jours. Peut-être a-t-il été mis aujourd'hui.

Elle sortit son téléphone portable.

— Qui appelles-tu ? s'enquit Nick.

— Je connais le directeur de l'entrepôt à Ridgefield. J'aimerais lui demander d'examiner le détecteur de fumée de là-bas.

Quand son interlocuteur la rappela pour lui donner la réponse, elle apprit que celui de Ridgefields était également un faux et qu'il contenait un papier portant le chiffre 4.

— Le tueur pensait donc initialement que nous irions à Ridgefield. Mais nous nous sommes rendus ici et, d'une façon ou d'une autre, il l'a compris et nous y a précédés. Comment fait-il pour nous retrouver, où que nous allions ?

Libby tremblait toujours. Plus d'une heure s'était écoulée depuis qu'ils étaient sortis de la salle mais elle ne parvenait pas à se calmer. Elle mourait d'envie de rentrer à l'auberge et de se plonger dans un bain chaud.

— Comment parvient-il à nous suivre à la trace, Nick ? A-t-il mis un dispositif d'espionnage sur la voiture ? Ou dissimulé des micros dans la suite ?

— Non, j'ai vérifié, j'ai inspecté soigneusement l'une et l'autre.

L'inspecteur de police de Stillborough, le sergent Jay Katz, s'approcha.

— Nous allons devoir continuer à travailler ici un moment mais vous pouvez disposer.

— Qu'avez-vous découvert, inspecteur ? demanda Nick.

— Pas grand-chose pour le moment. La porte arrière de l'entrepôt a été forcée récemment, la nuit dernière sans doute, et un système permettait de commander la fermeture de la salle à distance. S'il y a du nouveau, je vous tiendrai au courant.

— Merci. Par ailleurs, j'aurais besoin des archives, des cartons que nous examinions avant l'incendie. Nous sommes sur une enquête.

— Je vais voir ce que je peux faire. Vous pourrez sans doute les obtenir d'ici une ou deux semaines.

— Il me les faut maintenant.

— Impossible. Vous savez comment fonctionne l'administration...

— Ecoutez, j'en ai vraiment un besoin impératif et je n'ai pas le temps d'attendre. Je vous propose un marché... Avez-vous envie d'épater le maire de Stillborough ? D'être considéré comme un héros par les habitants de votre ville ?

— Je vous écoute...

Nick sourit.

— Je ne vous apprendrai rien en vous disant que, depuis des mois, Stillborough est le théâtre de trafics de drogues de plus en plus prospères. Un laboratoire clandestin qui confectionnait des amphétamines a explosé à Noël dernier et deux adolescents du coin ont perdu la vie. L'histoire a fait le tour du pays.

Katz parut mal à l'aise.

— Une enquête est en cours.

— Bien sûr. Mais si je vous disais que le FBI surveille depuis plusieurs mois le type qui est derrière ces trafics et je vous donnais le moyen de le localiser ? Nous avons un indic. Nous savons qui est celui que vous cherchez et où il se cache.

— Vous êtes sérieux ?

— Tout à fait sérieux, inspecteur. Vous allez vous charger de l'arrêter, vous deviendrez le héros de la ville. Et si vous êtes d'accord pour patienter encore quelques jours, nous pourrons nous arranger pour organiser un vaste coup de filet afin de démanteler tout le réseau.

— Et en échange, vous voulez disposer de ces archives ?

— Dès ce soir.

Katz se mordilla les lèvres tout en réfléchissant.

— D'accord, dit-il enfin. Marché conclu.

Ils se serrèrent la main.

— Je vous appellerai sous peu.

Quand l'homme s'éloigna, Libby serra le bras de Nick de toutes ses forces.

— Tu as réussi !

Depuis deux jours, il ne cessait de l'épater.

Il sourit modestement.

— Tu ne pensais quand même pas que j'allais te laisser partir sans ces archives.

— C'est formidable !

Le visage de Nick redevint grave.

— Tu as entendu ce qu'il a dit ? Le tueur est venu tendre son piège la nuit dernière.

Elle frissonna.

— Personne au Palais ne savait que je me rendrais ici. J'ai discuté avec l'administrateur mais c'est un ami de longue date. Ce n'est pas lui. Je me demande si le tueur espérait que l'incendie détruirait ces archives. En tout cas, il vaut mieux que personne à Arbor Falls ne sache que ces documents sont en notre possession... si tu vois de qui je veux parler.

Une ombre passa sur les traits de Nick.

— Personne ne le saura.

Libby n'avait pas besoin de lui rappeler que seul Dom Vasquez était au courant de leur virée à Stillborough.

Dom n'était pas le tueur. Rationnellement, Nick en était certain. Pourtant, il ne pouvait le nier : trop de coïncidences restaient inexpliquées.

Dom avait été le seul à savoir qu'ils passaient la nuit chez les parents de Nick, qu'ils se rendaient à l'entrepôt de Stillborough. Et dans ces deux endroits, le tueur avait laissé l'un de ses maudits signes. Dom ignorait en revanche qu'ils séjournaient à l'auberge et rien ne s'y était passé.

Par expérience, Nick ne croyait pas aux coïncidences.

Pendant que Libby se plongeait dans un bain, il se mit à arpenter la suite. Il ne parvenait pas à réfléchir. La jeune femme occupait toutes ses pensées. Il la revoyait blottie contre lui dans l'entrepôt ou gémissant de plaisir dans ses bras, la veille au soir. Un désir impérieux lui tenaillait les reins.

Envahi de regrets, il se maudissait de s'être jeté sur elle, la veille, de lui avoir fait peur. Il ne comprenait pas pourquoi il avait soudain perdu la maîtrise de lui-même. Au départ, il n'avait pas cherché à renouer avec elle, mais la sentir si proche de lui l'avait affolé.

Il n'avait aucune envie de ressortir avec elle. Il avait gardé un souvenir cuisant de leur rupture. Pendant des années, il l'avait aimée de tout son cœur et elle l'avait quitté brutalement, jeté comme un vulgaire Kleenex. Pourtant, depuis son retour, Nick commençait peu à peu à comprendre pourquoi ils avaient rompu. A l'époque, Libby n'était pas tombée amoureuse d'un autre, elle ne l'avait jamais trompé. Peut-être avait-il eu tort d'exiger d'elle qu'elle renonce à sa carrière pour le suivre. Sans doute lui en avait-il trop demandé.

Oui, certainement, mais cela ne justifiait pas la brutalité avec laquelle elle avait mis fin à leur relation, la façon dont elle lui avait asséné qu'elle ne l'aimait pas alors qu'ils sortaient ensemble depuis des années. Sa cruauté l'affectait encore.

Pour se protéger, il s'était persuadé qu'elle se moquait de l'avoir fait tant souffrir, qu'elle était insensible, comme son père. Il ne s'attendait pas à découvrir qu'il n'en était rien, que la fille dont il était tombé amoureux à douze ans était toujours là, la fille avec qui il avait toujours rêvé de se marier, de fonder une famille.

Elle l'avait plaqué.

Il serait stupide de renouer avec elle. Il lui avait donné les meilleures années de sa vie, lui avait demandé sa main, et cela ne lui avait apporté que des ennuis. Il ne se ferait pas piéger une nouvelle fois.

Cette semaine ensemble lui permettrait peut-être de cicatriser ses vieilles blessures, puis il s'en irait et l'oublierait définitivement. Tout était fini entre eux.

Il s'assit dans un fauteuil et s'empara de son BlackBerry pour consulter ses messages. Un e-mail de son supérieur lui annonçait sa mutation à Washington. Il l'avait demandée, il était content et il vivrait désormais à dix heures de route de Libby au lieu de cinq.

Il hésita à appeler Dom. Il voulait lui parler de ce qui s'était passé à l'entrepôt, lui demander son avis et peut-être le sonder. Si Dom était le tueur, s'inquiéterait-il que Nick rompe le contact ?

Il composa son numéro.

— Dom, c'est Nick. Je voulais t'apprendre que nous avons reçu le quatrième signe aujourd'hui. Ce fumier nous a enfermés dans une salle à l'entrepôt et a déclenché un incendie.

Dom grommela quelque chose en espagnol.

— Quand est-ce arrivé ? A l'instant ?

— Il y a quelques heures.

— Et pourquoi ne m'as-tu pas prévenu tout de suite ? J'aurais pu me rendre sur place. Maintenant, je vais perdre un temps fou pour récupérer les résultats de l'enquête que mènent mes collègues de là-bas.

— Nous avons discuté avec l'inspecteur Katz. Ses hommes m'ont paru compétents, méthodiques, et je suis sûr qu'ils accepteront de te transmettre le fruit de leurs efforts.

Un long silence tomba puis Dom reprit la parole.

— J'ai besoin de savoir où tu es. Je ne peux pas vous protéger, Libby et toi, si je l'ignore. Ce type est très fort.

Nick se tendit. Autrefois, il aurait confié sa vie à Dom mais, à présent, il ne pouvait plus lui faire confiance.

— Je préfère ne pas te le dire. Cela vaut mieux.

Dom jura et finit par lancer avec acrimonie :

— S'il y a du nouveau, tu m'appelles immédiatement, c'est bien d'accord ?

Nick eut envie de lui raccrocher au nez sans répondre. Il se sentait mal à l'aise. Dom ne faisait rien pour dissiper ses soupçons.

L'inspecteur Katz appela Nick en fin d'après-midi pour lui dire qu'il pouvait venir prendre les archives. Mais il le prévint que certains documents avaient été détruits dans l'incendie.

Ils se rendirent donc à Stillborough, s'assurant en permanence qu'ils n'étaient pas suivis. Quand ils repartirent, ils firent halte dans une épicerie pour acheter de quoi se restaurer.

— Pas question de sortir ce soir, dit-il à Libby. Je préfère ne pas courir le moindre risque. Et demain matin, nous quitterons l'auberge pour nous installer ailleurs.

Autrefois, lorsqu'ils sortaient ensemble, ils pouvaient rester côte à côte sans parler pendant des heures et se sentir bien. Mais, à présent, le silence devenait lourd, gênant. Libby n'avait pas envie de revenir sur ce qui s'était passé entre eux, la veille au soir, ni sur le sens qu'il fallait donner à cet épisode. Elle refusait d'en voir un. De toute façon, il était hors de question pour eux de renouer. Certes, chaque fois que Nick lui souriait, son cœur s'accélérait dans sa poitrine et, près de lui, elle se sentait en sécurité. Mais elle ne voulait pas s'attarder là-dessus. Elle savait que Nick rêvait d'avoir des enfants et qu'elle ne pourrait jamais lui en donner. Fatalement, tout ne pouvait que mal tourner pour eux.

Comme s'il lisait dans ses pensées, il prit sa main dans la sienne et lui dit :

— Quand nous arriverons à l'hôtel, je nous préparerai un café et nous chercherons dans ces cartons pourquoi ce type nous en veut.

Une demi-heure plus tard, ils firent de la place dans la suite et étalèrent les dossiers sur le sol. Ils travaillèrent pendant des heures, lisant en silence les documents, prenant des notes.

Comme Libby se levait pour aller tirer les rideaux, elle remarqua que Nick la regardait et elle lui sourit.

— Tu trouves quelque chose ?

— Plus que ce à quoi je m'attendais. Je ne cesse de tomber sur des prospectus de campagne distribués pour l'élection de Jebediah Sinclair, répondit-il en lui en tendant un.

— Bien sûr. Jeb Sinclair était très lié à mon père, et David, mon petit ami actuel, est son fils.

Il était son « petit ami », maintenant ? songea Nick en serrant les dents.

— Je me souviens avoir distribué ces tracts sur les marchés avec papa pour la campagne de réélection de Jeb Sinclair quand j'étais petite, poursuivit-elle.

— Sinclair, murmura Nick pensivement. Je me rappelle de lui, mais je ne crois pas connaître David.

— David était pensionnaire dans des écoles privées à l'étranger. Nous étions très proches quand nous étions enfants, mais ensuite nous nous sommes perdus de vue. Lorsque je l'ai croisé dans les rues d'Arbor Falls, il y a quelques mois, je ne l'avais pas revu depuis des années. Jeb a été le maire qui est resté le plus longtemps en fonction à la tête de la ville. Trente-sept ans. Pour revenir au dossier, j'ai découvert que Henderson envoyait lui aussi des messages à ses victimes, des lettres comme celle que le tueur a laissée sur le cadavre de l'ancienne sténographe judiciaire. Regarde.

Nick examina les lettres. Certes, leurs contenus étaient assez similaires. Comme le tueur à qui ils avaient affaire, l'Etrangleur d'Arbor Falls menaçait ouvertement les destinataires.

Mais quelque chose lui fit froncer les sourcils.

— Henderson a écrit ces lettres ?

— Oui, et il a commis les crimes. Pourquoi ?

— Parce que l'écriture de ces lettres est différente de celle des aveux du tueur. Regarde, dit-il en s'emparant de la confession de Henderson. Je ne pense pas que la même personne ait rédigé ces lettres. Pour en avoir le cœur net, je vais les envoyer à la graphologue du FBI pour voir ce qu'elle en pense.

Libby parcourut les aveux de Henderson.

— C'est curieux… Il avoue être entré par effraction chez ses victimes et avoir laissé les signes, mais pas avoir commis les meurtres. Pourtant, il a été jugé pour meurtres.

— Six signes pendant six jours. Regarde, il explique le sens de chacun des signes annonciateurs… Intéressant. « Signe un, lut-il, envoyer un coup de semonce. » Il avait adressé aux futures victimes une photo d'elles dans leur environnement ordinaire.

Un frisson parcourut Libby.

— Et notre tueur a fait de même. La photo de moi découpée dans le journal qu'il a laissée sur le cadavre et le fait que la sténographe ait été habillée comme moi constituaient donc « un coup de semonce ».

— « Signe deux, poursuivit Nick, rendre visite aux victimes. »

Manifestement, Henderson aimait s'introduire dans leurs maisons ou leurs lieux de travail. De nouveau, notre homme a fait la même chose. Il a laissé la photo de sa première victime dans tes dossiers. Il ne pouvait le faire qu'en étant entré chez toi ou au palais de justice.

Libby avait froid, soudain.

Mais Nick continuait.

— « Signe trois, envoyer un cadeau. » Ce fumier considérait la mort de McAdams comme tel ?

— Cela me fait penser aux chats qui laissent des souris devant la porte. Mais le cadeau n'était peut-être pas McAdams, mais l'indice qui nous a conduits aux archives. Le message qu'il avait laissé près de McAdams nous a permis d'avancer.

— « Signe quatre, contact à distance. » L'Etrangleur d'Arbor Falls adressait des menaces aux victimes. Le message laissé dans le faux détecteur, aujourd'hui, avait donc le même but. Ce qui nous amène au « signe cinq, le piège ».

— Un piège ?

— La police avait découvert au cours de l'enquête que toutes les victimes avaient échappé de peu à la mort peu avant d'être tuées par l'Etrangleur. Il y a eu six victimes, toutes très différentes les unes des autres.

— Six victimes…

— Mais Henderson n'a été condamné que pour trois d'entre elles. Les preuves n'étaient pas assez solides pour les autres cas.

— Ai-je envie de connaître la nature du sixième signe ?

— C'est bien le problème. Je ne peux le trouver nulle part. Henderson ne l'a pas révélé et les victimes n'ont pas vécu assez longtemps pour en parler.

— En tout cas, tout colle. Le tueur suit le modèle de l'Etrangleur d'Arbor Falls. Cela signifie-t-il qu'il va chercher à m'étrangler demain ?

— Non, Libby. Demain, d'après le schéma, tu frôleras sans doute la mort, tu te retrouveras dans une situation extrêmement dangereuse mais il te laissera la vie sauve. De toute façon, ces archives vont nous aider à comprendre ce qu'il a en tête.

Et j'espère découvrir ce qui l'anime et l'arrêter avant qu'il ne parvienne à ses fins.

Il la prit dans ses bras mais elle ne pouvait s'empêcher de trembler. Des images remontaient à sa mémoire. Les victimes du tueur, le feu dans l'entrepôt, sa photo à elle. Elle avait l'impression qu'un poids énorme pesait sur ses épaules.

— Viens.

Nick la souleva comme si elle était une plume et l'allongea sur le lit.

— Personne ne te fera de mal, dit-il en lui caressant le visage.

Elle serra sa main avec force.

— Ne m'abandonne pas. Promets-moi que tu ne me laisseras pas.

— Je ne te laisserai pas chérie. Promis.

Pourtant, s'ils survivaient à cette histoire, Nick s'en irait bientôt, et elle fut surprise d'en éprouver une réelle tristesse.

10

Nick et Libby se replongèrent dans les archives concernant le procès Henderson. A plusieurs reprises, Nick proposa à Libby d'arrêter et d'aller dormir un peu mais elle tenait à continuer. Le temps leur était compté.

Après un long moment, Nick leva le nez.

— J'en apprends davantage sur Will Henderson. Apparemment, la police a commencé à le suspecter après une dénonciation anonyme. Jusqu'alors, mis à part de multiples condamnations pour de petits larcins, il n'avait jamais été inquiété par la justice. Rien dans son passé ne laissait présager qu'il se rendrait un jour coupable de meurtres de cette gravité.

— Beaucoup de tueurs en série commencent par être de petits criminels.

— Mais la plupart des futurs tueurs en série commettent des délits visant clairement à nuire à la société. Ils allument des incendies volontaires, ils torturent des animaux. Ils ne se contentent pas de voler des sacs à main ou de faire du trafic de cigarettes.

— Mais Henderson a avoué à la police qu'il avait laissé les signes annonciateurs, non ? Sa culpabilité est évidente. Manifestement, il a parlé à la police de détails — en particulier à propos de ces signes — qui n'avaient pas été rendus publics. Qu'il ait été au courant prouve qu'il était l'auteur de ces meurtres.

— En effet, comme certaines personnes s'accusent de crimes qu'elles n'ont pas commis, les flics gardent toujours secrets des éléments découverts sur les lieux du crime pour en avoir le cœur net.

— Absolument. Or, dans ses aveux, Henderson a pu donner

des détails sur les messages annonciateurs qu'il avait laissés chez ses victimes que seul le coupable pouvait connaître, conclut Libby d'un air triomphant. Donc Henderson était bien le tueur. Et nous ne saurons sans doute jamais pourquoi il est passé de vols de sacs à main à des meurtres en série. Cela n'a pas beaucoup d'importance.

— Libby, je comprends très bien pourquoi tu préférerais que Henderson soit bien l'Etrangleur. Cela signifierait que ton père a poursuivi le véritable coupable. Mais si Henderson avait bien été l'Etrangleur, cela ne nous dirait pas qui te menace à présent ni pourquoi. Dans cette affaire, nous n'avons pas encore mis le doigt sur l'essentiel.

— Henderson était-il marié ? Avait-il des enfants ? Peut-être pourrions-nous les interroger, leur parler.

— Il n'avait pas d'enfants et sa femme est morte lorsqu'il était en prison. Elle s'est suicidée peu de temps après la condamnation de son mari. De plus, il y a autre chose qui laisse à penser que Henderson n'était pas l'Etrangleur. J'ai retrouvé le témoignage d'une femme qui prétend avoir vu un homme, les vêtements couverts de sang, quitter la maison de la seconde victime après le meurtre.

— Je ne comprends pas, balbutia Libby. Je pensais qu'il n'y avait eu aucun témoin pour ce meurtre.

— Moi aussi je le croyais jusqu'au moment où j'ai lu sa déposition. En tout cas, cette personne n'a pas témoigné au procès.

Libby fronça les sourcils.

— Pourquoi mon père n'aurait-il pas appelé à la barre un témoin de cette importance ?

— Sans doute parce que cette femme aurait juré que l'homme qu'elle avait vu — l'assassin — n'était pas Henderson.

Libby pâlit.

— Attends. Henderson est passé aux aveux et a même donné à la police des détails que seul le coupable pouvait connaître. Et maintenant, tu viens me dire qu'un témoin aurait prétendu que Henderson n'était pas la personne qu'elle a vue sortir de la maison d'une des victimes après le meurtre ?

— Lis toi-même son témoignage, répliqua-t-il en lui tendant un tas de feuillets.

Elle s'en empara et chercha avec nervosité la retranscription de l'interrogatoire du témoin.

— Harriet McGovern, commença-t-elle. Zut, elle avait soixante-dix ans, à l'époque. Elle ne doit donc plus être de ce monde.

— Nous aurons dû mal à l'interroger…

— En tout cas, visiblement, papa s'était entretenu avec elle. Son écriture est illisible, ajouta-t-elle en soupirant.

— Laisse-moi lire, j'ai l'habitude des textes mal rédigés. Harriet prenait le thé dans son salon vers 15 heures quand elle a aperçu par la fenêtre un homme qui sortait de la maison d'en face, les vêtements couverts de sang.

— Donne-t-elle une description de ce type ?

— Absolument. Il était très grand, il avait des cheveux châtain clair et le visage rouge.

— Le problème est que j'ai vu des dizaines de photos de Will Henderson sur internet et il ne ressemblait pas du tout à cette description.

— En effet, Henderson était petit, trapu, brun avec la peau claire.

— Papa a peut-être bien fait une erreur de personne, conclut-elle en se passant la main dans les cheveux.

Elle resta silencieuse un long moment, fixant le sol, tendue.

Comprenant que les derniers jours avaient été très éprouvants pour elle et qu'elle n'avait pas besoin d'apprendre, en plus, que son père n'était pas l'homme parfait qu'elle avait imaginé, Nick s'approcha d'elle.

— Pourquoi ne pas aller nous coucher ? Il est 2 heures du matin.

Elle le regarda en face.

— Est-ce vraiment ce que tu voulais dire ?

Il sentit son ventre se nouer. Il aurait voulu lui reparler de leur rupture, comprendre comment ils étaient passés du stade amoureux à celui d'étrangers. Mais il devinait que le moment était mal choisi.

— J'essaie d'avancer dans l'enquête pour te permettre de retrouver une existence normale, Libby. Maintenant, tu as besoin de te reposer.

— Et si c'était ma dernière journée à vivre, Nick ? Ma dernière nuit.

— Mais non ! assura-t-il. Tu en vivras des milliers d'autres.

— Tu n'en sais rien.

Elle avait raison. Il ne pouvait rien lui garantir. S'il voulait être sincère, il devait reconnaître qu'ils vivaient peut-être leur dernière nuit. Mais il ne pouvait pas affronter cette réalité. Pas maintenant.

Libby jouait avec son bracelet, le faisant tinter à son poignet.

— Ce bijou a longtemps appartenu à maman. Papa me l'avait donné pour le Noël qui a suivi sa mort. Il nous avait conduites, Cassie et moi, à Sarasota. Il ne voulait pas fêter Noël à la maison. Il était très malheureux.

— J'imagine, oui.

— Toute la journée du 25 décembre, nous avions fait semblant de vivre un jour ordinaire. J'avais apporté un gros roman, une saga, pour lire et n'avoir à parler à personne. Cassie faisait la tête. Notre père lui avait reproché quelque chose, j'ai oublié quoi, et elle était en colère. Je me souviens encore de ce que nous avons commandé pour le dîner. Nous étions à des centaines de kilomètres de la maison, isolés dans un hôtel sur le rivage et nous n'avions pratiquement pas échangé un mot de la journée. Et puis, à la fin du repas, papa nous a proposé d'aller nous balader sur la plage.

— Tu ne m'avais jamais raconté ça.

Le souvenir était trop douloureux. Ce soir de Noël, la nuit était tombée tôt. Libby avait retiré ses chaussures pour marcher pieds nus sur le sable, se moquant du froid. Dans cet endroit, si différent de chez elle, elle avait été assaillie par des images de sa mère. Elle la revoyait lui tenant la main, allongée sur son lit, épuisée par la chimiothérapie et lui demandant comment s'était passée sa journée à l'école. Sa mère avait toujours été le pivot de sa vie, et sa mort l'avait profondément déstabilisée. Ce soir-là, elle avait pleinement mesuré à quel point sa maman allait lui manquer.

Sa mère aurait dû vivre encore de nombreux Noëls avec eux, aurait dû être là le jour de sa remise de diplôme. Elle aurait dû aussi être là pour l'aider à accepter sa stérilité.

— Papa nous a entraînées sous un palmier et il nous a parlé de maman, reprit-elle, la gorge serrée. Il nous a dit de nous rappeler que le bleu était sa couleur préférée, que son parfum était aux lilas, qu'elle détestait le froid et adorait le soleil. Il a donné son médaillon à Cassie et son bracelet à moi. Il m'avait dit qu'il me l'offrait parce que, lorsque j'étais petite, je jouais toujours avec les breloques du bijou. Et puis il nous a dit que maman était morte et qu'il ne voulait plus jamais parler d'elle. Pour lui, les émotions étaient un signe de faiblesse. Et il n'a plus jamais évoqué son souvenir, ajouta-t-elle, les larmes aux yeux. Mais Cassie et moi parlions d'elle en secret. C'était notre maman.

Nick était devenu étrangement silencieux. Les mâchoires serrées, il semblait tendu à l'extrême.

Avec un gros soupir, Libby continua.

— Je n'ai jamais su exprimer mes émotions. J'ai toujours du mal à dire à quelqu'un ce que je ressens ou ce que je veux. Je mène une vie calme, j'ai des projets, des objectifs, je n'aime pas les surprises. Et tout allait bien ainsi tant que je croyais qu'il y aurait toujours un lendemain.

— Il y en aura un, Libby. Tu as encore beaucoup de lendemains à vivre.

— Nous n'en savons rien. Je n'en ai plus aucune certitude. Si tu n'étais pas resté avec moi, cette semaine, je ne serais peut-être déjà plus de ce monde. Et il y a tant de choses que j'aimerais faire ! Je pensais me marier, ou du moins tomber amoureuse, je pensais être élue juge un jour. Je rêvais aussi de devenir mère…

Elle fondit en larmes.

Nick la prit dans ses bras.

— Ne parle pas ainsi. Tu vivras tout cela.

— Non.

Elle le regarda en face. A cause du tueur qui rôdait, elle ne savait pas de quoi le lendemain serait fait, ni même si elle serait toujours en vie la semaine suivante. Alors, autant lui dire la vérité, lui dire que, trois ans plus tôt, un médecin lui avait appris une terrible nouvelle, une nouvelle qui avait changé le cours de leurs existences. Lui demander de lui pardonner leur rupture, de comprendre qu'elle lui avait rendu sa liberté par générosité, pour qu'il puisse vivre ses rêves.

Mais elle se ressaisit. Non, elle ne pouvait pas le lui dire. Elle ne voulait pas de sa pitié. Elle préférait qu'il soit furieux contre elle.

— Je n'ai peut-être plus que cette nuit à vivre, dit-elle.

— Si tu n'avais plus qu'une nuit à vivre, comment aimerais-tu la passer ?

Elle soutint son regard.

— Je n'ai pas envie d'être seule cette nuit. Mais avec toi. Dans tes bras.

Elle rougit, stupéfaite de lui avoir fait une telle déclaration. Elle n'avait jamais été sincère à ce point. Elle avait soudain l'impression d'être nue et elle se mit à trembler, attendant sa réponse.

Nick resta silencieux un long moment, fixant le sol comme s'il réfléchissait, comme s'il pesait sa réponse. Comme le silence se prolongeait, elle sentit son cœur se serrer douloureusement dans sa poitrine.

— Je t'en prie, dit-elle enfin. Dis quelque chose.

Il leva la tête pour la regarder en face et elle vit une ombre passer sur son vissage viril.

— Tu sais bien que je ne te laisserai pas cette nuit. Je te l'avais déjà promis.

Elle comprit qu'il la rejetait et elle se sentit rougir de honte. Elle venait de lui demander de coucher avec elle, et lui… Quelle idiote !

— Je suis désolée, balbutia-t-elle.

Elle ne savait pas quoi dire d'autre.

Elle voulu se lever, s'éloigner, mais il lui tendit la main.

— Libby, j'étais troublé hier soir. Je n'aurais pas dû…

— Oublie cet épisode. Pour ma part, je l'ai totalement gommé de ma mémoire.

— Attends, laisse-moi t'expliquer.

— Non, lâche-moi !

Elle se débattit et s'enfuit dans sa chambre.

Les dossiers étaient toujours étalés par terre. Ils n'avaient pas avancé. Ils ignoraient toujours qui voulait la tuer. Dans ce contexte, Nick n'aurait-il pas pu faire l'effort d'être un peu plus gentil ?

Il se précipita pour lui bloquer le passage.

— Je ne sais pas à quoi tu joues, Libby, ce que tu veux. Il y a trois ans, tu m'as rejeté, tu m'as dit que tu ne m'aimais pas, que tu ne m'avais jamais aimé.

Le cœur serré, Libby mesura la douleur de Nick. Elle reconnut ses paroles, des paroles dures, d'une cruauté infinie. A l'époque, elle avait voulu lui faire mal parce qu'elle souffrait, parce qu'elle lui reprochait de s'engager au FBI, de quitter Arbor Falls. De rêver d'une famille, d'une ribambelle d'enfants. Elle avait eu envie qu'il la déteste. Mais ses mots lui revenaient à présent en pleine figure comme un boomerang.

— Je t'ai fait du mal, dit-elle. Je suis vraiment désolée, Nick.

— Je t'adorais, tu sais. J'aurais fait n'importe quoi pour toi. J'ai travaillé dur pour avoir une situation, les moyens de vivre avec toi dans une belle maison avec des gamins partout. Je ne pense pas que tu aies jamais su à quel point je t'aimais.

Ravagée, elle se souvint qu'il lui avait déposé un bouquet de fleurs sur sa voiture, un jour où sa journée avait été difficile. D'ailleurs, il avait toujours eu beaucoup d'idées pour lui faire plaisir.

— En tout cas, maintenant, je le sais, dit-elle doucement. Mais nous n'aurions jamais pu avoir un avenir commun, ajouta-t-elle. Tu ne m'acceptais pas, pas vraiment. Tu voulais que je renonce à tout, que je quitte ma famille, mes amis, ma ville natale, que je lâche ma carrière pour toi. Ce n'était pas juste.

Tout en le disant, elle se rendit compte qu'il ne s'agissait pas uniquement de leurs carrières respectives. Fondamentalement, il lui avait demandé d'être ce qu'elle n'était pas. Elle n'aurait pu que le décevoir.

Il se tendit.

— J'ai eu tort de suivre les conseils de ton père.

— Mon père ? Que vient-il faire dans cette histoire ?

— Il m'a toujours critiqué, il a toujours estimé que je n'étais pas assez bien pour toi, que tu méritais mieux qu'un flic. Et un jour il m'a dit qu'il admirait beaucoup les membres du FBI et que, pour t'épouser, je devais en devenir un.

Elle sentit sa gorge se serrer.

— Il t'a dit ça ? Il t'a encouragé à devenir un agent du FBI ?

— Oui, il m'a fait comprendre que ce serait le seul moyen d'obtenir sa bénédiction. Et je voulais qu'il me la donne, j'avais besoin qu'il approuve notre mariage. Il savait très bien que je serais muté ailleurs si j'intégrais le FBI. A présent, avec du recul, je suis certain qu'il a fait exprès de me pousser loin d'Arbor Falls tout en t'encourageant à faire carrière dans cette ville pour nous séparer. Il a dû te dire que je n'étais qu'un égoïste en cherchant à t'éloigner de ta famille, de tes amis, de tes racines.

En effet, son père le lui avait dit, ajoutant que Nick s'engageait dans un métier dangereux et qu'il se moquait qu'elle sacrifie sa propre carrière, songea Libby. Il prétendait que Nick savait qu'il ne pourrait jamais revenir à Arbor Falls mais ne songeait qu'à satisfaire ses ambitions personnelles.

Son père avait manœuvré pour la pousser à rompre, comprit-elle. Il l'avait convaincue que Nick déciderait de tout s'il se mariait et qu'elle en ferait les frais.

De plus, son père lui avait menti, à elle. Il avait dit à Nick que faire carrière au FBI lui permettrait de nourrir correctement sa famille. Nick avait accepté parce qu'il n'était pas égoïste, justement. Le cœur serré, elle comprit que son père avait profité de l'amour que Nick lui portait pour le perdre.

— Que devais-je faire ? poursuivit-il. Renoncer à ma carrière pour te permettre de poursuivre la tienne ?

— Je n'en sais rien. Ce qui est fait est fait. En tout cas, nous n'étions pas destinés l'un à l'autre. Sinon, tout aurait été simple.

Il eut un rire amer.

— Tu crois ça ?

— Oui. Quand il y a de l'amour, tout est simple.

— Est-ce la raison pour laquelle tu m'as annoncé que tu ne

m'aimais pas ? Parce que les choses étaient compliquées entre nous ?

Non, elle avait rompu parce qu'elle voulait qu'il s'en aille sans poser de question.

— Oui.

Elle ne put déchiffrer l'expression de Nick. Etait-il soulagé ? Comprenait-il la situation ?

— Peut-être ne m'aimais-tu pas vraiment non plus. Tu m'as dit que j'étais difficile à aimer.

— Je souffrais quand je t'ai dit ça.

— Tu me trouvais dure, insensible, bourrée de TOC. Tu me reprochais de vouloir tout maîtriser. J'essaie de changer sur ce plan, d'ailleurs.

Il soupira.

— Je n'ai jamais eu de mal à t'aimer, Libby. Parfois, j'avais du mal à supporter tes régimes, mais je t'aimais telle que tu étais et je détesterais que tu changes à cause de quelque chose que je t'ai dit.

— Mais moi non plus, je n'aime pas tout de moi, et voilà pourquoi je veux m'améliorer, changer. J'aimerais être une fille qui éclaire une pièce par sa seule présence, qui fait rire les gens, j'aimerais pouvoir déguster un verre de vin sans penser à un cas d'homicide involontaire que j'ai eu à défendre qui a commencé ainsi… J'aimerais être plus détendue, plus légère.

Etre, comme Nick, capable d'être passionné, en colère, spontané sans jamais se soucier de l'image qu'il donnait aux autres.

— Plus détendue ? Tu es une idéaliste. Tu rêves d'un monde meilleur et j'ai toujours adoré ce côté chez toi. Ta détermination, ta façon d'aller au bout de ce que tu entreprends. J'aurais bien aimé avoir cette faculté.

Troublée par ses mots, elle détourna la tête.

— Bon, maintenant que nous nous sommes expliqués, je vais me coucher.

— Libby, ne pars pas comme ça.

Il s'avança et la prit dans ses bras pour capturer ses lèvres. Sa bouche était douce, il la caressait tendrement.

— Je t'ai dit que je ne te laisserai pas seule, lui rappela-t-il.

Incapable de s'en empêcher, elle l'étreignit avec force et il l'entraîna dans la chambre voisine, plongée dans la pénombre.

Malgré l'obscurité, Libby voyait son érection. Le ventre noué, elle se sentit faible. Elle n'avait jamais rien désiré avec la force dont elle désirait ce moment avec Nick.

Il commença à se déshabiller, retirant sa chemise avant de la lancer sur une chaise. Libby le regardait faire, les yeux rivés à son ventre musclé. Lorsqu'il ôta son jean, elle prit conscience qu'elle était tout habillée.

— Nick, que…

Elle s'apprêtait à lui demander ce qu'elle était censée faire. Elle avait soudain l'impression d'être vierge. Leur première fois remontait à des années. Pourtant, elle avait le sentiment que tout était nouveau et elle se sentait un peu maladroite, ne sachant pas comment le suivre dans cette danse.

— Hier soir, c'est moi qui ai mené le jeu, dit-il. Ce soir, c'est ton tour.

Il se dressa devant elle dans toute sa nudité et sa virilité.

— Prends la direction des opérations, Libby, ajouta-t-il.

Puis il se laissa tomber sur le lit et s'étendit sur le dos.

Libby resta pétrifiée.

— Mais je ne sais pas… D'habitude, je…

— Tu sais très bien ce qu'il faut faire, répondit-il en glissant les mains derrière sa tête. Fais ce que tu veux, quoi que ce soit, ou rien du tout.

— Tu vois ça comme… une sorte de thérapie ?

— Oui, absolument, dit-il en souriant avec bonhommie. Je ne te l'ai pas dit ? J'exerce à présent les fonctions de psychanalyste. Pour l'amour de Dieu, Libby ! Il s'agit de sexe. C'est un jeu !

Elle s'approcha timidement de lui puis s'aventura à lui toucher le torse. Elle sentit Nick se tendre, retenir son souffle.

— Continue. Prends ton temps. Je ne te dirai même pas de te déshabiller.

— Ne me bouscule pas, dit-elle avec un sourire en promenant les doigts sur son ventre musclé.

Il était vraiment magnifique, tout en muscles, la peau douce

Le voile de l'ombre

et dorée. Et il la désirait. Elle s'empara de son sexe, et un long frisson la parcourut.

Il suivait chacun de ses mouvements, le regard brillant d'un désir intense qu'elle n'avait jamais vu auparavant. Elle s'écarta, déboutonna sa jupe avant de la lui lancer et il leva la main pour l'attraper au vol. Bientôt, son corsage suivit le même chemin. Nick ne détournait pas les yeux des siens, sauf pour les promener sur son corps de femme avec un mélange de douleur et d'admiration. De toute sa vie, elle ne s'était jamais sentie aussi puissante.

— Je ne vais pas te supplier, dit-il d'une voix rauque, comme à l'agonie. Mais si par hasard tu étais tentée d'accélérer un peu le mouvement, surtout n'hésite pas. Cela m'irait très bien.

— C'est dommage, parce que je n'ai aucune envie de me presser, répliqua-t-elle en se penchant vers lui pour capturer ses lèvres.

Avec un grognement, il leva la tête pour l'embrasser avec passion. Mais quand leurs langues entamèrent une danse sensuelle, elle le repoussa sur le lit avec douceur.

— Pas si vite.

Elle préférait le savourer, se régaler de le voir la désirer avec tant de force, le sentir frissonner à la moindre de ses caresses.

— Tu es si belle.

La voix de Nick était rauque et il la regardait comme si elle était la huitième merveille du monde.

Comme elle le chevauchait pour promener ses lèvres dans son cou, il poussa un autre gémissement d'agonie.

— Libby, je t'en prie.

— Non, non, tu m'as dit que c'était moi qui menais la danse. Alors laisse-moi faire à mon rythme maintenant.

Ses longs cheveux caressaient sa peau à chaque mouvement. Il haletait de désir.

— Libby, je t'en prie. Je n'en peux plus.

En souriant, elle hocha la tête et il attrapa son jean pour en sortir un préservatif. Comme il en déchirait l'emballage, elle fronça les sourcils.

— Tu portes en permanence ce genre de choses sur toi ?

Il secoua la tête.

— Crois-moi, ma chérie, ma vie sexuelle est un long désert depuis longtemps.

La sienne aussi, songeait Libby.

Après s'être protégé, il s'étendit de nouveau sur le dos et elle grimpa sur lui pour s'empaler sur son sexe. Lentement, elle se mit à aller et venir au-dessus de lui, s'éloignant, s'écartant, les rendant fous de désir. Il avait posé les mains sur ses seins, les caressant. Elle continuait ses mouvements, sentant le plaisir monter au creux de son ventre.

Soudain, rompant le jeu, il la saisit par les hanches et la retourna pour se mettre au-dessus d'elle. Loin de s'en plaindre, elle fut heureuse de s'abandonner.

Il ressemblait à un homme possédé. Son visage était crispé, des gouttes de sueur perlaient son front mais, très vite, la jouissance la submergea et elle ne vit plus rien.

Les ongles dans ses épaules, elle s'arqua tandis que des vagues de plaisir déferlaient sur son corps brûlant.

Avec un cri rauque, Nick fut foudroyé à son tour et s'effondra sur elle.

Collé à elle, il passa les mains dans ses longs cheveux, les repoussant en arrière.

— Libby, je suis désolé.

— Mais pour quoi ? Tu n'as aucune raison de t'excuser. C'était… magique.

— Je ne parlais pas de ça. Mais de tout ce qui s'est passé autrefois. De t'avoir demandé de renoncer à tout, à ta famille, à ta ville, à ta carrière, pour me suivre. Ce n'était pas juste de ma part.

Elle lui caressa le visage avec tendresse.

— Moi aussi, je suis désolée. D'une certaine manière, j'avais essayé à l'époque de te faire renoncer à tes rêves. Je vivais mal ton désir de faire partie du FBI, je voulais que tu restes. Mais je ne savais pas comment te le dire.

Comme elle promenait les doigts sur sa peau, il s'empara de sa main pour lui embrasser la paume.

Elle décida de laisser de côté le monde extérieur, ses soucis, ses angoisses. Tout ce qui n'était pas Nick. Pour une fois, elle avait envie de profiter du moment présent sans songer aux scénarii de ce qui pouvait se passer ensuite.

Le corps de Nick était chaud à côté d'elle. Elle se blottit contre lui, enfouit son visage dans son cou, s'enivrant de l'odeur de son eau de toilette.

— Je me sens en sécurité avec toi, murmura-t-elle.

Il l'embrassa sur le front et lui caressa les cheveux.

Quelques instants plus tard, ils dormaient.

11

Cassie tournait en rond dans sa chambre d'hôtel. Elle se sentait reposée et pleine d'énergie. Sam avait dormi six heures d'affilée ce qui lui avait permis de profiter, elle aussi, d'un long sommeil réparateur. Après des mois de nuits trop courtes, elle avait pu se ressourcer et elle s'était levée de fort bonne humeur... jusqu'au moment où elle avait reçu un coup de fil de sa sœur.

Libby voulait qu'elle quitte l'hôtel pour aller s'installer ailleurs. Depuis toujours, Libby estimait normal de lui donner des ordres, de diriger sa vie. Et quand elle avait insinué que Dom était peut-être le tueur parce qu'il avait eu l'audace de lui apporter à dîner, Cassie avait failli lui raccrocher au nez. Dom avait parcouru des kilomètres pour lui permettre de se restaurer, sachant quelle était seule avec un nourrisson et coupée du reste du monde. Il avait porté Sam pendant qu'elle engloutissait les plats chinois, il lui avait raconté sa journée. Et Libby le suspectait d'être un tueur en série !

De toute façon, il était exclu de changer d'hôtel tous les jours avec un bébé dans les bras !

Sam était grincheux et ne cessait de pleurnicher sur sa couverture. Il n'avait pas voulu faire sa sieste. Cassie cessa de ranger ses affaires et prit sa tête entre ses mains. Et tout ça parce que Dom lui avait apporté à dîner ! Pour Libby, un homme se comportant en gentleman était forcément louche, un psychopathe en puissance. Pour sa part, Cassie était certaine que Dom n'était pas un tueur. Et pourtant, elle était en train de faire ses valises. Libby obtenait toujours gain de cause.

Mais elle était furieuse contre sa sœur. D'instinct, elle savait que Dom ne lui ferait aucun mal. Elle lui faisait confiance.

Elle entassa ses affaires dans sa valise. De toute façon, elle en avait assez de vivre à l'hôtel, de se cacher, de camper, d'être obligée de dormir dans un lit étroit, de se nourrir au distributeur automatique. Cela suffisait. Elle décida de rentrer chez elle.

Elle dut effectuer trois voyages jusqu'à sa voiture pour y caser tout son bazar. Epuisée, elle ne cessait de soupirer. Tout était infiniment plus compliqué avec un nourrisson !

A la naissance du petit, Libby lui avait offert un sac kangourou, lui assurant qu'elle pourrait ainsi y mettre le bébé et vaquer à ses occupations. Malheureusement, Cassie n'avait jamais réussi à s'en servir.

Elle régla sa chambre et prit la direction d'Arbor Falls mais, tout en roulant, elle commença à se demander si retourner chez elle était une bonne idée, finalement. Elle savait où Dom habitait et prit la décision de s'y rendre. Peut-être accepterait-il de l'escorter jusqu'à sa maison et de s'assurer qu'elle ne risquait rien à s'y réinstaller.

A cette heure-ci, il avait certainement fini sa journée de travail et était chez lui. Dans le cas contraire, elle rebrousserait chemin et se rendrait directement chez elle, voilà tout. Mais elle fut soulagée de voir de la lumière chez lui. Pour tout dire, elle se sentait en danger dans les rues d'Arbor Falls.

Sam dormait. Elle prit son couffin et grimpa les marches du perron. Puis elle frappa à la porte.

Le cœur battant, elle entendit le bruit de ses pas.

Dom apparut sur le seuil, en T-shirt et en pantalon de survêtement.

— Cassie.

Il semblait fatigué.

— Je suis désolée de débarquer ainsi. J'ai quitté l'hôtel et je voulais m'assurer que je pouvais retourner chez moi en toute sécurité. Libby m'a dit que je pouvais être dans le collimateur du tueur, moi aussi, qu'il voulait se venger de quelque chose que mon père aurait fait. Mais je vous dérange peut-être ?

Il parut un peu perdu mais s'écarta pour la laisser passer.

— Non, entrez.

Cassie posa le couffin sur la moquette. Dom ne vivait pas

dans une garçonnière. Tout était bien rangé et propre. Et incroyablement bien décoré. Des plantes vertes, des fleurs, des tissus chaleureux. Chaque meuble, chaque objet, semblait avoir été choisi avec soin. Elle n'aurait jamais deviné que Dom Vasquez était un homme d'intérieur.

— Cette maison est magnifique ! s'exclama-t-elle. Un vrai musée.

— Merci. Mettez-vous à l'aise.

— Je ne reste qu'un instant, je ne veux pas m'imposer. Je pensais retourner chez moi mais, tout à coup, j'ai eu peur. Pensez-vous que j'y serai en sécurité ?

Il fronça les sourcils.

— Chez vous ? Non, certainement pas. Vous devez absolument vous installer ailleurs. Vous êtes peut-être une cible.

Elle poussa un gémissement. D'instinct, elle savait qu'il avait raison mais la perspective de retourner vivre dans une chambre d'hôtel lui donnait envie de pleurer.

— Dans ce cas, pourrais-je me servir de votre ordinateur ? Je vais chercher un hôtel dans le coin.

Il hésita avant de pousser un soupir.

— Il est tard. Passez la nuit ici, si vous voulez. J'ai une chambre d'amis.

— Non, non, je ne veux pas vous déranger. Mais Libby m'a dit de changer d'hôtel et…

— Pour quelle raison ? demanda-t-il d'un air soupçonneux. S'est-il passé quelque chose là où je vous avais installée ?

Gênée, Cassie se pencha sur Sam pour se donner une contenance avant de lever le nez pour regarder Dom en face.

— Ne le prenez pas mal, mais elle trouve bizarre que vous m'ayez apporté des plats chinois, hier soir. Elle devient parano avec cette histoire.

— Je me doutais de quelque chose comme ça. Alors Nick et Libby croient que je suis le tueur ? dit-il en secouant la tête. Voilà pourquoi ils ne voulaient pas me dire où ils se sont réfugiés. Comment puis-je les protéger si je ne sais pas où ils sont ?

Il semblait furieux. Pauvre Dom. Nick et Libby l'empêchaient de mener à bien son enquête, d'effectuer son travail.

— Oui, je comprends que la situation leur fasse perdre leur sang-froid, mais ils ont tort de vous soupçonner.

— Merci. Nick ne veut même plus m'adresser la parole.

— Si vous le souhaitez, je peux tenter d'arranger les choses. Je pensais leur demander de me retrouver quelque part en ville pour vous permettre de vous expliquer avec eux. Je ne veux pas qu'il arrive quoi que ce soit à Libby. Elle a tort de vous tenir à l'écart. Elle a besoin de votre protection.

— Vous le croyez vraiment ?

— Ecoutez, je vais proposer à ma sœur de passer voir Sam. Elle viendra évidemment avec Nick et vous aurez ainsi la possibilité de discuter avec lui, de lui prouver que vous êtes innocent, de lui dire que vous m'avez apporté des plats chinois parce que vous aimez la cuisine asiatique.

— Oui, c'est vrai.

— C'est drôle, je vous aurais imaginé dans une garçonnière en désordre avec un canapé défoncé, des posters aux murs et des piles de vaisselle sale dans l'évier. Mon ex-petit ami vivait ainsi et je croyais que c'était le cas de tous les célibataires.

— Le père de Sam ?

Elle secoua la tête, regrettant d'en avoir trop dit.

— Non, je n'ai jamais eu de véritable relation avec le père de Sam. C'était… une erreur. Il n'est même pas au courant qu'il a un fils.

— Vous devriez le lui dire, peut-être assumerait-il et deviendrait-il un père à la hauteur.

Cassie n'avait aucune envie de se faire sermonner, et surtout pas par quelqu'un qui ne connaissait rien à sa situation.

— Quand je lui ai annoncé ma grossesse, il m'a donné de l'argent en me recommandant de « faire le nécessaire ». Il pensait que j'allais me faire avorter. Mais sans le lui dire, j'ai gardé le bébé. Alors vos conseils…

— D'accord, pardonnez-moi.

— N'en parlons plus.

— Venez, ajouta-t-il avec un sourire chaleureux. Je vais vous montrer votre chambre.

Nick s'était levé au petit jour, douché, rasé, habillé et, après s'être préparé un café, il s'était réinstallé au milieu des cartons d'archives. Libby dormait encore, ses longs cheveux noirs étalés sur l'oreiller, et il veilla à ne pas la réveiller.

Voilà cinq jours qu'un tueur pourchassait Libby et, puisque le criminel suivait le mode opératoire de l'Etrangleur d'Arbor Falls, il était probable que sa vie serait en danger aujourd'hui.

Le temps passait vite, pensa-t-il, la gorge serrée.

Son BlackBerry vibra sur la table, le tirant de ses pensées. Il s'en empara.

— Nick Foster.

— Nick, c'est Molly.

La veille au soir, Nick avait faxé des échantillons de l'écriture de l'Etrangleur — ses aveux et une lettre adressée à une de ses victimes — à la graphologue du FBI, Molly Ericson, qu'il connaissait bien.

A son arrivée à Pittsburgh, il avait eu hâte de tourner la page « Libby » et il avait invité Molly à dîner. Mais quand il l'avait reconduite chez elle et lui avait proposé de ressortir avec lui le lendemain, Molly avait secoué la tête et répondu avec gentillesse :

— Vous ne m'avez parlé que de votre ex-fiancée, ce soir, Nick. Franchement, je préfère en rester là. Je ne suis pas psychothérapeute.

Alors, au lieu de vivre une relation amoureuse vouée à l'échec, ils étaient devenus de bons amis.

— Cela me fait plaisir de t'entendre, Molly. Merci de me rappeler si vite.

— Ton fax précisait qu'il s'agissait d'une urgence. Que se passe-t-il ? Je pensais que tu serais au bureau, cette semaine.

— Il est arrivé quelque chose. Un genre de catastrophe familiale.

— Si tu as envie d'en parler, n'hésite pas.

— Je sais, ne t'inquiète pas.

— En tout cas, les échantillons d'écritures que tu m'as envoyés sont intéressants. J'aurais évidemment préféré analyser les originaux, mais le fax m'a donné malgré tout beaucoup d'éléments. Pour faire court, la lettre de menaces présente des caractéristiques qui me permettent de dire qu'elle a été rédigée par une personnalité schizoïde.

— Schizophrène, tu veux dire ?

— Non, non, schizoïde. Ce genre de personnes a le profil d'un tueur en série. Froides, imperméables aux émotions, secrètes et solitaires.

Il n'en fut pas surpris.

— D'accord.

— Par ailleurs, je peux te dire que l'auteur de cette lettre est cultivé, intelligent, très organisé, poursuivit Molly. L'écriture des aveux est tout à fait différente. Es-tu sûr que les deux échantillons ont été rédigés par la même personne ? Pour ma part, j'en doute fortement.

Si Molly avait raison, alors Henderson avait avoué des crimes qu'il n'avait pas commis.

— Que dirais-tu de la personne qui a signé les aveux ?

— Il s'agit d'un homme qui n'a pas fait beaucoup d'études. Il n'a rien d'un schizoïde. Il a peut-être commis des crimes mais de façon assez rustre.

Le cœur de Nick s'accéléra. Elle lui décrivait Henderson.

Mais Molly poursuivait :

— Il me semble très improbable que la même personne soit l'auteur de ces deux écrits. Il y a trop de différences entre elles. L'une est très intelligente, cultivée, capable d'élaborer des schémas complexes. L'autre est limitée intellectuellement, peu instruite, avec des côtés naïfs. Les aveux auraient pu être rédigés par un élève d'une école primaire. La lettre de menaces émane plutôt d'un étudiant d'une grande école. Les deux écritures révèlent également des différences sociales. L'auteur de l'une est manifestement issu d'un milieu socioprofessionnel élevé, l'autre est de condition très modeste.

— L'homme qui a signé les aveux est mort mais nous cherchons à démasquer le type qui a écrit la lettre de menaces. Si je te comprends bien, nous devons donc chercher un diplômé qui vit en solitaire ?

— Pas nécessairement. Le problème avec ce genre de personnalités est leur capacité à dissimuler leurs tendances antisociales. Ce type passe peut-être pour quelqu'un de charmant.

— Cela ne va pas être facile.

— Désolée, Nick. Les gens sont compliqués.

— Je plaisantais. Tu n'imagines pas à quel point tu m'aides et je t'en remercie beaucoup. Par ailleurs, je ne sais pas si tu en as entendu parler mais, apparemment, je vais être muté à Washington dès cet été.

Il devrait y passer trois ans.

— Je l'ignorais. Tu me manqueras. Dans quel quartier as-tu prévu de t'installer ?

— Je n'en sais rien encore.

Entendant la porte de la chambre s'ouvrir, il abrégea la conversation.

— Je te laisse, Molly. Merci encore. Bonjour, chérie, ajouta-t-il en souriant à Libby.

— Bonjour, dit-elle en se frottant les yeux.

— J'ai commandé le petit déjeuner.

Il se demandait si elle était nue sous son peignoir.

— Je viens d'avoir en ligne une graphologue du FBI à qui j'avais faxé des échantillons d'écritures, poursuivit-il.

Libby passa la main dans ses cheveux dans l'espoir de les démêler.

— Et qu'en a-t-elle conclu ?

— Je lui avais adressé les aveux de Henderson et une des lettres de menaces envoyées à l'une des victimes. Deux personnes différentes les ont rédigés, Libby. Molly en est certaine.

— Mon Dieu, cela signifie que Henderson n'était pas l'Etrangleur d'Arbor Falls ! Il a avoué des crimes qu'il n'avait pas commis.

Depuis le début de cette histoire, elle s'en doutait et craignait d'en avoir la preuve, songea Libby. Son père avait jeté en prison un innocent. Il lui semblait inconcevable qu'il l'ait fait sciemment. Pourtant, la veille, elle avait compris qu'il avait tout manigancé pour la pousser à rompre. Cette trahison l'avait glacée. Allait-elle découvrir qu'elle n'avait pas vraiment connu son père ?

— Papa a condamné un innocent qui est mort en prison, laissant le vrai coupable en liberté. La graphologue a dit quelque chose d'autre, Nick ?

— Molly pense que l'auteur de la lettre de menaces a une personnalité schizoïde qui le rend antisocial et solitaire mais qu'il est capable de dissimuler. Il peut donc se montrer charmant en société.

Elle soupira.

— Cela ne nous aide pas beaucoup. Penses-tu que quelqu'un s'en prend aujourd'hui à moi pour venger une erreur judiciaire ?

— C'est possible.

— Mais pourquoi maintenant ? Henderson est mort il y a des années.

— Peut-être que ce quelqu'un n'a entendu parler que dernièrement de l'erreur de ton père.

— Une erreur ? Ne parle pas d'erreur. Tu es certain que papa a condamné un innocent en toute connaissance de cause, non ?

— Je n'ai jamais dit ça. Je n'en sais rien.

Il avait raison. Mais Libby, elle, commençait à s'interroger. Son père avait-il commis l'impensable ? Et si oui, pourquoi ? Peut-être avait-elle des doutes à cause de l'animosité dont faisaient preuve certaines personnes qui avaient travaillé avec son père. La juge Hayward, par exemple. Elle avait été procureur à l'époque où son père avait jugé Henderson. Savait-elle quelque chose ? Mais il lui était difficile d'admettre que son père, qui lui avait appris à distinguer le bien du mal et qui avait toujours prôné sa foi dans le système judiciaire américain, ait sciemment condamné un innocent. A la prison à vie, en plus. Une lourde condamnation.

— Je vais vomir, dit-elle.

— Je vais te chercher un verre d'eau.

Après un moment, elle se sentit mieux.

Nick posa les mains sur ses épaules.

— Tu es tendue comme un arc, dit-il.

Il commença à la masser et elle s'abandonna avec délice à ses mains.

— C'est étonnant comme cela me fait du bien.

Ses mains réveillaient les souvenirs de leur nuit torride. Elle retombait en transe. Entièrement à sa merci, elle aurait voulu qu'il continue des heures.

— Te sens-tu mieux ?

Quelqu'un frappa à la porte.

— Le petit déjeuner arrive.

Il prit le plateau des mains de la femme de chambre et le porta lui-même jusqu'à la table. En voyant les croissants, les muffins, les verres de jus d'orange et le pichet de café, le tout agrémenté d'une rose, Libby sourit.

— Comme c'est joli ! Il y a de quoi nourrir un régiment !

— Assieds-toi. Je pense que, pour avancer, nous devons discuter avec quelqu'un qui a assisté au procès de Henderson.

— Oui, qui par exemple ?

— L'avocat de Henderson, Christopher Henzel. Il a soixante-dix ans à présent mais il est toujours actif. Il n'exerce plus en pénal, il s'est spécialisé dans le droit immobilier. Je crois d'ailleurs que sa reconversion date du procès Henderson.

— En d'autres termes, quand Henderson a fini en prison, il a préféré renoncer à défendre des criminels ?

— Exactement.

— Oui, en effet, je crois qu'il nous faut parler à Me Henzel.

— Après notre petit déjeuner, nous allons faire nos valises pour changer d'hôtel et, en route, nous nous arrêterons au cabinet d'avocats où travaille Henzel.

Nick poussa la porte du cabinet de Christopher Henzel, situé au premier étage d'un immeuble du centre-ville.

— Rappelle-toi, Libby : pas un mot sur les menaces dont tu fais l'objet. La police ne veut pas alerter les médias.

Elle hocha la tête. Me Henzel avait accepté de les recevoir, et elle ne voulait surtout pas le lui faire regretter en l'assommant de détails sordides.

Ils patientèrent un moment dans une luxueuse salle d'attente, meublée de fauteuils de cuir. Fascinée, Libby s'absorba dans la contemplation d'un immense aquarium peuplé de poissons tropicaux multicolores.

Quand l'avocat les invita à entrer dans son bureau, elle trouva son regard chaleureux.

— Pardonnez-moi mon petit retard.

— Nous venons d'arriver, le rassura Nick. C'est très gentil à vous d'avoir accepté de nous recevoir.

— Qu'un agent du FBI veuille me parler de Will Henderson a piqué ma curiosité.

— Je vais vous expliquer, mais laissez-moi d'abord vous présenter Libby Andrews.

— Mon père était le juge en charge du procès Henderson, dit-elle.

— Asseyez-vous. Alors ? Qu'est-ce qui vous amène ? J'espère que vous savez que j'ai cessé de plaider aux assises depuis trente ans et je n'ai pas rouvert le dossier Henderson depuis cette époque.

— Nous avons eu l'occasion de le faire dernièrement et nous y avons relevé des éléments… contradictoires.

— Vous avez consulté ces archives ? Et dans quel but, sans indiscrétion ?

Libby et Nick échangèrent un regard.

— Nous pensons écrire un livre sur cette affaire.

— Vraiment ? Mais pardonnez-moi de vous avoir interrompus. Continuez.

— Une graphologue du FBI a comparé l'écriture des aveux de Henderson et celle d'une lettre de menaces adressée à l'une des victimes par l'Etrangleur d'Arbor Falls. Pour elle, Henderson n'était pas l'auteur de cette lettre.

— Vous avez sollicité les services d'un expert du FBI ? Votre livre promet d'être très fouillé, très documenté. Quelles différences a-t-elle remarquées ?

— La lettre envoyée à la victime a été écrite par une personne intelligente, cultivée, bien éduquée, dotée d'une personnalité schizoïde. Les aveux, eux, ont été rédigés par quelqu'un qui n'a pas dépassé le niveau primaire, expliqua Nick.

— Nous savons que Henderson a écrit ces aveux, mais nous ne comprenons pas pourquoi il a avoué des crimes qu'il n'a pas commis, poursuivit Libby. Nous sommes venus vous trouver parce qu'il s'est peut-être confié à vous à ce sujet. Comme il est mort, vous n'êtes plus tenu par un devoir de réserve vis-à-vis d'un client.

Henzel parut réfléchir un moment.

— J'ai travaillé des mois sur cette affaire mais je n'avais jamais remarqué de différences d'écritures, dit-il enfin. Sinon, j'en aurais évidemment parlé au tribunal.

— Défendre Henderson n'a pas dû être simple. Il avait avoué être un tueur en série.

— J'ai reçu des menaces de mort pour avoir accepté d'être son avocat, reconnut-il avec calme. J'estimais que tout accusé a le droit d'être défendu et est innocent jusqu'à ce que la preuve de sa culpabilité ait été apportée. J'étais stupide, ajouta-t-il.

— Pourquoi dire ça ? demanda Libby, interloquée.

— Henderson a été arrêté au travail. Il était plongeur au Country Club. Quelqu'un a vu des vêtements ensanglantés dans son sac et l'a dénoncé. Plus tard, la police a établi que ces vêtements appartenaient à la sixième victime. Bien sûr, Henderson a nié, m'assurant qu'il n'avait tué personne et que quelqu'un avait mis ces vêtements là pour lui faire porter le chapeau. Vous savez comment ça se passe, ajouta-t-il.

— A les entendre, les accusés sont tous innocents, reconnut Libby.

— Oui, sur ce plan-là, il était bien comme les autres.

— Mais pas sur tous, dit Nick.

— Sur de nombreux plans, en fait. J'ai très vite compris que Henderson avait un bienfaiteur. Je ne sais pas de qui il s'agissait mais il recevait de l'argent — des sommes très importantes — de quelqu'un. Sa femme s'enrichissait à vue d'œil, en tout cas.

— Ce bienfaiteur réglait-il vos honoraires ?

— Non, je défendais Henderson en tant qu'avocat commis d'office. Les contribuables me payaient. Henderson n'avait pas un sou vaillant. Il n'avait jamais eu de travail stable, et soudain sa femme achetait des manteaux en fourrure, des bijoux…

— Pensez-vous qu'il avait fait la connaissance de son bienfaiteur au Country Club ?

— C'est possible. Nous n'en avons jamais parlé. Mais au départ, quand il s'est fait arrêter, il voulait absolument être libéré sous caution. Il disait que sa femme avait besoin de lui pour vivre, de son salaire. Et puis il a changé.

— Comment cela ? demanda Nick.

— J'ai eu l'impression qu'il avait moins envie de sortir de prison. Et puis, un jour, il m'a dit qu'il connaissait le véritable assassin et qu'il était en train de… comment avait-il tourné sa phrase… de négocier un prix.

— Il négociait le prix de son silence avec l'Etrangleur ? s'exclama Nick, stupéfait.

— Oui, en tout cas, c'est ce que j'ai compris.

— Henderson était alors incarcéré, non ? dit Libby.

— Oui, il n'avait évidemment pas obtenu de libération sous caution.

— Il recevait donc ce bienfaiteur pour discuter du prix avec lui… et la prison a dû garder la liste de ses visiteurs.

Henzel secoua la tête.

— J'avais eu cette curiosité, à l'époque, moi aussi. Mais il n'y avait rien. Sa femme venait le voir de temps en temps, et c'est tout. S'il négociait le prix de son silence avec quelqu'un, ce dernier avait des amis bien placés qui le dispensaient de s'inscrire sur le registre.

— Si je vous comprends bien, reprit Nick, Henderson proclamait son innocence mais acceptait de rester en prison en échange de l'argent qu'il recevait d'un bienfaiteur anonyme. Plus tard, il a signé des aveux, reconnu qu'il avait tué ces femmes… Pensez-vous qu'il s'était fait payer pour s'accuser d'un crime qu'il n'avait pas commis ?

— J'en suis certain. Je pense que l'Etrangleur était quelqu'un de très puissant à Arbor Falls et il avait dû passer un marché avec Henderson. Cet homme avait promis à Henderson ce dont ce dernier rêvait depuis toujours. De l'argent, du respect, de la notoriété. Et, en échange, Henderson passait aux aveux, plaidait coupable et finissait aux assises. Il s'agissait d'un procès pour assassinat. Le maire voulait absolument un coupable. Henderson serait bien traité en prison et son épouse recevrait beaucoup d'argent. Cela dit, sa femme n'a pas profité des largesses de ce « bienfaiteur », ajouta Henzel d'un air sombre. Pas longtemps, en tout cas. Peu après le procès, elle a été retrouvée morte chez elle. Etranglée.

Un frisson glacé parcourut Libby.

— A-t-elle été tuée par l'Etrangleur ?

— La police n'en a jamais apporté la preuve. S'ils l'avaient pu, ils auraient été obligés de reconnaître qu'ils avaient fait condamner un innocent. L'autopsie a conclu à un suicide par pendaison. Mais Henderson m'avait dit qu'elle avait été assassinée. Il en était certain. C'est à partir de ce moment-là qu'il a commencé à se rétracter, à raconter à tous ceux qui voulaient l'entendre qu'il était innocent, que l'Etrangleur l'avait payé pour lui faire porter le chapeau. Et, bien sûr…

— Il s'est fait descendre à son tour, conclut Libby.

— Son meurtrier s'est arrangé pour maquiller l'assassinat en suicide, mais je n'y ai jamais cru.

— Nous avons découvert le témoignage d'une femme affirmant avoir vu sortir de chez l'une des victimes l'Etrangleur couvert de sang, poursuivit Nick. Pourquoi n'est-elle pas venue témoigner à la barre ? Elle aurait pu faire douter les jurés.

— Mme McGovern a été une des premières personnes que j'ai contactées quand le dossier de Will m'a été confié. Malheureusement, elle est morte avant le procès. De mort naturelle. N'oubliez pas que ce procès a eu lieu des années après les faits. J'avais parlé de ce témoignage, appelé un journaliste qui avait interrogé cette femme et je lui avais demandé de venir, lui, à la barre. Mais la partie adverse avait fait remarquer que Mme McGovern avait une mauvaise vue et personne ne savait si elle portait ses lunettes le jour où elle avait aperçu le tueur. Bref, un désastre.

— Mais quelqu'un a forcément su quelque chose. Henderson parlait, des gens avaient été soudoyés pour regarder ailleurs quand il recevait des visites…

— Croyez-moi, si quelqu'un savait quelque chose, personne ne s'est jamais risqué à parler. Pourquoi mettre sa vie en danger ? Personne n'a soufflé mot.

Il se tut un moment.

— Un jour, pourtant, un gardien de prison a pris contact avec moi pour me dire que Henderson avait reçu un étrange visiteur qui avait le pouvoir extravagant de ne pas s'inscrire sur le registre, comme l'imposait le règlement de la prison. Il avait l'intuition que quelque chose se tramait. Il ignorait quoi, mais il avait l'intention d'en parler à ses supérieurs. Il a été tué chez lui quelques jours plus tard. D'une balle en pleine tête.

— Oh ! s'exclama Libby en portant les mains à sa bouche.

— L'enquête a conclu à un cambriolage qui aurait mal tourné. Mais là encore, il s'agissait d'un meurtre.

Henzel poursuivit :

— Henderson a reconnu avoir mis les signes annonciateurs. Il s'agissait d'un arrangement, je crois. Il pensait pouvoir ainsi faire pression sur l'Etrangleur en n'avouant pas tout. Il imaginait sans doute l'obliger ainsi à payer. Henderson n'était pas très futé.

Si l'Etrangleur était quelqu'un de puissant et doté d'une bonne réputation à Arbor Falls, il avait pu profiter d'une conspiration pour faire accuser Henderson, songea Libby, au bord de la nausée. Son père avait-il fait partie du complot ? Avait-il su que Henderson était innocent ?

— Pensez-vous que mon père était au courant ? demanda-t-elle.

Henzel plissa les yeux.

— Je n'ai aucun élément pour vous répondre.

— Je vous demandais votre opinion. J'aurais interrogé mon père s'il n'était pas mort la semaine dernière.

— Je vous présente mes condoléances.

— Nous avons besoin de comprendre ce que savait le juge Andrews, reprit Nick.

— Pour votre livre, je suppose.

Libby devinait que Henzel était au courant de quelque chose sur son père qui le poussait à mépriser ce dernier, et elle aussi, par ricochet.

— Ecoutez, je ne sais pas ce que mon père a fait mais j'ai appris il y a peu qu'il était possible d'ignorer des pans entiers de la personnalité de quelqu'un que vous avez pourtant côtoyé votre vie durant, dit-elle, les larmes aux yeux. J'aimerais seulement comprendre ce qui s'est passé.

Henzel prit une profonde inspiration.

— Votre père était un homme complexe, Libby. Il avait de multiples facettes et il ne cessait de me surprendre. Oui, je crois qu'il savait tout. Il savait que Henderson était innocent et était payé pour être condamné à la place de quelqu'un d'autre. Voyez-vous, la ville paniquait à cause de ce tueur en série. Il fallait un coupable pour calmer les esprits.

— Pourquoi Henderson ? Parce qu'il avait besoin d'argent ?

— C'est possible, je ne l'ai jamais su. En tout cas, Henderson a été une autre victime de l'Etrangleur, c'est certain.

Nick se leva.

— Nous ne voulons pas abuser davantage de votre temps. Merci beaucoup de nous avoir reçus. Vous nous avez permis de progresser.

— Je regrette de vous avoir bouleversée, mademoiselle, reprit l'avocat. Depuis trente ans, il ne se passe pas un jour sans que je repense à ce procès en me demandant ce que j'aurais dû faire pour qu'il se déroule autrement.

— Vous n'y pouviez rien, vous ne saviez pas ce qui se passait, remarqua Nick.

— J'aurais dû en parler à quelqu'un, faire quelque chose, poursuivit-il, le regard hanté. Mais je savais que le tueur avait acheté un innocent, acheté des gardiens de prison, acheté le procureur. Je craignais qu'il ait également acheté le juge, les jurés. Je ne savais plus où étaient les bons et les méchants.

— Et vous auriez pu finir, vous aussi, avec une balle en pleine tête comme le gardien de prison, reconnut Nick. Personne ne vous reproche d'avoir gardé le silence, maître.

12

Nick enlaça les épaules de Libby en l'entraînant vers la voiture. Tout en marchant, il promenait les yeux autour de lui. Ils étaient à des kilomètres d'Arbor Falls mais le tueur les avait trouvés à Stillborough hier et, s'il continuait à copier les méthodes de l'Etrangleur, il devait mettre Libby en danger de mort, aujourd'hui. Dans une situation pire que l'incendie.

Avant de s'installer au volant, Nick entreprit l'inspection minutieuse de son véhicule sans rien remarquer d'anormal. Il ne vit aucun dispositif de pistage, aucun micro, mais il savait que n'importe quoi pouvait arriver à tout moment.

Il ne doutait plus que le tueur allait passer à l'attaque. Le danger pouvait surgir de n'importe où.

Il démarrait quand le téléphone de Libby retentit.

Elle décrocha.

— Cassie ? Non, je ne peux pas te dire où nous sommes… Maintenant ?… Tout va bien ?… Bon, nous y serons dans une demi-heure. Où veux-tu que nous nous donnions rendez-vous ?… D'accord. A tout à l'heure.

Lorsqu'elle raccrocha, elle se tourna vers lui.

— Cassie aimerait nous retrouver dans un restaurant du centre d'Arbor Falls.

— Pourquoi ? Que se passe-t-il ?

— Je n'en sais rien. Elle m'a seulement dit qu'elle avait envie de me voir.

— Mais pour quelle raison ?

— Tu sais, nous venons de perdre notre père, elle a un bébé, je suis poursuivie par un tueur en série, et peut-être est-elle dans le collimateur de ce type, elle aussi. Elle a beaucoup de raisons de vouloir me voir.

— Arbor Falls n'est pas un endroit sûr pour toi.

— Je ne suis en sûreté nulle part. Mais j'ai envie d'embrasser ma sœur, et elle s'y trouve.

Sans discuter davantage, Nick mit le cap sur Arbor Falls.

— Nous attend-elle à l'intérieur du restaurant ?

— Oui, elle aimerait y déjeuner avec nous, pour pouvoir bavarder tranquillement. Merci d'avoir accepté, ajouta-t-elle en lui caressant le bras.

Sensible à ce geste tendre, il lui prit la main pour la porter à ses lèvres. Son parfum fleuri l'enivrait. Il l'avait retrouvée, elle était à lui et il ne laisserait personne lui faire du mal.

Il y avait foule dans le restaurant, mais Cassie n'était nulle part en vue.

— Elle m'a dit qu'elle serait peut-être en retard, déclara Libby, nerveuse d'être revenue dans cette ville.

Une serveuse s'approcha.

— Une table pour deux personnes ?

— Trois, répondit Nick.

Ils s'installèrent dans un coin, commandèrent des cafés et les sirotèrent sans quitter la porte des yeux.

L'endroit n'avait pas changé depuis la première fois que ses parents l'y avaient emmenée dîner, songea Libby. D'anciennes affiches publicitaires ornaient toujours les murs, et l'un d'eux était toujours recouvert de vieilles plaques d'immatriculation venues des quatre coins du pays. Les rideaux à carreaux vichy semblaient un peu délavés, mais qui s'en souciait ? Ce restaurant était unique en son genre, et y retrouver des souvenirs la réconforta.

Pourtant, quelque chose n'allait pas. Libby l'avait compris au ton de Cassie au téléphone aussi clairement que si sa sœur était passée aux aveux, et plus le temps passait, plus son angoisse diffuse se muait en terreur.

Quand elle la vit enfin pousser la porte, son fils dans les

bras, Libby faillit pousser un cri de soulagement. Elle la héla. Cassie les rejoignit. Elle posa le couffin vide sur la banquette et elle les embrassa.

— Je suis désolée d'être en retard. Mais j'ai encore du mal à m'organiser avec un bébé. Tout prend dix fois plus de temps.

— Ton coup de fil m'a inquiétée. Tout va bien ? demanda Libby. Que se passe-t-il ?

— Ne sois pas furieuse, Libby. Toi non plus, Nick. Avant que je vous explique pourquoi je tenais à vous voir, promettez-moi que vous ne me reprocherez rien.

— Mais pourquoi serions-nous furieux contre toi ? Qu'as-tu fait ?

Cassie parut hésiter et prit la mine boudeuse qu'elle arborait souvent, petite fille. Lorsqu'elle l'affichait, beaucoup de gens en étaient attendris. Pas Libby.

— Quoi que je vous dise, vous avez promis.

— Arrête ce petit jeu ! gronda Nick.

— Cassie, qu'as-tu fait ? répéta Libby.

Cassie finit par lâcher :

— Je me suis installée chez Dom.

— Quoi ? s'exclama Nick.

Cassie les dévisagea tour à tour d'un air implorant.

— Il n'est pas… Libby, Dom n'est pas le tueur ! Il est adorable avec moi et il me plaît.

— Cassie ! As-tu perdu la tête ! Je n'arrive pas à y croire ! gémit-elle. Tu ne te rends pas compte de ce que tu as fait ? Où est-il ? Ici ? Tu nous as manipulés.

Sa sœur eut le bon goût de prendre une expression coupable.

— Vous vous trompez à son sujet. Il essaie de vous protéger et vous l'empêchez d'effectuer son travail. Vous ne le tenez pas au courant de vos allées et venues, de vos avancées dans l'enquête, vous faites de la rétention d'informations.

Libby remarqua soudain une silhouette virile qui se dirigeait vers le restaurant. Dom. Nick le reconnut aussi.

— Restez là, j'y vais.

Il se hâta vers son ancien collègue et l'entraîna plus loin sur le trottoir. Quand il le plaqua brutalement contre le mur, les conversations s'interrompirent dans la salle. Deux policiers qui longeaient le trottoir se précipitèrent vers eux pour tenter de les séparer.

Cassie porta la main à sa bouche.

— Nick est visiblement énervé.

Les clients suivaient la scène à travers la baie vitrée.

— J'y vais, déclara soudain Cassie en bondissant sur ses pieds. Garde Sam.

Libby était une des rares personnes présentes à être restées à leur table. Tous les consommateurs avaient le nez collé à la vitre. Certains pariaient sur l'un ou l'autre des combattants. Elle entendait Nick et Dom crier dehors, s'insulter, et elle aurait voulu disparaître sous terre.

— C'est votre petit ami ?

Elle ne l'avait pas vu approcher et elle sursauta en découvrant devant elle un type d'une cinquantaine d'années, une casquette de base-ball sur la tête. Il désigna les deux hommes à l'extérieur.

— Pourquoi se battent-ils ? Avec tous les flics dans le coin, cela risque de mal finir, ajouta-t-il en riant.

Libby recula. Il était trop près d'elle, elle ne se sentait pas en sécurité.

— Je n'en sais rien.

Mais l'homme poursuivait :

— Votre copain va se faire embarquer si ça continue. Vous devriez le lui dire.

— Je ne vois rien d'ici.

— Peut-être, mais vous connaissez la loi. Se bagarrer sur la voie publique est un délit, non ?

— Comment ça ?

Lorsqu'il darda ses yeux noirs sur elle, elle sentit son cœur s'accélérer dans sa poitrine.

— Vous êtes Elizabeth Andrews et, comme vous êtes procureur, vous n'ignorez rien du code pénal, non ? Cela ne vous choque-t-il pas que des flics se battent entre eux ?

Terrifiée, elle voulut répondre mais, la gorge serrée par la peur, elle ne parvint pas à émettre un son.

Le type ricana avant d'ajouter :

— Sortons d'ici. J'ai une arme pointée sur vous, ajouta-t-il en lui montrant sa poche.

— Non, répliqua-t-elle d'une voix tremblante.

— Allons, allons, vous ne voulez pas qu'il arrive quelque chose de fâcheux à ce bébé, n'est-ce pas ? Alors ne me compliquez pas la tâche. Votre heure n'a pas encore sonné, Elizabeth. Nous ne sommes qu'au cinquième jour. Ne m'obligez pas à accélérer le processus et suivez-moi dehors sans faire d'histoires.

Quand les policiers réussirent à séparer les combattants, Dom avait un œil au beurre noir et Nick la lèvre fendue.

— Bon sang, Nick ! cria Dom, les poings sur les hanches. Nous avons fait équipe ensemble pendant des années. Tu me connais, vieux !

Nick se libéra de l'emprise des hommes en uniforme qui le tenaient. Ils les connaissaient l'un et l'autre, ce qui expliquait sans doute qu'ils ne lui aient pas encore passé les menottes.

— Tu nous as piégés, Dom. Provoquer cette rencontre par ruse était un coup bas. Comment pourrais-je te faire confiance ?

— Je suis de ton côté, protesta son ancien équipier. En quelle langue faut-il te le dire ?

— Tu étais le seul à savoir. Explique-moi. Tu savais que nous passions la nuit chez mes parents et McAdams s'est fait descendre devant chez eux. Tu savais que nous allions consulter les archives à Stillborough et nous nous sommes retrouvés enfermés dans une salle où quelqu'un a déclenché un incendie à distance. Comment est-ce possible ?

— Je ne peux pas l'expliquer, rétorqua Dom avec colère. Parce que je ne suis pas le tueur. Crois-tu que j'aurais assassiné l'un de mes hommes ? Tu perds la tête. As-tu déjà été annoncer à une femme qu'elle était veuve ? Que leurs gosses étaient orphelins ? Tu es fou. Jamais je n'aurais fait de mal à un de mes hommes ni à toi ni à Libby.

Dom s'approcha de Cassie qui attendait devant le restaurant. Elle lui caressa tendrement le bras. Ils semblaient très proches, très à l'aise l'un avec l'autre pour des gens qui ne se connaissaient que depuis quelques jours.

Nick ne voyait plus Libby. Il fendit la foule pour retourner à l'intérieur de l'établissement. Ils allaient quitter cette ville et partir loin, très loin. Ils rouleraient toute la nuit si besoin. Peut-être jusqu'au Canada. Il promena les yeux autour de lui. Libby n'était nulle part en vue.

Il s'approcha de leur table et se pétrifia. Elle n'était plus là mais Sam dormait dans son couffin. Libby n'aurait jamais volontairement laissé le bébé sans surveillance.

Un frisson le parcourut.

— Libby !

D'une main frénétique, il s'empara de son téléphone et composa son numéro. Elle ne répondit pas.

Il s'empara du couffin et sortit sur le trottoir où se trouvaient toujours Dom et Cassie.

— Elle a disparu, leur dit-il. Libby a disparu.

Cassie fronça les sourcils.

— Mais non. Elle doit être aux toilettes.

— Elle n'est nulle part, j'ai vérifié.

Le visage tuméfié de Dom s'assombrit.

— Que cherchons-nous, Nick ? De quel signe s'agit-il ?

— Une situation de vie ou de mort, répondit-il d'une voix blanche.

Il promena les yeux autour de lui. Les policiers en uniforme suivaient la conversation avec intérêt.

— J'ai besoin de ton aide, Dom.

Son ancien coéquipier n'hésita pas.

— Bien sûr.

Il se tourna vers ses hommes.

— Interrogez les passants et les clients, demandez si l'un d'eux aurait aperçu une femme aux longs cheveux noirs qui quittait le restaurant. Quelqu'un a dû la voir.

Nick retournait dans la salle quand un type lui tapota l'épaule.

— Vous cherchez la fille qui était restée à l'intérieur et qui n'avait pas l'air de vouloir suivre la bagarre ?

Nick le dévisagea. Agé d'une cinquante d'années, son interlocuteur avait les cheveux poivre et sel et un jean élimé.

— Vous l'avez vue ?

— Oui. Elle est partie avec un type qui portait une casquette de base-ball à l'effigie de l'équipe de New York, et manifestement elle n'était pas ravie de le suivre. Ils sont sortis par là, ajouta-t-il en lui montrant la porte arrière.

Nick le remercia et s'élança dans la direction qu'il lui avait indiquée. Au passage, il cria à Dom.

— Ils sont partis par là !

Il courait sans se demander où il allait, ce qu'il ferait. Ses pas résonnaient sur le bitume, au même rythme que son souffle court. Le reste n'existait plus.

L'homme poussa Libby vers une étroite ruelle. Elle sentait le canon de son arme dans son dos.

— Vous pouvez ranger votre pistolet, dit-elle. Vous avez réussi.

Elle l'entendit ricaner.

— Réussi à quoi faire, à votre avis ?

— Vous êtes un pauvre type fasciné par les crimes d'un ancien tueur en série. Vous le copiez parce vous n'avez pas assez d'imagination pour faire preuve d'originalité.

— Faites attention à ce que vous dites, gronda-t-il en serrant les poings. A moins que vous n'ayez envie de recevoir une balle en plein cœur.

Libby promena les yeux autour d'elle. Ils étaient dans un coin isolé et désert.

— Que comptez-vous faire ?

Il la plaqua contre le mur d'un immeuble.

— Je sais tout de vous, dit-il. Les routes que vous empruntez pour vous rendre au travail, l'heure à laquelle vous vous levez, les plats que vous vous préparez. Je sais que vous vivez seule. D'ailleurs, je pourrais devenir votre mec, ajouta-t-il en lui caressant les fesses.

Il la lâcha pour ouvrir son ceinturon. Comme l'opération

présentait des difficultés, il recula d'un pas, les yeux baissés sur son pantalon.

Profitant de son inattention, Libby lui envoya un coup de genou dans l'entrejambe. Il se plia en deux avec un cri de douleur, et sans lui laisser le loisir de reprendre son souffle, elle le frappa alors à la nuque. Il lâcha son arme, qui glissa sur le trottoir, à portée de main.

Elle se jeta sur lui et, rapidement, prit le dessus. Assise à califourchon sur lui, elle se mit à lui griffer le visage, à lui écraser le nez en l'insultant. Il tenta de se dégager mais elle pesait de tout son poids sur sa poitrine. Mais comme elle tentait de s'emparer du pistolet, il la projeta en avant et s'en saisit le premier.

Bondissant sur ses pieds, Libby s'enfuit à toutes jambes. Une balle siffla à ses oreilles mais elle poursuivit sa course. Paniquée, elle se demanda comment s'en tirer.

Un autre projectile atteignit une poubelle métallique. Derrière elle, le type hurlait de douleur mais, s'il avait du mal à marcher, il parvenait encore à se servir de son arme.

Le bout de la ruelle était fermé par une grille. Elle était coincée avec un tueur à ses trousses !

S'accrochant au grillage, elle se mit à le secouer en hurlant.

— Au secours ! Aidez-moi !

— Mes hommes patrouillent dans tout le quartier, annonça Dom à Nick. Ils tiennent à coincer ce salopard. Il a tué leur frère.

Le salopard en question tenait Libby, songea Nick. Personne n'était plus motivé que lui.

Plusieurs témoins avaient confirmé que Libby était partie avec un type d'une cinquantaine d'années, vêtu d'une veste noire et d'une casquette de base-ball. Personne ne les avait vus monter dans une voiture, ce qui ne signifiait pas qu'ils ne l'avaient pas fait, pensa Nick, le ventre noué. Les rues grouillaient de gens qui allaient et venaient en ce bel après-midi de printemps. Nick savait que, dans le secteur, d'anciens ateliers textiles en voie de démolition abritaient des squatters, des trafics, des activités criminelles de tout genre. Il se doutait que le type y avait entraîné Libby. Mais où chercher ? Par où commencer ?

Dom lui désigna les ruelles qui longeaient de vieux bâtiments de brique. Les portes et les fenêtres avaient été condamnées depuis longtemps. L'inspecteur de police se doutait que la zone était parfaite pour commettre un crime.

— Séparons-nous pour fouiller le coin, dit-il. Je prends par là, toi par ici.

— Attends ! cria Nick en désignant un édifice en ruine qui avait longtemps abrité une usine de confection. Les planches de bois qui fermaient l'entrée ont été retirées. Le type a pu s'y réfugier avec Libby. Commençons par aller y jeter un coup d'œil.

Ils pénétrèrent à l'intérieur. Les machines avaient été démontées mais l'endroit était manifestement un lieu fréquenté par des clochards et des drogués. De vieux vêtements et des seringues jonchaient le sol.

Comme les deux hommes visitaient les salles, ils entendirent soudain une déflagration à l'extérieur, bientôt suivie d'une autre. Ils se précipitèrent dans la ruelle qui longeait l'ancienne usine. Dom désigna alors à Nick des traînées rouges sur le sol.

— Du sang ! s'écria Nick qui se glaça.

Comme de nouveaux coups de feu retentissaient, cette fois en rafales, ils coururent dans cette direction, se guidant au bruit.

Nick sentait son cœur battre la chamade. Il imaginait Libby mais ne pouvait supporter d'envisager le pire.

Comme ils passaient devant d'anciennes allées, il se pétrifia soudain à la vue d'une silhouette sur le sol, un corps en sang.

— Non !

Il se précipita. Quelqu'un se penchait vers le cadavre, une arme à la main. Nick s'immobilisa et sortit son revolver.

— FBI ! Jetez votre arme !

Il entendit le pistolet heurter le sol pavé.

— Nick !

Un intense soulagement le traversa.

Libby.

Nick se rua vers elle et la prit dans ses bras, l'embrassant avec force.

— Chérie, que j'ai eu peur ! Comment te sens-tu ? Es-tu blessée ? Que t'a-t-il fait ? ajouta-t-il en remarquant ses vêtements ensanglantés.

Elle secoua la tête.

— Je vais bien, mais je crois que je l'ai tué, ajouta-t-elle d'une voix tremblante.

Dom arrivait et examina le type à terre avant de se tourner vers Libby, les yeux écarquillés.

— Comment avez-vous réussi à…

— Je me suis battue avec lui, je croyais qu'il allait… je me suis défendue, je lui ai brisé le nez et j'ai essayé de m'enfuir mais il continuait à me tirer dessus. Et puis, j'ai vu cette bombe aérosol destinée à tuer les guêpes. Je lui en ai pulvérisé plusieurs coups dans les yeux. Aveuglé, il a lâché son arme.

— Et tu t'en es emparé pour lui tirer dessus.

— Non, je voulais seulement l'immobiliser mais il a voulu se jeter de nouveau sur moi, et là, j'ai fait feu.

Avec un sifflement admiratif, Dom remit son revolver dans son holster.

— Pas mal. Vous n'avez jamais songé à entrer dans la police, Libby ?

Puis il brancha son talkie-walkie.

— Je suis dans la ruelle qui longe l'ancienne usine de confection, les gars. J'ai besoin de renforts.

Libby s'accrocha à Nick. Elle tremblait de tous ses membres.

— Tout est terminé, chérie, lui dit-il. Respire.

— Crois-tu que je ne risque plus rien, à présent ?

— Oui, chérie. C'est fini. Le tueur est mort.

13

— Nous n'avons pas encore d'identification officielle mais, à en croire le permis de conduire que nous avons découvert sur le type, il s'appelait Reggie Henderson, annonça Dom en posant une photocopie sur la table.

— Henderson ? s'exclama Nick. Sans doute s'agissait-il d'un membre de la famille de Will Henderson, un neveu ou un cousin.

— Il était en effet un de ses neveux, répondit Dom. Et il avait, lui aussi, un casier judiciaire long comme le bras. Il a été arrêté à plusieurs reprises pour conduite en état d'ivresse. Il y a quelques années, il a fait de la prison pour attaque à main armée. Les analyses balistiques sont en cours, mais il pourrait bien avoir tué McAdams.

— Parfait. Apparemment, nous avons eu notre tueur, dit Nick. Quand je dis « nous », je pense en fait à Libby, ajouta-t-il en lui souriant. C'est elle qui a fait tout le travail.

Elle acquiesça. Elle était fatiguée. Voilà des heures qu'ils se trouvaient au poste de police. Elle avait fait une déclaration, expliqué à Dom que, autrefois, son père avait sans doute poursuivi sciemment un innocent pour calmer les inquiétudes des habitants qui voulaient que l'Etrangleur d'Arbor Falls soit démasqué et puni. Et que, trente ans plus tard, quelqu'un avait cherché à se venger de cette injustice.

— Je ne comprends toujours pas, dit-elle. Papa est mort sans rien savoir des conséquences de cette affaire. Je n'ai jamais rien fait de mal. A l'époque du procès, je n'avais que quelques mois. Pourquoi quelqu'un s'en prendrait-il à moi ?

— Le pauvre diable ne s'est sans doute pas posé ces questions.

Will Henderson était innocent et votre père d'une certaine façon lui avait pris la vie. Le neveu n'a rien vu d'autre.

Dom s'exprimait avec gentillesse mais elle reçut ses mots comme une gifle. Pour cacher son désarroi, elle se mit à jouer avec son bracelet. Ce matin aussi, dans le cabinet de Henzel, elle s'était remémoré le jour où son père le lui avait offert en souvenir de sa mère. Ce cadeau était touchant à plus d'un titre. Pourtant, à l'époque, et parallèlement, le juge Andrews était en train de faire condamner un innocent en toute connaissance de cause. Elle ne parvenait pas à faire correspondre les deux facettes de son père.

Nick l'enlaça.

— Cela n'a plus d'importance. L'essentiel est que celui qui te menaçait soit mort et que toute cette histoire soit à présent terminée.

— Non, c'est important. Mon père a eu un passé dont j'ignorais tout. Je le savais sévère mais j'ai toujours cru qu'il était juste, que nous partagions le même idéal de justice. Apprendre qu'il a bradé cet idéal pour satisfaire des ambitions professionnelles n'est pas rien. Je découvre que mon père était en réalité un inconnu pour moi et qu'il dissimulait de terribles secrets.

Dom et Nick échangèrent un regard sans rien dire, devinant sa détresse.

Sur ces entrefaites, Cassie entra dans la pièce, les bras chargés d'un sac en papier.

— A mon tour de vous nourrir, dit-elle en riant. Mais il ne s'agit que de sandwichs au jambon et de gâteaux au chocolat pour le dessert.

Elle débordait d'une énergie qu'elle avait paru perdre ces derniers mois, remarqua Libby. Cassie n'avait jamais été du genre à se soucier des détails mais elle sortit ses plats avec un soin inhabituel. En la voyant dévorer Dom des yeux, Libby comprit l'origine de cette métamorphose.

— Merci beaucoup, Cassie, dit-elle.

Sa sœur s'interrompit et, en découvrant le visage défait de son aînée, son sourire s'envola. Elle la regarda d'un air gêné et, soudain, elle la prit dans ses bras pour l'embrasser avec force.

— Je suis désolée, Libby, murmura-t-elle dans son cou.

— Mais pourquoi ?

— C'est moi qui t'avais demandé de te rendre dans cette brasserie. Je t'ai exposée au danger.

— Tout est bien qui finit bien. Je ne risque plus rien, maintenant.

— Que serais-je devenu si ce malade t'avais tuée ? Tu es ma seule famille.

— Eh bien, tu vois, je suis toujours là. Et puis tu as aussi ton fils. D'ailleurs, où est passé Sam ? ajouta-t-elle avec inquiétude.

— Je l'ai confié à une voisine qui est nounou et qui me propose depuis des mois de s'en occuper. J'avoue que je ressentais un profond besoin de souffler.

— Tu as bien fait, lui assura Libby avec chaleur.

Tous quatre partagèrent les sandwichs avec appétit. Puis Nick se leva.

— Bon, si vous en êtes d'accord, je vais reconduire Libby chez elle. La journée a été dure.

Libby lui prit le bras pour quitter le poste de police et rejoindre la voiture. Elle ne tenait plus debout tant elle était fatiguée. Il roula jusqu'à chez elle.

Lorsqu'il se gara, Libby regarda sa petite maison. Elle aimait son jardin fleuri, son cerisier, et l'intérieur qu'elle avait arrangé avec soin pour s'y sentir bien. Mais soudain, une peur irrationnelle s'emparait d'elle.

Quand Nick vint lui ouvrir la portière, elle secoua la tête.

— Je ne peux pas, je ne peux pas retourner dans cette maison.

Il fronça les sourcils.

— C'est fini, Libby. Henderson est mort. Tu peux revivre normalement, tu n'as plus rien à craindre.

— Qui nous dit qu'il n'a rien laissé à l'intérieur ? Il est venu chez moi.

— Nous n'en savons rien mais te sentirais-tu mieux si j'entrais d'abord pour faire le tour des pièces ?

Elle hocha la tête et lui tendit ses clés. Elle le regarda entrer, allumer les lumières, monter à l'étage…

Lorsqu'il revint, il lui sourit.

— Tout va bien.

Les jambes tremblantes, elle le suivit. En pénétrant à l'intérieur, elle retrouva le parfum de lavande qui y flottait habituellement. Tout était à sa place, propre et bien rangé. Mais la pensée que Reggie Henderson était entré chez elle en son absence la rendait malade.

— Tu vois ? Tu n'as plus aucune raison de t'inquiéter, dit-il. Bienvenue chez toi.

Elle regarda son visage tuméfié. Il s'était battu pour elle, pour la protéger. Il lui avait promis qu'il ne l'abandonnerait pas et, en effet, il ne l'avait pas quittée. Elle aimait le savoir près d'elle.

Ils n'avaient pas encore discuté de ce qu'ils feraient une fois le danger écarté. Il avait une vie et une maison à plusieurs centaines de kilomètres de la sienne. Il lui faudrait bientôt retourner chez lui.

Elle comprit qu'il partageait ses pensées et elle murmura :

— Tu vas rentrer chez toi.

— Tu ne risques plus rien, à présent, répondit-il avec tristesse.

Elle hocha la tête et fixa ses pieds.

— Je ne me sens pas en sécurité.

Il retint son souffle.

— Aimerais-tu que je reste ? Une nuit de plus ?

— Oui. S'il te plaît.

Il parut se détendre et, comme par enchantement, elle sentit sa peur se dissiper.

Elle monta dans sa chambre. Elle était épuisée et n'avait aucune envie de défaire sa valise ce soir.

Elle entendait Nick marcher en bas, ouvrir le frigo pour se servir à boire et elle se remémora l'époque où ils vivaient ensemble.

Le sachant dans la maison, elle n'éprouva pas le besoin de regarder sous le lit. Elle était en sécurité. Elle se rendit compte que l'angoisse qui l'avait saisie au moment d'entrer n'était pas liée au signe que Henderson avait peut-être laissé chez elle ni au fait que quelqu'un se soit introduit chez elle sans y avoir été invité. Non.

Elle avait eu peur d'entrer dans une maison vide et de se retrouver de nouveau seule.

*
* *

Cassie se retourna dans son lit et colla un oreiller contre son ventre. Sam dormait dans son berceau et elle pouvait donc espérer se reposer, elle aussi. Elle aurait dû s'en réjouir, mais des images hantaient sa mémoire. Nick et Dom se battant sur le trottoir comme des gamins. La pensée que Libby aurait pu être tuée à cause d'elle la rendait malade. Elle l'avait poussée à se jeter dans la gueule du loup en la forçant à revenir à Arbor Falls. S'il lui était arrivé quelque chose de grave, elle ne se le serait jamais pardonné.

Elle sursauta quand quelqu'un frappa à sa porte.

— Qui est-ce ?

— Dom.

Cassie se recoiffa rapidement et tira sur son T-shirt dans l'espoir de le défroisser. Comme elle passait devant le miroir mural, elle se pétrifia. Elle ne ressemblait à rien. Elle n'avait pas encore perdu les kilos pris au cours de sa grossesse et elle se sentait affreuse.

Que le destin était cruel ! Dom la touchait comme aucun homme n'avait jamais réussi à le faire et il allait la découvrir au moment où elle était tout sauf à son avantage. Elle avait presque envie de lui montrer de vieilles photos d'elle pour lui prouver qu'elle était encore mignonne et mince peu de temps auparavant. Avec un soupir, elle lui ouvrit la porte.

Dom s'était changé, douché. Il était vêtu d'un jean et d'une chemise propres. Un grand sourire éclairait son visage.

L'émotion qui la submergea à la vue de ce sourire la surprit par son intensité.

— Que faites-vous ici ?

— Bonsoir, Cassie. Un peu de compagnie vous ferait-il plaisir ?

Et, sans attendre sa réponse, il entra, refermant la porte derrière lui.

— Venez, répondit-elle. Aimeriez-vous boire quelque chose ?

— Non, merci. J'avais juste envie de vous voir.

Elle s'installa sur le canapé et il s'assit près d'elle.

— Rendez-vous toujours visite aux gens à cette heure-ci ?

— Je vous rappelle que vous êtes venue chez moi bien plus tard, hier soir, et avec un enfant dans les bras.

Quand il éclata de rire, elle se perdit dans cette gaieté.

— A vrai dire, ma maison me semblait triste et vide ce soir, reprit-il.

Elle sourit. La veille, ils avaient parlé une grande partie de la nuit, se racontant leurs vies, leurs métiers, leurs familles. Elle lui avait donné le nom du père de Sam et il avait plaisanté en lui disant qu'il allait le garder à l'œil. Elle se sentait en sécurité avec lui et, en même temps, il lui donnait envie de prendre des risques.

— La mienne est très silencieuse, elle aussi. Mais quand Sam se réveillera, elle le sera moins.

— Préférez-vous que je m'en aille ?

— Ce serait grossier de ma part. Vous m'avez si gentiment accueillie hier !

— Je vous promets de me comporter en gentleman mais je ne cesse de penser à vous. Vous êtes si belle !

Elle éclata de rire.

— Avec mes dix kilos en trop, mon vieux T-shirt et mes cheveux mal coiffés ? Je viens d'accoucher, je suis tout sauf belle, Dom. Vous vous moquez de moi.

— Pas du tout, je n'ai jamais été plus sérieux. Vous me plaisez beaucoup. Vous êtes forte, drôle et intelligente. Cette semaine a été une des pires de ma carrière mais vous avez pourtant trouvé le moyen de me faire rire. Vous irradiez de joie de vivre. Et je vous trouve très, très belle, répéta-t-il.

Il posa doucement ses lèvres sur les siennes, avec timidité, comme s'il craignait qu'elle ne le repousse. Sa bouche était chaude et elle répondit à son baiser avec ferveur. Ils s'embrassèrent avec passion.

Il repoussa alors les cheveux de Cassie en arrière.

— Je sais que tu es fatiguée et, si je reste plus longtemps, je n'aurais peut-être plus la force de m'en aller. Puis-je t'inviter à dîner demain ?

— Avec plaisir. Je trouverai une baby-sitter.

Penchant la tête, il recula d'un pas.

— Je passerai te prendre vers 19 heures, d'accord ? Je te promets un bon restaurant, je ne t'imposerai pas la cuisine chinoise.

Elle le raccompagna à la porte et le regarda s'éloigner. Elle n'en revenait pas. Un homme la trouvait belle en T-shirt, avec les cheveux ébouriffés. Elle décida de lui faire une surprise demain. Elle se maquillerait, se coifferait et mettrait une robe qui lui allait particulièrement bien.

Elle ne lui laisserait aucune chance.

14

Fatiguée comme elle l'était, Libby avait pourtant du mal à trouver le sommeil. Pendant ce temps, Nick ronflait doucement à côté d'elle. A plusieurs reprises au cours de la nuit, elle l'avait regardé dormir, sans jamais parvenir à l'imiter. A l'aube, elle y renonça et se leva.

Elle descendit et s'installa sur le canapé du salon, savourant le silence. La veille au soir, elle avait failli fondre en larmes quand Nick n'avait pas monté sa valise. Il allait partir, il n'avait pas le choix. En prendre conscience l'avait empêchée de trouver le sommeil.

Elle avait compris qu'elle était de nouveau tombée amoureuse de Nick, ou peut-être pour la première fois.

Rien de bon ne pourrait ressortir de ces sentiments. La vie de Nick était à Pittsburgh, la sienne à Arbor Falls. Une relation leur demanderait beaucoup de compromis, de sacrifices, et ne pouvait que finir sur un cœur brisé. Aucun d'eux ne voulait renoncer à sa carrière. L'amour ne marcherait jamais dans ces conditions.

Les jambes repliées contre elle, elle se rongea les ongles. Elle avait mis le bracelet de sa mère et il tintait joliment à chacun de ses mouvements. Un jour, Sam jouerait avec comme elle le faisait, enfant.

Elle était amoureuse de Nick mais la situation était sans issue. Même s'ils trouvaient le moyen de minimiser les centaines de kilomètres qui les séparaient et parvenaient à accorder leurs emplois du temps respectifs, il rêvait d'avoir des enfants. Elle ne pouvait pas nouer de relation amoureuse avec lui en sachant à quel point il désirait être père. Un jour, il lui reprocherait d'être stérile. Mieux valait pour elle sortir avec quelqu'un qui ne voulait pas d'enfant. Comme David.

Non, pas comme David, se reprit-elle. Il était rasoir comme la pluie. Elle n'avait aucune envie de partager sa vie avec quelqu'un d'aussi peu passionné, aussi peu vivant. Elle en avait assez de réfléchir avant de parler, de peser chacun de ses mots, de veiller à rester en permanence sous contrôle. Elle avait désormais envie de vivre, telle qu'elle était, en toute liberté.

Nick aussi avait envie d'être lui-même et il pourrait l'être sans elle, loin d'elle. Il rêvait d'une vie professionnelle excitante, d'une ribambelle de bébés, d'un chien et d'une femme qui ne serait pas elle. Elle devait le laisser partir, lui faciliter les choses. Même si elle en souffrait.

Nick tira les rideaux du salon avant de s'apercevoir que Libby dormait sur le canapé. Elle se frotta les yeux.

— Quelle heure est-il ?

— Presque 8 heures. Pardonne-moi, je ne t'avais pas vue.

Elle s'étira et se mit sur son séant, passant les mains dans ses cheveux.

— Je n'ai pas bien dormi cette nuit. J'étais trop tendue par les derniers événements.

Il l'aurait deviné à son visage livide et aux larges cernes qui ornaient ses yeux.

— Je vais préparer le petit déjeuner. Et ensuite tu pourras repiquer un somme.

— Non, il est temps de me secouer.

Elle le suivit dans la cuisine où ils confectionnèrent des œufs brouillés et se firent griller du pain. Libby semblait préoccupée mais chaque fois que Nick l'interrogea à ce sujet, elle secoua la tête. Manifestement, elle était ailleurs. Sans doute pensait-elle au travail qui s'accumulait au Palais et se demandait-elle si elle devait retourner au bureau.

Ils rendirent la voiture de location et récupérèrent celle de Libby sur le parking du palais de justice. Vers midi, ils déjeunèrent dans un restaurant du quartier, puis se baladèrent dans le parc avant de retourner chez elle.

Nick comprit qu'il devait aborder un sujet crucial, qu'il leur fallait discuter de ce qu'ils feraient quand il serait reparti à Pittsburgh puis à Washington. Mais dès qu'elle rentra chez elle, Libby passa l'aspirateur, rangea ses affaires comme si elle ne supportait soudain plus de ne rien faire. Elle appela ensuite sa sœur. Elle semblait vouloir l'éviter. Il se sentait de trop.

Il se répétait in petto son petit discours.

« Libby, je crois que nous devrions réessayer tous les deux. »

Mais en réalité, il ne savait pas comment. Ils vivaient loin de l'autre, à cinq heures de route, à dix heures de route dès l'été prochain. Comment feraient-ils ?

Pourtant, il le savait, avec un peu de bonne volonté, ils réussiraient à trouver une solution. Peut-être pourrait-il demander à être muté à Manhattan, ou Libby pourrait-elle solliciter une promotion ailleurs. Certes, rien ne serait évident, mais il était certain qu'il ne supporterait pas de retourner à Pittsburgh en la laissant derrière lui comme si rien ne s'était passé entre eux cette semaine. Maintenant qu'il l'avait retrouvée, il n'était pas question pour lui de partir sans elle.

Il attendit qu'elle finisse sa conversation téléphonique. Les mains moites, il descendit alors dans le salon.

— Qu'y a-t-il ? demanda-t-il en remarquant son air énervé.

— Ma sœur me rend folle, répondit-elle, les mains sur les hanches. Sais-tu avec qui elle sort ce soir ? Je te le donne en mille : Dom. Pourquoi souris-tu ?

Il haussa les épaules.

— Tant mieux pour eux. Je me doutais qu'il y avait anguille sous roche. Et franchement, je suis content, ils iront bien ensemble. Viens t'asseoir près de moi.

— Non, répliqua-t-elle en croisant les bras. Ils n'ont rien à faire ensemble. Et son fils ? Elle a mené une vie très aventureuse ces dernières années, il est temps qu'elle se calme et devienne raisonnable ! Personne ne sait qui est le père de Sam !

— Quelle importance ? Pourquoi es-tu furieuse ? Tu devrais te réjouir pour ta sœur. Peut-être se marieront-ils.

— Elle se comporte comme une gamine. Elle ne peut continuer à n'en faire qu'à sa tête. Elle doit d'abord penser à son fils.

Le ventre de Nick se noua. Quelque chose n'allait pas. Libby adorait sa sœur et il ne l'avait jamais entendue la critiquer à ce point.

— Je sais à quel point tu aimes Sam, mais Cassie est une bonne mère, Libby. Elle ne fera jamais rien pour lui nuire, et Dom est un type bien, lui aussi.

En l'affirmant, il songea aux mots durs qu'il avait jetés à son vieil ami, la veille, devant la brasserie. Il avait eu tort de douter de la loyauté de son ancien coéquipier, se dit-il, en proie à une sourde culpabilité.

Mais Libby refusait d'en démordre.

— Elle le connaît à peine. Sam est trop jeune pour tout ça.

— Elle a quand même le droit de se changer un peu les idées. Quand tu auras des enfants, tu auras sans doute envie de sortir sans eux de temps en temps, toi aussi.

— Non, cela ne m'arrivera jamais.

Elle lui lança ces paroles avec force, le menton levé dans un geste de défi.

— Bon, tu seras une mère exceptionnelle.

Il était temps de dire la vérité à Nick. Elle ne voulait plus qu'il nourrisse la moindre illusion à son sujet.

— Tu ne comprends pas. Nick, je n'aurai jamais envie de sortir sans mes enfants parce que je ne serai jamais mère. Je suis stérile.

Il la dévisagea un long moment sans rien dire, comme s'il ne parvenait pas à enregistrer ses paroles.

— Je l'ai découvert lorsque tu suivais ta formation à Quantico, reprit-elle. Les traitements que j'ai pris pour lutter contre le cancer, enfant, sont à l'origine de cette stérilité. Je ne connaîtrai donc jamais la joie d'être mère. Je ne serai jamais fatiguée de m'occuper de mon bébé et n'aurai jamais envie de me changer les idées.

— Je l'ignorais.

— Personne n'est au courant. Je n'en ai jamais parlé à papa ni à Cassie.

Elle se pinça l'arête du nez. Il n'était pas question de fondre en larmes.

— Mais tu l'as appris quand nous sortions ensemble et tu ne m'en as pas parlé…

— Je ne voulais pas de ta pitié !

— Ma pitié ?

Il la regardait, les yeux écarquillés. Libby avait imaginé cette scène des centaines de fois. Elle pensait que Nick réagirait avec colère, hostilité ou refuserait de la croire. Mais il semblait blessé.

— Nous étions fiancés, nous pensions fonder une famille… Attends ! Est-ce la raison pour laquelle tu as rompu nos fiançailles ?

— Tu méritais d'être heureux, et moi aussi. Si je t'avais suivie à Pittsburgh, j'aurais perdu un travail que j'aimais, et toi, la possibilité de devenir père comme tu en as toujours rêvé. De toute façon, ce n'est pas ton problème.

— Pas mon problème ? Comment peux-tu dire ça après ce qui s'est passé entre nous cette semaine ?

— Il n'y aurait aucun sens à reprendre notre relation. Tu vis à Pittsburgh, moi ici. Nous avons eu une aventure mais tout est fini.

— Une aventure ? J'ai mis mon métier et ma vie entre parenthèses pour toi et tu n'y vois qu'une aventure ?

— Arrête, Nick. Nous nous sommes laissé emporter. Dans la situation où nous étions, il était normal que…

— Non, ce n'était pas normal. Pas pour moi. Il s'est passé quelque chose et il faut nous donner une chance.

— Comment cela pourrait-il marcher ? Tu aimerais plus que tout fonder une famille, celle que tu n'as jamais eue. Peux-tu y renoncer ?

Il resta un long moment silencieux.

— Et pourquoi ne pas adopter ? finit-il par demander.

La question brisa le cœur de Libby. Quelque part, elle avait espéré qu'il la prendrait dans ses bras, l'embrasserait en lui jurant qu'elle avait tort, qu'il se moquait d'avoir des enfants, que l'important pour lui était elle.

Luttant contre les larmes qui brûlaient ses paupières, elle rétorqua :

— Je n'ai pas envie d'en discuter. Pas maintenant, pas avec toi.

— Que veux-tu dire ?

— La même chose qu'il y a trois ans. Je ne t'aime pas, je ne t'ai jamais aimé. Tu dois l'accepter.

— Cette nuit, tu semblais amoureuse.

— Va-t'en, Nick. Tu as cinq minutes pour prendre tes cliques et tes claques et quitter cette maison ! Et que je ne te revoies jamais !

Il n'en fallut à Nick que trois pour s'en aller.

Une migraine épouvantable s'était emparée de Libby. Chaque fois qu'elle fermait les paupières, elle revoyait la photo de la jeune morte trouvée dans ses dossiers, elle entendait les coups de feu dans la ruelle, elle ressentait la chaleur des mains de Nick sur sa peau…

Cassie arriva peu après le départ de Nick. Elle sortait de chez le coiffeur et s'était offert une nouvelle robe pour sortir avec Dom. Elle irradiait de bonheur.

— Je viens de laisser Sam chez Mme Cummings et… Seigneur, Libby ! Que se passe-t-il ?

Libby se regarda dans le miroir de l'entrée. Elle avait en effet une mine épouvantable.

— Tu as une sale tête, reprit sa sœur. Et où est Nick ?

Libby plongea son visage dans les mains en sanglotant.

— Il est parti. Nous nous sommes disputés. C'est fini.

Cassie la prit dans ses bras et Libby ouvrit les vannes. Elle lui raconta tout : sa stérilité, la honte qu'elle portait depuis des années et Nick lui demandant d'adopter des enfants.

— Il ne voulait de moi qu'à cette condition, dit-elle, je l'ai bien compris.

En larmes, Cassie secoua la tête.

— Je ne me suis jamais doutée de rien. Je ne peux pas croire que tu aies gardé ce secret si longtemps. Ma grossesse a dû être une épreuve pour toi. Je suis tombée enceinte sans l'avoir voulu, je ne cessais de pleurnicher sur mon sort, et toi…

Elles s'embrassèrent et discutèrent des heures durant, de la mort de leur père, de la douleur de l'absence de leur mère. Cassie lui raconta la réaction du père de Sam quand elle lui avait appris sa grossesse et qu'il lui avait donné de l'argent pour quelle se fasse avorter. Elle avait alors préféré élever l'enfant seule.

— Tu as bien fait, Cass. Tu es une mère formidable. Maintenant, va rejoindre Dom et amuse-toi bien.

— Il me plaît. Il est génial avec Sam et je me sens bien avec lui. Protégée.

Le temps passait, Cassie devait rentrer se préparer. Elle lui promit de l'appeler le lendemain. Quand elle s'en alla, Libby s'enferma à double tour. Elle vivait seule depuis des années mais soudain la maison lui semblait trop silencieuse.

Son téléphone l'avertit alors qu'elle venait de recevoir un SMS. Nick ! Mais non, le message émanait de David. Il voulait passer la voir.

Avec un soupir, elle le rappela. Leur conversation serait difficile mais il était temps de mettre un terme à leur relation.

— David ? C'est Libby.

— Salut, toi ! As-tu reçu mon SMS ? Comment vas-tu ?

— Pas terrible, mais c'est une longue histoire.

— J'ai tout mon temps, et je serai devant chez toi dans un instant.

— Mais… il est tard.

— Oui, mais j'étais dans le coin et j'avais envie de te voir… Et je t'ai rapporté des chocolats de Suisse.

— Si tu me prends par mon point faible !

— Alors à tout de suite.

Après tout, l'entendre lui raconter son voyage lui ferait peut-être du bien.

— D'accord, je prépare du thé.

Un instant plus tard, il frappait à sa porte et lui tendit un petit paquet enrubanné.

— Merci, David ! Tu n'aurais pas dû.

Il lui sourit et elle détourna les yeux, se sentant coupable.

— Comment va ton père ? demanda-t-elle.

Elle savait que l'ancien maire, Jeb Sinclair, souffrait de démence depuis plusieurs années et avait dû être placé dans une institution spécialisée.

— Pas très bien, pour être honnête. Il va falloir l'interner dans un autre établissement. Il a besoin de soins intensifs.

— Je suis désolée.

Elle avait connu Jeb Sinclair sa vie durant. Elle avait gardé à la mémoire l'image d'un homme souriant.

— J'ai retrouvé des tracts de la campagne pour sa réélection, poursuivit-elle. Je te les montrerai.

— C'est drôle que nos pères aient été si proches, des amis de toujours, et que nous nous retrouvions à présent, non ?

Elle sentit un frisson la parcourir.

— Drôle ? Pourquoi drôle ? Mais assieds-toi et raconte-moi ton voyage.

— Tu n'as pas l'air en forme.

Elle prit une profonde inspiration.

— Pour tout te dire, la semaine a été vraiment difficile.

Elle lui parla des menaces dont elle avait fait l'objet, de Nick qui l'avait protégée, et elle finit son récit avec l'homme à la casquette au restaurant.

— Ce Reggie Henderson savait tout de moi. Où je travaillais, comment je vivais... J'étais terrifiée. Il était armé et m'a obligée à le suivre jusqu'à une ruelle déserte.

— Mais tu as réussi à lui échapper...

— Oui, Dieu merci. Je lui ai cassé le nez et je me suis enfuie. Quand il m'a tiré dessus, je l'ai aspergé d'une bombe insecticide et j'ai fini par l'abattre. Enfin, maintenant, il est mort, tout est fini et je vais pouvoir reprendre une vie normale.

— Mais tu disais qu'il devait y avoir un signe chaque jour avant le septième jour. Quel était le sixième signe, à ton avis ?

— Je n'en sais rien. Henderson est mort, le reste m'importe peu.

David prit un air pensif.

— Intéressant.

— Intéressant ? Je dirais plutôt terrifiant. Tu ne sembles pas content que je m'en sois tirée ?

Lorsqu'il planta ses yeux dans les siens, elle se figea. Une lueur étrange brillait dans son regard.

— Tu pensais vraiment que j'allais me réjouir que tu sois en vie, Libby ?

Mal à l'aise, elle répliqua :

— Je crois que je t'ai énervé. Est-ce à cause de Nick ? Ne t'en fais pas. Mon histoire avec lui est définitivement terminée, cette fois.

— Vraiment ?

— David, ne m'en veux pas, mais il est tard et je suis épuisée. On s'appelle demain, d'accord ?

Il sourit.

— Il est presque minuit. Dans un quart d'heure, on sera demain. Le septième jour…

Le cœur de Libby cessa brutalement de battre et un grand froid la saisit soudain.

— Ce n'est pas drôle, protesta-t-elle.

Mais elle comprit qu'il ne plaisantait pas. En proie à une angoisse croissante, elle se leva.

— Il est temps que tu partes, David.

— Mais tu ne m'as même pas raconté le meilleur de l'histoire !

— De quoi parles-tu ?

— Tu as appris qui était ton père et ce qu'il avait fait, non ? L'honorable juge Michael Andrews a poursuivi et condamné Will Henderson, qu'il savait innocent, pour être sûr d'obtenir le soutien politique et financier de son vieil ami, le maire Jeb Sinclair.

Elle écarquilla les yeux.

— Comment le sais-tu ?

— J'ai fait des recherches, moi aussi. Imagines-tu la situation ? Le juge Andrews s'acharnant sur un innocent pour en tirer un bénéfice politique. Il savait qui était le tueur en série mais il a décidé de le laisser en liberté. Bien sûr, il lui avait fait jurer de ne plus tuer mais… Tu as dû être déçue d'apprendre quel fumier avait été ton père.

— Va-t'en, David !

— N'as-tu donc pas envie de savoir quel est le sixième signe ?

— Non. Tu…

— Moi, Libby. Reggie Henderson a placé ces signes pour moi. Tu as tué mon complice. Mais cela n'empêchera rien, ne t'inquiète pas. Tout ce qui était annoncé s'accomplira. Tu devines maintenant quel était le sixième signe, non ?

Il sortit un poignard de sa poche et sourit.

— Non ? Alors je vais te le dire : un faux sentiment de sécurité.

15

Après avoir roulé sans but pendant des heures, Nick s'arrêta pour marcher près des chutes d'eau, dans l'espoir de se calmer. Il reprit le volant et fit une nouvelle halte dans un restaurant du centre-ville pour boire un café. Le breuvage lui parut fade.

Assis dans un coin de la salle, il considéra la rue. Lorsqu'il était jeune, il avait toujours rêvé de quitter cette ville pour vivre dans un endroit moins morne. Dès que le FBI lui avait offert la possibilité de s'en aller, il s'en était saisi et il reconnaissait qu'il ne s'était pas demandé à l'époque si Libby apprécierait ce déménagement. Il ne lui avait même pas demandé son avis. Il avait cru l'aimer mais il s'était comporté en bel égoïste, il devait l'admettre.

Pas ces derniers jours, cependant. Toute la semaine, il avait fait preuve d'un réel altruisme, d'un amour sincère.

Il avait risqué sa vie et sa carrière pour la protéger. Il ne l'aurait fait pour personne d'autre, mais pour Libby, pour cette fille qu'il aimait depuis le lycée, dont il était tombé fou amoureux au premier regard, il aurait fait n'importe quoi. Trois ans plus tôt, le destin lui avait offert tout ce dont il avait toujours rêvé. Un métier passionnant dans une grande ville animée. Mais pour réaliser ce rêve, il avait dû renoncer à la femme de sa vie et, depuis leur rupture, il avait mesuré qu'au fond, sans elle, rien n'avait d'importance. Elle seule comptait vraiment et il lui avait fallu se faire quitter, connaître les souffrances d'un cœur brisé, pour en prendre pleinement conscience.

Tout en sirotant son café, il songea à Libby affirmant qu'elle avait renoncé à en boire et qui n'avait pourtant cessé de s'en abreuver depuis huit jours. Il repensa à ses régimes, à la façon dont elle pliait ses T-shirts, à sa manière de relever la tête lorsque l'inspecteur de police l'avait insultée en plein tribunal. Elle était forte, fiable et très sensible et il ne parvenait pas à s'imaginer retourner à Pittsburgh ainsi, en la laissant furieuse, meurtrie, sans savoir s'il la retrouverait un jour.

Il la revit dans la ruelle, sous la menace d'un homme armé. Il n'avait pas pensé à lui, à ce moment-là, aux risques qu'il prenait, au pistolet du tueur pointé sur lui. En un quart de seconde, il s'était remémoré la lycéenne qu'il avait croisée la première fois dans la rue et toutes ces années passées avec elle, tout ce qu'ils avaient partagé. L'amour qu'il éprouvait pour cette femme avait tout submergé et il avait foncé pour la protéger.

Il se rappela à quel point Libby avait embelli sa vie et il comprit que cela ne lui suffisait pas. Il ne se lasserait jamais de cette femme. Il voulait passer avec elle le reste de ses jours.

Mais elle avait raison sur un point : il avait toujours voulu des enfants. Les gens suivaient toujours ce schéma. Ils se mariaient, s'installaient ensemble, mettaient au monde des bébés, les élevaient. Mais elle avait tort en pensant qu'il souhaitait à tout prix une progéniture. Il avait rêvé de fonder une famille avec Libby, de vieillir avec elle, pas avec une autre. Il n'y avait pas d'autre femme, il n'y en aurait jamais, et si pour vivre avec elle il devait renoncer à être père, eh bien, tant pis, il n'en serait jamais un. Il s'était préparé à mourir cette semaine, alors il pouvait envisager de vivre sans enfants.

Avec un soupir, il se reprocha de lui avoir demandé si elle serait d'accord pour en adopter. Il n'avait pas su quoi dire mais il avait eu tort de lui poser cette question. Libby avait dû être dévastée en comprenant qu'elle ne connaîtrait jamais le bonheur d'être mère.

Il se demanda s'il devait rentrer à Pittsburgh ou retourner chez Libby, implorer son pardon. Elle lui avait déjà donné une seconde chance, se dit-il avec amertume. Il ne devait sans doute pas en espérer une troisième.

Elle lui avait dit qu'elle ne voulait jamais le revoir, alors il lui fallait respecter ses souhaits, pour une fois. Et pourtant, il ne pouvait se résoudre à quitter la ville.

Il repensa à l'affaire. Quelque chose l'ennuyait sans qu'il parvienne à mettre le doigt dessus.

Comment se faisait-il que Reggie Henderson ait su tant de choses sur Libby ? Il avait toujours deviné où ils se trouvaient alors que Nick n'avait jamais remarqué que quelqu'un les suivait. Etait-il possible que Reggie Henderson ait su d'avance où ils se rendaient ? Son cœur s'accéléra dans sa poitrine. Cela signifiait qu'il les aurait espionnés, d'une manière ou d'une autre.

Il laissa de l'argent sur la table et sortit de la brasserie pour regagner sa voiture. Henderson avait-il réussi à poser un dispositif d'espionnage sur son véhicule pour les suivre à distance ? Il ouvrit le coffre, l'inspecta avec soin avant de fouiller l'habitacle de fond en comble. Mais ne remarqua rien d'anormal. Armé d'une lampe de poche, il examina également le châssis, les roues, les essieux, mais en vain également.

Frustré, il s'installa au volant, les yeux dans le vague.

Son téléphone portable retentit alors et il prit l'appel.

— Nick Foster ?

Nick reconnut l'avocat de Will Henderson, Christopher Henzel.

— Bonsoir, maître.

— Je viens d'apprendre au journal télévisé que Libby a tué en légitime défense un homme, un certain Reggie Henderson. Allez-vous enfin me dire la vérité à propos du livre que vous avez soi-disant projeté d'écrire ?

Nick poussa un gros soupir. A présent, il n'avait plus aucune raison de lui cacher la véritable raison de leur visite au cabinet.

— Ce type la suivait, la menaçait. Il s'inspirait du mode opératoire de l'Etrangleur d'Arbor Falls et laissait des signes annonciateurs. Mais nous ne vous l'avions pas dit, nous ne voulions pas vous inquiéter.

— Et Libby va bien ?

— Oui, le tueur est mort, tout est fini.

Henzel se tut un long moment avant de s'éclaircir la voix.

— Il y a quelque chose que j'ai omis de vous dire.

Le cœur de Nick s'accéléra dans sa poitrine.

— Quoi ?

— Will Henderson n'était sans doute pas aussi innocent que je l'ai laissé penser. Il m'avait dit certaines choses… Il avait donné des détails qu'il ne pouvait connaître qu'en étant impliqué dans ces crimes, d'une façon ou d'une autre.

— Je ne comprends pas…

— Après la mort de sa femme, Henderson m'a dit que l'Etrangleur l'avait embauché pour laisser des indices, les fameux signes annonciateurs. Ses empreintes ont été retrouvées sur les photos envoyées aux victimes. Je me souviens qu'au procès Andrews y avait vu une preuve irréfutable de culpabilité. Mais après s'être accusé du meurtre, Henderson s'était rétracté et ne cessait de répéter qu'il n'avait jamais tué personne.

Nick se sentit blêmir.

— Il y aurait donc eu deux personnes complices pour commettre les meurtres d'Arbor Falls ? L'un laissait les indices, l'autre se chargeant de la mise à mort ? Bon sang, Henzel, pourquoi ne pas nous l'avoir dit plus tôt ?

— Henderson était mon client. Je n'ai jamais fait part de mes soupçons à quiconque. Vous auriez dû être sincères avec moi. Je n'avais aucune raison de me douter que Libby était en danger.

Nick serra le volant. S'il reproduisait le schéma de l'Etrangleur, le véritable tueur avait laissé Henderson poser les signes pour n'entrer en scène, lui, que le septième jour.

Il consulta sa montre. Il était près de minuit.

— Henzel, je dois y aller. Je vais voir si tout va bien pour Libby. Et merci, ajouta-t-il en démarrant.

Il tenta de joindre Libby sans obtenir de réponse. Le cœur serré, il s'efforça de ne pas imaginer le pire. Comme il quittait le parking, l'évidence le frappa soudain comme un coup de tonnerre. Le téléphone ! Ils avaient utilisé une voiture de location, s'étaient installés à l'auberge, et le tueur n'aurait pu y poser un dispositif de suivi mais il avait sans doute mis un petit GPS espion dans le téléphone portable de Libby. Pour y parvenir, il était forcément un de ses proches. Elle avait confiance en lui puisqu'elle l'avait laissé manipuler son appareil.

Si ce quelqu'un faisait partie de son entourage, de ses amis, elle avait donc également toutes les chances d'ouvrir sa porte au tueur sans se méfier.

Tout en roulant, il appela Dom. Par miracle, celui-ci répondit.

— Dom, Libby est en danger. Retrouve-moi chez elle avec des renforts.

— Que se passe-t-il ?

— Je viens de comprendre que l'Etrangleur d'Arbor Falls avait un complice. Will Henderson laissait les indices et l'autre étranglait les filles. Ils étaient deux pour mener à bien les meurtres. Si notre tueur reproduit le même schéma, Libby a tué le complice, pas le véritable tueur.

Dom jura.

— Je ne suis pas loin, j'arrive.

Nick fonça à travers la ville dans les rues désertes, s'efforçant de ne pas regarder l'horloge sur son tableau de bord.

Minuit moins dix. Le septième jour commencerait dans moins d'un quart d'heure.

David assit Libby sur une chaise de la cuisine et lui attacha les poignets et les jambes.

— Le sixième signe me posait un problème, expliqua-t-il avec calme. Il m'a fallu du temps pour le trouver. Tu sais, nous nous connaissons depuis toujours, tous les deux. Nous avons tant en commun. Ton père était corrompu jusqu'à la moelle, et le mien, le salopard qui l'a acheté. C'était le destin, vraiment.

Elle tremblait de tous ses membres.

— Ton père…

Elle se souvint des notes de son père, du témoignage qui n'avait pas été retenu au procès. Une femme prétendait avoir vu un homme grand au visage rouge sortir de la maison d'une des victimes, les vêtements en sang. Jeb Sinclair était très grand et souffrait de couperose. Cette femme ne l'avait pas reconnu parce que, à l'époque, il n'était ni maire ni candidat pour l'être. Elle se reprocha de ne pas l'avoir compris en découvrant les prospectus de campagne dans le dossier.

— Exactement. Jeb Sinclair, le maire qui s'est si longtemps consacré à la bonne gestion de la ville d'Arbor Falls. Un homme charmant, tout le monde te le confirmera. Mais il était aussi l'Etrangleur d'Arbor Falls. Et un père violent.

— Je suis désolée.

— Je me moque de tes excuses. Ton père aurait pu m'épargner des années de mauvais traitements s'il s'était comporté en honnête homme.

— Toi, tu peux te comporter en honnête homme, David, répliqua-t-elle, la gorge sèche. Tu vaux mieux que nos pères respectifs. Si tu me libères et si tu t'en vas maintenant, personne ne saura jamais rien de cette histoire.

— Ne me prends pas pour un imbécile, Libby. A peine aurais-je tourné les talons que tu appelleras les flics.

— Mais pourquoi maintenant ? Si tu voulais te venger, il est trop tard. Mon père est mort et il ne saura jamais rien de tout ça.

— Au contraire, le timing est parfait. Ton père était au courant de ce qu'il s'est passé, il y a trente ans. Je ne pouvais pas prendre le risque qu'il avoue tout et me dénonce. Il aurait eu droit à la prescription, pas moi. Alors j'ai été plus malin. D'ailleurs, la vengeance est un plat qui se mange froid, non ? Quand nous sommes allés rendre visite à ton père, deux jours avant sa mort, alors qu'il ne parvenait plus à parler, j'ai profité du fait que tu étais sortie de la pièce pour lui dire ce que j'allais faire. Que j'allais te duper comme il avait dupé la ville et que je te tuerai comme il m'avait tué. J'allais enfin rendre justice puisqu'il en avait été incapable. Il fallait qu'il paie et sa fille préférée serait offerte en sacrifice.

La gorge serrée, elle regarda le poignard posé sur la table de la cuisine et elle balbutia :

— Comment as-tu découvert que ton père était l'Etrangleur ?

— Il me l'avait dit. J'avais quinze ans. Il m'avait battu avec tant de brutalité qu'il m'avait cassé le bras. Je l'ai menacé de le dénoncer à la police. Il m'a dit qu'il pouvait faire ce qu'il voulait dans cette ville et que personne ne se soucierait de mon témoignage, qu'il avait tué huit personnes mais qu'il s'était arrangé pour qu'un autre porte le chapeau. Il s'en était vanté, le salaud.

Pendant qu'il lui parlait, Libby tentait de tirer sur ses liens.

En vain. Elle allait mourir et, cette certitude s'imposant peu à peu à elle, elle songea à Nick.

Que n'aurait-elle pas donné pour retirer les derniers mots qu'elle lui avait lancés, pour ne pas avoir dit qu'elle ne voulait jamais le revoir ?

Elle l'aimait, elle l'avait toujours aimé, mais elle lui avait fait du mal en prétendant le contraire et, maintenant, il ne saurait jamais la vérité.

Elle redressa les épaules. Il y avait forcément un moyen d'échapper à ce fou et elle devait le trouver. Elle regarda David qui arpentait la cuisine. En proie à une terreur croissante, elle songea qu'elle ne s'était jamais sentie plus seule.

Nick arriva dans le quartier de Libby, la peur au ventre. Elle était en danger de mort. Peut-être était-il déjà trop tard.

Il éteignit ses phares en passant devant chez elle. Sa rue était déserte. Il remarqua une BMW noire et se demanda si elle appartenait à un voisin ou au tueur. En tout cas, il ne l'avait jamais vue auparavant. Il envoya son numéro d'immatriculation à Dom par SMS et alla se garer plus loin. La nuit était noire. Les renforts de police qu'il avait demandés n'étaient pas encore arrivés mais il n'avait pas l'intention de les attendre.

Il s'approcha à pas de loup de la maison. Les rideaux étaient tirés mais il voyait de la lumière à l'intérieur. Il ne perçut aucun mouvement dans le salon. Contournant la vieille bâtisse, il parvint devant la cuisine et une décharge d'adrénaline le traversa en découvrant ce qui s'y passait. Libby était attachée sur une chaise, tête basse.

Trop tard, il était arrivé trop tard ! Sa belle Libby avait été tuée, comprit-il, ravagé.

Il aurait tellement voulu pouvoir lui dire qu'il l'aimait, qu'il donnerait tout pour être avec elle, qu'il ne voulait rien d'autre qu'elle !

Quand elle redressa la tête, il faillit hurler de joie. Elle était vivante ! Il n'arrivait pas trop tard.

Il sortit son arme, devinant qu'il n'y avait pas un instant à perdre.

Minuit dix. En considérant l'horloge murale, Libby sentit sa gorge se nouer. Elle reporta son attention sur David qui arpentait toujours la pièce, tel un lion en cage.

— Tu es nerveux, dit-elle. Tu sais que tu n'es pas juste.

— Ferme-la.

— Ce n'est pas toi qui as tué cette femme et l'inspecteur de police, n'est-ce pas ?

— Evidemment pas. Je n'étais pas aux Etats-Unis mais en Europe.

— As-tu déjà tué quelqu'un, David ?

Il ne répondit pas tout de suite. Il se pencha au-dessus de l'évier comme pour vomir.

— Non, marmonna-t-il enfin.

— Pourquoi me tuer moi ? Je ne t'ai jamais fait de mal. Je t'ai toujours bien aimé.

— Bien sûr, ricana-t-il. Et pourtant, tu as sauté dans le lit de ton ex-fiancé dès que j'ai eu le dos tourné. Tu m'aimais vraiment beaucoup, oui.

— Cela ne te regarde pas.

Les avait-il espionnés ? se demanda-t-elle. Cela expliquerait que Reggie Henderson ait toujours été au courant de là où ils se trouvaient.

— Tu m'épiais, non ? reprit-elle. Tu es très fort parce que je n'ai rien remarqué. Comment as-tu fait ? Avais-tu mis des micros chez moi ?

— Non, j'avais glissé un dispositif GPS dans ton téléphone portable. Même s'il semblait un peu limité intellectuellement, Reggie était un génie informatique. Il lui était facile de suivre ton appareil à la trace et d'écouter tes conversations.

Elle écarquilla les yeux.

— Mais comment aurais-tu pu entendre que Nick et moi…

— Je ne l'ai pas fait. J'ai eu de l'intuition, voilà tout.

Fermant les paupières, elle pria pour que Nick n'ait pas

quitté la ville, qu'il ait décidé de revenir s'expliquer avec elle. Elle espérait un miracle tout en sachant qu'il ne se produirait pas. Ils s'étaient disputés, des heures plus tôt. S'il avait voulu tenter d'arranger les choses avec elle, il n'aurait pas attendu la tombée de la nuit.

Elle tira sur ses liens mais David l'avait bien attachée, elle n'avait aucune possibilité de se libérer. Que faire ? se demanda-t-elle, désespérée. Elle devait le pousser à parler, essayer de gagner du temps. Elle avait réussi à tuer Reggie, peut-être parviendrait-elle à faire renoncer David.

— C'est donc Reggie qui avait mis cette photo dans mes dossiers ? Tu lui avais donné le code de ma maison pour y entrer sans déclencher l'alarme, non ? Si je comprends bien, tu avais embauché ce type pour faire le sale boulot pendant que tu étais à l'étranger. C'était intelligent de ta part, je dois le reconnaître. Mais maintenant qu'il est mort, tu ne vas pas pouvoir te servir de lui pour porter le chapeau si tu me tues. Et tu te feras pincer tôt ou tard.

— Reggie m'a déçu. Il a été parfait au début, mais ensuite… il en a trop fait. Et d'ailleurs, tu as réussi à le tuer. Bien fait pour lui. S'il était resté en vie, il aurait représenté un risque. Il était au courant de tout. Peut-être aurait-il craqué, peut-être m'aurait-il trahi un jour. Ou fait chanter. A présent, tu l'as descendu et il ne sera plus jamais un souci.

— Mais maintenant, tu n'as personne pour se faire accuser à ta place…

— Pour ton meurtre ? J'y ai pensé. Mais j'ai un alibi en béton. Je n'étais pas aux Etats-Unis de la semaine, je peux le prouver. A mon retour, quoi de plus normal, je t'ai apporté des chocolats mais, en arrivant, j'ai découvert ton cadavre. Ou j'ai sonné plusieurs fois avant de partir sans comprendre pourquoi tu ne m'ouvrais pas. Je n'ai pas encore décidé ce que je raconterai aux flics.

— Tu as vraiment pensé à tout.

— Oui, à tout, Libby. Il le fallait.

Il s'exprimait d'un ton neutre comme s'ils discutaient de la couleur des murs. Sans émotion, animé par une logique froide, dénué de toute humanité.

— Il fallait que tout soit parfait, reprit-il. Pour redresser une situation, rééquilibrer les choses. C'était mon destin et le tien de réparer les erreurs de nos pères. Tu comprends ? Mais je ne finirai pas en prison. Pas question. Même si les flics ont des doutes, ils ne pourront jamais rien prouver. Tu étais sa petite amie, il aura voulu renouer mais pas toi. Vous vous êtes disputés… Il fera un meilleur coupable.

Libby sentit sa gorge se serrer en comprenant ce qu'il avait en tête.

— Tu veux faire accuser Nick ? T'arranger pour que la police le soupçonne de ton crime ?

— S'il le faut, je n'hésiterai pas. Ou au moins, je pensais l'utiliser pour me disculper.

— Mais tu m'as envoyé des SMS, appelée…

— C'est moi qui découvrirai ton cadavre. Oui, je vais faire ça. Tu sais, tu me plaisais vraiment, Libby, ajouta-t-il en lui caressant les cheveux. Depuis le départ, j'avais projeté de te tuer, il le fallait. Mais tu me plaisais. Mais dis-moi… tu as peur ! Cela m'ennuie. Remarque, je te trouve très sexy sous l'emprise de la peur. Tes yeux sont plus brillants, tu t'humectes les lèvres, quelques gouttes de sueur perlent sur ton front… Une vraie biche.

Libby entendit soudain un bruit dehors. Elle tourna la tête avant de se l'interdire, craignant que David ne remarque lui aussi quelque chose.

Il se dirigea vers la fenêtre.

— J'ai entendu des pas dehors. Pas toi ?

— Non, mentit-elle.

— J'ai l'impression qu'il y a quelqu'un dans le jardin.

Elle sentit son cœur s'accélérer. Etait-il possible que quelqu'un, un voisin, un passant, ait prévenu la police ? Elle ne voulait pas se donner de faux espoirs mais elle avait besoin de croire qu'elle avait une chance de s'en tirer.

— C'est sans doute un animal. Il y a beaucoup de chiens errants par ici.

Il se tourna vers elle.

— Il est plus de minuit, nous sommes le septième jour, il n'y a plus de raison d'attendre plus longtemps pour en finir.

Paniquée, elle balbutia :

— Tu n'es pas obligé de me tuer, David.

— Tu ne comprends pas, Libby. Je suis un sale type, je dois assumer.

La maison était cernée par les policiers. Ils attendaient le feu vert pour s'élancer.

Dom était arrivé peu de temps après Nick, vêtu d'un costume chic. Il avait appris que la BMW appartenait à David Sinclair, le petit ami de Libby. Quand il l'avait dit à Nick, ce dernier avait voulu briser une fenêtre pour entrer.

Mais finalement, il avait préféré faire confiance à son ancien coéquipier. Dom comptait envahir la petite maison en y entrant par tous les côtés en même temps. Nick lui donna la clé du garage, cachée sous un pot de fleurs. Combien de fois avait-il dit à Libby qu'elle avait tort de garder une clé de chez elle dans son jardin ? Maintenant, il se félicitait qu'elle ne l'ait pas écouté.

Ils ouvrirent la cave sans faire de bruit, l'arme au poing. D'autres policiers attendaient devant la porte principale tandis que Nick et quelques autres se tenaient près de la cuisine, à l'arrière. Tous attendirent le signal. Quand Dom coupa le courant, plongeant la maisonnette dans le noir, ils se tendirent, prêts à passer à l'action.

— Allez-y ! cria-t-il alors.

Les hommes bondirent en avant.

En proie à une froide colère, Nick les suivit. Il avait hâte de rouer de coups ce salopard.

Quand il pénétra dans le salon, les policiers avaient déjà maîtrisé David et le pressaient contre le sol.

— Il tentait de s'enfuir.

— Où est Libby ?

Comme son interlocuteur ne soufflait mot, Nick serra les poings mais Dom le retint.

Puis il entendit.

— Nick !

Libby.

Il se rua dans la cuisine. Quand elle le reconnut, elle explosa en sanglots.

— Libby.

Il la libéra de ses liens avec son canif. Avec un gémissement, elle se frotta les poignets, en larmes.

Il la prit dans ses bras.

— Mon amour, ma Libby chérie, j'ai eu si peur de te perdre.

— Nick. Je croyais que je ne te reverrais jamais, que tu m'avais quittée pour toujours. J'étais anéantie.

— Je ne pouvais pas partir, Libby. Je ne te quitterai jamais, plus jamais.

Le courant fut rétabli et il recula pour admirer le plus beau visage qu'il ait jamais vu. Elle lui souriait à travers ses larmes.

— Nick, je n'aurais pas dû te jeter de chez moi comme ça.

— Je n'aurais pas dû te laisser faire.

Il venait de lui sauver la vie mais il se sentait stupide.

— Je ne peux pas vivre sans toi, Libby.

— Je sais que tu veux fonder une famille. J'ai dit n'importe quoi parce que je savais que je ne pourrais jamais t'en donner. Je voulais que tu sois heureux, même loin de moi, sans moi.

Il l'étreignit avec force.

— Moi non plus, je ne peux vivre sans toi. J'ai besoin de toi, mon amour.

Il l'embrassa avec passion, se perdant dans la douceur de sa bouche. Elle tremblait de tous ses membres.

— Nous avons perdu trop de temps… Toutes ces années loin l'un de l'autre. Je ne mesurais pas à quel point j'avais besoin de toi dans ma vie.

Elle lui caressa tendrement le visage.

— Moi aussi, j'ai besoin de toi, Nick. J'essayais de me convaincre que j'étais mieux seule, mais c'était faux. La vie est tellement plus belle avec toi.

— Je dois te dire quelque chose. J'ai été muté pour travailler à Washington. Mais ne t'inquiète pas. Je vais demander à être nommé à New York ou peut-être à Boston. Toi seule comptes pour moi, mon amour.

Elle explosa en larmes.

— Je t'aime, Nick. Je n'ai jamais cessé de t'aimer. Nous trouverons une solution pour vivre ensemble.

16

— Voilà, dit Libby. Tout est chargé, il ne nous reste plus qu'à fermer la maison.

Nick fit le tour des pièces pour s'assurer qu'ils n'oubliaient rien, ferma les volets, coupa le courant. Puis il donna trois tours de clé avant de glisser cette dernière sous le pot de fleurs où quelqu'un de l'agence immobilière chargée de la mise en vente la retrouverait.

Il rejoignit Libby près du camion de déménagement.

— La journée est parfaite pour faire de la route.

Libby ne répondit pas. Elle regardait la façade avec un sourire triste.

— Je vais regretter cette petite maison. J'avais été si contente de l'acheter, j'étais si fière de prendre mon indépendance ! J'avais choisi avec soin les couleurs des pièces, chiné dans les brocantes pour la meubler. Je voulais en faire un endroit où je me sentirais bien, où je serais heureuse de rentrer après mon travail, de recevoir mes amis. Je m'étais aussi beaucoup occupée du jardin qui n'était au départ qu'un terrain vague. J'y avais planté des arbres, une pelouse et toutes ces fleurs.

— Es-tu sûre de vouloir la quitter ? Je ne veux t'obliger à rien.

Elle hocha la tête.

— Oui. J'adore cette maison et j'y ai vécu beaucoup d'événements heureux qui resteront de bons souvenirs. Mais je garde aussi à la mémoire de moins bons…

Deux mois avaient passé depuis que Nick lui avait sauvé la vie et même si elle savait, rationnellement, qu'elle ne courait plus aucun danger, elle avait depuis lors du mal à dormir chez elle.

Au fond, elle était contente de s'en aller, d'écrire une nouvelle page de sa vie, de prendre un nouveau départ.

Elle se blottit contre Nick.

— J'espère qu'une gentille famille va l'acheter. Cette maison mérite d'être remplie d'amour.

Nick l'embrassa sur le front.

— Les murs de toutes les pièces de la mienne — qui va devenir la tienne — ont été peints en blanc mais ils n'attendent que toi pour être colorés. Et la pelouse de ton futur jardin a hâte d'être bientôt fleurie.

Libby poussa un soupir.

— Je suis heureuse de découvrir de nouveaux horizons. Déménager est toujours une aventure. Et je reviendrai régulièrement à Arbor Falls pour rendre visite à Cassie et à Sam.

Il l'étreignit plus étroitement.

— Pour rendre visite à Cassie, à Sam et à Dom, tu veux dire.

Elle se mit à rire.

— Tu as raison. Je n'ai jamais vu un couple se former aussi vite mais ils sont vraiment faits l'un pour l'autre. Dom semble fou amoureux de Cassie et il est adorable avec Sam. Si tu veux mon avis, ils ne vont pas tarder à se marier.

De nouveau, elle soupira. Il ne lui était pas facile de vivre si loin de sa sœur et de son neveu.

— Nous n'habiterons que trois ans à Washington, n'est-ce pas ? Pas la vie entière. J'aime beaucoup Arbor Falls et j'espère y revenir un jour.

En riant, il l'embrassa.

— Ne t'inquiète pas. Dans trois ans, nous y réaménagerons, c'est promis. Et nous y retournerons chaque fois que tu le souhaiteras pour voir Sam. Maintenant, allons-y. Avant de partir, il y a encore un endroit où j'aimerais passer. Une sorte de pèlerinage.

Il l'aida à prendre place dans le grand camion. Quelques mois plus tôt, elle aurait refusé sa main tendue et lui aurait sans doute lancé qu'elle n'avait besoin de personne. Maintenant, elle voyait dans ce geste tout ce qui caractérisait Nick. Son souci de la protéger, d'être son héros au quotidien et pas uniquement dans des circonstances exceptionnelles. Elle s'était toujours vantée d'être indépendante mais les petites attentions de Nick la faisaient fondre.

Comme ils roulaient dans les rues d'Arbor Falls, Nick lui montra tous les endroits qui avaient marqué leur histoire.

— Voilà notre école. Je t'ai vue pour la première fois ici, au coin de cette rue. Tu te rendais en classe avec une amie, tes livres sous le bras. Et je suis tombé amoureux au premier regard, Libby.

Une douce chaleur envahit ses joues.

— Tu ne me l'avais jamais dit. Je croyais que tu m'appréciais à cause de mes connaissances en géographie.

— C'est vrai, ton érudition m'épatait. Je me souviens que tu m'avais fait remarquer que, sur les cartes, le nord de l'Amérique apparaissait plus grand qu'il ne l'était en réalité.

— Un héritage de la propagande en usage pendant la guerre froide.

— En tout cas, je me rappelle surtout que j'avais obtenu une mauvaise note en géographie parce que ce cours était le seul que nous avions en commun. Et je n'écoutais pas le professeur. Je ne faisais que te regarder.

Libby devint écarlate.

— Et ici, l'épicerie, poursuivit Nick. Je t'y avais acheté un sandwich la première fois que nous sommes sortis ensemble en amoureux. Ensuite, nous avons marché jusqu'à la bibliothèque où nous avons passé l'après-midi à travailler sur des exercices d'algèbre.

— Il ne s'agissait pas d'une sortie en amoureux ! s'exclama Libby en riant. Si ma mémoire est bonne, nous n'étions pas encore ensemble à ce moment-là et tu m'avais simplement suivie dans la rue.

— Je le reconnais. Mais nous avions quand même partagé un sandwich. Et du coup, j'ai toujours considéré cette journée comme celle de notre première sortie en amoureux. Je l'avais marquée d'une croix blanche

Libby dit au revoir aux rues qu'elle avait tant aimées, aux vieux quartiers de l'ère victorienne qu'elle avait toujours admirés et salua en passant la brasserie sur la rue principale où elle avait passé tant d'heures à étudier.

— Même si quelqu'un m'a menacée de son arme dans ce café et m'a obligée à le suivre, je garderai un bon souvenir de cet endroit.

— Oui. Quant à moi, je dois toujours une bière à Dom pour m'être battu avec lui sur le trottoir. J'ai vraiment honte d'avoir douté de lui… Parlons d'autre chose.

Elle lui sourit en se calant plus confortablement sur son siège.

— J'ai fait mes adieux à tout le monde au palais de justice, hier. Et je dois le reconnaître, j'ai beaucoup pleuré. D'une certaine façon, il aura été pour moi une étape importante. J'y suis devenue adulte.

Tout en conduisant, Nick lui prit la main et elle poursuivit :

— J'avais accepté ce poste dans l'espoir de rester ma vie durant dans cette ville ou, du moins, jusqu'à ce que je devienne juge. J'avais cette ambition depuis ma première année de droit. Et il n'est pas simple de renoncer à un vieux rêve…

— Je peux comprendre.

— Mais à l'époque, j'avais surtout envie de ressembler à papa, de suivre ses traces, qu'il soit fier de moi. J'espérais reprendre le flambeau quand il s'en irait en retraite. Mais depuis lors, j'ai compris que je ne serai jamais comme lui. Je ne le souhaite plus. J'ai passé ma vie sur des rails que d'autres avaient choisis pour moi, à m'efforcer de réaliser les ambitions que d'autres avaient formées pour moi, à espérer être aimée en devenant ce que d'autres rêvaient que je sois. Il est temps pour moi d'être qui je suis, de vivre mes propres rêves.

— Et ton père…

— Et mon père a commis des erreurs. De terribles erreurs.

Quand elle songeait à son père, qui n'avait pas hésité à jeter son intégrité aux orties pour satisfaire ses ambitions et les ravages qu'il avait ainsi provoqués, elle en avait encore le tournis.

Il lui avait appris à défendre la veuve et l'orphelin, à protéger les personnes vulnérables, à rendre la justice de manière équitable, impartiale. Et pourtant, il avait refusé de protéger Will Henderson, un pauvre homme sans éducation, il l'avait empêché de se défendre contre Jeb Sinclair qui n'avait cessé d'abuser de sa puissance. Pire, il s'était servi de sa position et de ses connaissances juridiques pour faire condamner à la prison à vie un innocent qui n'avait pas commis les crimes dont il était accusé, en sachant que cette injustice permettrait au véritable meurtrier de rester en liberté.

Elle avait encore du mal à comprendre comment son père avait pu s'abaisser à se comporter de manière aussi abjecte. Le contraste entre ses paroles et ses actes continuait à la désorienter.

— J'ai toujours aimé et admiré mon père et je l'aimerai toujours, dit-elle d'une voix tremblante. Maintenant, je sais qu'il n'était pas parfait, loin de là, mais malgré tous ses défauts, je suis persuadée qu'il a essayé d'être un bon père.

Nick prit une profonde inspiration.

— Ton père et moi ne voyions pas toujours les choses du même œil. Mais je lui serai éternellement reconnaissant d'avoir élevé sa fille comme il le fallait et d'en avoir fait une femme extraordinaire. Depuis que je te connais, tu ne cesses de m'épater, Libby, ajouta-t-il en posant un baiser sur sa main.

Elle lui caressa tendrement la joue.

Elle avait décidé de consacrer une partie de son héritage à un fonds destiné à défendre des détenus sans ressources et condamnées à tort, pour leur permettre d'obtenir enfin justice. Elle avait trouvé une petite association à but non lucratif à Washington qui travaillait dans ce but, à deux pas des bureaux du FBI.

— Je n'ai rien pu faire pour Henderson mais j'aiderai désormais d'autres personnes comme lui. Des personnes injustement accusées qui n'ont pas les moyens de se défendre. J'ai besoin de le faire, Nick. J'ai besoin d'obtenir le pardon.

— Tu as déjà obtenu le pardon. Moi, par exemple, je t'ai tout pardonné.

— Je dois aussi *me* pardonner, dit-elle. Ces derniers temps, j'ai beaucoup réfléchi à ma stérilité. J'ai pris conscience que, depuis des années, je me sentais coupable de ne pouvoir donner la vie. Coupable et honteuse. Et j'éprouvais le besoin de le cacher comme s'il s'agissait d'un crime impardonnable. Ne pas pouvoir devenir mère me donnait le sentiment d'être inférieure aux autres femmes.

Elle le regarda en face.

— Puis j'ai compris que tu m'aimais quand même et que, si j'avais si longtemps été persuadée que tu me rejetterais en apprenant mon état, j'en portais l'unique responsabilité.

— Que je t'aimais quand même ? répéta Nick d'une voix émue. Libby, je t'aime plus que la vie, je t'aime telle que tu es et rien ne me ferait cesser de t'aimer, chérie. Sois-en certaine.

— Mesurer l'inconditionnalité de ton amour a été pour moi une première étape vers la guérison. Cette vieille blessure est en voie de cicatrisation. Je suis en train de me pardonner de ne pas être parfaite. Du coup, je vais peut-être songer de nouveau à l'adoption. Je crois que, malgré tout, j'aimerais bien être mère, un jour.

— Tu y réfléchiras et tu me diras quelle décision tu as prise. Quelle qu'elle soit, je la respecterai. Et je serai heureux.

Elle le dévisagea avec attention.

— Tu n'as plus envie d'avoir des enfants, de fonder une famille ?

— J'adorerais avoir des gosses. Mais sincèrement, ce n'est pas le plus important. Toi seule comptes vraiment pour moi, tu es la seule famille dont j'ai besoin.

A ces mots, Libby fut submergée par une myriade d'émotions, et pour la première fois depuis longtemps elle ne sut quoi répondre.

Nick se gara sur le parking en bas de la montagne. Il coupa le moteur et se tourna vers Libby.

— Un jour, nous sommes montés jusqu'au sommet pour regarder Arbor Falls du belvédère et cette balade fait partie des meilleurs souvenirs que j'ai gardés de nous deux. Alors, avant de quitter la ville, j'aimerais y regrimper avec toi.

Elle regarda par la vitre de sa portière le ciel bleu, sans nuages, de ce matin de mai. Un peu de marche à pied avant la longue route pour la Virginie semblait une très bonne idée.

— Avec plaisir, répondit-elle.

Ils sautèrent du camion et se dirigèrent vers le sentier. Au départ, celui-ci montait en pente douce, serpentant à travers la pinède vers les hauteurs, mais très vite il devint plus raide. Libby avait toujours aimé marcher à un rythme soutenu. Son cœur battait à grands coups dans sa poitrine, l'air frais emplissait ses poumons, les senteurs de pins chatouillaient ses narines. Et l'homme à son côté lui souriait. La vue de ses petites fossettes l'avait toujours attendrie. Il lui tenait la main, et leurs doigts enlacés lui procuraient une joie pure. La vie était belle.

Ils atteignirent une clairière qui débouchait sur le belvédère d'où ils pouvaient contempler toute la ville d'Arbor Falls et ses environs. De si haut, la région ressemblait à un immense patchwork multicolore, avec ses jardins, ses toits, la vallée traversée par la rivière et, plus loin, par la voie express.

Libby en eut le souffle coupé.

— C'est magnifique ! s'exclama-t-elle. Je regrette que nous ne puissions emporter cette vue avec nous.

Ils restèrent un long moment silencieux, à regarder le soleil inonder la montagne. Libby ferma les paupières pour écouter la nature, sentir la caresse des rayons sur sa peau et la solidité du sol sous ses pieds. Elle inspira profondément, s'enivrant des parfums du printemps. Elle était en vie et en prendre conscience la poussa à étreindre Nick avec force.

Etonné, Nick se mit à rire.

— Que t'arrive-t-il ?

Elle avait envie de lui dire qu'il l'avait tirée des griffes de la mort, qu'il l'avait sauvée à plus d'un titre, qu'elle éprouvait pour une lui une indicible reconnaissance. Et grâce à lui, sa vie était belle et valait la peine d'être vécue.

— Je ne sais pas très bien exprimer mes sentiments, tu sais. Alors disons simplement que je t'aime.

Elle regarda la vallée et montra du doigt un endroit où une tente blanche avait été installée dans un jardin.

— Regarde, on dirait qu'un mariage aura lieu dans cette maison.

— Oui, c'est bien possible.

Elle soupira.

— Ce belvédère serait un endroit magnifique pour se marier. En général, les gens se jurent un amour éternel dans les églises mais j'adorerais le faire ici, avec cette vue !

— Libby, je serais ravi de te passer la bague au doigt partout, mais en effet cette montagne me semble parfaite pour l'événement. Alors marions-nous ici, ajouta-t-il en souriant.

Elle se mit à rire.

— C'est vrai, tu es d'accord ? Alors, dès que possible, je vais tout organiser pour que…

— Non, non. Marions-nous aujourd'hui.

— Je ne comprends pas…

Il s'agenouilla devant elle et ouvrit un petit écrin. A l'intérieur brillait un diamant.

Elle resta bouche bée.

— Mais, Nick…

— Une nouvelle pierre pour une nouvelle bague pour une nouvelle vie avec toi. Epouse-moi, Libby. Ici, maintenant, aujourd'hui.

Les joues en feu, elle le regarda lui glisser la bague au doigt.

— Mon Dieu !

— J'ai commandé tout ce que tu avais choisi lorsque tu avais organisé notre mariage, il y a trois ans. Les fleurs, le traiteur et même le prêtre. J'ai retrouvé ta robe de mariée que tu avais rangée dans le camion. Cassie est tout près, prête à t'aider à t'habiller.

— Nick, je…

— Nos amis, nos familles aussi sont là, poursuivit-il. Y compris tes collègues.

Les yeux de Libby brillaient de larmes. Elle considéra sa tenue en riant et passa la main dans ses cheveux.

— Mais je suis en nage, mal coiffée.

— Cassie va te conduire dans une chambre d'hôtel. J'ai réservé une suite où tu pourras te préparer tranquillement. Elle a prévu d'apporter tout ce dont tu pourrais avoir besoin.

Il la dévisageait avec intensité, les yeux brillants.

— Seigneur, Nick ! Tu m'as préparé un mariage surprise.

— J'ai même commandé une pièce montée au chocolat. Je me suis souvenu que tu en avais envie pour le repas de tes noces.

— Et tu l'avais entendu et retenu ! s'exclama-t-elle, sidérée.

— Bien sûr. Je n'ai jamais oublié rien de ce que tu m'as dit, de ce que tu as fait avec moi depuis le jour de notre rencontre. Je t'aime, Elizabeth Andrews, et cette journée me semble magnifique pour un mariage. Epouse-moi, je t'en prie.

Libby se perdit dans ses yeux bruns superbes.

— Oui, répondit-elle. Oui, je veux t'épouser aujourd'hui.

Rayonnant de joie, il la prit dans ses bras et captura ses lèvres.

Le cœur de Libby fondit en regardant cet homme qu'elle aimait depuis toujours, qu'elle aimerait toujours et qui allait bientôt devenir son mari.

— Tu es plein de surprises, Nick. Et je t'adorerai toujours pour cela.

— Et attends, tu n'as encore rien vu de ce que je te prépare pour aujourd'hui.

Elle noua ses bras à son cou et l'embrassa avec passion. Ils restèrent un long moment enlacés.

Puis Nick l'entraîna.

— Viens, il est temps de nous préparer pour ce grand jour.

— Le plus beau de notre vie !

CYNTHIA EDEN

Mission sous tension

BLACK *ROSE*

éditions HARLEQUIN

Titre original : ALPHA ONE

Traduction française de CHRISTINE MAZEAUD

1

— Tu n'as pas mérité de mourir là.

Entendant cette voix douce, Juliana James leva les yeux. Mains et pieds attachés à une chaise, elle ne pouvait guère que remuer la tête. Les cordes lui entamaient les chairs au moindre de ses mouvements.

— Si tu leur dis ce qu'ils veulent savoir...

Il soupira dans la pénombre.

— ... ils te laisseront peut-être partir.

La bouche sèche, Juliana voulut déglutir. Sa gorge était tellement à vif qu'elle eut l'impression d'avaler du verre pilé. Depuis quand ne lui avait-on pas donné à boire ?

Après deux nouvelles tentatives pour produire un peu de salive, elle réussit à articuler :

— Je ne sais rien.

Elle était piégée dans le pire des cauchemars. A midi, elle bronzait sur une plage mexicaine brûlée par le soleil. A 1 heure...

Bienvenue en enfer !

Son compagnon d'infortune — depuis, heu, combien de temps ? trois, quatre jours ? — était effondré sur sa chaise. Ils ne se connaissaient pas avant de se retrouver séquestrés ensemble. John Gonzales, tel était son nom, avait été enlevé, comme elle, mais dans une autre région du Mexique. Leurs ravisseurs n'arrêtaient pas de venir le chercher pour une petite séance de torture. A chacun de ses retours, il était plus amoché.

Ce serait bientôt à son tour, elle le savait.

— Moi, je ne suis pas irréprochable, lui souffla la voix rauque de John à l'oreille. Mais toi... toi, tu n'as rien fait de mal. C'est ton père.

Son père ? Le-pas-si-honorable-que-ça sénateur Aaron James. Elle ignorait qui l'avait enlevée mais ce qu'elle avait compris au fil de l'interrogatoire qu'elle avait subi, c'est que sa mésaventure était liée à de troubles opérations de son sénateur de père. Elle payait pour lui, en somme.

Papa n'avait pas eu une fille pour lui donner de l'amour. Juste quelqu'un pour mourir à sa place.

Serait-il seulement touché quand il apprendrait ce qu'il lui arrivait ? Ou ne prendrait-il un air accablé et douloureux que le temps de répondre aux journalistes ?

La question faisait mal.

L'estomac noué, elle soupira.

— Irréprochable ou pas…

Elle ne savait pas ce que John avait fait et, pour tout dire, elle s'en moquait. Il lui avait parlé quand elle s'était retrouvée enfermée dans le noir. Il avait fait en sorte qu'elle ne craque pas pendant ces heures interminables… terribles.

— … on va s'en sortir tous les deux, chuchota-t-elle.

Au rire de John, elle comprit qu'il n'en croyait pas un mot.

Elle avait vaguement vu son visage. Le matin tôt, quand un peu de jour entrait dans la pièce. Il semblait un peu plus jeune qu'elle, il avait donc moins de trente ans. Ses traits virils et son air ombrageux devaient déjà plaire aux filles quand il était ado.

— Tu as des… regrets ? lui demanda-t-il.

Il pencha la tête pour entendre sa réponse.

Si elle avait des regrets ?

Elle renifla pour retenir ses larmes.

— Oui, quelques-uns.

Un, en fait.

Il y eut un silence. Puis :

— Tu as déjà été amoureuse, Juliana ?

— Oui, une fois…

Et dans le noir, avec seulement la mort pour horizon, elle avoua la cruelle vérité.

— … mais Logan ne m'aimait pas.

Dommage, car elle n'avait jamais pu…

Les gonds de la porte grincèrent et elle se raidit de peur. John lança une bordée de jurons tout en se débattant pour défaire ses liens mais…

Les hommes ne venaient pas pour lui, cette fois.

Elle hurla.

Logan Quinn sentit des gouttes de sueur couler dans son dos. A son poste depuis quarante-trois minutes, il attendait le feu vert pour se lancer à l'assaut du bâtiment où Juliana était retenue prisonnière, et la sortir de là.

Tiens bon, ma douce.

A dire vrai, elle n'était pas sa douce. Enfin… elle ne l'était plus. Mais ça n'avait pas eu d'importance quand le sénateur James avait pris contact avec lui.

« Juliana a disparu. Il faut que tu la ramènes. »

C'était tout ce qu'il lui avait dit. Deux phrases, et Logan était parti au Mexique avec ses hommes.

Son unité, qui faisait partie de la Division des opérations spéciales, ne se chargeait pas de n'importe quelle mission.

Mais pour elle, il aurait fait n'importe quoi.

— Ça bouge.

Les mots, murmurés, lui parvinrent via l'oreillette qu'il portait, comme tous les membres de son équipe.

Les battements de son cœur s'accélérèrent.

— J'aperçois la cible.

C'était ce qu'ils attendaient. Du mouvement et, avec de la chance, la confirmation visuelle. Ils ne donneraient pas l'assaut tant que…

— Je la vois. La fille a un couteau sous la gorge. On lui fait longer le couloir.

Confirmation visuelle.

Malgré la rage qui le faisait bouillir, il ne bougea pas. Juliana devait mourir de peur. Ce qu'il lui arrivait était à des années-lumière des bals des débutantes du Mississippi qu'elle fréquentait. A mille lieues de la vie sans histoire qu'elle avait toujours voulu mener.

Il allait la ramener à cette vie-là et disparaîtrait ensuite. Comme il l'avait fait autrefois.

— Côté sud, lui chuchota la même voix à l'oreille.

Celle de Gunner Ortez, le tireur d'élite que l'Oncle Sam avait recruté pour la division des « opérations noires ». Une division dont beaucoup de gens disaient qu'elle n'existait pas.

Ils avaient tort.

— Deuxième porte, dit Gunner d'une voix sèche.

Logan passa à l'action. Ombre furtive dans la nuit, il pénétra dans le bâtiment sans faire le moindre bruit. Sur sa droite, parfaitement synchrone, Jasper Adams était comme son double. Avec l'entraînement qu'ils avaient suivi, jouer les fantômes était devenu chez eux une seconde nature.

Logan ceintura le premier garde. Il sentait le tabac et l'alcool. Assommé d'un coup sec, l'homme tomba en arrière. Logan traîna le corps sous des buissons pour le cacher, tout en faisant signe à Jasper d'aller de l'avant.

C'est alors qu'elle hurla.

Son sang se figea. Douleur, terreur… il y avait les deux dans le cri de Juliana. En quatrième vitesse, il rattrapa Jasper qui assommait le deuxième garde sans même s'arrêter.

Logan ne s'arrêta pas non plus. Il dégaina et…

— Je vous en supplie, non ! Je ne sais pas !

La voix affolée de Juliana. Cette voix qu'il entendait encore dans ses rêves, déformée par le désespoir.

Ils franchirent la première porte. La seconde n'était qu'à quelques mètres.

Tiens bon. Tiens bon.

— On n'est pas seul !

L'avertissement de Gunner explosa dans son oreillette. A peine le temps de plonger au sol et une rafale de coups de feu criblait le mur au-dessus de leurs têtes.

Logan riposta. Un coup, deux coups diaboliquement précis. Un cri étouffé puis le bruit de deux corps qui s'effondrent. Couvert par Jasper, il se rua sur la deuxième porte et l'ouvrit d'un coup de pied. Trois hommes se tournèrent vers lui.

Il tira sur celui de gauche qui dégainait. Le type tomba à

terre. Puis il lança son poing dans la figure de celui de droite. Restait celui du milieu, celui qui tenait un couteau sous la gorge de Juliana.

Logan ne le toucha pas. Pas encore.

— *Deje a la mujer ir*, dit-il dans un espagnol parfait.

(Laisse la femme partir.)

Au lieu d'obéir, ce fou qui ne savait pas encore qu'il allait mourir lui entailla un peu le cou. C'était l'erreur à ne pas commettre. Logan plissa les yeux.

— *Vuelva o ella es muerta*, aboya l'homme à son tour.

(Recule ou elle est morte.)

Logan ne recula pas. Il n'était pas du genre à battre en retraite. Il regarda Juliana. Elle comprenait et parlait bien l'espagnol. Elle le fixait, les yeux exorbités, pétrifiée. Elle ne le reconnaissait pas, évidemment : il portait une cagoule.

— Reculez, dit-elle d'une voix faible et presque inaudible. S'il vous plaît.

Il vit ses lèvres remuer de nouveau. Un filet de voix. La même supplique en espagnol.

Serrant les dents, il leva son arme et visa la tête du ravisseur. Un coup de feu, et ce serait réglé.

— *Vuelva o ella es muerta !*

Cette fois, l'individu avait hurlé.

La lame du couteau s'enfonça un peu plus dans la gorge de Juliana.

Logan avança. Juliana poussa un cri et mordit de toutes ses forces la main de son ravisseur. Le sang gicla. L'homme jura et l'agrippa par les cheveux. Le poignard glissa, s'écarta de son cou. C'était le geste que Logan attendait pour attaquer.

Il saisit le poignet du type et le tordit en arrière jusqu'à ce que la lame du couteau se retourne sur son cou et l'égorge.

Rapidement saigné à blanc, le corps tomba lourdement. Sans même lui jeter un regard, Logan attira Juliana à lui pour l'empêcher de regarder les cadavres.

— Tout va bien, lui dit-il d'une voix calme qui détonnait au milieu de cet enfer.

A l'extérieur de la petite pièce, on tirait encore. On aurait dit un feu d'artifice. Gunner lui annonça via son oreillette que Jasper avait abattu deux autres hommes. Parfait. Il leur préparait la voie pour sortir.

Logan serra la main de Juliana.

— Je vais…

Le coup de genou qu'elle lui donna dans le ventre le prit tellement par surprise qu'il la lâcha.

— Bon Dieu, gronda-t-il, je ne suis pas là pour te faire du mal !

Elle avait déjà retiré le couteau de la gorge du mort et le brandissait devant elle.

— Ne me touchez pas ! cria-t-elle.

— On se calme !

La procédure lui interdisait d'ôter sa cagoule. L'équipe devait agir sous couverture jusqu'à ce que la victime soit en zone sûre. A ce stade de la mission, aucun membre ne devait révéler son identité.

— Poussez-vous et laissez-moi passer, lança Juliana avec la fermeté qu'il lui avait toujours connue.

Et qui l'avait attiré, autrefois.

Il n'avait pas obéi à l'homme qui la menaçait. L'homme était mort. S'imaginait-elle qu'elle allait lui obéir ?

Jasper entra dans la pièce au moment où Gunner hurlait :

— Evacuation. Tout de suite.

Logan sentit une odeur de fumée. Fumée, crépitement, flammes. Un incendie ne faisait pas partie du plan.

— Deux ennemis en fuite ! jeta Jasper en grimaçant.

Il fit rouler ses épaules. Il avait dû être touché. Logan avait déjà vu le ranger prendre trois balles et continuer à se battre. Jasper n'était pas homme à laisser *une* balle le neutraliser.

— Je pense que les fuyards n'ont pas l'intention de nous laisser filer vivants avec elle.

Dommage pour eux, songea Logan. Il se précipita à la fenêtre. A coups de crosse et de poing, il brisa la vitre et démolit le reste. Il regarda la rue en dessous. Deux niveaux. Un saut de routine quand il était seul, mais avec Juliana…

— Vas-y, saute, dit Gunner dans l'oreillette. Le feu se propage à toute vitesse.

Un bon moyen pour les ravisseurs de ne laisser derrière eux ni pièces à conviction ni témoins.

Logan prit la main de Juliana qui grogna. Il détestait l'entendre se plaindre car il détestait l'idée de lui avoir fait mal... un jour... Mais l'heure n'était pas aux explications.

Le couteau tomba et rebondit deux fois. Il n'y avait plus de temps à perdre. Logan prit Juliana par la taille.

— Tenez-moi très serré, dit-il.

— Non. Je ne sortirai pas par cette fenêtre. Je dois...

— Vous devez vivre, intervint Jasper depuis la porte. Le feu avance. Faut sauter. Tout de suite.

Elle se raidit. Dans la lumière pâle, Logan vit ses iris marron se dilater légèrement. Son visage était toujours aussi beau.

— Il y a le feu ? Non ! s'écria-t-elle en se débattant.

Maintenant qu'il la tenait, il n'allait sûrement pas la laisser lui échapper. Il la serra encore plus fort.

Gunner reprit la parole.

— Zone nettoyée. Evacuez immédiatement.

Mais Juliana se tortillait comme une anguille.

— Non, je ne sortirai pas ! Pas sans John !

Qui ?

— Arrêtez de vous agiter. On est les gentils, on est là pour vous sauver.

Elle s'arrêta deux secondes.

— John et moi, on était...

Bon sang, mais qui est ce John ?

— Il est là-bas, dit-elle en pointant le doigt vers le couloir.

Le couloir que la fumée avait déjà envahi.

— Il faut le sortir de là lui aussi !

Il n'y avait pas d'autres civils dans le bâtiment. Seulement les tueurs de Diego Guerrero. Les membres de l'équipe s'étaient retirés et...

— Je ne partirai pas sans lui !

A cet instant, une explosion ébranla le bâtiment. Juliana tomba sur Logan.

— Quelqu'un d'autre là-dedans, Gunner ?

Il voulait s'en assurer. Il n'allait pas laisser un innocent se faire griller.

Il fit signe à Jasper de se préparer à sauter. Puisqu'il tenait Juliana, inutile que l'autre agent s'éternise. Jasper sortit une corde de son sac et l'accrocha. En quelques secondes tout était prêt, il ne restait plus qu'à plonger.

— Négatif ! répondit Gunner. Magnez-vous les gars, vous allez vous faire rôtir les fesses.

Gunner ne se pouvait pas se tromper. Sydney Sloan et lui avaient toujours les bonnes infos. S'ils ne renvoyaient pas l'équipe à l'intérieur, c'est qu'ils étaient sûrs qu'aucun civil ne s'y trouvait.

Juliana plissa les yeux.

— C'est bizarre, votre… votre voix…

Zut ! Il avait pourtant perdu son accent du Sud. Il est vrai que, parfois, de petites intonations typiques du Mississippi trahissaient ses origines. Ce n'était vraiment pas le moment.

— Vous allez enjamber la fenêtre.

Une deuxième explosion fit vibrer les murs. Ses ravisseurs avaient mis le paquet ! Ils ne voulaient vraiment pas qu'elle s'en tire.

— Choisissez… Vous voulez sortir d'ici vivante ou morte ?

— Puisque je vous dis qu'il y a quelqu'un dedans ! Il est ligoté… il va mourir dans l'incendie.

Elle ne l'écoutait pas. Tant pis. La prenant à bras-le-corps, il la chargea sur son épaule et descendit le long de la corde que Jasper avait installée.

Le temps qu'elle retrouve sa voix pour hurler, ils étaient en bas.

— Prends-la, dit Logan en la donnant à Jasper. Et mets-la à l'abri.

C'était leur mission. Sa sécurité, leur objectif prioritaire.

Mais…

« Il va mourir dans l'incendie. »

Juliana avait vraiment l'air de le croire.

Empoignant la corde, Logan remonta vers le brasier.

*
* *

— Mais qu'est-ce qu'il fout ?

Juliana regarda autour d'elle. Deux hommes s'étaient approchés, deux athlètes qui la dominaient de leur mètre quatre-vingt-dix — au moins. Ils étaient armés et cagoulés. Comme l'autre. L'autre qui avait exactement la voix de…

— Alpha One, dit dans son poignet le géant à sa droite, reviens. Ne m'oblige pas à aller te chercher dans cet enfer.

Mais non, il ne parlait pas dans son poignet. Il parlait dans un petit micro.

Alpha One ? Ce devait être le nom de code de celui qui était passé par la fenêtre avec elle. Quand il avait sauté dans le vide et qu'elle avait senti l'air froid sur son corps, elle avait cru mourir. Puis elle avait réalisé qu'il se tenait à une corde.

Le feu faisait rage maintenant, sous un ciel d'un noir d'encre. Les fenêtres du bas explosaient. C'était terrifiant.

Ils se trouvaient à cinquante mètres du foyer. A l'abri. Bien cachés mais…

Mais elle tremblait comme une feuille. Elle ne pouvait pas s'en empêcher. Ces hommes l'avaient sauvée et elle en avait renvoyé un dans les flammes.

Soudain, un genre de ronflement se fit entendre. L'homme qui venait de parler la poussa en arrière alors qu'un véhicule émergeait de l'obscurité. Elle ne l'avait pas vu approcher. Et pour cause, il roulait sans phares.

Les deux portes arrière s'ouvrirent à la volée.

— On y va ! lança une voix féminine avec autorité.

Les hommes la jetèrent littéralement à l'intérieur.

— Où est Alpha One ? demanda la femme à l'avant.

Juliana la regarda. Menue, cheveux courts. C'est à peu près tout ce qu'elle put distinguer.

Un homme lui montra le brasier.

— Nom de Dieu, jura la femme en tapant du poing sur le tableau de bord.

Comme Juliana se tournait pour regarder le feu, elle vit une silhouette courir vers eux. Tête baissée, corps souple, fluide, pas élastique. Leur véhicule accéléra soudain. Juliana s'affola. On n'allait quand même pas le laisser là ?

— Attendez !

— Impossible, dit la femme en se retournant. L'incendie va attirer les curieux. On devrait être partis depuis hier.

Mais…

Mais la silhouette les avait presque rejoints. Un des hommes à bord sortit le bras, que son « héros » saisit au vol ; il prit son élan pour sauter et atterrit sur le plancher du van qui vibra de toute sa tôle.

— Mais John ? s'écria Juliana. Où est John ?

Son « héros » secoua la tête.

— Logan, c'est quoi cette connerie ? aboya la femme au volant. Tu avais l'ordre d'évacuer, pas d'y retourner.

Logan ?

Juliana plissa le front. Il y avait des milliers de Logan sur terre. Et sûrement des dizaines rien que dans l'armée…

Ce n'était pas parce que *son* Logan l'avait quittée quelque dix ans plus tôt que c'était lui qui… que…

— Pas vu l'ombre d'un autre otage, dit le type — Logan — d'une voix grave, un peu rocailleuse.

Elle frissonna. Ses oreilles se mirent à bourdonner. Elle aurait voulu voir ses yeux, mais il faisait sombre dans cette fichue camionnette. Et c'était inconfortable. Elle était assise à même le plancher, jambes repliées, bras autour des genoux. Et où l'emmenait-on ?

Un des hommes ferma les deux portes. Juliana grinça des dents.

— Evidemment qu'il n'y avait pas d'autre civil dans le bâtiment, s'exclama la femme, je te l'avais dit ! Si tu mets ma parole en doute, maintenant…

Il se releva et s'approcha de Juliana, qui s'écarta aussitôt.

— Retirez votre cagoule.

Il l'enleva et la posa à côté de lui. Il avait les cheveux ras et une mâchoire marquée ; avec si peu de lumière, c'était tout ce qu'elle voyait. Elle aurait aimé le voir mieux.

— Vous êtes sauve à présent, dit-il d'une voix différente, plus tendre. Ils ne peuvent plus rien vous faire.

Il leva la main et, du bout des doigts, lui caressa la joue. A ce contact, elle ferma les yeux et retint son souffle.

Je connais ces caresses-là, se dit-elle.

Il passa la main sur sa bouche, descendit vers son cou. Ses doigts étaient doux, légers. C'était sûr, elle les connaissait, ces caresses. Une femme n'oublie jamais ces choses-là. Elle reconnaissait les gestes de l'homme qui l'avait abandonnée, brisée. Anéantie. Le cœur en miettes.

C'était son Logan. Non, pas *son* Logan. Il n'avait jamais été à elle.

— Merci, murmura-t-elle.

Oui, elle pouvait remercier Logan Quinn de l'avoir sortie de l'incendie, de ce cauchemar. Mais elle s'écarta de lui. De ses caresses.

Ces caresses qui lui avaient tellement manqué… jusqu'à devenir elles aussi un cauchemar !

La camionnette accéléra dans la nuit. Où allaient-ils ? Elle n'en avait pas la moindre idée. Elle se sentait engourdie, assommée, comme si le ciel lui était tombé sur la tête. John ne s'en était pas tiré.

« Je ne suis pas… irréprochable », lui avait-il dit.

— Nous sommes les chic types, déclara l'un des hommes avec l'accent traînant caractéristique du Texas. Votre père nous a envoyés vous récupérer. Vous serez bientôt de retour chez vous, saine et sauve. Vous aurez…

Tac tac tac tac…

Une rafale de coups de feu. Des balles qui déchirent la carrosserie. Paniquée, Juliana voulut crier, mais ses cris s'étranglèrent dans sa gorge. Une main la projeta violemment dans le fond de la camionnette. Un poids très lourd tomba sur elle, l'écrasa. Logan la protégeait de son corps.

— Tire-nous de là, Sydney, dit le Texan.

Elle suffoquait. Logan, lui, respirait très fort. Elle sentait sa poitrine monter et descendre. Elle sentait aussi sa barbe sur sa joue. Piquante.

— Encore quelques minutes, et ce sera fini, lui dit-il tout bas. Coura…

Une bouffée d'air froid. Quelqu'un venait d'ouvrir la porte du fond. Ils étaient fous, ou quoi ? Autant inviter leurs poursuivants à leur tirer dessus directement !

Trois coups assourdissants. Comme le tonnerre. Des coups de feu. Mais ces coups-là venaient de l'intérieur du fourgon. Les hommes en cagoule n'attendaient pas qu'on les descende, c'étaient eux qui tiraient.

Encore trois balles. Et le silence.

— On les a eus, lança le Texan.

Quelques secondes et… *bang !*

Elle ferma les yeux.

L'accident. Un bruit atroce de tôle froissée. Du verre qui explose. Le fourgon dévia à gauche, sembla prendre de la vitesse. Elle serra les paupières encore plus fort. Les dents. Se crispa sous le poids qui l'étouffait et rouvrit les yeux. Il faisait toujours sombre mais elle s'y était un peu habituée. Elle pouvait *presque* voir les traits de Logan, toujours allongé sur elle.

— Hé, Logan, tu peux la laisser respirer, maintenant, se moqua la voix traînante.

Il ne bougea pas.

Juliana chercha de l'air.

— Tu m'as manqué.

La voix était si étouffée qu'elle se demanda si elle n'avait pas rêvé. Oui, c'était ça, elle délirait. Ça ne pouvait pas être *son* Logan qui avait parlé. Logan Quinn était cette espèce d'imbécile qui l'avait laissée tomber comme une vieille chaussette, sans même un regard. Un crétin pareil ne pouvait pas avoir dit une chose aussi touchante. Pas lui.

Reprends-toi, ma belle. Reprends-toi. Elle avait surmonté l'enfer, elle n'allait pas craquer à cause d'un homme.

— C'est fini ? On ne risque plus rien ?

Elle sentit, plus qu'elle ne vit, qu'il faisait oui de la tête.

— Pour l'instant.

Charmant ! Elle avait cru qu'ils ne risquaient plus rien et une rafale avait balayé leur fourgon. Texas avait descendu les sales types qui les pourchassaient, cela leur laissait quelques minutes de répit. En principe. Mais vu la conduite de leur chauffeur…

— Bon, si on ne risque plus rien…

Juliana glissa les mains entre Logan et elle et essaya de le repousser. Mais autant essayer de relever un menhir !

— Debout, Logan ! Tout de suite !

Sans se presser, il se leva, et l'attira à l'avant du fourgon.

Elle tremblait. Des tremblements nerveux, de peur, de rage. L'adrénaline. Son effet se dissiperait vite, elle le savait. Et alors, elle craquerait, ça aussi elle le savait.

— Une fois hors du Mexique, ils ne pourront plus te poursuivre, dit-il.

Elle avait la gorge sèche, en feu, mais ce n'était pas le moment de réclamer à boire. Peut-être plus tard, quand ils arrêteraient de foncer dans la nuit. Oui, ce serait mieux.

— On sera… hors du Mexique… dans combien de temps ?

Pas de réponse. C'était mauvais signe.

— Dans un peu plus de vingt-quatre heures, dit enfin Logan.

Quoi ? Ah non ! La femme au volant ne pouvait pas conduire un peu plus vite pour les sortir de ce Mexique de malheur ? Vingt-quatre heures, ça ne…

— Guerrero contrôle les *federales* qui gardent la frontière, expliqua Logan. Si tu crois qu'on va pouvoir sortir de ce pays comme ça, avec toi !

— Comment, alors ?

— Par la voie des airs, mon bébé.

Mon bébé.

Elle se raidit. Elle n'était pas son « bébé » et s'il ne l'avait pas sauvée quelques minutes plus tôt, elle n'aurait pas pris de gants pour le lui signifier ! Mais elle lui devait un minimum de reconnaissance… provisoirement.

Sans Logan et son équipe, elle serait en train de subir les tortures de ses ravisseurs dans un nid à rats, à l'heure actuelle.

— On va leur filer sous le nez en avion. Les gardes qui nous attendent n'auront pas le temps de nous voir passer. Quant aux flics que Guerrero paie, ils ne sauront même pas que nous sommes partis.

Ça avait l'air d'être un bon plan. Il y avait juste ces vingt-quatre heures qui ne lui disaient rien…

— En attendant, dit-elle, que fait-on ?

Logan s'agita, avança la main comme pour la toucher, puis se rétracta. Elle attendit.

— On va te garder en vie, répondit-il sobrement.

2

Réveillé par un cri, Logan sursauta. C'était Juliana. Il s'était endormi un peu plus tôt, laissant Gunner et Jasper patrouiller autour de la maison qu'on leur avait attribuée pour y garder la jeune femme en sécurité. En une fraction de seconde, il se ruait vers sa chambre et en poussait la porte.

— Juliana !

Elle était par terre, entortillée dans une couverture, et se tordait comme un ver.

Entendant son nom, elle ouvrit les yeux et fixa Logan sans le voir. Elle devait faire un cauchemar. Sans doute se croyait-elle encore avec les hommes qui l'avaient enlevée.

Il s'approcha et posa la main sur son épaule. Elle trembla et ferma les yeux.

— Pardon.

Il retira sa main. Il n'était pas là pour renouer une relation avec elle, il ne fallait pas qu'il l'oublie. L'ennui c'est que son corps, lui, ne semblait pas disposé à l'oublier...

Des rayons de soleil filtraient à travers les bardeaux occultant les fenêtres. A l'issue d'un repérage, Sydney avait choisi ce refuge quand l'opération de sauvetage avait été programmée. Loin de tout, cette maison abandonnée était une base temporaire idéale. Sa situation en hauteur et bien dégagée permettait de voir ce qui se passait à des kilomètres à la ronde, ce qui leur donnait un avantage tactique. Ils avaient en outre la puissance de feu nécessaire pour anéantir l'assaillant qui aurait eu l'audace de s'aventurer trop près.

Grâce à cette faible lumière, il voyait un peu Juliana. Elle avait beaucoup changé en dix ans. Elle s'était coupé les cheveux et sa nouvelle coiffure faisait ressortir la finesse de ses traits. Elle était toujours aussi jolie, néanmoins, toujours aussi blonde, et ses yeux avaient cette même chaude couleur chocolat que dans son souvenir. Sans oublier sa bouche, toujours aussi charnue… et son corps admirablement svelte, avec juste ce qu'il fallait de rondeurs là où il fallait. Il avait toujours été excité par le creux de ses hanches et par sa poitrine. Elle aurait pu…

— Arrête de me fixer comme ça, dit-elle en s'asseyant dans le lit.

Mince ! Il ne s'en était pas rendu compte. Et pourtant il la fixait bel et bien, comme un loup affamé mourant d'envie de mordre, de goûter cette chair délicate. De…

Elle plia les jambes et les entoura de ses bras.

— John est mort ?

Logan s'efforça de ne pas réagir. Il devait être prudent. L'équipe n'était pas prête à divulguer des renseignements qu'elle n'avait, d'ailleurs, pas encore fini de réunir.

C'était aussi une des raisons pour lesquelles ils ne pouvaient pas quitter tout de suite le Mexique.

Bien sûr, ils auraient pu la faire sortir plus vite, mais l'équipe s'assurait toujours que tout était clair avant de quitter les lieux. Laisser passer vingt-quatre heures, au cas où, faisait partie du protocole.

— J'ai tout inspecté, répondit-il.

Il était allé jusqu'au bout du couloir et avait trouvé la pièce où les ravisseurs la retenaient. Il avait vu des cordes au pied de *deux* chaises, en effet. Mais il n'y avait personne.

— Je n'ai pas trouvé d'autre otage.

— Ils l'ont emmené, alors ?

Il n'avait pas envie de lui mentir.

— Peut-être.

Il avait tellement l'habitude de mentir qu'il lui arrivait de ne plus savoir où se trouvait la vérité.

Il fit un pas vers elle. Lentement. Elle ne cilla pas, ce qui l'étonna.

— Ils ne t'ont pas fait de mal, au moins ?

Elle se passa la main sur la joue. Un bleu l'ornait.

— Pas autant qu'à John. Ils n'arrêtaient pas de venir le chercher. A un moment, j'ai entendu des cris.

Nouveau pas vers elle. Il était maintenant tout près.

— Donc, ils t'ont enlevée mais ne t'ont posé aucune question ?

— Si, au début.

Elle se passa la langue sur les lèvres.

Pas touche, se dit-il.

Elle n'était pas pour lui. Arriverait-il un jour à se le mettre dans la tête ? Une fois rentrés aux Etats-Unis, ils retrouveraient leur vie d'avant. Chacun de son côté. Rien n'avait changé pour lui. La fille d'un sénateur n'allait pas frayer avec le fils d'un tueur.

D'autant que lui-même en était devenu un.

Il regarda ses mains. D'accord, il n'y avait pas de sang dessus, mais il y en avait eu. Après toutes ces années, elles ne seraient plus jamais propres. Elles avaient fait trop de morts.

C'était un tueur-né. Son vieux avait raison quand il le disait. Ils étaient tous les deux des tueurs-nés.

Des bons.

Il inspira bruyamment. *Pense à autre chose*. Le passé était enterré, comme son père.

— Comment dire… Quand ils t'ont interrogée…

L'équipe avait besoin de cette information, il lui fallait donc poser la question.

— … que voulaient-ils savoir ?

Elle pointa le menton.

— Des choses sur mon père.

Un temps d'arrêt, puis :

— Je me demande ce qu'il a encore bien pu faire, dit-elle dans un soupir.

Elle avait mal, cela s'entendait. Il savait qu'elle avait depuis longtemps ôté les lunettes roses qui enjolivaient le personnage de son père.

Voyons, qu'avait fait celui-ci ? Trahi son pays, trafiqué avec un marchand d'armes, profité de l'argent du sang — et pensé qu'il s'en tirerait en toute impunité. Le quotidien d'un sénateur, en somme.

— Je ne sais pas, répondit Logan.

Il aurait été facile de mentir. Mais, à elle, il ne voulait pas raconter d'histoires.

— Si, tu sais.

Elle se leva et se colla contre lui, la tête penchée en arrière pour mieux le voir. Il la dominait d'au moins vingt centimètres.

— Mais tu ne veux pas me le dire.

Etre la fille d'un sénateur ne lui donnait pas tous les droits. Logan était au service de l'Oncle Sam. Il avait pour mission de la ramener chez elle saine et sauve, pas de faire capoter une opération en cours depuis près de deux ans.

— Que leur as-tu dit sur ton père ?

Que savait-elle exactement de ses sinistres activités ?

— Rien.

Elle le regardait de ses grands yeux sombres, ces yeux qui l'avaient toujours fasciné et qu'il n'avait jamais oubliés.

— Et ils t'ont laissée tranquille ?

Son histoire n'avait pas de sens. Sauf si Guerrero pensait l'utiliser comme monnaie d'échange. Dans ce cas, il fallait qu'elle reste en vie.

Encore quelque temps, du moins.

Elle hocha la tête et ses cheveux balayèrent son menton.

— Quand tu m'as trouvée, ils venaient de m'emmener dans la salle des tortures.

Elle rit, un petit rire nerveux très différent du rire franc qu'il lui connaissait.

— Ils allaient me forcer à parler. Comme ils l'avaient fait avec John.

Mais ils avaient attendu quatre jours. Ce n'était pas le mode opératoire classique des hommes de Guerrero. Et cela tendait à confirmer ses craintes.

— Ce John, à quoi ressemblait-il ?

— Grand, bronzé, entre vingt et trente ans. Sans lui, je serais devenue folle. Il m'a parlé tout le temps.

Logan n'en doutait pas. Mais des grands bronzés, il y en avait des millions. Il voulait un portrait plus précis.

— Tu l'as bien vu ? Son visage ?

Elle opina. Il lui adressa un sourire qui se voulait sans ambiguïté.

— Quand nous serons rentrés aux Etats-Unis, penses-tu être capable de le décrire à un dessinateur ? Ce serait bien qu'on puisse avoir un portrait-robot.

Elle plissa le front.

— Nous pourrions ainsi le rechercher efficacement dans le fichier des personnes disparues.

Mensonge, mensonge !

— Et savoir exactement qui est ce John.

Elle fit une drôle de grimace.

— Attends, dit-elle soudain. Donne-moi un papier et un crayon, et je vais te le dessiner moi-même.

Il ne pouvait espérer mieux. Juliana dessinait très bien, c'était une vraie artiste. Il se rappelait qu'elle peignait à l'huile et qu'elle emportait toujours un carnet pour croquer les gens ou les paysages qui l'intéressaient. En quelques coups de crayon, elle était capable de dessiner n'importe qui, n'importe quoi.

— Ce qu'il nous faudrait, ce sont des croquis de tous ceux, hommes et femmes, que tu as vus pendant ta détention.

— D'accord.

Formidable ! C'était le coup de pouce dont ils avaient besoin.

— Je veux qu'on les attrape, dit-elle. Je veux qu'on les arrête. Qu'ils ne puissent plus nuire.

Et lui donc ! Il n'était pas dans son intention d'en rester là. Il n'aurait de cesse que Guerrero soit sous les verrous. Sa mission n'était pas terminée. Loin de là. Elle ne faisait même que commencer.

Il se détourna.

— Tu devrais essayer de dormir un peu.

Il serait toujours temps de dessiner. Pour l'heure, il voulait discuter avec son équipe des doutes qui l'assaillaient.

Mais elle posa la main sur son bras.

— Pourquoi est-ce toi qui es venu me chercher ? Pourquoi toi, Logan ?

Il regarda sa main, s'interdit de la caresser. Dur, dur… Elle aurait dû se rappeler qu'il avait toujours aimé — beaucoup trop aimé — le contact de sa peau sur la sienne.

C'était peut-être pour cette raison aussi qu'il était parti le plus loin possible. Parce qu'avec elle, il était incapable de se retenir. De se contrôler. Parce qu'il représentait un danger.

— Le sénateur est venu voir notre unité.

Oui, c'était bien sa voix, sa voix que le désir faisait changer de timbre… simplement parce qu'elle le touchait.

— Il voulait qu'on te mette en sécurité.

— Ton unité ?

Il sentit ses doigts se crisper sur son bras.

— Officiellement, on n'a pas d'existence, expliqua-t-il.

Pour le reste du monde, la Division des opérations spéciales, la DOS, une section d'élite, n'existait pas. Le groupe, qui recrutait ses membres parmi les commandos de la marine, les rangers et les officiers du renseignement du FBI et de la CIA, se voyait confier les opérations les plus sensibles — et les plus secrètes. Récupération d'otages. Guerre non conventionnelle. Guérilla. Ils étaient en première ligne au péril de leur vie, certaines cibles devant être éliminées coûte que coûte, quel que soit le prix en hommes.

— Ton unité… je veux dire, ton équipe… a un nom ?

Officiellement non.

— On nous appelle les agents de l'ombre.

Car leur objectif était de remplir leurs missions sans jamais se faire repérer. Jusqu'à présent, ils y étaient toujours arrivés.

— Mon père est vraiment venu te chercher ? Mais… comment savait-il que tu…

Elle enleva sa main, qui lui manqua aussitôt.

Comme autrefois. Assez intime pour l'embrasser mais pas assez pour aller jusqu'au bout de ses désirs. C'était toute l'histoire de sa vie.

— Ce n'est pas à moi qu'il est venu demander de l'aide.

Le sénateur avait eu un haut-le-corps quand il l'avait reconnu.

— C'est à mon unité, la Division des opérations spéciales.

Parce que le FBI l'y avait adressé. Le sénateur avait encore du pouvoir et de l'influence auprès des politiques de Washington DC, assez pour obtenir un rendez-vous avec la DOS.

— Je ne pensais pas qu'il voudrait me retrouver, laissa tomber Juliana.

Sa voix tremblait. Ce n'était plus qu'un murmure. Elle semblait perdue, comme tant d'années auparavant. Perdue mais consciente de tout.

Elle ne connaissait que trop bien son père. L'expédition au Mexique ne concernait pas qu'elle. Et si elle avait su quel marché avait été conclu dans le bureau capitonné de Washington, elle aurait compris qu'elle avait été trahie par les deux, encore une fois.

Comme si la première trahison n'avait pas été assez doulou-reuse ! Pendant des années il s'était réveillé, le bras en travers du lit, cherchant son corps, sa peau… Pour se rendre compte qu'elle n'était pas là et ne le serait jamais plus.

Or elle était là, à portée de main. Bonheur interdit.

Il se tourna vers elle et prit son menton.

— Moi, j'espérais te retrouver.

Il regretta aussitôt cet aveu. Il outrepassait les limites de sa mission. Il devait garder à tout prix ses distances. Ne pas en faire une affaire personnelle.

Ne la touche pas. Mets-la dans l'avion. Rends-la aux siens. Et disparais.

Mais cela faisait si longtemps qu'il ne l'avait pas tenue contre lui. Et plus longtemps encore qu'il ne l'avait pas embrassée. Un moment de faiblesse ne ferait de mal à personne, si ?

A cet instant, elle se hissa sur la pointe des pieds et l'embrassa.

Cessant alors de se raisonner, il la prit dans ses bras et la serra contre lui. Il sentait ses seins contre sa poitrine, et même ses mamelons qui pointaient. Elle avait des seins parfaits. Il s'en souvenait bien. Ils étaient jolis, bien ronds, laiteux, et appelaient le baiser.

Et ses lèvres, rien ne les égalait.

A vingt ans, il flottait au-dessus d'elle comme un parfum d'innocence. Aujourd'hui, elle transpirait le désir.

Encouragé par sa fougue, il passa les bras autour de sa taille et, se penchant sur elle, prit sa bouche. Loin de le repousser, elle gémit. Le même gémissement qu'autrefois. Comme un miaulement. Elle glissa les mains sous sa chemise, et la douce griffure de ses ongles sur sa chair le mit au comble de l'excitation.

Elle aussi était excitée. Bouillante.

Pourquoi n'arrêtait-il pas ? Pourquoi caressait-il ses hanches et se frottait-il contre elle ? Pourquoi la plaquait-il contre le mur pour la faire prisonnière de ses bras ?

Parce qu'il avait envie d'elle.

Une envie plus forte que jamais. Qui risquait de les faire souffrir tous les deux.

Il releva la tête et la regarda. Elle haletait. Ses lèvres étaient rouges, gonflées. Il brûlait de les reprendre. Juste un autre baiser, gourmand, passionné, pour oublier le manque des dix années passées.

Rien qu'un baiser alors qu'il voulait tout.

Déshabille-la. Prends-la.

Non. Elle venait de vivre l'enfer, il ne pouvait pas lui faire ça. Pas lui.

Il inspira profondément et l'embrassa.

— Il ne faut pas, dit-il.

A ces mots, elle se pétrifia. La fièvre qui brillait dans ses yeux retomba.

— Julie…

Vexée, elle s'écarta de lui.

— Je suis désolé. Je regrette. Je n'aurais pas dû.

Il regrettait ? De l'avoir embrassée, sûrement pas. Mais d'avoir été assez bête pour ne pas continuer, ça oui.

Cela dit, avait-il le choix ? Il n'allait tout de même pas lui faire l'amour alors que ses équipiers étaient dans la pièce à côté.

— Je ne sais plus ce que je fais.

Elle s'éloigna et ne se retourna pas.

— Je ne veux pas. Je ne veux pas de…

Elle se tut. Mais Logan avait deviné la suite. C'était de lui qu'elle ne voulait pas.

Le contrecoup. Il comprenait. Il connaissait l'effet dopant de l'adrénaline et la terrible dépression qui s'ensuit quand, peu à peu, son effet se dissipe et laisse le soldat comme vide.

Il se dirigea vers la porte, droit comme un I, en bon soldat qu'il était censé être.

— Tu devrais essayer de dormir encore un peu.

Ils n'étaient pas tirés d'affaire. Tant qu'ils n'auraient pas franchi la frontière des Etats-Unis, tant que la mort planerait au-dessus de leurs têtes, il la suivrait comme son ombre.

C'était son boulot.

Cependant, le sort les forçant à cohabiter, il devait la mettre en garde contre lui.

— Si je t'ai encore dans mes bras comme cela…

Il posa la main sur la poignée de la porte, la serra à la casser et poussa un soupir.

— Si je t'ai encore dans mes bras comme cela…

Il se retourna. Elle le regardait de ses grands yeux étonnés.

— Je ne me conduirai pas en gentleman, cette fois.

Exactement. En gentleman. Il savait ce qu'il voulait dire…

Elle le fixait toujours et son regard ne laissait planer aucun doute…

— Je ne recommencerai pas, ajouta-t-il. La prochaine fois, si tu me tentes, je prends.

On était loin des mots tendres qu'elle avait sûrement envie d'entendre après l'épreuve de sa captivité mais il en resta là. Et sortit.

Pendant qu'il en était encore capable.

Jasper l'attendait dans la pièce voisine. Blond, une petite gueule d'amour qui trompait immanquablement l'ennemi, il sourit en le voyant.

— Je pige maintenant, dit-il de son accent traînant.

En colère, frustré, Logan eut du mal à ne pas l'insulter. Mais Jasper était un ami, un camarade.

— Toi, c'est les blondes aux yeux marron, poursuivit Jasper. Partout où tu passes, t'en dégotes une.

Il avait raison.

— Et je sais pourquoi, à présent…

Un silence. Le temps d'observer Logan, et Jasper conclut :

— Elles ne font pas le poids comparées à l'originale.

Logan le fusilla du regard. Qui parlait de comparer ?

Sans daigner répondre, il s'en alla organiser les tours de garde.

*
* *

Le sénateur Aaron James regarda l'arme qu'il tenait à la main. Il n'avait pas prévu que les choses se terminent comme ça. En tout cas, pas pour lui. Il avait de si grands projets en vue…

De l'argent facile. Une vie idéale. Toujours plus de pouvoir.

Et tout s'écroulait, tout lui filait entre les doigts.

Le téléphone sur son bureau sonna. Sa ligne privée. Serrant les dents, il décrocha.

— Oui, J… James.

Il détestait le tremblement de sa voix. Il n'était pas censé avoir peur. D'habitude, il faisait trembler les autres.

Enfin, autrefois.

Jusqu'à ce qu'il rencontre Diego Guerrero. Il avait alors appris le sens du mot peur.

— Elle est morte.

La voix était froide et basse, le ton un brin sarcastique. Sans accent.

Diego.

Aaron posa l'arme près du téléphone et s'agrippa au récepteur.

— Juliana n'avait rien à voir avec ça.

— Peut-être, mais vous l'avez impliquée.

— Elle n'est pas morte.

Il avait eu l'information. Elle avait été exfiltrée. Il paierait le prix fort pour ce sauvetage.

Sa vie.

— Vous croyez que cela m'arrêtera ?

Eclat de rire.

— Je vais continuer à la traquer. J'obtiendrai ce que je veux.

Diego et ses hommes n'arrêtaient jamais. Jamais. Ils étaient même allés jusqu'à mettre le feu à tout un village pour adresser un message à leurs rivaux.

Et je pensais pouvoir le contrôler…

Les mains moites, Aaron répondit :

— J'ai négocié pour vous. Les armes ont été livrées. On est quittes.

Nouvel éclat de rire.

— Non. On sera quittes quand j'aurai la preuve que vous avez planquée. La pièce à conviction, vous savez.

Aaron crut que son cœur s'arrêtait.

— Vous croyez peut-être que je suis pas au courant de ce qui s'est passé ? Les agents que vous avez envoyés la récupérer… Vous avez passé une alliance, avouez-le, James.

— C'est ma fille.

Il ne pouvait pas la laisser mourir. Jadis, petite fille, elle accourait vers lui et se jetait dans ses bras en riant. « Je t'aime, mon papa chéri. » C'était il y a longtemps. Depuis, il avait détruit leur complicité. Tout rejeté, mais…

— Je veux la preuve.

Il s'était efforcé d'être prudent. Avait écrit les noms, les dates de tous les marchés conclus. Tout noté, tout enregistré. Il avait même créé son propre réseau internet.

Mais il savait maintenant qu'il ne serait jamais plus en sécurité. Que Guerrero serait une menace permanente.

— Je l'aurai, cette preuve.

Promesse mortelle de son interlocuteur.

— Je vous aurai, et votre fille, je la tuerai.

Silence sur la ligne. Clic. Il avait raccroché.

Aaron essaya de s'humecter la gorge en avalant sa salive. Une fois, deux fois, trois fois. Avec Guerrero, tout s'était très bien passé jusqu'à ce que…

Je devienne trop gourmand.

Il avait détourné un peu d'argent. Pas grand-chose. Juste vingt millions de dollars. C'était tellement facile. On en détourne un peu à chaque négociation, et voilà ! Aaron considérait d'ailleurs que c'était une sorte de rétribution pour… service rendu. En l'occurrence, trouver des clients qui voulaient des armes. Jouer les intermédiaires valait bien un petit bonus, non ? En tout cas, lui l'avait pensé. Mais Guerrero avait découvert le pot aux roses et réclamé son argent. Quand il avait commencé à se montrer pressant, Aaron avait menacé de se servir de la preuve qu'il détenait contre le trafiquant d'armes.

Ça avait été son erreur. Il prenait à présent conscience de l'étendue de sa folie. Il ne fallait pas en conter à El Diablo. Personne n'avait jamais mis le diable à genoux.

Loin de plier, Guerrero avait enlevé Juliana.

Aaron ferma les yeux. Sa fille était saine et sauve actuellement, mais pour combien de temps ?

Ce cauchemar allait mal finir. La presse aurait vite fait de découvrir sa malhonnêteté. Et tout ce qu'il avait construit… s'écroulerait.

« Je la tuerai. »

Juliana était son remords. Il l'avait entraînée dans cette guerre à son insu.

Maintenant, elle aussi allait mourir.

Personne n'échappait à Diego, quoi que prétende Logan Quinn. Quand on avait triché avec le diable, il fallait un jour passer à la caisse.

Il y eut un bourdonnement dans l'appareil. Tremblant, Aaron posa le récepteur et considéra le canon noir de son revolver.

Il ne supportait pas l'idée de tout perdre, de se retrouver au cœur d'un scandale, de faire les gros titres des journaux télévisés. On le mépriserait. Et même si le public ne le condamnait pas et lui restait attaché, Guerrero ne le lâcherait pas.

Il n'y avait pas d'alternative. Pas d'issue. El Diablo allait l'attraper et le torturer. Il le ferait souffrir pendant des heures, des jours.

Non, non et non, ce n'était pas ainsi qu'il voulait quitter la scène.

— Je te demande pardon, Juliana…

Agrippée à son siège, livide, Juliana retint son souffle. Le petit avion venait de se poser et rebondissait pour la troisième fois sur la piste, qu'elle ne voyait même pas. Les hommes et la femme qui l'accompagnaient ne semblaient pas effrayés ou, s'ils l'étaient, ils ne le montraient pas.

Le pilote — la femme qu'elle avait entendu Logan appeler Sydney — était grave. Le groupe n'avait pas dit un mot pendant tout le vol.

L'avion rebondit encore une fois et, grâce au ciel, finit par se stabiliser. Il se mit à ralentir puis freina sur ce qui, à son avis, ne devait pas être une vraie piste, car ils étaient très secoués.

Ils avaient décollé du Mexique d'une espèce de route en terre battue et venaient sans doute de se poser au milieu de nulle part.

— Nous revoilà en Amérique, murmura Logan assis à côté d'elle, avec un sourire ambigu.

Satisfaction, soulagement ou tristesse, elle n'aurait su le dire. Elle essuya ses mains sur son jean.

— Cela veut dire que je suis vraiment en sécurité maintenant ?

Il se pencha sur elle pour défaire sa ceinture, qu'il l'avait aidée à boucler au départ.

— Cela veut dire que tu vas pouvoir reprendre une vie normale.

Elle frôla son visage alors qu'il se relevait. Autrefois, il avait les cheveux longs et bouclés ; il les avait coupés ras. C'était dommage.

Ceux qui disaient qu'une fille n'oublie jamais son premier amour avaient terriblement raison, pensa-t-elle.

Avec les années, Logan s'était endurci. Il avait une cicatrice sous le menton, souvenir d'un coup de couteau, sans doute, et de petites rides au coin des yeux. Des yeux… personne n'avait des yeux d'un bleu pareil.

Que lui.

Ses lèvres n'étaient qu'à quelques centimètres des siennes. Les avait-elle vraiment embrassées tout à l'heure ? Oui, et ce baiser lui avait fait chaud partout. Bref mais ardent, il avait chassé l'impression de froid qui lui glaçait les os.

John était mort. Elle l'avait abandonné et il était mort. Elle avait failli mourir, elle aussi. Mon Dieu, comme elle avait eu peur… Etait-ce un péché de vouloir rester en vie ? Ne serait-ce que quelques instants ?

Puis Logan s'était éloigné d'elle.

Encore.

Apparemment, il regrettait. Même histoire. Même refrain. Logan Quinn n'avait que faire d'elle.

Il valait mieux qu'elle l'oublie. Elle avait envie de passion, pas seulement de lui.

Pas. Seulement. De lui.

Ils débarquèrent du petit avion. Le dénommé Gunner descendit le premier, arme au poing, prêt à tirer. Logan resta près d'elle. Garde du corps géant qui avançait au même pas qu'elle.

Deux SUV noirs les attendaient. Logan l'emmena vers le premier. Grimpa à bord et claqua la portière derrière lui. Gunner monta à son tour et le SUV démarra. Le chauffeur passa un téléphone mobile à Logan.

— Nouvelle mission ratée, Alpha One.

Elle tourna les yeux vers lui. Il la regardait. Cette sensation de brûlure, était-ce normal ?

Il avait déjà le mobile à l'oreille. Qui pouvait-il appeler si vite ?

— Alpha One, dit-il. Paquet livré à bon port.

S'entendre qualifiée de paquet, c'était charmant !

Elle regarda dehors. Le paysage défilait à toute allure. Des kilomètres de petites routes poussiéreuses, bordées ici et là de touffes d'herbes sèches, de broussailles.

— Oui, monsieur ?

Elle ignorait qui se trouvait à l'autre bout de la ligne mais le ton de Logan était sec, quoique déférent.

— Oui, monsieur. Je comprends.

Fin de la conversation.

— Juliana…

Il lui prit la main. Tiens, il la touchait, maintenant ?

— Je suis désolé, dit-il.

Cette fois, il semblait réellement désolé.

Etonnée, elle le dévisagea.

— De quoi ?

Ses traits tirés, ses yeux bleus ennuyés n'étaient pas de bon augure. Avant même qu'il parle, elle sut que la nouvelle allait être très mauvaise.

— Le sénateur James est décédé.

3

Aucun coup ne lui serait épargné. Moulée dans un ensemble noir qui l'affinait encore, Juliana se baissa pour déposer une rose rouge sur le cercueil de son père. Légèrement en arrière, Logan l'observait. Elle était digne dans son chagrin. Et belle.

Personne n'avait été autorisé à voir la dépouille. Mieux valait ne pas soutenir le spectacle du visage d'un homme qui s'était tiré une balle dans la tête.

Logan n'avait pas quitté Juliana pendant ces quatre derniers jours. Il voulait être sûr que son retour à Jackson, Mississippi, se passe sans nouveau problème. Une fois sur place, il avait réservé plusieurs chambres dans un hôtel et insisté pour qu'elle reste avec lui et son équipe. Au début, elle avait renâclé, puis elle s'était résignée. Il savait — son instinct le trompait rarement — qu'il ne devait pas la perdre une seule seconde de vue.

Il s'était attendu à ce qu'elle pleure à l'annonce du décès de son père. Après tout ce qu'elle venait d'endurer, il aurait compris qu'elle verse quelques larmes. Elle n'en avait pas versé une seule.

L'assistance commença à défiler devant elle. Une personne après l'autre. Baiser. Etreinte. Condoléances. Tapes dans le dos.

Courage, Juliana…

Dissimulé sous les branches basses d'un magnolia, Logan humait le parfum de ses fleurs, un parfum sucré et capiteux qui lui évoquait immanquablement Juliana. Leur premier baiser, ils l'avaient échangé sous un magnolia. Il pleuvait.

Elle avait tremblé contre lui.

— Tu sais ce qu'on a à faire, dit Gunner, debout à son côté.

Logan lui jeta un coup d'œil. Gunner regardait Juliana lui aussi. Il semblait tendu. Gunner était du genre tranquille, un faux tranquille. Né d'un père espagnol et d'une mère indienne, il avait la peau mordorée, les yeux noirs, et l'instinct du chasseur. Elevé dans une réserve, il avait, très tôt, été entraîné à chasser. Son grand-père lui avait appris à traquer sa proie sans lui laisser la moindre chance. Aussi redoutable qu'il soit, Gunner était l'une des rares personnes sur terre que Logan qualifiait d'ami. C'était aussi le tireur d'élite le plus exceptionnel qu'il ait jamais croisé.

— Je sais, ce n'est pas que ça me plaise, rétorqua Logan en soupirant.

Mais les ordres étaient venus d'en haut. De tout en haut. Ces ordres-là ne se discutaient pas.

Maintenant que le sénateur était sorti du tableau, Juliana était leur atout pour faire tomber Guerrero.

Elle leur avait fourni le portrait-robot des sbires de Guerrero et de celui qu'elle appelait John. Des portraits d'une précision rare : son regard d'artiste avait tout noté, jusqu'à la position, pour certains, de leurs grains de beauté. Son sens de l'observation faisait d'elle un témoin hors pair.

Un témoin que Guerrero aurait soin de ne jamais laisser s'échapper.

C'est le croquis de John Gonzales qui intéressait le plus Logan et ses hommes. Un pauvre innocent comme elle, avait déclaré Juliana. Un autre otage enlevé et torturé.

Si ce n'est qu'aucune personne du nom de John Gonzales n'était portée disparue. Il n'était nulle part dans les fichiers du FBI et de la CIA. Pour eux, John Gonzales n'existait pas.

— Tu crois que Guerrero va encore s'attaquer à elle ? demanda Gunner en balayant l'assistance du regard.

Ils n'étaient pas venus là pour rendre un dernier hommage au sénateur. Aucun d'eux n'avait la moindre estime pour ce Aaron James, qui s'était totalement déconsidéré à leurs yeux. Ils étaient là en mission de surveillance.

Et le boulot n'était pas terminé. Loin de là.

— Le boss le pense.

Lui aussi le pensait. Son instinct le lui disait.

Il fallait tout de même qu'elle soit présente aujourd'hui. On enterrait son père. Hélas, il n'emportait pas ses démons avec lui dans sa tombe.

La foule se mit à se disperser. C'étaient des funérailles solennelles, avec des officiels, hommes politiques et autres, qui s'arrangeaient pour se trouver dans l'axe des objectifs, histoire de soigner leurs relations publiques. De nombreux policiers en civil émaillaient la foule. Logan reconnut même des agents des services secrets.

Deux hommes et une femme en particulier attiraient son attention. Vêtus de noir des pieds à la tête, ils collaient Juliana. Protection rapprochée. Ils étaient tellement voyants qu'ils en étaient comiques. Mais les services secrets étaient comme ça parfois. Ils aimaient être vus.

— Tu te sens prêt à faire ce que tu dois faire ?

Logan ne cilla pas. Il savait ce que Gunner voulait savoir : s'il serait capable de regarder Juliana dans les yeux et de lui mentir. Effrontément. C'était ce qu'on lui demandait. Compte tenu de leur histoire passée, le patron avait vu en lui le candidat idéal pour l'approcher de très près et la protéger. Quitte à laisser croire qu'ils redevenaient amants.

— Oui. Je ferai ce qu'il faut.

Ce serait une nouvelle trahison. Mais il ne confierait cette mission à personne d'autre. Manque de confiance.

Même pas à Gunner.

Surtout pas à Gunner.

Le candidat désigné avait pour mission de rester avec elle jour et nuit.

Ce serait lui et seulement lui.

Il se dirigea vers elle. Avec les lunettes fumées qu'il avait sur le nez, personne ne verrait qu'il n'avait pas la mine attristée de circonstance. Parfait. Il n'était pas d'humeur à faire semblant...

Une longue limousine noire attendait Juliana. Portière ouverte. La jeune femme lui avait déjà tourné le dos et marchait vers la voiture. Mais il ne la quittait pas des yeux.

Soudain, une femme qu'il reconnut tout de suite comme étant l'une des assistantes du sénateur s'approcha d'elle. La femme, en grand deuil, chignon blond à la Grace Kelly, serra Juliana dans ses bras. L'équipe l'avait longuement questionnée sur les activités de James.

— Mme Walker, saviez-vous que le sénateur Aaron James avait des liens avec…

En larmes, Susan Walker avait tout réfuté, nié en bloc. Elle semblait ignorer totalement les agissements peu avouables de son employeur.

— Je ne peux pas croire qu'il soit mort, avait-elle répondu, la voix brisée. C'est impossible. Nous avions tellement de projets…

Un grand brun rejoignit les deux femmes et posa la main sur l'épaule de Susan. Logan le connaissait, évidemment. Lunettes noires finement cerclées de métal, Ben McLintock était un autre assistant du sénateur. Lui aussi avait été interrogé. Il n'avait jamais craqué mais Logan et ses hommes l'avaient senti nerveux.

McLintock jeta un coup d'œil par-dessus son épaule et, apercevant Logan, détourna la tête. Trop vite. La Division des opérations spéciales l'avait dans sa ligne de mire. Dès qu'ils auraient récolté des renseignements sur lui, quelque chose qui prouverait ses liens avec les activités illégales du défunt, ils ne manqueraient pas de s'en servir.

Ce jour-là, il faudra qu'on parle, M. McLintock.

Et ce jour-là, Logan ne se montrerait pas aussi conciliant.

— Juliana a besoin de rentrer chez elle se reposer, dit Ben à Susan. Vous aurez tout le temps de parler là-bas.

— Oui, oui, tu as raison.

Tremblante, toute menue dans ses habits de deuil, Susan regarda une dernière fois le cercueil.

— C'est un cauchemar, dit-elle.

Ben lui prit la main mais il avait les yeux sur Juliana.

— Je suis infiniment triste pour vous, dit-il.

Juliana était très pâle.

— Je n'avais jamais… jamais… imaginé que ça se termine-rait ainsi.

Le sénateur les avait tous surpris. Logan s'interrogeait d'ailleurs sur les vrais motifs de son suicide. Avait-il pensé que Guerrero ferait machine arrière et ne s'en prendrait pas à Juliana ?

— Toutes mes condoléances, ajouta Ben en se penchant sur Juliana pour l'embrasser.

Logan serra les poings. Ce tripoteur pouvait faire ce qu'il voulait avec Susan Walker mais, avec Juliana, c'était *pas touche*. Il allait vite le comprendre.

— J'ai besoin d'air, souffla Susan en titubant.

Un flot de larmes se mit à couler sur ses joues.

— Excusez-moi, mais… je ne peux pas le laisser…

Elle tremblait, sanglotait. Ben la prit par le bras et l'emmena.

— Je m'occupe d'elle, dit-il, ajoutant à l'intention de Juliana : On se retrouve à la maison.

Il regarda alors Logan, qui lui adressa un sourire mi-figue mi-raisin.

— Ne vous inquiétez pas. Je suis là. Je veillerai à ce qu'elle arrive chez elle sans problème.

Les voitures commençaient à partir. Logan n'avait pas encore croisé le regard de Juliana, qui semblait faire exprès de l'éviter. Il avait envie de la serrer dans ses bras et de la réconforter — or, de toute évidence, elle préférait garder ses distances.

L'ennui c'est qu'il n'avait jamais pu, lui, garder ses distances.

Susan et Ben s'éloignaient lentement. Logan les vit s'arrêter sous un gros chêne. La tête dans les épaules, Susan pleurait.

— Je ne peux pas, dit Juliana tout bas. Tout le monde me regarde et s'attend à ce que je pleure, mais je ne peux pas.

Elle posa enfin sur lui ses yeux noirs, troublants à damner un saint, et murmura :

— Je ne suis peut-être pas normale ?

— Mais si !

Il se moquait de ce que les autres pouvaient penser. Les cameramen n'étaient là que pour filmer le chagrin de la fille du mort ; le clip passerait ensuite en boucle sur les chaînes de télévision. Quant aux soi-disant amis du sénateur… Logan savait distinguer les vraies larmes des larmes de crocodile. Mieux valait éviter de pleurer que jouer la comédie.

Juliana se mordit la lèvre. Elle paraissait sur le point de craquer.

— Viens, lui dit Logan, ému, en lui prenant la main.

Elle leva les yeux vers lui. De fines gouttes tombaient à

présent. Se rappelait-elle la dernière fois qu'ils s'étaient retrouvés ensemble sous la pluie ?

Il faut oublier, s'admonesta-t-il.

Mais le parfum du magnolia, exalté par l'humidité, venait lui titiller les narines.

Il y a des choses comme ça qui ne s'oubliaient jamais.

Logan ôta sa veste et la mit sur la tête de Juliana.

— Je te demande de venir avec moi.

Elle ne bougea pas.

— Que fais-tu ici ? s'enquit-elle. Si tu crois que je ne t'ai pas vu sous l'arbre ! Tu m'observais. Tu n'es pas censé être ici. Tu devrais être reparti pour Washington ou la Virginie… ou je ne sais où. Là où tu habites.

Pour l'instant il était là, avec elle, et c'était là qu'il voulait être.

La pluie redoubla tout d'un coup.

— Mademoiselle James ? appela le chauffeur de la limousine.

C'était un homme d'un certain âge aux cheveux grisonnants. Son costume déjà trempé ne semblait pas le gêner. Il fixait Juliana, l'air sincèrement inquiet. Rien à voir avec le masque de tristesse que la plupart de ceux qui assistaient aux funérailles avaient plaqué sur leur visage.

— Elle ne rentrera pas en limousine, lança Logan.

Puis, se penchant vers elle :

— Il faut qu'on parle.

Elle fit oui de la tête. Des gouttes d'eau tombèrent de ses cils. De la pluie ou des larmes ?

— Charles, merci, dit-elle au chauffeur. Je vais rentrer avec M. Quinn.

— Vous êtes sûre ?

Il avait regardé Logan qui, apparemment, ne lui inspirait pas confiance.

— Oui, répondit Juliana.

Elle s'éclaircit la voix.

— Merci pour tout ce que vous avez fait aujourd'hui, Charles… Je veux simplement…

Elle s'interrompit, puis, avec un sourire tremblant :

— Vous avez toujours été tellement gentil avec moi.

— Vous aussi, mademoiselle James. Vous avez toujours été bonne pour moi.

Il salua d'un signe de tête et ferma la portière.

— Occupez-vous bien d'elle, dit-il à Logan.

J'en ai bien l'intention, pensa Logan.

Il prit la main de Juliana et l'entraîna vers son véhicule.

— Je ne repars pas tout de suite, dit-il. En fait, je vais rester encore un peu à Jackson.

— Ah ? Et pourquoi ?

La pluie tombant de plus en plus dru, ils pressèrent le pas. Sa fourgonnette n'était plus qu'à quelques dizaines de mètres et il n'y avait pas trace de Gunner.

— Parce que je veux être avec toi.

Elle écarquilla les yeux.

— Mais... Oh ! Qu'est-ce que...

C'était la limousine qui démarrait. Elle allait partir et ils pourraient alors...

Une détonation suivie d'une explosion fit sursauter Logan violemment. La chaleur du feu lui brûla les bras. Il empoigna Juliana et courut se mettre à l'abri sous le magnolia où il se dissimulait quelques minutes plus tôt.

Bon Dieu ! Qui était le salaud qui...

— Juliana ! cria-t-il sous le coup de la peur.

Elle se serra contre lui. Son front saignait et elle regardait, horrifiée, la carcasse fumante de la limousine.

— Le chauffeur, murmura-t-elle. C'est horrible !

Hélas, ils ne pouvaient plus rien pour lui. La prenant dans ses bras, il courut vers sa fourgonnette. Ce n'était pas le moment de traîner ici.

— Vite !

Gunner était là. Il avait tout vu, et déjà il avait demandé du renfort et appelé l'ambulance. Des blessés gisaient à même le sol. Certains brûlés, d'autres très mal en point. Les policiers qui avaient assisté à l'enterrement couraient partout, tâchant de comprendre ce qui se passait.

C'était le chaos. Voilà ce qui se passait.

Logan courait aussi. Il n'avait pour l'heure qu'une priorité,

Juliana. Il laissait aux autres le soin de s'occuper des blessés. Il fallait à tout prix l'éloigner d'ici.

— Pose-moi à terre, Logan. Il faut leur porter secours, à tous ces gens. Tu m'entends, arrête !

Elle se débattit mais il ne céda pas. Il ouvrit la portière du passager et la poussa dans l'habitacle.

— Je dois y aller ! protesta-t-elle.

— Tu restes là.

C'était un ordre. Et il ne plaisantait pas. Il avait failli la voir mourir sous ses yeux. S'en rendait-elle compte ou pas ?

— A ton avis, cette bombe était destinée à qui ? Au chauffeur… ou à toi ?

Elle pâlit un peu plus encore.

— Mais… tous ces gens… ces blessés…

Elle avait toujours été une tendre, tournée vers les autres, pleine de sollicitude et d'empathie. Une faiblesse qui risquait un jour de lui coûter la vie.

Mais ce ne serait pas aujourd'hui.

— Ne bouge pas de là.

Il claqua la portière, fit en courant le tour du véhicule et démarra.

La limousine avait, en principe, été inspectée. Toute voiture qu'elle risquait d'emprunter était systématiquement fouillée. Quelqu'un n'avait pas fait correctement son boulot et elle avait manqué y laisser la vie.

Comme le chauffeur.

— C'était un accident, n'est-ce pas ?

Elle essayait de se mentir.

— Je ne pense pas.

Les sirènes hurlaient. Logan regarda dans son rétroviseur. Une colonne de fumée noire s'élevait vers le ciel. Il appuya à fond sur l'accélérateur et le moteur rugit.

Il serra son volant à s'en faire mal aux mains. Une faute avait été commise. Une grosse faute.

— Mais… il n'y a plus de danger maintenant ?

Elle semblait perdue.

— Non, en principe.

Du coin de l'œil, il la vit serrer ses mains entre ses cuisses.

Alors, d'une voix ténue — un filet de voix —, elle lui rappela une promesse.

— Tu avais dit que… Tu m'avais dit qu'une fois rentrée aux Etats-Unis, je ne risquerais plus rien.

— Je me suis trompé.

Logan conduisit Juliana dans un hôtel modeste des environs de Jackson. Elle n'avait plus dit un mot de toute la route. Elle ne pouvait pas. Chaque fois qu'elle ouvrait la bouche, un goût de cendres la réduisait au silence.

Elle était triste pour Charles. Il travaillait pour son père depuis vingt ans. Mourir comme ça…

Elle déglutit. Toujours ce goût de cendres.

Le pick-up freina. Ils descendirent. Elle suivit Logan comme un robot. Ses pas étaient lents, lourds. Il déposa une liasse de dollars sur le comptoir de la réception et lança d'un ton menaçant au préposé, un jeune :

— Tu oublies que tu nous a vus, d'accord ?

Ils marchèrent jusqu'à la dernière chambre, à l'extrémité du parking.

Le ventilateur à pales se mit à tourner dès qu'il actionna l'interrupteur. Juliana regarda autour d'elle. Un seul lit. Défoncé. Une table lardée de coups de couteau. Une chaise branlante. Et, partout, des panneaux. « Location à l'heure. »

— Tu saignes, dit-il regardant son front.

— J'avais oublié. Ce n'est rien. Juste une égratignure.

Sa robe était déchirée au niveau des genoux.

— Tu es trop calme.

Pardon ? Fallait-il qu'elle hurle ? Qu'elle s'effondre ? Ce n'était pas son genre. Elle se demandait juste une chose : *et maintenant ?*

Comment allait-elle gérer la suite ?

— C'est le choc, répondit-elle.

Il l'emmena dans la salle de bains, grande comme une boîte d'allumettes.

— Lave-toi, je vais t'aider.

Agacée par son empressement, elle le repoussa.

— Je ne suis pas un bébé, Logan.

Il la regarda de ses yeux bleus perçants. Plus bleus et plus perçants que jamais, ces yeux qui savaient distribuer le chaud et le froid. Pour l'instant, son regard n'était ni chaud ni froid. Plutôt indifférent.

— Je n'ai jamais dit que tu étais un bébé.

— Je suis capable de me laver seule.

Elle inspira profondément, lentement, pour éviter de l'insulter.

— Tu m'agaces à me suivre partout comme si j'étais une mauviette.

— Quelqu'un a tenté de te tuer. Ce serait normal que tu craques.

Elle se retourna.

— Pourquoi toujours faire ce qui est normal ?

Il la dévisagea comme s'il la découvrait. Peut-être était-ce cela, d'ailleurs ?

— Ton père est décédé.

Il commença à élever la voix.

— Ta voiture a explosé. On en a retrouvé des morceaux partout dans le cimetière. Ça ne te suffit pas ?

Ça lui suffisait mais elle ne voulait pas le montrer. Si elle laissait sa carapace se lézarder, ne serait-ce qu'un peu, elle fondrait en pleurs et ne pourrait plus s'arrêter, elle le savait.

— Tu peux me dire pourquoi tu es avec moi en ce moment ?

— Il faut bien que quelqu'un veille sur toi pour que tu restes en vie ! Maintenant, si tu te fiches de rester en vie…

Il lui empoigna les épaules.

— Ça t'est égal ?

Elle leva les yeux. Le fixa sans rien dire. C'était dur d'être là avec lui. Ça faisait mal. Ils avaient été si proches… A telle enseigne qu'elle avait failli s'enfuir avec lui, autrefois.

Avec cette tête de pioche ! Ce crétin !

Elle l'avait attendu à la gare routière… pendant cinq interminables heures.

Et il n'était pas venu. Elle avait alors compris, mais trop tard, qu'il l'avait laissée tomber.

Difficile de lui faire confiance, à présent. D'accord, il l'avait tirée d'affaire au Mexique, et elle lui en était reconnaissante ; mais elle ne comptait plus sur lui à l'avenir. Il ne serait pas toujours à ses côtés et, de toute manière, elle refusait de s'accrocher de nouveau à lui.

— Appelle la police, dit-elle, soudain épuisée.

Elle avait envie de fermer les yeux, de dormir. Etait-ce l'adrénaline qui se dissipait ? Ou simplement ses nerfs qui lâchaient après la tension des jours passés ? Peu importait, le résultat était le même.

— Elle s'occupera de moi.

— Juliana…

Elle lui ferma la porte au nez. Puis, se postant devant le lavabo, elle se regarda dans la glace. Elle était pâle, n'était le sang qui poissait son front. Les yeux cernés. Elle inspira. Ce goût de cendres… cela allait-il durer encore longtemps ?

Elle ferma les yeux. Elle sentait encore la chaleur du feu sur sa peau. Sans Logan, elle aurait été dans cette voiture, et ce sont des petits bouts d'elle qu'on aurait retrouvés disséminés dans le cimetière.

Entendant la douche couler, Logan s'éloigna et appela son directeur.

— C'est quoi, ce bordel ? gronda-t-il dès que ce dernier décrocha. Le site devait être sécurisé !

— C'est qu'il ne l'était pas.

Bref. Cinglant. Bruce Mercer ne se perdait pas en mots et en émotions inutiles.

— Vous allez quitter cet hôtel tout de suite. Le renfort est en route.

Pas sécurisé ? Juliana et lui étaient-ils en danger ?

— Je n'ai pas été suivi, pourtant. Personne ne…

— Il y a une fuite dans les services du sénateur, expliqua brièvement Mercer d'une voix neutre, sans accent.

La voix bien élevée des natifs du New Jersey.

— L'argent peut tout, Quinn, vous devriez le savoir. Et Guerrero en a à ne savoir qu'en faire.

En tout cas, il avait su s'en servir pour tenter d'éliminer une femme.

— Dites-lui qu'avec vous elle ne risquera rien. Faites ce qu'il faut pour qu'elle vous croie.

Ainsi en étaient-ils convenus… mais il y avait eu l'explosion au cimetière.

— On poursuit le plan tel qu'il était prévu ?

Il écrasa presque le téléphone dans sa main.

Sous la douche, Juliana ne pouvait pas l'entendre. Méfiant malgré tout, il s'éloigna davantage.

— Le plan reste le même. Vous connaissez l'importance de cette affaire pour notre division.

— Je ne veux pas la mettre dans la ligne de mire.

Elle avait déjà frôlé la mort, ça n'allait pas recommencer.

— C'est pour cela que vous êtes là, Alpha One. Pour vous interposer entre elle et les balles… ou le feu, comme vous l'avez fait aujourd'hui.

Effectivement, il avait encore des marques de brûlure sur les bras.

— La clé, c'est votre relation avec elle. Vous le savez. Gagnez sa confiance et l'on pourra mettre Guerrero hors d'état de nuire et boucler l'affaire.

Seraient-ils capables de la garder en vie le temps de débusquer Guerrero et de le confondre ?

Il y eut un silence sur la ligne.

— Se rend-elle compte de ce qui se passe ? s'enquit Mercer.

— Elle a compris qu'on cherche à la descendre.

N'importe quel imbécile l'aurait compris et Juliana n'était pas une imbécile.

A l'époque, elle faisait aveuglément confiance. Avait-elle changé aujourd'hui ?

L'idée de la manipuler pour arriver à leurs fins lui était insupportable. Logan soupira.

— Et lui avez-vous dit, pour John ? reprit Mercer.

Dans la salle de bains, l'eau avait cessé de couler. Logan serra les dents.

— Pas encore.

— Qu'est-ce que vous attendez ? Plus vite elle comprendra que vous êtes son unique chance de rester en vie, plus vite elle coopérera.

Mercer n'était pas très honnête. Son objectif n'était pas que Juliana vive mais de se servir d'elle pour mener son opération à terme. Nuance.

— On vient nous chercher dans combien de temps ?

— Dix minutes.

Plus un mot. Mercer avait raccroché.

Dix minutes. Cela ne lui laissait pas le temps de la convaincre qu'il était le seul sur terre à espérer sincèrement qu'elle vive.

Juliana sortait de la douche quand son mobile sonna. Elle s'était débarbouillée et débarrassée du goût de cendres mais l'eau glacée n'avait pas apaisé ses bobos. Elle avait pleuré sous la douche, tremblé de tous ses membres en évacuant le chagrin, le stress, tous ses maux. Mais elle s'était ressaisie. Une James ne pouvait pas s'effondrer comme une lavette.

Comme son téléphone n'arrêtait pas de sonner, elle le prit dans la poche de la robe qu'elle avait quittée quelques instants plus tôt.

Ben McLintock. L'assistant de son père. Pour qu'il insiste pareillement, il devait y avoir urgence.

— Oui, Ben. Non… Je vais très bien, je vous jure.

La porte de la salle de bains s'ouvrit et une tornade s'immobilisa sur le seuil. Logan.

— Raccroche !

— Juliana ! cria la voix dans l'appareil. Où êtes-vous ? Je vous ai cherchée partout après l'explosion mais vous aviez disparu. Vous n'imaginez pas combien j'ai eu peur ! J'ai cru que vous étiez dans la voiture.

Effectivement, il s'en était fallu de peu.

— Et puis un policier m'a dit vous avoir vue monter dans un pick-up. Il paraît que c'était un attentat à la bombe. Que la voiture était piégée et que…

— Je suis dans un motel, Ben. Je…

Logan lui arracha le mobile des mains, mettant fin à la conversation.

— Localisation par GPS, dit-il, furieux. Avec ton téléphone, ils te suivent à la trace.

Il était très énervé et un petit muscle, en se contractant, creusait une fossette au milieu de sa joue.

— Voyons, réfléchis !

Il la regarda. Aïe aïe aïe… Elle avait noué sur sa poitrine un petit bout de serviette qui lui couvrait à peine le haut des cuisses. Il l'avait déjà vue en plus petite tenue que ça, mais c'était autrefois…

Elle attrapa sa robe et la mit devant elle. Elle serait plus décente ainsi.

— Personne ne me suit à la trace, O.K., Rambo ? C'était Ben. Il était inquiet et voulait s'assurer que…

— Guerrero a un homme à lui dans le service de ton père. Une taupe, si tu préfères. Quelqu'un qui est prêt à t'échanger contre un gros paquet de dollars. C'est assez clair, ou tu veux un dessin ?

Il avait l'œil brillant, fiévreux, braqué sur…

— Tu lèves les yeux ! dit-elle, les joues en feu. Tout de suite ! Comme perdu dans un rêve, il ne bougea pas.

— J'ai dit « Tout de suite » !

Il y avait trop de feu dans ces yeux-là, trop de désir — et, pour l'heure, elle ne se sentait pas d'humeur coquine.

— Je ne plaisante pas, Juliana. Il est plus que temps qu'on quitte les lieux.

Localisée par GPS. Evidemment, c'était possible, mais…

— Pourquoi ? Pourquoi ne me laisse-t-on pas tranquille ?

Son père était mort. Cela ne suffisait pas à Guerrero ?

Logan ne dit rien.

— Tourne-toi, dit-elle durement.

Il se tourna avec lenteur. Mon Dieu, qu'il était large d'épaules ! Les années passant, il s'était développé pour devenir un superbe athlète.

Elle laissa tomber robe et serviette et passa ses dessous,

soutien-gorge et culotte noirs, aussi vite qu'elle put. Elle regarda son dos et…

Oh là, mais il l'avait regardée dans la glace ! Elle avait tout juste le temps de croiser son regard dans le miroir.

— Ça y est ? demanda-t-il d'un ton qui se voulait las.

Enfin, presque… Vite, elle passa sa robe, les mains tremblantes, et remonta sa fermeture Eclair.

— Ça y est, dit-elle.

Il se retourna.

— Je ne comprends pas, enchaîna-t-elle. Mon père est mort, pourquoi voudraient-ils m'enterrer moi aussi ?

— Parce que tu es un témoin gênant.

Certes, elle avait vu le visage de certains hommes au Mexique, mais…

— Savais-tu qu'aucun témoin n'a jamais été capable de reconnaître Diego Guerrero de façon formelle ? C'est un fantôme, ce type. Les gouvernements américain et mexicain savent le mal qu'il sème partout mais personne n'a jamais été fichu de le coincer.

Elle passa ses escarpins. Inutiles si elle devait courir mais, pieds nus, elle se sentait très vulnérable.

— Mais moi non plus, je ne l'ai pas vu. Le big boss ne s'est jamais montré tout le temps de ma détention.

Il laissait à ses sbires le soin des tortures.

La mine sévère, Logan la regarda.

— Si, tu l'as vu.

Elle avait du mal à le croire.

— A ce qu'on sait, il a passé plus de temps avec toi qu'il n'en a jamais passé avec personne. Tu as vu son visage. Tu lui as parlé.

— Mais non. Je n'ai…

— John Gonzales… l'autre otage… c'est un des pseudos de Guerrero.

Elle en resta bouche bée. « Je m'appelle John… John Gonzales. » Elle se rappelait sa voix dans l'obscurité. « Qui es-tu ? »

— Il n'a pas eu besoin de te torturer pour t'extorquer des renseignements, Juliana. Il t'a amenée à te confier à lui, c'est bien plus malin.

Ils avaient parlé pendant des heures.

Affolée, son cœur se mit à battre à la volée.

— Ce n'est pas à un autre otage que tu parlais dans ce trou à rats, mais au plus important trafiquant d'armes du Mexique. Ses ennemis l'appellent El Diablo parce qu'il ne laisse jamais en vie quelqu'un capable de l'identifier.

Ses bras se couvrirent de chair de poule.

— Le type que tu voulais à tout prix qu'on sauve, c'était lui. Diego Guerrero.

Un coup à la porte les fit bondir.

— Logan…

— Tu dois me croire, poursuivit-il. Quoi qu'il arrive, tu dois rester avec moi, c'est compris ? Guerrero utilisera toutes les ruses pour te mettre la main dessus.

Nouveau coup. Encore plus fort. Il n'y avait qu'une issue, la porte, à moins de se glisser dans le minivantail de la salle de bains. Il faudrait se faire mince.

— Avec moi tu ne risqueras rien, lui affirma-t-il. Garder les gens en vie, c'est mon métier.

Son père lui avait dit que c'était un assassin. Que pendant des années son métier avait consisté à tuer.

Pourtant, il l'avait sauvée deux fois déjà.

— Police ! cria une voix à l'extérieur. Mademoiselle James, sortez. Nous sommes là pour vous aider.

Logan plissa le front, un rire jaune sur les lèvres.

— Ce n'est pas la police. Quand on ouvrira la porte, on croira avoir affaire à la police, mais…

— C'est un cauchemar, gémit-elle tout bas. Un cauchemar…

— Mais ce ne seront pas des policiers. Soit ils te tuent d'entrée de jeu, soit ils te livrent à Guerrero.

Il parlait bas mais d'une voix ferme.

— Je suis ton meilleur allié. Déteste-moi si tu veux, mais…

Non, elle ne le détestait pas. Elle ne l'avait jamais détesté. Seulement, un de leurs problèmes…

— … tu ignores ce qui t'attend de l'autre côté de la porte…

Des policiers ? Des tueurs ?

— … je te protégerai, je te le promets.

— On va entrer, s'énerva la voix. On va entrer.

Il y eut un coup de feu. Juliana plongea au sol, sans crier.

Logan se précipita vers la fenêtre, brisa la vitre et posa le canon de son arme sur le rebord, prêt à tirer. Et…

Il sourit.

A plat ventre sur le plancher, Juliana n'y comprenait plus rien. Il souriait ? Elle qui s'attendait à ce qu'il fasse feu…

Elle entendit alors des pneus grincer sur le macadam. Une voiture s'enfuyait pleins gaz. Logan alla à la porte et ouvrit. Gunner se dressait sur le seuil.

Juliana se releva.

— Les policiers ?

— Ces abrutis à la gâchette facile n'étaient pas des policiers, lança Gunner. Quelques coups de feu et ils ont détalé comme un pet sur une tringle.

L'expression la fit rire. Elle se rapprocha de Logan.

— Après ces coups de feu, je pense que les vrais flics vont rappliquer, maintenant.

Gunner posa les yeux sur elle. Elle ne les avait jamais vus aussi noirs.

— Votre tête est mise à prix. Une très grosse somme d'argent sur une jolie petite tête. Alors, si vous ne tenez pas à être la prochaine qu'on conduit au cimetière…

— Non, merci.

Logan lui prit la main.

— Dans ce cas, viens avec moi.

Ils longèrent le motel dont les murs portaient les impacts des balles et se dirigèrent vers le 4x4 qui ronronnait.

Lui faire confiance. Ce ne serait sans doute pas de gaieté de cœur mais elle n'avait pas d'autre choix.

Diego Guerrero regardait la télévision. La petite journaliste, aussi mignonne qu'excitée, y allait de son commentaire tandis que la caméra balayait les débris jonchant les tombes.

De la fumée montait toujours vers le ciel.

— La police ne communique pas pour l'instant, mais nous

apprenons d'une source proche de l'affaire que la limousine qui a explosé était celle que la fille du sénateur James devait emprunter. Juliana James assistait aux obsèques de son père qui a mis fin à ses jours…

Jusqu'au bout, le père de Juliana avait été un lâche.

— … quand l'incident a perturbé la cérémonie.

Faux. L'explosion s'était produite *après* l'enterrement de ce vieux saligaud. Ses sources étaient meilleures que celles de la reporter.

— Un homme a perdu la vie dans l'explosion…

Il y avait toujours des dommages collatéraux.

— … et on déplore quatre blessés. Juliana James a quitté les lieux et se trouve actuellement dans un endroit tenu secret.

Il plissa les yeux. La journaliste poursuivait, inlassable, bien que n'ayant aucun élément *nouveau* à apporter. Après un petit moment, il éteignit le poste et se tourna vers celui de ses hommes qui se trouvait directement sous ses ordres.

Stressé, Luis Sanchez avala sa salive, ce qui fit ressortir la cicatrice qui barrait son cou. Il transpirait déjà.

— Je n'ai pas été assez clair ? dit Diego d'une voix douce.

— Si, répondit Luis de sa voix éraillée.

— Donc, puisque je t'avais dit que je voulais que tu me ramènes Juliana James vivante ce soir…

Il haussa les épaules, ce qui, chez lui, était mauvais signe. Luis retint son souffle.

— … pourquoi a-t-elle failli mourir ?

Luis Sanchez changea de pied.

— J'ai entendu dire… On dit en ville que quelqu'un d'autre a mis sa tête à prix. Il y a beaucoup de blé offert à qui lui réglera son compte.

Voilà qui lui donnait un peu de répit.

— Qui ?

— Je ne sais pas, mais je le saurai. Je vais…

— T'as intérêt. Sinon, tu vois ce qui va t'arriver.

Diego ne lançait jamais de menaces en l'air. Depuis cinq ans qu'ils se pratiquaient, Luis l'avait compris. Il avait vu de quelle manière le patron tenait ses *promesses*, que ce soit envers ses amis ou ses ennemis.

— Fais courir le bruit que personne ne doit toucher à Juliana James.

Lui seul avait le droit de le faire. Il avait des choses à voir avec elle. Il avait donc besoin qu'elle vive encore un peu.

— Et quand tu auras trouvé qui a mis sa tête à prix…

Il se pencha en avant et dit d'un ton mielleux :

— … fais-lui la peau, et qu'il en bave.

Personne n'interférait jamais avec ses plans. Personne.

4

Ce n'était pas exactement ce à quoi elle s'attendait. Quand Logan lui avait dit qu'il l'emmenait voir son équipe pour un briefing, elle s'était imaginé qu'ils iraient dans un bâtiment officiel.

Pas dans un « cagibi », comme elle disait, petite.

Vu de dehors, le bâtiment semblait même abandonné. Logan l'avait précédée à l'intérieur, d'un pas décidé. Pas de doute, il savait où il allait. Ils étaient à présent dans un ascenseur exigu qui montait les étages en grinçant, et qui semblait sur le point de rendre l'âme d'une seconde à l'autre.

Les nerfs à fleur de peau, elle inspira plusieurs fois de suite pour se calmer. Tout à l'heure, elle avait pleuré sous la douche ; elle n'avait pas pu refouler ses larmes, et il lui avait été difficile d'en arrêter le flot. Elle n'allait certainement pas recommencer. De quoi aurait-elle l'air ? D'une fille faible, fragile, vulnérable. Ah non, elle ne voulait pas de ça !

L'ascenseur s'immobilisa brusquement, la projetant contre Logan qui la retint dans ses bras.

— Je t'ai rattrapée, dit-il d'un ton narquois, tu es à moi maintenant.

Hélas, il plaisantait. C'était bien le problème.

Elle s'écarta de lui et vit un muscle se crisper dans sa joue.

— Ça va, tu peux me lâcher.

Les portes s'ouvrirent très, très lentement.

— Pas très high-tech pour un corps d'élite, ironisa-t-elle.

En venant, il lui avait fourni de vagues explications sur les agents de l'ombre : membres triés sur le volet, missions classées secret défense et extrêmement dangereuses, etc. Elle ne s'en était pas contentée. Comme elle insistait, il lui avait servi un discours qui ne l'avait pas davantage convaincue. Le genre de discours tout fait qu'on donne en pâture aux personnes trop curieuses. D'ailleurs, il avait bien senti qu'il l'avait agacée.

— Vu le peu de temps dont on disposait, ce bâtiment est ce qu'on a trouvé de plus discret pour nous abriter, dit une voix de femme.

C'était Sydney, qui venait vers Logan.

— On commençait à se demander si vous ne vous étiez pas perdus, ajouta-t-elle.

Il grommela mais ne répondit rien.

Tous trois longèrent un couloir étroit jusqu'à un bureau en moins mauvais état que le reste des locaux. Deux ordinateurs portables et plusieurs armes occupaient une grande table sur la droite. Devant, quelques chaises vides.

Juliana s'empressa de s'asseoir.

Je sens encore la chaleur du feu sur ma peau, pensa-t-elle. La douche froide et ses larmes n'avaient pas lavé le souvenir de l'explosion.

Se frottant les bras, elle surprit le regard de Logan. Décidément, il la surveillait comme le lait sur le feu.

Elle se racla la gorge et regarda la porte. Gunner et un grand blond les rejoignaient.

La femme s'assit à son tour. Sydney. Juliana ignorait son nom de famille. Elle alluma tout de suite un portable et croisa les bras en attendant que l'écran s'éclaire tandis que le grand blond venait se pencher par-dessus son épaule.

Gunner verrouilla la porte et lui fit un large sourire. Pour la rassurer ? C'était le sourire qu'un tigre aurait pu faire à sa proie juste avant de la dévorer !

Un silence pesant régnait dans la pièce. Juliana réalisa alors qu'ils l'observaient tous.

Mince ! Avaient-ils dit un truc qui lui avait échappé ?

— Vous comprenez pourquoi on doit vous protéger ? lui dit Sydney en détachant chaque syllabe.

Elle avait dû déjà poser la question… mais elle, l'esprit ailleurs…

Elle les regarda l'un après l'autre, en prenant son temps, et déclara :

— J'aimerais connaître vos noms.

Demande toute simple, peut-être, mais elle était lasse d'avancer à l'aveuglette. Dorénavant, elle entendait être mise au courant de tout.

— Moi, je suis Sydney, commença la femme et heu… lui… je crois que vous connaissez Logan assez bien.

Trop bien. Mais ils n'en étaient plus à un stade de leur relation où entendre son nom la faisait rougir.

— Moi, c'est Gunner, dit l'athlète en souriant.

Ses cheveux noirs étaient plus longs que ceux de Logan, et ses yeux… Bonté divine, on n'avait pas le droit d'avoir des yeux pareils, aussi noirs, aussi froids.

Juliana se tourna vers le dernier homme. Le blond. Il s'était assis à côté de Sydney et la frôlait avec son bras.

— Jasper, dit-il brièvement.

Un grommellement plus qu'autre chose.

Gunner lui fit les gros yeux et regarda avec insistance son bras, qui caressait maintenant celui de Sydney.

Ah… compris !

— Les prénoms seulement, si je comprends bien ? dit Juliana.

— Pour l'instant, c'est tout. C'est plus sûr comme ça, dit Logan.

D'autant que rien ne prouvait à Juliana qu'ils lui avaient donné leurs vrais prénoms…

Elle croisa les mains sur ses genoux pour s'empêcher de les tordre nerveusement.

— Comment allez-vous faire pour arrêter l'individu qui me poursuit ?

Sydney et Logan échangèrent un regard. Juliana se raidit sur sa chaise. Ça n'allait pas lui plaire, elle le sentait.

— Ton père avait conclu un marché avec la DOS, dit Logan d'une voix douce qui n'aurait pas dû l'alerter.

Et pourtant…

Elle se força à le regarder. Droit dans les yeux. Ses terribles yeux bleus.

— Quel genre de marché ?

Elle tenait à connaître les secrets les moins avouables de son père, même si cela devait la faire souffrir. A quoi bon se mettre des œillères ? Surtout maintenant.

— Ta sécurité. Pour toi, il a proposé de nous aider à faire tomber Diego Guerrero.

Guerrero. Son cœur s'affola. Le prétendu John Gonzales, selon Logan.

— Qu'est-ce que mon père…

Sa voix se brisa.

Du cran, ma fille.

Elle recommença.

— Que faisait exactement mon père avec ce Guerrero ?

— Il trahissait son pays, répliqua Jasper.

Quand elle entendit son accent texan traînant, elle se souvint tout de suite de lui. Peut-être espérait-il la faire craquer en lui assénant une réponse aussi brutale, mais elle ne flancha pas. Elle resta assise sans ciller, sans manifester la moindre émotion. Elle se doutait que son père trempait dans des affaires louches depuis un certain temps, sans savoir précisément lesquelles.

— Le sénateur mettait en rapport Guerrero et des officiels étrangers, poursuivit Jasper en la regardant fixement. Ceux qui avaient besoin d'armes, qui étaient avides de pouvoir, qui étaient prêts à renverser les gouvernements en place…

Son père s'était construit un réseau de personnalités de tout bord au fil des ans. Il faisait partie de dizaines de comités.

Il lui avait souvent dit qu'il œuvrait à mettre en place un monde meilleur.

Meilleur ?

— On parle ici de milliards de dollars de ventes d'armes, ajouta Jasper. A ce que l'on sait, votre père se servait sur chaque transaction passée. De quoi amasser une jolie fortune.

Cette fois, elle réagit. La gorge nouée, elle posa la main sur son cou pour essayer de déglutir.

— Vous êtes en train de me dire que chaque fois que Guerrero vendait des armes, mon père…

Elle s'arrêta, pensive.

Des gens mouraient à cause de ces armes…

— … palpait une part du gâteau ?

Jasper acquiesça sans un mot.

— C'était un homme bien, pourtant.

Elle s'était sentie obligée de le dire. Il était en terre, à peine froid. Quelqu'un devait défendre sa mémoire.

— Autrefois…, reprit-elle, de plus en plus pensive.

Quand elle le voulait bien, la mémoire lui revenait. Alors elle se souvenait bien, très bien même, de tout.

— … avant le décès de ma mère. Il s'était fait élire au Congrès avec un objectif, nous construire un monde meilleur. Il était sincère.

Et finalement, il s'était rangé du côté de la destruction. Etait-ce pour cette raison qu'il s'était tiré une balle dans la tête ? Parce qu'il ne supportait plus de vivre avec le mal qu'il avait répandu ?

Tu m'as abandonnée, et je dois me débrouiller avec tout, maintenant. Toute seule.

Il lui arrivait de penser qu'il l'avait abandonnée, en fait, cette nuit d'été humide et chaude où sa mère était morte dans un accident de voiture, sur une langue de terre désolée longeant le Mississippi.

— Il voulait te sauver, dit Logan d'une voix grave.

Il prit sa main. Elle chercha son regard.

— Il a accepté de nous fournir toutes les preuves qu'il détenait contre Guerrero en échange de la garantie qu'on te ramènerait saine et sauve.

— C'est pour cela que tu… que ton équipe est venue me chercher.

Dans cet enfer.

— Parce que mon père vous a payés avec ces preuves.

— On ne peut pas dire ça, intervint Gunner se passant la main dans les cheveux. Il n'a pas payé. Il s'est tiré une balle à la place.

Juliana blêmit. Logan se leva brusquement, renversant sa chaise dans sa précipitation. Il marcha sur Gunner, qui recula prudemment de quelques pas et haussa les épaules.

— Gunner… !

— Le paiement était dû à la livraison, non ? insista l'athlète. Le sénateur devait nous donner toutes les infos qu'il nous fallait. Seulement voilà, il a préféré… renégocier.

Désespérée, Juliana secoua la tête. Jamais elle n'aurait imaginé entendre des horreurs pareilles. Jamais.

— Je l'ai enterré aujourd'hui, dit-elle.

— Et à cause des contrats de Guerrero, des centaines de personnes sont enterrées chaque jour, dit Sydney avec une douceur qui contrastait avec la rage contenue de Gunner. Nous devons l'arrêter. Vous devez nous aider.

— Comment ? J'ai vu Guerrero, mais…

Mais elle le leur avait déjà dit. Elle leur avait fourni des portraits, elle avait fait tout ce qu'elle pouvait.

— Et maintenant, il veut me tuer.

Logan bouscula Gunner qui heurta le mur.

— Il ne te tuera pas, dit-il sans même la regarder, toute sa colère concentrée sur Gunner qui restait adossé au mur.

Sydney s'éclaircit la voix.

— Votre père… nous a fait savoir que vous avez la preuve dont nous avons besoin.

Juliana écarquilla les yeux.

— C'est faux. J'ignorais l'existence de ce Guerrero, je n'ai su qui il était que lorsque Logan me l'a dit. Je croyais que l'homme enfermé avec moi était John Gonzales. Il disait avoir été enlevé comme moi. Il était déjà là quand les types m'ont jetée dans le réduit. Et je ne sais rien de ces histoires de ventes d'armes…

— Votre père a laissé une lettre avant de se donner la mort.

Cette fois, c'était trop. Anéantie par la souffrance et les regrets, les remords et la culpabilité, elle s'écroula.

— Juliana, l'appela doucement Logan.

Elle releva les yeux.

— Je ne savais pas qu'il avait laissé un mot.

Personne ne le lui avait dit.

Logan regarda méchamment Sydney.

— On voulait éviter une fuite vers les médias.

La rage la prit. Elle se leva, s'approcha de Logan. Une envie de le frapper, de lui faire mal comme il lui faisait mal la saisit.

— Mais je ne suis pas les médias ! gronda-t-elle. Je suis sa fille !

— C'est exact, dit Jasper.

Toujours aussi aimable, avec son gros accent texan.

— Dans sa lettre, il affirme que vous détenez la pièce à conviction. Nous avons caché cette info à la presse mais Guerrero avait sûrement placé un espion auprès de votre père, quelqu'un qui l'avait à l'œil. Ce quelqu'un... nous pensons qu'il a parlé de cette preuve à Guerrero.

La tête sur le point d'exploser, Juliana se rebiffa de nouveau, malgré le sang qui cognait dans ses tempes sans lui laisser de répit.

— Je n'ai aucune preuve.

Comment fallait-il qu'elle le dise pour qu'ils percutent ?

— Je n'ai rien à vous donner.

— Ce n'est pas l'avis de Guerrero. Et il continuera de vous rechercher jusqu'à...

Jasper n'eut pas besoin d'achever sa phrase, elle savait la suite.

Jusqu'à ce que vous mouriez.

— Vous comprenez maintenant pourquoi il faut absolument qu'on vous protège, dit Sydney. Tant que nous n'aurons pas l'info qu'il nous faut, vous êtes une cible.

Ça, elle l'avait saisi.

— Et ma vie, dans tout ça ?

— Avec Guerrero dans la nature, vous n'avez pas de vie.

Clair. Net. Sans ménagement. Sydney était aussi cassante que ses copains Gunner et Jasper.

— On va le coincer, promit Logan.

Elle ne demandait qu'à le croire. Mais il lui avait déjà menti. Elle se passa la langue sur les lèvres, releva la tête.

— Cette protection... consiste en quoi, en fait ?

Sydney lança un coup d'œil à Logan puis répondit :

— Un agent de la DOS doit rester avec vous vingt-quatre heures sur vingt-quatre. Ça vous va ?

Juliana regarda Logan, qui lui apparut soudain comme un géant. Un géant dangereux, tellement différent du garçon qu'elle avait connu. Peut-être n'avait-elle jamais su qui il était vraiment ?

— Quel agent ?

Logan prit un air gêné.

— Quel agent ? répéta-t-elle.

Un silence plana puis Sydney reprit.

— Compte tenu de votre… relation avec Logan…

Tout le monde savait-il qu'elle avait offert sa virginité à cet homme ? L'équipe avait-elle été briefée à ce sujet ?

Elle soupira.

— Il y a un hic, c'est que cette histoire, c'est du passé !

Logan ne broncha pas.

— Si je dois mettre ma vie entre parenthèses… ce sera pour combien de temps ? Jusqu'à ce qu'on attrape Guerrero ? Jusqu'à ce que la preuve se manifeste, comme par magie ?

Elle reprit son souffle.

— J'estime avoir mon mot à dire. Je veux choisir mon garde du corps.

Logan secoua lentement la tête.

— Non, c'est…

Soucieuse de ne pas être entendue par les autres, elle s'approcha de lui.

— C'est fini entre nous, Logan, chuchota-t-elle.

Elle s'éloigna et, le doigt pointé sur Gunner, laissa tomber :

— Ce sera lui.

Logan jura.

— Je savais que ce ne serait pas simple, marmonna-t-il.

Elle s'avança vers Gunner.

— J'estime que c'est plutôt aimable de ma part.

Elle fit encore un pas.

— Si ça va comme ça, je…

Logan, derrière elle, la retint d'une main sur l'épaule.

— Non, ce n'est pas fini entre nous, dit-il tout haut.

Le regard de Gunner passa de la main de Logan à son propre visage et elle se demanda ce qu'il avait vu car l'athlète siffla entre ses dents :

— En effet, je ne pense pas que ce soit fini…

Logan la fit pivoter dans ses bras et se pencha sur elle en la serrant tellement fort qu'elle entendait presque sa colère gronder en lui.

— Il est temps de mettre les choses au clair, dit-il d'un ton tranchant comme un couperet.

Tiens donc !

— Je dirige cette équipe.

— C'est pour ça qu'il s'appelle Alpha One, commenta Gunner.

— Ce n'est pas toi qui donnes les ordres, Juliana, poursuivit Logan. C'est moi. Et quand il s'agit de te garder en vie, c'est moi qui décide. C'est donc moi qui veillerai sur toi.

Il chercha son regard.

— Tu peux ne pas m'aimer. Tu peux même me détester. Dommage mais tant pis. Il n'est pas question de sentiment mais de boulot.

Blessée, Juliana plaqua la main sur sa poitrine pour le repousser.

— Et personne ici ne le fera à ma place, conclut-il. Je suis ton garde du corps. Jour et nuit. Il faudra t'y faire.

Elle fronça les sourcils. Elle n'avait pas l'intention de se faire à quoi que ce soit et Logan exagérait en prenant toutes les décisions à sa place.

— Sauf si tu crains de ne pas pouvoir me résister, ajouta-t-il, un sourire d'une incroyable sensualité au coin des lèvres.

Interloquée, elle mit quelques secondes avant de s'écrier :

— Quoi ?

Elle hallucinait !

— Ce qu'il y avait entre nous n'est peut-être pas mort, dit-il.

Il ne parlait pas, il chuchotait maintenant. Il ne s'adressait plus qu'à elle. Il resserra son étreinte.

— Qu'est-ce qui te fait peur ? Tu crains de vouloir... tout, quand nous serons seuls ?

Oui, pensa-t-elle.

— Non !

Il n'avait pas l'air dupe de ce mensonge mais il eut la bonne grâce de ne pas insister.

— Alors, c'est fait. Je reste avec toi pour assurer ta sécurité. Grâce à nous, tu resteras en vie.

Promesses, promesses...

Juliana se retira dans le couloir tandis que Logan et Gunner se pressaient devant l'ordinateur. Ils avaient appelé leur patron, un certain Mercer, et s'étaient replongés dans la mise au point de leur plan.

Un plan qui la concernait.

— Ça va aller, j'en suis sûre.

La voix de Sydney la fit tressaillir. Elle ne l'avait pas entendue arriver.

— Logan est un bon, un vrai pro. Pour moi, c'est le meilleur dans son domaine. Il reste toujours très cool dans l'action. La seule fois où je l'ai vu péter les plombs c'est au Mexique, quand on attendait de vous sortir de là. Il avait voulu se ruer à l'intérieur, dans le brasier, sous les coups de feu, alors que le protocole l'interdisait.

Adossée au mur, Juliana écoutait. Elle ne savait trop que penser de Sydney. Son apparence physique était frêle et elle aurait pu paraître fragile sans la volonté farouche qui animait ses yeux. C'était une femme qui avait vu des choses terribles, et c'était le souvenir de ces choses-là qui durcissait son regard.

— J'ai cru qu'il y était retourné, dit Juliana.

Elle se souvenait de lui entrant comme une bombe dans son réduit après en avoir quasiment arraché la porte. Tout en noir, cagoulé, une arme lourde dans les mains, il faisait peur.

A cet instant, elle s'était demandé lequel était le plus menaçant, l'homme qui tenait un couteau sous sa gorge ou celui à la cagoule.

— Il vous fait peur ?

Juliana battit des paupières. Il faudrait qu'elle se rappelle que rien n'échappait à Sydney.

— Non.

Et c'était vrai. Il avait beau être inquiétant, elle savait qu'il ne lui ferait jamais aucun mal. Physiquement.

Mais elle redoutait les sentiments qu'il pouvait faire renaître en elle. Des espoirs, des désirs qu'elle savait irréalisables.

Si, quelquefois, il me fait peur, se dit-elle. *Et quelquefois, je me fais peur à moi-même…*

— Bien, fit Sidney. Et Gunner ?

Oui, lui, il lui faisait peur. Et Jasper aussi.

Son silence devait être éloquent, car Sydney haussa les épaules, l'air de dire « Je comprends ».

— Gunner a un compte à régler avec Guerrero. Quand nous étions en Amérique du Sud, il y a deux ans, nous sommes arrivés dans un village qui était censé être très sûr pour nous et pour l'otage que nous venions de secourir.

— Vous le faites souvent ? demanda Juliana. Secourir des gens ?

— Nous faisons ce qu'on nous demande de faire… J'étais aux renseignements. Je pensais vraiment que le village était sûr. J'ignorais que Guerrero avait conclu un pacte avec le chef des rebelles de la région. Brusquement, ils se sont mis à tirer. Ça a été un bain de sang.

Juliana regarda la main de Sydney. La jeune femme se caressait machinalement l'épaule.

— Vous avez reçu une balle ?

Sydney abaissa son bras.

— Gunner a reçu quatre balles mais il a continué à se battre. Lui et moi… formions l'équipe chargée de l'évacuation. Il a réussi à me sortir de là.

— Et l'otage ?

Elle hocha la tête.

— Le frère de Gunner y est resté. Vous comprenez maintenant pourquoi il est si déterminé à mettre la main sur Guerrero.

Les hommes avaient fini de parler et revenaient vers elles. Juliana observa les yeux de Gunner. Ils étaient toujours aussi noirs, aussi froids, mais elle aurait juré à présent qu'elle y voyait le reflet d'une souffrance.

— Ce n'était pas une mission officielle, continua Sydney plus bas. Il n'y avait que nous deux, Gunner et moi, parce que nous voulions exfiltrer son frère.

Elle nota quelque chose d'étrange dans la voix de Sydney.

— Il était quoi, pour vous, cet otage ? s'enquit Juliana.

Peut-être avait-il représenté pour Sydney beaucoup plus qu'un otage ?

En guise de réponse, elle sourit tristement.

— Nous voulons tous arrêter Guerrero.

Juliana opina.

— Ne baissez pas les bras, dit encore Sydney. Quoi qu'il

arrive, continuez à vous battre, coopérez avec nous. Aidez-nous à le démasquer.

Convaincue par la détermination de Sydney, Juliana se dit qu'elle n'avait pas le choix. Elle devait les aider.

— Je le ferai, dit-elle.

Elle ferait ce qu'elle pourrait mais elle le ferait avec force et courage. Guerrero était un monstre, un monstre qui détruisait des vies partout sur son passage.

Il fallait l'empêcher de nuire.

Logan la frôla avec son bras.

« *Nous* » *l'empêcherons de nuire*, pensa-t-elle.

Juliana n'allait pas aimer cette promenade dans l'allée du souvenir, Logan le savait. D'ailleurs, tout de suite, elle se crispa.

— Tu peux me dire ce que nous faisons ici ?

« Ici » était un endroit au milieu de nulle part ou, plutôt, au milieu d'une forêt du Mississippi. Devant eux se trouvait un chalet qui avait connu des jours meilleurs.

Un chalet qu'ils connaissaient bien.

Il mit son 4x4 en marche arrière et recula jusqu'à ce qu'il soit complètement dissimulé sous les arbres. Un seul chemin conduisait au chalet, en conséquence l'équipe verrait arriver d'éventuels assaillants.

Logan descendit de voiture, jeta un coup d'œil autour de lui. Jasper et Gunner devaient être en train de sécuriser le périmètre.

L'endroit était un piège parfait. Et Juliana…

— Pourquoi ici, Logan ?

Elle était l'appât idéal.

Il plaqua un sourire sur son visage.

— Parce qu'on est loin de tout. Le lieu est sûr et les sbires de Guerrero ne penseront jamais à venir te chercher ici.

C'était vrai. Ils ne penseraient pas à venir la chercher ici… tant qu'ils n'auraient pas l'info.

Désolé, Juliana, pensa-t-il.

Il était réellement désolé. Il détestait l'idée de lui mentir, de se servir d'elle. Mais, quoi qu'il se passe, il la protégerait.

Ça, ce n'était pas un mensonge.

Elle était descendue à son tour du 4x4 et montait les marches vermoulues qui craquaient sous ses pas.

Il la suivit.

Quand elle s'arrêta sur la terrasse branlante, il passa devant elle et ouvrit la porte.

Une scène du passé le submergea aussitôt.

— *Il n'y a personne, Julie. Entre.*

— *Tu es sûr, Logan ?*

— *Mais oui. Ce chalet est à moi. Personne ne nous trouvera ici. Il n'y a que toi et moi.*

Le temps d'un éclair, il crut sentir sur sa langue le goût de sa bouche. Ses lèvres étaient douces, soyeuses. Et son corps sous le sien avait été une tentation irrésistible.

Ici. Tout était arrivé ici.

Tendu, Logan claqua la porte et la verrouilla. L'équipe ayant retenu cet endroit comme cache éventuelle bien avant l'explosion au cimetière, il était déjà entièrement bardé d'électronique. Des caméras filmaient les abords du chalet, et des capteurs et des alarmes placés à des endroits stratégiques les alerteraient en cas d'intrusion. Sydney, leur reine de la technique, avait la haute main sur ce dispositif depuis le bureau de la DOS. Logan avait cependant exigé un retour vidéo dans le chalet car il entendait avoir, lui aussi, un œil sur ce qui se passait à l'extérieur.

Il se retourna. Juliana le regardait, l'air mécontent. De larges cernes ombraient ses yeux et elle semblait au bord de l'épuisement.

Prends-la dans tes bras, se dit-il.

Seulement, tout dans son attitude — la raideur de son corps, le pli de sa bouche — disait qu'elle n'apprécierait pas ce genre de réconfort.

Il l'avait embrassée au Mexique, mais ça s'était fait comme ça, un coup de bol en somme, car elle lui avait bien fait comprendre ensuite qu'il n'y aurait pas de seconde fois. Que tout était fini entre eux.

Pas si vite, ma belle…

Il avait malgré tout refréné ses désirs, qui n'avaient cessé depuis lors de le tourmenter ; et il entendait bien continuer à garder ses distances. Enfin… il allait essayer.

— Prends la chambre à l'étage, lui dit-il.

De toute manière, il n'y en avait qu'une.

Elle regarda du côté de l'escalier.

— Hum… J'aime autant pas.

Les souvenirs la paralysaient, elle aussi ?

— Je prendrai le canapé.

— Non, prends le lit.

Il avait demandé pour elle un matelas, des draps et des couvertures neufs. Elle pourrait se reposer calmement et…

— Non, je ne dormirai pas dans ton lit, s'obstina-t-elle.

Son mauvais caractère reprenait le dessus. Ce n'était sûrement pas le moment de lui dire qu'il la trouvait très excitante quand elle élevait la voix.

— On me force à rester ici avec toi, cela ne veut pas dire que je…

— Tu m'as embrassé au Mexique.

Les mots à peine lâchés, il les regretta. A quoi bon la mettre encore plus en colère ?

— Je dormais à moitié, dit-elle avec un soupir. Je ne savais pas ce que je faisais.

Sa voix, glaciale, le saisit. Elle enfonça le clou :

— Ne t'inquiète pas, je ne ferai pas deux fois la même erreur.

Dommage…

— Même si j'en ai envie ? hasarda-t-il.

Ils étaient seuls pour l'instant, et il était fatigué de jouer les indifférents. Son parfum, son odeur l'excitaient. Sa voix, à la fois douce et rauque, le rendait fou.

Il aimait tout d'elle. Depuis la première fois.

Et ce serait sans doute vrai toute sa vie.

Elle lui jeta un coup d'œil par-dessus son épaule.

Il avait de la volonté mais elle avait des limites. Elle était là, belle comme le jour, et lui rappelait les plus beaux de ses rêves — des rêves qu'il avait faits pour la première fois, ici. Et il était censé ne pas la toucher ?

Il n'était pas assez fort pour se retenir.

Il avança vers elle.

Le sac qu'il avait apporté, des vêtements que Gunner avait préparés pour eux deux, tomba à ses pieds.

— Logan…

Elle leva les mains.

— Je voulais que ce soit un autre agent. Je t'ai dit que…

Il ne la touchait pas, pas encore. Mais ce n'était pas l'envie qui lui manquait.

— Tu es une menteuse, Julie.

Il savait. Il avait tellement menti qu'il reconnaissait tout de suite quelqu'un qui mentait.

— En fait, tu as peur de toi. Tu as peur parce que tu me désires toujours.

Elle fit un pas en arrière.

— Tu es ici comme garde du corps, rétorqua-t-elle. Rien d'autre. C'est compris ? Rien d'autre.

— Je me souviens du goût de ta peau. Des années après mon départ, je m'en souvenais encore.

Elle lui avait permis de la goûter de nouveau quelques jours plus tôt. Il avait savouré son plaisir.

Juliana se redressa brusquement, le regard mauvais.

— Mais c'est toi qui es parti, Logan. Moi, je t'ai attendu à la gare routière. J'étais tellement certaine que tu ne m'abandonnerais pas. Que tu ne partirais pas sans moi…

Il l'avait vue à, au travers des fenêtres de la salle d'attente de la gare routière. Et il était parti. Elle tenait un petit sac noir à la main. Elle regardait partout autour d'elle, aux aguets. Ses lèvres frémissaient chaque fois que la porte d'entrée s'ouvrait. Elles esquissaient un sourire.

Et puis elle avait cessé de sourire. Quand le dernier car était parti, des larmes avaient coulé sur ses joues. Et elle s'en était allée.

— C'était comme si on m'avait arraché le cœur, se rappela-t-elle.

Et pourtant, il n'avait songé qu'à éviter de la faire souffrir…

— Tu me regardais toujours comme si j'étais un héros, dit-il tout bas.

Or, la vérité, la sale vérité, c'est qu'il n'avait rien d'un héros. Qu'il ne l'avait jamais été.

Il était un tueur. A l'époque déjà, il en était un. Il n'était pas fait pour elle. Pas assez bien.

Je suis parti une fois. Je peux recommencer, se dit-il.

Il ne l'embrassa donc pas, ne la caressa pas. Il inspira une grande bouffée d'air, s'emplit les poumons de son odeur et s'en alla.

— Tu gardes le lit. Je prends le canapé.

De même qu'il y avait des limites à sa volonté, il y en avait à sa résistance. Mieux valait tourner les talons. Elle était trop douce, trop belle, trop tentante pour qu'il puisse se retenir très longtemps. Il sentait déjà qu'il craquait.

— Juliana James a disparu.

Diego s'écarta de la fenêtre qui surplombait la petite ville encore assoupie.

— Ce n'est pas ce que je voulais entendre.

Il ne payait pas ses hommes pour qu'ils échouent. Il avança lentement vers Luis, un sourire doucereux aux lèvres. Luis savait que le patron n'admettait pas les échecs.

Ceux qui échouaient payaient de leur vie.

Et souvent de celle des membres de leur famille.

— Un de ces maudits agents l'a empêchée de monter dans la voiture.

Oui, il le savait déjà. Il avait vu la vidéo. Les caméras tournaient quand la limousine avait sauté et que Juliana avait été projetée en l'air.

Toute la presse voulait être là pour les funérailles du sénateur Aaron James. Aussi, quand la voiture avait explosé, les journalistes se trouvaient-ils aux premières loges.

En l'occurrence, ils lui avaient rendu service. Ils avaient filmé le visage de celui qui lui avait sauvé la vie, à cette fille.

Diego alla à son bureau et prit la photo qu'il avait agrandie. Grâce à elle, ses hommes avaient pu identifier le protecteur de Juliana.

Logan Quinn. Un homme de l'unité des forces spéciales. Un agent qui n'était plus officiellement actif depuis trois ans.

Mais qui l'était toujours, en fait, *hombre* ! Et qui se battait encore comme un fichu guerrier.

Diego respectait plutôt ça. Enfin, presque. A vrai dire, il ne respectait personne. Pour quoi faire ?

— C'est lui qu'il nous faut, gronda-t-il en tapant sur la photo.

Car cet agent n'avait pas été choisi au hasard. D'accord, il faisait son métier en la protégeant, mais il était beaucoup plus qu'un garde du corps.

Diego savait tirer les vers du nez aux gens. Par la torture, éventuellement. Ou la duplicité. Avec Juliana, il s'était régalé en lui racontant bobard sur bobard. Et la malheureuse avait tout gobé. Tant mieux pour elle, sinon elle aurait passé quelques sales quarts d'heure. Avant d'être supprimée. Plus tard.

Pour l'heure, il ne pouvait pas la tuer. Il fallait d'abord qu'il récupère la preuve. Sa fille morte, le sénateur n'aurait pas été enclin à coopérer. Mais sa fille en vie… cette fille qui racontait tout sans compter, même ses secrets, c'était un outil qu'il allait utiliser.

Logan. C'était sans doute le secret le plus important qu'elle lui avait confié. Il n'avait pas mesuré à quel point à ce moment-là.

On a tous un point faible. C'est une leçon qu'il avait apprise il y a fort longtemps.

Diego jeta un coup d'œil à Luis. Il était nerveux, ce qui ne le surprit pas. Il connaissait trop bien sa faiblesse.

L'agent, Juliana, eux aussi avaient leurs faiblesses.

Des faiblesses qu'il connaissait déjà.

Juliana lui avait raconté tant de choses, en captivité. A la faveur de l'obscurité. Quelquefois, il n'était pas nécessaire de torturer pour arriver à ses fins. Parfois… parfois, il suffisait d'inspirer confiance à sa proie.

A partir de là, tuer n'était plus qu'un jeu.

— Quand on aura trouvé Logan Quinn, on aura trouvé Juliana James.

Simple. Diego laissa tomber la photo. Les points faibles. Une fois connus, c'était tellement facile de les exploiter.

— Tu as déjà été amoureuse, Juliana ?

C'était une des questions qu'il lui avait posées. Importante.

Si elle était amoureuse, elle avait un talon d'Achille. Il pouvait utiliser les personnes qu'elle aimait contre elle. Alors il avait attendu. Surtout ne pas avoir l'air curieux. Ni trop pressé. Et elle avait dit :

— Une fois.

Sa voix avait tremblé. C'était une souffrance pour elle, ce désir pour quelque chose qu'elle n'aurait pas. Elle était tellement sûre que la mort l'attendait. Et elle avait raison. Elle avait laissé échapper un gémissement et ajouté dans un murmure :

— Mais Logan ne m'aimait pas.

Diego étudia la photo. Les forces spéciales étaient composées de durs qui n'affichaient ni peur ni émotion. Mais justement, il avait vu la peur dans le regard de Logan.

Pas pour lui.

Pour la femme qu'il tenait serrée contre lui. La femme qu'il protégeait avec son propre corps quand le véhicule avait sauté.

Diego avait alors compris que c'était… *son* Logan.

Le Logan dont elle lui avait si amoureusement parlé.

— Je ne suis pas certain qu'il ne t'aimait pas, Juliana, dit-il tout bas.

Il prit un crayon et entoura le visage de sa cible d'un rond rouge.

— Tu as six heures pour trouver Quinn.

Il toisa Luis.

— Tu sais ce qui t'arriveras si tu le rates.

Luis opina, crispé, prit la photo et fila vers la porte.

— Ta fille…, lui lança Diego de son ton mielleux. Elle a six ans maintenant, c'est bien ça ?

Luis se cabra.

— *Si !*

Un grognement plus qu'un oui.

— Faudra que je pense à lui faire un très beau cadeau pour son prochain anniversaire.

Luis se retourna, épouvanté. Bien joué. La peur lui sortait par les yeux. Suintait par tous les pores de sa peau.

Son accent espagnol amplifié par une voix déjà éraillée, il bafouilla :

— Vous… Vous en avez déjà… fait assez pour elle. Et pour moi.

Luis se liquéfiait. Diego sourit.

— Elle est vraiment mignonne. Et si délicate… Mais tous les enfants sont délicats, non ?

Luis brandit la photo.

— Vous le voulez mort ?

Diego réfléchit un instant puis opina.

— Une fois la fille récupérée, oui, tue-le. Devant elle.

Autant la briser.

Luis serra la photo dans sa main.

— *Si.*

Satisfait, Diego le regarda s'en aller. Avec cette épée de Damoclès sur la tête de sa chère petite, Luis allait se déchaîner. Rien ne l'arrêterait. L'argent était un moteur pour tout le monde ; les bonnes cibles débusquées, l'info souhaitée obtenue, Luis n'aurait plus qu'à attaquer.

Si quelqu'un tentait d'éliminer Juliana, ils allongeraient la sauce pour la garder en vie. Une politique d'assurance. Diego veillait toujours à avoir plusieurs plans B en place.

Quant au gars des forces spéciales, en moins de deux, Luis lui enverrait un paquet de renseignements sur lui. Sur ses biens, ses amis, sa famille. Il les trouverait.

Il ferait sortir le voyou de sa cachette.

Et le tuerait.

Luis était peut-être un bon père mais c'était, plus encore, un bon tueur.

Surtout quand il était correctement motivé…

Logan Quinn était déjà mort. Cet imbécile ne le savait pas encore.

5

— Ce n'était pas Guerrero.

Encore ensommeillée, Juliana se frotta les yeux. Où était-elle ?

Coup d'œil autour d'elle. Ah oui, le bois ciré, le canapé sur lequel elle était allongée. Bien sûr...

Et Logan qui la regardait, les yeux brillants.

Le chalet.

Les souvenirs remontèrent brusquement. Le feu. La mort. Un cauchemar qui était, hélas, la réalité.

Elle tira la couverture sur son visage.

— Que dis-tu ?

Il s'assit au bord du lit. Elle sentit ses cuisses à travers la couverture. Ce contact lui fit du bien. Comme chaque fois qu'il était près d'elle.

Et il voulait que je dorme là-haut, dans son lit ?

Sûrement pas. Un plaisir indicible certes, mais trop de chagrin ensuite. Elle avait déjà donné.

— J'ai reçu un coup de fil de Sydney.

Elle s'assit. Peut-être simplement pour s'écarter de lui ?

— Ta tête est mise à prix. Il a mis le paquet !

— Ce n'est pas nouveau...

Il pinça les lèvres.

— Ils te veulent vivante. Sinon, pas un sou.

— Quoi ?

Ça n'avait pas de sens.

— Ils ont fait exploser la voiture ! Et ils comptaient me récupérer vivante ?

Elle soupira.

— Quand je pense à Charles… Le pauvre, il n'avait rien à voir dans l'affaire et ils l'ont tué…

Logan se passa la main dans les cheveux.

— Sydney pense que l'explosion n'est pas du fait de Guerrero. Compte tenu de ce qu'elle a appris, cela viendrait de quelqu'un d'autre.

Stupéfaite, elle bondit.

— Tu es en train de me dire que ce n'est pas un mais deux tueurs qui sont à mes trousses ?

Il lui prit la main et elle ne chercha pas à se dégager. La chaleur de ses doigts avait quelque chose de réconfortant. Elle en avait besoin.

— Je te le répète, Guerrero te veut vivante. Sydney en est certaine. Et il est prêt à payer le prix qu'il faudra pour que ses acolytes te ramènent en vie.

— Parce qu'il croit que j'ai la pièce à conviction ?

Il fit oui de la tête, tout doucement. Se rendait-il compte qu'il la caressait maintenant ? De toutes petites caresses, très légères, du bout des doigts.

— Mais je ne l'ai pas, murmura-t-elle.

Si elle l'avait, ce cauchemar prendrait fin.

Logan retournerait à sa vie. Et elle à la sienne.

— Sydney collabore avec la police locale pour tâcher de savoir qui a fait sauter la voiture.

Il se rapprocha d'elle, la prit par les bras.

— La limousine avait été inspectée avant son départ de chez le sénateur. Elle était clean.

N'empêche, elle avait explosé. Avec Charles. Jamais elle n'oublierait la chaleur du feu.

— Ne t'inquiète pas, lui dit-il. Je reste avec toi. Avec moi, tu ne risques rien, je te le jure.

Facile à dire. Ce n'était pas lui qui était dans le collimateur de deux tueurs. Elle le regarda dans les yeux, prête à protester. Elle se rappela alors qu'il avait frôlé la mort à de nombreuses reprises, et se tut.

La mort était sa vie. Son métier.

C'était un survivant. Un soldat.

Si l'un des hommes qui la traquaient s'approchait d'elle, elle serait incapable de se défendre.

— Apprends-moi, dit-elle en repoussant la couverture.

Etonné, il cligna des yeux.

— Heu… Julie…

Elle portait un T-shirt trop grand pour elle et un boxer short. Sexy ? Pas vraiment. Néanmoins le regard de Logan s'attardait sur ses jambes…

— Apprends-moi… à me battre, précisa-t-elle.

Il lui avait déjà appris à faire l'amour. C'était il y a longtemps. En haut.

Quand le plaisir l'avait emportée, elle lui avait dit qu'elle l'aimait.

Il n'avait rien répondu.

C'était sans doute l'une des rares occasions où il avait été sincère avec elle.

Elle repoussa ces souvenirs.

— Je veux pouvoir me défendre seule si jamais…

Logan fronça les sourcils.

— Quand une bombe explose ou qu'un coup de feu part, il est difficile de se défendre.

— Sans doute, répliqua-t-elle, mais quand tu as été enlevé et que ton bourreau arrive pour te soutirer des infos que tu n'as pas, c'est pas mal de pouvoir riposter.

Au Mexique, elle n'avait rien pu faire. Si Guerrero lui remettait la main dessus… elle ne voulait pas être réduite à l'impuissance.

— Apprends-moi les gestes de défense. Je sais que tu le peux.

Il cessa de regarder ses jambes pour poser les yeux sur son visage.

— J'en ai besoin, insista-t-elle.

Elle voulait avoir du pouvoir, un certain contrôle sur les événements.

Il fit la moue et se leva.

Le cœur battant, Juliana le suivit au centre de la pièce, pieds nus sur le vieux tapis aux couleurs fanées.

Ce n'est que lorsqu'il alluma qu'elle prit conscience qu'il était torse nu, avec juste un pantalon de sport très large. Sa poitrine, succession de muscles fermes et rebondis, portait un tatouage qu'elle ne lui connaissait pas. Dieu qu'il était excitant…

Elle se passa la langue sur les lèvres.

Du calme. Regarde ailleurs.

Elle détailla son tatouage, un trident noir dont l'une des pointes indiquait le cœur.

Pourquoi ce trident était-il si sexy sur lui ?

Pourquoi fallait-il qu'elle le désire autant ?

— Je suis un adepte des arts martiaux, dit-il en s'approchant d'elle. Si tu veux, je peux te montrer certains mouvements qui t'aideront dans les CAC.

— Les CAC ?

— Les combats au corps à corps.

Il parlait d'une voix posée, comme si tout cela était normal.

Mais rien n'était normal ! Ses épaules larges, son corps musclé la troublaient. Il était beau à couper le souffle. Est-ce qu'il se rendait compte de l'effet qu'il lui faisait ?

— Tu dois être efficace, dit-il. Il faut tuer très vite. C'est la rapidité qui fait la différence.

A s'exprimer ainsi, il lui faisait presque peur. Elle ne voulait pas tuer, elle voulait seulement rester en vie.

— Tu l'as déjà fait ? demanda-t-elle.

Il ne répondit pas. Elle savait qu'il avait tué. Sans doute souvent.

Pas du temps qu'ils sortaient ensemble. Mais le connaissait-elle vraiment à l'époque ?

— Tu ne peux pas me montrer quelque chose de plus facile pour commencer ? Comment dire…

Je ne suis pas prête à tuer.

Il dut le lire dans ses yeux car elle vit la fossette se creuser dans sa joue.

— Quand ça se présentera et que ce sera ta vie ou la sienne, tu seras prête, crois-moi.

Sur ces mots, la prenant totalement par surprise, il l'attrapa par le cou et serra.

— Une hésitation, et tu es morte.

Elle sentait sa grande main sur son cou. Il suffisait qu'il serre encore un peu pour l'étrangler.

Il recula.

— On va commencer par plus facile, si tu préfères.

Sa voix avait changé, son regard s'était durci et il s'était raidi.

— Trouve le point faible de ton agresseur et attaque-le là. Les points faibles, penses-y, c'est ça ta cible.

Juliana, crispée, s'efforça de se détendre.

— Quand tu attaques…

Il tourna autour d'elle, ce qui l'énerva.

— … sers-toi toujours de la partie la plus forte de ton corps.

Debout derrière elle, il passa le bras autour de sa taille et lui prit la main.

— Utilise tes poings…

Il leva sa main et donna un coup en l'air en faisant tourner son bras.

— … tes coudes.

Il était si grand et si large qu'elle avait l'impression qu'il l'enveloppait.

Il pivota et se trouva face à elle. Il tenait toujours son poing dans sa main.

— Attaque ton agresseur à la gorge, dit-il en levant le poing vers son cou. Et frappe, dur, de toutes tes forces.

Il abaissa les yeux sur elle.

— Tu dois être prête à mettre ton agresseur hors d'état de nuire.

Elle essaya de libérer sa main, en vain. Elle plissa les yeux.

— Mais si je veux seulement m'échapper ?

Il pivota encore, de sorte qu'elle lui présentait maintenant son dos. Il l'avait lâchée et elle était là, tendue, mal à l'aise.

— Je vais faire l'agresseur, dit-il.

Elle commença à manquer d'air.

— Si j'arrive sur toi par-derrière…

Et il le fit. Il se jeta sur elle et la tint dans ses bras. Elle se débattit, se tordit, se tortilla ; rien n'y fit, tant son étreinte était puissante. Lutter ne faisait que la fatiguer et la plaquer encore plus contre lui.

Il se prenait au jeu.

Elle se pétrifia.

— N'essaie pas de t'enfuir, dit-il, la voix bourrue. Fais le dos rond.

Elle s'exécuta.

— Maintenant, baisse-toi. Laisse-toi glisser.

Elle se baissa et se retourna. Serra le poing pour le frapper.

— Une fois libre, vise mes yeux, ma gorge.

Il fit une mimique douloureuse.

— Entre mes cuisses.

Ça, sûrement pas ! Pas maintenant.

Elle garda les yeux rivés sur son visage… à regret.

— Quand tu vises entre les cuisses, attaque avec le coude ou le poing et cogne. Le plus fort que tu peux.

Il grimaça comme s'il ressentait la douleur.

— Maintenant, si je t'attaque de front…

Il avança vers elle et, de nouveau, la prit à la gorge. Avec ses mains larges comme des battoirs, il serra son cou, sans lui faire mal. Et, une nouvelle fois, elle ressentit le fantôme d'une caresse sur sa peau.

— … tu plantes tes doigts dans mes yeux.

Vicieux. Juliana avala sa salive avec difficulté et opina. Elle ferait ce qu'il fallait.

Sans retirer sa main, il sonda son regard. La tension monta d'un cran.

— Je ne les laisserai jamais remettre la main sur toi.

Il avait les doigts derrière ses oreilles, et il la caressait. Ce contact et les souvenirs qu'il ravivait la firent frissonner. Autrefois, il adorait embrasser ce petit coin-là.

— Je m'interposerai entre toi et un éventuel agresseur.

Elle voulait bien le croire. Mais Logan était de chair et de sang. Il ne pouvait pas arrêter une balle, ni le feu.

Il était mortel, lui aussi.

Alors, qu'arriverait-il ?

Je serais de nouveau sans toi.

Elle leva les yeux vers lui. Les siens brillaient, de fièvre, de désir. C'était sûr, il avait envie d'elle. Son regard le trahissait. Mais il ne chercha pas à la brusquer, pas même à l'embrasser. Il lâcha son cou, et sa main retomba.

Elle lui avait demandé un peu plus tôt de bien vouloir garder ses distances. Plus exactement, elle avait murmuré : « C'est fini entre nous. »

Mais il savait qu'elle mentait. Qu'elle le désirait toujours autant.

Il se racla la gorge.

— Si nous pouvions savoir où James a caché la fameuse preuve…

— Cela faisait des années que je ne lui avais pour ainsi dire pas parlé.

Parce qu'elle avait vu ce qu'il était devenu. Ce n'était plus le père qu'elle connaissait. Il était devenu quelqu'un de froid, de fourbe.

— Il ne partageait pas ses secrets avec moi.

Logan pencha la tête de côté, les paupières plissées pour mieux l'observer.

— Peut-être pas directement, dit-il.

— Ni indirectement. Il ne partageait aucun secret avec moi.

Elle n'avait même pas passé le dernier Noël avec lui. Elle était restée seule.

— S'il a caché une preuve quelque part, j'ignore où.

Logan redressa la tête.

— Bien. Maintenant, voyons autre chose. Je vais me jeter sur toi et tu vas me frapper. Le plus fort possible.

Elle se mordilla les lèvres, hésita.

— Tu n'as pas peur que je te fasse mal ?

Il sourit.

— Non. Je te le demande, au contraire.

D'accord. Si c'était cela qu'il souhaitait, souffrir…

Elle lui tourna le dos. Elle n'allait pas lui faire de cadeau.

Il prit son élan, referma les bras sur elle à lui couper le souffle. Elle ne s'attendait pas à pareille brutalité. Sans doute l'avait-il ménagée jusqu'à présent ? La panique la prit, puis elle réagit.

Pas de faiblesse.

Elle rentra la tête dans les épaules, se recroquevilla et lui glissa entre les bras. Aussitôt, elle lui administra un coup de coude entre les cuisses qui l'envoya au tapis. Mais il se redressa tout de suite et se précipita sur elle. Heurtée avec violence, elle tomba par terre .

Le choc de son corps lourd contre le sien lui fit perdre le souffle. Il saisit ses mains et les plaqua de chaque côté de sa tête.

— Bats-toi avec tes pieds, tes jambes, gronda-t-il. Défends-toi avec toutes les parties de ton corps. N'arrête pas.

Arrêter ? Sûrement pas ! Se tortillant comme une anguille, elle réussit à glisser une jambe entre les siennes. Elle haletait. Elle leva un pied et, rassemblant toute ses forces, lui asséna un coup de genou entre les cuisses.

Il se tordit, roula un instant sur le côté avant de se remettre en position.

— Bravo, dit-il. Je savais bien qu'il y avait un soldat en toi.

N'empêche que lui ne haletait pas. Et il tenait toujours ses mains. Et il était toujours sur elle.

Qu'attendait-elle pour lui dire de se relever ? Que ça suffisait comme ça ?

Ce n'était plus un cours d'autodéfense qu'il lui donnait… C'était un prélude à l'amour. Elle avait le cœur qui battait et son corps… son corps lui faisait mal. De désir.

Un désir qu'il lui fallait à tout prix assouvir.

Après Logan, elle avait connu un autre garçon. En fait, elle était sortie avec deux autres hommes depuis qu'il l'avait abandonnée. Mais avec eux, son plaisir n'avait jamais été aussi intense.

Même en imaginant que Logan était à leur place — ce dont, à sa grande honte, elle ne s'était pas privée.

Avec eux, elle n'avait jamais réussi à nouer un vrai lien, à se donner vraiment.

— Tu ne devrais pas me regarder comme ça, dit Logan d'une voix rauque.

Cette voix rauque des moments forts, qu'elle n'avait jamais oubliée.

— Comme quoi ?

— Comme si tu voulais que je te dévore.

Elle connaissait d'avance la réponse.

Elle ne bougea pas. Elle sentait la douceur de son jogging sur ses jambes. Il serrait toujours ses poignets, sans lui faire mal. Il avait toujours été conscient de sa force et n'en abusait pas.

Oui, il était très fort, mais il savait aussi se faire très doux.

Finalement, il la lâcha.

— Je pense que ça suffit pour l'instant.

Il se dégagea et s'apprêtait à se relever quand elle l'empoigna par les épaules. Logan se figea.

— Julie… J'ai menti.

Ils le savaient tous les deux.

Ses yeux bleus virèrent au noir.

— J'ai toujours envie de toi. Je donnerais tout pour être en toi…

Il gémit et happa sa bouche. Mais ce n'était plus comme avant. C'était moins simple, moins tendre.

Cela faisait si longtemps.

C'était différent.

Il approfondit son baiser, savoura sa bouche.

Il était différent.

Elle l'agrippa si fort qu'elle lui griffa les épaules.

Elle était différente.

La barbe naissante de Logan lui râpa la joue. C'était une sensation qu'elle avait toujours aimée. Elle pressa ses seins contre lui, creusa les reins pour mieux le sentir.

Il lâcha sa bouche, s'écarta d'elle puis revint sur son cou, qu'il mordilla du bout des dents.

Folle de désir, elle ferma les yeux et ne put retenir plus longtemps un gémissement.

— Tu m'as manqué…

Elle rouvrit les yeux. Il avait passé les mains sous son T-shirt. Ses mains calleuses, abîmées, qui couraient maintenant sur elle, la pétrissaient, soulevaient le coton de son T-shirt pour offrir à son regard affamé le spectacle de sa nudité.

Elle se mit à trembler. Elle le voulait en elle. Tout de suite. Elle ne pouvait plus attendre.

— Dis-moi d'arrêter, lui dit-il en amorçant le geste de la déshabiller.

Elle ne l'écouta pas.

— Je veux ta bouche… sur moi, susurra-t-elle.

Au cœur du cauchemar qu'elle vivait, pourquoi n'aurait-elle pas pris du plaisir ? Si la mort était son avenir, autant profiter de la vie, non ? D'autant que ce plaisir était là, à portée de main.

Logan.

Il remonta vers sa poitrine, embrassa ses seins, taquina ses mamelons puis les engloutit.

Il faufila une main sous son short, puis plus bas. Elle sentit la chair de poule la couvrir. Poussa un cri. Elle inspira très fort son odeur, une odeur qui n'appartenait qu'à lui. C'était ses mains maintenant qui caracolaient sur lui, le palpaient, le caressaient. Avec la maturité, il était devenu plus grand, plus fort.

Elle voulait embrasser son tatouage.

— Juliana, fit-il d'un ton plaintif.

Elle se cambra. Plus rien ne l'arrêterait dorénavant. Elle n'était plus que désir, et le plaisir était là, tout proche.

Elle prit sa main. La plaqua contre elle.

— J'ai envie de toi, supplia-t-elle.

Il la regarda, les yeux fiévreux, presque angoissés.

— Je pourrais tuer pour te prendre, dit-il.

Elle voulait bien le croire. C'était à la fois terrifiant et excitant. Elle savait que cet homme pouvait être dangereux, pour elle et pour les autres. Mais à cet instant… peu lui importait. Elle voulait se sentir lourde de lui, elle voulait le sentir peser en elle. Elle le désirait trop.

Elle n'eut pas besoin de l'encourager davantage. Tout en caressant d'une main sa poitrine, il chercha de l'autre le cœur de son désir et s'y enfonça.

Elle sursauta, l'appela par son nom, haleta. Le plaisir montait. Il allait exploser, lui apporter le soulagement qu'elle attendait et anéantir son stress.

Un hurlement strident déchira l'air. Une alarme. Eperdue, Juliana cria le nom de son amant. Un orgasme violent, intense, effroyable la convulsa. Logan se raidit contre elle.

L'alarme ne s'arrêtait pas. Logan jura.

— Vite, debout, dit-il. Il y a quelqu'un.

Tremblante, elle se leva, le cœur battant. Elle essaya d'avaler sa salive, en vain. Sa gorge était trop sèche. Tant bien que mal, elle lissa ses vêtements.

— Tu ne risques rien ici, ajouta-t-il en s'éloignant pour ouvrir un tiroir.

Il en sortit une arme.

Si quelqu'un arrivait…

Il lui prit la main et l'entraîna dans une petite pièce bardée d'électronique. Cinq écrans étaient allumés. Dessus, elle ne vit que des arbres. Un bois désert. Ils devaient utiliser des lunettes à infrarouge pour avoir vu approcher quelqu'un.

— Un intrus a déclenché l'alarme.

Il passa une chemise en tissu épais, enfila ses chaussures.

Juliana secoua la tête.

— Ils n'ont pas pu déjà nous trouver.

Ils n'étaient ici que depuis quelques heures.

Quelques heures…

Elle serra les jambes. Elle était encore pantelante de plaisir et voilà que…

— Non, il ne peut pas y avoir quelqu'un, chuchota-t-elle.

Mais comme elle fixait les écrans, des hommes sortirent de l'ombre. Des hommes cagoulés et lourdement armés.

Les images étant un peu floues, elle se pencha pour mieux voir.

C'est alors que les coups de feu claquèrent. Elle n'entendit pas les balles siffler mais elle vit les hommes tomber. Deux vacillèrent avant de s'écrouler sur le dos, les mains sur la poitrine. Les autres levèrent leurs armes. Tirèrent sur leurs ennemis qu'elle ne voyait nulle part. Ils foncèrent devant eux, leur image vacillant sur les écrans.

— Donne-moi un revolver, dit-elle avec un calme qui la surprit elle-même.

Logan scruta son visage, les yeux plissés.

— Donne-m'en un, insista-t-elle.

De toute évidence, l'équipe de Logan était dehors, quelque part dans les bois. Ils tiraient sur les hommes et, s'ils ne les abattaient pas tous, un rescapé risquait d'entrer dans le chalet et de les abattre.

Logan ouvrit un coffre. Il contenait des armes. Des poignards. Un stock impressionnant de munitions.

Il lui tendit un revolver.

— Le cran de sûreté est mis. N'oublie pas de l'enlever avant de tirer.

L'arme était moins lourde qu'elle ne l'aurait cru. Elle était froide. Effrayante.

L'alarme sonnait toujours. Les coups de feu étaient plus audibles. Ils se rapprochaient du chalet. De la porte.

— Reste derrière moi, dit Logan, et…

Il lui prit le menton et lui sourit.

— Essaie de ne pas me tirer dessus !

Sa remarque la fit rire. Rire ? En ce moment ? Elle était peut-être aussi folle que lui.

Un bruit de verre brisé fit s'étrangler son rire. Une fenêtre. Quelqu'un entrait par une fenêtre.

— Baisse-toi, cria Logan.

Des coups de feu retentirent. Le bois craqua. La porte d'entrée. Qu'on fracassait ?

Logan la poussa contre le mur de gauche. La porte de la pièce où ils se trouvaient était légèrement entrebâillée. Une aubaine. Il introduisit le canon de son revolver dans la fente. Visa…

Le coup de feu lui fit mal aux oreilles mais elle ne cria pas. Elle entendit une plainte et, brusquement, le bruit lourd d'une chute.

Puis le silence. Un long silence. Assez long pour qu'elle croie la bataille rangée terminée. Le danger passé.

Et soudain, les coups de feu reprirent, serrés, nourris — et tout dans le chalet sembla se disloquer.

6

Leurs poursuivants étaient arrivés trop vite. Ils n'auraient pas dû être déjà au chalet.

Les agents de l'ombre n'avaient pas semé de petits cailloux blancs pour que les hommes de Guerrero retrouvent leur trace. Ils n'étaient pas prêts pour cette attaque.

Ils n'auraient pas dû sous-estimer les ressources du parrain.

Une balle traversa ce qui restait de la porte pour ressortir à quelques centimètres de l'épaule de Logan. La riposte s'imposait. Rapide et surtout, précise. Il entendit à peine le tonnerre des armes, il ne se retourna pas pour regarder Juliana — il ne voulait pas lire la peur dans ses yeux —, il se concentra pour réussir ce qu'il avait à faire. La protéger.

Tuer ou se faire tuer. La seconde option était proscrite.

Il s'interdisait de gaspiller des balles. Il ne tirait que lorsqu'il avait une cible. Et quand il en avait une, son coup de feu était expéditif. Il vit une cible, visa. Elle tomba.

Les bras tendus, arme au poing, il balaya l'espace devant lui en quête d'une autre cible.

Un deuxième homme s'effondra.

Il avait toujours aimé se battre mais, cette fois, la vie de Juliana était en jeu.

Un homme courut vers le chalet mais il ne tira pas. C'était Gunner.

Gunner entra, fit le tour de la pièce des yeux et siffla entre ses dents.

— Trois à terre… Pile dans le cœur.

Tuer ou se faire tuer.

Logan fixa son coéquipier.

— Clair ?

— Ouais, ouais, on est clair, Alpha One.

Il se retourna enfin vers Juliana. Au lieu de la peur qu'il s'attendait à voir dans ses yeux, il ne vit que de la colère. Elle serrait son arme dans sa main. S'en serait-elle servie s'il l'avait fallu ?

A sa connaissance, elle n'avait jamais fait de mal à une mouche. Alors, tuer l'un de ses semblables ? C'était une limite que peu de gens franchissaient.

Lui, aucune limite ne l'avait jamais arrêté. Tuer ne lui posait aucun problème.

Je suis un monstre.

C'était ça qu'il était, même si Juliana l'ignorait.

Une arme. Un tueur. Un assassin. Le sénateur James avait eu raison à son sujet.

Juliana venait de voir de près de quoi il était capable. Elle avait dû comprendre qu'il était dangereux.

Elle lui empoigna le bras.

— Il n'y a plus de danger, maintenant ?

Il regarda derrière lui. Gunner examinait les hommes. Démarche inutile. Ils ne risquaient plus de bouger.

Il hocha la tête, soucieux.

— Bon Dieu, mais qu'est-ce qui s'est passé ?

Ces types n'auraient pas dû savoir où ils s'étaient réfugiés.

— On s'est fait avoir, répondit Gunner en le regardant, l'air soupçonneux. Des explosifs, l'artillerie lourde… Ils étaient préparés, les gars. On les a quand même eus.

Ecrasant les débris de verre qui jonchaient le plancher, Logan s'avança. C'était un carnage dans le chalet. Fenêtres explosées, porte d'entrée arrachée de ses gonds, des impacts de balles partout dans les cloisons.

Il adorait cet endroit, autrefois. C'était un lieu sacré, cadeau de son beau-père. Il s'y réfugiait pour panser ses plaies.

Un endroit qu'il avait partagé avec Juliana.

Autrefois.

Il s'agenouilla près d'un des hommes mortellement blessés. Avec Juliana toute proche, il n'avait pas voulu prendre de risque.

Il avait dû tuer. Si des hommes de Guerrero avaient survécu, ils auraient continué à leur tirer dessus.

— Se peut-il qu'il y en ait au moins un de vivant, dehors ? demanda Logan sans même lever les yeux.

Si un des hommes avait été épargné, ils pourraient le faire parler. Au Mexique, les mercenaires avaient peur de parler aux autorités, sauf s'ils étaient certains que Guerrero ne les avait pas encore soudoyées. Ce n'était pas pour rien qu'on l'appelait El Diablo, là-bas. Les gens le craignaient car il avait les moyens de transformer leur vie en enfer.

— Les seuls qui respiraient encore n'ont pas demandé leur reste.

— Je m'en doute !

Alerté par un froissement de tissu, Logan raffermit sa prise sur la crosse de son revolver et regarda du côté de la fenêtre brisée. Le canon d'une arme était pointé sur lui.

Il plongea au sol sans cesser de viser la fenêtre mais quelque chose — quelqu'un — le bouscula.

La balle partit vers la fenêtre. Un homme hurla. Logan tendit le bras, toucha quelqu'un. Juliana. C'était elle qui l'avait bousculé. Il se releva, la poussa derrière lui.

Gunner se trouvait déjà à la fenêtre. Il avait saisi le poignet de l'homme et le tordait. Nouveau cri de douleur. Le revolver vola, atterrit dans la pièce. Coup de pied de Gunner pour l'éloigner. Logan se précipita à son tour. Il attrapa l'homme par le col et le fit passer par la fenêtre.

Pieds écartés, arme brandie, Juliana était prête à tirer. Du sang coulait sur la figure de l'homme que la souffrance faisait grimacer.

— Vous, dit-elle, interloquée. C'est vous qui…

Logan pointa son revolver sur le menton de l'homme.

— Où est-il ? gronda-t-il.

Entre deux gémissements, l'homme trouva la force de ricaner.

— Hé, l'amoureux, tu la crois en sécurité avec toi ?

Il hocha la tête.

— C'est toi qui nous as conduits jusqu'à elle. Tu pouvais aussi bien la tuer de tes propres mains.

La voix du type était éraillée. Logan remarqua une vilaine cicatrice sur son cou. Une ancienne blessure mal soignée.

— Personne ne la tuera, gronda Logan. Tu peux en être sûr.

Il repoussa l'homme — la tentation de le descendre était trop forte — et se positionna de sorte que Juliana ne voie pas ce qui allait suivre. Après tout, il ignorait ce qui se passait exactement dehors. Gunner se trompait peut-être ? Et s'il y avait d'autres hommes en liberté ? Mieux valait être prudent.

Gunner fit tomber l'homme à genoux et pointa le canon de son arme sur sa nuque.

— Qui t'envoie ?

Ils le savaient déjà mais la question devait être posée. Il fallait que l'homme avoue.

Malgré la gravité de ses blessures, l'homme éclata de rire.

— Parle, le pressa Logan.

Le rire mourut. L'homme tourna la tête vers Juliana, comme indifférent au revolver braqué sur lui.

— Tu sais, petite *señorita*… Il va continuer à te chercher.

Juliana serra le bras de Logan.

— Votre voix… Je me souviens de vous.

Elle se précipita vers l'homme. Logan la rattrapa par la taille.

— Vous étiez là ! cria-t-elle à l'homme toujours à genoux. C'est vous qui m'avez enlevée cette nuit-là au Mexique… Vous n'arrêtiez pas de dire « petite *señorita* » ! Je n'ai pas vu votre tête, mais votre voix… je ne l'oublierai jamais !

Elle se mit à gesticuler dans les bras de Logan, à se débattre comme un chat sauvage. Il lui prit le revolver des mains et la serra contre lui.

Si elle disait vrai, il serait très intéressant de faire parler ce voyou…

— Je suis sûre que c'est vous, insista-t-elle. Je ne peux pas me tromper.

Elle ne se débattait plus. Mais Logan ne commettrait pas l'erreur de la relâcher. C'était peut-être une ruse.

Leur prisonnier avait baissé la tête et rentré les épaules.

— Tu travailles pour Guerrero, l'accusa Gunner. Et tu vas

nous dire ce qu'on veut savoir sur ton patron, à moins que tu préfères finir comme tes complices.

— Qui es-tu ? fit Logan.

— *Mi nombre es Luis Sanches.*

Ils avaient un nom. C'était un bon début.

— *La muerte no me asusta.*

Logan se crispa. Comme ça, il n'avait pas peur de la mort ? Sanches frotta sa nuque contre le canon du revolver.

— Allez-y ! Tuez-moi !

Gunner plissa les yeux.

— El Diablo… Ce qu'il peut me faire, c'est bien pire que la *muerte.*

Son buste se mit à trembler.

— *Mucho* pire.

Logan lâcha Juliana en lui glissant à l'oreille de ne pas bouger.

— Il l'aura, reprit Luis. Il vous connaît… Il comprend toujours ses ennemis…

— On peut te protéger, dit Logan.

Quand on tombait sous la coupe d'un Guerrero, on pouvait s'attendre à ne pas rester longtemps en vie.

— On te donnera un nouveau nom, une nouvelle…

Luis secoua la tête.

— Je ne veux pas le trahir.

Gunner le prit par le col et le releva sans ménagement.

— Quand il saura que nous te tenons, Guerrero pensera tout de suite que tu l'as trahi. Alors ton histoire de trahison… Quoi que tu fasses, tu es fichu.

Silencieuse dans son coin, Juliana fixait Luis, qui la regardait lui aussi.

— Petite *señorita*… j'aurais préféré ne pas te voir au Mexique, dit-il.

Les bras le long du corps, il avait tout du pauvre type sans défense, condamné.

— Moi aussi j'aurais préféré, répliqua-t-elle. J'aurais préféré que rien de tout cela n'arrive.

— Si.

Logan marcha sur Sanches.

— Tu vas nous aider à mettre la main sur Guerrero.

Il sentait que ce Luis n'était pas un voyou ordinaire, et son flair le trompait rarement. Il avait déjà des mèches grises dans les cheveux, et ses yeux en disaient long. Il en avait beaucoup vu. Beaucoup trop.

— Non, je ne vous aiderai pas.

Logan alla prendre son mobile et pianota un numéro. Sydney décrocha aussitôt.

— Qu'est-ce que tu vois ? lui demanda-t-il.

— Les assaillants sont tous HS. Le périmètre de sécurité est dégagé.

— On a un transport à faire, dit-il en regardant Luis par-dessus son épaule. On en a un vivant. Un important.

Luis baissa la tête.

— Non !

Au même instant, échappant à Gunner, il s'élança, bras tendu. La lame d'un couteau étincelait dans sa main. Il avait dû s'en saisir quand il était à genoux.

Logan dégaina aussitôt.

— Lâche ça.

Mais Luis ne menaçait personne.

— Ma fille…, gémit-il. Elle me manquera.

Gunner se jeta sur Luis. Trop tard, il enfonçait déjà la lame dans sa propre poitrine.

— Non ! s'écria Juliana.

Le sang gicla. Les yeux exorbités, moins de peur que de douleur, Luis semblait soulagé.

Gunner l'attrapa par le dos. Il serrait toujours son poignard mais ses jambes ne le portaient déjà plus. Il y avait du sang partout.

Sanches était un tueur, lui aussi. Il avait su exactement où porter le coup fatal.

Logan reprit Sydney en ligne.

— Plus besoin de transporter le prisonnier, dit-il laconiquement.

Luis respirait encore mais son temps était compté. Rangeant son mobile dans sa poche, Logan s'approcha de lui.

Gunner l'avait allongé par terre sans lui ôter le poignard. S'il le faisait, Luis n'aurait plus que quelques instants à vivre. Or il fallait tâcher de le faire parler tant qu'il en était encore capable.

— Où est Guerrero ?

— Ma fille, dit Luis en souriant. Elle est mignonne.

— Où est Guerrero ?

— Comme ça, il ne la touchera pas.

Luis avait choisi de se tuer plutôt que de trahir son patron ! La rage fit frémir Logan.

— Tellement jolie… ma petite chérie…

Le mourant battit des paupières.

— Marie…

Il ne parlerait pas.

Logan jeta un coup d'œil aux autres corps. Puis il regarda Juliana. Un peu à l'écart, très pâle, elle ne disait rien.

Ils l'ont déjà trouvée, se dit-il.

Comment avaient-ils fait ?

Lui revint alors à la mémoire ce qu'avait dit Luis après que Gunner l'avait fait passer par la fenêtre.

« Hé, l'amoureux… Tu la crois en sécurité avec toi ? »

Comment Luis savait-il qu'il était l'amoureux de Juliana ?

« C'est toi qui nous as conduits jusqu'à elle… »

Vivement, Logan s'empara de la main de la jeune femme.

— Partons d'ici !

Sydney avait certainement demandé du renfort pour nettoyer les lieux et il était sûrement en route, mais l'endroit n'était plus sûr ; il n'avait plus rien d'un piège idéal pour appâter Guerrero.

C'est lui qui nous tend un piège.

Il n'allait pas rester là, les bras ballants, à attendre le tueur.

Mais Juliana ne bougeait pas.

— Où ? Où allons-nous ? Il va me retrouver. En quelques heures, il m'avait déjà repérée.

Logan serra sa main dans la sienne.

— Tu me fais confiance ou pas ?

Elle ouvrit la bouche pour répondre. Impatient, Logan la pressa :

— Alors ?

Elle fit oui de la tête, ce qui le rassura.

— Dans ce cas, laisse-moi faire.

Il ne pouvait pas lui révéler son plan. Cela ne ferait qu'un mensonge de plus. A croire que cela ne s'arrêterait jamais.

Depuis l'instant où il l'avait rencontrée, il n'avait cessé de lui mentir, et ces mensonges le rongeaient. Ils le rongeaient et anéantissaient tout espoir de vivre un jour avec elle.

Le jour où elle apprendrait la vérité sur lui, où elle découvrirait pourquoi il était entré dans ce restaurant pour la retrouver, ce jour-là serait le dernier où elle le croirait.

Il sortit avec elle. Avancé par Jasper, un 4x4 les attendait au bas des marches de la terrasse. Ils s'installèrent derrière, très vite, et le véhicule démarra en trombe. Les vitres étaient blindées, la carrosserie aussi.

Le SUV roulait à tombeau ouvert sur la petite route sinueuse. Il sentait Juliana trembler contre lui.

— Il y a un renfort sur place, annonça Jasper avec son accent traînant inimitable. Sydney en a demandé d'autres. La route sera claire.

Claire, peut-être. Cela ne voulait pas dire que Guerrero n'avait pas envoyé un de ses sbires pour les surveiller, peut-être même les suivre.

Le parrain voulait Juliana et il la voulait vivante, sinon il se serait bien trouvé une balle pour la descendre.

Quand un individu de sa trempe voulait quelque chose, rien ne l'arrêtait.

Viens donc la chercher toi-même, pensa Logan. *Viens et tu me trouveras. Si tu oses…*

Car il n'était pas non plus un homme que le danger arrêtait.

Elle aurait été incapable de dire combien de temps ils avaient roulé. A dire vrai, elle s'en moquait. Assise, les épaules rentrées, à l'arrière du 4x4, elle se passait en boucle le film du suicide de Luis. Il craignait tellement Guerrero qu'il avait préféré se tuer plutôt que le trahir.

Logan n'avait pas cillé.

Depuis leur départ, il était au téléphone avec de mystérieux interlocuteurs, dont un certain Mercer. Il exigeait des explications.

Qui avait vendu la mèche ? Révélé l'adresse de leur refuge ? Qui les avait *donnés* ?

De temps à autre, elle sentait son regard sur elle. Et, bizarrement, elle aurait juré qu'il la soupçonnait. Pourquoi ?

Le 4x4 s'immobilisa. Elle regarda autour d'elle.

— Un nouvel *abri* ? murmura-t-elle, un peu sarcastique.

— Pas exactement, rétorqua Logan.

Sa voix était glaciale. Pis, indifférente. Avait-elle rêvé qu'elle avait gémi dans ses bras, une ou deux heures plus tôt ? Ce souvenir lui semblait surréaliste. En revanche, la mort, la violence… Ça, oui, ça avait existé.

Logan ouvrit sa portière et elle en fit autant. Elle descendit et fit quelques pas, malgré ses pieds nus — elle n'avait même pas eu le temps d'enfiler ses chaussures ! —, dans ce qui semblait être un parking souterrain. Il était désert.

— Ça va ? lui demanda Jasper.

Il semblait ennuyé, contrairement à Logan qui affichait toujours une belle indifférence.

— C'est pour votre sécurité. Ça va peut-être vous faire un peu mal, mais…

Inquiète, elle leva la main.

— Qu'est-ce qui va me faire mal ?

D'un mouvement de tête, Jasper lui désigna une personne qui venait vers eux. Une femme rousse dans une blouse blanche de laboratoire.

— Que se passe-t-il ?

Jasper lui donna une tape sur l'épaule.

— Simple procédure. Pour s'assurer qu'il ne vous arrive rien.

— Jusqu'à présent, je ne peux pas dire que je me sois sentie très protégée.

Jasper se raidit.

— En fait, rien ne s'est passé comme prévu. Personne n'aurait dû savoir où vous vous trouviez. En tout cas, pas aussi vite. Nous devions attendre que…

— Jasper ! tonna Logan.

Surpris, Jasper tressaillit.

Mais il avait trop parlé.

— Dis-moi que ce n'est pas vrai, lança Juliana.

Hélas, elle savait que c'était la vérité.

Ils devaient attendre… c'est donc qu'ils comptaient l'utiliser comme appât pour attirer les trafiquants d'armes ! Elle en aurait eu la nausée.

Logan ne disant rien, la femme rousse intervint.

— Je suis prête pour l'intervention. Je peux mettre l'implant en place tout de suite.

L'implant ? Juliana recula.

— Il n'en est pas question. Je ne suis pas d'accord.

La femme se tourna vers Jasper.

— Dois-je administrer un sédatif à la patiente ? s'enquit-elle d'un ton morne.

— Quoi ? Mais je ne suis pas malade ! Et je ne suis pas votre patiente ! Ne me touchez pas !

Hors d'elle, Juliana chercha le regard de Logan.

— Tu m'as demandé si je te faisais confiance.

Une première fois dans l'hôtel minable, puis au chalet, au milieu du carnage.

— Et je t'ai répondu oui. Alors, sois honnête, dis-moi… dis-moi que vous ne vous servez pas de moi.

Il resta de marbre.

— Venez avec nous, intervint Jasper, et je vous expliquerai ce qui va se passer.

— C'est bénin, ajouta la rousse, un médecin sans doute.

Juliana sentit sa colère redoubler. Les joues en feu, elle interpella la femme.

— J'arrive d'un endroit où il y a eu un bain de sang, ça suffit, je crois.

Interloquée, le médecin recula.

Elle a bien fait, se dit Juliana.

Ignorant la main que lui tendait Jasper, elle se tourna vers Logan.

— Dis-le que tu voulais te servir de moi comme appât. Dis-le !

— Oui.

Stupéfaite, elle plaqua la main sur sa poitrine.

— Non. Ce n'est pas vrai, dit Jasper.

Elle regarda ce dernier. Elle n'y comprenait plus rien.

— Ce n'est pas lui. C'est nous tous. Notre unité a reçu des ordres. Logan n'a pas eu le choix.

Jasper hésita une seconde.

— Il n'a toujours pas le choix.

C'était irrecevable.

— On a toujours le choix, rétorqua-t-elle en se frottant les bras.

Elle grelottait. C'était sans doute nerveux. Quoique, après tout, elle était toujours en shorty et en T-shirt...

Une odeur affreuse régnait partout, une odeur de mort.

— Pas toujours, corrigea Logan.

Elle remarqua alors la présence d'autres hommes, dans l'ombre. Armés. Les hommes des forces spéciales étaient toujours armés, non ?

— Ma mission, c'est d'arrêter Guerrero.

Elle eut un rire amer.

— Je croyais que c'était de me ramener vivante. Excuses à géométrie variable ! Bravo.

A cet instant, elle crut lire de la pitié dans le regard de Jasper. Il pouvait la garder pour lui, sa pitié !

— Si. C'était bien de te ramener vivante, grommela Logan en lui prenant le bras.

Il lui fit longer un couloir et ils pénétrèrent dans une pièce à mi-chemin entre la salle d'attente et la salle d'interrogatoire. Une glace — sans tain ? — occupait tout le mur du fond. Juliana libéra son bras et s'avança lentement vers elle.

— Où sommes-nous ? s'enquit-elle sèchement.

— Dans un bâtiment du gouvernement. Personne ne le connaît. *Personne ! Bien sûr !*

— Je ne... Et puis zut ! Il n'est pas question de t'utiliser ! s'énerva-t-il.

Elle se retourna vivement vers lui.

— Tu voulais attirer Guerrero dans le chalet ! Grâce à moi !

Sa voix avait monté dans les aigus. Elle était tellement en colère !

— J'étais — je suis — responsable de toi, répondit calmement Logan. Il faut faire sortir Guerrero de sa cachette. Tu ne seras vraiment en sécurité que lorsqu'il aura été arrêté, ou qu'il sera mort.

— Tu n'avais qu'à me dire la vérité.

— Toutes les vérités ne sont pas bonnes à dire.

Elle traversa la pièce et enfonça un doigt dans sa poitrine.

— Je ne suis plus une gamine, Logan. La mort, les désillusions, les trahisons, je connais. Depuis longtemps.

Et elle avait survécu. Elle ne craquerait pas aujourd'hui.

— Tu es donc prié de ne pas décider pour moi. Et de ne pas me cacher la vérité.

Son père avait agi de cette façon envers elle pendant dix ans.

Il chercha son regard et hocha la tête.

— Tu as raison, je te demande pardon.

Il avait intérêt, mais ça ne lui suffisait pas. C'était trop facile.

— Sydney m'a raconté pour le frère de Gunner. Je comprends que ton unité ait un compte à régler avec Guerrero. Mais il n'y a pas que ton unité. Ma vie aussi est en jeu.

Les yeux de Logan lançaient des éclairs.

— Parle-moi. Dis-moi ce qui se passe.

C'était elle qui donnait des ordres, maintenant.

— Tu es dans un centre médical du gouvernement. Ici, on aide les agents à suivre leurs témoins.

Se rendant compte qu'elle avait toujours le doigt piqué dans sa chemise, elle abaissa le bras.

— En implantant une puce sous leur peau, on peut les suivre à la trace, expliqua-t-il.

— Tu veux dire que si Guerrero m'attrape, vous pourrez me suivre grâce à cette puce ?

— Oui.

Sa confiance réduite à néant, elle insista.

— Si je comprends bien, tu es prêt à laisser les hommes de Guerrero m'enlever sous prétexte que j'ai une puce et que cette puce vous permettra de remonter jusqu'à lui ? C'est bien ça ?

Logan se figea.

— En quelque sorte, vous me transformez en GPS ! Peu vous importe que, dans son repaire, il me torture ou me tue ! Ce qui compte, c'est que vous l'attrapiez !

La prenant par les bras, il la serra contre lui.

— Il ne te torturera pas. Il ne te tuera pas.

— Des promesses ! Toujours des promesses ! Je ne te crois plus, Logan.

Brusquement, tout resurgit, tous les souvenirs douloureux qu'elle espérait enfouis.

— Je t'ai cru, autrefois, tu te rappelles ? Nous devions partir ensemble. Je suis venue ce fameux soir. Je suis venue prête à tout quitter. A laisser derrière moi tout ce que je connaissais. Je t'ai attendu pendant des heures.

Depuis ce soir-là, une question et une seule n'avait pas cessé de la tourmenter. Il était temps de la poser.

— Où étais-tu donc ?

7

Il ne lui serrait pas les bras, il la pinçait, et il le savait. Cherchait-il à la punir de la colère, non, de la rage qu'il lisait dans ses yeux, et qui lui était insupportable ?

Préférant ne pas savoir, il la lâcha.

— Nous étions des enfants, Julie. Deux gosses un peu perdus.

— J'avais vingt ans et toi vingt-deux ! On avait passé l'âge du bac à sable...

Il ne céderait pas. Des terroristes, des tueurs... il en avait affrontés beaucoup durant sa carrière. Il avait reçu des balles, des coups de couteau. Et il n'avait jamais cédé.

Je hais sa façon de me regarder.

— Nous étions trop jeunes. Ce n'était pas de l'amour. Ça n'aurait pas duré.

Elle le dévisageait d'un air réprobateur, comme si elle se remémorait tous ses mensonges.

— Ce n'est pas juste. Je comptais les minutes sur cette fichue horloge. Tu te rappelles ? L'horloge immense accrochée au-dessus du comptoir de la gare. J'ai compté jusqu'à minuit, et là, j'ai abandonné.

Son regard le crucifiait.

— A minuit, je me suis juré que je ne te laisserais plus jamais me trahir. Mais je crois que je me suis trompée là-dessus aussi.

Se rendait-elle compte que chaque mot qu'elle prononçait le suppliciait aussi cruellement qu'une lame de poignard ? Le faisait-elle exprès pour se venger ?

— Peu importe, conclut-elle en s'éloignant de lui, le laissant interdit, meurtri. Bon, alors ? Vous allez me mettre un implant, c'est ça ? Me charcuter contre mon gré ?

La pose d'une puce, en effet, lui semblait nécessaire. Après ce qui s'était passé au chalet, il voulait être certain qu'il la retrouverait.

— C'est le seul dispositif sûr. Les otages sont déshabillés, leurs sacs sont fouillés, jetés. On a fini par se convaincre qu'il fallait s'équiper… *les* équiper de matériel indétectable par les malfaiteurs. Quelques heures après l'intervention, tu auras oublié que tu as une puce sous la peau.

La puce, quasiment invisible, s'implantait aisément. Une merveille de technologie dont l'Oncle Sam gardait le secret jalousement.

— Non, je suis sûre que je la sentirai encore.

Son débit était saccadé, nerveux.

— Mais tant pis, je le ferai. Cela dit, si Guerrero m'attrape, la DOS aura intérêt à se remuer pour me sauver.

Il se remuerait.

Comme Juliana se dirigeait vers la porte, il ne put s'empêcher de s'excuser.

— Pourquoi donc ? fit-elle sans même se retourner. Pour m'avoir laissée tomber ou pour ce… coup monté ?

Les deux.

— Je voulais ton bonheur. Tu n'aurais pas été heureuse avec moi.

Le refrain qu'il s'était répété tous les jours depuis ce fameux soir. Elle méritait mieux. Elle trouverait mieux. Un jour le prince charmant se présenterait. Ce n'était qu'une question de temps.

Il avait joint les mains et les serrait si fort que ses articulations lui faisaient mal.

— Ne me dis pas comment j'aurais été, répliqua-t-elle durement. Il n'y a que moi qui sache ce que je ressens et ce que je veux.

Sur ces mots, raide comme la justice, elle passa la porte. Ses ongles de pied vernis de rouge avaient quelque chose d'incongru dans le contexte.

— Alors, docteur ? On y va ?

Logan soupira. Le miroir qui se trouvait à quelques mètres lui renvoyait une image de lui peu flatteuse : traits tirés, yeux cernés, joues grisées par une barbe naissante.

Elle n'aurait pas été heureuse. Les mots étaient définitifs mais ce n'étaient pas des mots à lui. Pas vraiment. Son père les avait prononcés le premier.

« Le jour où elle apprendra ce que tu as fait, elle ne voudra plus te voir », avait-il ajouté.

Irrité, nerveux, Logan appela Jasper.

— Rapplique, je sais que tu es là.

Un instant plus tard, il entendit le pas lourd du ranger.

— Tu es le roi des salauds, lui lança-t-il depuis le seuil.

— Ne me cherche pas ! menaça Logan.

Jasper était exaspérant. En opération, au bureau… partout, il s'ingéniait à le mettre à bout. Suicidaire ? Sûrement.

Son éternel sourire sardonique sur les lèvres, il s'approcha de lui.

— Tu l'as laissée seule à la gare routière ? Elle est canon, pourtant. C'es moche.

Logan fixa Jasper sans le voir.

— Elle avait une robe bleue qui lui arrivait aux genoux, une queue-de-cheval ramenée sur le côté. Un sac noir à ses pieds.

Il desserra les mains.

— Elle était assise à un mètre du comptoir, tournée de telle sorte qu'elle voyait l'entrée.

Il était là bien avant qu'elle n'arrive, tapi dans l'ombre, et il l'avait contemplée… cette fille qu'il ne pouvait avoir.

Jasper fronça les sourcils.

— T'étais là et tu ne t'es pas montré ? T'es complètement malade, mon pote ! Laisser filer une fille comme ça !

— Tu sais qui je suis, non ?

Jasper l'avait vu dans les pires moments, couvert de sang, se battant pour sauver sa vie. Plus animal qu'humain. Il avait vu comment la bête sauvage qui sommeillait en lui pouvait se déchaîner quand il ne se dominait plus.

Né pour tuer. On le lui avait dit et répété.

— Non, vieux, mais je sais ce que tu penses, dit Jasper dans un soupir. Moi, je te dis un truc : si, un jour, une fille comme elle me regardait comme elle te regarde, je ferais n'importe quoi pour elle.

C'est ce qu'il avait fait. Il avait abandonné la partie. Il ne pouvait pas faire plus, pas faire mieux.

— S'il te plaît, arrête. Ne me pousse pas à bout.

Il détestait l'idée de mettre encore une fois son poing dans la figure de son copain.

Incorrigible, Jasper continua de le narguer.

— Je pourrais peut-être aller lui parler. La consoler.

— Bas les pattes, mon vieux. Pigé ?

— Pas vraiment.

Sans laisser à Logan le temps de réagir, il enchaîna :

— Je peux comprendre qu'à vingt-deux ans tu aies eu peur de t'engager, mais tu n'es plus un petit crétin, maintenant. Tu as envie d'elle, oui ou non ?

Il avait envie d'elle depuis le premier jour et rien n'avait changé.

— Tu ne vas quand même pas la laisser encore tomber ?

Logan ne dit rien.

— C'est bien ce que je pensais, marmonna Jasper avant de s'en aller en sifflotant.

Cette fois, Logan évita de se regarder dans la glace. Il ne voulait pas voir un homme capable de forcer Juliana, même s'il savait qu'elle méritait mieux, à rester avec lui parce qu'il en était follement, désespérément amoureux.

Assise sur le petit lit du laboratoire, tête baissée, Juliana fixait le carrelage. Debout sur le pas de la porte, Logan la regardait.

Brusquement elle releva la tête et le vit.

— J'ai des vêtements pour toi, dit-il comme pour s'excuser d'être là. Et des chaussures.

Il avança, déposa un sac à ses pieds puis, incapable de se retenir, approcha la main de son visage. Elle se raidit.

— Doucement, murmura-t-il. Je veux juste vérifier…

Il lissa ses cheveux en arrière pour voir où Liz Donaldson avait posé l'implant. En fait, il le savait. C'était un prétexte pour la toucher, la caresser, soulever la masse de ses cheveux sans qu'elle proteste.

L'incision était discrète. Trois centimètres de long. Plate. Pratiquement invisible.

— Ça va, dit-elle.

Son ton était hostile.

— Tu es sûre ? Ça ne te fait pas mal ?

Elle hocha la tête, agacée.

Il soupira et se résigna à retirer sa main.

— On partira quand tu te seras changée, lâcha-t-il en se détournant.

Elle le retint par la manche.

— Où va-t-on maintenant ? Dans un autre chalet en forêt ? Un autre refuge ?

— Non.

Perplexe, elle le dévisagea.

— On ne se cache plus, dit-il.

L'ordre venait d'en haut. De l'homme qui avait mis la DOS sur pied. Des rumeurs, qui semblaient fondées, assuraient que Guerrero se trouvait sur le territoire américain. Puisqu'il était là, tout près, il suffisait de le faire venir encore plus près.

Le patron de Logan voulait que l'unité passe à l'offensive.

— Il faut lui faire peur. Qu'il comprenne qu'il est fichu, lui avait dit Mercer cinq minutes plus tôt. Tant que la femme se cache, il sait qu'il a le pouvoir. Sortez-la. Qu'elle s'affiche ! Faites croire à Guerrero qu'on a la preuve qui le compromet. On va le faire courir !

Facile à dire. Mercer ne connaissait pas Juliana. Pour lui, elle n'était qu'un témoin. Important, sûrement, mais l'idée de lui faire courir un risque ne le traumatisait pas.

— Où allons-nous, alors ? répéta-t-elle.

Puis brusquement, comme si l'idée venait de germer dans son esprit :

— A moins… qu'il n'y ait plus de « nous » ? Que la DOS…

— Nous restons avec toi, la rassura-t-il.

Comme si quelqu'un pouvait l'obliger à l'abandonner quand elle était en danger ! Comment pouvait-elle imaginer une horreur pareille ?

— Mais nous ne nous cachons plus. Guerrero est puissant

parce qu'il fait régner la terreur. Il veut t'effrayer. T'éloigner de tout ce que tu connais. T'isoler. C'est sa technique.

Il était temps d'adopter une nouvelle tactique.

— Mon patron… Mercer… veut que tu te montres en public. L'objectif, c'est de faire paniquer Guerrero. Qu'il croie que nous avons trouvé la fameuse preuve. Que nous sommes sûrs de nous. Les gens paniqués font toujours des bêtises.

Il l'avait constaté maintes et maintes fois.

— Ai-je le droit de donner mon avis ?

La sécheresse du ton le glaça. Admettant alors qu'il fallait, parfois, savoir désobéir aux ordres, il répondit :

— Oui. Absolument. Si tu veux que je t'emmène loin du Mississippi, le plus loin possible de Guerrero et de ses hommes, tu n'as qu'à le dire.

Elle entrouvrit la bouche pour parler.

— Maintenant, si tu veux rester ici et faire front contre lui, si tu veux le traquer, on le fera. C'est ta vie. C'est ton choix.

Il la soutiendrait même s'il devait le faire seul, sans les autres agents de la DOS.

Elle passa la main sur le petit pansement qu'elle avait à la tête.

— Je ne veux pas me cacher jusqu'à la fin de mes jours.

Il connaissait des gens qui s'étaient planqués pendant des années. C'était une vie … invivable. Se retourner sans arrêt pour s'assurer qu'on n'est pas suivi, ne jamais baisser la garde… Mais ce n'était pas tout. Il y avait autre chose qu'il fallait qu'elle sache avant de prendre sa décision.

— Mercer est ennuyé. Il pense qu'il y a une taupe à la DOS. Si l'on t'emmenait dans un autre abri, l'endroit ne resterait pas secret bien longtemps. Guerrero n'aurait pas dû nous trouver aussi vite.

Juliana se redressait.

— J'en ai assez de passer ma vie à trembler à cause de lui, dit-elle d'une voix décidée. Je veux le pourchasser, je veux qu'il ait peur. Il m'a fait trop de mal.

Elle inspira profondément.

— Le moment est venu de me venger.

Voilà qui était direct !

— Laissons-le croire que j'ai la preuve. Laissons-le croire que sa vie de nabab est finie.

Elle parlait d'une voix de plus en plus ferme.

— Et ensuite, massacrons-le.

— C'est ce qu'on va faire.

Pieds et poings liés, attaché à sa chaise, l'homme avait un sac noir enfoncé sur la tête et hurlait comme un porc.

Pensait-il vraiment que quelqu'un allait venir à son secours ?

Diego soupira.

— Pourquoi t'apprêtais-tu à quitter la ville, McLintock ?

Quelques mois plus tôt, soupçonnant le sénateur de le doubler, il avait fait suivre son bras doit par un de ses hommes. Aaron James avait besoin d'une personne de confiance pour l'aider dans son petit business. Cette personne s'époumonait devant lui.

— J'allais rendre visite à ma mère. Elle habite en Floride. Après tout ce qui s'était passé avec le sénateur, j'avais besoin de prendre le large !

Mauvaise réponse. Diego fit signe à l'un de ses hommes de lui enlever le sac noir. D'abord aveuglé, McLintock battit des paupières puis il fit le tour de la pièce des yeux.

— Tu sais qui je suis, lui dit Guerrero.

L'assistant opina.

— Parfait. Ça va nous faciliter les choses.

Diego leva la main et fit un petit geste avec deux doigts. Le fidèle Mario savait ce que cela signifiait. Il piqua aussitôt un couteau dans l'épaule droite de McLintock, qui hurla de plus belle.

— Tu travaillais pour le sénateur.

Les autorités devaient le savoir également, aussi Diego avait-il dû redoubler de prudence quand il avait voulu lui mettre la main dessus. Heureusement pour lui, McLintock avait échappé aux gardes gouvernementaux qui lui couraient après. Mais il n'avait pas eu autant de chance avec El Diablo.

— Je… je ne sais pas ce que…

Soupir de Diego, qui renouvela son geste des doigts.

— Non ! gueula McLintock.

Mario s'arrêta. Diego arqua les sourcils.

— Je... j'étais... je livrais les paquets, c'est tout ce que je faisais pour lui. Je ne savais même pas ce qu'il y avait dedans jusqu'à ce que les fédéraux viennent me poser des questions.

Du sang commença à transpercer sa chemise.

— A ce moment-là, Aaron m'a payé pour que je me taise.

Bien sûr ! S'imaginait-il qu'il allait gober ça ? Cet homme savait tout des contrats. Sans doute depuis le premier jour. Il avait pris de l'argent au passage et l'avait mis à l'abri, exactement comme James l'avait fait.

James ne l'avait pas emporté au paradis. Et McLintock n'allait pas faire mieux.

— Où est la preuve ?

— Je ne sais pas. Je le jure.

Deux doigts en ciseaux. Le couteau plongea cette fois dans l'épaule gauche de McLintock. Il y eut des cris. Encore plus de sang.

— Je te repose ma question.

— Je ne sais pas !

Mario planta le couteau dans la cuisse gauche.

— Je veux la preuve...

— J-James m'a dit... qu'il... la donnait à sa... à sa... fille pour qu'elle... la mette en... lieu sûr.

Coup de couteau dans la cuisse droite.

— Je ne sais rien d'autre !

Pour un peu, il l'aurait cru.

— S'il vous plaît... laissez-moi partir...

Et il pleurait maintenant ! Mais quel minable !

— D'accord, promit Diego.

Quel intérêt aurait-il à le garder ? Encore quelques minutes et McLintock lui aurait dit tout ce qu'il savait et le reste. Ensuite... Il pourrait partir. Libre.

— Dis-moi. T'es au courant pour la bombe dans le cimetière ?

— Non, je ne sais rien ! s'écria l'assistant.

— Les mensonges ne font que prolonger le supplice.

Et Mario savait comment faire durer. McLintock s'égosilla quand son bourreau recommença à le charcuter.

— Je ne l'ai pas prise ! Je ne l'ai pas !

Il pleurait vraiment cette fois. Et il semblait sincère. Quelle misère ! Il était l'un des rares à avoir libre accès à la demeure du sénateur et à sa voiture. Mais si ce n'était pas lui, cela réduisait le nombre de ses suspects…

— Vous me laissez partir maintenant, hein ? pleurnicha-t-il.

— Bien sûr.

Diego fit mine de s'en aller.

— Dès que je serai sûr que tu m'as tout raconté.

La peur déforma le visage de McLintock.

— Mario se fera un plaisir de continuer à te taillader, alors, je te conseille de tout déballer.

Juliana n'aimait pas l'imposante demeure qui se dressait au sommet de la colline. Avec ses murs de pierre sombres et froids, elle avait quelque chose de rébarbatif qui l'avait toujours nouée. Elle ne s'y était jamais sentie chez elle.

En fait, pour elle, c'était moins un lieu de vie qu'une tombe.

— Il y aura une conférence de presse à 8 heures demain matin, dit Gunner. On se concentre sur Guerrero. Il est temps de faire sortir ce salaud de son trou.

Elle opina. Elle dirait ou ferait ce qu'il fallait. Elle ne voulait plus avoir peur. Ni se retrouver au milieu d'un bain de sang. Elle avait eu son compte, de quoi cauchemarder jusqu'à la fin de ses jours. Merci bien.

Le 4x4 s'arrêta. Un véhicule de police le suivait et un autre le précédait. Un grand déploiement de forces de police était prévu tout autour de la maison. Sans compter ceux qui seraient là sous couverture. L'idée, c'était d'attirer l'attention sur eux.

« Coucou, je suis là. Venez me chercher. »

Gunner sortit du SUV et partit vers la maison. Les lourdes grilles en fer forgé s'étaient refermées derrière eux, ils étaient donc enfermés dans la propriété.

— Julie… Pourquoi as-tu toujours détesté cet endroit ?

La question de Logan la surprit.

— Parce qu'elle me glace. C'est un mausolée.

Elle essuya ses mains sur son jean.

— Ma mère est morte une semaine après que nous avons emménagé. Elle rentrait à la maison quand elle a été heurtée par un chauffard ivrogne.

Juliana avait douze ans. Le drame avait fait voler sa vie en éclats.

Quant à son père… il avait changé du tout au tout. Il ne s'était plus intéressé à personne. Qu'à l'argent. A en entasser de plus en plus.

— Ça n'a jamais été ma maison. Ici, ça a toujours senti la mort.

A cause des fleurs et des couronnes. Ils en avaient reçu tellement à l'occasion des funérailles… Des semaines durant, la maison avait été ensevelie sous les gerbes. Puis sous des monceaux de fleurs fanées, rabougries, noires.

Elle se tourna vers Logan. Sa tristesse la frappa.

— Je suis désolé pour ta mère. C'était une grande dame, disait-on.

C'était vrai. Elle n'avait jamais entendu personne parler d'elle autrement qu'avec respect et admiration. Cela rétablissait l'équilibre avec ce qui se chuchotait sur son père. Sans sa femme, Aaron James serait parti à la dérive bien plus tôt.

Juliana remonta l'allée qui menait au perron, Logan à son côté.

— Tu es vivante !

L'exclamation lui fit relever la tête. L'assistante de son père, Susan Walker, se précipita vers elle et la prit dans ses bras.

— Je te croyais morte. Personne n'a su me dire ce que tu étais devenue après l'explosion.

Elle lâcha Juliana et recula pour mieux la voir.

— Les journaux ont dit que tu avais survécu mais je ne t'ai vue nulle part. Si tu savais comme je me suis fait du souci !

Avec son visage lisse comme celui d'un bébé, Susan n'avait pas d'âge. Trente ans ? Quarante-cinq ? Impossible à dire. En tout cas, elle sentait la crème pour le corps et le vin rouge. Cela faisait onze ans qu'elle travaillait pour son père. Elle faisait, en quelque sorte, partie des meubles. C'était sa confidente, la personne qui organisait sa vie. Et, Juliana le soupçonnait fort, sa maîtresse.

— On aimerait entrer, dit Gunner calmement.

Susan sursauta comme si elle découvrait la présence des deux hommes. Après les avoir regardés, elle les pressa d'entrer. Elle était en déshabillé de soie rose.

Dès l'entrée, Juliana remarqua un verre de vin sur le guéridon. Un air de jazz flottait dans l'air.

— Je me relaxais, expliqua Susan qui avait surpris son regard. Tu sais que j'ai emménagé ici au printemps dernier ?

Mal à l'aise, elle tripotait la ceinture de son déshabillé.

— Ça me permettait d'être plus proche de ton père, tu comprends. Il y avait tellement à faire et je…

— Tu couchais avec lui. Je sais.

Les mots lui avaient échappé ; elle ne les regrettait pas. Elle ne voulait plus de mensonges, plus de fausse amabilité. Sa mère était morte. Elle savait pertinemment que son père avait des maîtresses, et Susan… Eh bien, Susan avait toujours été gentille avec lui.

— J'étais son assistante ! se rebiffa celle-ci. J'étais…

— Sa maîtresse. Ça va, Susan, inutile de me raconter des histoires.

Logan et Gunner écoutaient sans mot dire. Juliana savait qu'ils avaient interrogé tous ceux qui avaient approché son père de près ou de loin et que tout ce beau monde était hors de cause. Mais Logan, de toute évidence, avait quand même des doutes.

— Qui sont ces messieurs ? s'enquit alors Susan.

— Sa protection, répliqua Logan en souriant. Compte tenu des récents événements, je pense que vous comprendrez que nous restions ici avec elle.

— Ici ?

Bien sûr. Son père étant mort, Juliana devenait *ipso facto* propriétaire de la maison, qu'il ait couché avec Susan ou pas.

— Absolument. Nous allons nous installer dans la maison pour quelques jours.

Avec un peu de chance, leur séjour ici ne se prolongerait pas trop. Mais si cela devait durer plus longtemps que prévu, Juliana ne serait pas mécontente d'avoir une base où pouvoir mener une vie normale. Ou presque.

Elle avait envie de peindre. La peinture était son gagne-pain et elle avait des commandes à honorer. Ce serait aussi, et surtout, une détente, un moyen d'échapper à la dureté de sa vie. A ces morts qui planaient. Quand Logan lui avait dit qu'on lui livrerait des fournitures, elle s'était à grand-peine retenue de lui sauter au cou.

— Tu ne peux pas t'installer ici, rétorqua Susan.

Juliana redressa la tête.

— Je veux dire… tu n'as jamais habité ici avant, Juliana…

Il était tard. Elle était fatiguée. Elle n'avait qu'une envie, se coucher et dormir pour oublier.

— Si, si, je reste. Et ces messieurs aussi.

C'était simple. Susan secoua la tête.

— Quelles chambres sont libres ? enchaîna Juliana. La maison est grande, il y en aura pour tout le monde…

Elle frissonna. A peine entrée, elle avait déjà froid. Son père avait pourtant fait rénover les lieux. Mais c'était si grand ! Et il y avait tellement de courants d'air…

C'était sûrement pour cela qu'elle tremblait.

Son père avait gardé du personnel — un chauffeur, une gouvernante, une cuisinière. Et…

— Prenez les chambres que vous voulez, capitula Susan. Après tout, tu es ici chez toi, Juliana, tu peux faire tout ce que tu veux. Au fait, j'occupe la chambre de ton père.

Elle souffrait, c'était certain. Juliana était d'autant plus désolée de la déranger. S'imposer dans une maison où elle ne s'était jamais sentie chez elle, c'était de la provocation.

— Susan…

Ce qu'elle allait lui demander l'embarrassant, Juliana dut s'y reprendre à deux fois.

— Susan, il vaudrait mieux que tu partes quelque jours, jusqu'à ce que…

Jusqu'à ce que tout danger soit écarté. Jusqu'à ce que tu ne risques plus d'être prise dans le feu croisé des balles quand Guerrero attaquera.

Susan avait toujours été gentille avec elle et quand ce cauchemar serait fini Juliana lui ferait cadeau de la maison en lui souhaitant d'y être heureuse.

De toute façon, Juliana préférait, et de loin, sa douillette petite maison sur la plage. Bien qu'elle soit « les pieds dans l'eau », elle ne s'y sentait jamais frigorifiée.

Le visage lisse de Susan se tira.

— Tu me mets à la porte ?

Comprenant la méprise, Juliana tenta de se reprendre :

— Non, non, ce n'est pas du tout ça...

— C'est pour votre sécurité, intervint Logan. Le gouvernement se fera un plaisir de vous reloger le temps que la situation se stabilise... Deux ou trois jours, et notre mission sera achevée. En principe.

— Mais je ne suis pas en danger, repartit Susan, les larmes aux yeux. Qui pourrait me vouloir du mal ?

— Je suis sûre que Charles pensait la même chose, répondit calmement Juliana.

Elle avait fait porter des fleurs à la famille du malheureux chauffeur, et avait l'intention de venir en aide à sa femme et à ses enfants. Quand la succession de son père serait réglée et que le gouvernement aurait fini de mettre son nez partout, elle veillerait à ce qu'ils ne manquent de rien.

— L'endroit n'est pas sûr, ajouta Gunner, sombre comme toujours. Et le moment... pas plus.

Susan battit des cils puis fixa Juliana.

— Pourquoi ? Je ne comprends pas. Que se passe-t-il ?

— Mon père avait des amis peu recommandables.

Susan écarquilla les yeux. Son étonnement semblait sincère.

— Et ils veulent se débarrasser de moi.

— On va vous accompagner ce soir, madame Walker, dit Gunner. Conduisez-nous à votre chambre, nous allons vous aider à porter vos bagages.

Mal à l'aise, Susan se dirigea vers l'escalier.

— Comme je le disais, j'occupe la chambre du sénateur...

Elle hésita puis annonça :

— Il allait m'épouser. On avait prévu de... Il avait décidé de prendre sa retraite pour être avec moi.

Elle fit le tour du hall des yeux et hocha lentement la tête. Que voyait-elle ? Ni la mort ni le froid, comme Juliana. Sans doute les sculptures et les toiles de maîtres, la richesse et les bons souvenirs.

— Tout ça, c'est fini, murmura-t-elle.

Et elle monta les marches.

Juliana regarda la porte fermée du bureau de son père. C'était là qu'il s'était tiré une balle dans la tête.

Susan avait découvert son corps. Elle avait donc, en toute logique, trouvé le mot qu'il avait laissé. Elle savait qu'il était entré en disgrâce.

Oui, tout cela était fini.

La petite charogne est de retour.

Susan ferma la porte de la chambre à clé et donna un coup dedans pour se passer les nerfs. Elle avait mal et elle tremblait de rage. Juliana était revenue et la mettait dehors. Après tout ce temps. Après tout ce qu'elle avait fait pour le sénateur. Tant de travail aussi mal récompensé !

Juliana ne s'était guère occupée de son père. Ce n'était pas elle qui, jour et nuit, avait veillé à ce qu'il ne commette pas trop de bêtises. A ce qu'il ait l'air à peu près fréquentable alors qu'il se fichait de tout et de tout le monde.

Susan se planta devant le lit. Elle y avait dormi. Avec lui.

Tout aurait dû être à elle. Aaron lui avait promis de s'occuper d'elle. Et il ne l'avait pas fait.

Il avait été un faible jusqu'au bout. Faible et las de tout, il avait choisi d'en finir avec la vie de manière finalement assez lâche.

Une balle dans la tête. *Elle* l'aurait fait souffrir davantage. Il avait trop longtemps bafoué les serments dont il l'abreuvait.

Tout était censé lui revenir. L'argent. Les maisons. Les voitures. Tout. Absolument tout. Le moindre objet.

Elle en avait assez de faire semblant. Elle l'avait fait pendant des années. S'était sortie du caniveau. Avait grimpé l'échelle sociale en devenant la maîtresse d'Aaron.

Sa faiblesse avait été un avantage dont elle avait bien profité, au début.

Mais maintenant…

Elle balaya la pièce des yeux. Regarda les peintures accrochées aux murs. Des tableaux de Juliana. Ses œuvres. Tellement précieuses aux yeux de son père.

Sa fille savait-elle qu'il les avait achetées ? Qu'il les avait commandées et payées bien plus cher que leur prix ? Non, il s'était arrangé pour que cette peste l'ignore.

Susan les détestait, ces toiles. Des orages, des ciels noirs, des nuages menaçants. Il s'en était fallu de peu, ces jours-ci, qu'elle ne les vandalise. Quel plaisir elle aurait eu à les lacérer à grands coups de couteau !

Mais elle s'en était abstenue, pour ne pas ternir son image. Pour ce que ça lui avait rapporté !…

— Madame Walker.

Quelqu'un frappait à la porte.

— On va bientôt partir.

Un ordre !

Elle reconnut tout de suite la voix du grand brun aux yeux noirs. Son regard ne lui avait pas fait peur. Elle avait vu plein de gens inquiétants comme lui, dans sa jeunesse.

— Une minute, répondit-elle d'une voix qu'elle espérait neutre.

Ce n'était pas le moment d'avoir l'air désemparé. Elle devait suivre son fil, sans se laisser déconcentrer.

Elle alla vers la table de nuit. Le coffre qu'elle dissimulait contenait des dossiers et un petit revolver que la police, le FBI et tous ceux qui avaient fouillé la maison n'avaient pas pu trouver.

Elle en était sûre, elle avait emporté les papiers pour les cacher et les avait rapportés quand tout ce beau monde était reparti.

Elle savait ce qu'elle allait en faire.

Nouveau grattement à la porte.

— Faites vite, madame Walker. Une voiture vous attend.

Ça, c'était l'autre homme. Elle l'avait reconnu, bien qu'il ait vieilli. Elle se souvenait bien de lui.

Il avait toujours les mêmes yeux.

Elle sortit les documents du petit coffre. Les feuilleta. Elle songeait encore au regard de Logan Quinn.

Il y avait des années maintenant, Aaron avait voulu l'éliminer de la vie de sa fille. C'était elle, Susan, qu'il avait chargée de cette besogne. Grâce à elle, le sénateur avait réussi à détruire la romance naissante.

Elle connaissait tous les secrets de Logan. Il était temps que Juliana soit au courant.

— Ah, tu te crois en sécurité ici ? dit-elle tout bas. Tu crois qu'il te protège ? Eh bien, tu vas voir ! Quand tu sauras tout sur lui… Tous ses mensonges…

Elle laissa dépasser les documents du coffre entrebâillé. La curiosité de Juliana serait à coup sûr attisée.

Leur découverte serait pour elle le coup de grâce.

En soupirant, Susan déverrouilla la porte de la chambre.

— Désolée de vous avoir fait attendre mais ces derniers jours ont été rudes.

— Je veux bien le croire. Sachez que si l'on vous déménage, c'est pour votre sécurité.

Elle lança un regard en coin au grand brun. Ce n'était pas son genre. Pas assez raffiné. Ces mains calleuses… Mais savoir si elle aimait ou pas n'était pas le sujet. La question était de savoir s'il pourrait lui être utile.

Elle plaqua la main sur sa poitrine.

— Je pourrai revenir bientôt, c'est sûr ?

Il jeta un coup d'œil à sa main avant de la regarder dans les yeux, toujours aussi glacial.

— Quand tout sera clair.

Les choses ne seraient claires que lorsque Juliana serait mangée par les vers.

Juliana était au pied des marches quand Susan descendit, flanquée de Gunner qui portait ses bagages. Apparemment, elle avait pleuré. Ses yeux étaient rouges.

— C'est temporaire, Susan, dit Juliana en s'approchant.

Susan releva la tête.

— Ce ne sera plus ma maison. On sait bien toutes les deux que… dans le testament, il te laisse tout.

Son visage changea d'expression. Triste, une seconde plus tôt, elle était maintenant en colère.

— Tu n'es jamais venue le voir, et c'est quand même à toi que tout revient.

— Mais je ne…

… *veux rien*, acheva pour elle-même Juliana.

— Ce n'est pas chez moi, ici, enchaîna-t-elle. Dès que Logan et son équipe auront arrêté celui qui me poursuit, je…

Susan regarda Logan en battant des cils.

— Je me souviens de vous.

Adossé à la porte, les bras croisés, il l'observait.

— Aaron m'a toujours dit que vous étiez un danger.

Juliana s'effaça pour laisser passer Susan.

— Quand tout sera fini, je t'appellerai, lui dit-elle. Et on réglera tout. La maison, la succession. Tout.

Susan esquissa un sourire.

— Il t'aimait infiniment. Sûrement plus que tu ne l'imagines. Tu n'as jamais su grand-chose de lui, et c'est dommage. Tu devrais regarder ce qu'il y a sur les murs de sa chambre. Tu seras surprise.

Et elle partit, Gunner à sa suite.

Mais Logan rattrapa Gunner.

— Essaie de la faire parler.

Gunner fit oui de la tête et disparut à son tour.

Juliana se passa la main dans les cheveux. Elle ne pensait presque plus à cette fichue puce, et surtout elle n'avait plus de coups de gong dans la tête.

— Non, s'écria Logan, n'y touche pas.

Il prit sa main et l'abaissa.

— Tu vas attirer l'attention sur ton pansement.

— Personne ne peut me voir ici.

Toute l'équipe avait quitté les lieux. Mis à part les gardes qui surveillaient les abords de la propriété, ils étaient seuls.

En tête à tête.

Quand il était aussi près d'elle, elle avait l'impression d'étouffer.

Ce qu'elle éprouvait était tellement fort… De peur de craquer, elle lui tourna le dos.

— Je vais… je vais prendre une douche, dit-elle.

Elle n'était pas pressée de voir ce qui l'attendait dans la chambre de son père. Elle voulait d'abord tenter d'effacer le souvenir du sang. De tout ce sang.

Logan lui saisit le poignet.

— Veux-tu qu'on parle ?

— De quoi ?

Il chercha son regard.

— Tu le sais. On a bien failli…

Failli ? Elle se retourna, le regarda droit dans les yeux.

— A moins que tu préfères qu'on fasse comme s'il ne s'était rien passé ? ajouta-t-il.

Il soupira.

— Je vois bien que tu me reproches cette *organisation* et je le comprends, mais tu sais que jamais je ne te ferais courir le moindre risque. Je te le jure. Ta sécurité est ma priorité.

Encore une chance ! C'était son métier, non ?

Il serra son poignet plus fort.

— Tu vas t'en aller, n'est-ce pas ?

Il le fallait. Il n'y avait pas que sa sécurité en jeu. Logan lui plaisait toujours. Infiniment. Comme autrefois. Elle avait tout fait pour le rayer de son cœur et elle avait échoué.

Elle l'aimait toujours. Elle l'aimerait toujours.

Il valait mieux, pourtant, qu'elle se détache de lui. C'était trop risqué et elle aurait trop mal…

Prends tout le plaisir qu'il peut te donner, lui susurra une petite voix. *Ensuite, c'est toi qui le quitteras.*

Ce n'était pas un bon plan. Si elle écoutait cette diabolique petite voix et couchait avec lui, elle ne pourrait jamais partir. Elle se connaissait assez pour le savoir.

Elle dégagea son bras et, avant qu'il ne soit trop tard, monta l'escalier.

Je peux partir maintenant, se dit-elle.

Le hic, c'est qu'elle n'en avait aucune envie.

Diego regarda McLintock et haussa les épaules avec mépris. Ce minable ne pouvait même plus tenir sa tête droite. Il était en sueur et couvert de sang.

— Je ne suis pour rien dans l'explosion au cimetière, je le jure, marmonna-t-il d'une voix éraillée, épuisée.

Il l'avait déjà dit et répété, et Diego le croyait. Pourquoi mentirait-il ? Il n'avait personne à protéger. Pas de famille. Pas de maîtresse. L'homme avait toujours travaillé pour lui-même.

Mais si ce n'était pas McLintock… qui cela pouvait-il bien être ?

Diego fit signe au garde de s'en aller et s'approcha de l'assistant. La main sur son épaule, il se pencha sur lui.

— Tout ça peut s'arrêter très vite. Je veux juste savoir qui en veut à Juliana James. Qui a posé cette foutue bombe dans sa voiture.

La bombe qui avait failli faire capoter ses plans.

— Je ne sais pas… je le jure… Je ne sais pas !

Guerrero enfonça les ongles dans l'épaule de McLintock.

— Tu sais que Mario…

Il désigna le garde du menton.

— … connaît cent façons différentes de tuer ? Un virtuose, dans son genre.

McLintock pleurait. Cela faisait un moment qu'il pleurait.

Comprenait-il que, quoi qu'il dise ou fasse, il mourrait inéluctablement ? Sans doute pas.

Les gens ont cette faiblesse, ils espèrent envers et contre tout.

— As-tu vu quelqu'un ou quelque chose de suspect au cimetière ?

McLintock se lécha les lèvres puis tenta de relever la tête.

— Non, non, rien de rien. Il y avait des flics partout. Des agents fédéraux. Je croyais… je croyais que tout était sûr.

Rien n'était jamais sûr.

Avec la police qui grouillait, celui qui avait posé la bombe avait forcément ses entrées dans la propriété des James.

— A l'aller en voiture, il y avait juste moi, Juliana et Susan.

Tiens donc ! Susan !

Diego réfléchit. Il se rappelait cette blonde au regard aiguisé, trop aiguisé à son goût. Il l'avait déjà vue avec le sénateur. Mais elle ne l'avait jamais vu.

La maîtresse d'Aaron. L'amoureuse avait-elle pu vouloir tuer la fille ?

Oui, se dit-il.

— Au moment de quitter le cimetière, pourquoi n'étais-tu pas dans la limousine ?

— Susan… Susan a dit qu'elle ne se sentait pas… bien.

La voix de McLintock était au bord de l'extinction. Il faut dire que cet imbécile s'était pratiquement vidé de son sang.

— Elle… elle m'a demandé de… rester avec Juliana. Elle avait besoin d'air. Elle m'a dit que… qu'elle trouverait quelqu'un… pour la ramener.

Diego sourit.

— C'était donc si douloureux ?

Ne comprenant pas bien où il voulait en venir, McLintock sourit en retour mais, à bout de forces, il peinait à garder les yeux ouverts.

Diego se tourna vers Mario.

— Trouve-moi cette Susan. Et amène-la-moi.

Dodelinant de la tête comme un ivrogne, McLintock bafouilla que Susan n'avait sûrement pas fait ça.

— Elle ne sait rien, ajouta-t-il.

— Une maîtresse sait toujours tout mieux que tout le monde.

C'est pour cette raison que Guerrero faisait disparaître ses anciennes maîtresses. Elles le trahiraient si elles survivaient.

La trahison était la règle en ce bas monde. Son père lui avait appris cette leçon dès son plus jeune âge. Au Mexique, où il avait amassé une fortune en « faisant des affaires » sans jamais être rattrapé par la loi, il avait toujours été gentil avec Diego. Il lui avait fait une vie de prince. De beaux vêtements, des jouets mirifiques. Une maison chaleureuse.

Diego avait vite su que son père était dangereux mais il lui faisait confiance. Un garçon fait toujours confiance à son père, non ?

Sa confiance était morte cette fameuse nuit où il avait entendu des cris. Il était alors âgé de douze ans. Il s'était rué vers la chambre de ses parents pour y trouver sa mère, agonisante, et son père éclaboussé de son sang.

— Elle m'a trahi ! avait hurlé son père en essuyant la lame de son couteau sur son pantalon. Elle essayait de pactiser avec ces salauds d'Américains… Elle allait partir avec toi.

Ce soir-là, sa mère lui était apparue comme un ange, allongée par terre dans son déshabillé blanc maculé de rouge.

— Personne ne t'arrachera à moi, avait tonné son père. Ils veulent t'utiliser contre moi pour m'affaiblir.

Diego avait vu, ce soir-là, qui il était vraiment.

Mais personne n'est jamais complètement bon…

Son père s'était avancé vers lui, son couteau brandi. Le couteau avec lequel il venait de tuer sa femme.

— Personne ne se servira de toi contre moi.

A cet instant, il avait compris que son père avait pété les plombs. Il avait regardé sa mère en pleurant et s'était dit : *Il va me tuer, moi aussi.*

Mais Diego n'était pas décidé à mourir.

Ils s'étaient battus. Diego en avait gardé une très longue cicatrice sur le ventre.

« Ne fais confiance à personne. Surtout pas à tes proches. »

Diego s'en était tiré. A douze ans à peine, il avait tué son père. Puis il était parti de la maison, laissant les cadavres de ses parents derrière lui…

El Diablo.

Ce sont les hommes de son père qui l'avaient baptisé ainsi. Et désormais ils le craignaient. Eux et les autres. Tout le monde.

Diego se rendit compte qu'il était dans la lune et que McLintock ne respirait presque plus. Une lueur d'espoir qui faisait peine à voir animait vaguement son regard.

Diego hocha la tête et recula.

— Tu m'as dit ce que je voulais savoir.

— Vous… vous me laissez partir alors ? S'il vous plaît ?

Diego considéra McLintock avec dégoût. Ce ton suppliant était insupportable. Indigne d'un homme. Son père ne l'avait pas imploré, lui.

— Le couteau, dit Diego en tendant la main.

Sans hésiter, Mario le lui donna. McLintock laissa échapper un soupir qui ressemblait à un râle. Pensait-il qu'il allait couper ses liens ?

— Tu es libre, dit Diego.

Et il lui planta la lame dans le cœur.

Quand il se détourna du corps, il croisa le regard de Mario. Empli de peur et de respect.

El Diablo.

Aussi longtemps qu'il inspirerait la terreur, peu lui importait d'obtenir d'autrui la confiance ou la loyauté.

8

Quand Juliana ouvrit la porte de la salle de bains, un nuage de vapeur s'en échappa et envahit la chambre.

Qu'elle était belle dans son peignoir de bain, avec ses cheveux mouillés tombant en vagues sur ses épaules ! Pour Logan, elle incarnait *la* femme. Elle peuplait ses fantasmes et il avait de plus en plus de mal à cacher son désir pour elle.

L'apercevant soudain, elle se figea. Allait-il, en vrai gentleman, s'absenter le temps qu'elle s'habille ?

Voyant qu'il ne bougeait pas, elle commença à s'échauffer.

— Ça ne te gêne pas de…

Il lui coupa la parole.

— Non, pas du tout.

Elle pinça les lèvres. Il les aimait. Pincées. Gonflées. Douces. Mouillées. Ouvertes. Sur les siennes.

— Que fais-tu, Logan ? Que veux-tu ?

Je te veux.

Il avait goûté ses lèvres et en rêvait depuis. Hélas, le temps qu'il leur restait à passer ensemble était compté. Dès la fin de ce cauchemar, Juliana partirait et il ne la reverrait pas.

Pourquoi ne pouvait-il l'avoir à lui ? Juste une fois. Avant que leurs vies ne reprennent leurs cours. Il voulait d'autres souvenirs pour l'accompagner au long des nuits sans fin qui l'attendaient.

— J'ai pensé que ça t'intéresserait de savoir… que Ben McLintock a disparu.

Sydney avait appelé quelques minutes plus tôt pour le lui apprendre.

— Disparu ?

— La police a débarqué chez lui pour l'interroger…

Toutes les personnes ayant approché le sénateur faisaient l'objet d'une attention toute particulière des autorités.

— … et apparemment, il s'est volatilisé.

Elle secoua la tête.

— Ben ? Ben s'est volatilisé ?

Les gens innocents ne disparaissent pas comme ça, pensa Logan, qui garda cette réflexion pour lui. À quoi bon l'exprimer tout haut, Juliana devait penser comme lui.

Il la vit, en effet, changer d'expression.

— La bombe dans la voiture. Tu as dit que celui qui l'a posée devait forcément pouvoir circuler librement dans la propriété puisque la limousine s'y trouvait.

Or McLintock était libre d'y aller et venir vingt-quatre heures sur vingt-quatre, sept jours sur sept. Et il avait accès partout.

Juliana resserra le peignoir sur ses seins.

— Tu penses… que c'est lui qui a posé la bombe ?

— C'est une possibilité.

En tout cas, Sydney, en collaboration avec les autorités, suivait cette piste.

— Il est tellement gentil.

— Les hommes gentils peuvent faire d'excellents tueurs.

C'était même recommandé. Paraître sympathique était encore la meilleure façon d'approcher quelqu'un pour le tuer.

Prenant conscience qu'il avait les yeux rivés sur sa poitrine, il se gratta la gorge.

— On va le retrouver.

Soit il s'était enfui, soit Guerrero était derrière sa disparition. Peu importait. Son équipe allait le rechercher activement. McLintock ne pouvait pas s'évaporer dans la nature. C'était hors de question.

Il inspira et ferma les yeux. Un parfum de vanille émanait de la salle de bains. Suave et sensuel.

Logan se dirigea vers la porte.

— Dors bien, Julie.

Lui ne pensait trouver le sommeil, obsédé qu'il était par elle et ce qui aurait pu se passer entre eux.

— Logan.

Il s'arrêta et se retourna. Elle était toujours au même endroit, enveloppée de vapeur. Sa peau luisante semblait infiniment douce.

— Tu me regardes comme si…

— … je voulais te dévorer, acheva-t-il.

Il imaginait la tête qu'il avait. Les yeux creux et l'air affamé. Elle l'avait toujours mis dans cet état.

— Au Mexique, dit-elle, serrant toujours sa serviette sur sa poitrine, tu m'as dit que si je me donnais encore une fois… tu me prendrais.

Il ne répondit pas.

— J'ai changé d'avis, continua-t-elle. J'ai réfléchi à ce que je veux. Et ne veux pas.

Redoutant la suite, il eut envie de se boucher les oreilles.

— Je sais que nous ne vivrons jamais ensemble. Je sais qu'à la première occasion tu repartiras te battre. De mon côté, dès la fin de cette affaire, je retournerai à Biloxi.

Biloxi. Sa maison les pieds dans l'eau. Il la connaissait. Après un combat au cours duquel deux camarades étaient tombés, il avait cherché à la retrouver.

Il était affaibli, brisé. Alors il était allé sur sa plage. Il avait observé Juliana de loin, et cela lui avait redonné du courage. Mais il ne s'était pas montré. N'avait pas envahi son territoire.

— Nous n'avons pas d'avenir ensemble, reprit-elle, la voix rauque. Mais il y a le présent.

Il s'approcha lentement.

— Cette fois-ci, je ne me donne pas.

C'était ce qu'il craignait.

— Non, cette fois-ci, c'est moi qui prends.

Pardon ?

Elle lâcha sa serviette qui tomba à ses pieds.

Mince !

La bouche sèche, il la contempla.

— J'ai envie de toi. Tout de suite. Peu m'importe le passé ou l'avenir. *Maintenant*, c'est tout ce qui compte pour moi.

Puisque c'était son souhait, il traversa la chambre et, posant les mains sur ses épaules, prit sa bouche. C'était le paradis dont il rêvait.

Puis, sans savoir comment, il se retrouva allongé sur le lit, sur elle. Elle avait empoigné son dos et le griffait avec ses ongles. Ses jambes glissèrent sur ses hanches et elle l'attira à elle.

Rêvait-il ? Non, ses rêves n'étaient jamais aussi magiques.

Soudain, elle se cambra et lui ôta sa chemise. Il sourit. Il n'y avait qu'elle pour… Elle était toujours sa…

Son amour.

Il caressa ses seins, mordilla ses mamelons. Elle ondula, se tordit sous lui et murmura son nom.

Il ouvrit son jean, trouva une protection et approcha son sexe de l'entrée secrète de son intimité.

Lui prenant alors les poignets, il lui mit les bras en croix. Leurs regards se soudèrent et ce fut comme si les années qui les avaient séparés n'avaient pas existé.

Il n'avait jamais aimé qu'elle, il l'avait toujours su. Elle était son oxygène. Sa vie.

— Logan, murmura-t-elle. Tu m'as manqué.

Il s'enfonça dans sa tiédeur humide, luttant de toutes ses forces pour ne pas prendre tout de suite son plaisir.

Elle resserra ses jambes. Sans hésitation. Sans crainte. Et lui sourit.

Il commença à aller et venir en elle, doucement d'abord puis de plus en plus vite et, subitement, sa retenue céda comme une digue sous la pression. Juliana cessa de sourire, se mit à trembler et exhala une plainte. Donnant un ultime coup de reins, Logan jouit à son tour et retomba sur elle, anéanti et pantelant.

Une puissante odeur d'alcool imprégnait l'air. Bière. Whisky. Mais ce qui dominait, c'était l'odeur du sang.

— Papa ? appela Logan, aplati sous le tableau de bord.

Son père s'était affalé sur ce dernier et, pour s'extirper de là-dessous, Logan allait devoir se contorsionner. Il saisit sa ceinture de sécurité et, les mains pleines de sang, réussit à se libérer.

Pas son père.

Logan regarda le pick-up. Ce n'était plus qu'une épave. Un tas de tôles tordues. Du verre cassé. Et son père coincé derrière le volant, sa tête formant un angle bizarre avec le reste de son corps.

En tremblant, il vint tâter son cou. Pas de pouls. Pas de vie. Rien.

— Au secours...

Soudain, derrière lui, un cri. Des pleurs. A peine audibles.

Il se retourna. Vit l'autre voiture. Une luxueuse berline allemande dont l'habitacle était enfoncé côté conducteur.

— Au secours !

Le même appel. Un filet de voix. Féminine.

Logan se rappela alors le couinement des pneus. Le bruit du métal qui se froisse, plie, se déchire.

Le bruit de la mort.

Il s'approcha de la femme. Des coupures constellaient son joli visage. Mon Dieu, qu'elle était pâle. Et tellement petite.

— Ça va aller, lui dit-il en prenant sa main. Je vais demander de l'aide.

Elle l'avait regardé, l'air égaré.

— Ju... Juliana ?

Un souffle s'était échappé de sa bouche.

Et elle n'avait plus dit un mot. Plus jamais.

La tête encombrée par ces souvenirs, Logan se tenait en haut des marches, au-dessus du hall. Dieu sait qu'il avait essayé de l'oublier, ce soir-là. Mais ici, avec Juliana dans la maison, le passé l'avait rattrapé.

Il y avait des soirs, des nuits comme ça qui ne s'oubliaient jamais. Certaines erreurs non plus. La vie qu'il connaissait s'était arrêtée ce soir-là. Deux personnes étaient mortes. Il avait...

— Que fais-tu ?

Il se raidit.

— Je surveille, répondit-il à Juliana.

Pur mensonge. Il n'osait plus la regarder. Après ce qu'il avait fait...

A l'époque et maintenant.

Juliana s'était assoupie dans ses bras. Lui n'avait pu fermer l'œil.

Il avait fouillé la maison. Les agents fédéraux et les policiers l'avaient fait également. Bien qu'il l'ait déjà fait plus tôt, il avait fallu qu'il recommence.

Parce qu'il y avait eu quelque chose dans le regard de Susan...

La maîtresse du sénateur avait voulu que Juliana aille dans la chambre de ce dernier. Il savait pourquoi, maintenant.

Le coffre laissé ouvert. Le dossier dont il n'avait eu qu'à se saisir.

Quelques jours auparavant, ce coffre ne contenait qu'un petit revolver. Le sénateur avait toujours aimé avoir des armes à portée de main, semblait-il.

Ça s'était retourné contre lui. Juliana n'avait pas vu le corps de son père après son suicide, mais Logan si.

Une horreur.

Enfin, bref. Les documents n'étaient donc pas dans le coffre quelques jours plus tôt. Il en était certain parce qu'il l'avait forcé lui-même afin de s'assurer que le sénateur n'y avait pas caché la preuve qui accusait Guerrero.

Susan — qui d'autre ? — avait ainsi délibérément disposé en évidence un dossier complet sur l'accident de voiture, avec plusieurs photos. Elle savait ce qu'il avait fait, ce que le sénateur avait fait, et elle voulait que Juliana l'apprenne.

Pourquoi ? Pour la monter contre lui ?

Il fallait à tout prix éviter que Juliana se détourne de lui. Ce serait trop dangereux pour elle.

— Le jour se lève, dit-elle.

Sa voix était rauque. Hyper sensuelle. Logan regarda par la grande baie vitrée. Effectivement, l'horizon blanchissait. Des traînées rouges et orangées allaient bientôt strier le ciel.

Il fallait qu'ils se préparent pour la conférence de presse. Nouveaux plans. Nouveaux pièges.

— Logan ?

D'un doigt caressant, elle suivait la longue balafre qui barrait son dos.

— Cette cicatrice, c'est quoi ?

Malgré l'envie qui le tenaillait de la serrer dans ses bras —

et que la douceur de ses doigts sur sa peau décuplait —, il ne bougea pas.

— Une mission au Moyen-Orient. Pour récupérer un otage. Ça n'a pas marché comme ça aurait dû.

Un coup de poignard. Sur le coup, il n'avait pour ainsi dire rien senti. Il avait riposté sur-le-champ en tuant l'agresseur. Sans réfléchir. Sans état d'âme. Dans l'action, il ne fallait pas hésiter.

Tuer ou se faire tuer.

— Et ça ?

Sa main avait glissé sur le côté. Bon Dieu, qu'elle était douce ! Il se tourna pour lui faire face.

Elle s'était redressée pour regarder la cicatrice de plus près et ses cheveux caressaient son bras. Il avait eu de la chance car la blessure se trouvait presque au niveau du cœur.

Logan inspira profondément et ferma les yeux pour s'imprégner de son odeur.

— Celle-là, c'est un coup de feu. Au Panama.

Un baron de la drogue n'avait pas aimé qu'on contrecarre son petit commerce. Dommage pour lui. N'empêche, Logan l'avait échappé belle.

Elle bascula la tête en arrière pour mieux le voir et lui releva le menton.

— Et ici ? C'est quoi cette petite chose ?

— Une rixe dans un bar. A Jackson, Mississippi.

Elle le vit hésiter. Une ride se creusa entre ses deux yeux. *Pourquoi ne pas lui dire ?* pensa-t-il.

— Un jour où je m'étais fait larguer par ma copine, je suis entré dans un bar et j'ai bu. Jusqu'à être fin soûl.

Ça ne lui était plus arrivé depuis. Il n'aimait pas ça.

— Il y a eu une bagarre.

Il prit sa main pour qu'elle arrête de le caresser.

— J'ai reçu une bouteille de whisky dans la figure. Elle s'est cassée sur mon menton.

Elle chercha son regard.

— Ce n'était pas moi. Je ne t'ai jamais… largué, comme tu dis.

— Ah bon ? Vraiment ?

Elle repoussa sa main. Son déshabillé bâillait sur ses seins.

Il se pencha pour l'attirer à lui. Au même instant, son mobile vibra dans sa poche.

— Oui. Quinn, répondit-il sans la quitter des yeux.

— On a retrouvé McLintock, dit Jasper.

— Où ?

— Au cimetière. Ils se sont débarrassé du corps sur la tombe du sénateur.

Le message était clair.

— Ils l'ont charcuté, les salauds. Ils se sont régalés !

Ça ne pouvait être que Guerrero. Il avait voulu faire parler McLintock, qui s'était sûrement mis à table avant que ces fumiers ne le tuent.

Guerrero était une ordure et ses hommes lui ressemblaient. Cruels. Barbares. Logan avait déjà eu l'occasion de travailler sur des affaires dans lesquelles il était impliqué. L'arme de prédilection de cette brute sauvage était le couteau. Parce que le couteau permettait une espèce d'intimité avec la victime. Il y trouvait un plaisir extrême. Jouissif.

Compte tenu de ces penchants pour le moins particuliers, Guerrero ne pouvait pas être derrière l'explosion au cimetière. Il aimait trop voir la douleur déformer le visage de ses ennemis.

— Je pars avec le médecin légiste, reprit Jasper. Je te retrouve à la conférence de presse.

C'est vrai, ils avaient leur cinéma à faire. Logan coupa la communication.

— Tu as entendu, Juliana… Tu veux toujours défier Guerrero ?

— Il a tué Ben…

— Il ne l'a pas seulement tué, il l'a torturé. Pendant des heures sans doute.

De la cruauté pure. De la bestialité. C'était à cela qu'ils étaient confrontés, pas la peine de se voiler la face.

— Tu vas te montrer à la télévision pour attirer le tueur de Ben. C'est ce que tu veux ? Tu te sens prête pour cette aventure ?

Peut-être espérait-il qu'elle recule ? Peut-être le voulait-il ? Pour s'enfuir avec elle ensuite…

— Combien de personnes a-t-il tuées ?

Il n'en savait rien. Personne ne le savait précisément. Des

centaines. Des milliers, si l'on songeait aux armes que Guerrero avait vendues.

— C'est ce que je pensais, dit Juliana le menton en l'air. Eh bien, je suis prête. Je ferai ce qu'il faut et on l'arrêtera.

Il savait qu'il ne s'enfuirait pas avec elle. Il ne s'opposerait pas à sa décision. De toute manière, elle ne lui laisserait pas le choix.

Il la dévisagea. Il avait espéré qu'elle abandonne son projet mais, au fond de lui, il savait qu'elle irait jusqu'au bout. Il la connaissait. Cette femme avait une volonté d'acier.

Elle se détourna.

— Au fait, fit-elle après quelques pas, il y a une chose qu'il faut que je te dise.

L'air plus déterminé que jamais, elle planta son regard dans le sien. Un regard dur et qui pourtant vacillait.

— C'était ma faute.

Il fronça les sourcils.

— Que veux-tu dire ?

— Tous ceux qui sont morts au chalet, tout ce qui est arrivé, c'est à cause de moi.

Il s'avança.

— Mais non, mon cœur, ce n'est pas à cause de toi. C'est Guerrero. Il est fou. Il torturera, tuera, fera n'importe quoi tant qu'il n'aura pas obtenu ce qu'il veut.

Il voulut la prendre dans ses bras mais elle se déroba.

— Il y avait… Je ne t'ai pas tout dit.

Les bras croisés sur la poitrine, elle se balançait d'avant en arrière.

— Quand j'étais au Mexique, enfermée avec John…

Non, pas John. Guerrero.

— On a beaucoup parlé. De tout et de rien. De trucs qui ne concernaient que moi… me semblait-il.

Logan commença à s'inquiéter. Dans l'avion qui les ramenait du Mexique, ils avaient parlé de ce qu'elle avait raconté à *John* sur son père, sans s'étendre. En y repensant aujourd'hui, il se rappelait qu'elle ne l'avait jamais regardé en face pendant cette conversation. Elle fuyait son regard en s'agitant sur son fauteuil.

Les signes infaillibles du mensonge, mais il avait attribué ce comportement à ce qu'elle venait d'endurer.

Elle n'avait pas pu mentir. Pas elle. Juliana n'était pas une traîtresse. C'est lui qui se faisait des idées.

— Je ne me rendais pas compte des conséquences de mes propos.

Elle avait maintenant l'air penaud d'une personne prise en faute.

— J'aurais dû te le dire plus tôt… Guerrero te connaît. Il sait pour nous.

Elle baissa les yeux.

— Je te l'ai dit, il ne m'a pas demandé grand-chose sur mon père. En revanche, sur moi, ma vie…

Elle le regarda de nouveau.

— Je croyais que j'allais mourir. Je ne pensais pas qu'on viendrait à mon secours.

Comme s'il l'aurait laissée dans cet enfer ! Il était prêt à tout pour la délivrer, à démolir cette maison, brique après brique.

— John… m'a demandé si j'avais déjà été amoureuse.

Un petit rire lui échappa.

— C'est une des choses auxquelles on pense quand on va mourir, non ? As-tu été amoureuse ? Vas-tu mourir avec des regrets ?

De plus en plus noué, Logan lui saisit le poignet.

— Tu lui as dit que tu m'aimais ?

— Je lui ai même donné ton nom. Avec cette information et ses relations, il n'a pas dû avoir de mal à retrouver ta trace et…

— … à connaître l'existence et l'adresse de mon chalet.

Bon Dieu ! Les morceaux du puzzle se mettaient en place. Et tout coïncidait. Pour les sbires de Guerrero, la traque n'avait pas dû être difficile.

— Quand tu m'as sortie de là, je ne pensais pas que ce que je lui avais dit avait de l'importance.

Sa voix tremblait. Elle avait l'air terriblement ennuyé.

— Je lui ai dit ce que tu éprouvais, je ne pensais donc pas que…

Logan empoigna ses mains.

— Ce que j'éprouvais ?

— Je lui ai dit que tu ne m'aimais pas.

Interdit, il concentra toute son attention sur elle. Juliana. Le souffle de Juliana, l'odeur de vanille de Juliana. Le fantôme dans les yeux de Juliana. Les regrets, les remords.

— Il aurait dû comprendre qu'il n'y avait plus rien entre nous. Je ne pensais pas qu'il fouillerait dans ta vie et que…

Il happa sa bouche pour la faire taire — et parce qu'il avait besoin de ce baiser pour s'apaiser.

« Je lui ai dit que tu ne m'aimais pas. »

Les mains à plat sur ses épaules, elle caressa ses lèvres du bout de la langue.

Après quelques secondes de tendresse intense, il s'écarta d'elle et la regarda.

— Tu n'as rien fait de mal, dit-il.

— Mais si ! Mais c'est promis, je ne recommencerai plus.

Sur ces mots, elle pivota et partit vers la chambre. Quoi qu'il en dise, elle avait fait une bêtise. Elle aurait dû lui en parler plus tôt.

— Logan, appela-t-elle. Tu viens au lit avec moi ?

Perdu dans ses pensées, il releva brusquement la tête. Elle s'était arrêtée et lui tendait la main.

Il lui devait la vérité. Elle n'était plus un bébé. Lui non plus. Il allait lui dire. D'ailleurs, à cause de Susan, il n'avait pas le choix.

S'il ne racontait pas à Juliana ce qui s'était passé ce soir de sinistre mémoire, Susan le ferait.

Pour Guerrero.

Ce sale type allait continuer de fouiller dans son passé, il apprendrait tous ses secrets et s'en servirait pour dégoûter Juliana de lui. Juliana pensait peut-être qu'il ne l'aimait pas mais Guerrero…

— Logan ?

Guerrero comprendrait bien qu'il l'aimait.

Logan s'avança vers elle, lui prit la main et l'embrassa.

Je t'aimais, pensa-t-il.

Juliana l'avait-elle oublié ? Elle ne cherchait peut-être que son plaisir dans ce monde devenu un cauchemar pour elle, mais elle comptait pour lui.

C'était vrai depuis toujours.

Il la prit dans ses bras et entra dans la chambre.

Ce serait toujours vrai.

Susan Walker regarda la malheureuse petite fille riche s'emparer du micro avec la mine de circonstance. Elle semblait néanmoins très déterminée.

— Tout ce que vous avez entendu dire sur mon père est exact.

Elle parlait d'une voix forte et claire. Une forêt de micros était tendue vers elle.

— Le sénateur Aaron James profitait de sa position pour s'enrichir malhonnêtement. Il était en cheville avec un trafiquant d'armes, un certain Diego Guerrero, et vendait des armes au plus offrant.

Assaillie par un flot de questions, elle leva la main pour calmer les journalistes. Comme à leur habitude, ils attaquaient comme des requins.

— Mon père a décidé d'abréger sa vie parce qu'il ne supportait plus de vivre avec ce qu'il avait fait. Mais il a laissé des documents derrière lui.

Elle jeta un coup d'œil aux hommes en costume noir regroupés derrière elle. Ils sentaient le FBI et la CIA à plein nez.

— Ces documents, qui sont des preuves à charge contre certains, ont été retrouvés et remis aux autorités qui les examinent actuellement.

Interdite, Susan réussit, non sans mal, à garder son calme pendant que la presse buvait chaque parole de la malheureuse enfant que son méchant papa avait abandonnée en route.

La *clique à Juliana* allait probablement faire d'elle une célébrité. Probablement ? Non, sûrement.

Logan était à quelques pas d'elle. Les reporters n'avaient pas remarqué sa présence. Ils avaient suivi le regard de Juliana vers les autres agents sans se douter que la véritable menace était là, sous leurs nez. Bande d'idiots ! Et aveugles avec ça !

— Ces dernières m'ont affirmé que ce Diego Guerrero se trouve actuellement aux Etats-Unis où il opère sous des pseudonymes...

Juliana fixa les caméras.

— John Gonzales est l'un de ces pseudos.

L'un des costumes noirs brandit un portrait.

— Voici à quoi ressemble Diego Guerrero, alias Gonzales, enchaîna-t-elle. Assurez-vous de le…

Furieuse, Susan se rua vers l'homme en noir, qu'elle heurta dans sa précipitation. Elle se souvenait de son nom, Gunner.

— Vous cherchez quelque chose ? s'enquit-il.

— Je voulais juste… C'est trop, vous comprenez.

Elle montra la foule.

— Je ne comprends pas pourquoi vous avez tant insisté pour m'emmener ici aujourd'hui. Je vous ai déjà dit, à vous et à vos collègues, que je n'ai pas la moindre idée de…

— McLintock n'avait pas la moindre idée, lui non plus…

Gunner la dévisageait avec acuité.

Tu ne les trouveras pas, mes secrets, pensait Susan.

— … et l'on a retrouvé son corps, ce matin. Jeté sur la tombe du sénateur.

Susan chancela. Elle n'avait pas imaginé que…

— Je suppose que Guerrero pensait qu'il lui mentait.

Gunner haussa les épaules.

— Moi, je pense que McLintock a parlé à Guerrero et lui a dit tout ce qu'il savait. Guerrero l'aura fait parler.

Son cœur se mit à battre trop vite. Elle frotta ses mains moites l'une contre l'autre. Satanée chaleur du Mississippi. Même au printemps, on transpirait.

— Vous devriez peut-être réfléchir à la proposition qu'on vous a faite de vous protéger, reprit Gunner.

Y réfléchir ? Pour leur permettre de l'approcher et de savoir exactement ce qu'elle avait fait ? Merci bien. La prison, elle avait déjà donné. Elle avait perdu deux années de sa vie dans une maison de correction, jamais elle ne retournerait derrière les barreaux.

Il lui avait fallu beaucoup de temps pour se reconstruire. Plus exactement pour voler la vie qu'elle avait maintenant. Avant de faire les bêtises qui lui avaient valu la maison de correction, elle était Becky Sue Morris.

— Je ne sais rien, dit-elle.

Juliana pérorait toujours. Les journalistes prenaient des notes.

— Guerrero n'apprendra rien de ma bouche.

— Non, mais il vous tuera. Il vous coupera en rondelles, comme votre ami McLintock.

Ben McLintock n'était pas son ami. C'était juste un valet qu'elle avait trop souvent dans les jambes et qui l'ennuyait. Il travaillait déjà pour Aaron avant son arrivée et si elle s'était frayé un chemin jusqu'au lit du sénateur, Ben, lui, s'était institué son confident. Il connaissait tous ses secrets. Aussi sûr que deux et deux font quatre, il connaissait toutes les combines, toutes les magouilles, tous les trafics de Guerrero et de James. Cette espèce de nouille s'était sûrement impliquée dans ce trafic.

Combien d'argent avaient-ils empoché ? Mystère. Elle n'en avait pas vu la couleur.

Juliana avait fini son numéro et s'éloignait. Logan la suivait comme son ombre. Bon chien ! Elle n'avait pas dû trouver le dossier qu'elle avait laissé pour elle.

Logan leva les yeux et la vit.

Lui, il l'avait trouvé. Sa façon de la regarder l'en persuada. Elle ne devait pas montrer son trouble.

— Un problème ? lui demanda Gunner avec calme.

Elle posa la main sur son bras et trébucha légèrement.

— C'est trop dur. Ben. Aaron. Laissez-moi quelques minutes pour me remettre.

Elle lui sourit.

— C'est possible ? Vous m'accordez un peu de temps ?

Elle parlait d'une voix faible. Perdue. Exactement le ton qu'il fallait.

Il acquiesça. Un gentleman pouvait-il faire autrement ?

Après un long soupir, elle se dirigea vers les toilettes. Coup d'œil à la ronde. Parfait. Personne.

Il y avait une petite fenêtre. Assez large pour elle.

C'était le moment de disparaître.

— Où est Susan ? demanda Logan en rejoignant Gunner.

Ce dernier désigna du menton les toilettes.

— J'y vais.

Mais Juliana le rattrapa par la manche.

— Qu'est-ce que tu fais ? Tu ne vas pas y aller !

C'est ce qu'on va voir ! se dit Logan en lui échappant. Susan essayait de le brouiller avec Juliana, la méfiance était de mise.

— Susan, dit-il en frappant à la porte. Susan, sortez. Je veux vous parler.

Mais pas devant Julie. Il appela Gunner par-dessus son épaule.

— Emmène Juliana à la voiture. Je vous rejoins tout de suite.

La jeune femme le regarda comme s'il était devenu fou. C'était clair, elle ne bougerait pas.

Comme personne ne répondait, il appela de nouveau, frappa plus fort.

— Susan ! Ouvrez !

Pas un bruit.

Louche. Un bon coup d'épaule et il ouvrit. L'oiseau s'était envolé par une fenêtre ouverte.

— Qu'est-ce qu'elle t'a dit ? demanda-t-il à Gunner.

— On a parlé de McLintock. Je lui ai dit ce qui s'était passé et…

— Elle s'est sauvée parce qu'elle a eu peur d'être la prochaine cible, intervint Juliana.

Peut-être.

Mais pas sûr. Les gens ont toujours des tas de bonnes raisons de se sauver.

Il prit son mobile et appela Sydney.

— Susan Walker s'est fait la malle. On fouille les abords.

Il sortit. Le soleil qui s'était levé l'aveugla.

— Sa voiture a disparu, dit Gunner, fou de rage.

Il en était d'autant plus sûr que c'était lui qui la conduisait pour venir à la conférence de presse.

— Demande à la police de lancer un avis de recherche, dit Logan.

Il fallait qu'il parle à Susan. Tout de suite.

Juliana le regardait, incrédule.

— C'est pour sa protection.

C'était vrai et faux.

Susan était une femme dangereuse… elle savait la vérité sur lui, et il aurait parié qu'elle connaissait tous les secrets du sénateur.

Si Guerrero mettait le grappin sur elle, il les lui ferait cracher et ensuite… elle finirait comme McLintock.

Susan s'apprêtait à ouvrir la porte de son vieil appartement quand elle sentit une main ferme la prendre par la taille.

— Quelqu'un veut te voir.

La pointe d'une lame la piqua dans le dos. Une petite plainte s'étrangla dans sa gorge. Non, ce n'était pas possible. Elle avait tout tellement bien organisé !

L'homme la fit sortir *manu militari* de l'immeuble — facile, il n'y avait pas de voisins pour le voir — et la jeta dans le coffre d'une voiture noire. Elle voulut crier au secours. Quel secours ? Il n'y avait personne. L'homme claqua la porte du coffre. La voiture démarra sur les chapeaux de roue. Susan valsa.

Paniquée, elle donna des coups de poing, des coups de pied dans la carrosserie. Il faisait noir comme dans un four. Elle commença à manquer d'air, à étouffer. Impression décuplée par l'angoisse et l'obscurité. Dans un angle, elle aperçut un mince filet de jour, très mince, pas plus épais qu'un fil. Le coffre n'était pas parfaitement étanche. Sans ce trait blanc, elle se serait crue dans une tombe. Enterrée vivante.

Elle se mit à crier. A hurler. La voiture continua sa course à tombeau ouvert.

— Au secours ! Au secours ! S'il vous plaît ! A l'aide !

Elle avait peur du noir depuis toujours ou presque. Très précisément depuis qu'un jour, elle avait six ans, sa mère l'avait enfermée dans un placard en lui disant :

— Tu vas être gentille. Maman a une course à faire. Pas de bêtise, je reviens très vite.

Mais elle n'était jamais revenue.

— Au secours !

Sa mère était une toxicomane. Elle se prostituait. Les services sociaux avaient fini par venir chercher Susan… Parce que sa mère avait succombé à une overdose. Ils l'avaient sortie de son placard.

— Sortez-moi de là ! hurla Susan en tapant partout.

Elle s'était juré de ne plus jamais connaître une telle détresse. Elle s'était battue pour se faire une vie meilleure. S'était accrochée bec et ongles à cet espoir, à la promesse de richesse et de privilèges.

Ça ne pouvait pas se terminer comme ça. Dans un coffre. Lardée de coups de couteau, comme McLintock.

Elle méritait mieux.

Le véhicule s'arrêta. Elle redoubla ses appels au secours.

C'est alors qu'elle entendit des voix. Des pas qui approchaient.

Le coffre s'ouvrit. La lumière du jour l'éblouit. Elle cessa de crier.

Et commença à forger un plan.

Je ne suis pas encore morte.

Le sang battait dans ses tempes, dans ses tympans.

Survivre. Tout faire pour survivre. S'échapper. Elle ne devait penser qu'à ça.

Et pour cela, la jouer fine.

9

Juliana se demanda ce qu'elle venait faire dans la chambre de son père.

Malgré ce qu'avait dit Susan, elle ne s'attendait pas à apprendre grand-chose.

Son père et elle n'étaient pas très proches, c'était le moins qu'on pouvait dire. Depuis des années, leurs relations s'étaient effilochées.

Arrivée sur le pas de la porte, elle attendit. C'était désagréable de jouer les intruses. Coup d'œil à l'intérieur. Beau mobilier — son père avait toujours su se gâter. Certes, la pièce faisait riche mais, punaise ! qu'elle était froide !

Quel gâchis que sa vie ! Quel égoïsme ! Pourtant, quand elle y réfléchissait bien, son père n'avait pas toujours été ce monstre uniquement centré sur lui. Jadis, elle s'en souvenait, il souriait quand il lui prenait la main pour une promenade dans les allées bordées d'azalées. Quel changement, depuis ! Quel naufrage !

Elle s'apprêtait à repartir quand, en se détournant, elle aperçut, accrochées au mur de droite...

Ses peintures !

Lissant la chair de poule qui hérissait le duvet de ses bras, elle se retourna et, sans hésiter cette fois, entra.

— Oh ! *Eléments en furie* ! s'écria-t-elle.

Elle avait fait ce tableau après le passage de Katrina, l'ouragan qui avait tout dévasté. Une plage balayée par l'eau déchaînée, détruisant tout comme un dieu en colère.

— Et l'*Œil du cyclone*...

Un autre de ses tableaux. Des nuages noirs, menaçants, se déchirant pour laisser filtrer un rai de lumière. L'espoir. Espoir illusoire car l'ouragan n'avait pas fini de ravager le Mississippi, la Louisiane et les Etats voisins. Au contraire. Le pire était à venir.

Elle posa le doigt sur sa signature, à gauche de la toile. J.J. Son père lui avait dit que son art était une perte de temps. Il voulait qu'elle intègre une grande école de commerce ou fasse du droit.

Malgré cela, à son insu, il avait acheté ses toiles, les avait accrochées dans sa chambre. Luxueusement encadrées.

Il les avait donc sous les yeux, chaque matin, quand il se réveillait ? Et tous les soirs quand il se couchait ?

— Mais qui étais-tu donc ? murmura-t-elle au fantôme qu'il lui semblait sentir dans la chambre. Et pourquoi m'as-tu abandonnée ?

C'est alors qu'elle entendit des pleurs. Ils venaient d'en bas. Sortant de la chambre en courant — laissant peintures et souvenirs derrière elle —, elle dévala les marches quatre à quatre...

Susan était dans l'entrée, le visage tuméfié, barbouillé de sang, des balafres sur les bras et la poitrine.

Derrière elle, Gunner affichait une mine défaite, rageuse.

— Bon Dieu ! C'est quoi ça, encore ? s'exclama Logan qui arrivait du bureau.

— Les gardes qui sont à la porte l'ont trouvée...

Gunner la prit dans ses bras et la déposa sur le canapé.

— Elle errait sur la route, à l'extérieur de la propriété.

Susan pleurait toujours. Ses yeux... ils regardaient dans le vague. Perdus.

— Il faut une ambulance, dit Juliana en empoignant le téléphone le plus proche.

Tout ce sang... Le spectacle des plaies laissées sur ses bras par les coups de couteau soulevait le cœur.

Elle regarda Logan, qui n'avait pas l'air tendre.

— Les salauds ! Ils se sont débarrassés d'elle au milieu de la route, gronda Gunner. Comme d'un déchet.

Si sa voix était dure, c'est avec douceur qu'il lissait le front de Susan.

— Je vous donne l'adresse, dit Juliana aux secours.

— Non ! s'écria soudain Susan, sortant de sa léthargie. Je ne veux pas qu'on m'emmène. Je ne veux pas partir. Je veux rester ici.

Un torrent de larmes coulait sur ses joues, creusant des rigoles dans le sang séché.

— S'il vous plaît, gardez-moi ici. Je vous en supplie.

Gunner prit ses mains et les inspecta. Juliana hésitait tandis qu'au bout du fil le secouriste la relançait.

Logan se pencha vers Gunner.

— Faut-il la recoudre ?

Gunner prit le menton de Susan dans sa main brune et la força à le regarder.

— Etes-vous blessée ailleurs ?

L'air toujours aussi égaré, elle le fixait.

— Susan, répondez-moi. Etes-vous blessée ailleurs ?

Comme elle ne disait rien, il ouvrit son chemisier.

Elle sursauta, se mit à trembler.

— Non ! C'est tout.

Elle tourna son visage pâle vers Juliana.

— Je veux rester chez moi. S'il vous plaît, je leur ai dit que je voulais rentrer chez moi.

Logan fit un petit signe à Juliana.

— Je vous demande pardon, dit-elle au secouriste. Finalement nous n'avons pas besoin d'aide. Je vous prie de m'excuser.

Elle replaça l'appareil sur sa base et s'approcha du canapé.

— Merci, dit Susan dans un souffle.

— Ne nous remerciez pas, dit Gunner très énervé. On va être obligé de vous embarquer.

Elle se recroquevilla, supplia.

— Non ! Pourquoi ?

— Parce que vous êtes une preuve vivante, rétorqua Logan. Un médecin va vous examiner car votre agresseur a sûrement laissé des empreintes sur vous. On en a besoin.

Susan trouva la force de rire, un rire mêlé de larmes.

— Vous savez aussi bien que moi qui m'a agressée. Guerrero, ou plutôt ses hommes.

Ses lèvres tremblaient, elle frissonnait.

— On m'a kidnappée alors que je rentrais chez moi. L'homme m'a sauté dessus par-derrière et, quand il m'a mise dans le coffre de son auto, j'ai vu qu'il avait une cagoule sur la tête.

Elle chercha le regard de Gunner.

— Je ne sais rien sur lui. Je ne peux rien vous dire. Je n'ai sûrement pas de traces d'ADN sur moi puisqu'il ne m'a pas touchée. Moi non plus je ne l'ai pas touché, je ne l'ai pas griffé, je ne me suis pas battue.

Elle se passa la main sur la joue.

— J'avais trop peur.

— Comment avez-vous fait pour vous échapper ? s'enquit Juliana.

Voir Susan dans cet état la rendait folle de colère et lui donnait envie de la protéger mais…

C'était difficile de sauver les gens malgré eux.

— Je ne savais rien.

Susan se frotta encore la joue.

— Je ne savais rien. Je n'ai pas arrêté de le lui dire.

Juliana lança un coup d'œil à l'horloge. La conférence de presse avait eu lieu cinq heures plus tôt. Cinq heures de torture pour Susan.

— J'ai cru que je ne sortirais jamais vivante de là. Et puis, tout d'un coup, il m'a dit que je pouvais m'en aller, à condition de vous faire passer un message.

Logan dévisagea Susan.

— Quel message ?

— Que Guerrero sait qu'il n'y a pas… de preuve. Que vous ne… lui échapperez pas.

Elle regarda Juliana.

— Et que tu vas mourir.

Un sanglot lui échappa.

— Je suis désolée !

Susan lui faisait des excuses ?

— Il va venir, il va te tuer et il va tuer ton amant.

Coup d'œil à Logan.

— Il sait ce que Logan a fait. Je lui ai dit, je n'ai pas pu faire autrement. Il me donnait des coups de couteau et je voulais qu'il arrête. Je ne savais rien sur Aaron, il n'y avait que ça que je pouvais dire…

Perplexe, Juliana fronça les sourcils.

— Qu'a fait Logan ?

Silence. L'horloge carillonna.

— Je ne…

Susan s'interrompit, regarda Logan, puis Gunner, puis Juliana, qui agrippait le rebord du canapé.

— Alors ? Qu'est-ce qu'il a fait ?

Il s'était passé des choses graves. Cela se lisait dans le regard apeuré de Susan. Quant à Logan…

Pourquoi deux rides creusaient-elles chaque côté de sa bouche ? Pourquoi son visage s'était-il durci ?

— Il faut qu'on parle, dit Logan d'une voix calme.

Susan pleurait toujours.

— Il sait, murmura-t-elle. Je lui ai dit ce que Aaron… comment il l'a éloigné de toi.

Son père avait éloigné Logan ? Depuis quand ? C'était Logan qui avait rompu, non ?

— L'homme qui m'a enlevée, il a dit que…

Susan parlait tellement vite que les mots se bousculaient sur sa langue.

— … il a dit qu'il tuera Juliana et qu'il vous obligera à regarder.

— Dans ses rêves, marmonna Logan.

Il se tourna vers Gunner.

— Monte avec Susan et appelle Sydney. Dis-lui de nous envoyer la police scientifique. Tout de suite.

Susan tenta de repousser Gunner.

— Non ! Je ne veux pas que quelqu'un d'autre voie ce qu'il m'a fait !

Gunner la prit dans ses bras.

— Chut, lui dit-il. Chut. Calmez-vous.

Juliana n'aurait jamais cru qu'il puisse être aussi gentil.

Les pleurs de Susan cessèrent peu à peu et elle regarda Gunner, pleine d'espoir.

— Il ne va pas revenir, hein ?

— Non.

Les mains moites d'angoisse, Juliana garda le silence tandis que Gunner s'engageait dans l'escalier. Logan avait un air dur, plus sombre que jamais.

« Il sait ce que Logan a fait », avait dit Susan.

Juliana s'avança vers Logan.

— Que se passe-t-il ?

— Des erreurs de jeunesse… Guerrero s'en sert contre moi.

Il rit, un rire jaune qui ne trompait pas.

— Et il va gagner.

Il tendit les mains vers elle et la prit aux épaules.

— Tu vas vouloir partir. Le plus loin possible de moi. C'est ce que Guerrero souhaite.

Il l'épouvantait. Que pouvait-il donc avoir de si moche à se reprocher ?

— Je ne peux pas te laisser me quitter. Guerrero te guette. Il attend l'occasion de t'attraper. Il essaie de nous diviser mais je ne le laisserai pas faire.

— Parle, alors.

Il rentra les épaules comme si… Comme si quoi ? Pensait-il qu'elle allait le gifler, lui donner un coup de poing ? Elle ne l'avait jamais fait, elle n'allait pas commencer.

— Je n'étais pas dans ce restaurant par hasard, commença-t-il d'une voix neutre, dépourvue d'émotion. Je te cherchais. Je voulais te parler. J'en avais besoin.

Elle se souvenait parfaitement de la première fois où elle l'avait rencontré. C'était en sortant de Chez Dave, un boui-boui où les élèves se retrouvaient après le lycée. En vacances d'été à ce moment-là, elle y avait bu un verre avec d'autres étudiantes. Dans sa distraction elle était, littéralement, entrée dans Logan. Il l'avait prise par les bras pour la retenir et, en se redressant, elle l'avait regardé dans les yeux.

Depuis, elle était raide dingue de ses yeux.

Juliana s'était figée. De toute évidence, ce qu'elle allait entendre serait pénible, mais elle voulait savoir. Susan avait l'air tellement perturbé… Ce devait être grave.

— Pourquoi ?

— Je voulais te voir parce que je voulais te demander pardon.

— Ça n'a aucun sens. Tu ne me connaissais pas.

Il regarda derrière elle la photo de sa mère, posée sur le manteau de la cheminée.

— Je ne te connaissais pas mais, elle, je la connaissais.

Elle retint son souffle.

— Je t'ai parlé de mon père, reprit-il.

En effet. Il lui avait souvent dit, à l'époque de leur relation, qu'il ne voulait pas ressembler à son père, ex-soldat renvoyé par l'armée. Un homme violent, qui avait sombré dans l'alcoolisme.

— L'armée, c'était sa vie. Quand ils l'ont rejeté, il a tout perdu.

Elle attendit, refoulant les questions qui lui brûlaient la langue. Qu'est-ce que sa mère…

— J'ai voulu aider mon père. J'ai essayé de l'empêcher de boire. Mais il ne voulait pas arrêter. Il brûlait la chandelle par les deux bouts et… « Après moi le déluge ! » répétait-il. J'allais tout le temps le chercher dans les bistrots pour le ramener à la maison. Ou je le trouvais ivre mort dans des impasses. Mais même quand il n'avait pas bu, ce qui était rare, il avait sa face sombre.

Logan parlait lentement, chaque mot semblait lui coûter.

— Mon père était un tueur très adroit. Un assassin qui ne ratait jamais sa cible. Il me disait sans cesse que j'étais comme lui. Un tueur-né.

Et Logan avait dit et redit à Juliana qu'il ne voulait surtout pas lui ressembler.

— Pourquoi… pourquoi l'armée l'a-t-elle renvoyé ?

— Pour insubordination… enfin, si l'on peut dire. Lors de sa dernière mission, il a eu ce que les médecins appellent un épisode psychotique.

Elle écarquilla les yeux.

— Le commun des mortels appelle cela péter les plombs. Son équipe a dû le maîtriser, il ne suivait plus les ordres, il… il chassait.

Et cet homme complètement fêlé était revenu chez lui, auprès de son fils ?

— Où était ta mère ?

— Elle l'a quitté.

Elle prit son élan.

— Et quel rapport tout cela a-t-il avec ma mère ?

Il tendit la main pour caresser son visage mais retint son geste à mi-course.

— Ce soir-là, je l'ai trouvé dans un nouveau bar. Il a fini par en sortir, est monté dans son pick-up et a refusé de me donner les clés. J'ai insisté. Il m'a frappé…

Il se frotta la mâchoire comme s'il revivait ce qui s'était passé.

— … et il est resté au volant. Je ne pouvais pas le laisser conduire dans cet état. Alors je suis monté avec lui, me disant que je pourrais peut-être limiter les dégâts.

L'horloge égrenait infatigablement les minutes, mais Juliana ne l'entendait plus. Elle n'entendait que le battement du sang dans ses tympans.

— Il roulait trop vite. Il zigzaguait. J'ai essayé de le faire s'arrêter…

Un muscle se contracta dans sa joue.

— J'ai vu la voiture qui arrivait en sens inverse. Je lui ai crié de freiner, mais c'était trop tard.

Trop tard.

— Je pense que j'ai perdu connaissance et quand j'ai rouvert les yeux, il était mort.

Elle renifla. Surtout ne pas pleurer.

— Et ma mère ?

Il la regarda sans ciller.

— Elle était… toujours vivante. Elle a dit ton nom.

Le cœur brisé, elle renifla de plus belle.

— C'est… c'est la dernière chose qu'elle a ditc.

Elle vacilla. Logan la soutint et la serra contre lui. Mais elle n'avait pas envie de le sentir contre elle à cet instant. A dire vrai, elle n'avait envie de rien. De rien.

— Elle t'aimait, ajouta-t-il. Sa dernière pensée a été pour toi. Je suis venu te chercher dans ce restaurant parce que je voulais que tu saches combien elle t'aimait. Mais quand tu m'as regardé…

Il s'interrompit, hocha la tête.

— Tu me regardais comme on regarde… quelqu'un de merveilleux. Personne ne m'avait jamais regardé comme ça.

Elle avait mal dans la poitrine. Elle la serrait. La brûlait. Elle manquait d'air.

— Tu m'aimais, dit-il, les yeux brillants. Avec toi, à cette époque, tout était si facile… Si je t'avais dit la vérité, tu m'aurais détesté.

Tétanisée par ce qu'elle apprenait, elle ne réagit pas tout de suite.

— J'ai lu les rapports de la police, finit-elle par objecter. J'ai parlé aux enquêteurs. Le conducteur s'appelait Michael Smith.

Son père ne parlait jamais de l'accident. A dix-sept ans, elle avait voulu savoir les raisons de son silence obstiné. Voulu savoir ce qu'il cachait.

— Après la mort de mon père, répondit Logan, j'ai pris le nom de mon beau-père. Greg Quinn. Greg était gentil. Il a essayé de nous aider.

Juliana plaqua la main sur sa poitrine. Son cœur battait à se rompre. La police lui avait dit qu'il y avait un mineur dans la voiture qui avait embouti celle de sa mère. Que c'était ce mineur, un adolescent, qui avait appelé les secours. Et que, arrivés sur les lieux, ils avaient eu du mal à la désincarcérer.

C'était Logan ! Quel âge pouvait-il avoir au moment de l'accident ? Quatorze ans ?

— A l'époque, je m'appelais Paul. Logan est mon deuxième prénom.

Depuis tout ce temps, il avait gardé son secret ?

— J'ai tout fait pour lui faire entendre raison, poursuivit Logan de cette voix neutre qu'elle détestait. Mais mon père ne m'écoutait pas. J'étais hors de moi, je criais, il était ivre…

— Et ma mère est morte.

Il hocha la tête, la lâcha et recula.

— Si j'avais été plus fort, je l'aurais empêché de monter à bord. Et si j'avais moins crié, peut-être qu'il aurait vu la voiture qui arrivait en face…

Elle avait chaud aux joues et froid aux mains.

— Mon père savait.

— Oui.

Un autre secret. Encore un mensonge. Un de plus !

Juliana planta son regard dans le sien.

— Tu m'avais demandé de partir avec toi. Tu voulais qu'on vive ensemble.

Des enfants. Une maison.

— Et pendant tout ce temps...

— Je voulais être avec toi. Rien ne comptait plus pour moi.

Sa voix se brisa. Enfin une émotion.

— Ton père a enquêté sur moi, il a découvert qui j'étais. Le fils d'un tueur. Soit je disparaissais de ta vie, soit il te disait tout.

— Et tu es parti ? A cause de ses menaces ?

Impossible, elle ne goberait jamais ça. Mieux valait qu'il trouve autre chose.

Il haussa les épaules.

— Non, je suis parti parce qu'il avait raison. Tu méritais mieux que moi. Mon père aussi avait raison... Finalement, par bien des aspects, je suis comme lui.

Il leva les mains, les regarda.

— Je suis fait pour tuer.

— Peut-être aussi pour protéger, non ?

Elle était fatiguée d'entendre ce discours.

— Personne ne te force à être comme lui. Sois donc toi-même. Tu n'étais pas obligé de me laisser tomber...

— Tu me regardais comme si j'étais un héros. Je n'ai jamais voulu que tu me regardes comme ça... comme tu le fais maintenant.

Elle recula.

— Tu n'avais qu'à me le dire dès le début.

Tout aurait été différent. Il n'y aurait pas eu de secrets. Pas de mensonges.

— Tu m'as abandonnée !

Elle recula encore.

— Je suis revenu.

Elle plissa le front.

— Six mois plus tard, dit-il se passant nerveusement la main dans les cheveux. Je m'étais engagé dans la marine. J'ai tenté de t'oublier. Je n'ai pas pu.

— Tu n'es pas revenu pour moi.

Cela faisait trop de mensonges. Pourquoi ne pouvait-il jamais dire la vérité ?

— Tu n'étais plus seule.

Elle fit l'étonnée.

— Thomas. Ne me dis pas que tu l'as oublié. Le beau Thomas, le grand Thomas, blond, riche, avec sa Porsche, et toi serrée contre lui.

— Comment sais-tu ça ?

Thomas était un ami ; puis, quand Logan était parti, il était devenu plus que ça. Elle était triste et avait eu besoin de se sentir aimée, désirée, du moins pendant un temps.

— Tu couchais avec lui.

Sa voix vibrait de colère, de jalousie — de rage. A cet instant, elle aurait préféré son masque froid, son ton monocorde.

— C'était épouvantable. Il ne se passait pas une minute sans que je pense à toi… Mais tu menais ta vie. Tu avais trouvé quelqu'un de mieux.

Après quelques mois, Thomas et elle avaient rompu. C'était un garçon bien, pourtant, sérieux, sur lequel elle pouvait compter, mais ce n'était pas…

Logan.

— Tu avais l'amoureux qu'il te fallait. Je n'allais pas semer la pagaille dans ta vie.

Il était revenu.

— Alors, j'ai gardé mes distances.

Machinalement, il posa la main sur sa poitrine barrée de cicatrices.

— J'ai fait mon boulot.

La porte de la chambre se referma doucement derrière eux. Susan sentit le regard de Gunner la transpercer comme un laser.

Il voyait tout. Elle n'aimait pas sa façon de la regarder.

Elle se passa encore une fois les mains sur les joues. Ses larmes étaient intarissables.

— Je voudrais prendre une douche, dit-elle. Je veux laver tout ce sang.

Il secoua la tête.

— Vous effaceriez les empreintes. On vous l'a déjà dit.

— Mais quoi ! Je ne suis pas une scène de crime, à la fin ! Je suis un être humain. Je veux oublier, vous comprenez ?

Il la caressa de son regard de velours noir.

— Vous croyez que ce sera possible ?

Non, pensa-t-elle.

Elle fit le tour de la pièce des yeux, arrêta son regard sur chaque meuble, chaque tableau.

Chaque. Tableau. Son cœur se mit à battre très vite. Beaucoup trop vite.

— Je comprends ce que vous ressentez, dit Gunner. Moi aussi, j'ai été pris en otage. En l'occurrence par un groupuscule de rebelles en Amérique du Sud.

Brusquement, il souleva sa chemise. Sa poitrine n'était qu'un entrelacs de cicatrices. Pas de petites plaies de Mickey comme celles qu'elle avait sur les bras et le visage. De vraies blessures, profondes. Horribles. Effrayantes.

— Ils ont pris leur temps avec moi, ajouta-t-il, sarcastique. Cinq jours… Cinq jours pendant lesquels je ne pensais qu'à une chose, que la douleur s'arrête.

Elle, elle avait subi leurs sévices cinq heures durant. Elle n'aurait jamais tenu cinq jours. Jamais. Elle serait morte avant.

Elle regarda les toiles accrochées au mur. Les peintures de Juliana. Des tempêtes, des ouragans. Menaçants.

Une tempête soufflait derrière la porte. Un cyclone qui allait tout ravager, tous les emporter.

Mais pas elle. Elle ne le laisserait pas l'atteindre.

— Qu'avez-vous fait pour en réchapper ?

Gunner la fixa de son regard noir.

— Je les ai tués. Tous, sans exception.

Elle se mit à trembler. Elle n'était pas assez forte pour tuer l'homme qui la martyrisait.

— Moi, j'ai pleuré, dit-elle d'une voix pitoyable. J'ai pleuré et je lui ai dit tout ce qu'il voulait savoir.

Parce qu'elle ne supportait plus cette souffrance atroce.

Elle qui s'était toujours crue très forte n'avait pas résisté bien longtemps.

— Tout cela sera vite oublié, lui dit-il en abaissant sa chemise. Pour moi, c'est du passé.

Susans, elle, n'oublierait pas.

Elle leva la tête et dévisagea Gunner. Pas beau. Trop dur. Trop rugueux. Il ne devait pas être facile.

Sa tête retomba sur sa poitrine, tant elle était fatiguée. Elle n'essaya pas de la relever.

— Je ne voulais pas que les choses se passent comme ça.

— Peut-être, mais vous êtes en sécurité, dit-il posant les mains sur ses épaules.

Ce n'était pas son avis.

— Je n'ai jamais rien eu dans la vie.

Sauf des regards emplis de pitié.

— Je m'étais juré qu'un jour j'aurais tout.

Mais Aaron était mort. Sa fille était toujours en vie. Et le testament ne lui laissait rien.

A moins que Juliana ne meure, elle ne récupérerait que des miettes. Et Guerrero la guettait dans l'ombre.

— Je ne pensais pas que mon aventure se terminerait ainsi.

Gunner lui serra les épaules.

— Elle n'est pas finie.

— Vous croyez peut-être que je n'ai pas voulu en finir, quand ils me retenaient ? C'est facile de lâcher prise. Beaucoup plus facile que lutter pour rester en vie.

C'était vrai.

— Mais je suis une battante.

Elle l'avait toujours été.

— Tant mieux. Vous devriez…

La suite se perdit dans un gargouillis inintelligible.

Elle venait de lui planter un couteau dans la poitrine.

Tu aurais dû te méfier de moi. Guerrero a raison, une femme blessée peut tromper presque tous ses gardes.

Les hommes sont comme ça, ce sont des faibles ! Je t'ai bien eu, Gunner.

Elle tourna la lame dans la plaie.

— Je ne retournerai pas à ma sale vie d'avant.

Elle le regarda dans les yeux ; il l'avait lâchée, et ses bras pendaient de chaque côté de son corps.

— Désolée, mais cette fois, abandonne. Pas besoin de te battre.

Parce qu'il était fichu.

Il bascula en avant et heurta le sol avec un bruit sourd.

Juliana crut entendre un choc étouffé. Intriguée, elle regarda le haut de l'escalier.

— On ne refait pas le passé, disait Logan. Si je pouvais, je te jure que je le ferais, mais nous…

Un bruit de verre cassé l'arrêta net. Il sursauta et plaqua la main sur son épaule, où coulait du sang.

Courbé en deux, il se rua vers Juliana et la projeta à terre, sous lui, derrière le canapé.

Des cris. Des hurlements. Des coups de feu. On aurait dit qu'une armée entière attaquait.

Avec Guerrero, cela faisait partie des scénarios possibles. Même si la propriété était étroitement surveillée.

De nouveaux coups de feu rompirent le silence revenu. Les cris recommencèrent. Elle saisit le bras de Logan. Le sang tiède poissa ses doigts.

— Logan ?

Il leva la tête vers elle. Son expression était indéchiffrable.

— Je crois qu'ils ont mordu à l'hameçon, dit-il. Reste là, ne bouge pas. Ne te redresse surtout pas.

Pourquoi ? Il s'en allait ?

Elle serra son bras plus fort mais il se dégagea.

— Non, n'y va pas, supplia-t-elle.

— Je suis un commando. Il faut que j'y aille. Comme ça, tu n'auras plus peur. On va les descendre, ses hommes. Tous sauf un, pour qu'il nous dise où se terre Guerrero.

Il l'embrassa. Un baiser appuyé qui l'inquiéta.

— Reste allongée par terre.

Et il s'en fut. Elle regarda ses mains, rouges du sang de Logan. Soudain, des cris retentirent à l'étage.

Susan.

Dehors, les gardes se battaient. Susan ne devait pas se retrouver dans le feu croisé des balles. Elle avait déjà trop souffert.

A cause de mon père, pensa Juliana. *Parce qu'elle était proche de nous.*

Il fallait l'aider.

Sortant de derrière le canapé, elle traversa la pièce en rampant. Elle avait la main sur la rambarde de l'escalier quand une salve de coups de feu éclata dans le hall.

10

Ils avaient une puissance de feu supérieure à la leur.

Logan attrapa le policier tombé près de la terrasse et, le traînant pour le mettre à l'abri, tira deux coups de feu sur leurs agresseurs qui les bombardaient de balles.

Ils devaient être une douzaine d'hommes.

Les deux policiers en faction à l'entrée étaient à terre. Gunner se trouvait dans la maison. *Il ne va pas tarder à sortir*, se dit Logan. Gunner n'esquivait jamais une bagarre.

Embusqué sur la droite, près de la grille — la grille que ces sauvages avaient fait sauter —, Jasper avait dû décharger plusieurs fois déjà son barillet.

Sydney serait bientôt sur place. Elle était leurs yeux et leurs oreilles, grâce à la vidéo-surveillance, et elle avait sûrement déjà appelé du renfort.

Elle pouvait être terrible.

Logan prit la main du policier blessé et la plaqua sur sa plaie.

— Appuie, dit-il. Faut stopper l'hémorragie.

Pâle comme la mort, l'homme tremblait, mais il s'en sortirait. A condition de ne pas recevoir une autre balle.

Blessé lui aussi, Logan ignorait la douleur. Pas le moment de se laisser divertir par de telles choses. Ces hommes n'entreraient pas dans la maison. Ils ne mettraient pas la main sur Juliana.

Il lâcha le policier et rampa vers sa cible. Entraîné au corps au corps, il pouvait approcher sa proie sans qu'elle s'en rende compte et la tuer. Mais le temps était compté.

Jasper tirait comme un fou, concentrant sur lui l'attention des assaillants afin que Logan puisse intervenir.

— Gardes-en au moins un de vivant, marmonna-t-il.

Il fallait les mettre hors d'état de nuire mais ne les tuer qu'en cas d'absolue nécessité. Les ramener vivants… et leur faire leur fête.

Le supplice du couteau, c'était fini, et ils allaient payer. Cher. Promis juré.

Logan sauta sur l'un des agresseurs, lui saisit le bras et lui tordit le poignet. L'arme qu'il tenait vola et se perdit dans une pelouse. Il essaya de donner un coup de pied à Logan, qui l'esquiva et lui administra son poing dans la gorge. L'homme n'eut même pas le temps de crier. En une fraction de seconde, il était à terre et pas près de se relever.

Un de moins.

La rambarde que Juliana tenait vola en éclats. Quatre à quatre elle grimpa les marches jusqu'à l'étage. A quelques centimètres près, la dernière balle la touchait.

Elle courut jusqu'à la chambre de son père et en poussa la porte.

— Oh ! Susan !

Susan se retourna, un poignard dans la main.

— Mais…

Elle avait réduit ses tableaux en charpie.

— Partez…

Un murmure. Si faible que Juliana l'entendit à peine. D'ou venait-il ? Elle fureta autour d'elle.

Et elle vit. Gunner. Dans une mare de sang.

Susan bondit sur elle.

— Si tu crois que tu vas partir…, menaça-t-elle.

Elle brandissait son couteau sous le nez de Juliana.

Quand tu attaques, fais-le avec la partie la plus forte de ton corps, lui avait expliqué Logan.

Juliana empoigna la main qui tenait le couteau tout en donnant un coup de coude dans la poitrine de Susan, qui chancela.

Le poignard tomba, ricocha sur le parquet.

— Mais qu'est-ce qui vous prend ? s'écria Juliana, incrédule.

Se ressaisissant, Susan s'élança sur elle. Les deux femmes roulèrent au sol. Une bataille insensée s'ensuivit. Une lutte féroce, désespérée.

— T'aurais dû… crever… au cimetière ! vociféra Susan.

Elle avait empoigné Juliana par les cheveux et lui cognait la tête par terre.

— T'aurais dû…

Juliana planta les doigts dans les yeux de Susan, qui poussa un hurlement.

— Je comprends maintenant ! cria Juliana. La voiture piégée, c'était vous !

Elle se releva, prête à affronter une nouvelle attaque. Mais au lieu de se précipiter sur elle, Susan rampa jusqu'au coffre de Aaron. La seule chose que son père y entreposait, se rappela Juliana, c'était un revolver.

Juliana plongea sur le poignard.

Trop tard. Susan avait le revolver d'Aaron dans la main.

— Ne bouge plus.

Susan pointa sur Juliana le trou noir du canon. Elle souriait. La narguait.

— J'en ai tellement bavé ! se plaignit-elle. Alors, j'ai tout manigancé. Mais tu n'es pas montée dans cette fichue limousine.

Juliana s'humecta les lèvres. Susan tournait le dos à la grande fenêtre de la chambre de son père. Gunner gisait dans son sang. Le couteau que Juliana tenait dans sa main ne pesait pas lourd face à un revolver.

— Pourquoi faites-vous ça ? demanda-t-elle.

En bas, on tirait encore. Le cri de douleur d'un homme s'arrêta brusquement.

— Guerrero vous oblige à l'aider ? insista Juliana en abaissant le couteau pour détourner l'attention de Susan.

Mais celle-ci s'esclaffa.

— Tu crois me connaître ? Tu ne sais rien de moi. Tu ne sais pas qui je suis, d'où je viens. Aaron n'en savait rien non plus. Il pensait que j'étais une de ces putains sans cervelle, trop heureuses d'être à sa disposition.

Du coin de l'œil, Juliana crut voir Gunner esquisser un mouvement.

— J'ai vu des trucs… j'ai fait des trucs…

Susan éclata d'un rire nerveux complètement déplacé mais son revolver ne bougea pas d'un pouce.

— A cause de toi, je vais retourner au néant. A cause de toi !

— Mais, Susan, je ne t'ai rien fait…

— Oui, mais tu vas tout récupérer. L'argent. La maison. Tout. Il m'avait promis que j'en aurais ma part, mais j'ai vu le testament… tout te revient.

Tout ce charivari pour une question d'argent ? Elle faisait un mauvais rêve.

— Charles est mort dans l'explosion de la voiture.

— Et alors ? Je suis supposée le pleurer ?

La braquant toujours, Susan fit un pas vers elle.

— Il faut que je m'occupe de moi maintenant. Sinon, qui le fera ?

En bas, personne ne tirait plus. Etait-ce bon signe ? Où était Logan ?

— Je me moque de l'argent. Vous pouvez tout prendre.

— C'est ce que je ferai, répliqua Susan, le visage grimaçant. Mais quand tu seras morte. Lorsqu'ils croiront tous que Guerrero t'a enlevée, je raflerai le magot.

Susan se retourna et regarda par la baie vitrée.

Avait-elle fourni aux sbires du trafiquant les codes d'accès de la propriété ?

— Guerrero voulait la preuve…

Susan regarda les toiles qu'elle avait éventrées et son expression se durcit.

— Je croyais que je pourrais la lui donner. Mais ce n'est pas grave. Il peut encore t'embarquer, te tuer, et tout sera fini.

Juliana s'approcha lentement.

— Vous vous imaginez qu'il va vous laisser filer comme ça ? Détrompez-vous. Ce n'est pas comme ça que ça marche. Quand quelqu'un tombe dans ses griffes, il ne survit pas.

Susan eut un rire forcé.

— C'est bon. Susan Walker n'a jamais eu l'intention de vivre éternellement.

La femme était folle. Comment avait-elle pu cacher sa folie si longtemps ?

— Susan n'a jamais existé, mais Becky Sue Morris... Becky Sue, elle, a existé et elle existera encore. Becky Sue va faire virer l'argent sur son compte. Elle va prendre tous les bijoux. Elle va rafler tout ce qu'elle peut.

Elle se passa la langue sur les lèvres et regarda la fenêtre derrière elle.

— Becky Sue sait comment faire pour survivre. Elle sait comment amorcer une bombe, comment éliminer les obstacles qui se dressent sur sa route.

Elle reprit son souffle.

— Elle a appris très jeune à faire tout ça. Elle a appris à se fondre dans la foule et à devenir quelqu'un d'autre.

Juliana, qui ne quittait pas le canon du revolver des yeux, se dit qu'elle n'avait pas le choix. Quelle que soit la femme qu'elle avait devant elle, Susan ou Becky Sue, elle ne la laisserait pas lui échapper.

Et puisque mourir n'était pas dans ses intentions — elle avait tellement de choses encore à faire dans la vie — Juliana décida d'agir.

Elle avança encore d'un pas. Susan ne sembla pas le remarquer.

Pourrait-elle aller assez vite ?

Si elle parvenait à distraire cette démente...

— Avant de vous tuer, il va vous torturer, dit Juliana. Comme il a fait pour Ben.

Susan transpirait.

— Tais-toi !

— C'est ainsi qu'il procède. Il me tuera, c'est sûr, mais il vous tuera vous aussi. Et vous n'aurez ni l'argent ni la maison, puisque vous serez sous terre avec moi.

Elle fit encore un pas.

— La ferme ! s'époumona Susan.

— Pourquoi ? Je suis déjà morte, non ? Qu'est-ce qui peut m'arriver d'autre ?

— Je tuerai ton Logan.

Ça, sûrement pas.

— Les hommes ne se méfient pas de nous, continua Susan. Ils

pensent que nous sommes faibles, sans défense… Tout ça à cause des larmes que nous versons parfois et de notre peur du sang.

Peur du sang ? Le chemisier de Susan en était imbibé.

— C'est leur faute, marmonna-t-elle.

— Tu ne feras pas de mal à Logan.

Juliana serra plus fort le couteau. Susan ricana.

— Parce que tu l'aimes toujours ? Tu sais ce qu'il a fait ? Je ne résiste pas au plaisir de te le dire ! Il a tué ta mère ! Il s'est servi de toi !

Encore un pas. Elle était à présent assez proche de Susan pour la frapper.

— Et tu l'aimes toujours !

Tac tac tac tac. La pétarade d'une arme automatique surprit Susan, qui se tourna vers la fenêtre.

— Oui, dit Juliana, je l'aime toujours.

Elle leva le bras et plongea sur Susan, qui réagit une seconde trop tard. Le couteau alla se planter dans son épaule gauche. Malgré la douleur, elle serra la crosse de son revolver et…

Un coup partit. Ni en bas ni dehors. Dans la chambre. Gunner avait rampé et réussi à prendre son arme de secours dans son holster de ceinture.

— Ne dites pas que vous êtes sans défense…

Sa voix était gutturale. Un râle.

— … vous vous débrouillez très bien.

Une énorme tache rouge sur le devant de son chemisier, les yeux grands ouverts et la bouche pendante, Susan tituba. Sa tête partit en arrière.

Emportée par le poids de son corps, elle tomba à la renverse contre la baie vitrée, qui se fracassa. Et elle bascula dans le vide.

Alerté par le bruit de verre brisé, Logan se retourna et vit un corps tomber. Il crut que son cœur s'arrêtait. La nuit étant venue, il faisait noir et il ne distinguait qu'une masse de cheveux par terre. Un corps disloqué.

Non !

La lame d'un couteau vint se planter dans son dos.

— T'inquiète pas, murmura une voix à son oreille. Je vais m'assurer que la jolie petite femme te rejoigne en enfer.

Non, pas Juliana !

La lune émergea alors des nuages et sa clarté lui permit de reconnaître le visage de la personne étendue au sol. C'était Susan.

Se retournant vivement, il empoigna l'homme qui se trouvait derrière lui et lui serra la gorge.

— Tu ne la toucheras pas.

Cette fois, l'homme ficha son couteau dans la poitrine de Logan.

Logan attaqua. Il secoua le poignet de son agresseur, le frappa avec les poings, l'étrangla. Sa proie était sur le point de suffoquer quand…

Un autre homme apparut et lui piqua une aiguille dans le cou. Logan rugit, le repoussa.

Trop tard.

Il se mit à frissonner, à trembler. Sa vision se brouilla. Il s'effondra.

Il voulut crier, prévenir Gunner, Juliana, Jasper, mais aucun son ne vint.

Des ombres se penchèrent sur lui, puis une fine pointe s'enfonça dans son cou.

— Ça va aller, dit Juliana à Gunner en appliquant des serviettes sur ses plaies. Je vais demander de l'aide, d'accord ?

Elle tenta d'appeler une ambulance mais, là-haut, on avait coupé la ligne. Dehors, ça pétaradait. Que faisaient les renforts ?

Il leur fallait des policiers. Des policiers et des médecins, des secouristes. Il était urgent de prendre Gunner en charge.

Ce dernier attrapa la main de Juliana.

— Cachez-vous.

Elle secoua la tête.

— Je ne vous laisse pas.

— Ils ne… tirent… plus.

Il avait raison. Mais il y avait déjà eu une accalmie et la fusillade avait repris de plus belle, quelques minutes plus tard. Elle se méfiait.

— Restez… couchée.

Il parlait comme Logan, maintenant. Elle tâcha de sourire. Pas facile quand cet homme se vidait de son sang sous ses yeux.

— Je vais chercher mon téléphone portable dans ma chambre.

Elle n'allait pas le laisser mourir sans rien faire.

— Ça va aller, répéta-t-elle, d'une voix qu'elle voulait rassurante alors qu'elle était persuadée du contraire.

Au regard de Gunner, elle comprit qu'il ne la croyait pas, mais il ne dit rien. Peut-être ne pouvait-il déjà plus parler ?

Elle se releva, fit deux pas et, soudain, aperçut quelque chose qui pendait d'un des tableaux que Susan avait éventrés.

Une clé USB.

« Il a dit qu'il t'avait donné la preuve », lui avait affirmé Susan.

Elle prit la clé et la mit dans sa poche. Dire que des gens se faisaient tuer à cause de ce petit objet…

Dépêche-toi de demander du secours.

Elle arrivait à la porte de sa chambre quand l'escalier craqua. Logan ? Si c'était lui, pourquoi ne l'appelait-il pas ?

La main sur la poignée, elle entendit un autre craquement. Puis des pas furtifs qui se dirigeaient vers la chambre de son père.

Mon Dieu ! Gunner !

Elle se retourna. Elle avait pris le revolver de Gunner et il glissait dans ses doigts poisseux de sang.

— Ne le touchez pas !

Elle se précipita vers la chambre de son père et tomba nez à nez avec l'homme qui hantait ses nuits.

Elle pila sur place. Elle s'attendait à tomber sur ses sbires. Sur ses hommes de main. Mais sur…

John !

Il lui sourit. Le même sourire que lorsqu'ils étaient enfermés. Ce sourire qu'elle avait cru empreint de gentillesse !

— Salut, Juliana.

Elle blêmit. Logan n'avait pas pu laisser le trafiquant d'armes entrer dans la maison, sauf si…

Le regard de Guerrero accrocha le revolver.

— Donne-moi ça.

Pas question.

— Je vais te tirer une balle dans le cœur.

— Ça m'étonnerait, dit-il en riant.

— Tu devrais te méfier.

Elle ne ferait pas machine arrière. A cause de lui, son univers s'était écroulé. Elle n'allait pas rester là sans rien faire, comme un agneau qu'on mène à l'abattoir. Elle avait une arme. Elle n'avait qu'à s'en servir.

Guerrero brandit une lame de couteau ensanglantée.

— C'est le sang de ton chéri.

Non.

— Il est mort ? s'écria-t-elle, épouvantée.

— Pas encore, mais mes hommes s'occuperont de lui si tu ne viens pas tout de suite avec moi.

Il laissa tomber le couteau par terre et lui tendit la main.

— Donne-moi ton pétard et partons.

— Il est déjà mort.

L'homme pensa qu'elle jouait les idiotes.

— Ouais, comme toi.

Logan, pensa-t-elle. *Logan. Mon amour.*

Elle voulut crier mais sa gorge nouée ne laissa passer aucun son. Elle se vit viser calmement Guerrero dans la poitrine. Un coup de feu suffirait. Mais avec ses doigts qui tremblaient, il vaudrait mieux qu'elle vide tout le barillet.

Le sourire du trafiquant se figea.

— Tu es en train de le tuer, dit-il. Plus tu me fais attendre, plus il risque d'y passer. Mes hommes n'attendent que ça, appuyer sur la détente.

A l'extérieur, le calme était revenu. Un silence de mort.

— Jasper… Jasper est là.

Jasper la défendrait. Il se battrait. Il y avait les autres gardes, aussi. Et les policiers.

— Celui qui est à l'entrée ? Le tireur d'élite ? Ah, ah, il est hors d'état de nuire, lui aussi. Il n'y a personne dehors pour t'aider. Les renforts ? Ils ne sont pas près d'arriver, et quand ils seront là…

Il n'avait pas l'ombre d'un accent espagnol.

— … Logan sera déjà mort.

Il est déjà mort, se dit-elle.

— Allez, viens, tu me fais perdre mon temps.

Sa voix était totalement dépourvue d'émotion. C'était un monstre.

— Rapplique, bon Dieu. Je vais te faire voir qu'il vit toujours.

Elle ne demandait qu'à le croire.

— Ou bien non, reste là et tu seras responsable de sa mort.

Ses yeux, dénués d'expression un instant plus tôt, brillaient maintenant d'excitation.

— Avance, ordonna Juliana, reprenant du poil de la bête. Allez, descends. Et les mains en l'air.

Il ricana mais avança vers les marches et commença à les descendre, sans se presser.

Il va se retourner et se jeter sur moi, se dit Juliana.

Curieusement, il n'en fit rien. Il ne jeta même pas un coup d'œil par-dessus son épaule.

La porte d'entrée était grande ouverte et il allait sortir quand elle tonna :

— Attends !

Elle ignorait ce qui l'attendait dehors. Mieux valait se servir de lui comme bouclier.

Quand il sentit le canon dans ses côtes, il grommela.

— Je ne reconnais pas la fille du Mexique !

— C'est que tu ne la connaissais pas, rétorqua-t-elle.

Il tourna la tête vers elle et la fusilla du regard.

— Si quelqu'un s'approche de moi, je te tue, menaça-t-elle.

— C'est qu'elle ne plaisante pas, la gosse !

— Jamais avec des salauds comme toi.

Il se remit en branle, toujours aussi lentement.

— Tu ne te demandes pas pourquoi il n'y a plus de flics dehors ? Pourquoi il ne reste plus que ton chéri et les cadavres des gardes ?

Bien sûr qu'elle se posait la question.

— Avance, dit-elle, franchissant la porte derrière lui.

La vision d'horreur qui l'attendait lui souleva le cœur. Un carnage. Des corps partout, immobiles ou qui se tordaient. Des gémissements, des plaintes, des râles. Du verre brisé. Susan…

Juliana détourna les yeux.

— Avec de l'argent, on achète tout ce qu'on veut en Amérique. Une réaction un peu lente des flics. La complaisance d'un inspecteur mécontent qu'on l'ait dessaisi d'une affaire.

Deux hommes s'étaient relevés. Ils étaient en sang, blessés mais debout. Et ils venaient vers eux.

— Dis-leur de rester où ils sont, souffla Juliana.

— N'approchez pas, leur lança-t-il sans se faire prier.

Les hommes se figèrent.

— Quel dommage qu'on en soit là, toi et moi, reprit-il plus bas. Tu sais, je commençais à t'apprécier, au Mexique.

L'homme était le plus fabuleux menteur qu'elle ait jamais croisé.

— Où est Logan ?

Elle ne le voyait pas mais refusait de perdre espoir. Guerrero était un menteur dans l'âme mais peut-être, peut-être que Logan n'était pas mort.

S'il te plaît, ne sois pas mort, le supplia-t-elle *in petto*.

Guerrero désigna une camionnette noire garée sur la droite.

— Là- bas, dit-il.

Le canon de son arme toujours planté dans son dos, elle avança jusqu'à la camionnette. Elle n'était pas à une grande distance, et pourtant le trajet lui parut interminable.

Où était Jasper ? Il aurait dû être là, et elle ne le voyait nulle part.

— Ouvre la portière, dit-elle.

Guerrero fit un pas et ouvrit. Malgré l'obscurité qui régnait dans le véhicule, elle distingua un corps roulé en boule. Etait-ce Logan ? Quelqu'un d'autre ?

Un coup de feu éclata. La balle la frôla. Puis frôla Guerrero. Juliana tourna la tête et vit Gunner, penché à une fenêtre de l'étage de la maison, qui tirait sur eux.

Guerrero la poussa et elle tomba dans le fond du van.

De nouveaux coups de feu claquèrent.

Venant de derrière elle, maintenant. Jasper ? Enfin ?

Mais la porte du van s'était refermée derrière elle. Le revolver lui avait échappé et elle s'était cogné le front contre le plancher de la camionnette. A moitié assommée, voyant trente-six chandelles, elle tâtonna autour d'elle. Sentit un corps. L'homme inerte dont elle avait distingué la forme. Le véhicule bondit, la projetant en arrière. Les pneus crissèrent. Il y eut encore des coups de feu.

La camionnette fonçait, fonçait.

Elle avança la main, toucha une peau tiède. Des épaules larges. Des muscles forts. Elle palpa le cou, sentit le sang qui battait. Elle remonta vers le menton et, sous ses doigts…

La cicatrice.

Logan.

Elle passa les bras sous lui et le serra contre elle. Il était tout poisseux de sang.

— Logan ?

— C'est-y pas mignon, ça ? se moqua Guerrero depuis le siège passager.

Dans la pénombre, elle ne distinguait pas ses traits. Le canon de l'arme qu'il pointait sur elle luisait par intermittence, au rythme des éclairages publics. Le conducteur lui était totalement invisible.

— Je t'avais dit qu'il était vivant. Maintenant, si tu veux que ça continue, t'as intérêt à rester tranquille. Vu ?

Ils avaient quitté la propriété du sénateur et roulaient maintenant sur une petite route qui serpentait à travers les marais, une route avec des embranchements qui pouvaient mener à divers endroits, tous reculés. Les ténèbres se firent plus épaisses.

— Cette fois, reprit Guerrero, on ne sera pas interrompu et si tu ne me dis pas tout ce que je veux savoir, je le taquinerai sous tes yeux, ton amoureux.

Il avait déjà commencé.

— Et c'est lui qui braillera, Juliana. Toi qui ne supportais pas d'entendre mes cris — soit dit en passant, je suis un bon acteur, non ? —, qu'est-ce que tu feras quand ce seront ceux de ton chéri !

Tout, pensa-t-elle. Elle ferait tout.

Et Guerrero, le salaud, le savait.

11

Réveillé par des élancements partout dans son corps, Logan ouvrit les yeux. Il faisait noir autour de lui. Pas de fenêtre. Pas d'air non plus. On l'avait solidement lié à une chaise.

Il n'était pas seul. A côté de lui, quelqu'un respirait. Tout près. Un rai de lumière passait sous la porte, à droite.

Il essaya de bouger un peu car il était ankylosé, mais la douleur redoubla.

Ah les salauds, ils ne l'avaient pas raté !

— Logan ?

Il s'immobilisa. C'était Juliana. Sa voix. D'ailleurs, ne sentait-il pas un parfum de vanille parmi les relents de sang, de poussière et de moisi ?

Non, il rêvait. Gunner l'avait mise à l'abri. Ça ne pouvait pas être elle.

— S'il te plaît, Logan, parle-moi. Dis-moi que ça va.

— Ça...

Il s'éclaircit la voix.

— Ça va, mon bébé, prétendit-il.

Pas la peine d'ajouter à l'angoisse qui devait déjà la torturer. Il ne savait pas combien de sang il avait perdu mais il se sentait faible. Si faible...

Les flics travaillaient pour Guerrero. Il l'avait compris trop tard.

Au bruit de la bagarre, aux éclats de voix, il avait su que Jasper en était arrivé à la même conclusion.

Trop tard.

On ne pouvait plus se fier à personne de nos jours. Même pas à ceux qui étaient censés nous protéger. Nous défendre.

— J'ai eu peur... J'ai cru que tu étais mort.

— Non, pas encore.

Elle rit, mais son rire s'étrangla dans sa gorge.

— C'est ce que Guerrero m'a dit.

Logan savait comment cet enfoiré l'avait fait sortir de la maison. C'était lui, l'appât, cette fois-ci.

— Gun… Gunner ?

Pas de réponse. Mauvais signe. Ça s'était sûrement mal passé.

Et ça continuait. Ils étaient tous les deux enfermés dans un réduit et Guerrero n'allait plus tarder à entrer pour commencer son petit jeu de pervers sadique.

Un petit jeu que Logan ne le laisserait pas mener avec Julie.

— Susan l'a poignardé, répondit enfin Juliana. Quand on est parti… il était vivant. Il a même tiré sur Guerrero.

Si Gunner respirait toujours, il y avait un espoir. Il joindrait Sydney et, grâce à l'implant de Juliana, ils retrouveraient leur trace.

Il fallait seulement laisser un peu de temps à son équipe.

Logan leur laisserait le temps qu'il faudrait. Il prendrait les coups, se laisserait torturer aussi longtemps qu'on ne toucherait pas à Juliana.

La torture, il connaissait. Ce n'était pas la première fois qu'il jouait l'intéressant rôle de l'otage. Il s'en était toujours sorti. Il s'en sortirait encore cette fois-ci.

— Je suis désolé.

C'était bête mais il fallait qu'il le dise. Il ne pouvait pas rester là, comme ça, la sentir à côté de lui dans l'obscurité et ne rien dire. La dernière fois qu'il avait vu ses yeux, ils étaient pleins de haine.

Le détestait-elle toujours autant ?

— Je ne voulais pas te heurter.

Vrai.

— Je ne voulais pas…

— Logan, si tu veux bien, on parlera de ça plus tard.

Il y eut un raclement. La chaise de Juliana. Elle effleura sa jambe de la sienne. Elle était tout proche. Que n'aurait-il pas donné pour la toucher ! Mais ses liens entamaient ses chairs dès qu'il bougeait.

— Tu sortiras d'ici, dit-il.

— Nous sortirons d'ici.

Le ton était ferme.

— J'étais dans le noir. Tu ne parlais pas. Si tu savais comme j'ai eu peur ! Je ne veux plus jamais me dire que tu es mort.

Il serra les poings.

— Je n'ai pas l'intention de mourir.

Il devrait quand même la prévenir que ce qui allait suivre ne serait pas rose.

— Ne t'inquiète pas pour moi. J'encaisserai. Mais, toi, sois forte et dis-toi que je m'en sortirai.

Guerrero et ses tortures. Sa jouissance. Logan avait vu les corps mutilés que le parrain abandonnait derrière lui quand ses petits jeux étaient finis.

— Je ne le laisserai pas te torturer, dit-elle d'un ton encore plus ferme. Il aura ce qu'il mérite, crois-moi. Je ne lui ferai pas de cadeau.

Bien sûr. Mais comment ferait-elle ? Et même si elle…

— Dès que tu auras parlé, nous serons morts.

Elle n'était en vie que parce que Guerrero ne supportait pas l'idée que la preuve traînait quelque part, cette preuve qui le confondrait.

— Il ne nous laissera pas nous échapper, murmura Juliana. Que s'est-il passé ? Pourquoi est-ce que ça a mal tourné ?

Ils avaient fait confiance à des policiers véreux, voilà ce qui s'était passé.

Comme il ne répondait pas, elle insista :

— Logan ?

Il soupira.

— Les gardes roulaient pour lui. Quand je suis sorti, c'est moi qu'ils ont visé au lieu de tirer sur ses hommes.

Ceux qui étaient toujours vivants, du moins. Les policiers non corrompus avaient été descendus ou blessés dès les premiers tirs.

On pouvait tout faire avec de l'argent. Et, de l'argent, Guerrero n'en manquait pas.

— Il avait sûrement un contact dans la police locale, une taupe qui savait quel flic se laisserait acheter.

Tout le monde avait un prix. Même l'homme le plus incorruptible en apparence.

— Certains d'entre eux n'étaient peut-être même pas des flics mais des complices postés là par leurs soins.

Cependant, il les avait repoussés. Lui et Jasper les avaient tenus en respect.

Jusqu'à ce qu'il perde son sang-froid. Il avait vu le corps, et là...

— J'ai cru que c'était toi.

Il n'oublierait jamais la peur qu'il avait eue. D'ailleurs, il l'éprouvait encore dans tout son corps martyrisé.

— Que c'était moi qui quoi ?

— Quand Susan est tombé, j'ai d'abord cru que...

Il aurait aimé voir son visage à cet instant, mais il faisait trop sombre ; il ne distinguait que sa silhouette. S'il voulait les voir, pourtant, c'était maintenant, pendant qu'il en était encore temps.

Du temps, c'était ce qu'il leur fallait.

Dépêche-toi, Sydney. Vite, vite.

— J'ai cru que c'était toi. Je n'ai jamais eu aussi peur de ma vie.

Pas même la fameuse nuit où son père avait détruit trois vies. La nuit qui les séparait. Qui les séparerait toujours.

— Logan, il faut que je te dise...

Sa voix était douce. Il n'en redoutait pas moins la suite.

Soudain, il entendit des pas dans le couloir.

— Penche-toi vers moi, dit-il.

Il entendit le froissement de ses vêtements. Sa chaise qui craquait. Elle était attachée, comme lui, mais en se penchant ils seraient assez près pour...

S'embrasser.

Logan prit sa bouche avec passion. Il y mit tout son désir, toute sa rage. Il voulait s'imprégner du goût de ses lèvres. Le souvenir de leur étreinte l'aiderait à rester fort dans la souffrance qui l'attendait.

Il reprit son souffle.

— Je t'ai toujours aimée, Julie.

Il n'avait pas l'intention de le lui dire, mais tant pis ! C'était la vérité. Si Sydney n'arrivait pas assez tôt et que le pire se produisait, il voulait qu'elle le sache.

— Pardon ?

— Tu mérites mieux que le fils d'un tueur.

Non, ce n'était pas suffisant, il lui devait toute la vérité.

— Tu mérites mieux qu'un tueur. Car c'est ça que je suis au fond de moi. Que j'ai toujours été. Quand je me suis engagé dans l'armée…

Il avait été le premier de sa promotion à tuer un homme au combat. Comme s'il avait toujours fait ça.

Il soupira.

— Tu es ce que j'ai eu de mieux dans ma vie. Je t'ai laissée tomber parce que… Mince ! Julie, tu aurais dû me haïr après ce qui s'est passé.

Quelques secondes s'écoulèrent puis il reprit :

— Je t'ai emmenée partout avec moi. Partout où je suis allé, tu étais là. Dans mon cœur. Mes tripes. C'est grâce à toi que je me suis sorti de situations… D'enfers.

Silence. Puis :

— Logan…

Les pas approchaient. Leur répit prenait fin. Fini, le temps de grâce…

— Tu t'en souviendras, d'accord ?

Il l'embrassa encore une fois.

— N'oublie pas, hein ? Quoi qu'il arrive.

La porte grinça. La lumière les aveugla. Il vit le visage de Juliana, pâle, sublime. Elle avait un bleu au front et sur la joue gauche.

— Fils de chien ! jura-t-il.

Il tourna la tête. Son regard accrocha celui de l'homme qui avançait vers lui. Un homme aux cheveux noirs, aux yeux noirs. Un diable grimaçant.

— Bonjour, monsieur Quinn, dit Diego Guerrero d'une voix sirupeuse. Je me demandais combien de temps encore tu serais kaput.

Les salauds ! Ils l'avaient drogué. D'ailleurs, il s'en était douté. Il se rappelait la lame du couteau entaillant sa chair mais il se rappelait aussi la piqûre dans son cou. Un quelconque poison l'avait mis hors jeu.

Guerrero avait voulu un otage vivant. *Pour m'utiliser contre Juliana.*

Cette ordure se croyait fin stratège. Il ne l'était pas autant qu'il l'imaginait.

— Ce soir, ton empire va s'écrouler. Tu vas tout perdre, dit Logan en souriant.

Guerrero ricana. Deux hommes entrèrent à leur tour. Deux hommes armés de poignards.

— Non, monsieur Quinn... Tu permets que je t'appelle Logan ? Ce sera plus simple. Eh bien non, Logan, ce soir, celui qui va perdre...

Guerrero se plaça derrière Juliana et serra son cou.

— Reste assis et regarde. Tu vas perdre ce qui compte le plus pour toi.

Sydney Sloan traversa la maison du sénateur au pas de charge, son revolver à la main. Elle ne s'attendait pas à ce bain de sang.

Où étaient Jasper et Gunner ?

Ils étaient supposés l'attendre. A la place, elle avait trouvé un parterre de corps. Certains bougeaient encore, les autres étaient morts. Des policiers, des hommes cagoulés, des hommes aux visages grimaçant de douleur.

Mais elle n'avait pas vu les deux hommes qu'il fallait qu'elle voie. Où étaient-ils passés, bon sang ?

Elle avait appelé son patron, Bruce Mercer. Les agents fédéraux la suivaient, ils seraient là dans quelques minutes. Elle ignorait ce qui s'était passé avec la police locale mais ça ne se reproduirait pas. Les agents allaient s'occuper des policiers et des hommes encore en vie. Quant à elle, il fallait qu'elle...

Un râle, quelque part à gauche, attira son attention. Tension, bouffée d'adrénaline, elle s'aplatit contre le mur en retenant son souffle. Puis, brandissant son arme, elle se rua dans la pièce.

— Personne ne bouge !

Ordre superflu. Gunner, en tout cas, n'était pas en état de bouger. Respirait-il seulement ? Jasper était penché sur lui. Tous les deux étaient couverts de sang.

Elle empoigna son mobile.

— Où est l'ambulance ?

Elle avait déjà assisté à une scène semblable. Si ce n'est que cette fois-là elle avait perdu son fiancé.

Elle ne perdrait pas son meilleur ami.

Une sirène déchira soudain l'air, réponse à sa question.

— Vite, envoyez les secours dans la maison. A l'étage. Première chambre à droite. On a un agent grièvement blessé. Il y a urgence.

Elle s'agenouilla auprès des deux hommes. Jasper appuyait des deux mains sur les blessures de Gunner pour tenter de juguler l'hémorragie. Sydney appuya elle aussi.

— Qu'est-ce qui s'est passé ?

Jasper grogna.

— Susan… elle roulait pour Guerrero. Elle s'est un peu trop approchée de Gunner.

Gunner avait toujours eu un faible pour les demoiselles sans défense. Il était incorrigible.

— Guerrero a embarqué Logan et Juliana. J'ai essayé de les arrêter mais…

Sa voix vibrait de rage.

— Je savais que si je ne restais pas avec Gunner, il était fichu.

Jasper aussi était blessé. Il ne semblait pas s'en rendre compte. C'était un dur — mais un dur soucieux de ses équipiers.

— On les ramènera, promit-elle.

Elle n'avait pas le choix. Elle avait perdu trop d'amis les années passées, elle n'en perdrait pas un de plus.

Des cris, des hurlements de sirène… Les secours étaient là. Enfin, du renfort.

— Vite ! cria-t-elle.

Une cavalcade dans l'escalier. Les secouristes voulurent l'écarter mais, brusquement, Gunner prit sa main.

Il ouvrit faiblement les yeux. Son regard était trouble, vitreux.

— Syd…

Elle refoula son envie de pleurer.

— Ça va aller, Gunner. Ça va aller. On est là.

Il essaya de sourire. Son sourire désarmant, qui l'avait si

souvent charmée, ressemblait plus, à cet instant, à un rictus épuisé. Ses yeux se refermèrent et sa main devint molle.

Accroupis autour de Gunner, les secours entreprirent de lui donner les premiers soins. L'ambulance attendait en bas, gyrophare en action, prête à l'emmener. Des agents couraient dans tous les sens. C'était l'affolement.

Sydney aurait aimé monter dans l'ambulance pour lui tenir la main. Mais elle n'en fit rien et regarda les feux du véhicule s'éloigner.

Jasper n'avait laissé personne examiner sa blessure. Il avait grommelé :

— Fichez-moi la paix !

C'était ça, Jasper.

Elle ravala son chagrin et se tourna vers lui.

— Prêt pour la chasse ?

Sans attendre de réponse — elle la connaissait d'avance — elle dégaina son portable et tapa un code. Le GPS s'ouvrit sur son écran.

Guerrero avait peut-être enlevé Logan et Juliana mais ils allaient les retrouver. Et ils les ramèneraient.

Et Guerrero aurait ce qu'il méritait.

Guerrero posa la lame de son couteau sur la gorge de Juliana.

— Tu mérites une leçon, ma belle. Tu m'as causé trop d'ennuis.

— Tu aurais dû me tuer au Mexique. Le courage t'a manqué ?

Surpris par la froideur du ton, Logan fronça les sourcils. Elle avait tort d'agresser Guerrero. Provoquer un tueur pervers, ne serait-ce que verbalement, c'était de la folie. Logan préférait qu'il exerce sa colère sur lui.

Le couteau commença à lui entailler le cou. Un mince filet de sang s'écoula de la plaie. Il le voyait bien, les lumières étaient allumées maintenant. Elles éblouissaient.

— J'aurais peut-être dû, en effet, dit Guerrero.

— Mais tu savais qu'alors tu ne récupérerais jamais la fameuse pièce à conviction, le nargua Logan. Et que ton château de cartes s'écroulerait.

Guerrero le toisa.

— Je commence à croire que cette preuve n'existe même pas.

Il retira son couteau du cou de Juliana.

Au même moment, un de ses sbires enfonça son couteau dans la blessure de Logan. Qui serra les dents pour ne pas hurler.

— Je dis ça parce que je pense que si elle avait la pièce à conviction… que si elle savait quelque chose, elle parlerait, pas vrai ? reprit Guerrero en regardant le sang sur sa lame.

— Ça suffit ! s'écria Juliana. Arrêtez de lui faire mal.

— Holà, ma jolie, mais nous ne faisons que commencer.

Guerrero fit signe à son homme de main d'enfoncer un peu plus la lame dans la plaie.

Logan serra les poings et tira sur les liens qui le retenaient à la chaise.

— Amuse-toi, dit-il, la voix déformée par la douleur. Quand je serai libre, je te tuerai.

— Des mots, des mots, marmonna Guerrero.

— Non, une promesse.

Et il la tiendrait. Guerrero et ses pions paieraient. Et cher.

Le couteau sortit de la plaie. Logan souffla.

Guerrero agita la main.

— Coupez-lui les doigts, dit-il.

— Non ! hurla Juliana en se débattant avec ses liens. Ne faites pas ça !

Logan se prépara. Quand les deux brutes s'approchèrent, il donna deux coups de pied. Les imbéciles ! Ils auraient dû lui ligoter les jambes. L'attaque surprit les sbires. Le premier reçut le coup dans le poignet, qui craqua, lui arrachant un cri. Son poignard lui échappa. Le second reçut le coup dans le genou, qui craqua lui aussi, pour le plus grand plaisir de Logan.

Guerrero se rua sur Juliana et lui mit le couteau sous la gorge.

— Tu veux jouer les héros ? Tu vas voir !

Les hommes de main se relevèrent. Le premier ramassa son couteau et fondit sur Logan.

C'est ça, occupe-toi de moi et fiche-lui la paix.

— Arrêtez ! ordonna Guerrero.

Les hommes se figèrent. De sa main libre, Guerrero empoigna

les cheveux de Juliana et les enroula autour de sa main. Juliana regarda Logan. Il y avait de la peur dans ses yeux, évidemment, mais il y avait surtout beaucoup de confiance. Elle pensait qu'il allait la sauver.

Il ne la décevrait pas.

Il y avait autre chose aussi dans son regard, mais… ce n'était pas le moment de croire l'impossible.

Guerrero tira un bon coup sur les cheveux de Juliana.

— Vous deux, vous avez le renseignement que je cherche. Elle, elle a ma pièce à conviction.

— Je n'ai rien, dit Juliana.

Une larme coula sur sa joue.

— Et toi…

Guerrero regarda Logan en plissant les yeux.

— Toi, t'es un gars de la DOS.

Logan secoua la tête.

— Qu'est-ce que c'est que ça ?

La lame s'enfonça légèrement dans la gorge de Juliana.

— Ne mens pas ! aboya Guerrero. T'es un agent de la DOS. Je reconnais les gens qui mentent.

Il lisait dans le marc de café ?

— Mes hommes ont fouillé dans ta vie. Ils ont eu le temps, depuis que Juliana m'a si gentiment donné le nom de son amant. T'es un agent des forces spéciales, ou plutôt non, tu *étais*. Aujourd'hui, tu n'es plus censé travailler avec ces gens-là. Enfin, en principe.

Guerrero avait raison, il avait intégré une nouvelle unité trois ans plus tôt.

Celui qu'on appelait El Diablo avait des yeux de serpent à sonnette prêt à broyer sa proie au moindre signe de faiblesse.

Allez, vas-y. Acharne-toi sur moi, mais laisse-la tranquille.

— La DOS a des dizaines d'unités en opération.

Il était bien renseigné.

— Je veux tout savoir sur elles. Le nombre de ses agents. Leurs noms, leurs vies. Je vendrai ces infos au plus offrant.

Les clients ne manqueraient pas.

— Je ne sais rien sur eux.

Logan haussa les épaules.

— Je ne suis qu'un ancien membre d'une unité spéciale qui a rendu service à un sénateur.

Guerrero s'esclaffa.

— Tu mens. Quand le sénateur est mort, t'es resté dans le coin. Pourquoi ?

— Parce que je le lui ai demandé, répondit Juliana. J'avais peur. Après l'explosion au cimetière, je l'ai prié de rester avec moi.

Elle le protégeait.

Guerrero ne goba pas.

— Il a descendu mes hommes au chalet. Il les a éliminés en moins de deux.

— Qu'est-ce que je dois dire ? Quand on a été agent des forces spéciales…

Guerrero retira son couteau de la gorge de Juliana et regarda le bras de Logan qui dégouttait de sang. Logan ne bougeait pas, ne disait rien.

— Bien entraîné, hein ? Tu supportes tout ?

— Presque.

— Pas elle !

Il pointa sa lame sur l'épaule droite de Juliana.

— Dans une seconde, ta petite chérie va hurler comme une truie.

Il attaqua.

— Arrête ! rugit Logan.

Juliana gémit mais n'eut pas un mot, pas un cri.

Guerrero fronça les sourcils.

— Intéressant.

— Laisse-la, dit Logan. Sois un homme.

Guerrero brandit son couteau.

— Juliana, je crois que tu te trompes. Il t'aime et il va te le prouver.

Juliana chercha le regard de Logan.

— Il y a deux possibilités, reprit le parrain d'un ton satisfait. Soit elle me dit où se trouve la pièce à conviction… ce qui n'est qu'une question de temps, personne ne supporte très longtemps le genre de douleurs que j'ai en tête…

Juliana ne quittait pas Logan des yeux. Logan qui la suppliait en silence. *Regarde-moi, mon bébé. Ne regarde pas ailleurs. Ça va aller.*

Guerrero enfonça un peu plus son couteau dans l'épaule de Juliana.

— … soit tu te mets à table, monsieur l'agent secret, et j'arrête de lui faire mal.

Logan grinça des dents.

— Tu crois peut-être que je ne sais rien de la DOS ? reprit Guerrero. Ça fait longtemps que ses agents me font des misères à moi et à mes… associés. Je rêve de me venger. Et je ne vais pas m'en priver.

Il ne devait pas être le seul à vouloir se venger.

— Parle. Dis-moi tout sur ces agents, où ils sont, leurs pseudos et, elle, je la lâche.

Les liens lui sciaient les poignets. Ils étaient solides et serrés. Bon Dieu, oui, ils étaient serrés.

— Parle et je la lâche, je te dis !

La lame s'enfonça dans le bras de Juliana, qui se mordit la lèvre pour ne pas crier.

— Lâche-la, cria Logan. Lâche-la.

Il l'aimait. Il l'aimait plus que jamais.

Guerrero se pencha sur elle et lui effleura l'oreille.

— La preuve, Juliana. Qu'est-ce que t'en as fait ?

— J'ai menti aux journalistes, répondit-elle. Je ne l'ai pas.

— Foutaises ! Où est-elle ? Parle !

Elle secoua la tête.

Logan regarda Guerrero. Cette cible-là ne s'en sortirait pas vivante.

— T'as commis une erreur, dit-il.

Guerrero retira la lame ensanglantée de l'épaule de Juliana. La jeune femme frissonna.

— Tu n'aurais jamais dû m'amener ici vivant, acheva Logan.

Il tuerait El Diablo. Il le massacrerait.

— Oh ! le méchant ! ironisa Guerrero.

L'ordure caressa la joue de Juliana. Quelques gouttes de sang tombèrent de la lame de son couteau.

— Bien, alors, où en était-on ?

— Au Mexique, répondit Juliana.

Les sbires ne regardaient pas Logan. Toute leur attention était concentrée sur Guerrero. Sur Juliana. Leurs yeux brillaient d'excitation. Ils aimaient voir le petit jeu sadique de leur patron. Avec une femme, c'était encore mieux.

— Quoi, le Mexique ?

— Pourquoi ne pas m'avoir torturée là-bas ?

— Je voulais que tu m'aies dans la peau, c'était la moitié du plaisir.

Guerrero caressa le bras ensanglanté de sa proie.

— C'est que tu as une jolie peau, tu sais.

— Guerrero ! tonna Logan.

— Quoi ? C'est pas vrai, peut-être, qu'elle a la peau douce ?

Il fit glisser le couteau sur son visage.

— Mais plus pour longtemps.

La vision de Logan se brouilla. Brusquement il vit rouge. Il chercha à se relever, mais cette bon Dieu de chaise...

Juliana tint tête à son tourmenteur.

— Je croyais que tu valais mieux que ça. Tu te rappelles, au Mexique... tu m'as dit que tu n'avais jamais autant parlé avec quelqu'un qu'avec moi.

— Je me fichais de toi. Je t'ai manipulée pour avoir des infos, c'est tout.

— John, alors, c'était un mensonge ? N'est-ce pas plutôt l'homme que tu voudrais être ? Qu'est-ce qui s'est passé ?

Juliana avait capté toute l'attention de Guerrero.

— Pourquoi John a-t-il laissé la place à El Diablo ?

— Parce que seuls les plus forts survivent.

Un voile passa devant les yeux du criminel.

— J'ai appris ça le jour où j'ai marché dans le sang de ma mère.

Juliana frissonna.

— C'est à ton tour d'apprendre la leçon, ajouta Guerrero, comme à regret. Désolé !

Et il leva le couteau vers son visage.

12

Sachant qu'elle ne pouvait rien faire pour empêcher Guerrero de lui entailler le visage, Juliana se contracta pour ne pas crier.

Le couteau lui piqua la peau. Sans lui faire trop mal. Attendant la suite, elle ferma les yeux.

Un bruit de chute les lui fit rouvrir. Logan avait bondi de sa chaise. Les liens pendaient de ses poignets. Il était libre. Et il truffait de coups de pied Guerrero à terre.

Sortant de leur stupeur, les sbires se ruèrent sur lui.

— Logan !

Il tourna la tête, les yeux exorbités. Elle ne l'avait jamais vu dans cet état.

Il ne se contrôle plus.

— Derrière toi !

Trop tard. Le plus costaud des deux hommes le frappa violemment dans le dos tandis que le second fonçait sur lui, le poignard au poing.

En voulant se lever, Juliana valsa avec sa chaise, qui se brisa dans la chute. Elle crut s'être cassé le poignet, ce qui ne l'empêcha pas de se retourner. Rapide comme un serpent, elle réussit à détacher ses liens de la chaise cassée.

Entre-temps, Logan avait réussi à se débarrasser des deux hommes de main. L'un deux était même à terre, inerte.

— Bien joué, dit une voix à la droite de Juliana.

Guerrero. Il la prit par la taille et serra.

— Juliana ! s'écria Logan.

C'était le moment de mettre en pratique ce qu'il lui avait enseigné. Elle se laissa glisser entre les bras de Guerrero et, une fois dégagée, lui administra un coup de coude dans le bas-ventre, qui le fit se plier en deux.

Logan fondit alors sur lui et le roua de coups. Ils roulèrent au sol. Luttèrent férocement.

Le sbire encore en état de nuire rampait vers le couteau quand un grondement, dehors, fit vibrer les murs. Juliana attrapa la chaise à laquelle Logan avait été attaché, la souleva le plus haut possible et la fracassa sur son dos.

Il ne bougera plus, se réjouit-elle.

Elle se retourna. Guerrero s'apprêtait à planter son couteau dans la gorge de Logan. Elle poussa un cri. Guerrero fut distrait. Une fraction de seconde. Juste le temps pour Logan de lui saisir le poignet et de retourner la lame contre lui. Un flot de sang jaillit de son cou. Puis un gargouillis s'échappa de sa gorge.

— Je le t'avais dit, gronda Logan, fallait pas me laisser en vie.

Guerrero trembla. Il essaya de parler. Juliana le dévisagea, Logan aussi. Il mourut sous leurs yeux.

— Julie, dit Logan se tournant vers elle. Tu…

Des pas le firent taire. Des pas qui accouraient. Logan jura. Un homme entra, un revolver à la main. Logan donna un coup de pied dans l'arme, qui vola dans un coin de la chambre.

— Non ! cria une voix.

Sydney. Qui entrait comme une flèche.

— On est là… On va vous sauver !

Logan coupa les liens qui pendaient à ses poignets.

— Tout est clair dehors ? demanda-t-il.

Sydney opina.

— Guerrero ne s'attendait pas à ce qu'on arrive si vite, dit-elle. Il n'y avait qu'une poignée d'hommes dehors.

Juliana se passa la main sur le cou.

— Cette fois, c'est fini, murmura-t-elle, comme si elle y croyait à peine. Fi-ni.

Elle regarda Logan, que la rage animait encore. Il lui avait dit qu'il l'aimait dans un moment de désespoir. Elle ne le laisserait pas se rétracter maintenant que le pire était passé.

Sydney téléphonait, elle voulait du renfort, une équipe de nettoyage. Des militaires.

Penché sur un des hommes de Guerrero, Jasper siffla entre ses dents.

— Celui-là, mon pote, tu ne lui as pas fait de cadeau.

Logan désigna Juliana d'un signe de la main.

— Celui-là, c'est elle.

Jasper la regarda avec admiration.

— Je crois qu'elle me plaît ! lança-t-il.

— Prends la queue, plaisanta Logan.

Ecœurée par l'odeur de sang, Juliana commença à se sentir mal.

— Faut la faire voir à un médecin, dit Logan.

— Non, toi d'abord, protesta-t-elle. C'est toi qui as reçu les coups.

— Ce n'est rien. Quelques égratignures, c'est tout.

Elle aurait aimé le croire, mais il était livide. Il ne tenait plus debout.

— Jasper ! s'exclama-t-elle tout en en s'efforçant de le soutenir.

Jasper accourut.

— Bon Dieu, tu ne pouvais pas dire que tu étais blessé !

— Partons de là, murmura Logan. Je veux… mettre Juliana… à l'abri.

— Mais je vais bien, se récria-t-elle. Je ne risque rien puisque je suis avec toi.

Il avait tué pour la protéger. Que pouvait-elle demander de plus comme garantie de son amour ?

Il la regarda. Soutint son regard. Il lui avait dit qu'il l'aimait depuis toujours. Peut-être n'était-ce que des mots ? Parce qu'il pensait qu'ils allaient mourir ?

Mais… était-ce très important de le savoir ?

Ils sortirent. Ils étaient tout près des marais, et les insectes s'en donnaient à cœur joie.

Les agents fédéraux en armes avaient investi les lieux et une ambulance roulait à tombeau ouvert sur le chemin de terre défoncé.

— On trouvera peut-être la pièce à conviction à l'intérieur, dit Sydney. Cela nous permettra de remonter son réseau et de mettre fin à…

— La voilà, fit Juliana en sortant de sa poche la clé USB.

Guerrero avait fait une erreur. Il ne l'avait pas fouillée. Il l'avait ligotée, avait commencé à la torturer, alors que ce qu'il cherchait était devant lui, à portée de main !

Silence. On aurait dit que même les insectes se taisaient.

Logan avait été allongé sur un brancard. Il tenta de se relever pour prendre sa main.

— C'est quoi, ça ?

Jasper hocha la tête.

— La pièce à conviction. La fameuse preuve. Vous l'aviez depuis longtemps ?

— Non, je l'ai trouvée quand je me suis battue avec Susan.

Se souvenant du cri de Susan lorsque la balle l'avait touchée, elle se mit à trembler. Elle avait encore dans l'oreille le bruit du verre brisé quand la malheureuse avait basculé par la fenêtre.

— C'est mon père… il l'avait cachée derrière un de mes tableaux, les tableaux qu'il avait accrochés dans sa chambre.

Sydney prit la clé en souriant.

— Vous me facilitez le travail.

— Oui, mais, si je l'avais trouvée plus tôt, ça aurait été plus facile pour tout le monde, dit-elle en regardant Logan et les blessés étendus par terre.

Les secours chargèrent Logan dans l'ambulance. Une secouriste s'approcha de Juliana pour l'emmener à l'écart mais elle regimba. Elle avaient été séparée de lui trop longtemps pour accepter de l'être encore.

Elle fit deux pas puis revint vers le véhicule. Vers Logan.

— J'allais la donner à Guerrero, lui lança-t-elle.

Il fallait qu'il le sache. Il la regarda. Ses yeux brillaient.

— Je n'allais pas rester là à les regarder te tuer. Je m'apprêtais à passer une alliance avec lui, la clé USB contre ta vie.

La secouriste revint à la charge.

— S'il vous plaît. On doit vous emmener. Vous avez besoin de points de suture.

— Je ne veux pas, dit Juliana en agrippant la portière de l'ambulance.

Logan chercha à se redresser mais les infirmiers le plaquèrent sur le brancard. Juliana fit alors une chose insensée. Alors que les portes arrière se refermaient, elle sauta à bord.

— Allons-y, crièrent les infirmiers au chauffeur.

L'ambulance démarra sur-le-champ. Logan prit la main de Juliana et l'embrassa.

— Ne me quitte plus, lui dit-il. S'il te plaît, ne me laisse plus jamais.

Le cœur serré par l'émotion, elle chuchota :

— Je ne te laisserai plus jamais, Logan. Plus jamais. Mais toi non plus, ne me laisse pas.

Les sirènes se mirent à hurler et ils foncèrent dans la nuit, laissant le sang et la mort derrière eux.

Quand Logan rouvrit les yeux, la première chose qu'il vit fut Juliana. Assise à son chevet, la tête dodelinant, elle lui tenait la main. Elle était belle dans le sommeil. Elle était belle tout le temps.

Quand Guerrero l'avait menacée de son couteau et qu'elle s'était raidie pour affronter la douleur, il avait senti qu'il allait craquer.

Il avait déjà tué. Tuer faisait partie de son métier, c'était nécessaire pour survivre, parfois.

Mais cette fois, il avait réagi violemment. Comme un animal. Avec sauvagerie. Avec rage. Pour protéger ce qu'il possédait de plus cher.

Car elle était à lui. C'était son trésor. Son oxygène. Sa vie.

Sans elle, sa vie ne voulait rien dire.

Il serra sa main dans la sienne, ce qui la fit bouger. Elle battit des paupières et le fixa. Un sourire éclaira son visage.

Elle continue de me voir comme un héros, pensa-t-il.

Alors qu'il ne l'était pas.

— Je commençais à me demander si tu allais te réveiller, dit-elle en se penchant sur lui.

Sa voix était chaude et douce comme une caresse.

— Pourquoi ? J'ai dormi si longtemps ?

— Deux heures au moins. Ils t'ont endormi pour te recoudre…
C'est normal.

— Et tu es restée tout ce temps avec moi ?

— Tu m'avais demandé de ne plus te quitter, alors j'ai obéi.
J'ai juste profité de ce que tu étais sur la table d'opération pour
me faire faire quelques points de suture.

Comme elle se levait, il serra son poignet pour la retenir.

— Gunner va s'en sortir, dit-elle. Sydney est auprès de lui.
Elle ne l'a pas quitté d'une semelle.

Logan avait toujours pensé que ces deux-là étaient faits l'un
pour l'autre, même si aucun d'eux n'osait se l'avouer.

— Dieu merci, tout est fini maintenant, poursuivit Juliana
en s'éloignant du lit. Les truands sont morts. La DOS a la pièce
à conviction et, moi, je vais pouvoir reprendre une vie normale.

— Oui, laissa-t-il tomber d'une voix morose.

— Je te remercie, Logan. Tu as risqué ta vie pour moi. Je
ne l'oublierai jamais.

Elle se dirigeait vers la porte.

— De toute manière, ma vie sans toi n'a aucun sens.

Elle s'arrêta.

— Je ne pourrai pas supporter de te perdre une seconde fois,
enchaîna-t-il. S'il te plaît, ne pars pas… D'accord ? Donne-moi
une chance. Donne-nous une chance.

Il commença à tirer sur sa perfusion, à arracher ses panse-
ments pour pouvoir se lever et lui barrer la route.

— Qu'est-ce que tu fais ? Tu es fou !

Elle le repoussa sur son lit.

— J'allais dire à Jasper que tu es réveillé. Je ne partais pas.

Il avait paniqué. Comme un homme qui voit la femme qu'il
aime mourir aurait paniqué. Elle avait raison, il était fou. Fou
d'elle. Fou d'amour. Il avait essayé de la rayer de sa mémoire.
Essayé de se convaincre qu'il ne l'aimait pas. Essayé de vivre.
Sans elle.

Il n'avait pas pu.

— Je ne te raconte pas d'histoires, reprit-il. Quand je t'ai
dit que je t'aimais, c'était vrai. Je voulais que tu le saches au
cas où…

Au cas où Guerrero aurait mis sa menace à exécution.

Il secoua la tête.

— Je sais que tu me détestes…

— Mais non.

Inutile de me bercer d'illusions, se dit-il. Entre ne pas haïr et aimer, il y avait un pas. Un ravin, plutôt.

— J'aurais dû te dire la vérité pour ta mère dès le jour où je t'ai rencontrée. Mais j'ai eu peur. Peur que tu t'en ailles. Peur de ton mépris.

— Mon mépris ?

— Oui, enfin, non. Je ne sais pas…

— J'ai lu tous les rapports sur l'accident de ma mère. Tu n'y es pour rien. Au contraire. Tu as essayé de la sauver.

Ça n'avait pas été suffisant. Ça ne serait jamais suffisant.

— Tu n'es pas ton père. Tu n'es pas comme lui.

Elle marqua un temps d'arrêt.

— De même que je ne suis pas comme le mien.

L'air triste, elle soupira.

— Les choses auraient pu être différentes pour eux aussi, mais c'est trop tard, maintenant.

Trop tard pour leurs pères, mais…

— Et nous ?

Elle battit des paupières.

— Qu'attends-tu de moi, Logan ?

Tout.

— Que tu me laisses une chance, répondit-il. Que tu me laisses te montrer qui je peux être.

— Mais je sais qui tu es. Tu es l'homme que j'aime. Je le sais depuis la première fois que tu m'as embrassée.

L'espoir pouvait être une bête perverse. Qui mord, ronge, mine, songea Logan.

Elle approcha du lit et se pencha sur lui.

— Ne dis pas ça, si ce n'est pas vrai, l'implora-t-il.

— Mais je t'aime, Logan. Je t'aime.

Il la prit par la taille et se souleva un peu pour prendre sa bouche.

— Rallonge-toi, dit-elle, se penchant plus bas.

Elle prit alors ses lèvres et l'embrassa avec passion.

Ses plaies, ses points de suture lui faisaient mal, mais il s'en moquait. Elle seule comptait, cette femme qu'il tenait dans ses bras et qui lui avait juré qu'elle l'aimait. Cette femme qu'il attendait depuis toujours et qu'il n'espérait plus.

Il voulait passer le reste de sa vie avec elle, la rendre heureuse, l'entendre rire, voir ses yeux pétiller de bonheur.

— Logan, murmura-t-elle entre ses lèvres. Arrête. Tu souffres.

— La seule chose qui puisse me faire souffrir, c'est d'être loin de toi.

Elle lui avait tellement manqué. Tellement.

Tant pis ! Ce n'était sûrement pas l'endroit, ni le moment, mais il voulait lui dire… lui demander.

— Epouse-moi.

Les yeux agrandis par la surprise, elle voulut se redresser mais il ne la lâcha pas.

— Logan, tu viens de me demander de te laisser une chance et maintenant tu me demandes de t'épouser… tu vas vite !

Il sourit. Un vrai sourire. Sans regret. Sans remords, sans arrière-pensée.

— Je suis un affreux gourmand, je le reconnais. Cela dit, tu sais, je ne vais pas si vite que ça… J'ai ta bague de fiançailles avec moi depuis… depuis tes vingt ans.

Il n'avait jamais pu s'en séparer.

— Il est temps que je rattrape le temps perdu, ajouta-t-il.

— Tu l'as conservée… Tout ce temps ?

Sans doute parce que, au fond de lui, il n'avait jamais totalement perdu espoir. Sans doute parce qu'il avait pensé qu'un jour…

Ce jour, c'était aujourd'hui.

— Laisse-moi te rendre heureuse.

Elle sourit à son tour.

— Mais je le suis déjà.

Elle chercha son regard et ses yeux se voilèrent. L'émotion. Les larmes.

— Oui, je veux bien t'épouser. Oui, je veux vivre avec toi toute ma vie.

Un sanglot lui échappa.

— Excuse-moi, dit-elle.

Il happa ses lèvres.

Il avait tout ce qu'il désirait. Dorénavant, il passerait toutes ses nuits avec elle, et le matin au réveil elle serait là, près de lui, et il la caresserait, et il la prendrait.

Tous les jours. Toujours.

— Je t'aime.

Il ne se lasserait jamais de le lui dire.

Sur ces entrefaites, la porte de la chambre s'ouvrit.

Une infirmière ? Un soin ? Ah non, pas maintenant ! pesta Logan en son for intérieur.

C'était Jasper.

— Oh oh… Je crois que tu vas vite récupérer, lança ce dernier en riant.

— Récupérer ? Beaucoup mieux que ça.

Logan éclata de rire.

— Devine quoi ! Je me marie !

Jasper resta coi. Logan se tourna vers Juliana. Sa Julie. L'ange qui avait ravi son cœur depuis si longtemps. La femme qu'il aimerait jusqu'à ce que la mort les sépare.

— Merci, lui dit-il comme elle collait son front sur le sien.

— Ce n'est pas trop tôt ! s'esclaffa Jasper. Je n'en pouvais plus de te voir la couver des yeux !

L'équipier de Logan s'éclipsa.

— Tu n'as pas à me remercier, dit Juliana.

— Si. Je te remercie de m'aimer.

— Ça ne va pas être toujours facile. On va devoir s'habituer l'un à l'autre. Composer. Tu as ton métier. J'ai le mien. Tu n'es pas parfait…

Il rit, ce qui lui fit mal aux côtes.

— Je te le confirme. Mais toi, tu l'es !

Elle fit une mimique si drôle qu'il ne put s'empêcher de rire encore.

— Et quand il y aura des enfants…

Ce serait le bonheur parfait.

— Je suis impatient, dit-il.

Il avait enfin la vie dont il avait rêvé, avec la femme dont il n'avait cessé de rêver.

Il s'était battu pour ce rêve, tous les jours, chaque jour. Comme il s'était battu pour elle.

La femme qu'il aimait.

Sa mission.

Sa vie.

ALICE SHARPE

La disparue de Billington

BLACK *ROSE*

éditions ❖ **HARLEQUIN**

Titre original : UNDERCOVER BABIES

Traduction française de CLAIRE BARBEZAC

Ce roman a déjà été publié en juin 2007

1

A l'instant où elle ouvrit les yeux, elle comprit que quelque chose clochait.

C'était évident. Autour d'elle, tout le lui indiquait.

Le goudron humide sur lequel elle était affaissée. L'escalier d'incendie métallique qui courait sur la façade de ce bâtiment désaffecté, à sa droite. La rangée de portes cadenassées sans numéro ni fenêtre. Les bourrasques de vent qui sifflaient en soulevant de la poussière et des papiers gras. La benne à ordures contre laquelle elle était en train de s'adosser. Cette atmosphère de vide, ce coin perdu aux vagues relents de désespoir.

Décidément, rien n'était comme d'habitude.

Il pleuvait une sorte de neige fondue. Elle avait froid. Elle se sentait même gelée au plus profond de son âme.

Ça n'allait pas *du tout*.

Elle tenta de se redresser davantage mais sentit une douleur aiguë dans son épaule gauche. Malgré ses doigts engourdis, elle massa doucement ses muscles meurtris. Alors elle vit la manche en loques de son manteau de laine bouillie, à motif écossais rouge et noir. Avec étonnement, elle détailla le reste de sa tenue : un pantalon gris très large et constellé de taches de graisse, pas de chaussettes et de grandes bottes qui ne pouvaient être les siennes tant elles étaient grandes. Des bottes qui devaient appartenir à un homme.

En se levant, elle sentit ses orteils nus frotter le cuir trempé. Tout son corps était endolori.

Pourquoi était-elle habillée ainsi ? Et que faisait-elle dans ce passage sinistre ?

Une autre question — bien plus terrifiante — la contraignit à prendre appui sur la benne.

Qui était-elle ?

En une fraction de seconde, la panique s'insinua dans ses veines et la laissa pétrifiée d'angoisse.

Elle lutta contre l'effrayant brouillard qui ravageait sa mémoire, priant pour que ses neurones veuillent enfin fonctionner.

Rien. Le néant.

« Une seule information, un nom, une adresse, quelque chose, n'importe quoi », implora-t-elle en se concentrant de toutes ses forces.

Quelques instants s'écoulèrent et elle dut admettre sa défaite. Elle était perdue. Dans tous les sens du terme. Aussi bien au-dehors qu'à l'intérieur d'elle-même.

Elle leva alors les yeux sur cette allée déserte, inapte à lui fournir la moindre réponse, mais au bout de laquelle brillait comme une lumière, dans le ciel opaque.

Le blizzard soufflait toujours une neige détrempée.

Avec courage, elle se dirigea vers cette lueur, baissant la tête, ignorant le vent qui lui battait le front et lui glaçait les pieds.

Le sol était recouvert de givre. Elle n'avait pas fait cinquante mètres qu'elle glissa et se retrouva à plat ventre sur le sol, la joue couverte de graviers. Pendant un court instant, elle hésita à se relever. A quoi bon ? Elle n'en avait pas l'énergie… Mais son instinct de survie la força à continuer.

Les deux mains crispées sur le col de son manteau, elle avança, toujours en direction de cette lumière, malgré les élancements de son genou abîmé par sa chute.

Un bruit de pas derrière elle manqua la faire trébucher et elle se retourna.

Il était presque impossible de discerner quoi que ce soit au travers de cet épais rideau gris. Des morceaux de journaux volaient devant elle. Mais la foulée rapide qui martelait le bitume lui laissa bientôt deviner une silhouette masculine en imperméable noir. Et comme l'homme parvenait à sa hauteur, elle sentit son cœur battre avec violence.

La pluie ruisselait sur son chapeau à large bord et sur ses

épaules. Soudain, il croisa son regard. Sans bouger, elle fixa ses yeux sombres, hostiles, plus profonds que les abysses dont elle venait d'émerger. Si elle avait eu le temps de former un espoir, celui-ci s'évanouit aussitôt. Impossible de demander de l'aide à cet homme.

Il disparut, poursuivant son chemin vers la lumière du bout de l'allée. Sans hésiter, elle fit demi-tour, retournant à l'obscurité, vers cette nuit semblable à celle qui avait empli son âme.

Travis H. MacGuilt, que tout le monde appelait Mac à l'exception de sa tante, s'enfonçait dans le blizzard avec lassitude.

La nouvelle année venait de commencer mais l'hiver, lui, n'était pas près de finir, pensa-t-il sombrement. Le mois de janvier était toujours particulièrement sinistre à Billington, comme dans le reste de l'Indiana.

En ce moment, alors que la nuit tombait, il aurait dû être chez lui, à siroter une boisson chaude devant la télévision, au lieu de marcher sous cette averse glaciale, au beau milieu de nulle part.

Si on lui avait dit, quelques mois plus tôt, qu'il se retrouverait là… D'un autre côté, en aidant un vieil ami de son père à recueillir quelques informations pour sa candidature aux prochaines élections municipales, il permettait à ses affaires de reprendre. Et s'il avait de la chance, il parviendrait à faire bouger les choses, à mettre à la porte le maire actuel et Barry, le Chef de la police.

Mais il avait oublié ses propres limites quand il s'était lancé dans cette enquête. A trente-sept ans, en tant que détective privé s'appuyant sur une expérience solide — et deux carrières brutalement interrompues —, il aurait dû se méfier. Et éviter de se retrouver dans ce genre de situation.

Encore que…

Décidément, ce n'était pas simple, songea-t-il en frissonnant, comme une goutte froide venait de tomber de son chapeau et lui coulait dans la nuque. Personne ne l'obligeait à se promener en pleine nuit dans les quartiers les plus sordides de Billington. Ni à poursuivre ces patrouilles qui ne plaisaient guère aux autorités en place, ainsi que le lui avait indiqué Lou, son ancien partenaire de la brigade. Bien sûr, il ne l'oubliait pas. Mais il disposait de toutes les autorisations, de tous les mandats nécessaires. Et cela, personne ne le savait.

Surtout pas les gens qu'il croisait ici tous les jours et qui le dévisageaient avec indifférence. Sa présence ne semblait pas réchauffer l'atmosphère.

Il en était pleinement conscient, mais sa détermination à mener son enquête à terme serait inaltérable.

Alors qu'il parvenait devant le petit passage qui conduisait à la benne à ordures, il ralentit son allure. Dans son sac de papier kraft, il transportait un énorme sandwich au rosbif et au fromage. Il se demanda si Jake l'attendait, malgré ce temps épouvantable. Bah, qu'avait-il d'autre à faire, après tout ? Jake n'était pas le genre de clochard à chercher un abri, même sous une pluie battante.

C'était d'ailleurs pourquoi Mac ne manquait jamais, chaque nuit, d'apporter un sandwich bourré de protéines et aussi peu calorique que possible au vieil homme. Jake semblait apprécier cette attention. Finalement, Mac avait *une* bonne raison de se promener dans ces rues sombres.

Voilà, c'était peu, mais c'était au moins cela : Jake était bien heureux de le savoir dans les parages.

Il s'enfonçait dans le passage quand il vit quelque chose bouger, loin devant lui. Le brouillard était dense et il ne se serait pas arrêté s'il n'avait aperçu une tache rouge. Mais oui, c'était bien la veste de chasse rouge et noire de Jake ! Impossible de ne pas reconnaître ce vêtement assez incongru en milieu urbain.

Le vieil homme courait à toutes jambes dans sa direction et le heurta de plein fouet.

— Hé ! Mais qu'est-ce que tu fais, Jake ! Tu es fou ? demanda-t-il en se massant un bras.

Il reprenait ses esprits quand il réalisa que Jake était déjà à bonne distance, derrière lui.

Sans réfléchir, il se lança à sa poursuite.

— Jake, reviens ! Qu'est-ce qui se passe ?

Heureusement, le malheureux n'avait plus ses jambes de

jeune homme et Mac eût tôt fait de le rattraper, de lui serrer le bras avec fermeté et de le contraindre à s'arrêter.

— Depuis quand as-tu pris cette habitude de foncer sur les gens ? gronda-t-il en le dévisageant.

Ce regard… Ce n'était pas celui de Jake ! Il s'approcha et découvrit les grands yeux effrayés d'une jeune femme d'environ vingt-cinq ans. Ses cheveux noirs et courts étaient trempés et lui collaient aux tempes. Son visage était surprenant de régularité, de finesse. Elle avait le teint hâlé, comme si elle avait récemment séjourné au soleil… Ses pommettes étaient hautes et ses lèvres charnues, remarquablement dessinées.

Elle le fixait d'un regard bleu, profond, à mille lieues de celui de Jake, gris et vide.

Et elle n'avait pas opposé la moindre résistance quand il lui avait pris le bras avec autorité.

Soudain, elle esquissa un pâle sourire.

— Jake ? C'est mon nom ?

Mac fronça les sourcils, sans prêter attention à la question. Pourquoi cette femme portait-elle le manteau de Jake ? Car c'était bien le sien, cela ne faisait aucun doute. D'ailleurs, les bottes qu'elle avait aux pieds ressemblaient aussi à celles du clochard.

Un rayon de lune éclairait maintenant son visage fascinant, qui semblait à la fois celui d'une femme et d'une enfant. Elle avait l'air perdue… Mac regretta de ne pouvoir lui offrir un parapluie.

Elle n'avait pas cessé de le regarder, et une vive lueur animait ses immenses yeux bleus.

— Jake ? C'est mon nom, *Jake* ? répéta-t-elle.

— Comment cela ? Vous ne connaissez pas votre nom ?

Mac sentit son cœur s'arrêter de battre quand la jeune femme hocha négativement la tête. Bon sang, c'était une sans-abri, lâchée dans cette tempête à la recherche d'une dose de drogue ou échappée d'un hôpital psychiatrique. Pourtant, elle était si belle qu'il fallait bien qu'elle soit la sœur de quelqu'un, la fille de quelqu'un, la femme ou la petite amie de quelqu'un ! Elle paraissait désemparée, comme un animal sans défense que l'on aurait piégé et qui n'aurait su comment retrouver sa liberté.

Ce regard…

Il lui rappelait étrangement celui de sa mère, pensa-t-il en se retenant de fuir et de la laisser là, seule avec ce désespoir qui pouvait le contaminer à son tour...

Elle massa doucement son bras, là où il venait de l'agripper.

— Je suis désolé de vous avoir fait mal, dit-il en retirant son chapeau, sur une impulsion, pour le poser sur la tête de la jeune femme.

Mais elle n'avait pas détaché ses yeux pleins d'espoir des siens.

— Vous me connaissez ? insista-t-elle.

— Non.

— Alors je ne suis pas Jake ? demanda-t-elle d'une voix où perçait la déception.

— Non. Mais vous portez ses vêtements. Savez-vous où il se trouve ?

Elle sembla faire un effort de concentration surhumain avant de baisser tristement la tête. Manifestement, elle n'avait pas de réponse. Et Mac ne pouvait pas l'abandonner dans cet état lamentable... ni appeler la police, qui risquait de lui faire subir l'un de ces interrogatoires musclés réservés aux sans-logis.

Il connaissait un refuge, situé à quelques pas de là, tenu par d'anciennes bonnes sœurs qui disposaient d'un équipement médical. Il allait la conduire là-bas.

Auparavant, toutefois, il devait s'assurer qu'elle n'avait pas assommé Jake pour lui voler ses vêtements ; qu'elle ne l'avait pas laissé à demi mourant à quelques mètres de là.

— Suivez-moi, dit-il, prêt à se diriger vers le fond du passage.

Elle demeura immobile.

Il ouvrit le sac qu'il tenait et sortit le sandwich.

— Vous avez faim ?

Elle contempla le sandwich un long moment avant d'acquiescer.

— Dans ce cas, accompagnez-moi, reprit-il. Vous pourrez manger pendant que nous faisons quelques pas dans l'allée.

Elle semblait hésiter.

— Ecoutez, dit-il, agacé, je ne vous veux aucun mal. Sinon, je ne serais pas en train de me faire tremper ni de vous proposer un excellent sandwich...

A la vérité, songea-t-il, il allait bientôt attraper une pneumonie. Et il était épuisé. La journée avait été longue. Sous son imperméable, il portait encore son plus beau costume. La paire de chaussures presque neuves qu'il avait enfilées le matin même pour se rendre au tribunal et être entendu en qualité de témoin serait définitivement perdue s'il restait trop longtemps sous ce torrent.

— Alors à vous de voir, dit-il en faisant deux pas vers elle.

Instinctivement, elle recula.

— Je peux très bien vous laisser ici, reprit-il, si c'est ce que vous…

Elle sursauta.

— Non ! Ne me laissez pas ! S'il vous plaît.

Elle tendit une main vers lui, comme si elle était prête à le retenir.

Mac fixa le beau visage anxieux et ruisselant de pluie de la jeune femme.

Il déposa le sandwich dans sa main et marcha vers la benne à ordures, heureux de constater qu'elle le suivait. Cela prouvait qu'elle était assez intelligente pour ne pas manquer l'opportunité d'un repas. Néanmoins, Dieu seul savait ce qu'elle ferait quand elle aurait l'estomac plein. Se laisserait-elle conduire au refuge ou prendrait-elle ses jambes à son cou ? En tous les cas, si elle décidait de rester dans les rues, mieux valait pour elle qu'elle soit plus prudente.

Prudente. Contrairement à sa mère, se rappela-t-il.

Mac jeta un discret coup d'œil vers l'inconnue. Au milieu de l'allée, elle dévorait son sandwich avec une détermination qui en disait long sur la faim dont elle avait souffert. Néanmoins, tandis qu'elle mangeait, elle jetait régulièrement un regard mi-effrayé, mi-méfiant autour d'elle, comme si un fantôme pouvait jaillir d'un instant à l'autre de l'obscurité.

Parvenu devant la rangée de portes cadenassées, Mac fouilla partout, dans les cartons qui gisaient çà et là, et derrière la benne à ordures. Il scruta les environs et l'escalier d'incendie.

La jeune femme le suivait, à distance raisonnable, toujours sur ses gardes.

Il y avait des bouteilles vides un peu partout. Quand Mac

marcha sur un tesson et que les débris de verres crissèrent sous sa semelle, elle sursauta.

— C'était à vous ? demanda-t-il.

Elle fit signe que non, puis haussa les épaules.

— Je ne sais pas, dit-elle dans un souffle. Peut-être. Je ne me rappelle pas... Je ne crois pas avoir bu.

Mais Mac sentait pourtant une odeur d'alcool sur ses vêtements. A la vérité, se dit-il aussitôt, cela ne prouvait rien. Jake était le roi des ivrognes et préférait souvent s'acheter des bières plutôt que de la nourriture. C'était aussi pourquoi Mac veillait quotidiennement à lui apporter un repas.

Ils dépassèrent le bâtiment industriel et allèrent au bout de l'impasse. Mais dans la mesure où Mac n'était jamais venu jusqu'ici, il n'aurait su dire si tout semblait normal ou non. En revanche, une chose était certaine : il n'y avait nulle trace de Jake. Sans doute l'attendait-il dans une rue fréquentée par des joueurs et des parieurs, comme cela arrivait parfois...

De toute façon, Mac ne pouvait plus perdre son temps à chercher Jake. Il devait se débarrasser de cette fille et rentrer chez lui.

— Je sais où vous pouvez passer la nuit, dit-il, comme ils venaient de rebrousser chemin.

Elle le toisa avec suspicion, et il ajouta :

— Vous préférez dormir ici, peut-être ?

La réponse jaillit avec force :

— Non ! Je vous en prie, ne me laissez pas ici.

A ces mots, il sentit l'émotion lui étreindre le cœur.

— Alors suivez-moi, ordonna-t-il. Je connais un refuge tenu par deux vieilles dames charmantes. Elles vous donneront un lit pour la nuit et vous laisseront passer un coup de balai demain matin si vous voulez gagner votre salut. Vous verrez, vous les apprécierez.

Elle replia le papier qui avait enrobé le sandwich et le rangea dans sa poche. Ou plutôt, dans la poche de Jake.

— Je ne demande pas mieux que de gagner mon salut, répondit-elle doucement, avant de bâiller.

Elle semblait épuisée. Et si vulnérable ; Mac avait envie de la prendre dans ses bras pour la protéger de la pluie, de sa mémoire abîmée, de sa détresse… Mais il n'en fit rien, et préféra accélérer le pas, s'assurant régulièrement qu'elle le suivait toujours. Il espérait qu'elle ne changerait pas d'avis. Qu'elle ne s'arrêterait pas, ou qu'elle ne prendrait pas la fuite. Car si elle choisissait cette option, que pourrait-il faire ? Il était bien placé pour savoir que l'on ne venait pas en aide à quelqu'un qui ne le voulait pas.

Quelle étrange manière elle avait d'insister pour qu'il ne l'abandonne pas ! La confiance qu'elle lui accordait lui aurait réchauffé le cœur s'il n'avait su que la malheureuse se raccrochait au premier venu.

C'était pourtant entre ses mains qu'elle déposait son seul espoir, visiblement. Et alors ? Il était incapable de prendre soin de lui-même, et encore moins d'une femme. D'ailleurs, le départ de Jessica en était la preuve.

Mais ce n'était pas vraiment le moment de penser à son ex-femme, se dit-il en apercevant le refuge devant lui.

La porte était déjà ouverte et Sœur Teresa se tenait sous le porche. Elle était en grande conversation avec un homme vêtu d'un imperméable assez démodé, qui tenait une mallette noire à la main. Etait-ce un médecin ? Cela tombait à point nommé. Si Mac le rémunérait, accepterait-il d'examiner la jeune femme ?

En le voyant approcher, Sœur Teresa l'appela :

— C'est toi, Mac ? Entre donc et viens prendre une boisson chaude. Amène ton amie, elle sera la bienvenue !

Il se tourna vers la jeune femme en souriant.

Elle tremblait de la tête aux pieds. Peut-être avait-elle froid. Elle secouait la tête avec obstination.

— Ne vous inquiétez pas, tout ira bien, dit-il en s'approchant de la petite maison de brique. Tenez, voici Sœur Teresa, qui ne porte pas l'habit traditionnel des nonnes, comme vous pouvez le constater. Et c'est votre jour de chance, car on dirait bien que ce monsieur est médec…

Il s'interrompit et suivit le regard de la vieille dame et de son visiteur : au loin, la jeune femme fuyait.

Aussitôt, il courut à sa poursuite. Il se demanda pourtant pourquoi il se donnait tout ce mal. Après tout, même si cette fille était complètement déraisonnable, elle avait le droit de prendre les décisions qu'elle voulait. Mais il ne parvenait pas à oublier la détresse qu'il avait lue dans ses yeux bleus.

Elle avait peur. De quoi ? Pas de Sœur Teresa, tout de même. Du médecin ?

Enfin il la rattrapa et la serra contre lui pour l'empêcher de se débattre.

— Je ne veux pas, non, je ne veux pas ! cria-t-elle.

— Oui, je vois cela… Chut, chut, calmez-vous…

Quand elle demeura enfin immobile face à lui, il demanda d'une voix douce :

— C'est le médecin ? Vous le connaissez ?

Elle fit signe que non en secouant la tête.

— Vous ne voulez pas qu'il vous examine ? Ce serait pourtant…

— Non, non ! hurla-t-elle en essayant de s'arracher à son étreinte.

Mais il la tenait solidement.

— Je vous en supplie, ne me laissez pas, poursuivit-elle avant de s'effondrer sur son torse.

Bouleversé, il resta un moment sans bouger, à la serrer contre lui. Puis il releva son visage avec précaution et murmura :

— Très bien. Essayez de marcher, maintenant.

Il glissa son bras autour de ses épaules, pour la soutenir, et ils marchèrent lentement dans l'allée. Mais où pouvait-il la conduire ? Pas au refuge, après ce qui venait d'arriver. Il prit rapidement sa décision.

— Bon, je vous emmène chez moi pour cette nuit. Vous y serez en sécurité. Demain, nous verrons ce que nous pourrons faire.

Au moment où il prononçait ces mots, il réalisa à quel point son idée était insensée. Il venait de promettre à cette très jeune femme de lui apporter son aide, et les raisons de son élan lui échappaient complètement.

Ah, tant pis, se dit-il, il y réfléchirait plus tard. Quoi qu'il advienne, maintenant, il faudrait qu'il tienne son engagement.

Pour l'heure, il soutenait toujours la jeune femme qui boitillait. Elle avait dû se blesser en courant, à moins qu'elle n'ait fait une chute auparavant.

A grand-peine, il parvint à l'installer sur le siège passager de sa voiture. Puis il se mit au volant. Il n'y avait aucun gyrophare derrière lui, observa-t-il en tournant sur la voie rapide qui le ramenait au centre-ville. Peut-être ces maudits flics avaient-ils enfin renoncé à le suivre.

Recroquevillée sur elle-même, la jeune femme semblait prête à s'endormir. Décidément, les vêtements de Jake, imbibés d'alcool, exhalaient une odeur pénible, se dit Mac en se retenant de respirer. Heureusement, le trajet ne lui prendrait que dix minutes.

Et pour une fois, il y avait une place de stationnement libre devant son immeuble, constata-t-il avec soulagement en arrivant devant chez lui. Il utilisait rarement le parking souterrain.

Dehors, la pluie était plus glacée encore qu'un moment plus tôt. Mac soutint la jeune femme par les épaules jusqu'à l'entrée de l'immeuble, mais il comprit qu'elle ne pourrait pas gravir les escaliers. Sans hésiter, il la prit dans ses bras et monta les quatre étages.

Bon sang, ces vêtements immondes, trempés… Il fallait à tout prix qu'elle s'en débarrasse, pensa-t-il. Elle risquait de tomber malade si elle ne se séchait pas très vite.

Au moment où il ouvrit la porte, il observa son teint livide. Elle était si pâle qu'elle ressemblait davantage à un zombie qu'à un être humain. Comment allait-il lui dire qu'elle devait se déshabiller ?

Il l'aida à s'asseoir dans un fauteuil pendant qu'il retirait lui-même son imperméable. Son costume était encore sec, mais ses chaussures étaient bonnes pour la poubelle.

Il alla chercher dans sa chambre le peignoir de soie japonais que sa tante lui avait offert quelques années plus tôt, et qu'il n'avait jamais porté. Puis il revint dans le salon et le lui tendit.

— Tenez. Retirez vos vêtements et enfilez ceci, dit-il.

Hébétée, elle leva les yeux vers lui.

— Je vous aiderai, insista-t-il.

Elle parut rassurée. Dans la lumière vive de l'appartement, le bleu de ses yeux semblait plus intense qu'au-dehors. Eblouie, elle cligna des paupières.

En soupirant, Mac lui déboutonna son manteau. Non : le manteau *de Jake*. C'était à n'y rien comprendre. Comment un

clochard avait-il pu renoncer à ses vêtements par un temps pareil ?
Pourtant, cette fille ne pouvait pas les lui avoir arrachés de force.
Et elle ne semblait pas avoir un sou sur elle. Décidément, c'était
un mystère. Sauf si Jake la connaissait…

Il lui ôta également son chapeau ruisselant et le posa sur le
sol, à l'entrée, avec le manteau. Puis il baissa les yeux sur ses
bottes : elles ressemblaient à des chaussures de clown, sur ses
pieds fins. Elles étaient beaucoup trop grandes pour elle. Il
parvint à les lui retirer sans effort.

Sa peau était gelée.

Et bronzée.

Doucement, il se mit à lui masser les chevilles et jeta un
coup d'œil sur l'horrible pull troué et le pantalon informe dont
elle était affublée.

— Retirez le reste de vos vêtements vous-même, proposa-t-il
en l'invitant à se lever et en tendant le peignoir entre elle et lui,
en guise de paravent.

Mais elle demeurait interdite, muette.

— Bon, très bien, dit-il en lui levant les bras pour la débarrasser du pull.

Tout cela était désagréable. Si le Chef Barry avait été présent,
en cet instant, il aurait pu accuser Mac de kidnapping…

C'était vraiment tout ce dont il avait besoin.

Mais il était seul avec la jeune femme, et il fallait bien qu'il
la contraigne à retirer ces guenilles trempées.

Il aurait préféré ne pas voir ses dessous ; toutefois, il lui
était difficile de les ignorer. Elle portait un soutien-gorge de
soie noire aux bonnets brodés. Et soudain, il aperçut un objet
étrange… Sur une bretelle, il y avait comme une petite broche.
Un hippocampe avec deux strass à la place des yeux. Etrange.

Il n'aurait jamais pensé que la jeune femme portait de la
lingerie fine sous cet accoutrement. Malgré lui, il regarda ses
seins moulés de noir. Deux globes parfaits, ronds et pleins, plus
volumineux que ceux de Jessica.

Elle ne bougeait pas et se laissait faire.

— Hem. Très joli soutien-gorge, dit-il, gêné, avant de l'aider
à enfiler la première manche du peignoir.

En lui levant le bras gauche, il demeura stupéfait.

Au moins autant qu'elle.

Son épaule était bleue. Son avant-bras, constellé d'écorchures.

Et de traces de piqûres.

Bon sang...

Effarée, la jeune femme regardait ces petits points rouges, comme s'ils ne pouvaient lui appartenir, comme si ce corps n'était pas le sien.

— Je... Non, non, murmurait-elle, incrédule.

Mac ferma les yeux et passa l'autre bras de l'inconnue dans la manche du peignoir.

— Nous verrons cela plus tard, déclara-t-il, plus pour lui-même qu'à son intention.

Le pantalon, maintenant. Il était si large qu'il tenait grâce à une grosse ficelle nouée autour de sa taille, trempée elle aussi.

Il parvint à défaire le nœud et jeta la corde aussi loin que possible. Le pantalon glissa, et Mac détourna le regard. Il eu cependant le temps de remarquer que la culotte était assortie au soutien-gorge. Il y avait également un hippocampe sur l'élastique orné de dentelles.

Soudain, la jeune femme s'effondra.

Mac se précipita pour la relever.

— Vous allez bien ? demanda-t-il avec inquiétude.

Elle contemplait ses jambes, ses hanches... Couvertes d'ecchymoses et d'hématomes.

De plus, ses genoux étaient écorchés et l'un d'eux saignait encore.

— Seigneur... Je vais vous bander le genou, dit Mac. Mais il vaut mieux que vous preniez d'abord une douche bien chaude. Venez, dit-il en l'aidant à se redresser.

Il la conduisit jusqu'à la salle de bains et, un pied dans la cabine, ouvrit le jet de la douche pour que l'eau coule à la bonne température.

— Voilà. Le savon est devant vous et je vous laisse des serviettes de toilette ici. Appelez-moi si vous avez besoin de quoi que ce soit, annonça-t-il, prêt à sortir.

— Non... J'ai peur, souffla-t-elle.

La disparue de Billington

Déconcerté, il la contempla. Elle tremblait de froid et ses jambes chancelaient. Il ne pouvait tout de même pas la laisser prendre le risque de se fracturer le crâne sur le carrelage.

— Très bien, conclut-il. Je vais rester près de vous. Entrez dans la cabine et laissez la porte ouverte… là.

Elle lui tendit le peignoir et ses sous-vêtements qu'il posa sur une commode, à côté du lavabo, sans lâcher sa main. La situation était décidément intolérable, songea-t-il. Bientôt, il sentit les vapeurs et l'odeur de lavande du gel douche…

— Oh ! s'écria-t-elle.

— Quoi ? demanda-t-il paniqué, contraint de se tourner vers elle.

Elle le dévisageait, sa bouche sensuelle formant un o parfait, et désignait son ventre.

Ce corps nu… Elle avait un corps parfait. Des jambes interminables, une taille fine. Et une peau satinée, qui faisait presque oublier ses blessures.

Une peau bronzée, et pourtant… Précisément, le bronzage révélait quelque chose.

Mac se pencha sur son ventre.

Puis, il leva les yeux vers elle. Il lut une telle détresse dans son regard qu'il serra sa main dans la sienne, de toutes ses forces.

Elle se mit à pleurer.

Ces lignes blanches, si fines, à peine visibles, qui lui striaient l'abdomen…

Il n'y avait aucun doute possible.

Il s'agissait de l'héritage d'une grossesse.

Des vergetures.

Elle était mère.

2

Pendant que Mac lui séchait les cheveux avec une serviette, la jeune femme pleurait doucement. De ses doigts tremblants, elle s'essuya les joues.

Elle était mère.

Elle avait un bébé.

Mais non ; peut-être pas, finalement… Peut-être la grossesse s'était-elle mal terminée. Et d'ailleurs, c'était *peut-être* à la suite de cette tragédie qu'elle avait été propulsée dans ce passage, pour se retrouver dans la salle de bains de cet inconnu, à contempler des marques de piqûres sur son bras, sans être capable de se souvenir comment elle s'appelait.

Son nom, si seulement elle se rappelait son nom…

— Vous savez, je ne peux pas continuer à penser à vous comme « cette jeune femme », dit Mac, comme s'il avait deviné ses pensées. Il faut vous trouver un nom.

Elle ne répondit pas et repoussa une mèche de cheveux qui lui tombait sur le front.

— Et si je vous appelais Mary ? Cela vous plaît ?

— Mary. Mary, répéta-t-elle plusieurs fois, avant de sourire. Puis elle hocha la tête silencieusement.

— Parfait, reprit-il. Tenez, mettez ceci.

Il lui tendit le peignoir, qu'elle enfila avec lenteur.

Dire que cet homme venait de la voir nue, qu'elle venait de se laisser sécher, comme une petite fille, par un parfait inconnu…

Mais sa fatigue était telle qu'elle n'avait pas la force de réfléchir à cela.

— Merci, murmura-t-elle en remarquant les éclaboussures sur son élégant costume gris.

Il retira sa veste et elle put vérifier ce qu'elle avait suspecté dès le premier instant, alors qu'ils se trouvaient dans l'impasse : il avait une carrure d'athlète et des muscles parfaitement dessinés. C'était encore plus impressionnant maintenant qu'elle contemplait à loisir ses pectoraux moulés dans son T-shirt. Ses bras étaient couverts d'un fin duvet brun, de la même teinte que ses cheveux.

Mais ce qui l'avait d'abord frappée, c'était ses yeux. Il était impossible de dire s'ils étaient bleus ou verts, leur couleur changeait avec la lumière, et dans l'ombre de ses longs cils.

Tandis qu'il cherchait quelque chose dans une armoire, elle l'observa encore. Il était très grand. Souvent, il se passait une main sur la nuque, comme s'il était inquiet. A cause d'elle, sans doute.

Il s'accroupit devant elle et ouvrit la petite boîte à pharmacie qui contenait des bandages et du désinfectant.

— Asseyez-vous sur le rebord de la baignoire, dit-il.

Elle obéit. Doucement, il nettoya son genou meurtri et y posa un pansement, avant de masser ses bleus à l'aide d'une pommade. Elle avait mille questions à lui poser…

— Comment vous appelez-vous ? demanda-t-elle.

— Travis MacGuilt. Mais tout le monde m'appelle Mac.

Oui, se rappela-t-elle, la nonne du refuge l'avait appelé ainsi.

— Qui est Jake ?

— Une connaissance, répondit-il en haussant les épaules. Un clochard.

— Et les vêtements que je portais sont les siens ?

— On dirait bien, oui, admit-il. A moins que deux grosses vestes de chasse à carreaux écossais ne se promènent dans les quartiers mal famés de la ville… Mais la coïncidence me paraît peu vraisemblable. D'autant plus que c'est la première fois depuis deux mois que Jake ne m'attendait pas dans l'impasse.

Il hésita un instant et reprit :

— Mary, pourquoi vous êtes-vous enfuie, tout à l'heure ?

Elle n'était pas certaine de savoir à quoi il faisait référence. Elle avait fui, oui… Vers la lumière. Puis vers la nuit. A un bout de l'allée, puis vers la sortie…

— Peu importe, oubliez cela, conclut-il.

— Vous croyez que… Vous pensez que j'ai fait du mal à

Jake ? Pour lui voler son manteau ? Vous pensez que c'est pour cette raison que je courais ?

Il lui sourit. Et ce sourire lui réchauffa le cœur d'une manière qui la surprit elle-même. C'était la première fois qu'il souriait.

— Non, je ne crois pas, dit-il. Nous avons cherché Jake ensemble, vous vous souvenez ?

Oh oui, elle s'en souvenait. Elle se rappelait aussi son regard écœuré quand il lui avait demandé si elle avait bu.

— Quel âge pensez-vous que j'ai ? demanda-t-elle.

— Vingt-cinq ans tout au plus, répondit-il.

— Et j'ai eu un bébé.

— Vous avez porté un enfant, nuança-t-il. Et vous êtes mariée.

— Comment cela ?

Il toucha sa main gauche.

— Regardez. Il y a une fine ligne blanche, sur votre annulaire. Vous portiez une alliance.

Mary sentit de nouveau les larmes lui monter aux yeux. Elle fixait son doigt. Mais aucun souvenir de l'homme qui était son mari ne refaisait surface. Elle ne se rappelait pas un époux tendre qu'elle aurait aimé passionnément. Ni même un homme distant qu'elle n'aurait pas aimé.

C'était effrayant. Même l'image d'un bébé qu'elle aurait bercé dans ses bras se refusait à percer sa mémoire.

Comment avait-elle perdu son alliance ? L'avait-elle vendue pour s'acheter des vêtements ? Ou… de la drogue ?

— Vous devez vous poser beaucoup de questions, dit Mac en plongeant son regard dans ses grands yeux perdus. Mais je crois que vous avez besoin de repos, avant tout. Venez, je vais vous conduire dans ma chambre. Je dormirai sur le canapé.

Elle allait protester, mais il la prit par la main et la conduisit d'autorité dans sa chambre, avant de l'installer dans un fauteuil.

Tandis qu'il changeait les draps, il l'entendit murmurer :

— Merci…

Le lit était prêt. Il se retourna vers elle et la vit, endormie, la tête penchée sur son épaule.

Il la souleva délicatement et la glissa entre les draps frais. Puis, il ferma la lumière et quitta la pièce.

Mac s'était installé devant son bureau. Ce grand bureau de chêne qui avait appartenu à son père, et sur lequel il avait l'habitude de faire ses devoirs, quand il était enfant. Combien de fois son père s'était-il penché par-dessus son épaule pour l'aider à résoudre une équation !

Heureusement qu'il avait été là.

Puisque sa mère les avait abandonnés tous les deux…

Pourquoi Mary lui rappelait-elle tant sa mère ? Avait-elle fui sa famille, elle aussi, et laissé derrière elle un mari et un enfant dévastés de chagrin ?

Par ailleurs, se droguait-elle ? Il devait être fou pour avoir laissé entrer chez lui une femme qui pouvait à tout moment se réveiller et faire une crise de manque. Toutefois, il allait régulièrement la voir dormir, et il devait reconnaître qu'elle avait plutôt l'air d'un ange. Les toxicomanes qu'il avait vus comparaître à la brigade n'avaient jamais ce teint lumineux, cette peau fine. Ni un regard si pur.

Toute cette affaire n'était donc qu'une suite de mystères, comme ces équations d'autrefois… Hélas, son père n'était plus là pour lui venir en aide.

Il ne pouvait s'empêcher de penser à cet enfant, au bébé de Mary, abandonné quelque part. Il se reconnaissait en lui. Personne d'autre que lui, en effet, ne connaissait mieux ce sentiment d'injustice, cette certitude que rien ne pourrait remplacer une mère disparue un beau matin.

Que pouvait-il faire ?

Machinalement, il ouvrit l'un de ses dossiers en cours sur son ordinateur. Le travail était son seul salut… Surtout celui-ci. Sa dernière chance.

A l'époque où il était à l'armée, Mac était devenu l'ami de Rob Tyron. Plus exactement, Rob avait été le meilleur ami dont il pouvait rêver. Ensemble, ils avaient partagé les moments les plus drôles, les plus passionnants de leur jeunesse. Quand Rob était mort dans un stupide accident d'hélicoptère, Mac avait été dévasté. Presque au même moment, son père avait rendu l'âme. Depuis cette double tragédie, il s'était rapproché du père de

Rob, Bill, qui briguait désormais le prochain mandat de maire de Billington.

Bill Tyron était persuadé d'une part que les autorités en place ne faisaient pas le moindre effort pour lutter contre la criminalité dans certaines zones du centre-ville, et que, d'autre part, le maire préférait laisser les vagabonds, les sans-abri et les ivrognes errer dans les rues, à la périphérie de Billington, plutôt que de faire construire de nouveaux établissements sociaux. Aussi avait-il lancé une enquête et chargé des détectives privés d'examiner de près cette situation. Et il avait proposé à Mac de diriger l'opération. « Qui pourrait mieux s'acquitter d'une telle mission qu'un ancien flic qui a mis sa carrière en péril plutôt que de se faire complice du système corrompu de la police, entièrement dévolu au maire ? » avait-il déclaré, en lançant à Mac un clin d'œil admiratif.

Mac avait abordé ce travail avec sa rigueur et sa méfiance coutumières. Au départ, il s'était contenté d'observer les gens, de voir comment ils vivaient, sans aucun a priori. Ces familles miséreuses et ces vagabonds étaient-ils des voleurs, des membres de bandes organisées ou de simples individus en quête d'un emploi et d'un logement décent ? Rapidement, il avait appris à les connaître. Même s'il ne possédait pas encore toutes les réponses à ses questions, il savait que ces sans-abri qu'il côtoyait chaque jour depuis deux mois étaient avant tout des êtres humains qui souffraient, qui vivaient dans la faim, le froid et l'indifférence générale. Et il était déterminé à faire changer tout cela.

Même si le maire ne voulait pas en entendre parler.

Même si la police n'en avait que faire.

Même si le Chef Barry tentait par tous les moyens de l'empêcher de poursuivre son enquête.

Et même s'il devait y consacrer le reste de sa vie.

Souvent, quand il rentrait de ses tournées nocturnes, il se laissait gagner par le découragement. Ce matin, pourtant, il avait ressenti un intense soulagement en témoignant devant le tribunal de l'innocence d'un sans-abri accusé de vol dans un magasin. Mac connaissait ce malheureux. Et il se trouvait sur les lieux, le jour où un adolescent manifestement issu d'une famille très riche avait jeté entre les mains du clochard la caméra qu'il venait de voler. Le jeune voyou était déjà loin quand l'antivol s'était mis à sonner devant les caisses.

Aujourd'hui, Mac était parvenu à faire lever l'accusation qui pesait sur l'innocent. Un an plus tôt, devant le même tribunal, il avait été le seul policier à témoigner de la violence de quatre de ses collègues qui, au cours d'un interrogatoire sans merci, avaient terrifié un sans-abri, lui provoquant un arrêt cardiaque. Le pauvre homme en était mort.

C'était la raison pour laquelle le Chef Barry ne le lâcherait jamais, et...

Dans un vacarme effrayant, la fenêtre éclata.

Mac se jeta sur le sol, les mains sur la tête.

Quand le silence revint dans la pièce, il se leva lentement et regarda les débris de verre qui jonchaient le tapis. Ainsi que l'énorme pierre qui avait brisé le carreau.

Il se rua vers la fenêtre et se colla dos au mur. Mais en contrebas, la rue était déserte. Silencieuse. A peine entendait-on le sifflement du vent qui s'engouffrait dans la pièce.

Il alla chercher un carton dans sa cuisine et l'appliqua sur la fenêtre avant de tirer les rideaux. Au moins, le froid n'entrerait pas. Et dès le lendemain, le gardien de l'immeuble se chargerait de remplacer la vitre.

Mais qui avait fait cela ? Pourquoi ? Etait-ce encore une manœuvre d'intimidation de Barry ?

Depuis des semaines, son ancien chef le faisait suivre par une patrouille qui l'arrêtait et le criblait de contraventions ahurissantes pour les motifs les plus futiles : les dimensions des phares de sa voiture ne correspondaient pas exactement au règlement en vigueur ou bien son ticket de stationnement était épuisé depuis une minute et quinze secondes...

— Que se passe-t-il ?

Mac se retourna et découvrit Mary qui frissonnait dans son peignoir et croisait les bras sur sa poitrine en contemplant les débris de verre sur le parquet.

— Rien de grave, ne vous inquiétez pas. Ne restez pas là,

vous pourriez vous blesser, ajouta-t-il en la reconduisant dans sa chambre.

Elle ne semblait pas très rassurée, mais il parvint tout de même à la convaincre de se recoucher.

Il attendit qu'elle se soit rendormie pour sortir de la pièce à pas de loup et aller nettoyer le sol du salon.

Que devait-il faire ? Appeler la police ? Cela donnerait à Barry la satisfaction de savoir qu'il avait réussi à le déstabiliser...

Bon sang, quel désastre ! Jamais il ne parviendrait à retrouver sa place, jamais il ne pourrait exercer de nouveau ce métier qui, depuis toujours, avait été sa passion.

La sonnerie du téléphone réveilla Mary, et elle émergea lentement de son profond sommeil. Où était-elle ? Dans la chambre de cet homme qui l'avait recueillie la veille, oui...

Un mug de café dans les mains, Mac entra dans la chambre et lui sourit.

— Bonjour. Comment vous sentez-vous, ce matin ?

Elle avait déjà remarqué qu'il était grand et musclé. Mais en cet instant, quelque chose d'autre la frappa : il était beau. Ses yeux bleu-vert brillaient de vivacité, les contours réguliers de son visage émacié mettaient en valeur son sourire irrésistible, et il portait un jean et un T-shirt noirs qui semblaient lui aller comme une seconde peau.

Comme elle tardait à répondre, elle vit son expression changer. Son regard se faisait maintenant suspicieux, inquiet. Que craignait-il ? Qu'elle lui réclame de la drogue ? La seule chose dont elle avait envie, c'était de ce café dont elle sentait le parfum lui caresser les narines...

— Je crois que ça va, répondit-elle.

Visiblement rassuré, il s'assit au bord du lit et lui tendit le mug.

Elle s'enfonça dans les oreillers en dégustant ce café chaud qu'elle sentait passer dans tout son corps... C'était exactement ce dont elle avait besoin.

— Vous vous êtes rappelé quelque chose ? demanda-t-il.

Ces mots la firent tressaillir. C'était comme une gifle qui

l'aurait ramenée à la réalité. En une fraction de seconde, elle se souvint que sa mémoire avait sombré dans un abîme sans fond.

Quand elle avait ouvert les yeux, elle s'était sentie plus légère. Mais c'était seulement parce qu'elle avait bien dormi et que la fatigue qui l'avait transformée en automate la veille, avant qu'elle ne s'écroule sur le lit, avait disparu. En revanche, l'effroyable néant était toujours là.

Elle hocha tristement la tête et Mac vit une larme perler au coin de ses yeux.

Il préféra se lever, discrètement, et se diriger vers son grand placard à vêtements.

— Vous devez faire à peu près la même taille que ma femme, dit-il en attrapant un sac rangé sur une étagère du haut avant de le déposer près d'elle.

— Mais cela ne la dérangera pas si...

— Elle vit dans le New Jersey et nous avons divorcé, coupa-t-il. Alors non, cela ne la dérangera pas. Je vais préparer des toasts et des œufs dans la cuisine, pendant que vous vous habillez.

— Attendez.

Comment allait-elle trouver les mots qui convenaient ? Elle voulait le supplier de ne pas l'abandonner, même si elle savait qu'elle aurait dû se trouver à l'hôpital. Mais la veille, elle avait été terrifiée en voyant ce médecin. Pourquoi ? Comme Mac la fixait, sur le pas de la porte, en attendant qu'elle poursuive, elle lâcha :

— A qui parliez-vous, au téléphone ?

Quel réflexe absurde, songea-t-elle aussitôt. Cela ne la regardait pas.

— A Sœur Teresa, répondit-il. Et avant, à l'un de mes amis. Et avant encore, au gardien de l'immeuble qui voulait savoir pourquoi j'ai une fenêtre cassée dans le salon. Maintenant, allez vous habiller et nous discuterons de tout cela devant le petit déjeuner.

Elle prit le sac de vêtements et son mug et entra dans la salle de bains, en songeant à l'incident qui l'avait réveillée en sursaut durant la nuit.

Devant le miroir, elle se contempla longuement. Elle voyait

une jeune femme d'une vingtaine d'années aux cheveux très noirs et aux yeux bleus, aux lèvres pleines et au teint bronzé.

C'était le visage d'une inconnue.

Puis, avec horreur, elle baissa les yeux sur ces bleus qui lui couvraient tout le côté gauche du corps, sur son genou bandé, sur les marques de piqûres sur son bras... Et sur ces fines vergetures qui striaient verticalement son ventre plat. Si sa peau n'avait pas été si bronzée, elle n'aurait pu les distinguer.

En sortant de la douche, elle prit ses sous-vêtements accrochés au porte-serviette. Ils étaient si jolis... Puis, dans le sac, elle choisit presque au hasard un pantalon de laine noire, un pull bleu, des chaussettes et une paire de mocassins.

En enfilant les vêtements, elle put constater qu'elle était plus grande que la femme de Mac. Le pantalon atteignait à peine le haut de ses chevilles. Et le pull était un peu serré au niveau de la poitrine. Mais elle se sentait beaucoup plus à son aise dans ces confortables mocassins de cuir souple que dans les bottes de Jake.

Néanmoins, elle poussa la porte de la cuisine avec prudence, craignant la réaction de Mac. Dans cette tenue, ne risquait-elle pas de lui rappeler sa femme ?

— C'est à votre taille ? demanda-t-il en beurrant un toast et en l'invitant à s'asseoir devant lui.

— Oui, c'est parfait, dit-elle sans bouger, d'un ton calme et confiant. Mais il faut que j'y aille.

Il la dévisagea avec stupéfaction.

— Comment cela ? Vous savez qui vous êtes et comment rentrer chez vous ? C'est magnifique !

— Euh, non, pas exactement.

Mary vit le sourire de Mac disparaître. La déception qui se peignit alors sur son visage lui parut au moins semblable à la sienne.

— Ecoutez, Mary, reprit-il, vous êtes libre et vous pouvez partir quand vous le voulez. Mais pourquoi ne pas prendre votre petit déjeuner, auparavant ?

Elle hésita mais finit par s'asseoir, et mangea un toast avec ses œufs brouillés. Mac lui resservit un café. Elle sentait qu'elle avait faim, mais peu à peu, son estomac se nouait.

— Je dois partir travailler, maintenant, mais si vous savez où vous avez envie de vous rendre, je peux vous dépos…

— Dans l'allée, coupa-t-elle d'une voix déterminée. Je veux que vous me rameniez dans ce passage où vous m'avez trouvée hier. C'est là que tout a commencé.

Oui, il fallait qu'elle y aille, se dit-elle. C'était le seul lieu au monde qui pouvait lui livrer un indice sur son identité. Cependant, Mac avait fouillé avec elle le coin où elle était sortie de cet indéfinissable sommeil. Et ils n'avaient rien trouvé, sinon des bouteilles vides.

— Je crois vraiment qu'il vaudrait mieux que je vous conduise à l'hôpital pour qu'on vous examine. Vous souffrez peut-être d'un traumatisme crânien ou…

— Absolument pas, répondit-elle avec force. Non, pas question. Je peux également rester ici, après tout, et tenter de parvenir à me souvenir de quelque chose.

— Non, je ne peux pas vous laisser ici toute seule, opposa-t-il d'une voix douce.

— Pourquoi pas ?

Un sourire amusé apparut sur ses lèvres.

— Eh bien, au-delà du fait qu'il n'est pas dans mes habitudes de laisser des inconnus s'installer chez moi en mon absence, je vous rappelle que quelqu'un a brisé une vitre de mon salon, la nuit dernière.

— Et alors ? Je ne comprends pas… Vous pensez que cela a un rapport avec moi ? Quelqu'un aurait su que je dormais chez vous ?

— Ce sont d'excellentes questions. Mais je ne dispose pas des réponses.

— Vous ne pensez pas qu'il serait plus plausible que *vous* ayez été visé ? Vous avez des ennemis ?

— Oui, j'en ai quelques-uns. Mais ils ne s'amuseraient pas à jeter des pierres par ma fenêtre… Sauf s'il s'agit d'un flic, bien sûr.

Mary le contempla avec étonnement. Elle n'aurait jamais pensé que cet homme aux manières de gentleman, bien habillé et qui vivait dans un appartement aussi agréable, était du genre à avoir des ennuis avec la police.

— Les flics sont vos ennemis ? demanda-t-elle en haussant les sourcils.

— Pas tous. Il y a encore un an, j'en étais un moi-même. Et j'ai parlé à l'un de mes anciens coéquipiers ce matin. Il m'a confirmé qu'il y a des tensions dans le quartier, ces temps-ci, mais qu'il était peu probable que cette pierre ait été jetée chez moi par hasard… Je crois que vous devriez parler avec lui.

— Non ! cria-t-elle. Pas la police !

Elle reposa violemment le mug sur la table et répéta :

— Pas la police !

Alors qu'elle prononçait ces mots, elle se demanda pourquoi elle était animée d'une telle ardeur. Et cela lui fit peur. Son inconscient était-il en train de lui souffler qu'elle était une criminelle ? Avait-elle enfreint la loi et cherchait-elle à échapper aux autorités ?

— Très bien, pas de police, répondit-il avec calme.

Elle se sentait étourdie, soudain.

— Qu'est-ce que Sœur Teresa vous a dit, au téléphone ? demanda-t-elle en tremblant.

— Elle m'a conseillé la prudence. Elle pense que je ne serais peut-être pas capable de prendre soin de vous, et que je risque de vous faire du mal, en cherchant à vous aider…

— Et si c'était moi, qui risquais de vous faire du mal ? murmura-t-elle.

— Oh, je suis invincible. Ecoutez, vous ne voulez pas que je vous dépose à l'hôpital et vous ne pouvez pas rester ici en mon absence, c'est trop dangereux. Alors où voulez-vous aller ?

La réponse fusa, instinctive.

— Chez moi. A la maison.

3

Hélas, Mac n'avait pu exaucer ce souhait. « Chez elle » ne signifiait rien d'autre que dans l'allée, près de la benne à ordures. Il comptait s'y rendre dès que possible, mais seul. Car il devait à tout prix éviter d'être en compagnie de Mary s'il voulait faire parler Jake.

Après tout, aucune hypothèse n'était à rejeter pour le moment : si elle avait menacé le vieil homme pour qu'il lui donne ses vêtements, celui-ci ne lâcherait pas un mot en sa présence.

Une seule solution s'était donc imposée à lui. Soudain, il avait su qui prendrait soin de Mary en son absence : sa Tante Béatrice. Il avait toutefois dû déployer des trésors de persuasion pour convaincre la jeune femme d'accepter son idée, se rappela-t-il en appuyant sur la sonnette en bronze ornée de lions sculptés.

Sa tante vivait à quelques rues de chez lui, au cœur du plus beau quartier de Billington, dans la somptueuse demeure victorienne que lui avait léguée son défunt mari. A dix-huit ans, Béatrice Dally avait épousé un homme richissime et beaucoup plus âgé qu'elle. Il y avait maintenant cinquante ans qu'elle était veuve, et elle fêterait à l'automne son quatre-vingt-unième anniversaire.

Tante Béatrice ne s'était jamais remariée et n'avait pas eu d'enfants. Elle disait qu'elle n'en avait pas besoin, puisqu'elle avait son neveu.

Mac adorait cette vieille dame qui avait mené sa vie avec indépendance et lui avait toujours témoigné une affection débordante. Malgré ses déclarations à l'emporte-pièce et son caractère bien forgé, Tante Béatrice avait un cœur d'or, et elle vivait avec un couple de domestiques d'une soixantaine d'années, John et

Maddie Cooper, qui lui vouaient une admiration et une fidélité semblables à celles que son neveu avait pour elle.

John vint ouvrir la porte et invita Mac et Mary à entrer dans le vaste hall au carrelage noir et blanc, d'un geste un peu cérémonieux. Mac sourit. Le vieil homme tenait beaucoup à cet accueil formel, même avec les visiteurs les plus familiers.

— Veux-tu dire à ma tante que je suis là, John ? demanda-t-il.

— Certainement, monsieur, répondit-il avant de disparaître derrière une double porte en chêne qu'il ferma doucement derrière lui.

Mac se retint de rire et se retourna vers Mary, qui n'avait pas esquissé un mouvement depuis leur entrée dans la maison. C'était étrange. Au début de la matinée, elle avait manifesté un tempérament déterminé. Elle s'était même emportée et avait clairement affirmé ce qu'elle voulait faire ou ne pas faire. Mais depuis qu'il l'avait convaincue de venir chez sa tante, elle était de nouveau plongée dans son état léthargique de la veille.

— Donnez-moi votre manteau, dit-il en l'aidant à retirer le duffle-coat beige que Jessica portait autrefois à la campagne.

Il ne lui était pas très agréable de revoir les vêtements de son ex-femme, mais il devait admettre qu'ils prenaient un style un peu différent sur Mary. Moins guindé. Ce qui retenait sans cesse son regard, pourtant, c'était la chevelure d'un noir intense de la jeune femme. Soudain, il examina ses sourcils. Ils étaient plus clairs.

— Pourquoi me dévisagez-vous ainsi ? demanda-t-elle.

— Je ne saurais dire si vous êtes blonde ou châtain, mais il me semble que la couleur actuelle de vos cheveux n'est pas naturelle.

Tandis qu'elle portait machinalement une main à sa tempe, elle entendit un pas résonner dans le monumental escalier de marbre, derrière elle.

Elle se retourna et aperçut une vieille dame qui descendait chaque marche avec une vigueur remarquable. Tante Béatrice était presque aussi grande que Mac, nota-t-elle. Elle avait conservé la taille svelte d'une jeune fille et ses cheveux dansaient comme des nuages gris autour de son visage fin, aristocratique. Ses yeux verts brillaient avec vivacité. Et elle portait un chemisier blanc au col fermé par un camée sur une longue jupe beige.

— Travis ! s'exclama-t-elle en prenant son neveu dans ses bras.

Puis elle serra énergiquement la main de la jeune femme.

— Je suis ravie de vous rencontrer, ma chère. Venez, mes enfants, suivez-moi.

Impressionnée, Mary suivit son hôtesse dans un grand salon aux murs couverts de tentures claires et de tableaux modernes, inattendus dans une maison au style et à la décoration si classiques.

Elle s'assit sur le grand canapé blanc que lui désignait Béatrice.

— J'ai demandé à Maddie de nous apporter du thé, précisa-t-elle en lui souriant. Mais elle n'a plus vingt ans, et nous devrons peut-être nous montrer patients. Nous avons même le temps de faire une sieste avant qu'elle n'arrive. Cela vous tente, mon enfant ? Voulez-vous dormir un moment ?

Un peu étonnée par cette suggestion, Mary se surprit pourtant à acquiescer. Peut-être parce que la vieille dame venait d'user d'un ton qui imposait l'obéissance.

— Parfait, murmura Béatrice en l'invitant à s'allonger et en posant sur elle un plaid de cachemire. Nous reviendrons dans quelques instants.

Elle sortit avec Mac, glissa son bras sous le sien et l'entraîna dans son bureau avant de fermer la porte derrière eux.

Là, Mac s'installa dans son fauteuil favori, devant le grand bureau d'acajou impeccablement ciré.

— Bien, dit sa tante en s'asseyant à son tour, face à lui. Alors ?

— C'est une longue histoire, souffla-t-il.

— Et peu commune, j'en suis certaine, ajouta-t-elle.

Mac approuva d'un hochement de tête et raconta à sa tante comment il avait trouvé Mary dans l'allée, remarqué son manteau qui appartenait à Jake, tenté de la conduire au refuge, constaté la peur qu'elle avait éprouvée en voyant le médecin et finalement décidé de la ramener chez lui, où il avait découvert ces ecchymoses et ces traces révélatrices d'une grossesse…

— Attends un peu, coupa soudain sa tante. Comment se fait-il que tu aies vu ses dessous ?

— Il fallait bien que je la débarrasse de ses loques trempées !

— Sans doute, mais ne pouvais-tu demander à une femme de s'en charger ?

La vieille dame le toisait d'un regard lourd de reproche.

— Voyons, Tante Béa, c'était impossible ! En pleine nuit ? Je n'allais pas réveiller une voisine, ni mêler quelqu'un d'autre à cette affaire. De toute façon… Je n'ai rien vu…

Il toussota. La moue dubitative de Béatrice l'incita à enchaîner :

— Et donc, j'ai été assez étonné de constater qu'elle portait des sous-vêtements luxueux. Il y avait même un petit hippocampe aux yeux de strass sur son soutien-gorge et sur…

Comme sa tante venait de hausser les sourcils, il s'interrompit.

— Tu es sûr ? demanda-t-elle. Ça alors… C'est L'Hippocampe. Une marque française. A vrai dire, ce n'est même pas une marque, mais plutôt la signature d'un très grand créateur de lingerie qui ne fait que du sur-mesure. Tu ne trouves pas étrange qu'une jeune femme dans cette situation porte des dessous aussi coûteux ?

— A vrai dire, répondit-il en baissant les yeux sur sa montre, j'ai surtout besoin de ton aide, pour le moment. Peux-tu t'occuper de Mary jusqu'à la fin de la journée ?

— Bien sûr, approuva-t-elle avant de lever vers lui un regard inquiet. Mais… Je trouve qu'elle ne ressemble pas à une droguée. Qu'en penses-tu ? C'est ta spécialité, après tout.

Mac haussa les épaules.

— Je ne sais pas. Elle porte des traces de piqûres sur les bras mais j'ai fouillé ses poches et regardé partout dans ses affaires : elle n'avait aucune substance toxique sur elle. Jusqu'à présent, elle n'a pas non plus manifesté le moindre symptôme de sevrage. Mais il est peut-être trop tôt.

— Oui, nous verrons, reprit Béatrice. Ne t'inquiète pas, Maddie et moi veillerons sur elle.

— Merci, dit Mac en se levant et en se dirigeant vers la porte, suivi par la vieille dame. J'ai rendez-vous avec Bill Tyron, et je suis impatient de lui présenter mes derniers rapports. Je dois aussi voir un ancien coéquipier. Après quoi je trouverai une solution pour Mary. Je serai de retour dans le courant de l'après-midi.

Béatrice hocha la tête et sembla réfléchir un moment.

— Travis, reprit-elle, quelque chose ne colle pas. Si cette jeune femme ne se souvient de rien, comment sais-tu qu'elle s'appelle Mary ?

— C'est moi qui lui ai donné ce nom, expliqua-t-il.

— Mais es-tu certain que cette histoire tient debout ? Je veux dire… Tu as tant d'ennemis. Tu sais que si ton enquête porte ses fruits, le maire actuel pourrait être battu par ton ami Tyron lors des prochaines élections. Et cela n'arrangerait pas le Chef Barry, qui serait immédiatement démis de ses fonctions pour avoir laissé la criminalité s'instaurer en ville. Donc, Barry a un intérêt évident à t'empêcher d'aller jusqu'au bout de tes investigations. Tu ne trouves pas curieux que cette Mary surgisse de nulle part précisément dans *ce* passage, au moment où tout le monde sait plus ou moins que tu vas apporter un sandwich à Jake, *ton* protégé ? Et qu'elle porte précisément *ses* vêtements ? Peut-être qu'elle travaille pour le maire, et que…

— Tante Béa, coupa Mac en levant les yeux au ciel, tu lis beaucoup trop de romans policiers. Viens.

Il l'entraîna dans le salon et désigna Mary du doigt.

— Regarde. Elle dort si paisiblement… Elle n'a vraiment rien d'une espionne.

La vieille dame leva vers lui un regard espiègle.

— C'est étrange. Toi qui es si suspicieux, d'habitude, tu sembles perdre tous tes réflexes en présence d'une jeune femme incontestablement *très* séduisante.

— C'est ridicule, maugréa Mac en se dirigeant vers la porte tandis que sa tante le suivait, un sourire aux lèvres.

Avant de franchir le seuil du salon, il ne put s'empêcher de jeter un dernier coup d'œil à sa belle endormie.

Un mari et un bébé attendaient-ils cette jeune femme quelque part ? Ou bien avait-elle fui sa vie de famille pour errer dans les rues, longtemps avant que Mac ne la découvre dans l'impasse, amnésique ?

En embrassant sa tante, il songea que Mary transportait avec elle d'innombrables énigmes. Et qu'il lui serait peut-être impossible de les résoudre.

*
* *

Mary s'éveilla pour la seconde fois de la journée. Mais cette fois, elle se sentait mieux. Elle ne se souvenait toujours de rien, mais avait l'esprit plus clair.

Bientôt, pourtant, une bouffée d'angoisse la fit trembler de la tête aux pieds.

Comment sortirait-elle de cette nuit sans fin ? Quelqu'un l'attendait-il ? Son mari ? Son enfant ?

Oh, pourquoi Mac l'avait-il laissée ici ? Qu'allait-elle faire ?

Elle se leva et fit quelques pas dans la pièce avant de s'arrêter devant un jeu de cartes posé sur une étagère. Sans trop savoir pourquoi, elle contempla les as, les jokers, les reines, les fit glisser entre ses doigts quelques instants et reposa enfin la boîte.

Ensuite, elle s'approcha d'une commode couverte de photos encadrées. Ici, Mac enfant près d'un homme plus âgé qui ne pouvait être que son père. Là, Mac et un jeune homme se tenant par les épaules et souriant à l'objectif, un hélicoptère en arrière-plan. Il y avait encore une dizaine de petits cadres. Mary observa Mac acceptant une médaille, vêtu d'un costume d'officier de police. Enfin, sur une photographie en couleurs, elle reconnut son expression amère, désabusée. Il était entouré d'autres policiers au garde-à-vous, près d'une rangée de drapeaux en berne. Sur cette image, il était si semblable à l'homme qu'elle venait de rencontrer que c'était comme si la photo avait été prise la veille…

— Vous êtes réveillée, ma chère, dit doucement Béatrice en s'approchant d'elle.

Mary n'avait pas même entendu la poignée de la porte tourner. Elle désigna à la vieille dame le dernier cliché qu'elle avait contemplé.

— De quoi s'agit-il ? Pourquoi sont-ils tous au garde-à-vous ? Parlez-moi de Mac, s'il vous plaît, madame.

Béatrice posa une main sur son bras et sourit.

— Je vous dirai tout ce que vous voudrez, mon enfant, si vous cessez de m'appeler madame. « Tante Béatrice » conviendra beaucoup mieux. Mais nous parlerons plus tard : nous avons un invité.

Mary tourna les yeux vers la porte.

Un homme chauve d'âge moyen se tenait devant elles. Il avait un regard grave qui inspirait aussi la confiance.

— Mary, je vous présente George, mon conseiller financier.

George s'approcha et serra la main de la jeune femme.

— Heureux de faire votre connaissance, dit-il d'une voix chaleureuse.

— George reste avec nous pour déjeuner, annonça Béatrice. Je suppose que vous avez faim ?

— Oui, c'est vrai, admit Mary en sentant son ventre protester et en souriant à George.

Il n'était pas aussi grand que Mac, ni aussi intimidant. Il avait plutôt l'allure, la voix… d'un père. Pour la première fois, Mary se demanda alors où étaient ses parents. S'ils étaient en vie, cherchaient-ils à la retrouver ?

— A vrai dire, moi aussi, je meurs de faim, déclara George. Et j'ai rarement l'occasion de déjeuner avec deux ravissantes jeunes femmes, dit-il en leur proposant simultanément ses deux bras pour les escorter jusqu'à la salle à manger.

Mary et Béatrice rirent ensemble.

Comme ils arrivaient devant une grande table couverte d'un service de porcelaine fine et de verres en cristal, George se tourna vers Mary :

— Puisque nous nous rencontrons pour la première fois, il faudra que vous me disiez deux ou trois choses sur vous…

Elle se mordit la lèvre et acquiesça en silence. Le récit ne serait pas long.

La tête baissée sous l'averse, Mac tentait de rassembler les rares pièces dont il disposait pour deviner qui était la jeune femme qu'il avait recueillie. La peau de Mary… Elle était bronzée. Mais ce bronzage n'était pas parfaitement uniforme : il avait remarqué des traces plus claires sous les bretelles de son soutien-gorge. Ainsi que la mince bande blanche sur son annulaire gauche. Par conséquent, il ne s'agissait pas d'un bronzage de cabines d'U.V. Elle avait passé quelques semaines sous un climat chaud.

Récemment. Et loin de Billington, forcément. Mais dans ce cas, pourquoi son mari n'avait-il pas lancé un avis de recherche ?

Après son rendez-vous avec Bill, il avait retrouvé Lou Gerald, son ancien partenaire, dans un café proche du commissariat central. Lou lui avait transmis le résultat des recherches qu'il avait effectuées pour lui dès le matin, après leur coup de fil : aucune personne correspondant à la description de Mary n'était portée disparue. Non seulement à Billington, mais dans le reste de l'Indiana et même dans tous les Etats-Unis.

C'était incompréhensible. Comment une jeune femme saine d'esprit avait-elle pu se déshabiller sous une pluie battante pour ne garder que ses luxueux dessous et enfiler les guenilles de Jake ? Où étaient passés son alliance et ses papiers d'identité ? Pourquoi avait-elle perdu la mémoire ? Et où était Jake ?

Avec un peu de chance, il connaîtrait au moins la réponse à cette dernière question dans quelques instants, songea-t-il en pénétrant dans l'impasse qui menait à la benne à ordures. Dès la fin de son entretien avec Lou, il avait foncé jusqu'ici — sans oublier d'emporter un sandwich au pastrami et quelques billets de cinq dollars.

Cependant, il était encore tôt, et il n'y avait rien d'étonnant à ce que Jake n'attende pas son bienfaiteur devant l'allée. Aussi Mac s'enfonça-t-il sur le chemin.

Le coin était décidément sinistre, songea-t-il. Des débris de verre et des tessons de bouteilles jonchaient toujours le sol, devant le bâtiment désaffecté.

Il était prêt à tourner les talons quand il aperçut un pied qui dépassait d'un amas de cartons.

Dans un premier temps, il héla celui qui dormait sous cet abri de fortune. Puis, il tapota la chaussure du bout du pied.

— Oh ? Monsieur ? Réveillez-vous !

Mais l'endormi ne bougeait pas.

D'un geste sec, il fit voler les cartons qui protégeaient l'étranger…

Et étouffa un cri devant le visage qui le contemplait.

Un visage sans vie.

Jake !

Sans réfléchir, il se jeta à terre et colla son oreille contre son cœur. Puis il posa deux doigts sur son cou, espérant sentir une pulsation… Rien. C'était bien trop tard. A l'évidence, le malheureux était mort depuis longtemps.

— Bon sang… Qu'est-ce qui t'est arrivé, mon vieux ?

Il contemplait ce visage de cire, froid. Soudain, il en vit un autre, à sa place. Un visage aux contours plus doux. Celui de sa mère. Etait-elle vivante ? Ou avait-elle péri ainsi, dans une allée sombre, quelque part ?

Serrant les dents, il s'extirpa de ce songe pour revenir à la réalité. La sordide réalité. Jake était habillé d'une manière invraisemblable. Son jean semblait si neuf qu'il était rigide comme du carton. Il portait un T-shirt jaune vif probablement trouvé dans une de ces solderies de banlieue, dont l'étiquette lui pendait encore au col. Du sang y était collé. Visiblement la blessure se situait au niveau de la colonne vertébrale, mais Mac se garda de retourner le corps pour vérifier.

A quelques centimètres de la tête du vieil homme, il découvrit une casquette également flambant neuve. Une bouteille de gin assez onéreuse était renversée à ses pieds. Jake s'était-il volontairement couvert de cartons pour faire une sieste ou bien quelqu'un les avait-il posés sur lui après l'avoir tué ? Dans ce dernier cas, le crime ne pouvait avoir été commis qu'entre la fin de la matinée et le début de l'après-midi, au moment où l'averse s'était interrompue.

Car le corps était sec. Mac ne devait pas y toucher avant l'arrivée de la police. Et tandis qu'il sortait son téléphone portable de sa poche pour alerter Lou, il se jura de protéger Mary. Il ne mentionnerait même pas son existence — pour lui éviter une avalanche de questions auxquelles elle ne pourrait pas répondre.

Mais tandis que la tonalité d'attente s'égrenait, il frissonna.

Jake avait été assassiné. Aujourd'hui. Et ce n'était pas une coïncidence.

Mary était en danger.

Assis dans le bureau de Tante Béatrice, Mac fixait Mary sans savoir comment lui annoncer ce qui était arrivé.

— Sais-tu, Travis, que Mary est une excellente joueuse de poker ? Je lui en ai appris les règles au début de l'après-midi, et en quelques passes, elle est parvenue à rafler nos mises, à Maddie, à John et à moi ! Mais le plus extraordinaire, c'est qu'elle a eu une quinte flush !

Mac lança un regard de reproche à sa tante.

— Je ne pensais pas que tu oserais entraîner Mary dans ta marotte, tante Béa. Quand je pense que tu as déjà corrompu les deux innocents qui vivent sous ce toit… C'est honteux.

— Je ne vois pas pourquoi tu es si sévère, rétorqua-t-elle. Après tout, nous ne jouons pas d'argent, seulement des allumettes.

— Je me suis beaucoup amusée, intervint Mary. Et cela peut faire travailler ma mémoire. Je vous suis très reconnaissante, Tante Béatrice.

— De rien, mon enfant.

Mary sourit nerveusement. Depuis le retour de Mac, elle se sentait mieux. Toute la journée, elle n'avait songé qu'à lui, se demandant s'il allait l'abandonner… Et quelle bonne raison il pouvait avoir de *ne pas* le faire. Elle était une parfaite étrangère pour lui, et ne pouvait compter indéfiniment sur sa générosité.

Dès qu'elle avait entendu la sonnette de la porte d'entrée, son cœur s'était mis à battre la chamade. Enfin il était là ! Mais elle avait lu immédiatement dans son regard que quelque chose n'allait pas. Il avait reçu de mauvaises nouvelles. Des mauvaises nouvelles qui la concernaient, sans aucun doute.

Aussi leva-t-elle vers lui un œil anxieux. Comme il détournait le regard, elle prit une longue inspiration et décida de parler la première.

— Ecoutez, je sais que je suis un poids pour vous deux. Mais j'ai réfléchi… Et je crois que je ne suis pas une droguée. Je ne ressens aucun manque particulier, et mon esprit est parfaitement clair depuis des heures. De plus, j'ai remarqué deux ou trois choses intéressantes. Je n'ai pas de vernis sur les ongles, mais ils sont si bien coupés que cela ne peut provenir que d'un soin de manucure. Mes pieds sont souples et doux, sans callosités : cela prouve que je n'ai pas marché pendant des heures dans les bottes de Jake. Il me paraît évident que j'ai également fait une visite chez le pédicure. Je ne suis ni une toxicomane ni une sans-abri.

— C'est possible, mais je crois que…, commença Béatrice.

— Je ne sais pas pourquoi l'idée de voir un médecin suscite une telle frayeur en moi, coupa-t-elle, emportée dans son élan. Toutefois, je suis prête à accepter d'en consulter un, si cela peut vous ôter de la tête que je suis une dangereuse junkie issue du trottoir. Je veux tout faire pour retourner d'où je viens ! Là où l'on m'attend…

— Vous avez déjà vu un médecin, intervint Mac.

— Comment cela ?

— George n'est pas mon conseiller financier, mais notre médecin de famille, avoua Béatrice. Et Travis m'en veut d'avoir pris cette initiative sans le consulter au préalable.

— Je regrette, Mary, ajouta Mac. Tante Béa a voulu bien faire, mais je suis navré qu'elle vous ait joué ce tour.

Mary soupira.

— Peu importe, murmura-t-elle. Qu'a dit George ?

— Que vous n'êtes pas plus une droguée qu'il n'est conseiller financier, déclara triomphalement la vieille dame. Il l'a vu tout de suite. Quand je pense que Mac a pu en douter !

— Quel toupet ! répliqua Mac d'un ton outré. Tu as insinué qu'elle était une espionne !

— Quoi ? s'écria Mary, stupéfaite, en dévisageant tour à tour Mac et sa tante. Moi, une *espionne* ?

Béatrice toussota pour s'éclaircir la gorge.

— Euh, oui… Une hypothèse absurde, j'en conviens. J'ai un peu trop d'imagination. Pour en revenir au diagnostic de George, il serait cependant préférable que vous acceptiez de faire une prise de sang. On ne sait jamais, vous pouvez avoir un déficit de globules qui aurait causé un choc…

— Très bien, coupa Mary d'un ton sec. Je verrai des médecins et je subirai tous les examens qui me seront prescrits. Mais désormais, je ne veux plus de conciliabules dans mon dos. J'ai besoin que vous jouiez franc-jeu avec moi. Je sais que vous êtes un ancien flic, Mac. Votre tante m'a également appris que vous travaillez depuis quelque temps à votre compte, en tant que détective privé. Je voudrais vous engager. Pour que vous tentiez de découvrir qui je suis.

Mac demeura un instant bouche bée.

— Mais, je ne sais pas si…

— Bien sûr qu'il va se charger de cette enquête ! intervint Béatrice. Ce sont précisément sa détermination et son honnêteté qui lui ont valu d'être privé de ses fonctions au sein de la police, et…

— Pourrais-tu éviter d'aborder ce sujet ? demanda Mac d'un ton agacé.

— Je ne dis que la vérité, insista la vieille dame. Tu es le seul à avoir refusé de participer à cette conspiration silencieuse !

— Quelle conspiration ? demanda Mary.

Ignorant le regard noir de Mac, Béatrice expliqua :

— Mon neveu a été l'un des plus importants officiers de la brigade anti-drogue de Billington. Son efficacité était très mal perçue par le Chef de la police, Barry, qui l'a rétrogradé et lui a attribué un poste sans intérêt dans les patrouilles de nuit. Pendant un moment, Travis a fait son travail et Barry l'a laissé en paix. Et puis, l'an dernier, cinq policiers ont répondu à un étrange appel de nuit. Mac faisait partie de cette équipe.

— Un de nos collègues a lancé une alerte et prétendu qu'il avait été attaqué par un sans-abri, poursuivit Mac. Nous avons arrêté l'homme, qui avait tout d'un ivrogne, et qui était incapable de répondre aux questions que lui posaient mes coéquipiers. Soudain, l'un d'eux, hors de lui, l'a secoué par les épaules, a sorti son arme et lui a causé une telle frayeur que l'homme a eu une crise cardiaque. Il est mort. Puis, les quatre officiers ont prétendu que l'ivrogne était lui-même armé et qu'il nous avait menacés. Le bureau des enquêtes internes de la police a été saisi du dossier et j'ai choisi de dire la vérité, même si je savais ce qu'il m'en coûterait.

— Travis a été contraint de démissionner, conclut tristement Béatrice en hochant la tête. S'il ne l'avait pas fait, Barry l'aurait persécuté sans relâche. Il a donc décidé de devenir détective privé et d'ouvrir son propre bureau.

— Je vois, murmura Mary. Dans ce cas, vous devez m'aider, Mac.

— Tiens donc. Et comment comptez-vous me rémunérer ? opposa-t-il, un sourire ironique aux lèvres.

Mary réfléchit un instant. Rien ne prouvait qu'elle avait les moyens de s'offrir les services d'un détective privé. Un soin de manucure et de jolis pieds ne signifiaient pas qu'elle disposait d'un compte en banque personnel… Pourtant, Mac était la personne idéale pour l'aider à sortir de ce trou noir. Il était honnête et loyal et elle avait confiance en lui.

— Je trouverai l'argent, affirma-t-elle.

— C'est inutile, déclara Béatrice en posant sa main sur la sienne. Je vous le donne. De toute façon, Mac sait très bien qu'il héritera de mes biens à ma mort. Et je suis libre d'investir mon argent dans cette enquête, si je le souhaite.

En entendant cette proposition, Mary demeura bouche bée et sentit des larmes lui monter aux yeux. Décidément, cette vieille dame était surprenante ! Et si généreuse… Comme son neveu.

— Hé là, pas si vite, intervint Mac. Ce n'est pas seulement une question d'argent. Il se trouve que j'ai déjà vérifié le fichier des personnes portées disparues ce matin. Et il est clair que vous n'y figurez pas, Mary. Je regrette.

— Oh…

Elle était déçue, bien sûr.

— Mais Jake sait forcément quelque chose ! reprit-elle d'une voix pleine d'espoir.

— Jake est mort, soupira-t-il. J'ai trouvé son corps dans l'impasse. Il a reçu un coup de poignard dans le dos. Pour le moment, je ne sais rien de plus. Il faut attendre que l'enquête ait un peu progressé.

Mary sentit un vertige la saisir. Jake était mort. Personne ne la cherchait. Et elle ne se souvenait de rien. Oh, Seigneur…

— Toutefois, poursuivit-il d'un ton encourageant, l'un de mes vieux amis peut prendre vos empreintes et les transmettre au F.B.I. Mais ne vous attendez pas à un miracle : à moins que vous ne travailliez pour le gouvernement ou que vous ne soyez une dangereuse criminelle, cette piste risque de n'aboutir nulle part. Sachez aussi que je n'ai rien dit de vous à la police. Personne ne sait que vous connaissiez Jake.

— Mais ce n'est sans doute pas le cas, objecta-t-elle.

— Vous portiez ses vêtements, fit remarquer Mac. Il faut bien que vous ayez échangé au moins quelques mots avec lui.

— A propos, comment Jake était-il habillé quand tu l'as retrouvé ? demanda Béatrice.

— Il était vêtu de neuf, de pied en cap. Les policiers vont tenter de déterminer d'où venaient ces vêtements.

Mary soupira.

— Avez-vous signalé à la police l'incident de la nuit dernière ? s'enquit-elle.

— Non. Et d'ailleurs… Il s'en est produit un autre, précisa-t-il. Quand les policiers sont partis, je suis retourné à ma voiture. Une berline m'a suivie. J'en suis certain. J'ai fait trois fois le tour du même pâté de maisons pour m'en assurer. Mais le conducteur a compris que je l'avais repéré et a renoncé à aller plus loin.

Mary se prit la tête dans les mains, visiblement désespérée. Mac regretta aussitôt d'avoir mentionné cet épisode.

— Ne vous inquiétez pas tant, dit-il. Même si tous ces événements sont troublants, il demeure possible que la mort de Jake ne soit pas liée à votre propre histoire. Vous savez, il arrive hélas trop souvent que l'on retrouve le cadavre de l'un de ces malheureux au coin d'une rue, à la suite d'un règlement de comptes. La cause peut en être une simple poignée de dollars. Et puis, l'homme qui me suivait pouvait très bien œuvrer pour Barry. Il est trop tôt pour tisser des liens entre ces faits.

Elle leva vers lui un regard si implorant qu'il sentit des frissons lui parcourir l'échine.

— Mac… Je vous en prie, acceptez de vous charger de mon enquête.

— Je voudrais bien, soupira-t-il en se passant une main dans les cheveux. Mais nous n'avons aucun point de départ…

— Bien sûr que si, opposa Béatrice. Ton premier indice est là, sous tes yeux. Enfin, si j'ose dire…

4

— Mary, voulez-vous retirer votre soutien-gorge et me le donner ? demanda Mac à la jeune femme.

Tante Béatrice lança un regard indigné à son neveu et Mary haussa les sourcils.

— C'est pourtant ce à quoi tu pensais, non ? dit Mac en se tournant vers sa tante.

— Ne prêtez pas la moindre attention aux manières de mon neveu, dit Béatrice en invitant Mary à la suivre. Je regrette moi-même de devoir évoquer les dessous d'une dame devant un homme, mais… Venez. Il faut que nous examinions les vôtres.

Elle entraîna Mary dans une petite pièce attenante dans le salon, laissant Mac seul.

L'après-midi était avancé, songea-t-il en regardant sa montre. La nuit ne tarderait pas à tomber, et il avait encore de nombreuses démarches à accomplir.

Bon sang, comment allait-il s'y prendre pour aider Mary ? Il était lui-même si perdu. Il avait parfois l'impression de ne plus connaître sa propre identité. Tant de personnes qu'il avait aimées avaient disparu ! Son père, son meilleur ami, sa mère… Et maintenant, Jake.

De plus, il se débattait avec ses propres ennuis, ses propres impasses. Le Chef Barry avait-il envoyé l'un de ses hommes jeter cette pierre à travers sa vitre en pleine nuit, puis le suivre à sa sortie de l'allée ? Un flic en civil ? Jusqu'alors, il n'avait été importuné que par des officiers en uniforme. Barry ne pouvait pourtant pas avoir ouvert une enquête contre lui : rien de ce qu'il faisait n'était illégal. Non, vraiment, il était impensable que cette berline fût conduite par un flic…

Le bruit de la porte qui s'ouvrait interrompit ses réflexions.

— Je ne comprends pas ce que vous espérez trouver, dit Mary en revenant s'asseoir et en tendant son soutien-gorge à Mac. J'ai vérifié moi-même : il n'y a aucune étiquette.

Il s'efforça d'ignorer l'image qui s'imposait à son esprit : celle des seins nus de Mary, dont il avait aperçu la rondeur parfaite dans les vapeurs d'eau chaude, la veille...

— Donnez-le-moi, mon enfant, dit Béatrice en prenant une loupe dans le tiroir de son bureau.

Ils se penchèrent tous trois sur le petit bijou, avant que la vieille dame ne déclare :

— Je suis formelle. C'est un authentique modèle de L'Hippocampe. Les yeux ne sont pas des strass, Mac, mais de véritables diamants.

— Vraiment ? Comment le sais-tu ?

— Voyons, je sais reconnaître une vraie pierre d'un faux ! De plus, mon amie Cynthia Sinclair raffolait de cette lingerie. Malheureusement, je ne peux pas l'appeler pour lui demander où elle en passait commande : elle visite l'Italie, en ce moment. Mais je suis certaine qu'il est impossible de trouver ces dessous dans le commerce.

Mac dévisagea sa tante quelques instants avant de se lever.

— Où vas-tu ? demanda-t-elle.

— Nulle part, répondit-il en allumant l'ordinateur posé sur une console d'acajou, et dont sa tante ne se servait jamais. Je vais simplement vérifier tout cela sur Internet.

Mary se leva à son tour et se pencha derrière lui pour consulter les informations qui s'affichaient à l'écran. Le créateur était français, en effet, et seuls trois magasins vendaient ses créations aux Etats-Unis.

— C'est très simple, observa Mac. A moins que vous n'ayez acheté ces dessous en Europe, ils ne peuvent venir que de Washington, de New York ou de Miami. Votre bronzage récent est évidemment un indice. Nous devrions orienter nos recherches vers Miami.

— Quel raisonnement hâtif ! s'exclama Béatrice. Mary pourrait avoir acquis ses sous-vêtements dans n'importe laquelle des trois boutiques longtemps avant de partir en vacances, en Floride ou ailleurs !

— C'est exact, admit Mac. Mais la question n'est pas là. Nous avons besoin d'un point de départ, et l'hypothèse du magasin de Miami reste la plus plausible. De toute façon, le fait qu'une vendeuse soit en mesure de reconnaître Mary n'est pas acquis.

— La vendeuse la reconnaîtra forcément, assura Béatrice. Ces boutiques de luxe ont pour politique de choyer leur clientèle. Un soutien-gorge à cinq ou six cents dollars mérite quelques efforts de la part des employés...

— *Cinq ou six cents* dollars ? répéta Mary, stupéfaite. Je suis richissime, dans ce cas !

— Sauf s'il s'agit d'un cadeau, répondit Mac.

— Dans ce cas, mon mari est...

— Ou votre petit ami, coupa-t-il.

Mary leva vers un lui un regard à la fois choqué et incrédule.

— Pourquoi insinuez-vous que je tromperais mon mari ?

— Je lance seulement des hypothèses, répondit-il. Et je constate qu'un mari qui vous offrirait la plus luxueuse lingerie du monde n'a pas lancé d'avis de recherche quand sa femme a disparu.

Elle baissa la tête.

— Voyons, Mac, gronda Béatrice, tu vas un peu vite en besogne...

— Non, il a raison, approuva doucement Mary. C'est une possibilité.

— Bien, conclut Béatrice en soupirant. Travis, tu as donc ton point de départ. Je propose que nous passions une soirée reposante devant un excellent dîner, et que vous preniez le premier vol pour la Floride demain matin, après une bonne nuit de repos. Qu'en dites-vous ? John peut se charger de réserver vos billets.

— C'est impossible, objecta Mac. Nous ne pouvons nous rendre à Miami en avion. Mary n'a aucun papier d'identité. Et je ne tiens pas à risquer une inculpation pour faux et usage de faux en demandant à un ami de m'aider à lui en fournir. Je n'ai vraiment pas besoin de cela en ce moment. Nous irons donc à Miami en voiture. Mary, je vais vous laisser passer la nuit ici, si vous en êtes d'accord. Je viendrai vous chercher demain matin. J'ai encore quelques affaires à régler de mon côté.

Mary acquiesça tristement et Mac se leva, entraînant sa tante à sa suite.

— Appelle George pour qu'il vienne faire lui-même cette prise de sang, demanda-t-il à voix basse. Je ne veux pas que Mary sorte d'ici. C'est trop dangereux.

Puis il se retourna vers la jeune femme en souriant.

— Ma tante prendra bien soin de vous. Et je serai là demain, très tôt dans la matinée.

Elle hocha la tête en plongeant son regard dans le sien.

En voyant ses grands yeux perdus, il se sentit plus troublé que jamais.

Qui était cette jeune femme qui l'entraînerait dès le lendemain jusqu'à Miami ? Pourquoi n'avait-il pas mentionné son existence aux policiers qui avaient emmené le corps de Jake ?

— Sois prudent, murmura Béatrice.

Mais il avait déjà tourné les talons.

Mac avait à peine dépassé l'avenue principale du quartier où vivait sa tante qu'il reconnut la grosse berline grise qui l'avait suivi un peu plus tôt. Il ne parvenait pas à distinguer le visage du conducteur dans le rétroviseur : la voiture était équipée de vitres teintées et restait toujours à plus de trente mètres de distance. Mais il aurait pu jurer qu'il ne s'agissait pas d'un homme à la solde de Barry. Ce n'était pas un flic.

Ignorant les coups de Klaxon furieux des autres automobilistes, il obliqua brutalement sur sa droite, puis à gauche, afin de semer son poursuivant.

Parvenu devant le commissariat central, il put constater que la berline n'était plus en vue, et il se gara dans le parking souterrain de ce bâtiment de béton si familier.

Chaque fois qu'il revenait ici, il sentait un goût amer au fond de sa gorge. Plus jamais il n'y exercerait son métier… son *ancien* métier.

Son malaise se dissipa un peu lorsqu'il poussa la porte du bureau de Lou Gerald et qu'il vit les photos des quatre enfants et de la femme de son ami posées sur son bureau. Tous ces sourires lui réchauffaient le cœur.

— Ah ! Te voilà, dit Lou en se levant de son fauteuil et en accueillant Mac avec une franche accolade.

Mac lui sourit. Lou était le meilleur équipier qu'il ait jamais eu de toute sa carrière. A cinquante-cinq ans, il avait perdu sa silhouette d'athlète mais sa carrure d'ancien rugbyman demeurait imposante, malgré son ventre rond.

— Tu vas être content, déclara Lou en invitant Mac à prendre un siège et à s'installer près de lui. Nous avons identifié ton clochard. Son vrai nom est Michael Wardman. Il était originaire de Chicago, mais avait passé ces vingt dernières années ici, à Billington.

Il tendit le dossier à Mac.

— Tu as fait vite, remarqua celui-ci d'un ton admiratif.

— Un vrai coup de chance, expliqua Lou. Figure-toi qu'un employé de la morgue l'a reconnu ! Michael Wardman était médecin à l'hôpital de Billington avant que l'alcool ne le conduise lentement vers la déchéance. Le seul proche parent qu'il conservait était un neveu, qui vit à Detroit.

Stupéfait, Mac revit le visage de Jake, bouffi par l'alcool. Son regard vide. Il était médecin ! Et Mary avait cette phobie des médecins…

— Combien de temps Jake, je veux dire, *Michael Wardman* a-t-il erré dans les rues de Billington ? demanda-t-il.

Lou haussa les épaules.

— Deux ou trois ans. Pas plus. Il n'était pas si âgé, tu sais. Il n'avait que cinquante-huit ans.

Mac soupira. Le malheureux semblait plus vieux d'au moins quinze ans.

— Sais-tu s'il a exercé son métier à Billington ? reprit-il. Disposait-il de son propre cabinet ?

— Non, dit Lou. Il était chercheur en médecine, mais il n'exerçait pas lui-même. Il travaillait au laboratoire de l'hôpital, et c'est pourquoi l'un des hommes de la morgue l'a reconnu.

Mary ne pouvait donc avoir consulté cet homme, songea Mac.

— Tu as une piste, au sujet du meurtre ?

— Pas la moindre, répondit Lou. Et au vu du climat qui règne ici, je crains que Barry ne me demande de classer cette affaire au plus vite. Il voudra conclure à un règlement de comptes entre voyous. D'autant plus que l'interne de la morgue a parlé aux journalistes. Un ex-médecin devenu clochard, c'est une histoire assez excitante pour la presse locale. Non, je crois que nous ne connaîtrons jamais le fin mot de cette histoire.

Mac soupira de nouveau. Décidément, il fallait que Barry soit démis de ses fonctions, et que le maire perde les prochaines élections… Il avait fait tout ce qu'il avait pu en ce sens. Désormais, cela ne dépendait plus de lui, mais de la force de persuasion de son ami Tyron.

— Lou, je voudrais te demander autre chose, reprit Mac. Sais-tu si Barry me fait suivre par des hommes en civil ?

Lou haussa les sourcils.

— Non, pas que je sache. Il fait simplement en sorte de perturber ton enquête en faisant pleuvoir sur toi des contraventions absurdes, pour te décourager… Mais je n'ai jamais entendu parler d'autre chose. Je ne crois pas qu'il oserait aller jusque-là. Ce serait complètement illégal. Mais que se passe-t-il, Mac ? Tu me caches quelque chose ?

— Non, ne t'inquiète pas, répondit-il. Mais je dois quitter la ville quelques jours, et je voudrais que tu m'appelles si tu as de nouvelles informations concernant J… le docteur Michael Wardman.

— Tu peux compter sur moi, dit Lou en se levant. Je te téléphone dès que j'ai du neuf.

Mac passa ensuite à son bureau. Outre l'enquête dont il était chargé par Tyron, il avait quelques autres dossiers en cours, et il répondit aux appels anxieux de ses clients. La secrétaire qui venait l'assister deux demi-journées par semaine avait enregistré ses consignes afin de gérer au mieux ses affaires en son absence.

Enfin, il rentra chez lui. La berline grise ne réapparut pas.

La vitre brisée avait été remplacée, grâce à la diligence du vieux gardien de l'immeuble. Il prit une valise pour y jeter quelques affaires, ainsi que le contenu du sac de vêtements de Jessica.

Soudain, il se demanda ce qu'étaient devenus les vêtements

de Mary. Peut-être Jake les avait-il récupérés et vendus, avant d'acheter les siens ?

Après avoir passé quelques coups de fil pour connaître les boutiques qui achetaient des vêtements de luxe d'occasion, il décida d'aller voir celles qui étaient situées non loin de l'allée.

Il déposa la valise dans le coffre et reprit le volant de sa voiture.

Alors qu'il tournait le coin de la rue de son immeuble, il aperçut la berline grise dans le rétroviseur. Comme il l'avait fait plus tôt, il changea de direction plusieurs fois, faisant crisser les pneus de sa Ford sur le bitume, prenant les virages au dernier moment avant de contrebraquer et d'emprunter la rue suivante dans le sens inverse. En moins d'un quart d'heure, il parvint à semer le véhicule qui ressemblait à une Chrysler. Mais il devrait changer ses plaques d'immatriculation dès ce soir, décida-t-il. Heureusement, il avait conservé plusieurs paires de plaques récupérées du temps de ses services à la brigade de Billington.

Il s'arrêta devant une première boutique et y trouva une douzaine de marques de T-shirts jaunes identiques à celui que portait Jake. En revanche, parmi les vêtements de seconde main en vente, il ne trouva pas ce qu'il cherchait. Les vendeurs des autres boutiques lui confirmèrent qu'ils n'avaient pas acquis ces derniers jours de vêtements de luxe pour femme. Et aucun d'eux ne se souvenait avoir vu un homme correspondant au signalement de Jake.

Il fallait donc en conclure que Jake n'avait pas acheté ces vêtements lui-même, ou qu'il s'était rendu dans un magasin beaucoup plus éloigné de son allée fétiche.

C'était étrange…

Toutefois, Mac n'avait pas le temps de courir toutes les boutiques de la ville.

Désormais, il y avait plus urgent. Il devait savoir qui le suivait, et pourquoi.

Et surtout, il devait protéger Mary.

Il reprit le volant. Dix minutes plus tard, la berline n'avait toujours pas réapparu.

Que se passait-il ?

Mac frissonna. Il n'y avait qu'un seul endroit où pouvait l'attendre son poursuivant.

Ecrasant l'accélérateur, il fonça en direction de la villa de sa tante.

Mary ne parvenait pas à trouver le sommeil. Elle se tournait et se retournait entre ses draps brodés de dentelle, dans la grande chambre bleue où l'avait installée Tante Béatrice.

Quand Mac était parti, elle avait de nouveau joué aux cartes avec Maddie Cooper. Mary découvrait à quel point elle aimait jouer. Elles étaient restées un long moment seules, toutes les deux, et la jeune femme avait recueilli quelques confidences de la vieille gouvernante au sujet de Mac.

Mais ce n'était pas ce qui la perturbait, pour le moment. Le dîner avait été tendu. Tante Béatrice sursautait au moindre bruit, et dans ces vieilles maisons aux plafonds hauts et aux parquets grinçants, les bruits suspects ne manquaient pas…

La vieille dame avait eu le plus grand mal à cacher sa peur. Puis, pour ne rien arranger, George était revenu pour la prise de sang et l'avait examinée.

Il était formel : elle avait reçu un coup violent sur la tête quelques jours plus tôt, mais cela ne pouvait expliquer son amnésie. La bosse était de faible amplitude, et un traumatisme crânien était exclu. Il n'avait donc pu fournir aucune réponse et s'était contenté de formules convenues censées la rassurer.

Mary était lasse de tous ces mystères. Elle avait besoin de progresser. Vite. Son enfant l'attendait peut-être quelque part. Il avait besoin d'elle… Son enfant, et son mari… Si seulement elle pouvait se rappeler quelque chose ! Son nom ! Si seulement elle pouvait comprendre pourquoi son bras était couvert de ces marques de piqûres, pourquoi elle s'était retrouvée dans ces vêtements…

Oh, elle avait besoin de Mac !

Elle voulait le sentir près d'elle, elle voulait s'appuyer sur son large torse, se blottir contre lui… Non, elle n'en avait pas le droit.

Elle était mariée. Oh, oui : une femme mariée à un homme qui ne se souciait visiblement pas de la savoir perdue…

Les larmes roulaient maintenant sur ses joues.

Elle se redressa dans son lit et alluma sa lampe de chevet. Puis, elle prit le jeu de cartes posé près d'elle. Tante Béatrice avait insisté pour le lui offrir — ainsi qu'un ravissant petit sac à main.

Elle commença à étaler les cartes sur son couvre-lit, mais s'aperçut rapidement qu'elle n'était pas d'humeur à faire un solitaire.

Aussi éteignit-elle rapidement la lumière, avant de s'endormir.

A peines quelques minutes plus tard, lui sembla-t-il, un bruit de pas dans la pièce la réveilla. Non, elle n'avait pas rêvé : quelqu'un était entré dans la chambre, et se trouvait là, tout près d'elle !

Effrayée, elle resta immobile pendant quelques secondes et tendit l'oreille, réprimant le cri qui lui montait dans la gorge. Son cœur cognait lourdement dans sa poitrine, si lourdement qu'elle aurait pu jurer qu'il faisait vibrer les murs.

Les paupières mi-closes, elle regarda l'ombre d'un homme traverser la chambre. Il s'approchait d'elle. Elle respira plus fort, pour lui donner l'illusion qu'elle dormait profondément. Si seulement son cœur voulait cesser de battre ainsi…

Puis, quand il fut assez près pour qu'elle sente son souffle sur son visage, elle se redressa d'un bond et projeta de toutes ses forces son poing devant elle.

Aussitôt, elle entendit le choc d'un corps s'écrasant sur le sol et une longue exclamation. Cette voix… Elle la connaissait !

— Mac ? demanda-t-elle, incrédule, en secouant ses doigts légèrement endoloris.

— Oui… Calmez-vous, ce n'est que moi !

Elle alluma la lumière et découvrit Mac affaissé sur le lit, une main sur la joue.

— Vous m'avez fait une peur bleue ! cria-t-elle en le foudroyant du regard. Vous êtes fou ? Pourquoi avez-vous fait cela ?

— Je regrette. Je ne voulais vraiment pas vous effrayer…

Comme son rythme cardiaque revenait à la normale, elle se radoucit et murmura :

— Je… Je vous ai fait très mal ?

— Vous m'avez frappée au moment où j'allais vous réveiller, répondit-il en s'asseyant près d'elle, au bord du lit, et en déposant un plaid sur ses épaules.

Elle n'avait pas même remarqué que l'émotion l'avait glacée jusqu'à la moelle. Inquiète, elle leva une main vers sa pommette qui virait au rouge et le dévisagea.

— Voulez-vous que j'ailler chercher des glaçons ? proposa-t-elle.

— Non, je vous remercie.

— Mais pourquoi avez-vous fait cela ? Pourquoi portez-vous votre manteau ?

Il lui prit les mains et la fixa droit dans les yeux.

— Mary, réfléchissez. Le nom de Michael Wardman vous dit-il quelque chose ? Le *docteur* Michael Wardman ?

Elle pinça les lèvres et hocha la tête en signe de dénégation.

— Non. Pourquoi ? Qui est-ce ?

— C'est le vrai nom de Jake.

— Le clochard ? Le clochard était médecin ? s'étonna-t-elle.

— Un chercheur en médecine, oui. Ce qui ne peut être une coïncidence. Ecoutez, dites-moi tout ce qui s'est passé entre le moment où vous vous êtes réveillée dans l'allée et celui où nous nous sommes rencontrés.

La jeune femme réfléchit.

— J'ai ouvert les yeux. Il pleuvait, j'avais froid. Je ne savais pas où j'étais, et j'ai vite compris que je ne savais pas *qui* j'étais. Je suis partie, j'ai marché vers une lumière… Je suis tombée. Et puis… J'ai vu un homme.

Elle s'interrompit en songeant à cette silhouette noire.

— Un homme ?

— Il avait marché derrière moi, je crois, reprit-elle en sondant sa mémoire avec difficulté. Il m'a regardée avec des yeux, des yeux… Des yeux qui me transperçaient. Puis il est parti vers la lumière et j'ai couru dans l'autre sens. J'ai couru, couru…

— Et vous m'êtes rentrée dedans, acheva-t-il. De quoi avait-il l'air ?

— Il portait un long manteau noir, un imperméable, je crois.

Je n'ai pas bien vu son visage, sauf ses yeux. Mais c'était comme s'il savait qui j'étais. Il m'a terrifiée. Puis il a disparu.

A sa plus grande surprise, Mac l'attira vers lui et la serra dans ses bras. Il était si large, si grand, si rassurant. Son manteau était un peu rugueux contre sa poitrine, et elle respira les effluves de son parfum masculin. C'était si bon de sentir ses bras se refermer autour d'elle, sa chaleur, le contact de sa peau sur la sienne…

Mais il desserra vite son étreinte.

— Levez-vous et habillez-vous, dit-il avec fermeté. Nous allons quitter Billington.

— Comment ? Maintenant, en pleine nuit ?

— Oui, tout de suite. John est dans le garage. Il vérifie l'embrayage de la Buick de ma tante et transfère dans le coffre tout ce qui se trouve dans ma Ford. Dépêchez-vous, et n'oubliez pas d'emporter vos dessous L'Hippocampe.

Mary bondit hors des draps, prête à sauter dans ses vêtements. Enfin, ils passaient à l'action !

Comme Mac détournait poliment les yeux, elle se souvint qu'elle était entièrement nue.

5

Au volant de la flamboyante Buick Riviera blanche de sa tante, Mac se sentait épuisé. Il n'avait qu'une envie : s'arrêter dans le motel le plus proche et dormir douze heures d'affilée. Mais il devait conduire.

Dès qu'ils auraient atteint la route 65, il pourrait semer n'importe quel poursuivant. Et avant le lever du soleil, il aurait mis plus d'une centaine de kilomètres entre Mary et Billington. Sur cette interminable départementale, mieux valait ne pas dépasser les limitations de vitesse. Les radars ne manquaient pas, par ici.

Néanmoins, Miami était encore à vingt-quatre heures de route.

Vingt-quatre heures.

Il lui serait impossible de tenir si longtemps sans faire une pause. Peu importait que Mary sache conduire ou non, puisqu'elle n'avait pas de permis. Il ne tenait pas à avoir d'ennuis avec les flics pour une infraction aussi stupide. Et si la décapotable de Tante Béatrice était la plus belle voiture qu'il ait jamais vue, avec sa carrosserie chromée et ses selleries de cuir, il espérait que John avait soigneusement entretenu le moteur et qu'elle ne leur jouerait pas de mauvais tour.

De toute façon, il n'avait pas eu le choix. Ils n'auraient pas pu voyager dans la Ford, que leur poursuivant avait parfaitement repérée. Mac avait demandé aux Cooper de la prendre, de la ramener aussi vite que possible dans son garage et de se barricader ensuite chez lui jusqu'au lendemain. Dans le même temps, il avait appelé un taxi pour sa tante qui passerait la nuit dans le plus bel hôtel Arts-Déco de Billington. Il voulait la savoir en sécurité.

Heureusement, il n'avait plus vu la berline grise depuis qu'il avait quitté les faubourgs de la ville. Avec un peu de chance, le chauffeur ne découvrirait pas la supercherie avant le lendemain.

Il jeta un coup d'œil vers Mary, qui s'était enfoncée sur la banquette de cuir. Dans la lumière bleutée du tableau de bord qui éclairait son visage, elle ressemblait plus que jamais à un ange.

Il se rappela cet instant où elle s'était levée, prête à partir, déterminée. Ne pas contempler sa fascinante nudité lui avait été très difficile. Pourtant, il était parvenu à détourner les yeux.

Devait-il croire à l'existence de cet homme en noir qu'elle avait vu dans l'allée avant qu'il ne la rencontre ? Il n'avait croisé personne. Mais le brouillard pouvait très bien expliquer cela… Toutefois, la mémoire de la jeune femme était si confuse, quelques instants après son éveil, qu'elle pouvait très bien avoir pris Mac pour cet homme en noir.

Il *voulait* croire qu'elle ne s'était pas trompée. Il *devait* la croire. Elle était si résolue, si pleine de courage ! La force dont elle témoignait était aussi spectaculaire que sa beauté. Dire qu'il devrait partager une chambre d'hôtel avec elle, dans quelques heures… Cette pensée le troublait bien davantage qu'il ne l'aurait voulu. L'idée qu'elle ait un mari aussi.

— Vous êtes fatigué, Mac, dit-elle en se tournant vers lui. Laissez-moi conduire.

— C'est impossible, répondit-il, avant de lui en donner les raisons.

Elle finit par acquiescer.

— Pensez-vous que quelqu'un nous suit ? s'enquit-elle.

— Je ne crois pas. Mais surveillez tout de même le rétroviseur, au cas où vous verriez une berline grise.

— Sur une route de nuit, toutes les voitures ressemblent à des berlines grises, objecta-t-elle.

— Celle-ci est facile à repérer. Je crois que c'est une Chrysler. Le phare avant gauche donne des signes de faiblesse et clignote parfois. Et en me poursuivant, le chauffeur a enfoncé un panneau. A moins qu'il n'ait eu le temps de passer dans un garage ou qu'il n'ait changé de véhicule, il sera très visible.

— Mais si c'est moi que cette voiture pourchasse, c'est bien parce que le conducteur sait qui je suis, non ?

— Oui, c'est certain.

— Dans ce cas, pourquoi ne pas tout faire pour contraindre cet homme à nous dire ce qu'il sait ? Il faut lui tendre un piège !

Mac ne répondit pas. Rien ne s'était déroulé comme il l'avait prévu, aujourd'hui. Il n'avait pas transmis les empreintes de Mary à Lou. De toute façon, c'était une démarche inutile. Il avait également voulu changer les plaques de la Ford, mais il n'en avait pas eu le temps. Et Mary avait raison : il fallait trouver un moyen de piéger leur poursuivant et de le faire parler. Mais comment ? Mac avait emporté son arme, bien sûr, mais il ne pouvait pas s'arrêter au beau milieu de la route et tirer à vue sur une voiture !

A vrai dire, une seule de ses pensées avait dominé toute les autres, depuis le matin : protéger Mary. Or, en temps normal, il était toujours plus prudent, plus rationnel. Ce réflexe était tout nouveau...

— Comment était-elle ? demanda Mary.

— Qui ?

— Votre femme.

Mac serra les dents et fixa la route qui défilait devant lui.

— Comme une bière allégée. Beaucoup de bulles, peu de goût, et un effet qui s'estompe vite.

Il était assez content de cette image, mais Mary ne répondit pas même par un sourire.

— Comment s'appelle-t-elle ?

— Jessica.

— Et à quoi ressemble-t-elle ?

— Mais qu'est-ce que cela peut bien vous faire ? s'énerva-t-il.

Pendant un long moment, il crut que la manière brusque dont il venait de mettre fin à cet interrogatoire était la cause du silence de sa compagne. Mais elle désigna de l'index la ville que longeait la route.

— Regardez. Vous voyez toutes ces lumières dans ces maisons ? Ce sont des gens qui habitent là. Qui vivent là. Qui ont une histoire, un passé, un présent, un futur. On dirait une suite de petites lumières jaunes, mais c'est bien la réalité qui est là.

Mac ne sut que répondre. Il comprenait ce qu'elle avait en tête.

— Depuis ce matin, reprit-elle, depuis que j'ai enfilé les vêtements de Jessica, j'essaie de me la représenter. Je ne connais personne. Sauf vous, votre tante et les Cooper. J'ai l'impression d'avoir un grand stade dans la tête. L'un de ces endroits qui peuvent contenir des dizaines de milliers de spectateurs. Mais dans mon cas, il ne se trouve que quatre personnes dans les gradins. Il n'y a pas de jeu. Pas de public.

Mac réfléchit un instant. Même si les questions de Mary pouvaient paraître indiscrètes, même si elles l'importunaient, il devait y répondre. Elle en avait besoin. Il fallait qu'elle se raccroche à l'identité et à l'histoire d'autrui, puisque les siennes lui échappaient. Bon sang, s'il avait été à sa place, n'aurait-il pas agi exactement de la même manière ?

— Jessica était… jolie, murmura-t-il. Mince, brune, les yeux noirs. Je pense que, comme n'importe qui d'autre, Jessica cherchait le moyen d'aller du point A au point B. Et pendant un moment, j'ai représenté ce chemin, à ses yeux.

— Vous la décrivez comme une touriste ! s'étonna Mary.

— Cela lui convient assez bien, je crois, persista-t-il. Oui, une touriste.

— Comment vous êtes-vous rencontrés ?

— Lors d'un dîner arrangé par la sœur de mon meilleur ami. A l'époque, je venais de terminer mon service militaire. Et j'étais sous le choc.

Elle haussa les sourcils.

— Quel choc ?

Mac soupira. Il n'avait pas l'habitude de se confier. A personne. Même avec sa tante, il abordait rarement des sujets intimes.

— Mon meilleur ami, Rob, venait de mourir dans un accident d'hélicoptère. Quoi qu'il en soit, je fréquentais beaucoup sa famille à ce moment-là. Mon père était mort quelques mois plus tôt, et j'avais autant besoin d'eux qu'ils avaient besoin de moi. La sœur de Rob m'a présenté Jessica.

Suspendue à ses paroles, la jeune femme le regardait, fascinée.

— Et entre vous, ça a été le coup de foudre ?

Mac jeta un coup d'œil vers elle. Elle avait l'air d'une petite fille qui attendait qu'on lui raconte un conte de fées.

— En quelque sorte, dit-il. Jessica était suspendue à chacune de mes paroles. C'était très flatteur. Notre mariage a été célébré six mois après notre rencontre.

— Donc, votre union reposait sur l'admiration qu'elle vous portait ? demanda-t-elle.

— Il faut bien qu'un mariage repose sur quelque chose, dit-il d'un ton faussement dégagé, en se demandant tout de même si elle ne faisait pas référence, inconsciemment, à son propre mariage.

— C'est vrai. Alors que s'est-il passé ?

— Je l'ai déçue.

— C'est difficile à croire.

— Pourtant, c'est bien ce qui est arrivé. J'étais passionné par mon métier. La section anti-drogue pour laquelle je travaillais occupait tout mon temps.

— Je vois, murmura Mary. Vous avez laissé votre carrière l'emporter sur votre couple…

— Pas seulement, répondit-il. Jessica s'est lassée de m'attendre et a rencontré un autre homme, plus attentif, plus présent. Mais au fond de moi, si je veux être honnête, depuis le moment où elle avait dit « oui » devant l'autel, je savais que cela finirait ainsi. Je n'étais pas capable de la rendre heureuse. D'une certaine manière, je me suis senti soulagé quand elle est partie…

— Quand est-ce arrivé ?

— Il y a trois ans. J'enquêtais sur un meurtre, et je rentrais tard chez moi, à cette époque. Un soir, j'ai ouvert la porte, et elle n'était plus là.

— Vous voulez dire qu'elle a disparu du jour au lendemain, sans explication ?

— Oui. Elle avait pris presque toutes ses affaires et s'était envolée pour le New Jersey avec monsieur Parfait. Elle m'avait seulement laissé une lettre.

Mary s'éclaircit la gorge.

— Euh, c'est à cause de Jessica que vous aviez l'air furieux, aujourd'hui ?

— Quand ai-je eu l'air furieux ? s'étonna-t-il.

— Quand nous parlions de mes dessous, avec Tante Béatrice. Vous avez suggéré que je pourrais avoir un amant. Etiez-vous en train de songer à Jessica ? Vous pensiez que j'étais peut-être comme elle ?

— Vous êtes peut-être seulement une fanatique de lingerie fine, rétorqua-t-il.

— Oui, c'est possible, dit-elle, un sourire amusé aux lèvres. J'espère que je ne suis pas une affreuse snob qui ne pense qu'à dépenser l'argent de son mari !

Ils rirent ensemble.

Mac se sentit plus léger, soudain. Mary était capable de faire facilement tomber la tension.

Quelques instants plus tard, elle ferma les yeux. Comme un ange…

La mémoire était décidément le lieu de phénomènes étranges, songeait Mary, à demi assoupie. Certains sentiments ne parvenaient pas à être effacés. Ainsi, elle se souvenait qu'elle n'aimait pas les betteraves cuites et qu'elle adorait les chiens. Elle était incapable de retenir une chanson, n'aimait pas boire son thé trop chaud et adorait les plages. Si tout cela resurgissait dans son esprit, pourquoi ne se souvenait-elle pas de son nom ? De son enfance ? D'un détail du visage de son mari… De n'importe quoi !

Tout ce qu'elle *sentait*, c'était qu'elle n'habitait pas à Billington. En revanche, la direction de la Floride sonnait juste. Elle regrettait pourtant de n'avoir pas vu le visage de Jake…

— Mac, pensez-vous que le Dr Michael Wardman ait pu me droguer ?

— Non, répondit-il. Enfin, je ne sais pas, l'hypothèse ne peut être complètement exclue, mais… Il y avait deux ou trois ans que Jake ne travaillait plus et qu'il errait dans les rues. Il n'aurait pas pu retourner à l'hôpital et voler de la drogue. Surtout dans son état. Toutefois, il me paraît clair que vous n'êtes pas une toxicomane et que quelqu'un vous a injecté Dieu sait quoi dans les veines. Il faudra attendre les résultats de vos analyses pour en savoir plus.

Mary sentait une douce chaleur envahir son corps.

— C'est vrai, Mac ? Vous êtes enfin convaincu que je ne suis pas une droguée ? demanda-t-elle avec espoir.

— Non, dit-il en souriant. Vous êtes une accro. A la lingerie de luxe.

Ils rirent de nouveau avant que le silence ne retombe dans l'habitacle.

— Mac ?

— Oui ?

Elle hésita, puis se lança :

— J'ai entendu Maddie murmurer à l'oreille de votre tante que j'étais peut-être exactement comme votre mère. Que voulait-elle dire ?

— Hum. Vous avez beaucoup parlé avec Maddie ?

— Oui, nous avons joué aux cartes, toutes les deux… Mais vous éludez ma question.

Il soupira.

— Ma mère s'est enfuie. Je suppose que c'était ce à quoi Maddie songeait.

— Je ne crois pas que je me suis enfuie, opposa-t-elle en secouant vigoureusement la tête. Je n'aurais pas abandonné mon enfant, c'est impossible, aucune mère ne…

Elle s'interrompit et porta une main à ses lèvres.

— Oh, Mac, est-ce ce qui vous est arrivé ? Votre mère vous a-t-elle abandonné ?

— Elle a quitté la maison quand j'avais six ans, répondit-il.

— Vous voulez dire qu'elle est partie… définitivement ?

— Oui, dit-il entre ses mâchoires serrées.

— Vous ne l'avez jamais revue ?

— Si, une fois. J'avais douze ans. C'était au coin d'une rue de Los Angeles. Mon père m'avait emmené là-bas. Pour que je la voie, justement.

Mary attendit qu'il poursuive. La tension qu'elle sentait en lui était communicative : son cœur s'était douloureusement contracté dès qu'il avait révélé ce traumatisme. Mais comme il gardait le silence, elle insista :

— Vous lui avez parlé ?

Il laissa échapper un rire amer, jeta un coup d'œil vers elle puis se remit à fixer la route.

— Non. Mon père ne s'attendait pas à retrouver ma mère

dans un tel état. Elle était devenue clocharde et mendiait dans les rues pour se payer sa drogue. Plus tard, j'ai appris que mon père l'avait cherchée vainement pendant des années. En désespoir de cause, il avait engagé un détective privé. Dès qu'il avait su où elle était, il avait pris la voiture et m'avait emmené à Los Angeles.

Le visage de Mary était décomposé.

— C'est terrible, murmura-t-elle.

— Alors non, reprit-il d'un ton âpre, nous n'avons pas vraiment eu l'occasion de discuter en famille. Je n'ai pas eu droit à un « Que tu as grandi, mon fils », ni à un « Tu m'as manqué, mon chéri ». Au lieu de cela, j'ai regardé cette femme — ma mère — se jeter sur mon père et le frapper.

Il déglutit péniblement avant de continuer :

— Je n'avais pas compris qu'elle lui demandait de l'argent. Pendant des années, chaque nuit, dans mon lit, j'ai prié pour qu'elle vienne me chercher. Je rendais mon père responsable de son départ. Je ne réalisais pas qu'il avait tout fait pour qu'elle revienne à la maison, qu'il l'avait suppliée de se faire soigner, et qu'il avait même payé pour elle un programme de désintoxication dès notre retour de Los Angeles. Mais c'était ainsi : elle ne se souciait plus ni de son mari ni de son fils. Et elle n'a jamais suivi ce programme. C'est Tante Béatrice qui a contraint mon père à me dire la vérité, alors qu'il était sur son lit de mort.

— Pourquoi ne l'avait-il pas fait de son plein gré ?

— Pour me protéger. Il ne voulait pas que je me sente trop rejeté, trop mal-aimé par ma mère.

— Ce qui montre à quel point il vous aimait, *lui*, observa-t-elle d'une voix douce.

— Oui, conclut-il. Mon père était un homme responsable et généreux. Il reste un modèle pour moi.

Visiblement, Mac ne tenait plus à poursuivre cette conversation. Mary lui était reconnaissante de ces confidences, et elle ne l'en admirait que davantage. Il n'avait pas eu une jeunesse facile. Et elle comprenait pourquoi il avait travaillé au sein d'une brigade anti-drogue.

Comme elle le couvait du regard, elle le vit bâiller de nouveau. Il devait être épuisé. Les paysages nocturnes défilaient devant eux depuis des heures. Elle aurait voulu se coucher près de lui, appuyer sa tête sur son épaule confortable et rassurante.

Mais elle était une femme mariée, se rappela-t-elle.

Pourtant, elle sentait un lien très particulier se nouer entre Mac et elle. Ils se comprenaient si facilement ! Elle se sentait proche de lui.

Pourtant, qu'en savait-elle ? Elle était peut-être richissime, elle était peut-être l'une de ces femmes qui passaient leurs journées à courir les magasins et les établissements de SPA en attendant de prochaines vacances sur une île paradisiaque. Ces soins de manucure, ce bronzage, ces dessous de luxe pouvaient l'indiquer. Pour la première fois, elle se demanda si elle ne serait pas déçue d'apprendre qui elle était.

Elle aperçut soudain le soleil se lever. Les premières lueurs de l'aube éclairaient le panneau « Chattanooga, Tennessee ». Ils avaient donc déjà franchi les frontières de l'Indiana et du Kentucky.

— Nous allons bientôt manquer d'essence, observa Mac. Je crois que nous devrions nous arrêter pour manger et prendre un café. Ensuite, nous reprendrons la route. Je me sens encore capable de conduire pendant quelques heures avant de trouver un motel pour dormir un peu. Si nous conservons cette allure, nous pourrons être à Miami demain soir. Cela vous convient ?

Elle hocha la tête. Sa nervosité était revenue. Elle scrutait fiévreusement le rétroviseur et cherchait à repérer une berline grise et un phare clignotant derrière eux. Plus ils s'approchaient du but, plus ils descendaient vers le Sud, et plus elle se sentait en proie à l'appréhension. Un sentiment d'urgence l'envahissait peu à peu. Son enfant…

Ils s'arrêtèrent devant un restaurant du centre-ville. En entrant dans ce grand établissement aux boxes de cuir rouge et à la décoration typique des années 60, Mary sentit l'irrésistible odeur du café chaud et du bacon grillé.

Les clients du restaurant étaient principalement des hommes seuls, sans doute en route pour leur travail. Une serveuse en uniforme rose vint prendre leur commande dès qu'ils s'installèrent. Mary préféra ne pas demander de café. Maddie lui avait fait observer que la caféine n'était guère indiquée dans les états de suractivité nerveuse.

Au bout de dix minutes, Mac se mit à pianoter du bout des doigts sur la table.

— Eh bien ! Le service n'est pas rapide, maugréa-t-il.

— Regardez tous ces clients, répondit Mary d'un ton légèrement courroucé. La serveuse a probablement travaillé toute la nuit ici. Ces restaurants ne ferment jamais. Soyez un peu patient !

Mac fronça les sourcils mais s'abstint de tout commentaire.

Leurs pancakes arrivèrent enfin, et ils mangèrent de bon appétit. Mac leva les yeux et s'aperçut que la jeune femme le fixait.

— Mangez, Mary. Nous ne nous arrêterons pas pour déjeuner, nous n'en aurons pas le temps. Qu'y a-t-il ? Que regardez-vous ?

— Votre pommette. Là où je vous ai frappé, cette nuit. Je regrette, dit-elle.

Il leva machinalement une main vers sa joue, tâtant l'hématome.

— N'y pensez plus. Ce n'est rien. Dès demain, le bleu aura disparu. Une bonne nuit de sommeil y aidera.

Que de temps perdu, songeait Mary. Toute une nuit. Huit ou dix heures gâchées à dormir alors qu'ils auraient pu rouler encore, arriver enfin à Miami. Elle ne pouvait plus supporter cette attente. Il fallait qu'elle sache. Mais Mac devait se reposer, et elle aussi.

Se *reposer* ? Le fait de se retrouver dans une chambre d'hôtel seule face à cet homme beau comme un dieu risquait plutôt de lui mettre les nerfs à vif.

Une heure plus tard, Mac conduisait sur l'autoroute en maudissant le brouillard qui s'était levé et qui le ralentissait. Mary dormait à côté de lui. De temps à autre, il jetait un coup d'œil sur son visage tranquille. Son sommeil paraissait paisible.

Il essaya de se représenter ce qu'aurait été sa vie s'il s'était trouvé dans sa situation.

Pas de passé, pas d'identité connue.

Pas de famille. Pas d'amis. Rien. Une vie qui se résumait à trente-six heures.

Il regrettait de s'être énervé quand elle l'avait bombardé de questions au sujet de Jessica. Son besoin vital d'obtenir des informations, quelles qu'elles fussent, était bien légitime. Mais il ne sortait pas indemne de l'évocation de tous ces souvenirs pénibles.

Peut-être aussi commençait-il à ressentir la fatigue. Son objectif était d'atteindre la Floride en fin de soirée, et de passer la nuit au nord de l'Etat, du côté de Tallahassee, avant de partir pour Miami tôt le lendemain.

Oui, ils pouvaient se trouver dans la boutique qui vendait la lingerie L'Hippocampe dans un peu plus de vingt-quatre heures. Mais obtiendraient-ils ce qu'ils espéraient ? Il fallait qu'ils tombent sur le *bon* magasin, le jour où y travaillait le *bon* employé : celui qui avait pris commande des sous-vêtements de Mary.

En un sens, leur quête semblait bien naïve, se dit-il en vérifiant encore une fois le rétroviseur, comme il le faisait maintenant toutes les cinq minutes depuis qu'ils avaient quitté Billington.

Mais cette fois, il sentit son rythme cardiaque s'accélérer.

Il y avait un phare qui clignotait, quelques voitures derrière lui.

Il n'y avait aucun doute possible. C'était la berline grise.

6

Mac enfonça la pédale d'accélérateur et doubla des dizaines de voitures en passant sur la voie de gauche. Le moteur de la Buick ronflait, et il ne se rabattit à droite qu'après avoir dépassé les 180 kilomètres à l'heure.

Il ralentit.

Mais comme il s'y était attendu, quelques minutes plus tard, un phare clignota dans le rétroviseur.

— Mac ? demanda Mary.

En fixant cette image, il eut soudain un doute. Le phare clignotait-il vraiment ? Il voyait passer comme de petites étoiles blanches sous ses yeux.

— Mac ?

Il cligna plusieurs fois des paupières et scruta encore le rétroviseur : il ne voyait plus rien.

— Mac, vous m'entendez ?

— Oui, bien sûr, dit-il d'une voix faible.

— Non, vous ne m'entendez pas. Il faut que nous nous arrêtions.

— Non, je veux conduire encore jusqu'en milieu de soirée. Nous sommes en Georgie et nous venons tout juste de passer Macon. Je veux atteindre la Floride, et…

— Et vous allez vous endormir au volant si vous ne dormez pas, Mac, conclut-elle. Ecoutez, vous êtes debout depuis hier matin, et vous avez peu dormi la nuit précédente, à cause de ce carreau cassé… et à cause de moi. Personne n'aurait pu tenir aussi longtemps. Trouvons tout de suite un motel.

Mac savait qu'elle avait raison. A contrecœur, il emprunta la bretelle d'autoroute devant lui, mais fit un demi-tour complet avant d'accélérer, de prendre l'autoroute dans l'autre sens et de choisir une autre sortie.

Là, il longea la rue principale d'une ville de banlieue où il repéra un motel équipé d'un parking souterrain.

— C'est exactement ce qu'il nous faut, dit-il en allant garer la Buick au premier niveau.

Un moment plus tard, Mac remplissait une fiche au nom de M. et Mme Weston au comptoir du motel.

L'établissement semblait assez vaste et offrait à sa clientèle nombre de prestations inattendues dans la banlieue d'une petite ville — teinturerie, repassage, location de vidéo et point Internet. Mac fut soulagé de constater qu'ils pourraient profiter du service de chambre et éviter ainsi de descendre au restaurant de l'hôtel.

Dès qu'ils entrèrent dans la chambre, il prit son téléphone portable et appela sa tante. Heureusement, la vieille dame se portait bien et était rentrée dans sa villa où elle avait retrouvé les Cooper, sains et saufs eux aussi.

Il composa ensuite le numéro de Lou, qui lui confirma ce qu'il craignait : aucun nouvel avis de recherche n'avait été lancé à propos d'une jeune femme correspondant à la description de Mary.

— Tu as regardé pour les femmes autres que brunes ? insista Mac. Une blonde ?

— Mac, je te répète qu'aucune femme âgée de vingt à trente ans n'est portée disparue, quelle que soit la couleur de ses cheveux. Vas-tu enfin me dire ce que tu fais ? Et qui est cette fille ? Une sans-abri ?

— Non, non, mentit Mac, juste une jeune femme que j'ai croisée au secours populaire en cherchant Jake, l'autre jour. Mais ne t'inquiète pas, je crois savoir comment retrouver sa famille. Dis-moi, as-tu du neuf au sujet de Michael Wardman ?

— Non, mais tu vas être content : le boss voulait faire classer l'affaire au plus vite, mais les journaux sont déchaînés. Tu comprends, si la ville de Billington laisse d'anciens médecins finir sur le trottoir et se faire poignarder, il ne faut pas s'étonner que la population ne voie pas cela d'un très bon œil. La population… Et l'électorat. Toute cette affaire est excellente pour ton ami Tyron, Mac ! Cela souligne la justesse de ses accusations.

— J'espère que tu as raison, dit Mac avant de remercier son ami et de raccrocher.

Au moins, il savait que les Cooper étaient allés jusque chez lui sans encombre. Et sans être suivis. Ce qui pouvait confirmer que *lui* avait bien été suivi par la berline grise, un peu plus tôt…

— Allez-vous enfin m'expliquer pourquoi nous avons roulé à tombeau ouvert avant d'arriver ici ? demanda Mary en le fixant droit dans les yeux. Vous avez vu la Chrysler, n'est-ce pas ?

Mac soupira et s'assit sur le rebord du lit. Ce lit king size dans lequel ils allaient devoir se coucher tous les deux. Bon sang, comment allait-il pouvoir fermer l'œil ?

Mary se tenait debout devant lui, dans le pantalon noir et le pull bleu de Jessica, et il se rappela l'instant où elle avait été nue devant lui, chez Tante Béatrice… Dans cette chambre où il l'avait serrée contre lui. Où il avait senti le parfum de ses cheveux, la chaleur de son corps…

— Mac !

— Je n'en suis pas certain, répondit-il en revenant péniblement à la réalité. Il est possible que la berline grise nous ait retrouvés, oui.

— Comment cela ?

— Il est trop tôt pour l'affirmer.

— Pourquoi ne lui avez-vous pas coupé la route ? Il faut interroger cet homme !

— Ecoutez, Mary, je suis un homme prudent. Je n'ai pas l'habitude de prendre des risques inconsidérés. Je veux simplement escorter ma cliente jusque chez elle, en toute sécurité. C'est bien pour cela que vous m'avez engagé, non ?

— Techniquement, c'est votre tante qui vous a engagé.

— Non. J'ai refusé son argent, dit-il.

— Mais… pourquoi ? Je comptais la rembourser dès que possible.

Mac leva les yeux vers elle. Elle venait de s'asseoir dans un fauteuil, face à lui. Elle était si belle… Et ne manifestait pas le moindre signe de fatigue. A vrai dire, elle ressemblait plutôt à une pile électrique. A l'évidence, si elle l'avait pu, elle aurait repris la route sur-le-champ et aurait roulé jusqu'à Miami sans s'arrêter.

— Je prends le pari qu'une femme qui s'offre des soutiens-gorge à cinq cents dollars aura les moyens de me rémunérer. J'assumerai les frais de cette enquête jusqu'à ce que vous ayez retrouvé votre identité. Je ne veux pas travailler pour ma tante mais pour *vous*, d'accord ?

Elle réfléchit un instant avant d'acquiescer.

— Bien, conclut-il. Nous aurons les résultats de votre prise de sang demain, d'après ma tante. Voulez-vous appeler le service de chambre et nous commander à dîner, pendant que je vais prendre une douche ?

Nerveuse, Mary arpentait la pièce de long en large. Elle alluma la télévision et fit défiler toutes les chaînes avant de l'éteindre.

— Pourquoi n'essayez-vous pas de manger quelque chose ? lui demanda Mac.

Il finissait son café. Il venait de dévorer un steak saignant accompagné de légumes frais et contemplait la salade de tomates à laquelle elle avait à peine touché.

— Je n'ai pas faim, répondit-elle distraitement.

Mac ne pouvait s'empêcher de la regarder, et de se dire que Jessica ne lui avait jamais paru aussi sexy dans ces vêtements de tous les jours. Peut-être parce que la poitrine de Mary était moulée dans ce pull bleu, et que le pantalon soulignait la longueur de ses cuisses fuselées, tout autant que la finesse de ses chevilles…

— Venez vous asseoir, intima-t-il.

Elle revint devant la petite table où il était installé mais s'accroupit près de lui, au lieu de reprendre son siège.

Mac sentit alors les doigts de la jeune femme caresser timidement sa joue enflée. Pour une raison qu'il aurait été en peine d'identifier, ce contact l'électrisa de la tête aux pieds. C'était comme si un million d'explosions venaient de retentir en lui pour le chatouiller de l'intérieur. Une sensation étrange… Très agréable.

Instinctivement, il attrapa son poignet, comme pour l'empêcher de continuer. Mais il pressa ses lèvres sur ses doigts fins.

— Que faites-vous, Mac ? murmura-t-elle.

Elle fixait sa bouche. C'était plus fort qu'elle : elle était hypnotisée par ces lèvres qui venaient d'effleurer le dos de sa main et
qu'elle aurait voulu sentir contre les siennes…

Troublé par son regard, Mac se leva et se détourna.

— Je ne fais rien, souffla-t-il d'une voix à peine audible.

Elle se leva à son tour et se planta devant lui.

Très près de lui.

— Si vous ne faites rien, dites-moi pourquoi je ressens tant
de choses…

Il ne savait que répondre à cela ; à vrai dire, il ne savait que
faire. Tout ce à quoi il pensait en ce moment précis, c'était qu'il
voulait prendre cette femme dans ses bras et sentir enfin sa peau
contre la sienne.

Dans un élan d'une ardeur qui le surprit lui-même, il l'attrapa
par la taille et l'attira vivement à lui avant de se pencher sur ses
lèvres et de l'embrasser.

Mary ferma les yeux en savourant ce baiser qu'elle avait cent
fois imaginé. Un vertige s'empara de tout son corps et elle s'agrippa
au cou de Mac pour ne pas tomber, pour ne pas s'enfoncer dans
le tourbillon qui s'ouvrait sous elle et menaçait de tout emporter.
Ses lèvres étaient douces et fermes, exigeantes aussi. Leur baiser
était passionné, comme s'ils avaient été affamés, comme s'ils
cherchaient à se rassasier de cette étreinte sans y parvenir.

Quand Mary laissa échapper un soupir, Mac la serra plus
violemment contre lui et lui caressa les cheveux, les épaules,
puis les hanches…

A bout de souffle, ils tombèrent sur le lit et redoublèrent
d'ardeur en s'enlaçant plus étroitement. Mary savourait le goût
de la langue de Mac s'enroulant autour de la sienne, caressait
ses joues rugueuses, passait fiévreusement ses doigts dans ses
cheveux. Le désir montait en elle et elle se cambra quand il glissa
une main sous son pull, caressant la dentelle du soutien-gorge
qui moulait ses seins.

Mac, pour sa part, sentait un feu violent brûler en lui. Il
n'avait jamais désiré une femme comme il désirait Mary. La
main de la jeune femme lui caressait la nuque, les cheveux, et

son ventre était maintenant pressé contre le sien. Elle répondait à son étreinte avec une exaltation qui le faisait chavirer.

Au moment où il lui ôta son pull et dégrafa son soutien-gorge pour effleurer sa poitrine offerte, un petit diamant tomba de l'hippocampe.

Fasciné, il caressa lentement les pointes de ses seins dressées avant de les prendre entre ses lèvres et d'en goûter la saveur sucrée…

Mary poussa un long gémissement et lui caressa de nouveau les cheveux. Il prenait appui sur le matelas pour se relever quand il sentit le diamant sous ses doigts.

Il ouvrit les yeux. Qu'était-il en train de faire ? Même si Mary avait envie de lui, et même s'il se consumait de désir pour elle, il n'avait pas le droit de lui faire l'amour.

Il avait une mission à accomplir. C'était la seule raison de leur présence ici, dans cette chambre perdue au beau milieu d'une banlieue de Géorgie.

Lentement, il s'allongea près d'elle et la prit dans ses bras. Avec douceur, en un geste d'une infinie tendresse.

Surprise, Mary se lova contre lui et ils ne bougèrent plus pendant quelques minutes, qui lui parurent interminables.

Enfin, il se retourna et la dévisagea avec un embarras visible.

— Je…, commença-t-il.

— Non, ne dis rien, Mac, le coupa-t-elle d'une voix douce. Il n'y a rien à dire. Je me sens si inutile… Je te fais perdre ton temps. Tu devrais être chez toi, à Billington, et terminer cette enquête si importante pour toi.

— Mary…

— Et puis, je suis sans doute mariée, poursuivit-elle.

Pour toute réponse, il déposa un baiser sur son front et se leva.

Souvent, il songeait à cet homme. Cet homme qui avait glissé une alliance au doigt de Mary et n'avait pas lancé d'avis de recherche. Mac le détestait, même s'il se reprochait ce sentiment impulsif et irrationnel.

Le silence était tombé dans la pièce.

Mary ne savait comment mettre fin à cette situation gênante.

Ouvrant le petit sac à main que lui avait offert Tante Béatrice, elle prit son jeu de cartes.

Mac sourit.

— Tu sais jouer au black-jack ? demanda-t-il. Je suis prêt à miser cinq dollars.

— Très bien. Moi aussi, dit-elle. Ta tante a tellement insisté que je n'ai pu refuser les deux cents dollars qu'elle m'offrait. Mais commençons par une petite mise.

Son regard brillait de malice et elle souriait avec défi.

Mac battit les cartes et demeura stupéfait quand, en trois donnes, Mary s'écria :

— Black-jack !

— Hum. Tu es douée. Dommage que nous ne puissions jouer au poker à deux, mais… Je prends.

Il regarda ses cartes, puis la jeune femme.

— Black-jack, déclara-t-elle en exposant un as et un dix.

Ils jouèrent encore quelques minutes, jusqu'à ce que Mac ait perdu vingt dollars.

— Je m'incline, conclut-il en bâillant.

— Tu devrais dormir un peu. Moi, je vais prendre une douche, annonça-t-elle avant de disparaître dans la salle de bains.

Au pied du lavabo, elle trouva la valise que Mac avait apportée et y chercha les vêtements de Jessica. Elle choisit un pantalon blanc et un pull beige à col en V qu'elle déposa sur une chaise avant d'entrer dans la grande cabine de douche et de tourner le robinet.

Puis elle prit le flacon d'huile essentielle à l'eucalyptus posé sur une étagère de verre. L'hôtel prenait soin de sa clientèle, songea-t-elle en humant les effluves bienfaisants et en laissant l'eau chaude ruisseler sur son corps. Oh, ce moment qu'elle venait de passer avec Mac… Toute son âme était en proie à un insupportable conflit. Elle était mariée… *Peut-être.* Peut-être avait-elle divorcé et retiré son alliance après des vacances au soleil, ce qui aurait expliqué la marque blanche sur son annulaire. Etait-ce vraisemblable ? Dans ce cas, son mari et elle n'étaient pas séparés depuis très longtemps…

D'un autre côté, elle savait que ce qu'elle ressentait pour

Mac ne se limitait pas à un profond sentiment de gratitude. Elle aimait son courage et son honnêteté. Sa force l'impressionnait. Et elle sentait son cœur fondre dès qu'elle levait les yeux vers lui, dès qu'elle sentait sur elle son regard intense et protecteur. Sa voix grave et profonde lui donnait des frissons, et elle avait cru défaillir quand il avait posé les mains sur elle…

Mais tant qu'elle ne saurait pas qui elle était, rien ne serait possible entre eux.

Peut-être n'obtiendraient-ils aucune réponse à Miami. Peut-être rentreraient-ils bredouilles à Billington. Elle devrait alors se rendre à la police. Mais si elle était une criminelle ? Son amnésie pouvait résulter d'une volonté de refouler quelque chose de terrible… Avait-elle tué son mari ? Etait-ce lui qui l'avait droguée ? Et leur enfant, où était-il, s'il existait ?

Oh, elle n'en pouvait plus !

— Assez, assez de toutes ces questions ! J'ai besoin d'air, besoin de me sentir normale, ne serait-ce que quelques minutes, murmura-t-elle, tandis que l'eau ruisselait au coin de ses lèvres et noyait ses larmes.

Sortant de la cabine, elle se sécha vite et jeta un coup d'œil dans le miroir après avoir enfilé les vêtements de Jessica. Même cette idée lui était devenue intolérable. Elle voulait d'autres vêtements, des vêtements *à elle*.

En retournant dans la chambre, elle s'aperçut que Mac dormait profondément, couché sur le couvre-lit.

Elle ouvrit un placard pour y prendre une couverture dont elle le recouvrit doucement. Puis elle effleura son front d'un baiser très doux, attrapa son sac posé sur le sol, prit la clé de la chambre et sortit à pas de loup.

Mac se réveilla en sursaut et repoussa loin de lui la couverture qui lui tenait beaucoup trop chaud.

La lumière de la lampe de chevet le fit cligner des yeux.

— Mary ? appela-t-il d'une voix pâteuse.

Il balaya la pièce du regard et comprit tout de suite qu'elle n'était pas dans la salle de bains. Elle était partie !

Il bondit hors du lit et se rua dans la salle de bains pour vérifier que la valise était toujours là : c'était le cas.

Puis il se tourna vers le réveil posé près du lit. Il était 20 heures. Ils étaient arrivés ici vers 18 heures, peut-être un peu plus tôt… Et il s'était endormi aux alentours de 19 heures… Elle ne pouvait donc pas être allée très loin. Au fond de sa poche, il sentit les clés de la Buick. Elle n'avait donc pas fui en voiture…

Il enfila rapidement une veste pour cacher le revolver qu'il avait glissé dans son dos et claqua la porte de la chambre derrière lui. Bon sang, il aurait dû lui dire clairement qu'ils avaient été suivis ! En voulant lui épargner cette frayeur, il avait pris un très gros risque, qui pouvait leur coûter cher à tous les deux ! Cette erreur lui démontrait, s'il en était besoin, le danger qu'il y avait à entretenir une relation trop intime avec un client.

Par acquit de conscience, il fit quelques pas dans le hall de l'hôtel, et alla jeter un coup d'œil au bar. Il n'y trouva que des hommes seuls qui lui lancèrent des regards vides. Tous ces gens voyageaient, bien sûr. Ils étaient de passage dans cette petite ville sans intérêt.

Et Mary n'était pas là.

Ses veines cognaient à ses tempes, il entendait les battements frénétiques de son cœur dans sa poitrine et il sortit un instant pour respirer l'air frais et tenter de se concentrer. Bon sang. Qu'avait-elle pu faire ?

Des vêtements. Elle était allée faire les boutiques pour s'acheter des vêtements !

A cette heure-ci, les magasins devaient être en train de fermer.

La nuit était tombée. Il marcha le long de la rue principale, regardant tous ces bâtiments tristes, et suivant les panneaux qui indiquaient le centre-ville et son animation.

Atlanta Street, Columbus Avenue, Athens Street, Pine Mountain… Il passa devant des magasins dont les rideaux de fer se baissaient, et fouilla du regard les passages commerçants et les enseignes de restauration rapide où Mary aurait pu s'arrêter pour boire un café.

Rien.

Au détour d'une rue, il aperçut une suite de néons lumineux, rouges et bleus, qui signalaient l'emplacement de plusieurs bars et restaurants.

Le quartier était sinistre. Un grand parking de béton obstruait la vue. Décidément, il n'aurait aucun regret en repartant pour Miami et en abandonnant Macon et sa banlieue, songea-t-il. Mais avant de repartir, encore fallait-il retrouver Mary…

Il s'adossa à une vitrine et scruta les ruelles avoisinantes, songeant qu'il avait besoin d'une bonne bière.

Un long couloir sous un immeuble mitoyen au parking attira son attention, et il s'y engouffra.

Une porte rouge et un néon en forme de verre à cocktail indiquaient un bar de nuit, tout au fond.

Mac poussa la porte. Devant lui, une affichette annonçait le concert du soir : une imitation d'Elvis Presley.

Il fut immédiatement frappé par l'atmosphère feutrée qui régnait dans cet endroit. Ce n'était pas l'un de ces bars enfumés où dansaient les jeunes gens, mais plutôt un club à l'ambiance surannée où habitués et touristes venaient écouter des musiciens en sirotant une coupe de champagne. La salle était vaste, conçue comme un petit théâtre aux murs couverts de tentures de velours pourpre. En corbeille, les clients dînaient, face à la scène.

Dans la semi-obscurité, Mac ne pouvait distinguer aucun visage. Seules les bougies posées sur les tables et la rangée de spots rouges accrochés au-dessus de la scène éclairaient l'espace.

Il longea le grand bar à sa gauche et plissa les yeux pour détailler l'imitateur qui chantait *Blue Moon* d'une voix chevrotante.

C'était un Elvis bien âgé, observa-t-il. Cela devait expliquer pourquoi il avait préféré un costume noir à paillettes plutôt que l'ensemble blanc légendaire du King, moins flatteur sur un corps fatigué. Il n'y avait pas d'orchestre. C'était un karaoké. La voix de l'imitateur résonnait sur la bande-son avec les accents rocailleux d'un crooner enroué, loin de la limpidité de l'original. Les mouvements arthritiques de l'homme faisaient peine à voir, se dit Mac en se rappelant les déhanchements souples du véritable Elvis Presley.

Mais à y regarder de plus près, c'était peut-être ce que serait devenu Elvis, s'il avait vécu : une silhouette anguleuse au visage buriné par des années d'excès.

Mac sourit tristement. Il n'y avait rien d'étonnant à ce que les lumières soient tamisées.

Elvis fit quelques pas dans la salle et tendit la main en poussant une plainte presque fausse devant une dame âgée, visiblement peu convaincue par sa prestation.

Puis il circula de table en table.

Les spots éclairaient maintenant la salle.

Les rares clients ignoraient consciencieusement le passage d'Elvis parmi eux.

Celui-ci s'agenouilla finalement devant une femme assise seule devant une table où était posée une bouteille de vin.

C'était assez compréhensible. Il venait de trouver la seule spectatrice qui semblait fascinée par le moindre de ses gestes et gardait les yeux rivés sur lui.

Mary.

Mary.

Dans des vêtements qui n'étaient pas ceux de Jessica. A ses pieds, Mac aperçut plusieurs sacs.

Durant un court instant, il demeura tellement stupéfait par sa métamorphose qu'il ne put détacher son regard d'elle. La tenue de campagne « chic » de Jessica avait disparu. De même que ce regard angoissé, cette expression anxieuse…

Il contemplait une splendide jeune femme vêtue d'une robe à fines rayures qui soulignait sa taille de guêpe et révélait la rondeur de sa poitrine. Elle portait un collier et des boucles d'oreilles assorties. Ses escarpins noirs à talon allongeaient encore ses jambes interminables, bien qu'elle soit assise.

Mais plus que tout, Mac était fasciné par son expression. Elle semblait hypnotisée par cet Elvis. Ses joues étaient roses, et sa bouche entrouverte. Visiblement, elle prenait beaucoup de plaisir à se trouver ici.

Mac se demandait ce qui pouvait tant lui plaire dans la prestation du vieil homme qui, toujours agenouillé devant elle, ne chantait plus que pour elle le deuxième couplet de *Blue Moon*.

Il alla s'asseoir au bar.

— C'est un Elvis… *intéressant*, observa-t-il, comme le barman déposait une bière devant lui.

Visiblement excédé, celui-ci leva les yeux au ciel et répondit :

— Ah, oui, ce n'est pas fameux, mais certains soirs, on n'a pas vraiment le choix. Harry m'a fait faux bond !

— C'est-à-dire ?

— C'était Harry qui devait chanter, ce soir. C'est un excellent Elvis.

— Ah ? Mais alors, qui est cet homme ?

— Ce clown prenait un verre au bar quand Harry m'a appelé à la dernière minute pour m'annoncer qu'il ne viendrait pas. Il m'a tout de suite proposé de prendre sa place. Il m'a dit qu'il connaissait le répertoire par cœur et qu'il avait déjà fait une imitation d'Elvis. Il semblait à peu près de la même taille qu'Harry, alors je lui ai proposé d'enfiler le costume. Je ne peux pas me plaindre ! Même si j'aurais peut-être mieux fait de tout annuler, plutôt que de le laisser chanter. Il connaît tous les morceaux, c'est vrai, mais il est beaucoup trop vieux.

Mac se retourna vers Mary et fronça les sourcils en apercevant un homme posté derrière d'elle. Un homme en costume sombre qui se tenait debout dans son dos, et dont le visage était caché dans l'ombre. Un instant plus tard, il fit encore quelques pas vers la jeune femme et Mac distingua son regard.

Il avait les yeux rivés sur elle. Pas sur Elvis : sur *elle*.

Une main dans la poche de son pantalon, il s'approcha de Mary, plus près encore, tandis qu'Elvis murmurait soudain quelque chose à la jeune femme, hors du micro.

Mac était déjà prêt à se diriger vers elle quand il la vit renverser sa table sur Elvis. La bouteille de vin fit un vol plané et arrosa les clients des deux tables environnantes.

Des cris de femmes retentirent et la musique s'interrompit. Le barman rallumait les lampes de la salle quand Mac vit Mary s'enfuir avec l'homme en costume sombre.

Il se rua à leur poursuite, mais fut vite ralenti par une grosse femme qui hurlait en baissant les yeux sur son chemisier taché de vin et lui barrait le passage. D'un geste violent, il la poussa, juste à temps pour remarquer un détail dans la démarche de Mary : elle se tenait droite, plus rigide qu'un i. Une décharge d'adrénaline secoua Mac. L'homme était armé ! Mary le suivait sous la contrainte, cela ne faisait aucun doute ! D'ailleurs, elle avait abandonné ses sacs de shopping derrière elle… Elvis lui criait quelque chose d'incompréhensible, comme s'il la rappelait.

Mac avait capté tous ces détails en un éclair, mais demeurait coincé par la grosse femme qui marchait maintenant à quatre pattes devant lui pour ramasser Dieu sait quoi.

L'homme et Mary étaient partis vers l'arrière de la salle, empruntant une sortie de secours.

Sautant par-dessus la femme, bousculant la foule, il se fraya un passage parmi les clients décontenancés et parvint à suivre le duo à quelques mètres de distance. Contre toute attente, l'homme n'ouvrit pas la porte qui donnait sur la rue, mais s'engagea dans un long couloir avant de descendre un escalier qui ne pouvait mener qu'au sous-sol du parking que Mac avait repéré, derrière le bar.

Sortant son revolver, Mac rasa les murs avant de descendre l'escalier à son tour et de guetter les ombres de Mary et de l'homme. L'idée que la jeune femme avait formulée au matin dans la voiture lui revint à la mémoire : tendre un piège à leur poursuivant. Ah, fameux plan ! Comment pouvait-il piéger un homme qui venait de le prendre de court ?

Il était trop tard pour appeler les secours. Et vu la position dans laquelle l'homme tenait Mary, Mac ne pouvait pas tirer sans risquer de la toucher. De plus, ils étaient déjà loin.

Désormais, il semblait clair que l'homme avait garé sa voiture dans ce parking et qu'il allait contraindre Mary à y monter. Mac ne pouvait pas le laisser faire. S'il sortait d'ici avec elle, c'en était fini.

Soudain, il perdit de vue les deux silhouettes. Il s'accroupit et espéra repérer des jambes entre les rangées de voitures. La main crispée sur son arme, le souffle court, il scruta le sol.

Bientôt, il entendit les talons de Mary résonner sur le ciment. Puis, une portière s'ouvrit et claqua. Mary cria et l'homme haussa la voix. Mac ne comprenait pas ce qu'ils disaient, mais il félicita intérieurement Mary de sa bravoure. Il fallait qu'elle résiste le plus longtemps possible ! Qu'elle refuse de monter dans cette voiture. Toutes les statistiques démontraient que dans les cas d'enlèvement, la victime avait plus de chances de s'en sortir vivante si elle ne montait pas avec son agresseur.

Lentement, il se rapprocha, demeurant au ras du sol. En parvenant devant le pare-chocs arrière d'une Pontiac verte, il se demanda s'il ne devenait pas fou. Ce n'était pas une Chrysler grise ? Cet homme n'était pas leur poursuivant ? Ou bien avait-il eu le temps de changer de véhicule entre le moment où Mac l'avait repéré sur l'autoroute et la fin de la soirée ?

Levant les yeux, il vit quelque chose qui lui procura un intense soulagement. L'homme ne tenait pas de revolver ! C'était la lame d'un long couteau, qu'il pointait sur le cou de Mary.

Et en apercevant l'expression de la jeune femme, il se sentit fier d'elle.

Car si elle semblait terrifiée, elle avait également l'air très en colère et déterminée à se défendre.

Son agresseur était un homme d'une taille impressionnante, musclé, et âgé d'une bonne trentaine d'années. D'un bond, Mac se rua sur lui et l'attrapa par le front. Mais avant qu'il n'ait eu le temps d'esquisser un autre geste, le bruit d'une détonation résonna dans le parking.

Or, Mac n'avait pas tiré.

L'agresseur tint Mary fermement serrée contre lui, menaçant d'enfoncer la lame dans sa gorge. Il s'était retourné, et se tenait à présent face à Mac, la mâchoire serrée, visiblement prêt à tuer.

Quand une seconde détonation retentit, il prit soudain la fuite et Mary tomba dans les bras de Mac en hurlant et en se débattant.

— Non ! Non ! Laissez-moi !

— Ce n'est que moi, chut…

Il la serra doucement contre lui et leva son revolver pour tirer dans la direction de l'agresseur quand un troisième coup de feu suivi d'un choc fit vibrer les pare-brise des voitures du parking.

— Mary, murmura Mac en serrant la jeune femme contre lui, avant de vérifier qu'elle n'était pas blessée. Mary…

Mais elle s'était évanouie.

Il tapota ses joues et lui caressa le front. Sa pâleur était effrayante. Enfin, elle ouvrit les yeux.

— Daniel ? murmura-t-elle.

Ce nom inattendu le fit frémir.

— Repose-toi, répondit-il. Reste tranquille.

Il tendait l'oreille, essayant de comprendre ce qui se passait dans le parking. Un bruit de pas courant au loin lui parvint encore. Pour le moment, mieux valait aider Mary à se relever et la mettre à l'abri.

— Comment te sens-tu ? demanda-t-il d'une voix inquiète.

— Bien, je crois…, dit-elle en dévisageant Mac et en lui souriant d'une manière qui lui fit battre le cœur. Je crois que je me suis seulement cogné le gen…

Elle s'était interrompue et fixait quelque chose au-dessus de son épaule. Mac se retourna pour suivre son regard, serrant toujours son calibre .38 dans son poing.

— Qu'est-ce que ?…

Elvis se tenait là, debout.

Il avait les bras le long du corps et une arme à la main. Le canon fumait.

Pendant une fraction de seconde, il demeura immobile devant eux, les regardant tour à tour. Son expression était indéchiffrable. Dans la lumière crue des néons, il semblait plus âgé encore que sur scène.

Puis brusquement, il s'enfuit à toutes jambes.

Mac aurait voulu courir pour le rattraper, mais pouvait-il prendre le risque de laisser Mary seule ?

Non.

Quand le silence retomba dans le parking, il passa le bras de la jeune femme autour de son cou et la soutint pendant qu'elle se remettait sur pieds.

— Tu n'as rien de cassé, Mary ?

— Non, mon genou me fait mal, mais je crois que tout va bien. Oh non… J'ai cassé un talon !

— Nous quittons cette ville tout de suite, annonça-t-il. Peux-tu quand même marcher jusqu'au parking du motel ?

— Oui, bien sûr, dit-elle. Mais… Et nos affaires ? Nous ne retournons pas les prendre ?

— Non. Nous ne rentrerons pas dans l'hôtel, dit-il.

Alors qu'ils marchaient, Mac se mit à réfléchir. L'agresseur les avait repérés. Il n'était pas question de lui donner le plaisir de leur tendre un piège aussi simple. En cet instant précis, il les attendait peut-être dans leur chambre. Car rien ne prouvait qu'Elvis l'avait tué. Mac avait entendu des bruits de pas longtemps après les coups de feu. Non, ils ne devaient pas retourner dans cette chambre.

D'un autre côté, si Elvis avait tué l'agresseur de Mary, ils étaient dans une sale situation. Le barman dirait qu'une jeune femme était partie précipitamment avec un homme en costume — la victime. Dans la salle, personne n'avait vu qu'il la menaçait d'un couteau. En revanche, tous les clients avaient remarqué Mac lorsqu'il s'était lancé à la poursuite de l'homme et de Mary. Le barman pourrait donner son signalement ainsi que celui de sa compagne.

Leurs empreintes couvraient tous les meubles de leur chambre, et Mac, en tant qu'ancien policier dont les empreintes figuraient dans un dossier, serait facilement identifié.

— Qu'as-tu laissé dans la chambre ? demanda-t-il en serrant Mary plus étroitement contre lui.

— Rien de particulier… Mes anciens vêtements. Et le jeu de cartes de Tante Béatrice.

— Les dessous de L'Hippocampe ?

— Non, je les porte. Mais Mac, mes vêtements neufs sont toujours dans ce bar, avec ceux de Jessica, et mon sac à main…

— Y avait-il quoi que ce soit dans ce sac qui puisse identifier ma tante ? Un papier, autre chose ?

Elle réfléchit quelques secondes.

— Non, à part l'argent, rien.

Mieux valait qu'ils partent au plus vite, décida Mac. Il avait son téléphone et son revolver sur lui, et n'avait rien laissé derrière lui sinon la valise et ses vêtements.

Les pensées défilaient à toute vitesse dans son esprit. Ainsi que les questions. Cette histoire était insensée. Incompréhensible. L'agresseur de Mary avait-il pris la fuite ? Etait-il blessé ? Leur tendait-il déjà une embuscade devant le motel ?

Comment être sûr que cette tentative de kidnapping avait un quelconque rapport avec la situation de la jeune femme ? Après tout, la voiture de l'homme au couteau n'était pas celle qui les avait suivis depuis Billington. Peut-être l'avait-il enlevée en la choisissant au hasard. C'était *peut-être* une coïncidence.

Bien sûr : tout comme le meurtre du Dr Michael Wardman, alias Jake…

Une fois arrivés sur le parking du motel, il aida la jeune femme à s'installer sur la banquette en cuir de la Buick, en gardant une main sur son arme.

Le parking était désert.

Et tandis qu'il démarrait, deux autres questions s'imposèrent à lui avec force.

Qui était cet Elvis qui avait volé au secours de Mary ?

Et surtout, qui était *Daniel* ?

Aucune voiture suspecte n'était apparue dans le rétroviseur. Mac surveillait constamment la route, devant et derrière lui, en vain. Il y avait une heure qu'ils avaient quitté l'agglomération de Macon et qu'ils roulaient en toute quiétude.

— Mary ?

La jeune femme dormait, la tête appuyée contre son épaule. Mais son sommeil semblait agité, et elle poussait de longs soupirs.

Elle ouvrit les yeux et le regarda.

— Comment te sens-tu ? demanda-t-il.

— Ça va, merci. Je rêvais que je courais dans le parking…

Il posa une main rassurante sur la sienne et lui sourit.

— C'est fini. Ne t'inquiète pas. Personne ne nous suit, et je ne te lâche plus. Si j'avais une paire de menottes avec moi, je t'attacherais, ajouta-t-il avec un sourire ironique.

Mary baissa les yeux, comme une enfant surprise après une bêtise.

— Je regrette, dit-elle.

— Mais pourquoi, pourquoi es-tu partie ainsi ?

— Je voulais seulement acheter quelques vêtements. Me sentir un peu autonome, pendant une heure ou deux. En passant dans le centre commercial, j'ai vu le programme des concerts de la ville et l'annonce du show Elvis Presley. J'ai pensé que ce serait amusant… Pardonne-moi, Mac. J'avais vraiment besoin de me changer les idées. De me sentir *normale*, et de faire enfin quelque chose par moi-même !

— Je comprends, murmura-t-il.

Il avait encore des sueurs froides en revoyant l'agresseur et son couteau pointé sur la carotide de la jeune femme. Elle aurait pu finir égorgée dans ce parking sinistre. Ou être touchée par une balle perdue. Elle aurait pu… *mourir*.

— C'est moi qui te demande pardon, reprit-il. Tu viens de vivre une soirée traumatisante. Mais qui n'est pas complètement infructueuse : qui est ce Daniel que tu as appelé quand tu as ouvert les yeux, tout à l'heure ?

Elle répéta le nom à voix basse :

— Daniel…

— Tu as cru que j'étais cet homme. Je me suis penché sur toi, et tu as dit : « Daniel ».

— Oui, je me souviens, dit-elle lentement. Daniel.

— Etait-ce l'homme qui te menaçait ?

Elle secoua vigoureusement la tête.

— Non. Quand *Daniel* s'est penché sur moi, il y avait une aiguille… Il tenait une seringue…

— Mais Mary, *qui* est Daniel ? reprit-il en la regardant.

— Je ne sais pas, répondit-elle, fouillant sa mémoire avec difficulté. Un homme se penche sur moi. Il tient une seringue…

Elle se massa doucement les tempes avant de lâcher :

— Il veut me faire du mal.

— Tu ne vois pas du tout qui cela peut être ?

— Mon mari ? souffla-t-elle d'un ton à peine interrogatif, avant de porter la main à sa bouche, comme pour ravaler ces deux mots.

Son mari ! pensa Mac avec horreur. Son mari l'avait donc attaquée et droguée ? Elle tenait à rester fidèle à un homme qui lui faisait subir les pires tortures et rejetait celui qui venait à son secours et était prêt à tout sacrifier pour elle ?

Ces pensées l'assaillaient malgré lui. Il n'aurait pas dû se laisser envahir par cette jalousie aussi violente que sournoise. Mais le sentiment était plus fort que lui. Puissant. Indomptable.

Une berline grise apparut soudain dans le rétroviseur. Mac crispa les poings sur le volant et serra à droite. Quand la voiture le doubla, il aperçut une femme rousse qui riait, sur le siège passager.

Sentant son cœur retrouver un rythme régulier, il se tourna vers Mary qui ne perdait rien du défilé d'émotions qui passait sur son visage.

— Et toi, Mac ? Tu vas bien ? demanda-t-elle. Tu m'en veux beaucoup ?

— Non, je ne t'en veux pas. Je crois que j'aurais agi exactement comme toi, si j'avais été à ta place.

Le sourire reconnaissant avec lequel elle lui répondit lui donna des frissons.

— Tu sais, reprit-elle après avoir observé un court silence, je crois que j'ai reconnu cet homme. Il y avait quelque chose de familier dans son regard. C'était celui qui me suivait, dans l'allée.

— Juste avant que je ne te rencontre ?

— Oui. J'ai eu une impression de déjà-vu quand il m'a fixée, dans le parking.

— Es-tu certaine qu'il s'agissait d'une impression liée à un souvenir récent ? N'était-ce pas lié à un souvenir plus ancien ?

Elle secoua la tête en signe de dénégation.

— C'était l'homme de l'allée, affirma-t-elle.

Mac se demanda s'ils avaient été tout près de démasquer leur ennemi. L'agresseur de Mary ne faisait-il qu'un avec l'assassin de Jake ? Et la réponse à toutes leurs questions gisait-elle avec cet homme, sur le sol cimenté du parking ?

— Quand il m'a contrainte à le suivre jusqu'à sa voiture, je lui ai demandé s'il me connaissait, poursuivit-elle.

— Excellent réflexe ! s'exclama Mac. Et alors, qu'a-t-il répondu ?

— Rien. Les seuls mots qu'il prononçait étaient des menaces. Il répétait qu'il me tuerait si je ne montais pas dans sa voiture. Ou qu'il te tuerait, toi.

— Comment cela ? Il savait que tu n'étais pas seule ?

— Oh oui, il le savait, affirma-t-elle.

Elle réfléchit un instant et ajouta :

— Mac, qui était cet Elvis qui a volé à mon secours ?

— Je n'en ai pas la moindre idée, dit-il. D'ailleurs, nous ne pouvons être tout à fait sûrs qu'il a volé à ton secours, comme tu dis.

— Il a tiré sur mon agresseur.

— Certes, admit Mac. Mais peut-être avait-il un compte à régler avec lui.

— Il ne nous a pas menacés de son arme, argua-t-elle.

Mac ne répondit pas. En effet, Elvis, n'avait pas cherché à supprimer des témoins gênants…

— Eh bien tu as raison, conclut-il. Je n'aurais jamais pensé qu'un super héros en costume d'Elvis viendrait un jour me sauver la mise dans un parking de Georgie…

Mary se tourna vers lui au moment où il lui adressait un clin d'œil, et ils éclatèrent de rire.

C'était bon de sentir la tension tomber, pensa-t-elle en portant la main à son cou et en sentant la petite perle en cristal sur le pendentif de son collier.

— Je regrette d'avoir abandonné mes vêtements neufs, soupira-t-elle.

Mac la regarda longuement avant de vérifier de nouveau son rétroviseur extérieur et de sourire.

— Tu es ravissante, dans cette robe. Je te revois devant Elvis, fascinée…

Il s'interrompit soudain et fronça les sourcils.

— Je me souviens qu'il t'a murmuré quelque chose, avant que tu ne renverses la table. Que s'est-il passé, au juste ?

— Je ne sais pas, répondit-elle d'une voix triste. Je n'ai pas compris ce qu'il faisait. Il voulait me toucher l'épaule, alors je me suis reculée, instinctivement. Et alors, il a marmonné à mon oreille quelques mots incompréhensibles.

— Essaie de te souvenir, insista-t-il.

— Il a dit quelque chose au sujet d'un certain B.O.

— B.O., répéta Mac. Comme « bande originale », pour la musique d'un film ?

— Je crois qu'il faisait plutôt référence à une personne. Attends… Il a dit « B.O. veut que tu rentres chez toi ». Qu'est-ce que cela peut vouloir dire ?

— Mary ! Cela signifie que cet Elvis te connaît ! s'écria Mac en se tournant vers elle.

Fallait-il s'en réjouir ? se demanda-t-il aussitôt.

Elle demeura silencieuse un long moment avant de poursuivre :

— Mon kidnappeur aussi savait qui j'étais. Il a mentionné ton nom, mais pas le mien, bien sûr. L'imitateur d'Elvis, qui fréquente forcément les bars à spectacle, me donnait un ordre… Mac, quels indices tout cela nous livre-t-il sur le genre de femme que je suis ?

Anxieuse, elle se demanda encore si elle n'avait pas commis un crime qui aurait déchaîné la colère d'un certain B.O., de l'homme au couteau ou même d'Elvis.

— Je me sens si lasse… Je ne veux plus parler de tout cela maintenant, conclut-elle en retenant ses larmes.

Elle s'enfonça sur la banquette et rabattit le manteau de Mac sur ses jambes avant d'appuyer la tête contre sa vitre.

Mac préférait se taire : il n'aurait su que lui répondre.

De plus, il sentait une telle fatigue peser sur ses épaules qu'il avait l'impression de s'enfoncer dans un tunnel, en cercles concentriques.

Mary avait raison d'être inquiète, songea-t-il.

Dans quelle situation s'était-elle mise pour être poursuivie par un tueur et « protégée » par un imitateur de cabarets ? Car même si Elvis n'était pas un chanteur professionnel, il était évident qu'il fréquentait le milieu du spectacle. Ou du cirque. Comme l'avait souligné le barman, il connaissait par cœur ce répertoire, et était monté sur scène avec une aisance et une confiance peu communes. Les habitués des karaokés du samedi soir manifestaient rarement une telle décontraction.

Et surtout, pensa Mac, les « habitués des karaokés du samedi soir » ne se promenaient pas avec une arme sur eux.

Peut-être Mary ne voulait-elle pas retrouver la mémoire… Par un processus de blocage inconscient, elle s'interdisait peut-être de surmonter des événements traumatisants. Elle pouvait ainsi nier son passé.

Mac se demandait de plus en plus qui était Mary. L'amnésie pouvait-elle modifier la personnalité de quelqu'un ? Peut-être était-elle une femme très différente de celle qu'il connaissait…

Celle qui lui caressait les cheveux avec douceur et se cambrait dès qu'il posait la main sur ses seins ronds, offerts…

Mieux valait ne plus songer à cela, se dit-il avant de se concentrer de nouveau sur la route.

Les heures passaient et la nuit semblait ne jamais finir, malgré les kilomètres qui défilaient.

Dans son demi-sommeil, Mary s'efforçait d'ignorer l'image du couteau pointé sur sa gorge. Elle sentait encore l'acier effilé poindre sur sa peau. Oh, elle haïssait les couteaux.

Mais plus que tout, elle était lasse d'être une victime. Lasse de cette impression d'avoir été écrasée par un camion. Les émotions qui bouillonnaient en elle l'épuisaient. L'angoisse, la peur. Et ce sentiment d'une puissance vertigineuse qui la poussait vers Mac, qui lui imposait cette intense frustration, cette douleur permanente.

Il était temps qu'elle reprenne le contrôle de son cerveau, puisque ses sens la trahissaient.

Depuis qu'elle était sortie du parking, elle sentait quelque chose remuer en elle, dans les zones d'ombres. Comme si un moteur, peinant à se remettre en marche, patinait dans le lointain. Des visages inconnus s'imposaient parfois à elle. Un homme âgé. Son père ? Et un autre, plus jeune. Son mari ? Il était blond, c'était tout ce qu'elle pouvait clairement distinguer. Elle voyait aussi une ombre au-dessus d'elle, brandissant une seringue. Et un coucher de soleil sur une plage.

Mal à l'aise, elle se tourna et se retourna sur son siège. Mais dès qu'elle était sur le point de s'endormir, ces mirages revenaient, insistants.

Pour ne rien arranger, chaque fois qu'elle ouvrait les yeux, elle voyait Mac, là, près d'elle, le regard braqué sur l'interminable route qui s'étendait devant eux ou sur un rétroviseur. Elle brûlait du désir de poser sa tête sur son épaule. De respirer son parfum envoûtant, chaud et rassurant. De glisser ses doigts dans sa chevelure aux reflets de châtaigne, de caresser ses joues creuses, sa bouche sensuelle… Et de presser ses lèvres contre les siennes.

Elle avait envie qu'il ressente la même chose. Mais c'était si égoïste ! se répétait-elle.

— Je me souviens du soleil qui se lève ou qui se couche sur l'océan, murmura-t-elle soudain.

Il y avait des heures qu'ils n'avaient pas échangé une parole. Surpris, Mac se tourna vers elle et lui sourit.

La disparue de Billington 459

— J'espère que cela signifie que nous allons dans la bonne direction, dit-il.

— Et je me vois en train de nager dans l'océan. J'aime beaucoup cela. Je le sais. J'aime sentir l'eau salée sur ma bouche quand je suis dans l'eau et le sable entre mes orteils quand je marche sur la plage. J'adore le soleil.

Elle sentit un frisson courir sur sa nuque. C'était un vrai souvenir : elle se voyait nager la brasse dans les vagues...

Le brusque virage à droite que venait d'opérer Mac la sortit de sa rêverie. Etonnée, elle le regarda s'arrêter devant un motel distant de quelques centaines de mètres de l'autoroute.

Cet établissement n'était pas du genre à disposer d'un garage souterrain. Le long bâtiment de bois peint en vert semblait assez ancien et peu vaste : une vingtaine de chambres, tout au plus, s'alignaient devant une allée de bitume et quelques bacs à fleurs vides.

Mary avait toute confiance en Mac : s'il voulait s'arrêter ici, il devait avoir ses raisons.

Il gara la Buick entre deux énormes pick-up, à l'autre bout de l'entrée du motel. Puis il coupa le moteur et se tourna vers Mary, le visage grave.

— Je sais que tu as hâte d'arriver à Miami, dit-il. Mais je suis épuisé. Je n'ai dormi qu'une heure à Macon et je ne suis plus capable de conduire. Nous sommes en Floride, à quelques heures de route de Miami. J'ai l'air d'un mort vivant et tu n'as pas non plus bonne mine. Nous devons dormir. Cet après-midi, nous irons acheter des vêtements neufs et nous trouverons quelque chose pour rendre à tes cheveux leur couleur naturelle. Il faudra aussi que je me rase de près. Il serait inutile d'entrer dans une boutique de luxe dans l'état où nous sommes en ce moment. C'est trop important : notre tenue devra être irréprochable.

— Tu as raison, répondit-elle en regardant les ombres bleutées qui lui cernaient les yeux.

Seigneur, il était épuisé... Elle l'avait entraîné dans une aventure éprouvante, songea-t-elle en sentant une vague de culpabilité la gagner. Il aurait pu laisser sa peau dans ce parking. Et à l'heure qu'il était, il aurait dû se trouver chez lui, non loin de sa tante, à travailler sur cette enquête qui lui tenait tant à cœur.

De toutes ses forces, elle pria pour avoir les moyens de le rémunérer des efforts qu'il faisait. Même si elle savait que son dévouement n'avait pas de prix.

— Il est probable que ton agresseur soit mort ou grièvement blessé, poursuivit Mac. Sinon, Elvis ne se serait pas enfui si vite. Et nous ne serions peut-être pas nous-mêmes sortis vivants de ce parking. De plus, je n'ai repéré aucune voiture derrière nous. Si Elvis sait qui tu es et connaît ton adresse, je ne vois pas pourquoi il se mettrait sur notre route. A priori, il n'y a rien à craindre. Mais nous resterons prudents. Il faut que tu me promettes de ne pas sortir de la chambre sans m'en avertir, d'accord ?

Elle approuva gravement de la tête.

Il pouvait lui demander n'importe quoi : elle était prête à tout accepter, si seulement cela le soulageait et que cette terrible fatigue qui se peignait sur son visage disparaissait.

Ils entrèrent dans le petit hall éclairé d'un néon blafard et demandèrent à une vieille femme endormie devant la télévision de leur donner une clé.

Puis, ils entrèrent dans la grande pièce sombre aux murs recouverts d'un antique papier peint à fleurs qui allait leur servir de chambre.

Mac prit soin de poser le panneau « Ne pas déranger » sur le loquet de la porte avant de pousser le cran de sécurité.

Une nouvelle fois, ils contemplèrent le grand lit dans lequel ils allaient devoir dormir, l'un près de l'autre. Le symbole de tout ce qu'ils désiraient et ne pouvaient obtenir.

8

— C'est… C'est ridicule, balbutia Mac d'un ton hésitant, avant de s'approcher du côté gauche du lit. Nous pouvons très bien dormir dans ce lit. Je sais que tu es embarrassée et je le suis tout autant. C'est un fait. Il nous suffit de l'ignorer et de prendre un peu sur nous.

Son petit discours avait fait naître un sourire au coin des lèvres de Mary. Elle le regarda ôter son T-shirt. Tous les muscles de son torse ondulaient avec souplesse au moindre de ses mouvements. Elle était fascinée. C'était ainsi, elle n'y pouvait rien.

— Et tu me simplifierais les choses en évitant de me fixer de cette manière quand je me déshabille, ajouta-t-il.

— Pardon, dit-elle en adoptant le ton faussement dégagé qu'il venait d'employer. Tu es un homme séduisant, voilà tout. *C'est un fait.* Mais je vais tenter de l'*ignorer.*

Il leva les yeux au ciel et ne put réprimer une moue amusée. Il aimait l'esprit de Mary, son humour, sa douceur…

Elle s'était un peu approchée et, hypnotisée, contemplait la peau lisse de ses pectoraux.

— De plus, tu as un torse admirable, souffla-t-elle d'une voix enjôleuse.

Ils échangèrent un regard, comme elle venait de porter une main à sa bouche.

Mary chercha à retrouver l'image d'un mari au torse velu, mais n'y parvint pas. Avec un petit sourire gêné, elle s'éclipsa vers la salle de bains.

Tout en se lavant les mains et le visage, elle revit le corps de Mac. Elle aurait pu parier qu'il était un excellent nageur.

Quand elle sortit de la salle de bains, il y entra à son tour et la jeune femme se hâta de retirer sa robe et de se glisser sous les draps, du côté droit du lit. Son plan était de demeurer aussi pétrifiée qu'une momie jusqu'à ce que Mac s'endorme à côté d'elle. Ensuite, elle s'installerait dans le fauteuil miteux aux couleurs passées, devant la fenêtre, et forcerait sa mémoire à lui livrer d'autres souvenirs. Déjà, elle sentait les rouages de son cerveau se mettre en branle. Il fallait à tout prix qu'elle aide la machine à démarrer. Si seulement elle avait eu son jeu de cartes avec elle, songea-t-elle avec regret.

Mac sortit de la salle de bains et éteignit la lumière avant d'ôter son jean. Il portait un boxer, et Mary ne put s'empêcher de lui sourire tandis qu'il bondissait dans le lit.

— C'est la première fois que je vois tes jambes, dit-elle en soupirant. Tu as une carrure d'athlète.

Mac rabattit la couverture jusque sur son menton.

— L'intérêt que tu me portes est strictement professionnel, rétorqua-t-il d'un ton sans réplique.

— Vraiment ? railla-t-elle.

— Bien sûr.

Elle rit et se tourna face au mur.

— Mac, aimes-tu nager dans l'océan ? reprit-elle.

— Je ne l'ai jamais fait.

— Ah ? Jamais ? Pourquoi ?

— Billington n'est pas très réputée pour ses plages de sable fin, répondit-il.

— Certes, mais tu as fait l'armée, observa-t-elle. J'ai vu une photo, chez ta tante. Tu as voyagé.

Il haussa les épaules.

— Un peu, admit-il. Surtout dans le désert, à vrai dire. Et je n'avais pas le temps d'aller me baigner.

Mary réfléchit quelques instants et reprit d'une voix plus grave :

— Cet accident d'hélicoptère dans lequel ton ami est mort… Je me demandais si tu étais avec lui, quand c'est arrivé.

Il demeura silencieux si longtemps qu'elle crut qu'il s'était endormi.

Mais elle l'entendit soudain soupirer et se mit à trembler, quand il balbutia, la gorge nouée :

— Oui. Moi, je m'en suis sorti. Je… J'ai essayé ! J'ai tout fait pour le sauver, mais… J'ai essayé, j'ai essayé.

Alarmée par sa détresse, elle s'approcha de lui et lui caressa doucement les cheveux.

— Pardonne-moi, Mac, je ne voulais pas faire revenir à la surface un souvenir si douloureux… Pardonne-moi.

— Mais il est mort, conclut-il entre ses dents, en s'efforçant de retrouver son souffle.

— Tante Béatrice m'a dit que la famille de ton ami avait été très émue par tes efforts, ajouta-t-elle. Je sais que c'est grâce à toi que le corps de Rob a été rapatrié aux Etats-Unis. C'est très important, Mac. Tu en as conscience ? Cet homme a pu revenir parmi les siens, grâce à toi. Ceux qui l'ont aimé ont eu la chance de lui rendre un dernier hommage. Sans toi, sans tout ce que tu as fait, ils auraient été privés d'un deuil indispensable.

— Oh oui, quel soulagement, lâcha-t-il, amer.

Elle appuya sa tête contre son épaule et déposa un baiser d'une infinie douceur sur sa nuque.

— Ton meilleur ami n'a pas disparu dans un désert, à des milliers de kilomètres de sa famille. Il repose en paix, chez lui. A mon avis, c'est une source de réconfort pour tous ceux qui l'aimaient.

Il soupira une nouvelle fois.

— Mary, je sais que tu as besoin de connaître ma vie en attendant de retrouver la tienne, mais je t'en prie, pouvons-nous éviter ce sujet ?

— Non, répondit-elle en se redressant. Il faut que tu cesses de te reprocher ce drame, Mac. Je vois bien que tu fais peser sur tes épaules une terrible culpabilité. Si ce que je dis n'a aucune valeur à tes yeux, il faut que tu trouves un autre moyen de libérer ta conscience de ce poids.

Il se tourna vers elle et la fixa droit dans les yeux.

— Et toi, répondit-il, ne te rends-tu pas coupable d'une hypothétique infidélité envers ton mari ? N'est-ce pas ce que tu m'as dit quand nous étions dans le motel de Macon ? Moi aussi, je commence à te connaître, Mary. Et je vois bien que tu te rends responsable de nombre de crimes imaginaires.

— Peut-être parce que nous nous ressemblons, reprit-elle avec ardeur. Il est clair que tu te reproches également la mort de cet ivrogne, lors de l'interrogatoire qui t'a conduit à donner ta démission.

Visiblement furieux, il lui tourna brusquement le dos.

— Mac ?

— Le petit jeu des questions et des réponses est terminé, grommela-t-il.

Cette fois, Mary sut qu'elle devait renoncer à aller plus loin. Mais elle avait visé juste, songea-t-elle en s'enfonçant dans son oreiller.

— Mac, nous devrions acheter des maillots de bain, demain, murmura-t-elle. Et aller nager dans l'océan.

— Nous ne sommes pas en vacances, rétorqua-t-il.

— Oui, je le sais bien, mais peut-être un bain de mer aurait-il des vertus thérapeutiques sur ma mémoire, argua-t-elle.

Il porta sa main à sa bouche et se mit à bâiller.

— Se baigner… Tu crois que c'est raisonnable ? demanda-t-il.

— Faut-il que tout soit toujours *raisonnable*, à tes yeux ?

Il s'étira avec un plaisir évident avant de se recroqueviller dans le lit en poussant un long soupir de satisfaction.

Mary sourit. Il avait l'air d'un enfant, tout à coup.

Et *son* bébé à elle, où dormait-il, en ce moment ?

Elle ne put s'empêcher de lui poser une dernière question.

— Mac ? souffla-t-elle.

— Hm ?

— Tu dois bien conserver au moins *un* bon souvenir de ta mère… Non ?

Il attendit quelques instants avant de murmurer :

— Tous les matins, elle me demandait si j'avais rêvé. Puis je lui racontais mon rêve, et elle me l'expliquait. Je me souviens de sa voix, de la manière dont elle me prenait dans ses bras quand il s'agissait d'un cauchemar. Je revois encore son regard bienveillant. J'adorais ces moments.

— Tu devais être très jeune, commenta-t-elle.

— Oui. Parfois, j'inventais n'importe quoi, juste pour qu'elle me prenne contre elle et qu'elle me raconte ce que signifiait tel ou tel détail. Et aussi pour...

Pensif, il s'interrompit.

— Pour prolonger le temps passé avec elle ? suggéra-t-elle.

— Non, souffla-t-il. Pour ne pas la décevoir.

Mary sentit alors son cœur se serrer.

Elle se concentra de toutes ses forces : son cerveau essayait de lui envoyer une information, une image, peut-être... Mais non, elle ressentait seulement une émotion puissante, dévastatrice.

Sa grossesse ne s'était pas mal terminée. Soudain, elle en était sûre.

Elle avait un enfant.

Un enfant en vie. Elle le savait, elle le *sentait*, au plus profond d'elle-même. Et cet enfant attendait son retour...

A en croire le vieux réveil à affichage digital du motel, il était 5 heures. Mary s'en étonna et battit plusieurs fois des paupières en bâillant. Ils avaient donc dormi tout l'après-midi...

Elle, du moins. Car Mac n'était plus dans la chambre, constatat-elle, non sans une pointe d'angoisse. Prestement, elle se leva et alla vérifier la salle de bains : personne.

Et s'il l'avait finalement abandonnée ?

Elle ouvrit les rideaux et retourna se coucher. Le ciel était sombre : la nuit tombait. Son cœur cessa de battre la chamade quand elle aperçut un mot déposé sur la table de nuit :

« Je suis parti faire quelques courses. Je t'en prie, reste dans la chambre. Je serai très vite de retour. M. »

Soulagée, elle décida d'aller prendre une douche. Neuf heures de sommeil auraient dû la reposer... Mais elle se sentait un peu étourdie, au contraire. Au moins, elle n'avait pas rêvé de longs couteaux ou de lames d'acier prêtes à lui trancher la gorge.

Elle était en train de jeter un regard triste à sa robe déchirée quand elle entendit une sorte de raclement contre la porte. Un large sourire de bienvenue aux lèvres, elle s'empressa d'ouvrir.

— Tu n'as même pas demandé qui était là, observa Mac sur

un ton de reproche. Ferme le verrou de sécurité derrière moi, s'il te plaît.

Tandis qu'il posait des sacs sur la table, la jeune femme obéit.

— Je n'attendais personne d'autre que toi, se défendit-elle.

— Mary, nous ignorons si ton agresseur est mort. Je t'ai demandé de rester sur tes gardes.

— Excuse-moi, souffla-t-elle en baissant la tête avant de humer ostensiblement le fumet qui s'échappait de plusieurs boîtes en carton. Hmm, ça sent bon ! Que nous as-tu acheté pour le dîner ?

Il sourit et installa deux chaises devant la table avant d'ouvrir les cartons et d'esquisser une petite révérence.

— Le petit déjeuner de madame est servi, déclara-t-il en mimant l'emphase de John Cooper avec sa tante.

— Tu veux dire le dîner, corrigea-t-elle en s'asseyant et en prenant un gobelet de café fumant.

— Non, le petit déjeuner. Nous avons dormi toute la journée d'hier et une bonne partie de la nuit.

Mary secoua la tête, stupéfaite.

— Comment ? Tu veux dire qu'il est 5 heures *du matin*… Et que nous avons consacré toute une journée à dormir ?

— Exactement, approuva-t-il. Le soleil n'est pas encore levé et rien n'était ouvert à part les cafés d'autoroute. Je regrette, ce n'est pas le petit déjeuner parfait dont je rêvais, mais… Il y a des bagels grillés, deux tranches de bacon, des muffins aux myrtilles, du lait et du jus de fruits. Cela te convient ?

Le sourire qu'elle lui offrit valait toutes les réponses. Visiblement, elle avait aussi faim que lui. Après tout, se rappela-t-il, elle n'avait rien avalé depuis leur dîner dans la chambre de Macon. Ce dîner après lequel…

Mais ce n'était pas le moment d'y penser. Il sortit d'un sac en papier les quatre journaux qu'il avait achetés et lut en détail les pages d'actualité et de faits divers.

— Hmm, c'est délicieux ! s'exclama Mary en mordant à belles dents dans un bagel aux oignons. J'étais morte de faim ! Tu ne manges pas, Mac ?

— Si, mais je ne comprends pas pourquoi… C'est curieux. Aucun de ces journaux ne parle de l'incident de Macon.

Mary était stupéfaite par les changements qu'elle observait chez Mac. Ses cernes et toutes les traces de fatigue qui, la veille encore, abîmaient son beau visage avaient complètement disparu. Il rayonnait de force et de jeunesse. Un pâle rayon de soleil zébrait l'aube et venait illuminer sa chevelure pour lui donner un éclat de feu. Elle admirait tant ce puissant élan de vie en lui, cet élan contagieux qui lui faisait sentir l'énergie couler dans ses veines. Ils étaient si près du but, désormais ! Grâce à lui. Son enthousiasme et sa maîtrise rationnelle de la situation auraient raison de cette épreuve. Il la sauverait. Oui, dans quelques heures, elle saurait enfin qui elle était…

— Aujourd'hui, dit-elle. C'est le jour J !

— Je l'espère, répondit-il avec prudence. Nous avons une chance sur un million d'obtenir ce que nous cherchons. Mais c'est peut-être notre jour de chance.

Il reporta son attention sur les journaux et soupira.

— Je ne comprends pas. Nulle mention d'un homme mort dans un parking dans ces pages. Rien. Peut-être la nouvelle était-elle dans les éditions d'hier. Je vérifierai sur Internet dès que possible.

Mary parcourut les pages de faits divers du journal d'Atlanta.

— « Un homme tue son meilleur ami pour un bagel », lut-elle. Tu devrais te dépêcher de manger le dernier, si tu ne veux pas que je l'avale !

Mac toisa la jeune femme d'un regard de défi. Puis, au moment où elle s'y attendait le moins, il attrapa le bagel et mordit dedans.

Mary prit une mine faussement outragée et sortit d'un sac un muffin aux myrtilles.

— Tu pourrais appeler le motel de Macon et demander au concierge de l'hôtel s'il a entendu parler de quelque chose, suggéra-t-elle.

— Non, c'est trop risqué. Ils auront tôt fait d'identifier l'appel.

Il fouilla dans un grand sac en plastique posé sur le sol et en sortit une paire de tongs.

— Tiens, dit-il. C'est pour toi.

Visiblement ravie, la jeune femme glissa les tongs à ses pieds.

— Oh, merci, Mac. J'ai presque l'impression d'être sur la plage ! Où les as-tu trouvées ?

— Dans un magasin à côté du café, sur l'aire d'autoroute.

— Tu n'as pas pensé à m'acheter un produit décolorant, pour mes cheveux ?

Il hocha la tête en signe de dénégation.

— Non, mieux vaut que tu ailles dans un bon salon de coiffure.

— Oh, Mac ! protesta-t-elle. Cela va prendre des heures...

— Mary, nous allons dans une boutique de luxe. Je ne veux pas tout gâcher à cause d'un détail tel que celui-ci. Il faut que notre tenue soit irréprochable.

— Mais, Mac...

Il se leva, fit le tour de la table, attrapa sa robe posée à côté d'elle et la lui montra :

— Mary, ta robe est déchirée, et tu ne vas pas entrer dans cette boutique chaussée de tongs. Fais-moi confiance : deux heures de préparation seront payantes. Il n'est que 6 heures du matin...

Elle se mordit la lèvre et acquiesça en silence.

— Regarde dans le sac, dit-il. Il y a un autre cadeau pour toi.

— Oh, il ne fallait pas, s'écria-t-elle en attrapant un petit paquet rectangulaire.

Elle sourit et, comme il se tenait toujours debout devant elle, se leva pour déposer un baiser sur sa joue.

— Merci, souffla-t-elle. Rien ne pouvait me faire plus plaisir.

Oh, sa peau contre la sienne... Elle sentait son cœur s'emballer de nouveau.

— De rien, murmura-t-il. Mais ne compte pas sur moi pour une nouvelle partie de black-jack.

9

La petite ville dans laquelle ils s'étaient arrêtés disposait d'un grand centre commercial. Mac avait laissé Mary faire ses achats et se rendre dans le salon de coiffure pendant qu'il trouvait lui-même des vêtements neufs.

Il avait ensuite poussé la porte d'un café Internet pour vérifier les actualités de la veille.

Préoccupé, il s'installa à la terrasse du café où il avait donné rendez-vous à Mary et réfléchit.

Aucun journal, aucun site ne faisait référence à un incident survenu dans un bar à cocktails de Macon. C'était pour le moins perturbant. Si l'agresseur de Mary était mort, son corps n'avait pas été retrouvé. Elvis l'avait-il emporté et mis dans son coffre avant de fuir ?

Cela semblait peu probable. Il avait eu tout intérêt à quitter les lieux le plus vite possible.

Par conséquent, l'homme au couteau avait évité les balles ou n'avait été que légèrement blessé. C'était la seule conclusion logique. Et il pouvait très bien s'être de nouveau lancé à leur poursuite.

Mac était si absorbé dans ses pensées qu'il lui fallut quelques secondes pour comprendre que la splendide jeune femme blonde qui s'était assise face à lui était Mary.

La métamorphose était spectaculaire. A commencer par sa nouvelle coiffure. Ses cheveux noirs, raides et coupés en un carré austère avaient disparu pour danser en boucles légères et dorées autour de son visage lumineux, révélant son bronzage et la profondeur de ses yeux bleus.

C'était aussi la première fois qu'il la voyait maquillée. Ses longs cils gainés de noir agrandissaient encore son regard, et la touche de rouge qu'elle avait posé sur ses lèvres rendait sa bouche plus sensuelle, plus fascinante que jamais.

Elle avait revêtu un chemisier bleu marine très classique et une longue jupe blanche qui dessinait à la perfection ses jambes sublimes, allongées par des sandalettes à bride découvrant ses charmants orteils.

Mac demeurait bouche bée.

Elle avait un sixième sens pour s'habiller *exactement* de la manière dont il se représentait lui-même les clientes de la boutique de Miami, songea-t-il. Avec classe et sobriété.

Cette nouvelle blondeur semblait si évidente… C'était elle. La personne qu'elle était avant que quelqu'un ne lui vole sa mémoire et ne lui teigne les cheveux en brun.

Son visage était plus doux encore, maintenant…

Et sa démarche ! Il lui avait toujours trouvé des gestes gracieux, mais il devait reconnaître que son déhanchement discret et la souplesse de ses mouvements le troublaient. Il ignora la bouffée de chaleur qui s'insinuait dans son bas-ventre.

— Tu es… époustouflante ! s'exclama-t-il en se levant pour lui prendre le bras et traverser lentement la place avec elle.

Elle sourit et porta une main à ses cheveux.

Il la regarda encore : même son sourire semblait différent…

— C'est vrai ? demanda-t-elle. Je fermais les yeux, pendant que le coiffeur appliquait tous les soins : j'espérais avoir un choc quand je me verrais blonde. J'espérais me souvenir au moins de mon nom…

— Il va me falloir un peu de temps pour m'habituer à te voir ainsi, dit-il, tout à sa contemplation.

Puis, après avoir réfléchi un instant, il ajouta :

— Le fait que tu n'aies pas ressenti le choc que tu attendais montre que cette couleur est la tienne : c'est toi, et tu te vois blonde tous les jours dans le miroir depuis des années. En revanche, désormais, quelqu'un d'autre peut avoir un *choc* et te reconnaître au premier coup d'œil.

— C'est possible, dit-elle en se tortillant les mains, nerveuse. Je ne sais plus ce que je dois espérer, Mac. Je suis trop anxieuse.

Il hocha la tête et l'entraîna vers la voiture. Une sorte de nostalgie venait de s'insinuer en lui. Ou de regret, plutôt : car dans quelques heures, Mary ne lui appartiendrait plus... De toute façon, elle ne lui avait jamais appartenu, songea-t-il. Comme un imbécile, il avait laissé passer sa seule chance de lui faire l'amour, la nuit précédente. Peut-être en avait-elle eu envie, elle aussi. Jamais il n'avait tissé de tels liens de complicité avec une femme. N'était-ce pas étrange ? Il avait vécu sous le même toit que Jessica pendant des années, mais c'était comme si sa femme avait été une touriste dans sa vie. Il avait toujours su qu'elle partirait. Il n'avait pas vraiment le sentiment de l'avoir connue.

C'était si différent, avec Mary. Une jeune femme qui ignorait sa propre identité avait été capable de le toucher au plus profond de son âme... Et il sentait déjà combien elle avait eu raison. Oui, Rob reposait non loin des siens. Et sa mère lui avait légué quelques moments magiques de son enfance...

Hélas, ce constat risquait de le faire souffrir très prochainement. Mary serait peut-être dans les bras de son mari dans la soirée. Ce qui, d'ailleurs, devait rester son objectif. C'était la mission qui lui avait été assignée et qu'il avait accepté de remplir.

Une fois tout cela terminé, il rentrerait chez lui et tenterait de savoir qui avait tué Jake. Ou plutôt le Dr Michael Wardman. Sauf s'il le découvrait avant.

— Tu reconnais la ville ? Cela t'évoque des sensations familières ? demanda Mac, comme la Buick entrait dans Miami et longeait la plage.

Mary avait attendu et redouté cette question. La voiture était maintenant décapotée, et elle fermait les yeux en sentant le vent chaud soulever ses boucles blondes.

Mais rien n'éveillait en elle le moindre écho.

Ni ce ciel d'un bleu translucide, ni ces kilomètres de plages blanches. Pas plus que les immeubles aux couleurs pastel, ou ces foules qui se pressaient dans les rues. Elle ne reconnaissait ni les *skateboarders*, ni les allées de restaurants et de boutiques touristiques, les parfums de nourriture mexicaine, les palmiers qui caressaient presque la voûte du ciel... Non, rien.

Pourtant, elle avait l'impression d'être au bon endroit. Quelque chose sonnait juste, malgré tout. Mais quoi ?

Ces *impressions* la frustraient. Elle n'en pouvait plus. Cela ne pouvait plus durer, oh non, elle avait besoin de certitudes… De preuves, de faits. Du concret.

— Non, répondit-elle dans un souffle, s'efforçant de ne rien montrer de sa déception.

Il était 15 heures. Ils avaient roulé sans s'arrêter depuis qu'ils avaient quitté cette petite ville à l'ouest d'Orlando, son centre commercial et leur motel.

Le regard de Mac était caché derrière une paire de Ray Ban. Mais Mary voyait ses yeux se déplacer régulièrement vers le rétroviseur intérieur. Et vers elle. Chaque fois qu'elle sentait ce regard posé sur elle, son cœur s'emballait et elle respirait mal. Pourquoi Mac la fixait-il avec cette insistance ? Ne reconnaissait-il plus la Mary qu'il avait connue ? La peur s'insinuait chaque minute davantage dans ses veines. Allait-elle perdre Mac ? Mais comment aurait-elle pu le perdre… Ils avaient dormi l'un près de l'autre sans se toucher.

Déstabilisée, elle détourna les yeux vers la plage. Ici se trouvait peut-être la réponse à ses questions, songea-t-elle en caressant le coton de sa jupe. Elle avait choisi un modèle qui lui descendait jusqu'aux chevilles pour cacher les bleus qui lui couvraient encore le côté gauche. Ainsi qu'un chemisier à manches longues, pour masquer ces épouvantables traces de piqûres.

Mac s'arrêta enfin devant une boutique sans enseigne visible. Deux mannequins étaient habillés de lingerie fine derrière la vitrine teintée. C'était un magasin de luxe. La porte était ornée d'une poignée sculptée étincelante, en argent massif.

Mary leva un regard anxieux vers Mac et ne put s'empêcher de sourire. Il était infiniment séduisant, dans cette chemise de soie blanche et ce pantalon de lin gris clair.

Il retira ses lunettes et lui adressa un clin d'œil encourageant en l'invitant, d'un signe de tête, à ouvrir son petit sac à main pour en sortir le soutien-gorge L'Hippocampe.

Mary serrait le petit morceau d'étoffe entre ses poings et écoutait les coups redoublés de son cœur dans sa poitrine.

Son cauchemar pouvait finir maintenant. Elle inspira longuement l'air chaud chargé d'iode. Au moins, l'océan était tout proche. Si elle ressortait de cette boutique déçue, elle irait se baigner. Depuis la plage toute proche, des rires lui parvenaient. Les jeux innocents de vacanciers heureux.

Mac plongea son regard dans le sien et posa une main sur la porte, comme pour dire : « On y va ? ».

Elle acquiesça d'un signe de tête avant de poser une main sur son bras et de le retenir.

— Mac, demanda-t-elle d'une voix inquiète, que ferons-nous si personne ne me reconnaît ?

Son sourire se fit encourageant.

— Si c'est le cas, nous resterons ici jusqu'à ce que ton ami Elvis vienne nous rendre visite. Tu ne penses tout de même pas que nous n'avons pas de plan B !

— C'est vrai ? reprit-elle avec espoir. Nous avons un plan B ?

— Bien sûr, dit-il en l'attirant à lui.

C'était inattendu. Elle posa sa tête sur son épaule avec soulagement.

— Nous n'avons pas mis tous nos œufs dans le même panier, Mary, assura-t-il. C'est une longue quête, que nous avons entreprise. Et les hypothèses sont infinies. Un certain B.O. veut que tu rentres chez toi, selon cet Elvis. Puisque ces deux hommes savent qui tu es, nous disposons d'un plan B. Tu t'en souviendras, d'accord ? demanda-t-il en serrant son visage entre ses mains et en la fixant.

— Oui, murmura-t-elle.

Il serra sa main dans la sienne quelques instants avant de la lâcher et de pousser la porte de la boutique.

L'intérieur avait tout d'un boudoir privé du XVIIIe siècle. Le décor était baroque, quoique peu chargé, les murs tendus de noir et d'or et couverts de nombreux miroirs. La moquette mauve était si épaisse que Mary sentit les talons de ses escarpins s'y enfoncer.

Pourtant, immédiatement, elle se sentit à l'aise et se demanda si elle était déjà venue ici, par le passé. Elle contempla les petites commodes françaises peintes en blanc et leurs poignées dorées, cherchant à retrouver un souvenir enfoui.

La porte d'entrée s'était doucement refermée derrière eux, et une petite clochette retentit avec élégance dans l'arrière-boutique.

Aussitôt, une femme d'une quarantaine d'années vêtue d'un tailleur blanc fit son apparition. Un long sautoir de perles pendait à son cou en bruissant, et ses cheveux savamment balayés étaient retenus en un chignon sévère. Comme dans la boutique qu'elle tenait, il émanait d'elle une élégance désuète qui avait quelque chose d'impérial, en regard de la mode clinquante de Miami.

Elle s'approcha de Mary et lui sourit.

— Bonjour, madame Priestly, dit-elle avec déférence. Quel plaisir de vous revoir. Comment allez-vous ?

Mme Priestly !

Un nom !

Un nom lâché avec une facilité dont elle n'avait pas osé rêver ! songea Mary. Comme ça, si aisément…

Elle planta ses ongles dans le bras de Mac pour ne pas chanceler et fixa la femme en battant des cils avant de balbutier :

— Vous… Vous me connaissez ?

Ce n'était pas une question. Ni un cri. Ni une prière. Mais les trois à la fois.

Sans manifester la moindre surprise, la femme répondit du même ton posé :

— Bien sûr que je vous connais. Vous êtes Katrina Priestly. Comment allez-vous ?

— Je… Je vais bien, souffla Mary d'une voix blanche.

Elle sentait qu'elle allait défaillir. En un clin d'œil, Mac se rapprocha d'elle et la tint fermement par le bras, pour la soutenir.

Il sourit à la vendeuse qui se demandait visiblement ce qui se passait, et se racla la gorge.

— Hem. Pour des raisons un peu longues à vous exposer maintenant, madame Priestly craignait que vous ne vous souveniez pas de sa dernière visite ici… Cela fait si longtemps, ajouta-t-il à toute vitesse, cherchant une explication plausible pour justifier le trouble de sa compagne.

La vendeuse les contempla tour à tour et haussa les sourcils.

— Mais non, madame Priestly est venue assez récemment ici, opposa-t-elle. Je dirais, il y a quatre mois, au maximum…

— Ah. Euh, vous en êtes sûre ? insista Mac.

— Je vous en prie, installez-vous, dit la femme en leur désignant deux fauteuils de velours pourpres et en se dirigeant derrière le comptoir.

Mac ne se fit pas prier et entraîna Mary vers un fauteuil. Puis il s'assit près d'elle et chercha plusieurs fois son regard, essayant de lui faire comprendre qu'elle devait encore accomplir un dernier effort et ne pas perdre connaissance dans cette boutique avant que la vendeuse ne leur ait livré tous ses secrets. Elle était pâle comme un linge, et fixait la femme en blanc comme elle avait fixé l'imitateur d'Elvis dans ce bar à cocktails : avec une fascination passive.

Mac aurait voulu serrer sa main dans la sienne. Lui murmurer à l'oreille : « Je suis là, tout va bien ». Mais c'était impossible.

— Voilà, dit enfin la vendeuse en ouvrant un grand cahier de cuir où étaient visiblement consignées toutes les commandes.

Elle tourna quelques pages et sourit triomphalement en posant l'index sur une ligne.

— Là. Le 2 octobre, Mme Katrina Priestly, deux modèles 66-01, un 66-06, quatre 66-24 et deux 66-28.

— Ce qui signifie ? demanda Mac en fronçant les sourcils.

— Mme Priestly nous a commandé deux soutiens-gorge L'Hippocampe blancs à balconnets, un noir, quatre slips blancs et deux noirs assortis. Nous les lui avons expédiés à son domicile, par coursier, le 17 novembre dernier. Vous savez, ces modèles sont faits sur mesure, il faut un peu de temps pour les recevoir, et…

— Oui, je vois, coupa Mac en souriant et en prenant des mains le soutien-gorge de Mary. Ce modèle faisait-il partie de la dernière commande ?

Etonnée, la vendeuse examina la pièce de lingerie et haussa les épaules.

— Oui. Peut-être. Je ne puis vous dire si *ce* soutien-gorge a été expédié lors de cette commande ou lors d'une précédente. Mme Priestly nous achète régulièrement ce modèle. Mais que se passe-t-il ? Vous avez rencontré un problème avec notre lingerie, chère madame ? Car dans ce cas, je me ferai un plaisir de…

— Non, dit Mary en s'efforçant de sourire et en reprenant le soutien-gorge. J'en suis… très satisfaite, je vous remercie.

Visiblement décontenancée, la vendeuse ajouta plus bas :

— C'est à cause de… l'accident ?

— L'accident ? Quel accident ? interrogea vivement Mary.

La vendeuse se tourna vers Mac en joignant les mains et lui lança un regard effaré.

— Mme Priestly est, euh… perturbée, lâcha-t-il, ne sachant comment rattraper la situation.

Mais la vendeuse lui en offrit l'occasion d'elle-même. Elle porta une main à ses lèvres et la confusion se peignit sur son visage.

— Oh, je regrette… Je ne savais pas que Mme Priestly était elle aussi à bord de l'avion !

Elle prit la main de Mary et ajouta :

— Permettez-moi de vous dire à quel point nous avons été touchés par ce drame. Votre mari était si jeune… Puis-je faire quoi que ce soit pour vous ?

Même si sa vie en avait dépendu, Mary aurait été incapable de dire un mot. Elle ouvrit la bouche, mais aucun son n'en sortit. Une sorte de nausée violente montait en elle. Elle avait l'impression que sa tête allait exploser.

Ce fut tout juste si elle comprit ce que Mac répondait à la vendeuse :

— … Et comme vous pouvez le constater, Mme Priestly est encore sous le choc. Voulez-vous noter pour moi la dernière adresse à laquelle vous avez livré sa commande ?

— Certainement, répondit la vendeuse en retournant derrière son comptoir.

Mary essayait de se concentrer en regardant cette femme rédiger l'information cruciale. Son cœur était pris dans un étau. Il battait si fort qu'elle pouvait à peine respirer. Mac se leva et lui prit de nouveau le bras.

Puis, la vendeuse tendit le bristol à Mac et pencha la tête de côté en lançant à Mary un regard de compassion.

— Vous savez, lui dit-elle, j'ai moi-même perdu mon mari

l'an dernier. Je me représente très bien à quel point ce doit être difficile pour vous. Encore toutes mes plus sincères condoléances.

Un feu d'artifice inouï explosa tout à coup dans la mémoire de Mary. Des flashes se succédèrent, des milliers d'images s'entrechoquèrent, et une syntaxe claire, saisissante, leur donna sens en une seconde. Le sang pulsait douloureusement à ses tempes tandis que la longue chaîne de souvenirs se déployait en elle. Il fallait qu'elle réagisse, se dit-elle. Qu'elle prononce un mot ou qu'elle se mette à courir… ou qu'elle s'effondre, ici et maintenant. Qu'elle fasse quelque chose, n'importe quoi !

La pièce tanguait dangereusement autour d'elle, traversée de lumières blanches plus étincelantes que des étoiles. Dans les miroirs alignés sur les murs, elle vit mille et une jeunes femmes blondes, livides et pétrifiées. Leurs reflets étaient démesurés ou minuscules, tout près ou très loin d'elle. Leur regard bleu semblait effrayé. Elles allaient crier, hurler…

L'instant d'après, elle se sentit aveuglée par le soleil et perçut la chaleur du bitume sous ses mollets. A travers ses cils battants, elle distingua de grandes palmes qui s'agitaient dans la brise tiède.

Les souvenirs claquaient avec fracas dans son esprit. Comme les portes d'une maison hantée, se refermant les unes après les autres, dans la tempête.

Sa tête n'était pas collée au sol… Mac la soutenait.

— Mary, murmura-t-il.

Il posait sur elle ses yeux si réconfortants. Ses yeux profonds. Inquiets.

— Tu vas bien ? demanda-t-il.

Elle secoua la tête.

Oh non, elle n'allait pas bien.

Elle se sentit soulevée et comprit qu'il la prenait dans ses bras pour l'emmener jusqu'à la Buick. Un instant plus tard, elle était à demi affalée sur la banquette avant.

Mac vint s'asseoir près d'elle et lui attacha sa ceinture.

Elle se sentait si… étrange. Entrelaçant doucement ses doigts aux siens, elle ferma les yeux.

— Tu vas voir, tout ira bien, murmura-t-il.

Mais il se trompait lourdement.

Rien ne pouvait aller *bien*. Rien n'irait plus jamais *bien*.

Elle le savait.

Mac s'était installé au volant mais ne savait que faire. Pendant quelques instants, il observa la jeune femme. Elle demeurait immobile.

Elle avait posé sa tête sur son épaule et laissé sa main dans la sienne. Elle ne dormait pas : à l'évidence, elle tentait de surmonter un terrible choc.

Son mari était mort dans un accident d'avion, songea-t-il. C'était le chagrin qui venait de l'anéantir…

Malgré lui, une jalousie aiguë s'infiltrait dans ses veines, tel un poison, et le rendait fou. Quel imbécile il était ! Il s'était préparé à être jaloux d'un homme bien réel, il n'allait pas maintenant se laisser aller à envier un mort ! Se reprochant les mouvements involontaires de son cœur, il sortit de la voiture et prit son téléphone portable dans sa poche.

Il s'éloigna d'une vingtaine de mètres, tout en gardant le regard braqué sur Mary.

Après avoir bavardé quelques instants avec sa tante, il appela le cabinet du Dr George Handerly et attendit que son assistante veuille bien lui transmettre son appel.

— Bonjour, Mac, dit enfin George. Je suis heureux de vous avoir au bout du fil. J'ai reçu les résultats d'analyses de Mary ce matin. Il y avait dans son sang les traces d'un neuroleptique puissant, ainsi que d'autres drogues.

— Cela explique-t-il son amnésie ? demanda Mac.

— Oui et non, répondit le médecin. Encore une fois, l'amnésie ne peut être provoquée de manière chimique. En revanche, l'absorption massive de neuroleptiques induit chez le patient des troubles du système nerveux central et peut considérablement affecter sa personnalité.

— Je ne comprends pas, répondit Mac d'un ton agacé. Comment a-t-elle perdu la mémoire, dans ce cas ?

— Il est possible que le choc qu'elle a reçu à la tête l'ait rendue provisoirement amnésique, répondit George. La prise de neuroleptiques et d'autres drogues aurait aggravé le phénomène et l'aurait prolongé. Mais si elle prenait régulièrement des neuroleptiques dans le cadre d'une cure, elle a pu devenir amnésique à la suite d'un choc psychologique. Je regrette de ne pas pouvoir vous apporter de réponse plus définitive, Mac.

— Je comprends, souffla-t-il.

Il réfléchit un instant. Après avoir exposé à George les événements qui venaient de se dérouler dans la boutique de lingerie, il reprit :

— Si Mary ne se souvient pas de la mort de son mari, dois-je lui en parler ? Faut-il que je la conduise dans un hôpital psychiatrique ?

— Non, dit George. Ne la noyez pas d'informations. Quant à l'hôpital, je crois que ce serait une mauvaise idée. Elle a une telle frayeur des médecins qu'elle chercherait à s'échapper à la première occasion. Non, restez calme, et aidez-la à retrouver quelques souvenirs. Vous dites que vous connaissez son adresse ?

— Oui, répondit Mac en baissant les yeux sur le carton que la vendeuse lui avait donné.

— Dans ce cas, ramenez-la chez elle. Sa famille prendra soin d'elle. Et elle a certainement un médecin de famille qui pourra venir l'examiner sans délai.

— Sa famille ? répéta Mac. Mais, docteur, je vous dis que son mari est mort.

— Ramenez-la chez elle, asséna George, sûr de lui.

Mac acquiesça et raccrocha, le cœur lourd.

Ce Daniel était mort dans un accident d'avion. Il était seul à bord de ce petit jet privé. Et d'après la vendeuse, qui ne pouvait rien affirmer avec certitude, l'accident avait eu lieu environ un mois avant Noël.

Comment diable aurait-il pu la droguer ? Se pencher sur elle, une seringue à la main, ainsi qu'elle l'affirmait…

Néanmoins, la disparition brutale de son mari expliquait peut-être l'état dans lequel se trouvait Mary quand Mac l'avait trouvée.

Vraiment ? Etait-ce vraisemblable ?

Pourquoi une jeune veuve aurait-elle parcouru mille six cents kilomètres vers le Nord ?

En admettant que le meurtre de Michael Wardman alias Jake fût une simple coïncidence et que l'homme qui avait tenté de l'enlever n'ait été qu'un ami désireux de la ramener chez elle, trop de zones d'ombres persistaient…

Un *ami* ? Un ami qui lui pointait un couteau sur la gorge ?

Impossible.

Pourtant, Elvis lui avait dit qu'un certain B.O. souhaitait qu'elle rentre chez elle.

Désemparé, Mac s'installa de nouveau dans la voiture et contempla sa compagne.

Mary.

Ou plutôt Katrina Priestly.

En sentant qu'il était revenu près d'elle, la jeune femme ouvrit les yeux et fondit en larmes.

— Je… je me souviens de tant de choses, murmura-t-elle entre ses sanglots.

Il pouvait lire une profonde douleur dans ses yeux rougis.

— Quelles choses… Katrina ? demanda-t-il avec douceur.

— Kate, dit-elle. Tout le monde m'appelle Kate. Danny est mort, juste après Thanksgiving.

Il observait les larmes qui ruisselaient sur ses joues et se sentait écartelé entre le désir de la prendre dans ses bras et un violent élan de jalousie.

Soudain, elle releva la tête et son regard se fit plus anxieux.

— Mes bébés ! cria-t-elle d'une voix où perçait le désespoir, en s'accrochant à sa ceinture de sécurité.

Puis elle agrippa le bras de mac et hurla :

— Démarre, vite ! Tout de suite, je t'en supplie !

Pris de court, Mac s'exécuta.

— Vite, vite ! reprit-elle sur un ton hystérique. Oh, Seigneur ! Mac, je n'ai pas un enfant, mais deux. Des jumeaux. Mes petits garçons ! Où sont-ils ? Qui s'occupe d'eux ? Oh, Mac, je t'en prie, dépêche-toi !

Le souvenir de ses enfants semblait avoir surgi de nulle part avec une singulière violence. Et l'urgence qu'elle ressentait était contagieuse : Mac sentit une décharge d'adrénaline courir dans ses veines et enfonça la pédale d'accélération en scrutant les panneaux indicateurs.

Mary vivait dans une petite ville du nom de Boward Key, au sud de Key Largo.

En parvenant sur l'embranchement autoroutier, il ne put s'empêcher de se demander quelle était la situation qu'ils allaient devoir affronter, désormais.

— Je t'en prie, dépêche-toi, cria-t-elle de nouveau en enfonçant ses ongles dans son bras droit.

Tout à coup, sa voix était devenue celle d'une parfaite étrangère.

10

Les images défilaient si vite dans sa mémoire que Mary avait peine à les discerner avec netteté. Sauf une : celle de deux enfants souriants. En revanche, le visage de Danny était encore légèrement nimbé de volutes grises.

Mais à chaque kilomètre qu'ils parcouraient, le paysage lui évoquait des sentiments familiers. Même la foule de Miami, les palmiers et l'avenue de Florida Bay lui semblaient désormais appartenir à un monde connu.

Mac sentait parfaitement le malaise de sa compagne, près de lui. C'était comme si sa confusion se matérialisait en ondes magnétiques, qui le touchaient également.

— Pourquoi ne me dis-tu pas tout ce qui te passe par la tête, au fur et à mesure que les souvenirs reviennent ? suggéra-t-il. Peut-être que si tu commences à te rappeler les événements récents, tu sauras comment tu t'es retrouvée dans l'allée de Billing…

— Tout ce que tu as à faire, c'est trouver mes enfants ! coupa-t-elle sèchement.

Le ton qu'elle venait d'employer laissa Mac abasourdi.

— Parle-moi d'eux, dit-il après avoir observé un court silence.

Elle lui lança un regard impatient puis jeta un coup d'œil au tableau de bord. Il ne pouvait pas rouler plus vite. Le moteur de la Buick vrombissait.

Elle soupira, visiblement agacée, et lâcha :

— Ils s'appellent Charlie et Harry. Tout le monde prétend qu'ils se ressemblent comme deux gouttes d'eau, mais à mes yeux, ils sont très différents. Ils ont un an et demi. Ils sont… adorables, débordants d'énergie, merveilleusement intelligents, très bruyants… Oh, je ne sais que te dire. Ce sont mes bébés. Ma raison de vivre.

— Mary… Je veux dire Kate, je t'en prie, calme-toi. Parle-moi de leur père.

Elle prit une longue inspiration mais demeura silencieuse.

— Où vous êtes-vous connus ? demanda-t-il.

A cet instant, la jeune femme discerna le visage de son mari dans ses moindres détails. Le souvenir de leur première rencontre la frappa avec netteté. Oh, ils s'étaient tant éloignés l'un de l'autre, dans les derniers temps de leur mariage. Mais à l'époque où elle avait connu Danny, tout avait été très différent.

La scène était parfaitement claire dans son esprit.

Et elle savait qu'elle ne pouvait presque rien en dire à Mac.

— Essaie, insista-t-il.

Gênée, elle se laissa captiver par une autre image.

— J'ai un frère, dit-elle. Il s'appelle Tom.

Mac, qui avait visiblement espéré des détails concernant son mari, laissa échapper un soupir.

— Bon, souffla-t-il. C'est un début.

— Tom et mon père vivent dans l'Oregon, où ils tiennent une petite entreprise de lavage de voitures. J'ai toujours pensé que c'était assez drôle, parce qu'il pleut d'un bout à l'autre de l'année, là-bas. Qui a besoin de faire laver sa voiture ?

Mac esquissa un sourire.

— Et ta mère ? reprit-il.

— Mes parents ont divorcé quand j'avais sept ans, expliqua-t-elle. Je suis partie vivre avec ma mère et son nouveau mari à San Francisco. Tom est plus âgé que moi. A l'époque, il avait quinze ans. Il a préféré rester avec mon père. J'ai moi-même quitté la maison à dix-huit ans.

— Tu étais bien jeune, observa Mac.

— Oui, répondit-elle. J'avais besoin de mener ma propre vie.

Mais en réalité, elle se rappelait les gestes violents de son beau-père. Plus d'une fois, il était entré dans sa chambre et l'avait frappée, sous le regard effrayé de sa mère, qui avait préféré ne pas intervenir…

Aussi avait-elle choisi de partir. Ou plutôt prendre la fuite…

— Et qu'as-tu fait ? Tu as suivi des études ? demanda-t-il.

Elle haussa les épaules.

— Oh, j'ai voyagé ici et là…

Mac fronça les sourcils et lui lança un regard inquisiteur.

— Ta réponse est-elle délibérément vague ou bien as-tu des difficultés à te rappeler cette période ?

— Oui, c'est un peu flou, mentit-elle.

Oh, Seigneur, comment pouvait-elle lui avouer qu'elle s'était retrouvée à la rue et sans un sou du jour au lendemain ? Elle avait trouvé des petits boulots dans d'infâmes restaurants de San Francisco, avait fait la plonge dans des bars… Et avait accepté de suivre un homme jusqu'à Las Vegas, puisqu'il lui offrait le voyage en voiture gratuitement. Un vieux monsieur très gentil, se rappelait-elle. Un client régulier d'un restaurant où elle avait travaillé pendant quelques semaines.

Pourtant, Mac pouvait comprendre, lui. Il ne la condamnerait pas, comme Danny l'avait fait…

Mais si ce n'était pas le cas ? lui souffla insidieusement une petite voix. « Et s'il décide que tu ne mérites pas son aide ? Peux-tu prendre ce risque ? Veux-tu perdre ta seule chance de retrouver tes bébés ? »

Pressant ses doigts contre ses tempes alors que d'autres images venaient l'assaillir, elle se passa la langue sur les lèvres. Sa bouche était sèche.

— Et ton mari ? reprit Mac.

En une seconde, elle se rappela l'instant où elle avait croisé le regard de Danny et où elle avait cru tomber amoureuse.

— Où l'as-tu rencontré ?

— A mon travail, répondit-elle évasivement.

— C'est-à-dire ?

Elle soupira.

— J'étais serveuse. De temps en temps, il venait prendre un verre. Nous avons fait connaissance, et puis nous nous sommes mariés trois semaines plus tard.

Mac siffla doucement.

— Trois semaines ! Eh bien…

Mac sourit, en essayant de se représenter Mary, ou plutôt

Kate, dans l'une de ces robes de coton sagement boutonnées qui étaient presque un uniforme pour les serveuses américaines.

— J'étais persuadée que j'avais trouvé le grand amour de ma vie, poursuivit-elle.

— Et lui ? s'enquit Mac.

— Danny cherchait un moyen de se rebeller contre son éducation et de provoquer ses parents. Quelques semaines après notre mariage, j'étais enceinte. Et seize mois après la naissance des jumeaux, il est mort dans son jet, qui s'est écrasé au large de la Louisiane, non loin de la côte.

Songeant à l'avertissement du médecin, Mac hésita, mais reprit :

— La vendeuse de la boutique m'a dit qu'il revenait d'un voyage à Las Vegas.

Kate se mit à trembler. La seule mention de Las Vegas la terrifiait. Il ne fallait pas que Mac apprenne la vérité. A aucun prix.

— Oui, admit-elle. Danny aimait les cartes.

— Etait-il un joueur régulier ?

Elle baissa la tête et acquiesça.

— Et il se rendait souvent à Las Vegas ?

Mac vit une expression de tristesse se peindre sur le visage de la jeune femme.

— Danny faisait ce qu'il voulait quand il le voulait, répondit-elle. Ce petit jet était sa passion. Tout comme le jeu. Il misait gros, au poker. Mais il pouvait se le permettre : il était le seul enfant d'une famille très riche. Son grand-père avait fait fortune. Après l'université, Danny n'a pas souhaité exercer la moindre activité et a préféré dilapider son argent.

— Oh, Mary…, murmura Mac, sans doute touché par le ton amer qu'elle venait d'employer.

Il ne s'était pas aperçu qu'il l'avait appelée Mary.

Et elle sentait son cœur se serrer en pensant qu'elle n'était *plu*s Mary.

Hélas.

Elle était Kate. La femme qui se souvenait douloureusement de chacune des frasques de son mari. De sa solitude. De l'échec de sa vie familiale… Et Mary lui manquait.

Mary était comme une page de papier vierge sur laquelle elle aurait pu écrire une histoire toute neuve. Mary était… innocente.

Kate, elle, devait assumer un passé chargé. Un passé qui pesait lourd, beaucoup trop lourd sur ses frêles épaules.

A présent, les larmes roulaient sur ses joues. Mais elle se rappela qu'être Kate signifiait aussi retrouver Charlie et Harry. C'était tout ce qui comptait. Même si elle aurait décroché la lune pour que la Mary qui avait plu à Mac n'ait pas définitivement disparu.

Mary et Mac…

Kate et ses enfants…

Oh, son cœur saignait, son âme se déchirait…

— Danny ne voyait pas à quel point j'avais besoin qu'il fasse un tout petit peu attention à nous, murmura-t-elle d'une voix altérée par l'émotion.

Mac sentait revenir sa haine pour cet homme.

— Pourquoi es-tu restée avec lui ? se révolta-t-il.

Elle se mordit la lèvre. Il lui était impossible d'avouer qu'elle avait été sur le point de quitter Danny, avant que son avion ne s'écrase. Durant des mois, elle avait pesé le pour et le contre. Elle ne voulait pas séparer ses enfants de leur père. En tant qu'enfant de divorcés, elle ne connaissait que trop bien le chagrin que suscitait un tel drame… Mais Danny ne s'était jamais occupé de ses enfants. Quelle différence cela aurait-il fait ?

Si elle admettait qu'elle avait été près de divorcer, Mac penserait qu'elle avait eu un petit ami. Ce personnage imaginaire qui lui aurait offert ses jolis dessous… Il se rappellerait la trahison de Jessica. Et il se mettrait à la détester. Non, elle ne pouvait pas lui dire la vérité.

Elle balbutia quelques mots au sujet des enfants.

— Et la famille de Danny ? reprit Mac.

Il était redevenu un détective. Un flic.

Kate soupira.

— Son père est un médecin très réputé, dans la région. Et très aimé, ajouta-t-elle. C'est *le* docteur de Boward Key, si tu vois ce que je veux dire. Tous les habitants apprécient le Dr Priestly. Il le sait très bien, d'ailleurs.

Pourquoi sentait-elle l'amertume l'envahir quand elle évoquait le père de Danny ? se demanda-t-elle.

Mac jeta un coup d'œil dans le rétroviseur avant de la regarder de nouveau.

— Très bien, dit-il. Mais, Mary, je veux dire, Kate… Que t'est-il arrivé, à toi ? Comment t'es-tu retrouvée à Billington ?

— Je n'en ai pas la moindre idée, avoua-t-elle en sentant son cœur battre plus vite.

C'était la stricte vérité. Il y avait un long tunnel noir, dans sa mémoire, au milieu de ce feu de souvenirs…

— Fais un effort, insista-t-il. Ton couple rencontrait des difficultés. Puis Danny est mort. Qu'est-il arrivé ensuite ? Qu'as-tu fait ?

Elle se concentra.

— Rien du tout, dit-elle enfin. Ce que je faisais d'habitude : m'occuper de mes fils et de cette association caritative pour enfants hospitalisés pour laquelle je travaille depuis deux ans, à Miami.

Et programmer une évasion, pensa-t-elle. Trouver le moyen de quitter la Floride avec Harry et Charlie…

— Je pensais retourner dans l'Oregon, poursuivit-elle. Il y a cinq ou six ans que je n'ai plus vu mon père ni Tom.

— Tu ne voulais donc pas rester auprès de ta belle-famille ?

— Non, dit-elle sombrement.

Sa gorge se serra. Il était décidément compliqué de choisir entre ce qu'elle pouvait révéler et ce qu'elle devait taire.

— Tu ne sembles pas très proche de la famille de Danny, observa Mac.

— Non, c'est vrai.

— Pourquoi ?

— Parce que…, commença-t-elle en pressant encore ses doigts sur ses tempes. Parce que le Dr Priestly me hait.

Voilà. C'était dit. Et pourtant, cet aveu ne lui procurait aucun soulagement. De plus, il allait maintenant falloir qu'elle explique plus précisément la situation.

Et qu'elle demeure prudente.

— Je n'en ai jamais compris la raison. Sinon que je n'étais

pas exactement le genre de belle-fille dont rêvait le Dr Priestly pour son fils unique.

— Il te jugeait mal ? s'enquit Mac en observant son expression tendue.

Elle hocha la tête et murmura d'une voix à peine audible :

— Oui.

Mac fronça les sourcils.

— Pourquoi ?

Elle se mordit la lèvre et détourna les yeux vers la vitre.

— Oh, Mac, quelle importance ? Je crois qu'à ses yeux, aucune femme n'aurait été assez bien pour son fils. Et certainement pas une fille comme moi, sans éducation ni fortune personnelle. Je n'étais pas digne de devenir une Priestly, voilà tout.

— C'est lui qui t'a dit tout cela ? demanda-t-il. Ou bien s'agit-il de déductions personnelles ?

Elle haussa les épaules.

— Quand Danny et moi nous disputions, il me disait souvent que son père insistait pour qu'il divorce au plus vite. Que je n'étais pas une femme pour lui… Même après la naissance des jumeaux, le Dr Priestly voulait que Danny me quitte. Ma belle-mère, Paula, m'a également souvent rapporté les propos de son mari à mon sujet…

La jeune femme aperçut le sourire de compassion de Mac. C'était un sourire complice, chaleureux. Il la soutenait. Il était de son côté. Aussitôt, elle se sentit réconfortée, et poursuivit :

— Mes relations avec mon beau-père ont encore empiré après la mort de Danny. A cause de l'argent. La vie est bien ironique : durant des années, j'étais sans le sou, et je me suis soudain retrouvée dans la situation inverse. J'avais *trop* d'argent. Il y avait tous ces portefeuilles d'actions et ces propriétés que Danny possédait et que je devais désormais gérer pour les enfants. Le Dr Priestly était fou de rage de me savoir à la tête de la fortune de son fils. Il devait penser que tout cela ne m'appartenait pas. Quel désastre…

— Oui, l'argent peut détruire des familles entières, approuva Mac, qui se rappela comment sa mère avait été prête à frapper son père pour une poignée de dollars, dans cette rue sordide de Los Angeles.

Kate hocha la tête en silence.

— Pendant deux ans, j'aurais tout donné pour pouvoir m'évader, admit-elle. Et d'une certaine manière, la mort de Danny me libérait de cette famille. Mais j'étais horrifiée par la réaction de mon beau-père. Je me moque de cet argent. De toute façon, il appartient à mes enfants. J'ai tout bloqué sur un compte pour qu'ils en héritent à leur majorité.

Mac se tut un long moment. Kate n'allait-elle pas trop loin ? Après tout, même si son beau-père ne la portait guère dans son cœur, elle était la mère de ses petits-enfants.

Il revint au sujet qui le hantait :

— Maintenant, dis-moi quelle est la dernière chose dont tu te souviennes. La dernière image que tu gardes à la mémoire, avant ton réveil dans l'impasse de Billington.

Elle s'efforça d'organiser ses pensées, de mettre de l'ordre dans le charivari de son esprit. Enfin, elle se rappela cet après-midi où elle avait emmené Harry et Charlie chez leurs grands-parents et ferma les yeux, pour mieux revivre ces instants.

— Je suis dans la villa de mes beaux-parents, murmura-t-elle. Nous sommes voisins, ils habitent à quelques rues de chez moi. Les enfants et moi nous y rendons à pied, par la promenade qui domine la mer. Ils aiment jeter des cailloux dans les vagues. Mon beau-père est censé être absent. Il doit donner une conférence dans un symposium de médecine à Orlando.

— C'est tout ? insista-t-il.

Elle se massa le front.

— Non, attends…

Parler la soulageait. Chaque fois qu'elle traduisait un souvenir en paroles, elle avait l'impression que ses maux de tête s'estompaient. Mais son cœur s'emballait, comme si elle prenait trop de risques en se laissant ainsi aller…

— Paula était présente, dit-elle. Elle était affolée. Elle répétait sans cesse que son mari considérait que j'étais responsable de la mort de leur fils. Il lui avait dit que si Danny m'avait vraiment aimée, il ne serait pas parti si souvent en jet à l'autre bout du pays.

J'étais blessée, bien sûr. J'ai essayé d'expliquer que la passion du jeu était comme une drogue, pour lui, et que j'avais tenté de l'aider à renoncer à ces paris, au poker… Mais elle criait. Elle faisait une crise de nerfs. Soudain, j'ai vu le Dr Priestly dans l'escalier. Il me lançait un regard sévère…

Mac haussa les sourcils.

— Mais alors, il n'était pas parti à Orlando ?

Il observa la jeune femme qui secouait la tête, se tordait les mains et fermait les yeux, cherchant vainement à clarifier ses souvenirs.

— Si. Non… Je ne sais pas, balbutia-t-elle. Oh !

Elle revoyait ce visage. Cette aiguille. Ce n'était pas Danny, non !

— C'était lui ! s'écria-t-elle soudain. Mac, c'est lui qui m'a attaquée ! Pas Danny ! C'était le Dr Daniel Priestly ! Je revois encore l'expression haineuse de ses yeux gris.

Elle tremblait.

Stupéfait, Mac ne savait que faire.

— Hum. Kate, tu en es sûre ? Ton beau-père ?

Elle scruta l'écran confus que son cerveau lui livrait. En était-elle *certaine* ? Peut-être. C'était encore flou, mais…

— Oui. Enfin, je crois, répondit-elle.

Sa gorge était si sèche ! Et ses yeux la brûlaient. Elle se mit à pleurer à chaudes larmes. La panique s'insinua dans sa voix quand elle se tourna vers Mac, suppliante :

— Les garçons sont sans doute avec lui et Paula. Je t'en prie, Mac, dépêche-toi !

Mac sentait le vent chaud soulever ses cheveux. Il essayait de ne pas tourner la tête trop souvent vers Mary. Vers *Kate*. Bon sang, c'était si troublant pour lui aussi… Moins de deux heures plus tôt, il voyageait avec Mary. Désormais, sa passagère était la mère de deux enfants. Une jeune veuve plongée dans un état de nervosité extrême, qui prétendait que son beau-père l'avait droguée et kidnappée, peut-être, pour l'abandonner dans une ville distante de plus de mille cinq cents kilomètres… Etait-ce plausible ?

Il devait la croire, se rappela-t-il. Leur quête n'avait aucun sens s'il ne lui accordait pas sa confiance. Même s'il savait que sa mémoire pouvait encore être défaillante. Mais bientôt, elle aurait l'esprit clair, elle se souviendrait de chaque détail, et les dernières zones d'ombre s'effaceraient définitivement... Il retrouverait sa Mary.

Non.

Jamais.

Mary n'était qu'un rêve.

La réalité s'appelait Kate Priestly.

Pourquoi le flic qui était encore en lui avait-il la nette impression qu'elle lui mentait ? Qu'elle omettait délibérément de lui dire certaines choses ?

Ses réponses évasives le déconcertaient, il devait bien l'admettre. Ces derniers jours, il avait été impressionné par sa volonté de forcer sa mémoire. Il avait admiré son honnêteté. Et surtout, il avait eu la certitude qu'ils tissaient une confiance réciproque. Le genre de lien qui était une révélation pour lui ; jamais il ne s'était senti aussi proche d'une femme.

Et à présent, ce miracle semblait s'effriter sous ses yeux. Il détestait ces doutes qui s'insinuaient en lui. De toutes ses forces, il aurait voulu croire à l'étrange histoire qu'elle lui avait racontée.

Mais la haine reposait toujours sur de véritables contentieux. Si le beau-père de Kate la haïssait, ainsi qu'elle le prétendait, il devait au moins pouvoir avancer une raison plus convaincante que les seules origines modestes de sa belle-fille. Pourquoi aurait-il pris ce risque ? Pour récupérer cette fortune dont Kate héritait ?

Mais si la jeune femme mourait, tout ce qu'elle possédait reviendrait à ses enfants...

Kate demeurait silencieuse à son côté. Il inspira longuement et déclara :

— Nous allons nous rendre au commissariat. Il faut que tu portes plainte pour mauvais traitements et enlèvement. De plus, si ton beau-père t'a fait traverser cinq Etats, cette affaire relève de la compétence du F.B.I.

— Non ! s'écria-t-elle avec force. Il n'en est pas question.

— Ecoute, Kate...

— J'ai dit non ! hurla-t-elle. Boward Key a été baptisée ainsi en l'honneur du grand-père maternel de Danny, Louis Boward. Bon sang, Mac, le Dr Priestly est une célébrité, ici ! Personne ne voudra m'écouter. Tout le monde est à genoux devant lui. Je suis la seule à savoir quel homme cruel il est !

Mac se mordit la lèvre. Kate était en pleine paranoïa. Si ce médecin était la coqueluche de la ville, pourquoi aurait-il torturé sa belle-fille et pris le risque d'être découvert ?

— Bon. Très bien, acquiesça-t-il. Nous nous rendons en priorité chez lui. Nous frapperons à sa porte, et nous verrons bien ce qu'il en est.

Saisie de tremblements, la jeune femme devint pâle comme un linge.

— C'est impossible, voyons ! Il m'a agressée ! Je ne peux pas entrer chez lui, comme si de rien n'était !

— Tu n'entreras pas dans cette maison, Kate, affirma-t-il. J'irai seul.

— Non, je ne veux pas. C'est trop dangereux.

Il soupira.

— Dans ce cas, nous téléphonerons à ta belle-mère et nous la ferons parler au maximum, pour tenter d'en apprendre le plus possible.

Rassérénée, elle s'enfonça de nouveau sur la banquette.

— Oui, agréa-t-elle. C'est mieux.

Mais après quelques instants de silence, elle reprit d'une voix paniquée :

— Mac, si c'est bien lui qui m'a attaquée, il pourrait être arrêté et mis en prison. Il va nier, tenter d'inventer n'importe quoi et cacher toutes les preuves de sa culpabilité. Il ne voudra pas me rendre mes enfants ! Mais j'ai une idée. Je sais ce qu'il faut faire. Gloria, la gouvernante de mes beaux-parents, qui s'occupe aussi des jumeaux quand ils sont chez eux, est une vieille dame. Elle va toujours se coucher assez tôt. Bien sûr, elle occupe la chambre qui jouxte celle des enfants, mais elle a un sommeil lourd. Tu vas trouver un moyen pour que nous entrions dans la maison cette nuit, quand tout le monde dormira. J'emmènerai les garçons. Ce n'est pas une violation de la loi : ce sont *mes* enfants ! Puis, tu nous aideras à disparaître, tous les trois, loin de Boward Key.

Affolé par la suggestion de sa compagne, Mac ne savait comment réagir. Il avait l'impression qu'elle perdait complètement l'esprit. Repoussant toutes les appréhensions qui le gagnaient, il déclara fermement :

— Kate, tu parles de violation de domicile et de kidnapping. Peux-tu imaginer la terreur de tes propres enfants s'ils te voyaient arriver en pleine nuit pour les emmener ? Essaie de réfléchir, s'il te plaît.

— Ils n'auraient pas peur, rétorqua-t-elle. Car je serais avec eux. Ils m'aiment. Je suis leur mère !

Mac soupira.

— Soyons rationnels, reprit-il avec calme. Chaque chose en son temps. Je sais bien que tu es persuadée que ton beau-père est à l'origine de tous tes ennuis, mais pour l'instant, nous n'en avons pas la preuve.

— Mac ! C'est la vérité, je te le jure ! Je le revois en train de brandir une seringue, et…

— Mais ta mémoire, surtout en ce qui concerne cette période, n'est pas totalement fiable, Kate, opposa-t-il. Tu as d'abord pensé que ton mari t'avait droguée, et maintenant tu affirmes que…

— Je sais que c'est lui, coupa-t-elle.

— Mary…

— Kate ! cria-t-elle.

A bout de nerfs, il pila sur le bas-côté.

— Je te demande pardon, murmura-t-elle.

Il serra les dents. En reprenant la route, il mit en marche le vieil autoradio et trouva une station consacrée au jazz. Au bout de quelques instants, il reprit :

— Ecoute. Quels que soient tes souvenirs concernant cette scène, nous savons qu'un homme t'attend ici, qu'il est armé et qu'il n'est pas ton beau-père, n'est-ce pas ?

— Tu parles de l'imitateur d'Elvis ?

— Oui. L'homme qui a tué ou blessé ton agresseur à Macon. Lequel, je te le rappelle, est peut-être à nos trousses en ce moment même.

Il la regarda porter instinctivement une main à sa gorge et sut qu'elle se rappelait ce qu'elle avait ressenti quand il avait pointé son couteau sur elle.

— Tu m'as dit qu'Elvis t'avait conseillé de rentrer chez toi. Il a prétendu qu'un certain B.O. voulait que tu retournes en Floride. Si ton beau-père a tout fait pour que tu disparaisses et que tu finisses à Billington, pourquoi enverrait-il un homme armé d'un couteau pour te ramener à Boward Key ? Cela n'a aucun sens.

Elle fronça les sourcils et murmura :

— C'est vrai. Tu as raison.

— Cette histoire comporte beaucoup trop de zones d'ombre pour que nous nous laissions aller à vouloir tout régler sur un coup de tête, poursuivit-il. Et ne compte pas sur moi pour organiser un enlèvement. Fais-moi un peu confiance, d'accord ?

La réponse fut longue à venir, mais Kate finit par se tourner vers lui et lui sourire.

— D'accord, dit-elle.

Etait-ce à lui qu'elle venait d'offrir ce sourire si chaleureux, si irrésistible ? se demanda Mac. Ou bien au panneau qui, à droite de la route, indiquait « Boward Key » ?

11

Mac s'arrêta sur le parking d'une épicerie du centre-ville et coupa le moteur. L'angoisse de Kate était presque palpable. Elle était semblable à une bouilloire sur le point d'exploser.

— Alors ? Que faisons-nous, maintenant ? demanda-t-elle d'une voix surexcitée.

— Il nous faut un plan, répondit-il calmement.

— Alors tu me crois ?

Il essaya de répondre avec le plus de diplomatie possible :

— Si tout s'est déroulé ainsi que tu le dis, alors nous disposons des informations suivantes : d'abord, ta belle-mère est dévorée de chagrin et susceptible de faire une crise de nerfs à tout moment. Ensuite, ton beau-père a lui-même cédé à une crise, liée au décès récent de son fils et au fait qu'une belle-fille qu'il apprécie peu se retrouve soudain à la tête de l'héritage familial. C'est tout. Rien n'explique ta présence à Billington, l'avertissement d'Elvis ni les motivations de ton agresseur au couteau. Je ne parle même pas de la pierre qui a été lancée chez moi, ni du meurtre de Jake, qui pourraient être indépendants de cette affaire, bien que cela semble peu probable. Voilà où nous en sommes, Kate. Es-tu sûre de ne pas connaître B.O. ?

Elle réfléchit et hocha la tête.

— Non, dit-elle. Je ne vois vraiment personne de mon entourage qui porte ces initiales.

— Et tu n'as rien fait qui aurait pu exciter la colère de quelqu'un, en dehors de ton beau-père ? demanda-t-il.

— Non, Mac, je t'assure… Je mène une vie très simple. Je passe la majeure partie de mon temps à la maison, avec Charlie et Harry. Et deux jours par semaine, je vais à Miami pour m'occuper de cette association, comme je te l'ai dit… Je n'ai pas d'ennemis. Sauf lui.

— Très bien, conclut Mac. Nous devrions aller chez toi avant tout. Et-tu sûre que tes enfants ne peuvent y être ? Ils n'ont pas de nourrice ?

— Non, répondit-elle. Quand je vais travailler, ils restent chez mes beaux-parents ou avec Nellie, la femme de ménage. Elle vient chez moi toutes les semaines, trois jours consécutifs, et préfère dormir sur place le temps de son service. Quel jour sommes-nous ?

— Mardi.

— Elle doit être à la maison, dit-elle.

La question de Kate venait d'éveiller un soupçon dans l'esprit de Mac.

— Kate, reprit-il, quelle est la dernière date dont tu te souviennes ?

Elle fronça les sourcils. Son regard bleu semblait dans le vague, tandis qu'elle cherchait l'information. Mac sentit son cœur cogner dans sa poitrine. Bon sang, elle était si belle… Si attendrissante. Pouvait-il réellement croire que son récit recelait le moindre mensonge ? Pourquoi étaient-ils plongés dans une situation si compliquée, alors qu'il aurait été si simple de se laisser aller, de trouver un motel, et…

— Le 9 janvier, dit-elle triomphalement. J'en suis certaine. C'est le jour où j'ai conduit les enfants chez leurs grands-parents. Je ne peux pas me tromper, car c'était deux mois jour pour jour après l'accident d'avion de Danny.

— Nous sommes le 18, répliqua-t-il. Ce qui signifie que tu as été absente plus d'une semaine.

— Et tu m'as retrouvée il y a deux jours, murmura-t-elle.

— Non. C'était il y a cinq jours, corrigea-t-il.

Elle secoua la tête, incrédule. Le temps avait passé si vite, près de Mac…

— Le voyage a duré près de quatre jours, lui rappela-t-il. Car nous avons dormi plus d'une journée entière dans ce motel.

— Oui, bien sûr, répondit-elle.

— Si la personne qui t'a conduite à Billington a mis deux

jours pour parcourir tout ce chemin, que sont devenus les deux jours restants ?

Elle haussa les épaules.

— Je n'en sais rien. Et qu'est-ce que cela peut bien faire ?

— Il faut pourtant que nous comprenions comment…

— Non, coupa-t-elle. Ça suffit. La seule urgence est de retrouver mes bébés. Mac, je veux mes enfants !

Elle fondit en larmes. En soupirant, il démarra la Buick et reprit la route.

— Ne pleure pas, Kate. Je te promets que nous les retrouverons. Ils sont peut-être tout simplement chez toi…

Elle leva les yeux vers lui et l'expression de lassitude qu'elle discerna sur son visage l'oppressa.

— Je suis perdue, gémit-elle entre deux sanglots. Pardonne-moi, Mac. Je sais que je ne devrais pas te parler comme je le fais depuis tout à l'heure. Mais je ne sais plus que penser… Harry et Charlie…

Mac aussi se sentait perdu. Plus il y songeait, et plus il lui paraissait évident que l'histoire de Kate ne tenait pas debout. Peut-être ne lui mentait-elle pas : elle pouvait ne pas se rappeler certains événements, certains détails… Pourtant, elle avait soigneusement éludé ses questions concernant sa jeunesse et admettait ne pas connaître de B.O. Ni l'imitateur d'Elvis. Ni son agresseur. Un médecin riche et célèbre dans sa petite ville de Floride pouvait-il engager un tueur à gages pour supprimer sa belle-fille au seul motif qu'il ne l'aimait pas ? Non. C'était de la paranoïa. Même le prétendu mobile de l'héritage était abracadabrant. Certes, Kate héritait de la fortune de son mari. Et alors ? Elle élevait les héritiers des Priestly, qui seraient un jour eux-mêmes gérants et bénéficiaires de tous les biens familiaux. De toute façon, l'hypothétique disparition de Kate ne rendait pas cet argent au docteur. Quel avantage cet homme aurait-il tiré de la mort de sa belle-fille ?

Comme la jeune femme fermait les yeux et posait doucement sa main sur la sienne, il frissonna.

Il était tombé amoureux de cette femme.

Pourtant, il ne savait pas qui elle était.

La villa de Kate, édifiée sur les hauteurs de la baie de Boward Key et dominant l'océan, était bordée de palmiers et de bougainvilliers. Rien n'aurait pu indiquer la présence d'enfants dans cette maison si Mac n'avait aperçu une double balançoire cachée derrière un bosquet.

— Mes beaux-parents vivent à cinq cents mètres d'ici, au sud, précisa-t-elle comme la Buick franchissait un grand portail et une longue allée menant au garage.

Mac coupa le moteur sous un splendide portique orné de rosiers qui bourgeonnaient déjà, ignorant l'hiver sous ce climat chaud.

Dans le triple garage, un emplacement était vide. Les deux autres étaient occupées par un break noir et une vieille voiture rouge que Kate observa avec une satisfaction évidente.

— Bien. Nellie est là, déclara-t-elle. Cette maison appartient aux Priestly. Je suis très impatiente de déménager et de m'installer ailleurs avec les enfants, mais mes beaux-parents se sont vexés chaque fois que j'ai évoqué ce souhait.

Mac descendit de voiture et suivit la jeune femme qui montait le porche et tentait d'ouvrir la porte.

Quelque chose le fascinait, dans cette scène. Il réalisa aussitôt que c'était la première fois qu'il voyait Kate dans son élément, chez elle. Et qu'il allait bientôt la perdre…

Elle avait vainement tenté de tourner la poignée de la porte et se retourna vers lui en soupirant.

— C'est fermé à clé. Allons voir de l'autre côté de la maison, suggéra-t-elle.

Ils longèrent la villa et Mac admira le jardin, qui n'avait rien d'apprêté et dont la végétation semblait entretenue avec simplicité.

— Tu as un jardinier ? demanda-t-il.

— Non. Je préfère m'occuper de mes fleurs moi-même, répondit-elle.

Mac était impressionné par l'énergie de Kate. Non seulement elle veillait seule sur ses enfants, mais elle travaillait pour une association caritative et semblait aimer son rôle de mère au foyer.

Dès lors, il était difficile de croire que son beau-père lui vouait l'hostilité dont elle parlait…

— Madame Katrina ! s'écria une voix féminine assez aiguë.

Mac tourna les yeux vers une femme assez âgée, qui portait un tablier blanc et se tenait dans l'encadrement d'une porte de service.

Elle se jeta sur Kate et la serra dans ses bras avec force.

— Nellie ! répondit celle-ci d'une petite voix où perçait le soulagement.

Face à ces démonstrations d'affection, Mac eut une nouvelle fois la sensation que la femme qu'il avait connue ne lui appartenait plus… Kate venait de franchir une autre étape sur le chemin qui l'emmenait loin de lui. Il se reprocha cette réflexion. Comment pouvait-il se laisser aller à des pensées aussi égoïstes ?

— Où sont Charlie et Harry ? demanda Kate en regardant la vieille dame droit dans les yeux. Nellie, dites-moi où ils sont !

Le visage de Nellie était déjà bien ridé et ses cheveux étaient gris. Elle haussa les sourcils en dévisageant sa maîtresse.

— Ils sont avec le docteur et sa femme, à Fort Myers, répondit-elle en prenant les mains de Kate dans les siennes, comme si elle voulait la calmer. Ils vont bien, madame, ne vous inquiétez pas. Mais je me suis fait beaucoup de souci pour vous. Le docteur a dit que vous aviez disparu en voiture, la semaine dernière, en sortant de chez lui. Ah, madame Katrina, je me suis fait bien du mauvais sang !

Mac s'approcha et se plaça à côté de Kate.

— Le Dr Priestly vous a dit qu'elle était partie de chez lui *en voiture* ? demanda-t-il.

Nellie sembla perplexe.

— De chez lui ou d'ici, je ne sais plus… Quelle importance ? De toute façon, la voiture de madame n'est plus dans le garage.

Visiblement très nerveuse, Kate entraîna Mac et Nellie à l'intérieur de la maison. Ils traversèrent un long couloir décoré de corbeilles de fleurs séchées et de pots d'orchidées avant de s'installer dans un grand salon très clair, avec vue sur l'océan.

— Asseyez-vous, madame, dit Nellie. Voulez-vous que je vous prépare du thé ?

500 La disparue de Billington

— Pourquoi sont-ils à Fort Myers ? interrogea Kate d'une voix tremblante.

Mac glissa un discret coup d'œil vers elle. Depuis qu'ils avaient quitté Miami, elle n'avait tendu que vers un but : retrouver ses enfants. Et sans doute avait-elle espéré qu'ils seraient ici, même si elle ne l'avait pas avoué. Toute son énergie retombait soudain, et elle risquait de craquer, songea-t-il.

— Le docteur avait certains engagements à remplir là-bas, répondit Nellie en détournant le regard. Mais il sera là demain, avec son épouse et les enfants. Détendez-vous, madame. Voulez-vous un thé ? Un thé glacé ? Une citronnade fraîche ?

Elle s'adressait toujours à Kate et lançait parfois un regard suspicieux à Mac, comme si elle désapprouvait sa présence ici. Il avait la ferme intention de se trouver seul avec elle, à un moment ou à un autre, pour savoir ce qu'elle avait en tête.

— Je crois que tu devrais suivre le conseil de Nellie, Kate, déclara-t-il en désignant un canapé pour que la jeune femme aille s'y étendre. Je vais aider Nellie à préparer des rafraîchissements.

Mais Kate regardait fixement la gouvernante et ne semblait pas même entendre ce qu'il disait.

— Demain ? Il a dit qu'il rentrait demain ? insista-t-elle.

— Oui, approuva Nellie. Dans la matinée.

— Quand avez-vous vu les garçons pour la dernière fois ?

— Il y a deux jours, madame. Quand j'ai préparé leurs valises pour le voyage. Madame Katrina, êtes-vous certaine que tout va bien ? Le docteur m'a prévenue que si vous reveniez, vous risquiez d'être un peu... étrange.

— Et qu'est-ce que le docteur vous a dit d'autre ? demanda Kate en s'efforçant de ne rien montrer de la rage qui montait en elle.

Nellie baissa la tête et sembla très mal à l'aise.

— Mais... rien. Il a dit que... vous étiez très en colère, quand vous étiez partie de chez lui, et que vous pouviez être allée retrouver l'un de vos... *amis*.

Elle leva farouchement les yeux vers Mac, en achevant sa phrase.

Il se retint de s'esclaffer. Ainsi, il était considéré comme un

« ami » néfaste. Tandis que sa curiosité augmentait davantage à chaque instant, Kate ne semblait accorder aucune attention aux sous-entendus de Nellie. Ses genoux tremblaient.

Mac se précipita vers elle et la contraignit à s'allonger sur le canapé, callant deux coussins derrière sa tête. Elle laissa échapper un soupir de fatigue qui l'inquiéta. Son visage était pâle. Elle semblait plus fatiguée que jamais. Il ne supportait pas de la voir souffrir ainsi.

Oh, comme il aurait voulu la prendre dans ses bras, lui promettre qu'elle retrouverait ses enfants très vite, l'embrasser…

Mais il ne le pouvait pas.

Il n'était pas à sa place ici et le ressentait avec force. Au-delà du regard désapprobateur de Nellie, il était gêné par le lieu lui-même. Ces tentures blanches, ces revêtements de lin sur les sièges, ces meubles luxueux l'oppressaient. Et soudain, il remarqua un grand tableau, sur un mur derrière lui. Il représentait une superbe jeune femme aux longs cheveux blonds retombant en boucles sur ses épaules, et entourée de deux garçonnets absolument identiques, blonds aux yeux bleus. Ils avaient le même sourire qu'elle. Le tableau représentait trois anges. Kate et ses enfants.

Nellie venait de quitter la pièce. Mac s'assura que la jeune femme allait bien et se hâta de suivre la gouvernante.

Il la retrouva dans une immense cuisine aux murs lambrissés de bois clair. Elle pressait des citrons et lorsqu'elle leva les yeux sur lui, il eut l'impression qu'elle cherchait à vérifier que Kate n'était pas là.

— Je vous remercie d'avoir ramené Mme Katrina saine et sauve ici, dit-elle sèchement. Si vous le souhaitez, vous pouvez partir, maintenant.

Mac s'approcha du comptoir derrière lequel la gouvernante préparait la limonade.

— Je ne devrais peut-être pas contrarier une femme qui tient un énorme couteau de cuisine, répondit-il, mais ce n'est pas si simple.

— Le docteur m'avait avertie que madame pouvait revenir accompagnée d'une sorte de gigolo, rétorqua-t-elle en bougonnant et en jetant un regard dédaigneux sur ses vêtements.

Stupéfait, Mac baissa les yeux sur sa tenue neuve. Etait-ce ce à quoi il ressemblait ? A un *gigolo* ?

— Ce n'est pas vraiment ce que je suis, rétorqua-t-il en s'efforçant de conserver son calme. Je suis détective privé, madame. Je tente de découvrir ce qui est arrivé à Katrina Priestly ces derniers jours. Et j'ai quelques questions à vous poser.

Nellie fronça les sourcils et pointa son couteau vers lui, en signe d'avertissement.

— Maintenant, monsieur, vous allez m'écouter, déclara-t-elle. Si vous vous imaginez que je vais parler de la famille Priestly avec vous, vous faites erreur.

Mac sourit.

— Je ne comprends pas. Pour qui travaillez-vous ? Pour le Dr Priestly ou pour Kate ?

— C'est le docteur qui m'a engagée, répondit-elle. Et il n'existe pas sur cette Terre un homme plus respectable que lui. Je ne sais pas qui vous a engagé pour mener cette enquête, mais…

— Je viens de vous le dire, coupa-t-il. Je travaille pour Kate, et…

— Alors le docteur avait raison ! s'écria-t-elle en joignant les mains et en levant les yeux au ciel. La pauvre ! Elle a tant souffert, quand son mari est mort. Et elle est devenue folle, n'est-ce pas ? Elle est si pâle. Et qu'est-il arrivé à ses cheveux ? Pourquoi les a-t-elle coupés, elle qui aimait tant les avoir longs ?

Mac préféra tenter une autre tactique.

Il afficha un sourire énigmatique, comme s'il connaissait la réponse à toutes ces questions, et se pencha vers la vieille dame pour murmurer :

— Dites-moi, travaillez-vous ici tous les jours ?

Surprise, elle haussa les épaules.

— Non, pas tous les jours.

— Etiez-vous ici quand Kate a emmené les enfants chez ses beaux-parents, avant de disparaître ?

— Non. Madame m'avait demandé de ne pas venir. Depuis le décès de son mari, elle s'occupait de tout, ici. J'avais peu à faire et…

— Le docteur vous a dit que Kate était en colère quand elle est partie de chez lui, enchaîna Mac. C'est-à-dire ?

— Oui… Il a dit qu'ils s'étaient disputés.

— Qui ? Kate et le docteur ?

Elle reprit sa mine courroucée.

— En quoi cela vous regarde-t-il ?

— Mais les enfants, que sont-ils devenus après son départ ?

— Ils étaient chez leurs grands-parents, rétorqua la femme avec mépris. Et après ce que je viens de voir, je crois qu'ils y sont très bien. Le petit Charlie a bien de la chance d'avoir un grand-père qui le fait soigner par les meilleurs médecins quand il est malade.

Le sang de Mac ne fit qu'un tour. Elle avait affirmé que les enfants se portaient bien : elle avait menti à Kate !

— Quoi ? Charlie est malade ?

Nellie se mordit la lèvre et regretta visiblement d'en avoir trop dit. Mais c'était trop tard.

— Oui, admit-elle. C'est pourquoi ils sont à Fort Myers. Ils voulaient l'emmener consulter un spécialiste.

— Mais de quoi souffre-t-il ? C'est grave ?

— Monsieur, mêlez-vous de vos affaires, repartit-elle avec hauteur. C'est au docteur et à son épouse qu'il appartient de tout expliquer à Mme Katrina, quand ils reviendront demain. Ou au tribunal. Au début, je n'étais pas tellement sûre de comprendre leur initiative, mais désormais, je ne puis qu'approuver…

— Au tribunal ? Etes-vous en train de me dire que le docteur et sa femme cherchent à retirer à Kate la garde de ses enfants ?

Confuse, Nellie baissa les yeux.

— J'ignore comment vous êtes parvenu à me soutirer tout cela… Cela devait rester secret.

— Ecoutez, Nellie, dites-moi si…

— Non. Je ne dirai plus rien, déclara-t-elle avec force en se retournant pour chercher un plateau et y déposer la cruche de limonade fraîchement pressée.

Cette fois, il était évident que Mac ne pourrait plus lui arracher la moindre parole. Il retourna dans le salon pour y retrouver Kate, allongée sur le canapé, dans la même position que lorsqu'il l'avait quittée.

— Kate, dit-il doucement en s'approchant d'elle, je vais retourner en ville et te laisser chez toi. Il faut que tu te reposes. Je dois chercher un hôtel.

La jeune femme le dévisagea avec une stupéfaction mêlée de peine.

— Mais, Mac… Il y a des dizaines de chambres, ici. C'est absurde. Pourquoi veux-tu aller à l'hôtel ?

Le cœur serré à la vue de sa détresse, il se pencha à son oreille et murmura :

— Nellie ne doit pas me voir ici. Fais-moi confiance. Ne dis plus un mot là-dessus.

Elle lui jeta un regard ébahi, ouvrit la bouche pour protester, mais il lui fit signe de lui obéir et elle retomba sur les coussins, découragée.

— Très bien, souffla-t-elle. Je te fais confiance…

Il se retourna pour vérifier que Nellie ne revenait pas dans la pièce. Puis il s'approcha de nouveau d'elle et demanda à voix basse :

— Kate, l'un de tes enfants a-t-il une maladie chronique ?

— Oui, Charlie a des allergies, répondit-elle. Mais son pédiatre m'a affirmé qu'elles passeraient, s'il suivait bien sa désensibilisation. Le traitement est long. Cela peut prendre plus d'une année… Pourquoi cette question ?

Mac examina le visage défait de sa compagne. Elle était visiblement épuisée… Ce qu'elle venait de traverser en quelques heures relevait du traumatisme pur et simple. Il revit la Mary rayonnante qui sortait de chez le coiffeur et avançait vers lui, dans le soleil du matin. Non, songea-t-il. Il était préférable de ne pas l'affoler.

— Parce que j'ai vu des flacons de médicaments pour enfants dans la cuisine, mentit-il.

Elle semblait prête à s'endormir.

— J'ai ton numéro de portable, murmura-t-elle. Je peux t'appeler plus tard, n'est-ce pas ?

— Bien sûr, répondit-il. Ne t'inquiète pas. Je serai là à la première heure, dès demain.

— Mac, il faut que tu me croies, reprit-elle.

— A quel sujet ?

— Mon beau-père… C'est lui. C'est lui qui a tout organisé… Il faut que tu me croies.

Elle luttait visiblement contre le sommeil qui la gagnait.

Il *voulait* la croire. Il fallait qu'il la croie. Mais il avait encore besoin de quelques précisions.

— Kate, tu ne te souviens vraiment pas de ce qui est arrivé après que tu as vu le docteur brandir cette seringue ?

Avec effort, elle se redressa légèrement et crispa les poings.

— Non, dit-elle enfin, tandis qu'une larme roulait au coin de ses yeux. Oh, Mac, aide-moi, je t'en prie !

Il poussa un profond soupir. Il aurait tant voulu la serrer dans ses bras !

— Je te jure que nous découvrirons ce qui t'est arrivé, Kate. Tu m'entends ? Je t'en fais la promesse. Ne baisse pas les bras, dit-il en se levant.

— Non, répondit-elle tout bas. Je ne renoncerai pas.

Leurs regards se croisèrent. C'était comme si Mary était là, sous ses yeux ! *C'était* Mary. La jeune femme vulnérable qui voulait sortir du cauchemar dans lequel elle était plongée. Et qui comptait désespérément sur lui.

Il s'agenouilla et effleura doucement ses lèvres, goûtant la saveur salée qu'y avait laissée une larme.

— Hem, fit une voix derrière eux.

Nellie.

Ils s'écartèrent comme deux criminels pris en flagrant délit de vol à l'étalage. En son for intérieur, Mac se jura de comprendre pourquoi cette femme manifestait une telle hostilité à son égard et une telle défiance vis-à-vis de Kate. Il était évident qu'elle était entièrement dévouée au Dr Priestly et qu'elle adoptait son point de vue en tout.

Ce qui corroborait les affirmations de Kate : son beau-père se comportait avec elle comme un ennemi.

Afin d'éviter à la jeune femme une confrontation pénible avec sa domestique, il se redressa et déclara avec affectation :

— Je vous prie de m'excuser, madame Priestly. Je n'aurais pas dû vous embrasser. Mais vous dormiez, et j'ai lâchement profité de votre sommeil. Croyez bien que cela ne se reproduira pas.

Kate, encore ensommeillée, le regarda avec effarement.

Il espéra qu'elle comprendrait un peu plus tard.

Ignorant le regard sévère de Nellie, il s'éclipsa et ferma doucement la porte derrière lui.

12

Pour la première fois depuis son départ de Billington, Mac donna son vrai nom en arrivant à l'hôtel.

Il avait déniché un établissement assez inattendu dans une ville telle que Boward Key, réservée aux riches familles de Floride et aux touristes les plus exigeants : un « deux étoiles », pas assez chic pour attirer la clientèle fortunée des plages privées et des saunas, quoique fort différent du motel miteux dans lequel Kate et lui avaient séjourné la veille et l'avant-veille.

Il sourit en apercevant au plafond de sa chambre l'un de ces anciens ventilateurs à pales de bois. En cette saison, il n'avait pas besoin de climatisation. Bien que le mois de janvier battît son plein, la Floride semblait annoncer le printemps au reste du pays.

Après avoir mis son téléphone à charger, il prit une douche. En en sortant, il abandonna son costume de « gigolo » pour une chemise de coton blanche et un jean.

Il était à peine 17 heures, constata-t-il avec étonnement. Il avait l'impression que cette journée avait duré un siècle. Pourtant, elle était loin de toucher à sa fin et il comptait accomplir certaines démarches avant la tombée de la nuit.

S'affalant sur le lit, il composa le numéro de Lou Gerald.

Son ancien coéquipier n'avait hélas rien de neuf à lui apprendre au sujet de Michael Wardman. L'enquête patinait. Mais Mac avait autre chose à lui demander.

— Lou, peux-tu regarder sur ton ordinateur si tu connais un officier de police à Boward Key, en Floride ?

— Oui, un instant…

Pendant que son ancien collègue cherchait l'information,

Mac écouta les rires d'enfants qui lui parvenaient, à travers la fenêtre ouverte.

Kate était si inquiète au sujet de ses jumeaux… Le docteur avait-il emmené Charlie se faire soigner chez un spécialiste uniquement à cause de ses allergies ?

— Note ça, Mac, reprit Lou. Neville Dryer. Il est lieutenant de police à Boward Key depuis des dizaines d'années. J'ai entendu mes collègues retraités parler de lui plusieurs fois. Tu te souviens de Jack ? Il nous vantait souvent les mérites de ce Dryer avec qui il avait été formé, à Miami. Je crois que tu ne pourras pas trouver mieux, si tu cherches quelqu'un qui connaît la ville comme sa poche et en qui placer ta confiance.

— Je te remercie, dit Mac en notant le nom de l'homme, puis les coordonnées téléphoniques que Lou lui dictait. J'espère avoir du neuf pour toi au sujet de l'affaire Wardman quand je serai de retour à Billington.

— C'est vrai ? Ce serait formidable. Barry est fou de rage. Les journalistes ne le lâchent plus, et nous n'avons pas l'ombre d'une piste.

— S'il s'était préoccupé plus tôt du sort de tous ces sans-abri et s'il avait fait en sorte qu'ils soient mieux traités par ses services, il n'en serait pas là, répondit Mac avec amertume. J'espère que cela lui servira de leçon. Et que ses jours sont comptés en tant que Chef de la police de Billington.

— Moi aussi, Mac, je l'espère. Je n'ai pas eu ton courage, quand tu as donné ta démission, mais je t'avoue que je suis fatigué de ses méthodes. Il me reste peu de temps avant la retraite, et j'aimerais pouvoir travailler dans des conditions honorables. Parce que j'aime mon métier.

— Je te comprends, soupira Mac. Merci encore pour ton aide. A très bientôt.

En raccrochant, il imagina pour la première fois ce que serait son retour à Billington sans Mary. Enfin, sans Kate.

Mais quelle importance avait cette histoire de prénoms, au fond ? Mme Katrina Priestly serait toujours, quoi qu'il advienne, *sa* Mary.

Il se massa doucement les tempes et se leva.

Il était temps de découvrir ce que savait le lieutenant Neville Dryer au sujet de la prestigieuse famille Priestly.

Tout, dans la physionomie de Neville Dryer, désignait le citoyen typique de la Floride : son teint bronzé, sa chemise bleu pastel et son costume clair, ses gestes nonchalants et son sourire placide.

Il avait passé soixante ans, et son visage était ridé par le soleil tout autant que par la vieillesse. Son embonpoint était ciblé : il avait un ventre assez replet, bien que le reste de sa personne soit encore bien proportionné. Une cigarette éteinte entre les lèvres, il dévisageait Mac avec sympathie.

Dans ce petit commissariat d'allure provinciale, Mac se sentait comme chez lui. Seule la vue sur l'océan apportait une touche exotique au bureau de Dryer, semblable à tous les bureaux d'officiers que Mac avait vus jusqu'alors, avec leurs classeurs en métal surchargés et ces vieux ordinateurs d'un autre âge.

Pour la première fois de sa vie, Mac se demanda s'il ne devrait pas songer à quitter Billington pour redevenir flic ailleurs.

Dryer avait mis ses lunettes pour examiner la licence de détective de Mac, et releva les yeux vers lui en souriant.

— En quoi puis-je vous être utile, monsieur MacGuilt ? demanda-t-il avec bonne humeur.

— J'ai besoin d'obtenir quelques informations au sujet de certains de vos concitoyens, répondit Mac. Il s'agit plus précisément de la famille Priestly.

— Oui ?

— Je travaille pour Katrina Priestly, poursuivit-il, notant le froncement de sourcils de son interlocuteur. J'essaie de comprendre ce qui lui est arrivé il y a un peu plus d'une semaine.

Dryer fit légèrement basculer son siège en arrière et se gratta le front avant de dévisager Mac avec curiosité.

— Eh bien, lâcha-t-il enfin. C'est une drôle de cliente, que vous avez là.

— Toute information sera la bienvenue, répondit Mac d'un ton neutre.

Dryer réfléchit quelques instants.

— Avant tout, il faut que vous sachiez que le Dr Daniel Priestly et sa femme Paula sont des citoyens très aimés dans cette ville.

— Oui. Loin de moi l'idée de le nier...

— Je suppose que vous savez que leur fils est mort dans un accident d'avion il y a deux mois ?

Mac approuva d'un signe de tête.

— Eh bien ce décès brutal a presque tué sa mère de chagrin, enchaîna-t-il. Elle est encore sous le choc, je crois. Personne n'aurait pu penser que Danny finirait ainsi. Ce garçon avait tout pour lui. Il était fabuleusement riche, jeune, très séduisant... Toutes les jeunes filles de Boward Key rêvaient de l'épouser. Son seul défaut était la passion du jeu.

— Savez-vous s'il avait eu des ennuis, en jouant ? Avait-il contracté des dettes ou frayé avec des voyous ?

Dryer haussa les épaules.

— Je ne sais pas, non. Mais Danny Priestly était si riche qu'il pouvait se permettre de perdre beaucoup. Ceci dit, quelques rumeurs ont circulé... On disait qu'il était poursuivi par des mafieux de Las Vegas. Je ne sais pas si c'est très crédible.

— Et ses parents ? demanda Mac.

Immédiatement, un large sourire apparut sur le visage de Dryer.

— Vous ne trouverez nulle part un homme plus honnête, plus sérieux que le Dr Priestly. Il a tout fait pour que le petit hôpital de notre ville reste ouvert, malgré les menaces de fermeture. Il dirige lui-même sa propre clinique privée, un petit établissement dans le centre-ville. Et c'est un chirurgien renommé. Il travaille également pour l'hôpital de Miami. C'est un autodidacte, originaire d'une famille modeste de Chicago. C'est d'ailleurs là-bas qu'il a rencontré Paula. Elle est la fille d'un millionnaire fondateur de Boward Key — Louis Boward. Leur fils Danny est né assez tard, ce qui explique sans doute l'affection sans limite qu'ils lui portaient.

— Et Katrina ?

Dryer observa une pause.

— Il faut que vous soyez averti à son sujet, monsieur MacGuilt. C'est une malade mentale. Sa place est dans un hôpital psychiatrique. Et sa dernière incartade risque de lui coûter cher.

Mac s'efforça de demeurer calme et souriant, malgré le malaise qui venait de l'envahir.

— Je suppose que vous faites allusion à son soudain départ de la ville la semaine dernière ?

— Absolument, approuva Dryer.

— Je suis assez étonné d'apprendre que vous étiez au courant, reprit Mac. Car je me demandais pourquoi personne n'avait lancé d'avis de recherche.

Dryer haussa les sourcils.

— Pourquoi voulez-vous que les Priestly lancent un avis de recherche lorsqu'une personne prend délibérément la fuite ?

— Mais comment savez-vous qu'elle est partie de son plein gré ? s'étonna Mac.

— Elle vous a dit le contraire ?

— Je regrette, dit Mac en serrant les dents, mais je ne puis évoquer ce sujet.

Dryer fronça les sourcils et grommela :

— Fait-elle des histoires ? S'est-elle lancée dans des allégations abusives ?

Mac soutint le regard inquisiteur du policier et répondit doucement :

— Pas pour le moment.

Après avoir observé un bref silence, Dryer soupira et se balança sur sa chaise.

— Cette petite dame n'en est pas à sa première fugue, vous savez, reprit-il. Personne ne sait où elle va quand elle disparaît ainsi pendant quelques jours. Une chose est sûre : heureusement que le docteur et Paula sont là pour prendre soin des deux petits. J'ai entendu dire qu'elle était très instable. Quoi qu'il en soit, cette fois, l'un des enfants est tombé malade et il a fallu que Daniel Priestly l'emmène consulter l'un de ses collègues à Fort Myers. C'est aussi pour cette raison qu'il a déposé une demande de garde temporaire de ses petits-fils auprès du tribunal. S'il n'y avait pas eu cet incident, je crois qu'il aurait une fois de plus fermé les yeux sur les frasques de sa belle-fille. Dieu merci, le juge Linstad a la même opinion que le docteur et moi sur cette affaire.

De plus en plus mal à l'aise face à ce discours, Mac avait bien des difficultés à garder un visage impassible.

Il était cependant clair que son interlocuteur soutenait favorablement n'importe quel propos des Priestly. La manière dont il dépeignait Kate comme une mère irresponsable était stupéfiante.

Mac s'éclaircit la gorge avant de poser une autre question :

— Le docteur a-t-il déjà mentionné une dispute qui aurait justifié le récent départ de sa belle-fille ?

Dryer sourit d'un air entendu.

— Oh, je vois ce que vous voulez dire. Oui, il m'a confié que Katrina lui avait encore demandé de l'argent. Elle le menaçait de ne plus jamais le laisser voir ses petits-enfants s'il ne lui signait pas un chèque sur-le-champ. Et naturellement, quand il le lui a refusé, elle est entrée dans une colère noire et a claqué la porte avant de disparaître.

— Je ne comprends pas, dit Mac. Elle vient d'hériter de la fortune de son mari. Pourquoi irait-elle mendier de l'argent à son beau-père ?

Le policier répondit par une moue indécise.

— Vous savez, Danny est mort il y a à peine deux mois. Elle n'a probablement pas encore accès à ses comptes et à ses placements. Et puis elle a certainement des dettes ici et là. Certaines personnes n'en ont jamais assez, et surtout jamais assez *vite*. Et une femme comme elle…

— Mais…

— Ecoutez, coupa Dryer d'un ton légèrement agacé. Votre cliente ressemble peut-être à un ange, mais croyez-moi, c'est une intrigante. Danny l'a trouvée à Las Vegas alors qu'elle était stripteaseuse. Elle buvait avec les clients et se promenait nuit et jour dans les salles de jeu des casinos pour récupérer des pourboires. C'est elle qui a entraîné Danny à jouer. Le malheureux s'est complètement laissé embobiner par cette fille et l'a épousée. Elle s'est dépêchée de tomber enceinte pour qu'il ne divorce pas, malgré les supplications de son père. Et à mon avis, cette jeune veuve s'est remise bien vite de la mort de son époux.

Mac était abasourdi, mais soutint le regard de Dryer sans ciller. Quelques détails dans ce discours pouvaient hélas expliquer la réaction de Kate quand elle avait évité ses questions, un peu plus tôt dans l'après-midi.

Par exemple, elle n'avait pas voulu lui dire où elle avait fait la connaissance de Danny. La haine de son beau-père à son égard devenait plus compréhensible si son fils avait épousé une stripteaseuse qui l'avait initié au poker.

Et à la vérité, elle semblait aussi douée à ce jeu qu'au black-jack…

Pourtant, quelque chose n'allait pas dans cette histoire. Certes, Kate lui avait menti sur quelques points. Mais il ne pouvait croire qu'elle était une mauvaise mère, ni qu'elle faisait chanter son beau-père pour de l'argent. Quant au reste… Elle n'avait rien d'une alcoolique, et Mac l'imaginait mal nue devant un parterre d'hommes ivres dans une salle de casino de Las Vegas. C'était une idée ridicule.

Décidément, le mystère s'épaississait.

— A l'évidence, elle adore ses enfants, observa Mac.

— Encore une fois, elle est tombée enceinte une semaine ou quinze jours après avoir convaincu Danny de l'épouser. Ma femme dit que c'est une conspiratrice. Elle avait tout prévu pour hériter de la fortune de Louis Boward.

— Et vous, qu'en pensez-vous ?

Dryer se rapprocha et le fixa avec insistance.

— Monsieur MacGuilt, pouvez-vous me dire pourquoi Katrina Priestly est allée chercher un détective privé dans l'Indiana ?

Il était impossible de répondre à cette question sans révéler ce qui était arrivé à Kate, songea Mac. Mieux valait mentir.

— Madame Priestly est une amie de ma tante, lâcha-t-il en prenant un air dégagé. C'est tout.

Mais il se demandait s'il ne commettait pas une erreur en disant cela. La situation pouvait-elle se retourner s'il avouait que Kate avait été poursuivie par un homme armé, et qu'il avait assisté à cette agression ? Manifestement, l'hostilité de Dryer à l'égard de la jeune femme était égale à celle du docteur Priestly. Pourtant, Kate avait été enlevée, droguée, menacée d'un couteau et éloignée de chez elle durant neuf jours. Et cet officier de police, quels que fussent ses sentiments à l'égard de la victime, ne pourrait refuser de faire son travail.

— Elle vient d'avoir beaucoup d'ennuis, reprit Mac, et…

— Les femmes de son espèce ont toujours des ennuis, répliqua Dryer. D'ailleurs, elles en font leur fonds de commerce. Et quiconque se trouve sur leur chemin est bientôt noyé à son tour dans les ennuis.

Mac soupira. Il était inutile d'exposer l'aventure de Kate à cet homme. Il s'était fait son opinion et n'en démordrait pas. Comme l'avait annoncé Kate, il faisait partie de ces nombreuses personnes de Boward Key qui, quoi qu'il advienne, seraient toujours du côté du Dr Priestly.

— Elle a hâte de résoudre cette dispute familiale et de ramener ses enfants chez elle, conclut-il, essayant de résumer la position de sa cliente.

— C'est une décision qui appartient désormais à la Justice, opposa Dryer.

— Vous pensez donc que les grands-parents vont maintenir leur demande de garde, même lorsqu'ils verront que la mère des enfants est de retour chez elle ?

— Ils n'ont guère le choix. Le père des petits est mort et leur mère est trop instable pour assumer convenablement leur éducation. A mon avis, ajouta-t-il en baissant la voix, c'est ce qui pourrait arriver de mieux à ces enfants. Ils ont besoin de calme et de sécurité. Qui voudrait d'une mère qui peut s'enfuir à tout moment pour aller rejoindre des joueurs au casino ?

Mac revit le visage de sa propre mère et frissonna.

— Je suppose que vous avez raison, dit-il en baissant la tête.

Nellie avait tant insisté que Kate était montée dans sa chambre et s'était endormie.

Il était près de 20 heures quand elle s'éveilla et promena un regard écœuré autour d'elle.

Elle n'aimait pas cette maison, qui ne serait jamais la sienne. La vue de ces draps de satin qui valaient une petite fortune, et dans lesquels elle avait dormi seule tant de nuits, pendant que Danny jouait à Las Vegas, lui était insupportable.

Combien de fois, après avoir passé une journée à s'occuper de ses enfants ou de ceux de l'hôpital de Miami, elle s'était demandé ce qu'elle faisait dans cette villa luxueuse qui ne lui apporterait jamais le bonheur.

Elle sentit un léger mal de tête la gagner. Quelle épouvantable journée. Charlie et Harry lui manquaient tant... Se rappelant les paroles de Nellie, elle se laissa gagner par la nausée. Quelle histoire invraisemblable le Dr Priestly avait-il inventée ? Comment avait-il osé prétendre qu'elle était partie, en abandonnant ses enfants derrière elle ? Et d'ailleurs, qu'avait-il pu faire de sa voiture ?

En cet instant, elle aurait voulu en parler avec Mac. Poser sa tête sur son épaule, sentir son soutien, sa chaleur... Oh, combien elle avait dû le décevoir ! Il avait fait preuve de beaucoup de patience, dans l'après-midi, lorsqu'elle avait cru perdre la raison dans la Buick — lorsque tous ses souvenirs et l'image de ses bébés avaient surgi comme une suite sans fin de flashes aveuglants. Il l'avait écoutée, questionnée, mais... Elle savait qu'il doutait du récit qu'elle lui avait livré.

Un récit partiel.

Oui, elle lui avait menti, mais... Comment aurait-elle pu agir autrement ? Il fallait qu'il l'aide à retrouver ses enfants ! Et puis, elle en était certaine : c'était bien son beau-père qui s'était penché sur elle avec cette seringue et l'avait précipitée dans un cauchemar incompréhensible. Il avait ourdi un plan infernal. Il l'avait peut-être même conduite lui-même jusqu'à Billington.

Billington : la ville où elle avait rencontré Mac et où elle était devenue *sa* Mary.

Désormais, que représentait-elle à ses yeux ? N'était-elle qu'une simple cliente pour laquelle il remplissait un contrat ? Et qu'arriverait-il quand tout serait rentré dans l'ordre ? Il la quitterait...

Mais peut-être que rien ne rentrerait *jamais* dans l'ordre, si Mac préférait croire le Dr Priestly. Comme tout le monde, ici, à Boward Key et dans tout l'Etat de Floride.

Contrairement à ce que ces gens trop crédules et mal intentionnés prétendaient, elle n'avait pas épousé Danny pour son argent. Elle avait accepté de devenir sa femme parce qu'il lui vouait une admiration sans bornes, aux premiers temps de leur rencontre — avant qu'il ne commence à la calomnier.

Danny lui était apparu comme son sauveur, son chevalier blanc. Privée du soutien de son père resté dans l'Oregon avec Tom, abandonnée à la violence de son beau-père puis contrainte de gagner sa vie en devenant serveuse, elle avait cru prendre un nouveau départ quand Danny Priestly lui avait murmuré qu'il n'avait jamais connu une femme plus courageuse qu'elle et qu'il enviait sa bravoure. La gentillesse qu'il lui avait témoignée l'avait émue au plus profond de son âme. Jamais personne ne lui avait accordé cette estime, cette confiance... cette vénération.

C'était à Las Vegas.

Mais ça n'avait pas duré. Dès leur arrivée en Floride, leur union s'était délitée. Les Priestly et leur fortune avaient tout gâché. Peu à peu, l'hostilité du docteur et les épouvantables rumeurs qu'il avait fait courir avaient eu raison de la bienveillance de son jeune époux, dont elle avait découvert avec tristesse, d'abord, puis avec effarement la dépendance aux cartes. Au poker, surtout. Oh, Seigneur, comment avait-elle pu être si aveugle ? Comment avait-elle pu croire qu'elle serait heureuse avec cet homme qui avait accueilli avec indifférence l'annonce de sa grossesse, et qui avait préféré passer une semaine sur deux à Las Vegas dès la naissance des jumeaux ? Combien de fois avait-elle tenté de le convaincre de renoncer au jeu et de travailler ? Le désœu-vrement de Danny avait toujours été son pire ennemi. Mais son père n'avait jamais fait le moindre effort pour l'inciter à cesser de se comporter comme un enfant gâté.

Puis Danny était mort.

Kate frissonna en se rappelant ses obsèques. Et le chagrin qu'elle avait essayé d'étouffer, pour ne pas alarmer les enfants. Le décès de son mari l'avait pourtant bouleversée. Harry et Charlie lui offraient néanmoins les plus grands bonheurs de sa vie. Ainsi que son travail à l'association...

Elle devait parvenir à prouver à Mac qu'elle disait la vérité et que son beau-père était le seul responsable de son enlèvement.

Paula la soutiendrait peut-être. Elle était présente, le jour du drame. Et même si elle ne pouvait désavouer son mari, même si elle avait toujours choisi de prendre sa défense, elle ne pourrait nier qu'il l'avait agressée...

Mais avant tout, elle devait retrouver ses bébés. Seigneur, elle ne les avait pas vus depuis *neuf* jours !

Après tout, comment pouvait-elle être certaine que Daniel et Paula séjournaient bien à Fort Myers en ce moment ? Peut-être avaient-ils menti à Nellie. Peut-être étaient-ils tranquillement installés chez eux, tandis que les garçons dormaient...

Le cœur battant, elle songea qu'elle pouvait retrouver ses enfants tout de suite, le temps de descendre le chemin qui longeait la promenade et la baie. Oh, si seulement c'était possible !

Sautant hors de son lit, elle se débarrassa de sa longue jupe et de son chemisier et enfila un jean, un pull noir et une paire de baskets. Avant de quitter la pièce, elle prit soin de glisser dans sa poche le numéro de Mac et quelques billets.

A cette heure-ci, Nellie se trouvait au sous-sol, à préparer le dîner ou à repasser.

Discrètement, la jeune femme descendit les escaliers, traversa le hall et se faufila hors de chez elle.

D'un pas décidé, elle franchit ensuite le portail de la propriété et huma l'air tiède du soir. La nuit était tombée, mais des réverbères éclairaient le chemin et faisaient jouer des reflets sur la surface calme et noire de l'océan.

Kate ne pouvait plus attendre. Dans le lointain, elle distinguait déjà le toit de la villa de ses beaux-parents. Elle courut à en perdre haleine et s'arrêta enfin devant le mur d'enceinte de l'immense propriété où tout avait commencé... Et où tout allait finir, très bientôt.

Un frisson la parcourut lorsqu'elle songea qu'elle avait été victime de l'esprit malade du Dr Priestly, ici même... S'il était là, ne courait-elle pas un danger ?

Tant pis. Elle allait l'ignorer. Rien n'importait tant que de retrouver les enfants, de les couvrir de baisers, d'entendre leurs rires et de les serrer dans ses bras.

Tremblante, elle sonna au portail et attendit que la lumière s'allume et que la silhouette de Gloria apparaisse devant la porte.

La gouvernante des Priestly était à leur service depuis des dizaines d'années. Peut-être même travaillait-elle déjà pour eux lorsqu'ils vivaient à Chicago.

La grosse femme scrutait l'obscurité et sursauta en reconnaissant sa visiteuse. De sa démarche hésitante causée par l'embonpoint, elle vint ouvrir à Kate et la dévisagea avec stupeur en portant une main à sa joue.

— Madame Katrina ! s'écria-t-elle.

Mais elle ne souriait pas, et l'expression de son visage indiquait assez clairement qu'elle n'était pas dans les meilleures dispositions à l'égard de la jeune femme.

— Bonsoir, Gloria, dit Kate en frissonnant. Mes beaux-parents sont-ils ici ?

— Non, madame. Ils sont à Fort Myers, avec les enfants.

Kate avait tant espéré les revoir ce soir, les serrer contre elle… La déception lui vrilla le cœur et elle baissa la tête.

— Ah, souffla-t-elle. Pouvez-vous me dire comment vont Harry et Charlie, Gloria ?

La grosse dame se racla la gorge.

— Harry va bien. Mais Charlie a fait une grave crise d'allergies, et c'est la raison pour laquelle le docteur et madame Paula ont décidé de partir consulter un spécialiste à Fort Myers.

A ces mots, Kate sentit son sang se glacer dans ses veines.

— Comment ? Charlie est malade ? demanda-t-elle, paniquée. Mais pourquoi ne sont-ils pas allés voir son pédiatre à Boward Key ?

— Le docteur a déclaré que Charlie avait besoin d'un spécialiste, rétorqua Gloria assez sèchement. Mais rassurez-vous, madame Katrina, ils m'ont appelée ce soir pour me confirmer leur retour demain, tôt dans la matinée. Ecoutez, mieux vaut que vous rentriez chez vous. Voulez-vous que je demande à Eduardo de vous raccompagner ?

— A quelle heure exactement rentrent-ils, demain ? demanda Kate avec impatience, ignorant la proposition de la vieille dame.

— Je ne saurais vous le dire avec exactitude, madame. Encore une fois, il ne faut pas vous alarmer. Charlie n'a pas été hospitalisé. Il s'agit d'une simple consultation chez un allergologue en lequel le Dr Priestly a toute confiance, et…

L'inquiétude, la frustration et la colère bouillaient en Kate. Si seulement Mac avait été auprès d'elle ! Son bébé, son Charlie était malade. Et Nellie ne lui en avait rien dit. Son beau-père n'avait pas même eu le bon sens de consulter le médecin qui le connaissait bien et qui savait mieux que personne comment traiter efficacement une crise d'allergies.

Son petit souffrait, et elle n'était pas près de lui…

— Je puis vous assurer que *moi aussi*, je serai de retour ici demain matin à la première heure, déclara Kate d'une voix entrecoupée de sanglots avant de tourner le dos à Gloria et de rebrousser chemin.

Elle courut. Il ne lui était pas venu à l'esprit d'emporter son sac quand elle était partie : elle n'avait donc pas son téléphone portable, et il fallait à tout prix qu'elle joigne Mac au plus vite.

Pourquoi avait-il tant tenu à louer une chambre d'hôtel ? Craignait-il la désapprobation de Nellie ou avait-il invoqué cette raison pour ne pas la blesser, pour ne pas lui dire qu'il ne tenait plus à la voir vingt-quatre heures sur vingt-quatre, et qu'elle ne serait jamais plus… *sa* Mary.

Pourtant, Mary était bien une part d'elle-même, songea-t-elle, le souffle court, en remontant la pente escarpée et en jetant de nouveau un regard vers les reflets scintillants de la lune et des étoiles sur les ondes calmes.

Elle s'arrêta quelques secondes pour prendre une longue inspiration et tenter d'apaiser son cœur inquiet.

Alors, elle entendit le gravier crisser derrière d'elle.

Comme elle, quelqu'un venait de s'arrêter.

Pétrifiée, elle dressa l'oreille.

Elle entendait un souffle.

Et même si elle ne pouvait le voir, elle savait qu'à quelques centimètres d'elle, un homme tenait un couteau.

Dans son dos, il pointait la lame vers elle.

13

En quittant le commissariat, Mac se laissa gagner par le désespoir. Comment Kate pouvait-elle être la femme légère et la mère indigne que Dryer venait de lui décrire ?

S'arrêtant dans le centre-ville, il coupa le moteur de la Buick et resta un long moment dans la voiture, à contempler les palmiers qui se balançaient doucement au-dessus du centre commercial. Dans les rues, les touristes se pressaient déjà aux terrasses des restaurants. Quelle heure était-il ?

19 h 30, lut-il en baissant les yeux sur sa montre.

Il décida de prendre un deuxième avis avant d'accorder crédit aux allégations du policier.

Kate était mère au foyer. Elle s'occupait seule de ses deux enfants, avec l'aide ponctuelle de Nellie. Et elle travaillait pour une association caritative. Ce tableau semblait peu conforme à celui que Dryer venait de lui dresser — celui d'une ancienne stripteaseuse obnubilée par l'argent.

Mac repéra un café Internet où il chercha les coordonnées d'une association pour enfants hospitalisés à Miami. Il pianota également sur le clavier pour trouver la liste des intervenants d'un colloque médical qui s'était tenu la semaine précédente à Orlando. Effondré, il constata que le Dr Priestly avait bien donné sa conférence dans la soirée du 9 janvier — le jour où Kate avait « quitté » Boward Key. Il avait même participé aux discours de clôture du colloque, deux jours plus tard : il ne pouvait donc avoir conduit la jeune femme jusqu'à Billington.

Troublé, il sortit du café et composa le numéro de la société « Les Enfants Heureux ».

Il était hélas un peu tard et il tomba sur un répondeur téléphonique annonçant les horaires d'ouverture des bureaux. La voix enregistrée donnait toutefois un numéro de portable pour les cas d'urgence.

« Est-ce un cas d'urgence ? » se demanda Mac en notant rapidement le numéro au dos d'un ticket de stationnement.

Se passant une main dans les cheveux, il conclut que oui, c'en était un : il fallait qu'il sache qui était Katrina Priestly.

Sans hésiter, il appela et attendit la tonalité.

— Allô ! dit une voix d'homme.

— Bonsoir, répondit Mac. Etes-vous l'un des responsables de l'association « Les Enfants Heureux » ?

— Oui, je suis David Allen, le président, déclara son interlocuteur.

— Ecoutez, monsieur, je suis navré de vous déranger si tard, mais j'ai besoin de quelques informations urgentes au sujet d'une jeune femme qui travaille avec vous. Madame Katrina Priestly.

— Vous avez de ses nouvelles ? s'enquit l'homme d'une voix dans laquelle perçait une note d'espoir.

— Oui. Je m'appelle Travis MacGuilt et je suis détective privé. J'essaie de comprendre ce qui est arrivé à ma cliente il y a environ une semaine. Est-il possible que je vous rencontre au plus vite ?

L'homme réfléchit.

— C'est-à-dire que je ne suis pas à Miami en ce moment, répondit-il. Je suis en route pour Boward Key et je dois dîner chez des amis…

— Monsieur, je me trouve moi-même à Boward Key. S'il vous plaît, c'est très important. Cela ne prendra que quelques minutes. Si vous voulez bien me rejoindre au bar de mon hôtel avant de vous rendre chez vos amis…

L'homme soupira.

— Très bien.

Mac lui donna l'adresse de l'hôtel et raccrocha avant de courir vers sa voiture. Pour une fois, la chance lui souriait ! Dans quelques minutes, il rencontrerait quelqu'un qui fréquentait régulièrement Kate et pourrait lui dire la vérité à son sujet.

Fonçant sur la route principale, il passa de nouveau devant

la promenade qui menait jusque chez la jeune femme avant de dépasser le centre-ville et de gagner son hôtel.

Là, il traversa le hall à grandes enjambées et se rendit au bar.

Seul un homme d'environ quarante ans, de petite taille et portant de grandes lunettes à montures d'écaille, était installé devant le grand comptoir d'acajou et sirotait un jus de pamplemousse.

— Monsieur Allen ? demanda Mac en lui tendant la main et en lui présentant sa licence de détective.

— Oui, c'est moi, répondit l'homme en acceptant sa poignée de main.

Il jeta ensuite un rapide coup d'œil au document que Mac venait de lui soumettre et sourit.

— Je vous remercie d'être venu si vite, dit Mac.

— Vous avez des nouvelles de Katrina ? demanda l'homme. Mes collègues et moi-même nous sommes beaucoup inquiétés à son sujet. Elle devait nous accompagner à Chicago pour une visite de l'hôpital, il y a trois jours, et elle n'a même pas appelé pour nous avertir qu'elle ne viendrait pas. J'ai passé un coup de fil chez elle, mais sa domestique m'a annoncé qu'elle avait disparu depuis une semaine. Je ne comprends pas, cela lui ressemble si peu…

Ce dernier commentaire agit comme un baume sur le cœur de Mac. Il sourit à David Allen et demanda :

— Vous la connaissez depuis longtemps ?

— Oh oui, depuis son mariage et son arrivée ici, ou presque. Elle travaille avec nous depuis deux ans. Katrina est l'incarnation de la ponctualité ! Sauf lors du décès de son mari, elle n'a jamais pris de congé. Et jamais elle n'est arrivée en retard : imaginez ma stupeur quand elle n'est pas venue au bureau la semaine dernière…

— Vous la décrivez comme une collaboratrice fiable, remarqua Mac.

L'homme haussa les sourcils.

— Bien sûr ! affirma-t-il. Non seulement elle adore les enfants et se dévoue sans compter pour les pensionnaires de l'hôpital de Miami, mais elle est très douée pour l'organisation d'opérations spéciales, telles que les visites de notre association dans des hôpitaux situés un peu partout dans le pays. Je dois dire que l'énergie et l'enthousiasme de Katrina sont contagieux. Dès qu'elle arrive au bureau, elle redonne du courage à chacun de nous.

Mac se retint de sauter au cou de cet homme qui, en quelques secondes, venait de lui rendre l'ange qu'il avait connu à Billington et dont il avait commencé à craindre qu'il n'ait jamais existé que dans ses fantasmes.

— Sa générosité est extraordinaire, poursuivit Allen. Je sais que son mari n'approuvait pas les dons qu'elle faisait chaque mois à l'association. C'est grâce à elle que nous avons pu songer à implanter une antenne des « Enfants Heureux » à Chicago, par exemple. Elle devait être présente pour l'inauguration, naturellement… Pouvez-vous me dire ce qui lui est arrivé ?

— Malheureusement, mes informations sont encore insuffisantes, répondit Mac. Dites-moi, puisque vous travaillez souvent avec l'hôpital de Miami, vous devez connaître le beau-père de Kate ?

— Oui, bien sûr. Le Dr Priestly est une célébrité, dans la région. Je ne l'ai croisé que deux ou trois fois, mais il m'a semblé charmant.

— Que savez-vous de ses relations avec sa belle-fille ? demanda Mac.

Allen but une gorgée de jus de fruits et reposa son verre avant de soupirer.

— Pas grand-chose, avoua-t-il. Il est évident que Katrina et lui ne s'apprécient guère, mais je ne connais pas les raisons de leurs désaccords. Je ne me suis jamais permis d'en parler à Katrina. Elle n'a jamais évoqué ses problèmes familiaux dans le cadre du travail. Tout ce que je puis vous dire, c'est que si j'étais à la place du Dr Priestly, j'aurais été heureux que mon fils épouse une femme aussi dévouée et fiable que Katrina. Elle est aussi une mère merveilleuse. Lors de la fête de Noël de l'hôpital, elle a amené ses jumeaux. C'était juste après la disparition tragique de son mari. Je n'accorde pas beaucoup d'attention aux rumeurs, mais mes collègues de l'association disaient souvent que Danny Priestly faisait un piètre époux. Il était ce que l'on appelle un père « absent », d'après elles : ne s'occupant jamais de ses fils, ne partageant jamais leurs jeux. Visiblement, Katrina se chargeait seule de leur éducation. Harry et Charlie sont adorables. Vous les connaissez ?

— Euh, non, dit Mac en avalant une gorgée de la bière que le barman venait de lui servir.

Il suffisait de bien peu de choses pour envenimer une situation familiale déjà difficile, songea-t-il. Les rumeurs. Les malveillances répétées de la communauté oisive d'une petite ville de Floride. Mais tout cela n'expliquait en rien comment Kate avait atterri dans une allée sombre de Billington alors qu'elle aurait dû se rendre à Chicago avec ses collègues…

Soudain, Mac fronça les sourcils en se rappelant que la ville de Chicago était mentionnée pour la deuxième fois de la journée. Dryer n'avait-il pas dit que le Dr Priestly était originaire de Chicago et qu'il y avait rencontré sa femme ?

— Dans quel hôpital de Chicago êtes-vous allé ? demanda-t-il en sortant son calepin.

— Le Northern Memorial, répondit Allen en regardant sa montre. Excusez-moi, monsieur MacGuilt, mais je vais être en retard à mon dîner. Puis-je savoir si Katrina va bien ? Je peux l'appeler demain ?

— Elle va bien, assura Mac. Mais elle est épuisée. Elle vient de traverser une épreuve pénible, et je crois qu'il vaut mieux que vous attendiez qu'elle vous appelle. Merci infiniment pour votre aide.

A regret, il regarda David Allen franchir la porte du bar et s'éloigner vers le parking. Il aurait voulu l'interroger au sujet du passé de Kate, découvrir s'il savait quelque chose à propos de cette histoire de Las Vegas… Mais il se sentait déjà infiniment soulagé par ce que cet homme venait de lui dire. Une collaboratrice ponctuelle qui ne semblait pas être coutumière des « fugues » dont l'accusait Dryer ne pouvait en aucun cas être une mère inconséquente.

Kate était donc bien victime de l'hostilité de son beau-père. Soulagé, Mac sortit du bar de l'hôtel d'un pas léger et traversa la rue pour dîner dans le petit restaurant chinois d'en face.

*
* *

Elle n'avait pas le choix, songea Kate. Si elle courait, l'homme aurait tôt fait de la rattraper. Devant elle s'étendait la balustrade édifiée sur toute la longueur du chemin longeant l'océan. Cette promenade qui l'apaisait si souvent, où ses enfants avaient fait leurs premiers pas et jouaient désormais à jeter des cailloux dans les vagues, en contrebas.

Il y avait aussi des rochers, sur une quinzaine de mètres, puis l'eau. La baie n'était pas très large ici ; néanmoins, pour s'échapper, il faudrait qu'elle nage vite et qu'elle traverse les quelques centaines de mètres qui la séparaient de la rive ouest — et de la plage du nord de Boward Key.

A la seconde où elle crut discerner le sifflement d'une lame dans l'air, elle bondit par-dessus la balustrade.

Comme elle venait de rouler sur les galets, elle se redressa vivement. En jetant un regard paniqué derrière elle, elle crut reconnaître l'ombre massive de l'homme qui l'avait entraînée dans le parking.

Sans réfléchir, elle courut aussi vite qu'elle le put sur les rochers, se tordant la cheville une ou deux fois, avant de plonger dans l'eau froide.

Ses amis de l'association lui avaient souvent dit qu'elle était une nageuse hors pair. Avec toute l'énergie dont elle était capable, et malgré ses muscles ralentis par le violent changement de température, elle força son crawl.

Dans le silence qui pesait sur le quartier résidentiel comme sur la baie désertée par les mouettes, elle entendit distinctement le bruit de l'eau qui se fendait une seconde fois derrière elle, mais ne se retourna pas.

Bon sang, l'homme avait plongé aussi. Peut-être était-il armé ?

Elle ne devait pas y penser, elle devait avancer, de toutes ses forces, le plus vite possible. Inspirant l'air frais par saccades, elle glissa sous l'eau pour disparaître de la vue de son poursuivant. Puis, en apnée, elle nagea longtemps ; pendant ce qui lui sembla une éternité.

Ses poumons étaient près d'exploser quand elle sortit la tête de l'eau et inspira enfin. Aussitôt, elle se remit à nager frénétiquement, l'oreille à l'affût, guettant le moindre bruit derrière elle.

Au loin, sur la plage du nord, les lumières des terrasses touristiques la guidaient.

Mais elle avait encore environ trois cents mètres à parcourir...

Mac venait d'avaler rapidement un en-cas. Son euphorie avait été de courte durée, après sa rencontre avec David Allen. Les questions s'enchaînaient dans son esprit et il sentait qu'il s'enfonçait dans un trouble semblable à des sables mouvants.

Après tout, Kate avait pu être stripteaseuse du temps où elle avait rencontré Danny. Elle l'avait épousé pour son argent, était arrivée ici avec lui, en Floride, et avait alors affronté la désapprobation de sa belle-famille. Pour se racheter une conduite, elle avait commencé à travailler pour cette association...

Mais qui avait intérêt à ce qu'elle disparaisse ? La piste de Chicago pouvait-elle mener à un quelconque élément de réponse, ou ne s'agissait-il que d'une coïncidence dépourvue de toute signification ? Il était hélas beaucoup trop tard pour que Mac demande à Lou de commencer des recherches dans cette voie.

Au fond de lui, il sentait que la jeune femme lui avait menti. Et c'était là ce qui le troublait le plus.

Les morceaux du puzzle étaient disparates, éparpillés en tous sens. Qui était B.O. ? Pourquoi un imitateur d'Elvis avait-il volé au secours de Kate ?

Il fallait qu'il lui parle.

Tout de suite.

Au lieu de retourner vers l'hôtel, il prit la direction du parking et s'installa au volant de la Buick.

Il s'apprêtait à tourner la clé de contact quand son téléphone portable se mit à sonner. Agacé, il le sortit de sa poche et décrocha :

— Allô !

— Mac, c'est moi, dit une voix essoufflée.

— Kate ? s'étonna-t-il. J'étais justement sur le point de me rendre chez toi. Tu vas bien ?

— Euh, oui, souffla-t-elle, mais je suis assise sur un banc

devant la plage du nord de Boward Key, près du restaurant La Baleine. Peux-tu me rejoindre au plus vite ?

— Bien sûr, mais…

— A tout de suite, dit-elle avant de raccrocher.

Mac fronça les sourcils. La jeune femme venait-elle d'accomplir l'une de ces fugues dont l'accusaient Dryer et le Dr Priestly ?

Pourquoi était-elle partie de chez elle ? S'était-elle disputée avec Nellie ?

Inquiet, il démarra et suivit la route qui menait à la plage du nord. Il était tard, observa-t-il en jetant un coup d'œil au tableau de bord : 21 h 30. Les restaurants fermeraient bientôt leurs portes aux touristes et, dans les rues, les passants avaient disparu.

Dans la nuit, la ville reprenait ses airs de petite cité provinciale où rien ne venait jamais troubler la tranquillité des habitants.

Des habitants soucieux de la réputation de leurs notables, et prêts à accuser une jeune « étrangère » de tous les maux…

Levant les yeux vers les enseignes, Mac aperçut celle de La Baleine et coupa le moteur. Claquant la portière derrière lui, il courut sur la longue promenade plantée de palmiers.

Ses pas résonnaient sur les planches de bois blanc, et il fouilla l'obscurité du regard.

Une silhouette s'approcha lentement de lui, hésitante, auréolée de la lueur jaune d'un réverbère.

Il se rappela alors l'instant où, dans les volutes de brouillard, il avait contemplé pour la première fois le regard de Mary.

Cette jeune femme trempée, qui tremblait de froid, c'était… Kate !

Mac s'approcha d'elle en ouvrant les bras.

— Mais… Que s'est-il passé ? Tu es allée te baigner toute habillée ?

Devant le regard incrédule de son compagnon et malgré la frayeur qu'elle venait de subir, la jeune femme manqua éclater de rire.

— Crois-moi, je me serais volontiers épargné cette baignade, dit-elle en claquant des dents. Je ne suis pas particulièrement friande des bains de minuit en plein mois de janvier.

Mac la ramena vers la voiture et sortit un plaid de laine du coffre avant d'enrouler la jeune femme dedans et de l'inviter à s'asseoir près de lui.

Il poussa le chauffage de la Buick au maximum, sans cesser de la contempler avec stupéfaction.

— Et comment as-tu fait pour me joindre ? demanda-t-il.

Elle lui tendit une carte trempée et à demi déchirée.

— J'avais pris ton numéro. Et heureusement, j'avais quelques pièces sur moi. Je t'ai appelé de là, précisa-t-elle en désignant une vieille cabine publique. Mais je n'ai pas osé aller me réchauffer dans le café. Je me sentais si ridicule…

— Kate, qu'est-il arrivé ? demanda Mac avec anxiété.

— *Il* m'a retrouvée. J'ai voulu vérifier que les enfants n'étaient pas chez mes beaux-parents. Sur le chemin du retour, il était derrière moi, alors j'ai couru vers l'océan…

— Tu veux dire l'homme de Macon ? L'homme au couteau ?

Elle approuva d'un hochement de tête.

Mac sentit la rage s'infiltrer dans ses veines.

— Et tu as nagé jusqu'ici ? demanda-t-il, de plus en plus abasourdi, en jetant un regard vers l'autre côté de la baie.

— Oui. Il a même plongé, mais je crois que je suis meilleure nageuse que lui. Il a fini par renoncer, à moins qu'il ne se soit noyé. Oh, Mac, j'ai eu si peur !

Sans hésiter, il l'attira vers lui et pressa ses lèvres contre les siennes. Comme elle s'abandonnait à ce baiser, il lui caressa doucement les cheveux, tout en savourant le goût de sa langue.

Pendant quelques instants, il cessa de s'interroger. Elle était là. Saine et sauve. Avec lui. Quoi qu'il soit *réellement* arrivé, c'était l'essentiel…

Puis il s'écarta, lui sourit et remit le moteur en marche.

— Je te ramène tout de suite à mon hôtel, dit-il. Il faut que tu prennes une douche chaude et que tu te sèches. Ensuite, je te reconduirai chez toi.

La jeune femme claquait toujours des dents et acquiesça d'un signe de tête.

Quand la Buick s'élança sur la route, elle ferma les yeux et sentit son cœur retrouver enfin un rythme normal.

Tout le temps qu'elle était restée sur la plage, sa tension n'était pas tombée.

Mais maintenant, Mac était là.

Assis sur le bord du lit, Mac écoutait l'eau de la douche couler et se sentait pris dans un étau, partagé entre colère, doutes et soulagement.

Lorsqu'il avait compris que Kate avait échappé à son agresseur, il s'était senti fier d'elle : dans cette situation, peu d'hommes ou de femmes auraient été capables de nager sur une telle distance.

Mais sa fureur augmentait à chaque seconde. Il n'aurait pas dû la laisser seule. Et elle avait été bien imprudente, en quittant sa maison sans en avertir personne.

Il la croyait. Pourquoi aurait-elle inventé cet épisode ? N'avait-elle pas été agressée sous ses yeux par l'homme au couteau, quelques jours plus tôt ? Mais depuis qu'elle lui avait menti, cet après-midi, depuis qu'il avait entendu ces témoignages contradictoires, quelque chose en lui bridait sa confiance. Instinctivement, il s'était demandé si elle n'avait pas inventé cette histoire, si elle n'avait pas tout simplement fugué…

C'était insupportable. Il fallait qu'elle s'explique et qu'elle cesse de lui mentir.

Enfin, elle sortit de la salle de bains et vint s'asseoir face à lui, dans un fauteuil.

Les quelques instants qu'ils avaient partagés dans le motel de Macon, avant qu'elle ne s'enfuie, lui revinrent alors à la mémoire. Des instants suspendus, des minutes qu'il n'oublierait jamais. Leurs baisers, le grain de sa peau satinée, la beauté de son corps offert, la douceur de ses seins ronds sous ses caresses…

Elle lui souriait. Peut-être songeait-elle à la même chose que lui. Dans ce peignoir blanc, une serviette roulée en turban sur ses cheveux, elle ressemblait plus que jamais à un ange.

Un ange, vraiment ?

« C'est une drôle de cliente, que vous avez là… »

Les accusations de Dryer traversèrent l'esprit de Mac pour détruire immédiatement cette image.

— Kate, déclara-t-il d'une voix triste, tu vas cesser de me mentir, maintenant.

Comme elle haussait les sourcils, il sentit la colère monter en lui.

— Ne prends pas cet air innocent, s'il te plaît ! Pourquoi ne m'as-tu pas dit que tu avais été stripteaseuse à Las Vegas ? Pourquoi m'as-tu menti ? Et ces fugues multiples dont tu es coutumière, et…

Choquée, la jeune femme s'était levée et avait posé ses mains sur ses hanches.

— Quoi ? Qui t'a dit cela ?

— N'évite pas ma question, Kate, insista-t-il en haussant le ton. J'ai besoin de réponses claires et précises. As-tu rencontré Danny à Las Vegas, oui ou non ?

— Oui, mais…

— Bien, coupa-t-il. Et les activités qui étaient les tiennes là-bas t'ont valu l'attitude hostile et distante de ton beau-père, n'est-ce pas ?

Stupéfaite, elle le contemplait en fronçant les sourcils et en secouant la tête, comme s'il venait de la trahir.

— Ce n'est pas ce que tu crois, Mac, se défendit-elle. J'étais…

— Oui ou non ? s'énerva-t-il.

— Je regrette, cria-t-elle, mais je ne suis pas devant un tribunal, et je n'ai pas à répondre ainsi à ces accusations ! Oui, je t'ai menti ! Mais je…

A ces mots, Mac se leva d'un bond et l'agrippa par les épaules avant de la toiser d'un regard glacial.

— Enfin tu l'admets, accusa-t-il. Et pourtant, même maintenant, je parviens à peine à le croire. *Pourquoi*, Kate ? Pourquoi ? Tu as trahi ma confiance dès que nous sommes sortis de la boutique de lingerie ! Peux-tu imaginer combien j'ai été choqué d'apprendre de la bouche d'un officier de police que tu étais une joueuse, une stripteaseuse ? Comment as-tu pu me mentir ?

Des larmes roulaient sur les joues de la jeune femme et elle s'effondra sur le lit pour pleurer, le visage dans les mains.

— Pardon, je… Je n'aurais pas dû, admit-elle.

— Pourquoi ? répéta-t-il d'une voix forte.

— Parce que… Parce que je t'aime, balbutia-t-elle entre ses sanglots.

Mac sentit son cœur s'arrêter de battre. Tout son sang refluait, et il s'agenouilla devant elle.

— Oh, Mac, je t'aime tant, reprit-elle. Je sais que je ne suis plus ta Mary. Celle que tu aurais pu aimer, peut-être… Mary aurait pu être une jeune femme riche et innocente, membre de l'une des familles les plus fortunées de Floride. Au lieu de cela, tu te retrouves avec une cliente détestée par sa belle-famille et tous les notables de Boward Key. Une pièce rapportée au clan Priestly qui a d'abord été une jeune fille pauvre. Je n'ai jamais fait d'études, Mac. J'ai quitté le domicile de ma mère parce que mon beau-père me battait. Et c'est vrai, j'ai été serveuse à Las Vegas. Mais jamais, *jamais* je n'ai été stripteaseuse ! Je te le jure, Mac. Il faut que tu me croies ! C'est mon beau-père qui a inventé cette histoire. Danny m'a épousée parce qu'il voulait provoquer sa famille. Ce n'était sans doute pas la seule raison, bien sûr, mais je me souviens qu'il répétait que son père serait fou de rage en apprenant notre union. Tu te représentes un peu le tableau ? Le seul et unique héritier de Louis Boward, millionnaire fondateur de la tranquille petite ville de Boward Key, épousant une serveuse de Las Vegas… Et en effet, le Dr Priestly était furieux. Il m'a détestée tout de suite. Il aurait fait n'importe quoi pour convaincre Danny de divorcer. Alors, il a commencé à insinuer toutes sortes d'horreurs : ne connaissant pas ma famille, il disait que j'avais peut-être erré dans tout le pays, et que Danny ne pourrait jamais être certain que je n'avais pas fait des strip-teases à Las Vegas. Pour lui, serveuse ou stripteaseuse, c'était la même chose. Oh, Mac, c'était si cruel… Sa médisance n'avait aucune limite. Au début, Danny me défendait. Mais au fond, l'attitude de son père à mon égard l'indifférait. A plusieurs reprises, j'ai voulu organiser une rencontre entre les Priestly et ma famille. Mais ce n'était pas simple, mon père et Tom ne peuvent pas se libérer facilement, et je ne voulais pas que ma mère nous rende visite accompagnée de son mari… Mac, je n'ai jamais rien volé de ma vie. Je n'ai jamais rien fait de mal. Mais ces gens ont réussi à me convaincre que je devais avoir honte de moi-même, de ma vie d'avant. Tu sais, quand j'étais serveuse à Las Vegas, je travaillais dans un établissement de luxe spécialisé dans la gastronomie française. Est-ce vraiment honteux ? Dois-je présenter mes excuses à quelqu'un ? Faut-il que je demande pardon de n'avoir pas suivi d'études parce que je n'avais pas d'argent ? Pourquoi le docteur a-t-il sali ma réputation auprès de tous les notables qu'il fréquente ?

Mac lui avait pris les mains et écoutait chacune de ses paroles, la gorge serrée.

— Je ne sais pas ce que signifie cette histoire de fugues, poursuivit-elle. Il est arrivé que je confie les jumeaux à mes beaux-parents avant de m'absenter deux ou trois jours. Mais ils savaient très bien où je me rendais : à Las Vegas, pour supplier Danny de revenir. Mon beau-père le savait, Mac, crois-moi ! Mais il est si lâche. Il n'a jamais voulu regarder son fils tel qu'il était. Sans doute niait-il la réalité. C'était tellement plus simple de rejeter la responsabilité des erreurs de Danny sur moi ! Je me suis toujours occupée de mes enfants, je n'ai jamais été absente à l'association, sauf lors des obsèques de Danny, et…

— Je sais cela, murmura Mac en essuyant une de ses larmes et en s'approchant d'elle.

Elle plongea son beau regard bleu dans le sien, et il sentit un violent désir le submerger.

— Ma Kate, souffla-t-il avant de la renverser sur le lit et de la couvrir de baisers fiévreux.

Il avait besoin de la toucher, de la serrer contre lui, de lui faire comprendre qu'elle venait de faire de lui le plus heureux des hommes, le plus *honteux* des hommes, aussi… Comment avait-il pu douter d'elle ?

Comment le Dr Priestly était-il parvenu à déchaîner cette haine contre sa belle-fille, et à rallier à lui l'opinion de Boward Key ? Jusqu'à cet imbécile de Dryer…

C'était ignoble. Il avait causé le malheur de la plus délicieuse des jeunes femmes.

Kate n'avait vraiment pas mérité l'ingratitude de tous ces gens. Et encore moins la sienne : il se reprochait de ne pas l'avoir interrogée plus tôt, de n'avoir pas éclairci tout de suite ces ridicules zones d'ombre de son passé.

— Pourquoi ne m'as-tu pas dit tout cela dès cet après-midi, dans la voiture ? demanda-t-il en se redressant légèrement et en plongeant ses yeux dans ceux de la jeune femme, écartant une mèche blonde qui lui tombait sur le front.

Elle soupira.

— Je viens de te le dire, Mac : parce que je t'aime. J'avais peur de ta réaction. Et j'avais honte de moi-même. Mais c'est fini. Je n'ai pas à rougir de ma jeunesse difficile.

— Bien sûr que non, ma chérie, souffla-t-il en déposant un baiser sur son front. Kate…

Comme elle resserrait ses bras autour de son cou, il mêla encore sa langue à la sienne et caressa lentement ses mollets nus avant de remonter doucement le long de ses cuisses.

Puis il défit la ceinture de son peignoir et effleura lentement sa peau lisse.

Les yeux fermés, Kate sentait une émotion toute nouvelle la submerger. Enfin, elle avait osé tout avouer à Mac… et lui dire qu'elle l'aimait. Ces confessions l'avaient libérée. Désormais, personne, et surtout pas le Dr Priestly, ne parviendrait plus à l'humilier.

Elle avait épousé un homme qui ne l'avait pas aimée, mais elle avait des enfants merveilleux. Et la vie lui avait fait un cadeau en lui permettant de rencontrer Mac. Non, elle ne laisserait pas fuir cette chance. De toute son âme, elle voulait s'abandonner à ses caresses, aux myriades de sensations exquises qui couraient sur sa peau.

Mac était son sauveur, celui qui aurait pu lui tourner le dos quand il avait réalisé qu'elle lui avait menti et qui, au contraire, lui avait prouvé qu'il méritait sa confiance. Celui qui l'écoutait, qui restait à son côté dans les moments de doute. Celui qui lui était *fidèle*.

Grisée par son parfum, par la manière virile dont il s'emparait de sa bouche, elle caressa ses cheveux. Une étrange faiblesse la gagnait tandis que son cœur battait violemment dans sa poitrine et que les caresses ensorcelantes de Mac faisaient vibrer chaque parcelle de son corps.

— Tu es si belle, ma Kate, répétait-il sans cesse.

Puis elle sentit sa bouche se refermer sur la pointe de ses seins durcis et se cambra, gémissant doucement.

Les mains de Mac s'égaraient sur son ventre frémissant, sur ses jambes qui, doucement, s'entrouvraient…

Elle laissa échapper un nouveau soupir et ferma les yeux. Alors qu'il caressait son front, il murmura :

— Kate, ouvre les yeux.

Elle battit des cils et se noya dans ce regard bleu-vert penché gravement sur elle.

— Je t'aime, dit-il en souriant. Pardonne-moi. Je regrette d'avoir douté de toi.

— Ce n'est rien, Mac, dit-elle doucement.

Elle ne pouvait retenir ses larmes. Oh, cette chaleur qui l'envahissait, ce sentiment de bonheur presque douloureux…

— Ne pleure plus, je t'en prie, murmura-t-il en embrassant ses joues, en retenant sur ses lèvres le sel de ses larmes, en la serrant contre son torse avec une telle force qu'elle crut mourir de plaisir.

Puis il ôta ses propres vêtements et les jeta sur le sol avant de la caresser, encore et encore.

Kate promenait ses mains tremblantes sur la peau de Mac. Il était brûlant.

Ils roulèrent plusieurs fois sur le lit, et elle s'offrit à son étreinte lorsqu'il attira ses hanches vers les siennes.

Les cuisses ouvertes, elle s'abandonna au vertige de cette union dont elle avait tant rêvé. Enfin elle sentait son ardeur se mêler à la sienne, ondulant sur le rythme languissant d'un va-et-vient qui devait durer toute la vie, toute la vie…

Boward Key ressemblait à une ville fantôme, dans la nuit. Les rues défilaient, plus vides les unes que les autres.

Assise dans la Buick près de Mac, Kate sourit en baissant les yeux sur le pantalon qu'il lui avait prêté.

Ses affaires mouillées étaient rangées dans un sac, à ses pieds. Pour la seconde fois en huit jours, elle portait des vêtements d'homme beaucoup trop grands pour elle, songea-t-elle, amusée.

— Je me sens tout de même beaucoup plus à l'aise dans ces habits que dans ceux de Jake, dit-elle en riant.

Mac lui adressa un clin d'œil complice.

— Dès que j'ai le dos tourné, tu te débrouilles pour enfiler des tenues extravagantes, rétorqua-t-il. N'oublie pas de mettre mon imperméable en sortant de la voiture. Il ne faut pas que Nellie te voie dans ces vêtements. Quand je pense que tu es devant moi en jean et en T-shirt alors que tu possèdes une collection de dessous L'Hippocampe…

— Tu as raison, admit-elle d'un ton espiègle. Il faut que tu les voies tous. Au fait, personne ne me les a achetés : c'est moi qui aime cette marque de lingerie, à la fois élégante et confortable. Et ta tante a exagéré leur prix.

— Tu le lui annonceras toi-même, repartit-il.

La jeune femme ne sut que répondre et garda le silence. Au souvenir des instants qu'elle venait de vivre avec Mac, des frissons couraient encore sur sa peau. Mais reverrait-elle bientôt Tante Béatrice ? Pouvait-elle espérer commencer une nouvelle vie à Billington, auprès de Mac ? Il fallait avant tout qu'elle retrouve ses enfants…

— Mac, Charlie est malade. La gouvernante des Priestly me l'a annoncé tout à l'heure.

— Oui, je le sais, souffla-t-il. Je ne t'en ai rien dit, parce que tu étais déjà trop bouleversée. Kate, j'espère que tu as compris pourquoi je tiens à ce que tu dormes chez toi : je ne fais pas tellement confiance à cette Nellie. Je ne veux pas que les Priestly t'accusent d'avoir passé la nuit dehors. Tu seras en sécurité si tu fais exactement ce que je te dis. Ton agresseur sait que nous sommes ensemble. S'il a repéré mon hôtel, je préfère te savoir chez toi, enfermée à clé dans ta chambre et avec toutes les alarmes branchées. Ton quartier est très bien protégé par la police…

— Oh, oui ! railla-t-elle. Par des hommes tels que ce Dryer. Pourquoi t'a-t-il dit toutes ces horreurs ? Je ne l'ai jamais rencontré…

— Mais à l'évidence, il est très ami avec le docteur. N'y pense plus, chérie, s'il te plaît. Je te jure que ton beau-père paiera très cher sa malveillance à ton égard.

Il souleva sa main et y déposa un baiser.

Elle sourit. C'était si bon de sentir qu'elle pouvait enfin compter sur quelqu'un qui lui accordait sa confiance !

— Tu sais, enchaîna-t-il, j'ai le pressentiment que la réapparition de ton agresseur de Macon va susciter celle de ton ami Elvis. Et peut-être du fameux B.O., qui sait ?

— Oh, Mac, je ne veux pas y penser, je veux seulement que ce cauchemar s'arrête !

Mac ne répondit pas. Il avait révélé à Kate dans quelles circonstances il s'était entretenu avec le lieutenant Dryer, puis avec David Allen. Mais il n'avait soufflé mot de la demande de garde provisoire que le docteur avait déposée auprès du tribunal.

Pour le moment, il fallait que la jeune femme se repose. Demain, elle affronterait ses beaux-parents, *avec lui*.

— Kate, reprit-il, tu me le promets ? Tu attendras que je sois arrivé chez toi demain matin ? Tu ne partiras pas toute seule chez le Dr Priestly, c'est entendu ?

— Je te le promets, dit-elle en soupirant. Mais à condition que tu me promettes également d'être là dès 9 heures. Le docteur se lève toujours très tôt, et je sais qu'il prendra la route avant l'heure de pointe. Et je *veux* revoir mes bébés à la seconde où ils descendront de voiture !

Mac sourit.

— C'est promis. Je suis impatient de les voir, moi aussi, conclut-il en coupant le moteur, comme ils venaient d'arriver devant la villa.

Le garage était toujours ouvert, laissant deviner le break et la voiture de Nellie.

— A qui appartient ce break ? demanda-t-il.

— C'était celui de Danny, dit-elle en revêtant l'imperméable de Mac. Je me demande ce qu'a pu devenir ma propre voiture. Il y avait les sièges des enfants, sur la banquette arrière. Je me souviens les avoir emmenés faire des courses au supermarché la veille du jour où nous sommes allés chez les Priestly.

Mac soupira et claqua la portière avant d'aller ouvrir à sa compagne, d'un geste galant.

— Que c'est charmant ! dit-elle en acceptant la main qu'il lui tendait, prête à l'embrasser.

— Non, Kate, murmura-t-il. Il ne faut pas que Nellie nous voie.

— Mais pourquoi te soucies-tu autant d'elle ? demanda-t-elle, étonnée par son insistance.

— Parce qu'elle a été engagée par ton beau-père et qu'elle lui est entièrement dévouée. Je ne veux pas lui donner une bonne raison d'alerter le docteur par téléphone. Plus il sera surpris en te voyant demain, et mieux ce sera.

— Très bien, conclut-elle en gravissant les marches du perron et en entrant dans le vestibule, suivie de Mac.

Elle alluma la lumière et se dirigea vers la cuisine.

— Veux-tu que je te fasse un café, avant que tu ne rentres à l'hôtel ? suggéra-t-elle.

— Oui, volontiers, dit-il en s'asseyant dans l'une de ces chaises design qui le mettaient mal à l'aise, comme tout le reste de cette maison meublée de manière aussi luxueuse qu'impersonnelle.

Kate l'observa et sourit.

— Tu es comme moi, dit-elle. Tu n'aimes pas beaucoup cet endroit. J'attends avec impatience le moment où...

— Vous êtes rentrée, madame Katrina, lança Nellie de sa voix aiguë empreinte de reproche.

Elle se tenait dans l'encadrement de la porte, en robe de chambre, et dévisagea tour à tour Kate et Mac, de son œil sévère.

— Oui, Nellie, dit Kate en souriant. Je suis allée me promener sur la plage et manger un plateau de fruits de mer. C'est si agréable, n'est-ce pas ? M. MacGuilt a eu la gentillesse de me raccompagner. Voulez-vous prendre une tasse de café avec nous ?

La vieille dame affichait une expression impassible.

— Non, madame, je vous remercie. Je suis rassurée de vous savoir ici. Dois-je préparer une chambre pour monsieur ?

— Non, Nellie, répliqua Mac avec son plus beau sourire. Je m'en vais tout de suite. Mais voulez-vous veiller à mettre en marche le signal d'alarme dès que je serai sorti, s'il vous plaît ?

Kate se mordit la lèvre pour ne pas rire, tandis que Mac avalait son café.

— Bonne nuit, *monsieur MacGuilt*, dit-elle en le regardant s'éloigner de la porte, suivi de Nellie.

Puis, elle entendit le claquement des verrous, et les « bip » annonçant l'enclenchement de l'alarme. Enfin, les pneus de la Buick crissèrent dans le lointain et Nellie revint dans la cuisine.

— Je suis navrée de vous avoir inquiétée, déclara Kate. Quand je me suis réveillée, j'ai eu envie de prendre l'air.

— Bien sûr, madame Katrina, répondit Nellie d'un ton neutre. L'alarme est branchée.

— Je vous remercie. Retournez vous coucher, je vais moi-même monter dans ma chambre dans un instant, dit-elle. Bonne nuit, Nellie.

— Bonne nuit, madame, dit la vieille dame en disparaissant.

Durant quelques instants, Kate demeura songeuse. Cette maison appartenait aux Priestly et Nellie avait été engagée par le docteur. Mac avait raison : il était impossible de faire confiance à la gouvernante.

Comment avait-elle pu être aussi naïve ? Naturellement, son beau-père avait dû tourner la tête de cette pauvre femme.

Oh, si seulement elle avait trouvé la force de partir plus tôt…

En soupirant, elle déposa les deux tasses vides dans le lave-vaisselle avant d'éteindre la lumière et de monter dans sa chambre.

Elle retira l'imperméable et les vêtements de Mac et se coucha, hantée par le souvenir de ses caresses… Plus que jamais, elle redoutait et espérait la journée du lendemain. Le moment heureux entre tous où Harry et Charlie viendraient se blottir contre elle. Et la confrontation avec le docteur. Finirait-il par tout avouer ?

Et ensuite ? Qu'arriverait-il ? Mac lui avait dit qu'il l'aimait, oui, mais… Ils n'avaient jamais évoqué le futur, ensemble. Elle ne voulait pas le quitter. Ni rester à Boward Key. Cependant, elle n'avait pas oublié que Mac avait été traumatisé par son premier mariage. Peut-être n'envisageait-il pas de vivre de nouveau avec une femme. Et encore moins avec les fils d'un autre homme…

Et « Les Enfants Heureux » ? Son travail à l'association lui avait permis de traverser des épreuves difficiles. Si elle quittait la Floride, elle devrait également y renoncer.

Nerveuse, elle se tourna et se retourna dans son lit. Ici, elle était en sécurité, elle le savait. Mais Mac ? Si son agresseur l'avait retrouvée, ne risquait-il pas de s'en prendre à lui, désormais ?

A moins qu'il ne se soit noyé. Mais Kate ne penchait guère pour cette hypothèse. Il était plus probable qu'il ait rebroussé chemin, après l'avoir perdue de vue dans l'eau. En se rappelant la manière frénétique dont elle avait traversé la baie, elle se sentit fière d'elle. Oui, cette journée lui avait rendu son identité… et une assurance toute nouvelle. Ses seuls talents de nageuse lui avaient permis de semer un poursuivant armé.

Elle pourrait donc garder la tête haute devant son beau-père, demain. Non, elle n'aurait pas peur de regarder droit dans les yeux l'homme qui avait tout fait pour salir sa réputation, qui l'avait méprisée, agressée, sans doute droguée puis conduite à Billington… Quel avait été son plan, au juste ? Et comment avait-il fait en sorte qu'elle perde la mémoire ?

Anxieuse, elle se souvint du bar et d'Elvis se penchant à son oreille pour lui murmurer « B.O. veut que tu rentres chez toi ». De toutes ses forces, elle chercha un sens à tout ceci.

Mais le visage de l'imitateur, qu'elle discernait parfaitement, était celui d'un inconnu. Et B.O. ?

Elle gémit et enfonça ses poings dans son oreiller.

Non, non, c'était trop… Trop de questions. Trop d'énigmes persistantes, alors qu'elle avait recouvré la mémoire. Trop d'ennemis.

Mais elle avait tout de même deux images auxquelles se raccrocher : d'abord celle de Charlie et de Harry.

Ensuite, celle de Mac.

Même s'il ne voulait pas donner suite aux moments magiques qu'ils venaient de vivre ensemble, elle savait que son amour pour lui grandissait en elle.

En l'espace de quelques jours, Mac lui avait rendu tout ce qu'elle avait perdu dès son arrivée à Boward Key, deux ans plus tôt. Le cadeau qu'il lui avait fait était le plus précieux entre tous : la confiance.

14

Mac se reprochait d'avoir cédé à son désir. Un désir qui n'avait cessé de monter en lui depuis des jours. Il n'aurait pourtant pas dû se laisser aller à faire l'amour à Kate. C'était une terrible erreur, dont il allait payer le prix.

Mais quand la jeune femme lui avait enfin révélé la vérité sur son passé, quand il avait compris qu'elle n'avait jamais cessé d'être sa Mary, quand elle lui avait murmuré ces mots qui lui avaient déchiré l'âme : « Je t'aime », le monde avait cessé d'exister.

Et il avait oublié qu'il n'avait rien à lui offrir.

Même si Kate avait été pauvre autrefois, il ne pourrait jamais supporter l'idée de l'éloigner du standing qu'elle connaissait depuis deux ans à Boward Key. Ses deux enfants avaient grandi dans une somptueuse villa, sous un climat généreux, et seraient un jour les héritiers de l'une des plus grosses fortunes de Floride. Comment un flic déchu de ses fonctions, un simple détective privé de Billington, pouvait-il décemment lui proposer de partager sa vie ?

Certes, il hériterait lui-même un jour des biens de Tante Béatrice. Mais il espérait que la vieille dame rejoindrait l'élite des doyens américains et ferait une centenaire épanouie.

Si seulement tout n'avait pas si mal tourné pour lui… Hélas, jamais il ne pourrait réintégrer la police de Billington. Et il ne prendrait pas, pour la seconde fois, le risque de faire peser sur sa vie conjugale ses déceptions et son amertume personnelles. Tant que sa vie professionnelle serait un échec, il n'avait pas le droit d'enchaîner au sien le destin d'un être qu'il aimait plus que tout.

De toute façon, Kate savait cela. Elle n'espérait probablement pas finir sa vie avec lui. La seule chose qui comptait pour elle était de retrouver ses enfants, et elle lui annoncerait peut-être dès le lendemain qu'elle regrettait leurs étreintes dans cette chambre.

N'avait-elle pas vécu l'équivalent de plusieurs vies en une seule journée ? D'ailleurs, il était étrange de penser qu'à peine quelques heures plus tôt, ils étaient encore loin de Miami…

Peut-être ne l'aimait-elle pas. Elle était simplement épuisée, à bout de nerfs. D'une manière bien légitime, elle avait cherché un réconfort indispensable entre ses bras. Oui, c'était certain : elle avait eu besoin qu'il la console. Rien de plus.

En un après-midi, elle avait retrouvé la mémoire, « perdu » ses enfants, appris que l'un d'eux était malade… Et recouvré son identité. Celle d'une jeune veuve détestée par son beau-père, qui avait désespérément besoin d'aide.

Pour parfaire cette journée trop riche en bouleversements, l'homme au couteau lui avait causé une nouvelle et terrible frayeur. Cette fois, elle n'avait pu compter que sur son seul courage. Ni Mac ni Elvis n'avaient volé à son secours.

Mac admirait sa détermination. Il aurait dû comprendre que sa déclaration d'amour n'était rien d'autre que l'expression de sa fatigue.

S'il l'avait simplement serrée contre lui, s'il s'était contenté de la tenir dans ses bras…

Au lieu de cela, il avait cédé au désir qui le consumait jour et nuit depuis leur rencontre. Et pour son plus grand malheur, il avait connu le plaisir incomparable de faire l'amour avec la plus délicieuse des femmes… A la vérité, il n'aurait jamais pensé connaître un jour un sentiment si violent. Des vagues d'émotions l'avaient submergé lorsqu'ils s'étaient unis. Désormais, il en conserverait à jamais le souvenir. C'était comme si, au plus profond de sa chair, il avait été marqué au fer rouge. Par Mary… Ou plutôt par Katrina Priestly.

Par sa *cliente*, se répéta-t-il en serrant les dents et en garant la Buick sur le parking.

Il faudrait pourtant qu'il parvienne à l'oublier. Qu'il rentre à Billington et qu'il termine ses enquêtes en cours, en priant pour que Bill Tyron gagne les prochaines élections.

D'ailleurs, il avait hâte d'en finir avec son travail ici. La Floride n'était pas une région faite pour lui. Il était un homme du Nord. Tout ce luxe, toutes ces attractions touristiques lui donnaient la nausée. Même ce soleil de janvier, cet air tiède et ces rosiers épanouis, dans le jardin de Kate, contribuaient à renforcer son malaise. Il était épuisé…

Cherchant dans sa poche la clé de sa chambre, il jeta un coup d'œil à sa montre. Il était 2 heures du matin.

Bon sang !

A la première heure, le lendemain, il devrait demander à Lou de faire quelques recherches sur l'hôpital de Chicago mentionné par David Allen. Il fallait aussi qu'il appelle ce pauvre vieux Bill Tyron, auquel il n'avait donné aucune nouvelle depuis plusieurs jours.

Enfin, il devrait trouver un moyen de faire parler ce satané Dr Priestly qui, non content de ruiner la réputation de sa belle-fille, l'avait rendue amnésique avant de la faire conduire à Billington par un homme armé au volant d'une Chrysler grise… B.O. et Elvis étaient-ils également à son service ?

Mais avant cela, il fallait qu'il prenne un peu de repos, dans le lit où il venait de faire l'amour avec Kate.

Il faudrait qu'il ignore le parfum de ses cheveux imprégné dans l'oreiller. Et plus difficile encore, le souvenir de sa peau d'une infinie douceur gravé sur chaque parcelle de son propre corps.

En tournant la clé dans la serrure, il poussa un long soupir. Lorsqu'il appuya sur l'interrupteur, aucune lumière ne s'alluma. L'ampoule du plafonnier devait avoir grillé.

A l'aveuglette, il s'avança vers le lit, posa son revolver sur la table de chevet et se dirigea vers la salle de bains pour y allumer la lumière.

Quelque chose bougea derrière lui. Avant qu'il n'ait eu le temps de réagir, il comprit que la silhouette noire qui venait de traverser la pièce s'était empressée de saisir son revolver.

Il se retourna et demanda avec calme :

— Je vous connais ?

— Bien sûr, dit une voix d'homme.

L'ombre venait de s'installer dans le fauteuil et lui faisait face. Son visiteur croisait les jambes et braquait le revolver sur lui.

Dans l'obscurité, Mac ne distinguait que des cheveux sombres, mi-longs, sur un visage émacié.

— Puis-je allumer la lumière ? demanda Mac. J'aime savoir qui me menace avec *mon* arme dans ma propre chambre…

— Vas-y, dit l'homme. Mais j'ai ôté l'ampoule. Tu peux seulement allumer dans la salle de bains.

Mac appuya sur l'interrupteur et fixa alors un homme vêtu de noir des pieds à la tête. Seules ses chaussettes étaient blanches. Ses cheveux lui tombaient au niveau des épaules. Ils étaient également teints en noir. *Teints*, forcément, puisqu'il ne pouvait avoir moins de soixante ans.

Mac plissa les yeux. Ces pommettes hautes et ce nez aquilin lui rappelaient vaguement quelque chose.

— Tu me reconnaîtrais mieux dans le costume d'Elvis, indiqua l'homme. Mais je ne me promène pas tous les jours dans cette tenue.

Mac hocha lentement la tête et dévisagea l'homme un long moment avant de répondre :

— Je m'attendais un peu à ta visite. Comment es-tu entré ici ?

Il haussa les épaules.

— Un jeu d'enfants. Crocheter une serrure d'hôtel est à la portée du premier venu. Ta question me déçoit, MacGuilt. Tu dois en avoir de plus urgentes à me poser, non ?

— Certes, admit Mac. Mais dois-je comprendre que tu es ici pour répondre à mes questions ?

— Tout juste. L'heure est aux explications. Je suis las de jouer au chat et à la souris avec vous deux. Il faut que tout cela cesse. Je n'ai plus l'âge de pourchasser des veuves richissimes d'un bout à l'autre du pays. Et puis, ta petite amie a encore eu des ennuis, ce soir. Elle aurait pu y laisser sa peau…

Mac frémit.

— Tu as assisté à la scène ?

L'homme approuva d'un signe de tête.

— Oui. Je vous trouve bien imprudents. Vous aviez déjà eu beaucoup de chance que je sois là, dans ce bar de Macon.

— Comment est-ce arrivé ?

— Je l'ai suivie, quand elle a quitté votre chambre et qu'elle est partie s'acheter des vêtements. A vrai dire, je n'ai pas compris pourquoi elle entrait dans ce bar. Avait-elle vu l'affiche ? Est-elle une fanatique d'Elvis Presley ? Toujours est-il que je me suis bien débrouillé, ce soir-là…

— Comment cette idée de te déguiser en Elvis a-t-elle pu te venir à l'esprit ? demanda Mac, tiraillé par la curiosité.

— Pendant que ta copine s'installait à une table, j'ai entendu le barman discuter au téléphone avec le chanteur qui lui faisait faux bond… Et je dois avouer que mon ancien métier me manque. Dans ma jeunesse, j'ai fait beaucoup d'imitations, à Las Vegas.

Mac fronça les sourcils. Kate avait-elle été incapable de reconnaître un artiste qu'elle aurait autrefois croisé à Vegas ?

— C'est là-bas que tu as connu Kate ? s'enquit-il.

— Non. Je n'ai jamais croisé la petite dame. Elle travaillait dans un restaurant très chic. Pas mon genre. Et elle ne fréquentait pas les casinos. Mais c'est là-bas que j'ai rencontré son mari, le petit Danny Priestly. Ainsi que B.O…

— Et ce soir-là, quel était ton objectif ? Que Kate t'accompagne ?

L'homme se mit à rire.

— Non, je voulais simplement l'avertir. Tout de même, quelle scène d'anthologie ! s'exclama-t-il. Tu te rends compte ? Je me suis penché vers elle en espérant qu'elle courrait vers toi, bien sûr ! J'avais vu que tu étais au bar et que tu l'avais retrouvée. En revanche, je n'avais pas remarqué l'*autre*. Lui aussi nous avait suivis, toi, elle et moi. Et il l'a entraînée vers ce parking…

— *L'autre*, c'est l'homme au couteau qui a de nouveau menacé Kate ce soir, n'est-ce pas ?

— Oui. J'étais prêt à intervenir quand elle a foncé vers la rive et s'est jetée à l'eau. Elle a réussi à s'en sortir, cette fois. Mais cela ne peut plus durer. Je ne peux pas être derrière elle tout le temps pour la protéger. Je n'ai pas l'énergie requise. Il faut vraiment que cette stupide affaire prenne fin.

— Et puis-je savoir pourquoi « B.O. » voulait qu'elle rentre chez elle ?

— Vois-tu, B.O. aimerait qu'elle commence à se comporter comme une veuve responsable.

— C'est-à-dire ?

— Danny lui devait une belle somme d'argent. Et ta petite amie a hérité d'une sacrée fortune. Il faut qu'elle se mette en règle avec B.O.

Mac se mordit la lèvre en comprenant le rôle qu'avait joué Elvis depuis la disparition de Kate. L'homme pour lequel il travaillait, B.O., l'avait chargé de récupérer l'argent que lui devait Danny Priestly et de se rendre à Boward Key à cette fin. Et sans doute à sa propre surprise, Elvis avait assisté à l'enlèvement de Kate, et l'avait suivie jusqu'à Billington...

— Je vois, souffla-t-il. Et je comprends ta lassitude. En acceptant la mission que te confiait B.O., je suppose que tu étais loin de t'imaginer que tu allais devoir traverser cinq Etats du sud au nord puis du nord au sud... Du moins, si B.O. n'est pas responsable du fait que Kate se soit retrouvée dans une impasse de Billington, dans l'Indiana.

— Ne fais pas l'imbécile, rétorqua l'homme d'un ton agacé. B.O. n'avait aucun intérêt à ce que cette fille se retrouve à des centaines de kilomètres de chez elle, droguée et sans un sou.

— Mais alors, tu as tout vu ? Tu sais que Kate a été enlevée ? Tu as vu quelqu'un lui injecter des drogues pour qu'elle perde la mémoire !

L'homme jeta à Mac un long regard fatigué.

— Il y a quinze jours que j'ai commencé ce travail et que je suis arrivé ici, en Floride, dit-il. J'ai passé plus de trente ans à Las Vegas. J'y ai mené ma carrière d'artiste et fréquenté les casinos. Car j'aimais cela. Je suis un bon joueur, pas comme ce petit Danny : je sais m'arrêter quand je perds. Bref, inutile de te dire que les gens comme moi ne touchent aucune retraite quand ils passent l'âge de se produire sur scène. Heureusement, il y a le poker. Et les chefs de ces bandes qui organisent des parties au noir... Je peux te dire que B.O. m'a sauvé. Je n'ai peut-être pas une carrure très impressionnante, mais je sais me servir d'un revolver, et quand un mauvais joueur refuse de payer, c'est moi qui suis chargé de le ramener à la raison. Le problème, c'est que ce petit Danny est mort et que B.O. a eu du mal à retrouver la trace de sa famille. Il ne se vantait pas d'être le rejeton d'une dynastie connue dans toute la Floride, tu penses ! Enfin, j'ai pris un avion pour Miami, dans l'intention de rencontrer sa veuve et de lui faire comprendre qu'elle devait s'acquitter des dettes qu'avait laissées son mari. Mais au moment où j'ai repéré sa Pontiac qui sortait de son garage, je me suis aperçu qu'elle n'était pas au volant. Elle était sur le siège passager, solidement attachée. Je n'avais pas le choix : je l'ai suivie. Si je m'étais douté que le voyage serait si long…

— Donc, tu as vu quelqu'un l'emmener dans sa propre voiture ? insista Mac. Le 9 janvier, c'est bien cela ?

— Oui. J'ai cru que cela ne finirait jamais. L'homme roulait, toujours vers le nord… Je n'ai jamais vu la petite dame sortir de la voiture, sauf quand il l'a entraînée dans un salon de coiffure dont elle est ressortie avec les cheveux courts et noirs. Il s'est également arrêté une fois pour changer les plaques d'immatriculation et acheter des sandwichs. Mais il a roulé à tombeau ouvert jusqu'à Billington. Un sale coin. Quelle idée d'abandonner une si charmante jeune femme dans cette banlieue… Je ne comprenais rien. Mais mon patron m'avait ordonné de ne pas perdre la fille de vue, alors j'ai obéi.

— Tu as *vu* cet homme, quand il l'a abandonnée dans cette impasse ! s'écria Mac. Qui était-ce ? Un homme âgé ?

Elvis haussa les sourcils.

— Non. C'était le type de Macon : celui qui est revenu la menacer ce soir. Un tueur à gages. La veuve a des ennemis… Tu t'attendais à autre chose ?

Mac répondit par une autre question.

— As-tu assisté à la scène, quand il l'a déshabillée pour lui donner les vêtements de Jake, dans l'impasse ?

— Oui. Rien ne m'a échappé. Je roulais à peu de distance derrière lui, mais il était trop occupé à veiller sur sa passagère pour se soucier de quoi que ce soit d'autre. Il a fait des piqûres à la fille. Ensuite, ce qui est arrivé avec ce clochard m'a paru étrange… D'abord, il lui a échangé ses vêtements contre des neufs. Et il lui a également donné quelques bouteilles d'alcool. Puis, il a passé les guenilles à la malheureuse et l'a abandonnée devant un bâtiment industriel désaffecté. Et il est parti. Je ne savais pas si je devais continuer à le suivre lui, ou éviter de perdre de vue la veuve de Danny… Mais tu es arrivé et tu l'as emmenée.

— C'est toi qui as jeté cette pierre chez moi, ce soir-là ? demanda Mac.

— Non. C'est l'*autre*. Celui qui conduisait la Pontiac.

— Toi, tu étais au volant de la Chrysler grise ?

— Oui. Amusant, non ? C'est moi que tu as repéré. Mais le véritable ennemi de ta copine était dans la Pontiac verte que j'avais suivie depuis Miami. Et ensuite, de Billington à Miami, *il* m'a suivi pendant que je vous suivais…

Mac réfléchit un instant.

— Qu'est-ce qui me prouve que ce n'est pas toi qui as assassiné Jake et…

— Non, coupa l'homme d'un ton farouche. Je ne suis pas un tueur, et je ne m'en prends pas aux vieux ivrognes ! Je n'ai pas compris pourquoi il supprimait ce malheureux. Visiblement, il était payé pour se débarrasser de la fille. J'avais peur qu'il ne la tue, mais il ne l'a pas fait. Pourquoi ? Mystère. Et puis le lendemain matin, il a passé plusieurs coups de fil dans sa voiture. Il semblait très énervé. J'avais décidé de rester près de l'impasse, en espérant que tu y viendrais avec la fille. L'*autre* était là aussi… Finalement, il a fait un tour dans le quartier, a retrouvé le clochard dans ses vêtements neufs, l'a attiré dans ce passage et l'a poignardé dans le dos. Encore une fois, je ne comprends pas pourquoi il a ressenti le besoin de le tuer.

Mac ne répondit rien. Une hypothèse se dessinait dans son esprit. Mais pour que cette piste devienne une certitude, il devrait disposer de plus amples renseignements, grâce à Lou. Ou attendre sa confrontation du lendemain avec le docteur.

— Donc, tu vois cet homme assassiner Jake. Et ensuite ?

— Tu la connais, la suite, dit l'homme. Vous êtes partis en direction de Miami, et je vous ai suivis. Tu as repéré ma voiture. Quand j'ai moi-même constaté que la Pontiac verte était derrière moi, j'ai décidé de protéger la fille. Mais il était très difficile de discerner quoi que ce soit, dans le parking de Macon. J'ai tiré. Je sais que l'homme a été touché, mais il a pris la fuite. Ensuite, il a probablement changé de voiture : sur la route, il n'y avait plus de Pontiac verte dans mon champ de vision. C'était une bonne tactique : non seulement il avait l'assurance que je ne le repérerais plus, mais il faisait aussi disparaître le véhicule de ton amie…

Mac planta son regard dans celui de l'homme.

— Ecoute, tu as sauvé la vie de Katrina Priestly. Je suis certain qu'elle te donnera l'argent pour ce « B.O. » si tu acceptes de nous accompagner au poste et de donner le signalement de son agresseur. Si tu témoignes de tout ce à quoi tu as assisté depuis quinze jours, elle…

— Pas question ! asséna le vieil homme en se levant et en pointant son arme sur le torse de Mac. Si tu t'imagines que je vais aller chez les flics, tu es cinglé. En revanche, je vais te dire ce qui va se passer maintenant : je vais sortir tranquillement d'ici et déposer ton arme sous le pare-choc de ta Buick. Tu risques d'en avoir encore besoin, pour protéger ton amie. Mais dès demain, tu vas lui dire qu'elle doit préparer 150 000 dollars en petites coupures dans une mallette. Dans quarante-huit heures, elle laissera cette mallette à l'endroit précis où elle a plongé ce soir, quand elle a voulu échapper à l'*autre*. Et crois-moi, il vaut mieux qu'elle s'exécute. La patience de B.O. est à bout. Et la mienne aussi !

Il avait fait quelques pas vers Mac et reculait maintenant vers la porte, sans cesser de pointer le canon du revolver sur lui.

Mac ne broncha pas.

Il resta dos au mur et regarda « Elvis » tourner la poignée de la porte et disparaître.

Il lui aurait été facile de le rattraper, de le plaquer au sol et d'appeler la police. Le vieil homme ne devait pas courir très vite. Mais il connaissait par cœur les réactions de ces hommes de l'ombre attachés au service de mafieux : en l'état des choses, jamais Elvis n'avouerait qu'il avait suivi Kate. Jamais il ne révélerait ce qu'il avait vu. Ni le meurtre de Jake, ni l'enlèvement de la jeune femme. Il ne songerait qu'à protéger son patron, tant qu'il n'aurait pas rempli son contrat. Mettre *maintenant* derrière les barreaux l'homme qui avait sauvé la vie de la femme qu'il aimait ne lui apporterait rien.

Par conséquent, il chercherait plus tard un moyen de le

convaincre de comparaître en tant que témoin devant un tribunal. Si Kate acceptait de lui donner l'argent pour B.O., la situation pouvait se renverser à leur avantage. Oui, Mac devait faire en sorte qu' « Elvis » s'acquitte de sa mission : ensuite, ils pourraient tous trois convenir d'un arrangement.

Une dizaine de minutes s'étaient écoulées. Mac décida de sortir et d'aller récupérer son revolver.

Et tandis qu'il descendait l'escalier de l'hôtel, il se rendit compte qu'un intense soulagement l'avait gagné.

Tous les éléments étaient en place. Le puzzle n'était plus une collection de pièces disparates, mais une suite d'événements clairement déchiffrables, songea-t-il triomphalement en glissant un bras sous la Buick et en récupérant son arme.

Il sourit en la plaçant dans son dos, sous sa veste. « Elvis » avait tenu parole. Décidément, l'imitateur appartenait bien à cette race d'hommes de main, fiables et dociles, qui ne songeaient qu'à accomplir convenablement leur sale besogne pour avoir la paix. Ainsi qu'il l'avait lui-même évoqué, il se serait volontiers passé de jouer ce rôle s'il avait pu continuer à chanter sur les scènes de Las Vegas.

Par conséquent, si Mac manœuvrait habilement, il obtiendrait son témoignage.

Pour l'heure, il savourait le plaisir de comprendre enfin ce qui était arrivé à Kate.

En refermant la porte de sa chambre derrière lui, il songea qu'il lui serait difficile de trouver le sommeil.

Car dès le lendemain, il pourrait annoncer à Lou qu'il tenait le coupable du meurtre de Jake. Et surtout, il savait que Kate ne s'était jamais trompée : le Dr Priestly était bien à l'origine de toute cette affaire.

Restait à lui soutirer des aveux complets.

Il était 10 heures.

Dans la cuisine, Nellie préparait ses fameux cookies aux noix de pécan.

Kate avait tenté d'appeler Mac plusieurs fois. Son téléphone était sur messagerie. Le réseau était peut-être coupé, s'il avait pris la route. Mais il pouvait également dormir à poings fermés…

Or, depuis son réveil, aux aurores, elle était comme une pile électrique. Les enfants allaient rentrer, il *fallait* qu'elle les voie, qu'elle les serre contre elle…

A bout de patience, elle laissa un message sur le répondeur de Mac et appela un taxi. La distance à parcourir entre sa villa et celle des Priestly était ridicule, mais elle ne tenait pas à ce que l'homme au couteau s'interpose une nouvelle fois entre elle et les garçons.

Mac devait être endormi, se répéta-t-elle pour se rassurer, préférant repousser loin d'elle l'image d'une confrontation possible de l'homme qu'elle aimait avec son agresseur.

Dès qu'elle aperçut le taxi devant la grille, elle courut et s'engouffra à l'intérieur, sur la banquette arrière.

De toute façon, songea-t-elle comme la voiture descendait la promenade, elle éviterait toute rencontre avec son beau-père. Quand ce dernier rentrait de voyage, il s'empressait toujours d'aller ouvrir son courrier, dans son bureau. De son côté, Paula montait dans sa chambre et faisait sa toilette.

Par conséquent, les garçons seraient dans leur chambre, sous la surveillance de Gloria. Et même si la gouvernante ne lui manifestait guère de sympathie, elle ne pourrait lui interdire de monter les voir.

Kate repartirait immédiatement avec eux.

— Je vous remercie, dit-elle au chauffeur qui venait de s'arrêter devant la résidence des Priestly. Ecoutez, je voudrais que vous m'attendiez ici quinze minutes. Si je ne suis pas revenue d'ici là, appelez ce numéro. Je vous laisse cent dollars, et je vous donnerai la même somme à mon retour. D'accord ?

— Bien sûr, mademoiselle, dit le chauffeur en prenant la carte qu'elle lui tendait, et sur laquelle elle avait inscrit le numéro de Mac.

Kate sourit à l'homme et claqua la portière derrière elle.

Mac ne pourrait lui reprocher de ne pas avoir été prudente.

Elle regarda le portail, qui était grand ouvert. Traversant l'allée soigneusement entretenue par un paysagiste, elle pria pour qu'il lui soit aussi facile d'entrer dans la maison. Oh, si seulement son plan pouvait fonctionner, et qu'elle sortait d'ici dans deux minutes avec les garçons !

Le cœur battant, elle poussa la grande porte de chêne et crut défaillir de joie lorsque celle-ci s'ouvrit sans difficulté.

L'immense hall d'entrée était vide, constata-t-elle avec soulagement. Un majestueux escalier de marbre menait à l'étage, à sa droite. A gauche, un long couloir desservait la cuisine et le salon. Prenant garde de ne pas faire crisser le parquet sous ses pieds, elle longea le mur et les consoles couvertes de vases, ignorant les pulsations violentes de ses veines à ses tempes...

— Vous êtes revenue.

Elle sursauta et, instinctivement, porta une main à sa gorge.

Puis elle se retourna. Le Dr Priestly se tenait devant elle, les bras croisés, le visage fermé. Il venait de prononcer ces mots comme il aurait constaté le retour d'une épidémie de choléra dans un paisible village de campagne. Avec dégoût. Mais sans grande surprise.

Kate n'avait pas eu le temps d'ouvrir la bouche qu'elle entendit des talons marteler le sol au-dessus d'elle, sur la mezzanine.

— Kate, c'est bien vous ? demanda Paula en se penchant au-dessus de la rampe, un sourire aux lèvres.

Seigneur, comment devait-elle réagir ? Ne pas s'énerver, surtout... Mieux valait qu'elle joue les imbéciles et qu'elle gagne du temps, songea-t-elle. Si elle ne manifestait aucune hostilité, les Priestly ne pourraient lui mettre des bâtons dans les roues.

— Mais oui, c'est moi ! dit-elle en affichant un timide sourire. Je ne parviens pas encore à y voir clair dans les récents événements, mais je suis de retour et c'est le principal. J'espère que vous savez que je n'ai jamais eu l'intention de vous laisser les enfants à charge si longtemps ! Ils ne vous ont pas donné trop de soucis ?

Sa belle-mère pencha la tête de côté et prit un air plein de compassion.

— Oh, ma chère Kate, nous avons été très inquiets à votre sujet !

La jeune femme s'éclaircit la gorge, mal à l'aise.

— Hum. Et bien, je vous en remercie, Paula. Je crois qu'il est temps que je vous délivre des jumeaux et que je vous laisse respirer un peu…

Doucement, elle s'approcha de l'escalier et monta les premières marches. Derrière elle, le docteur demeurait impassible.

— Reste avec eux, Paula, ordonna-t-il d'une voix forte en levant les yeux vers sa femme. Ne quitte pas les petits un instant, ma chérie, d'accord ?

— Mais… Gloria est avec eux, protesta-t-elle faiblement.

— S'il te plaît, chérie. Fais ce que je te dis, répéta-t-il.

Kate s'arrêta, et sa belle-mère tourna vers elle un visage alarmé.

— Charlie a fait une crise d'allergies, ma chère, dit-elle. Nous avons eu très peur.

Kate monta encore deux marches en déclarant d'un ton tranquille :

— Vraiment ? Dans ce cas, vous comprendrez d'autant mieux que je tiens à le voir tout de suite. Il a besoin de moi.

La tension était à couper au couteau. Elle venait de poser un pied sur la marche d'après quand la voix de son beau-père résonna derrière elle, glaciale, la forçant à s'arrêter de nouveau.

— Ce dont ces enfants ont besoin, dit-il d'une voix menaçante, c'est de stabilité !

Paula toussota et sourit à Kate.

— Venez, ma chère, dit-elle doucement. Montez les voir.

Le soulagement de la jeune femme fut de courte durée.

— Il n'en est pas question ! protesta le docteur. Paula, essaie de réfléchir, s'il te plaît. Kate, je vous avertis : ne bougez plus !

Visiblement paniquée, Paula encouragea sa belle-fille à reculer, d'un geste de la main.

— Je crois que mon mari a raison, souffla-t-elle. Je regrette.

Kate fixa la vieille dame d'un regard implorant, espérant toucher la mère qui était en elle.

— Paula… Il *faut* que je voie mes bébés ! Vous le comprenez, j'en suis certaine.

— Je ne vous conseille pas d'enfreindre la loi, Kate, reprit le docteur, non sans arrogance.

Kate se retourna brusquement vers lui et haussa les sourcils.

— Je vous demande pardon ? dit-elle.

— Parfaitement, reprit-il avec une note de triomphe dans la voix. Le juge Linstad nous a accordé provisoirement la garde de Harry et de Charlie.

Kate allait répliquer quand la porte d'entrée s'ouvrit à la volée. Mac était là !

La jeune femme sentit son cœur battre à coups redoublés en baissant les yeux sur son visage mal rasé et si séduisant. Sa chemise blanche, dont les deux premiers boutons étaient ouverts, laissait deviner son torse puissant. Décidément, elle le trouvait irrésistible. Il paraissait plus grand et plus athlétique que jamais devant le docteur, qu'il dominait d'une bonne vingtaine de centimètres. De toute sa vie, jamais elle ne s'était sentie si heureuse de voir quelqu'un apparaître ainsi, au moment opportun. Elle discerna la rage dans son regard, et se reprocha immédiatement de n'avoir pas attendu un peu plus longtemps ; de n'avoir pas davantage insisté au téléphone… Il devait être furieux.

— Kate, tu vas bien ? demanda-t-il en levant les yeux vers elle.

— Oui, je voulais juste… revoir les enfants au plus vite, murmura-t-elle d'un ton embarrassé.

Mac lui adressa un discret clin d'œil.

— J'étais déjà au volant, et je ne pouvais pas te répondre quand tu as appelé… Je viens de passer chez toi.

— Je suppose que vous êtes monsieur MacGuilt, dit froidement le docteur.

— Oui, monsieur, répondit Mac en affichant son plus beau sourire. Pardonnez-moi d'être entré ainsi, mais la porte était ouverte. Comment savez-vous qui je suis ?

— Après la visite de ma belle-fille hier soir, en notre absence, Gloria a appelé Nellie, répondit-il sèchement. Celle-ci lui a appris que Kate avait engagé un… *détective privé*.

Il n'aurait pas pu prononcer ces mots avec plus de mépris, songea Mac, qui s'efforça de réprimer sa colère et s'empressa d'approuver :

— C'est exact.

— D'ailleurs, poursuivit le vieil homme, Kate avait encore disparu hier soir, à ce que j'ai cru comprendre.

— Pas vraiment. Nellie s'est affolée pour rien. Une tempête dans un verre d'eau.

— Je vois. Etes-vous un... *vieil* ami de Kate ? demanda-t-il d'un ton lourd de sous-entendus.

— Non, dit Mac en serrant les dents et en fixant le docteur droit dans les yeux. Je suis un ami récent. Pour être précis, je connais votre belle-fille depuis que je l'ai retrouvée dans une allée de Billington, dans l'Indiana, frigorifiée et affamée. Savez-vous quelque chose à ce sujet, *monsieur* ?

Kate ne put réprimer un sourire. C'était si bon, de se sentir enfin soutenue ! Elle réalisa à cet instant qu'elle ne pourrait plus vivre un seul jour de sa vie sans Travis MacGuilt. Elle l'aimait de toute son âme.

— Mac..., commença-t-elle.

Mais le Dr Priestly l'interrompit.

— Non, j'ignore tout de cette histoire, lâcha-t-il d'un ton cinglant. Et tout ce que je peux vous dire, c'est que Paula et moi ne cherchons qu'à protéger nos petits-enfants.

— Je vois, répondit Mac.

— Kate, reprit le vieil homme en se retournant vers sa belle-fille, vous ne pouvez pas vous introduire ici à votre guise.

— Il prétend que le juge vient de lui confier la garde des jumeaux, dit Kate en regardant Mac avec angoisse.

— Puis-je voir cette décision de justice ? demanda Mac au docteur.

Au moment où ce dernier prenait la direction de son bureau, le bruit d'une cavalcade retentit au premier étage, suivi d'un cri :

— Maman !

Kate sentit son cœur exploser de joie en voyant Harry et Charlie courir vers elle. Sans réfléchir, elle monta quatre à quatre les marches de l'escalier, passa devant Paula et tomba à genoux pour accueillir ses enfants dans ses bras. Des larmes lui étaient montées aux yeux, mais elle éclata de rire en les embrassant, caressant leurs cheveux fins et leurs joues pleines.

Tout en les couvrant de baisers, elle les dévisagea attentivement. Charlie avait les joues roses et elle posa instinctivement une main sur son front. S'il avait eu de la fièvre, c'était passé. Harry tentait de lui expliquer quelque chose au sujet d'un château ou d'un bateau. Tous deux s'exprimaient déjà assez bien, mais avaient tendance à avaler quelques syllabes quand ils étaient excités.

Elle s'assit sur le sol et leur déposa une myriade de baisers dans le cou, tenant Charlie dans son bras gauche et Harry dans le droit.

— Vous pouvez constater qu'ils se portent à merveille, dit Paula en faisant signe à Gloria de reconduire les enfants dans leur chambre.

Ne voulant pas leur imposer le spectacle d'une scène pénible, Kate ne protesta pas.

— Tu viens jouer avec nous tout à l'heure, maman ? demanda Harry en se retournant.

— Oui, mon amour. Je viens tout de suite. Soyez bien sages !

— Je regrette, madame Paula, grommela Gloria en se tournant vers sa maîtresse. Je sais que vous m'aviez dit de faire attention, mais ils ont dû entendre la voix de leur mère, et…

— Oui, oui, merci, Gloria, coupa la vieille dame d'un ton agacé.

Kate fronça les sourcils. A quoi Paula jouait-elle ? Avait-elle donné l'ordre à Gloria de surveiller les garçons et de faire en sorte qu'ils ne voient pas leur mère, pour jouer ensuite les belles-mères pleines de compassion et laisser le soin à son mari de poser lui-même l'interdiction ?… C'était troublant. Kate n'avait jamais tenu pour acquis le soutien de Paula, mais en cet instant, son double jeu paraissait certain.

Kate redescendit lentement l'escalier, tandis que le docteur revenait vers Mac en brandissant une liasse de documents.

— Le juge Linstad a signé cet arrêté il y a quelques jours, déclara-t-il en le tendant à Mac. Vous savez, monsieur, nous n'avions guère le choix. Charlie était malade et avait besoin d'être correctement soigné. Nous avons agi en grands-parents responsables. Seule importe la santé des enfants. Kate pourra toujours se défendre devant le tribunal.

— Sans doute, dit Mac en rendant le document au vieil homme. Mais dites-moi si je me trompe : le jour venu, vous demanderez à ce juge de rendre un verdict en votre faveur. Rien ne vous sera plus facile, non ? D'autant que la moitié de la ville a dû entendre parler des crimes dont vous accusez votre belle-fille. Je suppose que le lieutenant Dryer sera également ravi de témoigner devant cet étrange tribunal où tout est joué d'avance…

— Monsieur, intervint le docteur, vous ne connaissez probablement pas le passé agité de ma belle-fille. Mais mon fils nous a fait certaines confidences, à sa mère et à moi. Elle s'est livrée à des activités… un peu légères, à Las Vegas. Ses incessantes disparitions ont cessé de nous étonner depuis longtemps, hélas. Et l'autre jour, quand elle est partie, nous avons tout de suite pensé qu'elle avait tenté de rejoindre quelqu'un… Un *homme* de son passé, si vous voyez ce que je veux dire.

— Bien essayé, rétorqua Mac, mais vous vous fatiguez pour rien, docteur Priestly.

Après l'avoir foudroyé du regard, il se retourna vers Kate en souriant et dit d'une voix calme :

— Viens près de moi, Kate.

Etonnée, la jeune femme s'approcha de lui.

— Reste derrière moi, ordonna-t-il.

— Je ne sais pas à quoi vous jouez, s'énerva le docteur, mais je vous préviens que ma patience a des limites. J'exige que vous sortiez de ma maison tout de suite. Vous venez de voir l'acte officiel me donnant la garde de…

— A votre place, monsieur, le coupa Mac, j'opterais pour un autre ton. Je tiens à ce que Kate reste près de moi car je viens de passer chez elle : votre chère Nellie est morte. Et je crois que vous connaissez son assassin mieux que personne.

Kate se retourna brusquement vers Mac, blême.

— Comment ? Nellie ?… balbutia le docteur. Mais…

— C'est vrai, Mac ? demanda Kate d'une voix altérée. Nellie a été tuée ?

— Oui. Le plan de ton beau-père s'est complètement effondré, expliqua-t-il avant de faire face au vieil homme. L'imbécile de tueur que vous avez engagé a visiblement attendu que le soleil soit haut dans le ciel pour s'introduire chez Kate. Il devait se douter que, de nuit, l'alarme était branchée. Il est entré, dans l'intention d'assassiner Kate. Sur *vos* ordres, docteur ! Car hier soir, déjà, il avait tenté de la supprimer. Et je le prouverai. La malheureuse Nellie a dû se défendre, et il lui a tiré deux balles dans la tête.

— C'est faux ! Vous mentez ! se défendit le docteur. Je n'ai engagé personne et encore moins un tueur !

— Vous avez toujours détesté votre belle-fille, avouez-le, dit Mac en s'approchant de lui. Quand votre fils est mort, votre femme a été dévastée par le chagrin. Et l'idée que Kate soit enfin libre de partir avec ses enfants loin d'ici vous rendait tous les deux fous de rage ! D'autant qu'elle héritait de la fortune de Danny ! Mais je sais très bien, docteur, que vous ne seriez jamais passé à l'acte s'il n'y avait pas eu pire.

Un rictus de dégoût était apparu sur le visage de Mac.

— Votre réputation ! enchaîna-t-il. Votre si belle réputation était menacée… Ironie du sort : précisément par celle que vous n'avez pas hésité à salir, durant des années. Kate était prête à se rendre à Chicago avec son association, et…

— Vous dites n'importe quoi ! s'emporta le médecin.

Mac s'esclaffa.

— Très bien, commençons par le début. Kate vous rend visite, le 9 janvier. Elle vous annonce son intention de quitter la Floride. Une violente dispute s'engage. Elle tombe dans les escaliers et se blesse. Vous devez assister à un colloque, alors vous décidez de la droguer et de la garder chez vous jusqu'à votre retour. Puis vous recrutez un tueur auquel vous donnez l'ordre de conduire votre belle-fille à Billington. Je ne sais pas pourquoi vous ne lui avez pas demandé de la tuer tout de suite, mais…

— Je suis médecin ! protesta le vieil homme d'une voix affolée. Mon métier est de soigner les gens, pas de les tuer ! Le 9 janvier, Kate est venue, je l'admets. Elle nous remerciait de lui avoir prêté la villa. Elle disait qu'elle voulait partir, et nous arracher nos petits-enfants ! Nous nous sommes disputés, et elle a fait cette chute. Quand elle a ouvert les yeux, elle était complètement amnésique. Je sais que ces pertes de mémoire consécutives à un choc sont de courte durée, alors… C'est vrai, je lui ai injecté des neuroleptiques pour prolonger l'amnésie. Je l'ai fait pour lui sauver la vie !

A ces mots, Mac sentit la rage bouillir dans ses veines.

— Pour lui *sauver la vie* ?

— Parfaitement, poursuivit-il. Mieux valait qu'elle ne se rappelle plus jamais cette altercation… Si tout s'était passé comme je le souhaitais, elle ne serait pas revenue en Floride. Elle aurait pu refaire sa vie pendant que Paula et moi aurions donné à nos héritiers l'éducation qu'ils méritent. Je n'ai jamais voulu la mort de personne. Et encore moins de la pauvre Nellie, ni de Michael Ward…

— Mac ! hurla Kate en serrant le bras de son compagnon, et en désignant Paula du regard.

La vieille dame descendait l'escalier, serrant dans son poing droit un petit revolver qu'elle pointait sur eux.

— Tu t'es trompé, Daniel, dit-elle à l'intention de son mari. Tu pensais qu'avec un peu de chance, elle ne recouvrerait pas complètement la mémoire. Tu disais que cette scène resterait un trou noir, et que le 9 janvier serait définitivement effacé de son esprit… Mais je vois dans son regard qu'elle sait, Daniel. Elle se rappelle tout.

Le docteur dévisagea sa femme avec une consternation mêlée de stupeur.

— Paula… D'où sort cette arme ?

— Le lieutenant Dryer m'a conseillé d'en acheter une après la tentative de cambriolage de l'an dernier. Je ne te l'ai pas dit… Le Dr Priestly a horreur des armes à feu, précisa-t-elle en regardant Mac.

— Paula, je t'en prie, ne dis plus un mot, supplia le vieil homme.

— Notre belle-fille ne manque vraiment pas de culot, poursuivit la vieille dame. Elle a eu la chance d'épouser le jeune homme le plus merveilleux du pays : mon fils. Et maintenant qu'il est mort, elle veut partir avec la fortune que *mon* père a amassée, avec *mes* petits-enfants ? Il n'en est pas question. Jamais je ne l'aurais laissée faire. Mais vous avez raison, monsieur MacGuilt : mon mari n'aurait pas levé le petit doigt, si Kate n'avait indirectement menacé son honneur de médecin…

— Paula ! protesta le docteur.

— Tu n'as rien à craindre, Daniel, poursuivit-elle avec calme. Je n'ai pas dit un mot de trop. Car aucune cour de justice ne me reprochera de tirer sur elle et sur lui. Nous avons officiellement la garde des petits. Et tout le monde sait à quoi s'en tenir avec cette serveuse, grâce à tes efforts. Il s'agit d'une effraction. Kate et son *ami* sont chez nous sans aucune autorisation !

D'un geste vif, Mac sortit son revolver et en menaça la vieille dame à son tour.

— Madame, je sais tirer. Pas vous. Je vous propose un marché : reposons tous deux nos armes.

— Pas question, répondit-elle d'un ton sec.

— Paula, je t'en prie, nous n'avons pas besoin de cela, plaida le docteur d'une voix plaintive.

— Bien sûr que si, rétorqua-t-elle. C'est à moi de défendre *ma* famille et *mes* biens. Tu as prouvé que tu en étais incapable, Daniel.

Incrédule, Kate jetait un regard horrifié à sa belle-mère.

— C'est vous qui êtes à l'origine de tout, accusa-t-elle. Je me souviens, maintenant… Vous avez insisté pour que le Dr Priestly me drogue… Au début, il refusait, mais vous lui avez répété que j'allais causer son déshonneur. Pendant le temps qu'aura duré mon mariage avec Danny, vous étiez acharnée contre moi ! Et je n'ai rien vu.

— Vous me donnez le premier rôle, maintenant ? demanda Paula avec une fureur visible. C'est un comble ! C'est Daniel qui a eu l'idée d'engager ce tueur ! Et quel résultat ! Bravo ! Cet imbécile de Cassey Bellows était censé faire en sorte que Kate ne revienne jamais en Floride, et il a tout raté. D'abord, il a trouvé le moyen de tomber sur ce médecin devenu clochard, qu'il a fallu tuer… Ensuite, hier soir, il devait supprimer Kate pour l'empêcher de revenir ici aujourd'hui. Non seulement il a échoué mais ce matin, il a assassiné Nellie, probablement parce que la malheureuse se trouvait au mauvais endroit au mauvais moment. Crois-moi, Daniel, je ne donnerai plus un sou à Cassey Bellows !

— Voilà qui est bon à savoir, dit une voix derrière eux.

Mac se retourna.

La situation devenait complexe. L'homme au couteau n'était visiblement pas entré par la porte principale, mais par une entrée de service. Il se tenait devant un long couloir qui devait mener aux cuisines.

Et l'arme qu'il venait de braquer sur Paula n'était pas son habituel couteau, mais un calibre .38.

— Ah, vous êtes là, Bellows, dit Paula d'une voix bien différente, en lui souriant. C'est parfait. Prenez le revolver de M. MacGuilt et tuez-les, lui et Kate.

— Je croyais que vous veniez de me renvoyer, répondit-il en fixant la vieille dame sans ciller.

— Oui, mais je vous réengage, affirma-t-elle sans se démonter. Et vous serez payé le double.

Mac songea alors que tout dépendait de l'intelligence de cet homme. Sa vie et celle de Kate dépendaient de sa capacité à comprendre que la vieille dame le manipulait assez maladroitement. Car s'il tirait, les Pricstly feraient peser sur lui la responsabilité de ce double meurtre — ainsi que de celui de Nellie.

— Je crois que je vais accepter votre offre, madame, dit-il enfin, après avoir observé un long silence.

Mac sentait le pouls de Kate battre avec frénésie contre son poignet. Elle serrait sa main avec force.

— Mais à une condition, reprit-il : vous ne m'avez toujours pas dit pourquoi je devais liquider ce clochard, à Billington. Vous m'aviez pourtant promis de m'en expliquer la raison.

Paula fronça les sourcils, méfiante.

— Qu'est-ce que cela peut vous faire ? Je vous le dirai plus tard, quand vous aurez tué ces deux-là.

— Non. Maintenant, s'il vous plaît, insista-t-il. Je ne suis sans doute pas très malin, mais je sais pourquoi vous voulez que votre belle-fille disparaisse. Je sais aussi pourquoi M. MacGuilt doit mourir. Mais quand je plante mon couteau dans le corps d'un clochard sans défense, je *veux* en connaître la raison.

Abasourdi, Mac regarda le docteur s'effondrer sur le sol et se prendre la tête dans les mains. Il pleurait.

— Tu es ridicule, Daniel ! s'énerva Paula. C'était ton idée ! Et c'est pour toi que nous l'avons fait !

— Oh, jamais je ne me le pardonnerai, gémit-il en se tournant vers Bellows. Je vous avais demandé de conduire Kate dans l'Indiana, n'importe où… Comment aurais-je pu deviner que vous alliez tomber sur le Dr Michael Wardman ? Je l'ai connu à Chicago, à l'hôpital Northern Memorial, où il était attaché de recherches.

— Mais… C'est dans cet hôpital que je devais accompagner mes collègues de l'association ! s'écria Mary. Nous allions inaugurer une antenne des « Enfants Heureux » !

— Exactement, admit le docteur en baissant la tête. Il ne fallait pas que vous vous y rendiez, Kate. Je voulais à tout prix l'éviter… Il y a un an, vous nous avez annoncé l'ouverture de cette nouvelle base de l'association à Chicago. Vous étiez si fière ! Enfin vous veniez à bout de toutes les démarches administratives pour que le Northern Memorial dispose d'un service comme celui-ci. Croyez-moi, sans cette affaire, jamais je n'aurais prétendu auprès de tous ces gens que vous aviez été stripteaseuse et que vous faisiez des fugues. Contrairement à ce que vous pouvez penser, Kate, j'ai toujours su que vous aidiez Danny à rentrer dans le droit chemin. J'adorais mon fils, mais sa passion pour les cartes me désespérait. Et j'avais beaucoup d'estime pour vous, même si j'aurais préféré que ma belle-fille soit avocate ou femme d'affaires : il vous a fallu du courage pour vous débrouiller seule, dès l'âge de dix-huit ans…

— Je rêve ! cria Paula, furieuse. Tu la défends, maintenant ?

Le docteur ignora l'intervention de sa femme.

— Mais c'est vrai, poursuivit-il, j'ai inventé toutes sortes de ragots, raconté les pires horreurs sur votre compte à tous les notables de Boward Key… Pour assurer ma future défense. Voyez-vous, alors que j'étais chirurgien dans cet hôpital, il y a vingt-cinq ans, j'ai opéré un patient à cœur ouvert, et j'ai négligé de vérifier ses allergies. L'anesthésie l'a tué. Par ma faute, cet homme est mort avant d'avoir repris conscience. J'ai reçu un blâme de l'hôpital. Une humiliation terrible. Et puis, Paula et moi avons décidé de nous installer en Floride. J'ai recommencé ma carrière et fondé ma propre clinique. Ici, je suis un médecin respecté de tous. Jamais je n'aurais supporté que cette histoire refasse surface. Mais si *Katrina Priestly* s'était rendue dans cet hôpital, j'étais fichu : tout le monde, là-bas, se souvient du Dr Daniel Priestly et de son impardonnable négligence. Immanquablement, quelqu'un vous aurait demandé si vous étiez ma parente, lors de cette fête d'inauguration où *notre* nom aurait été cité maintes fois... Je pensais que si personne ne vous accordait le moindre crédit, ici, que si chacun vous prenait pour une folle, une fugueuse, une mère indigne, je pourrais convaincre mes concitoyens que vous racontiez n'importe quoi, que cette histoire était fausse, et que...

— Vous êtes complètement paranoïaque ! s'écria Kate, révoltée. Je me moque de savoir ce que vous avez fait à Chicago ou ailleurs, et...

— Mais jamais je n'aurais pu convaincre Daniel de me débarrasser de vous s'il n'avait craint pour sa réputation, s'enflamma Paula. Tous les jours, des mois avant l'inauguration, je lui ai répété que vous alliez causer notre perte.

— La mort de mòn fils m'avait profondément affecté, je n'y voyais plus clair, poursuivit le docteur. Et la perspective de ne plus voir nos petits-enfants a achevé de me faire perdre la tête, je l'admets...

— Vous ne répondez pas à ma question, intervint Bellows d'un ton agacé. Pourquoi m'avez-vous demandé de tuer ce clochard ?

Le docteur se remit à pleurer.

— Quelle épouvantable malchance, dit-il d'une voix à peine audible. Bien sûr, Michael Wardman me connaissait aussi. Nous avions travaillé dans les mêmes services. Quand vous lui avez pris ses vêtements, Bellows, vous avez vidé ses poches. Et vous avez trouvé sa vieille carte d'identité. Le lendemain matin, quand je vous ai téléphoné pour savoir si vous aviez bien drogué Kate tout le long du trajet et si vous l'aviez abandonnée dans une quelconque petite ville de l'Indiana, vous m'avez communiqué le nom de ce clochard. J'ai paniqué. Si Kate retrouvait la mémoire, qu'arriverait-il ? Si le clochard traînait toujours dans les parages, s'il apprenait que la jeune femme qui portait ses vêtements s'appelait Katrina *Priestly*, il mentionnerait immédiatement l'hôpital de Chicago ! Les flics auraient facilement additionné deux plus deux : un ancien médecin témoin de mon erreur, ma belle-fille… La piste remontait à moi, directement ! Je n'avais pas le choix, il fallait liquider Wardman.

Kate sentait sa tête prête à exploser. Ainsi, son beau-père avait consacré toute une année à répandre les rumeurs les plus nauséabondes et les plus ridicules sur elle, uniquement pour détruire sa crédibilité, au cas où elle aurait annoncé, à son retour de l'inauguration des « Enfants Heureux » à Chicago, qu'il n'était pas le médecin blanc comme neige que tout le monde s'imaginait…

Et, terrifiée à l'idée de ne plus voir ses petits-enfants, furieuse de la savoir hériter de la fortune de Danny, sa belle-mère avait tout fait pour envenimer la situation, et convaincre le vieil homme d'engager un tueur…

Un tueur qui n'avait pas hésité à planter un couteau dans le dos d'un malheureux clochard, ni à tuer Nellie.

Seigneur, et ses enfants qui se trouvaient dans leur chambre, au premier étage…

— Posez votre arme, madame Priestly, dit Bellows.

— N'y comptez pas, répondit Paula. Si vous refusez de tirer sur MacGuilt et sur Kate, je vous tuerai tous les trois !

Profitant de l'ébahissement général, Mac se rua sur la vieille dame, qui appuya sur la détente.

Mais aucune détonation ne retentit.

— Kate ! Au sol, hurla Mac en tirant vers Bellows, comme celui-ci venait lui-même de faire feu.

Bellows s'écroula sur le parquet, et Mac bondit pour lui arracher son revolver avant de le fouiller et de lui prendre son couteau.

Il tenait en joue Paula et le docteur, et venait de glisser le 38 du tueur dans sa ceinture.

— Appelle tout de suite la police ! reprit-il en donnant un coup de pied dans le revolver de Paula pour l'expédier à l'autre bout de la pièce.

La jeune femme, toujours à terre, sortit son téléphone de sa poche et composa le 911. Elle jeta un coup d'œil révulsé vers Bellows. Prostré au pied d'un buffet, immobile, il se tenait le genou et gémissait.

La balle qu'il avait tirée s'était logée dans le mur d'en face, dans l'escalier.

— Et le revolver de Paula, Mac ? Je le ramasse ? demanda-t-elle, un instant plus tard, comme l'officier venait de lui annoncer l'arrivée d'une patrouille et d'une ambulance.

— Oui. Tu peux le garder sur toi : ta belle-mère ne sait pas ôter un cran de sûreté, précisa-t-il.

Le soir, après avoir couché Harry et Charlie et les avoir embrassés cent fois, Kate redescendit dans le salon où Mac l'attendait.

Elle se sentait harassée. Elle avait passé la moitié de la journée au commissariat. Le lieutenant Dryer lui avait présenté ses plus plates excuses.

« Je regrette d'avoir accordé trop de crédit au Dr Priestly, avait-il affirmé, la tête basse. Et au nom de toute notre communauté, je vous prie de nous pardonner, Katrina. Dès demain, le plus important journal de Miami rétablira la vérité. Et au tribunal, le jour du procès, vos beaux-parents paieront très cher les mauvais traitements qu'ils vous ont fait subir ».

Nombre de témoignages de sympathie et de regrets lui avaient été exprimés. Le juge Linstad avait tenu à lui annoncer lui-même l'annulation immédiate de la garde accordée au docteur et à son épouse. Puis, elle avait reçu un appel de David Allen qui, outré par ce qu'il venait d'apprendre, lui avait promis d'emmener tous ses collègues au procès et de rappeler devant l'ensemble de la communauté de Boward Key que Katrina Priestly était la plus généreuse donatrice et collaboratrice des « Enfants Heureux ».

La jeune femme frissonna en songeant que Bellows et les Priestly passeraient leur première nuit en prison...

Toute la journée, elle n'avait songé qu'à protéger ses enfants. Grâce à Gloria, ils n'avaient rien vu de ce qui était arrivé dans la résidence des Priestly. La gouvernante avait soigneusement veillé à ce qu'ils restent dans la chambre, même quand les coups de feu avaient retenti. Kate avait ramené les enfants chez elle avec Gloria et, dans l'après-midi, elle avait attendu qu'ils commencent leur sieste pour rejoindre Mac au commissariat et faire sa déposition.

L'affaire relevait désormais du F.B.I., puisque le meurtre du Dr Michael Wardman avait été commis dans l'Indiana et celui de la pauvre Nellie ici, en Floride.

Kate sourit en regardant Mac déboucher une bouteille de champagne.

— Viens près de moi, ma chérie, dit-il en l'invitant à le rejoindre sur le canapé. J'ai quelque chose d'important à te dire... Les enfants dorment ?

— Oui, répondit-elle en s'écroulant près de lui. Ils ont retrouvé leur mère et n'ont pas encore compris qu'ils ne reverraient pas leurs grands-parents avant longtemps... S'ils les revoient jamais. Ils sont beaucoup trop jeunes pour que je leur explique ce qui vient d'arriver. Pourtant, il faudra un jour que je leur révèle ce qu'est devenue leur famille paternelle...

— Chaque chose en son temps, Kate, murmura-t-il en déposant un baiser d'une infinie douceur sur sa main et en lui souriant.

— Oh, Mac, il y a tant de choses que je ne comprends pas moi-même... Mais je me souviens de tout, maintenant. Je revois le docteur se pencher sur moi, après que je suis tombée dans les escaliers. Paula criait. Il m'a fait des piqûres et j'ai dormi longtemps, peut-être un ou deux jours. Le temps qu'ils trouvent leur tueur et qu'ils l'envoient chercher *ma* voiture dans *mon* garage, pour qu'il me conduise loin, là où personne ne me reconnaîtrait jamais. Ils espéraient sans doute que les neuroleptiques m'empêcheraient de retrouver complètement la mémoire. Et si je revenais, ils auraient eu le temps d'obtenir cette demande de garde. Mais quand mon agresseur s'est aperçu que tu prenais soin de moi, il a été obligé de nous suivre, et le docteur lui a plusieurs fois donné l'ordre de me supprimer. Sans toi, Mac, mes enfants n'auraient plus de mère, à l'heure qu'il est.

— Et sans Elvis !

— Oui, c'est vrai, murmura-t-elle, Elvis... Je suis d'accord avec ta proposition. Je ne veux pas qu'il soit envoyé en prison. Demain, je déposerai l'argent que devait Danny à ce B.O. devant l'océan, comme il le souhaite.

— Lou m'a appelé tout à l'heure, confia Mac. J'ai moi-même relevé toutes les empreintes qu'Elvis avait laissées dans la chambre et le labo les a identifiées. Il s'appelle Seymor Boyd. De gré ou de force, nous le ferons témoigner au procès.

— Pourquoi penses-tu que son témoignage est si indispensable ? demanda Kate.

— Parce que ta belle-mère aura certainement promis une forte somme d'argent à Bellows pour qu'il nie tout en bloc. Mais les révélations de Seymor seront accablantes. Il a vu Bellows t'enlever, il a assisté au meurtre de Wardman, et son témoignage au sujet de la scène survenue dans le bar de Macon sera corroboré par le barman et les clients. Il ne faut pas que tu t'inquiètes, Kate, dit-il. Cette histoire est derrière toi. Le docteur et Paula n'ont pas la moindre chance de s'en tirer lors de ce procès, même s'ils ont recours aux services des cent meilleurs avocats du pays. Mais j'ai reçu une autre bonne nouvelle, ce soir…

— Ah oui ?

Mac sourit et serra la main de la jeune femme dans la sienne.

— Bill Tyron m'a annoncé la démission de Barry, le Chef de la police de Billington. Il est presque certain de gagner les élections… Et il souhaite que je devienne moi-même le prochain responsable de la police de la ville !

A ces mots, Kate poussa un cri de joie.

— C'est vrai ? Oh, Mac, tu l'as vraiment mérité ! Enfin ton rêve se réalise. Je suis si heureuse pour toi !…

— Ce qui m'amène au plus important, Kate, coupa-t-il. Car cette nouvelle pourrait te rendre heureuse *pour nous*, si tu acceptes de devenir ma femme.

Les larmes aux yeux, Kate plongea son regard dans celui de Mac. Son cœur battait à se rompre.

— Mais il faut que tu saches que je ne peux t'offrir le train de vie auquel tu étais accoutumée. Et qu'il te sera impossible de te baigner chaque matin dans l'océan, si tu veux bien partager ma vie à Billington…

La jeune femme éclata de rire.

— Mac ! Je ne veux pas être riche ! Je veux rester auprès de l'homme que j'aime jusqu'à la fin de mes jours. C'est vrai, j'aime nager : mais je ne supporte plus la Floride, et un bain de mer une ou deux fois par an me suffira amplement…

— Tu en es sûre ? demanda Mac, alors que le bonheur le traversait de part en part.

— Oui ! s'écria-t-elle en lui sautant au cou.

Épilogue

Dix mois plus tard

Chez Tante Béatrice, dans cette chambre bleue où elle avait dormi avant d'accomplir avec Mac un voyage mémorable, Kate prit une longue inspiration et se contempla dans le miroir.

C'était le plus beau jour de sa vie. Dans quelques instants, elle descendrait l'escalier et épouserait Travis MacGuilt.

Des rires enfantins lui parvenaient depuis le rez-de-chaussée, et elle essaya de contenir son émotion. Harry et Charlie aimaient tant Mac ! Ils lui vouaient une admiration sans bornes. Comment deux petits garçons de bientôt trois ans auraient-ils pu rêver d'un beau-père plus fascinant que le Chef de la police de Billington ?

Kate était heureuse que la cérémonie soit célébrée ici, chez Tante Béatrice, à deux pas de la splendide villa où Mac, ses enfants et elle s'étaient installés six mois plus tôt. Son père et Tom avaient fait le déplacement depuis l'Oregon, et elle était fière de l'union de ces deux familles.

Son affection pour Tante Béatrice et pour Maddie étaient semblables à celle que lui prodiguaient les deux vieilles dames — à elle comme aux enfants. Kate leur confiait Harry et Charlie deux jours par semaine, quand elle travaillait pour l'antenne des « Enfants Heureux » de Billington, qui venait d'ouvrir ses portes.

Des éclats de voix firent vibrer les murs et la jeune femme comprit, au rire de Mac, que Seymor venait d'entrer. A vrai dire, elle ne parvenait pas à l'appeler Seymor : à ses yeux, il resterait toujours Elvis, le vieux chanteur de Las Vegas qui avait volé à son secours dans un parking de Georgie…

Lors du procès, il s'était comporté de manière exemplaire. Son témoignage avait été accablant pour le couple Priestly comme pour Bellows, le tueur à gages.

Après sa dernière mission pour « B.O. », dont Kate préférait ignorer l'identité complète, Elvis avait définitivement quitté Las Vegas. Il s'était établi à Billington et avait trouvé un travail dans un magasin de jouets où il parvenait sans mal à vendre des tapis de jeu comme des modèles réduits de roulettes.

En s'approchant du miroir, Kate vérifia que la bretelle droite de son soutien-gorge était bien placée : elle avait commandé un modèle nuptial de soie blanche chez L'Hippocampe, et espérait que Mac apprécierait le clin d'œil. Puis elle repoussa une longue mèche blonde qui s'échappait de son voile. Ses cheveux avaient repoussé, et Mac adorait enfouir son visage dans ses boucles dorées quand ils s'endormaient tous les deux, chaque soir, enlacés.

Elle ferma les yeux en songeant à leur prochain voyage de noces sur une île d'Hawaii, et à leurs étreintes sur des plages blanches, face aux vagues chaudes…

Comme la porte venait de s'ouvrir derrière elle, elle sursauta.

— Mon enfant, vous êtes en train de rêvasser ! observa Tante Béatrice, amusée. Votre père va monter dans un instant pour vous conduire jusqu'à l'autel… Où vous attend un fiancé particulièrement élégant.

Kate sourit à la vieille dame et lui lança un regard anxieux.

— Ça va ? Vous croyez que je vais lui plaire, dans cette robe ?

Tante Béatrice leva les yeux au ciel avant d'arranger le voile de sa nièce par alliance.

— Oh, Kate, vous êtes ravissante ! s'exclama-t-elle, la gorge nouée. Je suis si heureuse et si fière de vous voir entrer dans la famille.

— Moins que moi, Tante Béa, répondit Kate en embrassant tendrement la vieille dame sur les deux joues.

— Pourtant, vous allez épouser un drôle de chef de famille, soupira Béatrice, une lueur de malice dans les yeux. Je crains que mon neveu ne garde tous ses talents d'autorité pour son métier : je n'ai jamais vu un homme se laisser aussi facilement attendrir par deux chenapans qui voulaient manger la décoration de votre gâteau de mariage il y a un instant… sous les yeux de leur beau-père !

Kate ne put s'empêcher de rire.

— Vous avez raison, admit-elle. Mac est un père débordant d'attentions. Il passe des heures à jouer aux petites voitures avec les garçons. Je me demande s'il aimera autant coiffer des poupées…

En caressant doucement son ventre rond, elle se tourna une dernière fois vers le miroir.

Dans un instant, elle serait Kate MacGuilt.

Et dans quatre mois, elle donnerait naissance à une fille. Un bébé encore bien mystérieux, dont elle ne pouvait qu'imaginer le petit visage joufflu, et pourtant…

Pourtant, elle avait l'impression de connaître depuis toujours la petite Mary MacGuilt qu'elle sentait bouger en elle, et qui symbolisait le début d'une vie de bonheur.

Le 1ᵉʳ décembre

Black Rose n°279

En proie au doute - Alice Sharpe

Série *Trois frères, trois destins 3/3*

Tel est pris qui croyait prendre...

Cole est désemparé. En séduisant la jolie Skylar Pope, il n'avait qu'un objectif : approcher l'oncle de la jeune femme, un criminel dont il est à la recherche depuis des mois. Pas un seul instant il n'avait imaginé qu'il tomberait amoureux d'elle ! Mais Skylar, en plus d'être d'une beauté à couper le souffle, est terriblement attachante... Charmé malgré lui, et se sentant désormais en devoir de lui apprendre la vérité sur cet oncle qu'elle pense intègre, Cole se retrouve bientôt confronté à un cruel dilemme. Doit-il continuer à mentir à Skylar, ou lui révéler qu'il l'a manipulée... au risque de la perdre ?

Une troublante enquête - Julie Miller

Annie ne décolère pas : on l'envoie, un 31 décembre, enquêter sur un meurtre aux côtés de Nick Fensom ? Ce macho de la pire espèce a intérêt à prendre son avis en compte, sinon elle exigera un autre coéquipier ! Une fois sur place, pourtant, elle est surprise de constater que Nick se montre extrêmement prévenant à son égard. Et comprend bientôt pourquoi : le tueur en série qui terrorise les femmes de Kansas City vient à nouveau de frapper, et Nick lui apprend qu'il veut se servir d'elle comme appât... Décontenancée, mais résolue à prouver à Nick qu'elle est un aussi bon flic que lui, Annie accepte de relever le défi...

Black Rose n°280

Une vie en jeu - Charlotte Douglas

Qui est vraiment Trace Gallagher ? Depuis que ce mystérieux inconnu s'est présenté chez elle en prétendant être un ami de Ryan, son fiancé tragiquement disparu cinq ans plus tôt, Catherine est bouleversée : bien qu'ayant des traits différents de ceux de Ryan, il lui ressemble de façon troublante. Et puis, surtout, il fait renaître en elle des sentiments qu'elle pensait ne plus jamais pouvoir éprouver... Malgré tout, Catherine décide de se méfier. Car Trace reste étrangement énigmatique sur son passé et les raisons de sa présence dans le Montana. Comme s'il cachait de sombres secrets... Résolue à en avoir le cœur net, Catherine se met à enquêter sur lui : il y va de sa sécurité, mais aussi et avant tout de celle de Megan, sa fille de quatre ans...

Une précieuse protection - Anna Perrin

Venez avec moi. J'ai été chargé de vous protéger.

Lorsque l'agent du FBI Brent Young lui apprend qu'un dangereux criminel qu'elle a fait interner en hôpital psychiatrique deux ans plus tôt vient de s'évader, le Dr Claire Lamont sent la peur la gagner. Ce fou ne lui a-t-il pas en effet promis qu'un jour, il la retrouverait et la tuerait ? Aussi n'a-t-elle d'autre choix que de suivre Brent dans le chalet perdu en pleine forêt où il a décidé de la cacher. Même si son séjour aux côtés de cet homme qui éprouve visiblement le plus grand mépris pour la psychologie et ses praticiens risque de s'avérer des plus désagréables...

BLACK
ROSE

L'île du danger - Jill Sorenson

Accoudée au bastingage du ferry, Daniela l'aperçoit soudain : le vieux phare des îles Farallon vient d'apparaître. Elle est arrivée, enfin. Ici, parmi les scientifiques qui, comme elle, étudient les animaux marins, elle va tenter d'oublier ses problèmes... Pourtant, quand ses nouveaux collègues viennent l'accueillir, c'est le choc : Sean, son ex-mari, se trouve parmi eux. Bouleversée, Daniela sait cependant qu'elle devra s'accommoder de sa présence. Mais elle est loin d'être au bout de ses surprises. Car bientôt, Sean lui révèle que d'étranges événements sont survenus sur l'île, et qu'il se pourrait que quelqu'un, au sein de l'équipe, soit un assassin...

J'ai tant besoin de toi - Rita Herron

En voyant Julie Whitehead, son amour d'adolescence, s'avancer vers lui, Brody retient son souffle. Julie est encore plus belle que dans son souvenir... Mais pourquoi est-elle venue le trouver, alors qu' elle lui a juré autrefois qu'elle ne voudrait plus jamais le revoir ? Elle est devenue agent du FBI, lui explique-t-elle, et elle a besoin de sa coopération. Car elle a découvert au cours d'une enquête que Will – le jeune frère de Brody qui a été enlevé, sept ans plus tôt – pourrait bien être toujours vivant...

Un mystérieux étranger - Amanda Stevens

Impossible. En croisant le regard brun – si familier – de l'homme qui vient de frapper à sa porte, Jessica est sous le choc : il s'agit bien de Pierce, son mari, qui a disparu cinq ans plus tôt sans explication. Pierce, dont elle était alors enceinte... Aujourd'hui, tandis qu'il affirme n'avoir aucun souvenir de ce qui lui est arrivé pendant son absence, Jessica comprend qu'elle va devoir remonter le fil du passé. Et découvrir ce qui lui est arrivé durant ces cinq longues années...

A la place d'une autre - Debra Webb

Le jour où, sans être vue, elle assiste au meurtre d'Ann, sa meilleure amie, Kelly est terrifiée. Car elle comprend immédiatement que ce n'est pas Ann, mais bien *elle* qui était visée, et qu'elles ont été confondues. Persuadée que les tueurs vont très vite s'apercevoir de leur erreur, Kelly décide de se faire passer pour Ann. Et remet son sort entre les mains de Trent Tucker, un privé qui prétend être le seul à pouvoir la protéger...

Le miroir du passé- Marilyn Pappano

Jake Norris, le célèbre écrivain réputé pour tirer ses romans d'histoires vraies, est en ville? Kylie est intriguée. Mais sa curiosité fait place à l'étonnement quand Jake demande à la rencontrer. D'abord flattée, puis séduite malgré elle par son charme, Kylie ne tarde pas à déchanter. Car Jake lui révèle bientôt qu'il enquête sur un double meurtre commis vingt ans plus tôt, et soupçonne son père, juge au moment des faits, d'avoir volontairement fait condamner un innocent pour servir ses intérêts...

Best-Sellers n°585 • suspense

Jamais je ne t'abandonnerai - Antoinette Van Heugten

Son enfant est innocent. Elle le sait comme seule une mère peut en avoir la certitude.
Pour défendre Max, elle aura tous les courages.

Que se passe-t-il ? Danielle Parkman ne reconnaît plus son fils. Plus du tout. Pourtant, elle n'imagine pas un instant que la terrible maladie dont Max souffre ait pu transformer le petit garçon tendre et attentionné qu'il était en adolescent au comportement inquiétant. Certes, l'autisme est un mal étrange mais, quoiqu'en disent les médecins, elle seule connaît le cœur de son enfant. Et elle a confiance en lui.

Jusqu'au jour où Max est accusé du meurtre d'un patient hospitalisé dans le même établissement que lui. Sous le choc, Danielle est aussitôt assaillie par un terrible doute : se pourrait-il qu'elle se soit trompée ? Non, c'est impossible. Max n'a fait de mal à personne. Par chance, l'avocat Tony Sevillas, le seul qui semble la croire, fait tout pour défendre sa cause : avec lui, Danielle est prête à braver la peur et le doute pour que la vérité triomphe. Et jamais, jamais, elle n'abandonnera Max.

Best-Sellers n°586 • suspense

L'inconnu de Home Valley - Karen Harper

Une famille à chérir, un champ de lavande à cultiver, et la prière pour la guider. Ella connaît son bonheur de vivre auprès des siens, dans la paisible communauté amish de Home Valley, Ohio. Aussi est-ce avec une certaine inquiétude qu'elle voit arriver chez elle un *aussländer*, un étranger que ses parents ont accepté d'héberger à la demande du FBI. Cible de dangereux criminels contre lesquels il va témoigner, Andrew devra vivre caché sous l'identité d'un amish jusqu'au jour du procès.

Face à cette intrusion dans son univers, Ella se sent perdue. Car si elle est prête à aider Andrew, elle pressent aussi que ce dernier représente une menace pour sa communauté. Pour sa communauté, et pour son cœur, si elle en croit le trouble qui s'empare d'elle chaque fois qu'elle pose les yeux sur lui. Une crainte qui ne fait que se confirmer, lorsque la violence fait soudain irruption dans la vallée, la contraignant à fuir en compagnie du seul homme qu'il lui est interdit d'aimer…

Best-Sellers n°587 • thriller

Le couvent des ombres - Lisa Jackson

La cathédrale de La Nouvelle-Orléans… Au pied de l'autel gît le corps sans vie d'une jeune novice vêtue d'une robe de mariée jaunie. Autour de son cou, un collier de perles écarlates…

Camille, sa petite sœur adorée, est morte. Si seulement Valerie avait pu convaincre sa cadette de quitter ce couvent austère et angoissant, Camille serait vivante aujourd'hui !

Bouleversée, révoltée par ce meurtre, Valerie Renard, une ex-policière, décide de mener sa propre enquête, parallèlement à celle de Rick Bentz et Ruben Montoya, les inspecteurs chargés de l'affaire. Car Valerie le sait : le couvent Sainte-Marguerite n'est pas la paisible retraite que tout le monde imagine, et tous ceux qui y résident, du séduisant père Frank O'Toole à la sévère mère supérieure, semblent avoir quelque chose à cacher. Camille elle-même avait une vie secrète, des zones d'ombre que Valerie ne soupçonnait pas.

Une découverte qui pourrait faire d'elle, si elle découvrait la vérité, la prochaine proie du tueur.

Best-Sellers n°588 • roman

Retour au lac des Saules - Susan Wiggs

A présent que sa fille a quitté la maison, Nina Romano s'apprête à réaliser son rêve de toujours : racheter et rouvrir l'auberge du lac des Saules. Aussi est-elle furieuse d'apprendre que le domaine vient d'être vendu à Greg Bellamy, qu'adolescente elle aimait en secret. En secret, car Greg, le fils de riches propriétaires de la région, était d'un autre monde que le sien. Inaccessible et hautain, il l'avait fait souffrir, et à présent, de retour après un divorce mouvementé, il parvenait encore à lui voler sa part de bonheur…

Pourtant, quand il lui propose de s'associer avec lui, Nina hésite, déchirée entre sa méfiance envers ce rival déloyal, et son attirance pour un Greg encore plus séduisant qu'autrefois…

Best-Sellers n°589 • roman

Le parfum du thé glacé - Emilie Richards

Alors qu'une tempête menace les rivages coralliens de la presqu'île de Happiness Key, cinq femmes vont mettre à l'épreuve leur amitié et, en chemin, découvrir l'amour.

La vie amoureuse de Tracy Deloche, ancienne jet-setteuse, traverse une sérieuse zone de turbulences… Mais heureusement pour elle, elle a le soutien complice de quatre de ses amies, qui louent les petits pavillons qu'elle possède en bord de mer. Il y a la pétulante Wanda, toujours prête à rire, qui régale tout le monde de ses pâtisseries décadentes. Mais aussi Janya, la jeune et superbe Indienne qui, malgré un mariage arrangé compliqué, rêve de devenir mère. Ainsi qu'Alice, la courageuse Alice, qui élève seule sa petite-fille bientôt adolescente. Sans oublier Maggie, l'ex-policière et discrète fille de Wanda, dont la vie sentimentale chaotique n'a rien à envier à celle de Tracy.

Et tandis qu'histoires d'amour et de famille s'enchevêtrent avec tumulte, une tempête tropicale se prépare, rabattant en rafales secrets et surprises vers les rives de Happiness Key. Pour les cinq amies, c'est l'occasion de découvrir qu'elles ont plus que jamais besoin les unes des autres…

BestSellers

Best-Sellers n°590 • roman

Coup de foudre à Icicle Falls - Sheila Roberts

Avec consternation, Samantha découvre que la chocolaterie familiale, installée à Icicle Falls depuis des générations, est au bord de la faillite : la gestion fantaisiste et les dépenses mirobolantes du précédent directeur ont eu raison des finances de l'entreprise à laquelle elle est passionnément attachée. Pour l'aider à redresser la situation, Samantha ne peut guère compter sur ses deux sœurs, certes aimantes mais totalement incompétentes en la matière, ni sur sa mère, incapable d'accepter la réalité. Aussi n'a-t-elle qu'un seul espoir : convaincre le directeur de la banque de la soutenir. Sauf que le directeur en question, Blake Preston, est un arrogant play-boy totalement insensible. Et bien trop beau pour se donner la peine d'aider une jeune femme comme elle…

Best-Sellers n°591 • historique

Les secrets d'une lady - Nicola Cornick

Londres, novembre 1814.

Lady Merryn Fenner mène une double vie. Aux yeux de tous, elle est une lady comme les autres, une femme délicate et raffinée qui fréquente les salons et les salles de bal. Qui pourrait croire que sous ses dehors fragiles se cache une femme bien différente qui ne craint pas de travailler en sous-main pour le détective Tom Bradshaw, un homme au passé louche ? Ce travail, elle ne l'a accepté que pour une seule raison : trouver les preuves qu'elle cherche. Douze ans plus tôt, en effet, son frère a été tué en duel par Garrick Farne, un homme qu'elle aimait en secret. Or, elle a aujourd'hui toutes les raisons de croire qu'il s'agissait en réalité d'un assassinat. Un crime qu'elle veut absolument voir puni.

Best-Sellers n°592 • historique

Le clan des MacGregor - Nora Roberts

Glenroe, Ecosse, 1745.

Dix ans se sont écoulés depuis que, par une nuit glacée, Serena a vu les soldats anglais faire irruption dans le fief des MacGregor à la recherche de Ian MacGregor, son père, injustement accusé de meurtre. Dix ans qui n'ont rien effacé de la terreur qu'elle a éprouvée alors, et de l'horrible humiliation subie par Fiona, sa mère, violée par un officier lâche et cruel. Lors de cette nuit tragique, Serena est devenue une autre : la petite fille douce et innocente qu'elle était a brusquement connu la haine et la soif de vengeance, et s'est juré de ne jamais pardonner…
Depuis dix ans, pas un Anglais n'a franchi le seuil du manoir familial. Aussi est-ce avec une hostilité farouche que, sur ordre de son père, Serena accueille Brigham Langston, le fier et impétueux comte d'Ashburn, à qui son frère aîné doit la vie. Un aristocrate anglais qu'elle considère comme son pire ennemi, mais qui va la contraindre à un impossible choix…

www.harlequin.fr

Composé et édité par les

éditions ⊕ **HARLEQUIN**

Achevé d'imprimer en Italie (Milan)
par Rotolito Lombarda
en octobre 2013

Dépôt légal en novembre 2013